Lappenberg, J. M.

Geschichte von England

Lappenberg, J. M.

Geschichte von England

Inktank publishing, 2018

www.inktank-publishing.com

ISBN/EAN: 9783747796382

Geschichte

von

England,

von

J. M. Lappenberg.

Zweiter Band.

Hamburg, 1837.
Bei Friedrich Perthes.

Inhalt.

Siebente Abtheilung.

Ältere Geschichte der Normandie.

		Seite
Die Normandie unter Celten und Römern	. . . . . .	1
Das Sachsengestade	. . . .	2
Fränkische Herrscher	. . . .	3
Die Gauen und Hundreden	. . . . . .	4
Erste Angriffe der Nordmannen	. . . .	5

Rollo.

			Seite
	Schlacht an der Eure und Tod des Rainald von Maine	.	9
	Belagerung von Paris	. . . .	—
	Eroberung von Bayeux. Popa	. . . . . .	—
	Huncdeus getauft	. . . .	11
911	Niederlage der Nordmannen bei Chartres	. . .	—
912	Entstehung der Normandie durch den Vertrag zu St. Clair an der Epte	. . . .	12
919–924	Erweiterungen der Normandie	. . . .	14
	Fehden der Normannen von Rouen und von der Loire	. .	—
	Anschluß an den König von Frankreich	. . . .	16
931	Rollos Tod	. . . .	—
	Das Grafenthum der Normannen	. . . . . .	17
	Grundbesitz, Bauern, Adel	. . . .	19
	Ministerialen	. . . .	21

6

Wilhelm I.

Seite

Belehnung durch den König 22
Riulfs Aufstand . . . . —
Eheliche Bande mit Poitiers und Vermandois 24
Rückkehr des Königes Louis Outremer . . . . —
942 Ermordung Wilhelms durch die Fläminger 26
König Louis bemächtigt sich Rouens 27
Flucht des jungen Grafen Richard 28
Hugos Bündniß mit den Normannen . . . . . . —
946 König Otho der Große vor Rouen 30

Richard I.

Belehnung und Vermählung Richards 31
Fehden mit seinem Stiefvater Thibaut . . . . . . —
Verhältnisse zu den Königen Lothar und Hugo . . . 32
Fromme Stiftungen Richards 33
996 Tod Richards . . . . —

Richard II.

Aufstand der Bauern 34
Empörung des Wilhelm von Hiesmes 35
Richards Einfluß über König Robert . . . . . . —
1006 Bündniß mit Kaiser Heinrich II. 36
Emma vermählt an König Äthelred . . . . . . —
Svend Tveskiäg Besuch in Rouen . . . . . —
Olav der Heilige, König von Norwegen, zu Rouen getauft 37
Fehden über Dreur, Tillières, Melun . . . . . —
Kriegszug für Rainald in Hochburgund 38
Abenteuer der Normannen in Spanien 39
Wanderungen nach Süd-Italien 40
1026 Richards Tod 41
Dessen geistliche Stiftungen und Nachkommen 42

Richard III.

Fehde mit seinem Bruder und Tod 43

Robert II.

Fehde mit den Erzbischofe von Rouen 44
Hugo von Bayeur, Alain von Bretagne 45

Seite

König Roberts Flucht nach Fécamp 46
Erwerbung des Berin . . . . —
1035 Pilgerschaft nach Jerusalem und Tod . . . . —

Wilhelm II.

Ermordung des Giselbert von Eu 48
Aufstand des Robert von Toesny . . . . —
Vergiftung des Herzogs von Bretagne, Alain V. 49
Verlust von Tillières 50
1047 Sieg über Guibo bei Val de Dunes 51
Unterstützung des Königs gegen Anjou 52
Eroberung von Domfront . . . . —
1051 Besuch bei König Eadward 53
1053 Vermählung mit Mathilde . . . . —
Landfrank . . . . —
Aufstand Wilhelms von Arques und anderer Normannen . 54
Absetzung des Erzbischofs von Rouen, Malger 55
Maurilius . . . . —
1054 Schlacht bei Mortemer 56
Schlacht am Dives 57
Rückgabe von Tillières . . . . —
Erwerbung von Maine 58
Heerfahrt nach Bretagne 59
Harold zu Rouen . . . . —

Achte Abtheilung.

Die Zeitgenossen der Eroberung und ihre Söhne.

Wilhelm, 1066—1087.

Auflösung des angelsächsischen Reichs. Vertheidigung Londons 61
Einnahme von Dover, Winchester, Canterbury 63
Stigand u. X. huldigen zu Wallingford 65
Abred, Wulfstan, Eadgar zu Berkhampstead . . . . . —
Krönung zu London 67
Belohnungen der Normannen 69
1067 Feste zu Fécamp 72
Auswanderung der Angelsachsen . . . . —

		Seite
	Svend Estrithson	75
	Eadric der Wilde und die Welschen	76
	Aufstand des Eustache von Boulogne	—
	Ermordung des Grafen Copsi	77
	Wilhelms Rückkehr nach England. Einnahme von Exeter	78
1068	Hof zu Winchester. Wido von Amiens. Brithrik	80
	Eadvine und Morkar; Harolds Söhne	81
	Eroberung von York	83
	Heimkehr normannischer Ritter	84
	Empörung zu Durham	85
	Landung der Söhne Harolds und der Dänen	87
	Aufstand im Süden	—
	Besiegung der Dänen. Osbjörn	90
	Residenz zu York	92
	Gefahrvoller Zug nach Chester	93
	Malcolm, König von Schottland, fällt in England ein	95
	Maßregeln gegen die angelsächsische Geistlichkeit	96
	Vergleich der angelsächsischen mit der normannischen Bildung	97
	Neue Krönung durch die päpstlichen Legaten	98
	Landfrank	102
1071	Tod des Wilhelm Fitz Osbern	108
	Hereward	111
	Eadvines Ermordung	115
1072	Wilhelms Zug nach Schottland	117
	Aufstand in Maine. Streitigkeiten mit dem Grafen Fulco von Anjou	118
	Eadgars Pensionirung	120
	Verschwörung des Ralf von Guader und Robert von Hereford	122
1075	Waltheovs Tod	125
	Verlegung der Bischofsitze in feste Städte	126
	Feldzug in Bretagne	127
	Des Prinzen Robert Entfernung	128
1080	Blutbad zu Durham	131
1081	Feldzug nach Wales	134
	Gefangennehmung des Bischofs Odo	136
	Wilhelms Verhältnisse zu Kirche und Papst	138
1084	Angriff des Prinzen Kanut (der Heilige)	141
	Domesdaybook	143
	Staatsrechtliches und statistisches Bild Englands	146
	Feinde in Maine	154
	Wilhelms Tod	157

Seite

Seine Charakteristik und Vergleichung mit Cnut. Jagdliebe 160
Seine Kinder 161

Wilhelm Rufus 1087—1100.

Erbfolge 161
Aufstand der normannischen Barone 164
1089 Landfranks Tod. Ranulf Flambard 167
Herzog Roberts und Henrys Zwist 169
Intriguen in der Normandie . . . . —
1091 Henry zu St. Michel belagert 171
1092 Zug gegen Schottland 174
Normannisirung Cumberlands 175
1093 Ermordung König Malcolms 176
Fehden mit Wales und normannische Besitzergreifungen . . 178
1098 König Magnus Barfot von Norwegen 181
Geistliche Angelegenheiten 182
1093 Anselm, Erzbischof von Canterbury 184
Fehde mit Herzog Robert 196
1095 Aufstand des Roger von Mowbray für Stephan von Aumale 198
1096 Verpfändung der Normandie 201
Fehde mit Maine 202
1097 Krieg wegen des Vexin 205
Tod des Rufus 206

Henry I. 1100—1135.

Von den wesentlichsten Quellen seiner Geschichte 210
Henrys Krönung und Wahlcapitulation 211
Dessen Hinneigung zu den Angelsachsen und Vermählung mit
ihrer Stammgenossin 216
1097—1100 Herzog Roberts Kreuzzug 217
Roberts Vermählung mit Sibylle von Conversana . . . 227
1101 Roberts Landung in England und Vertrag zwischen beiden
Brüdern 228
Roberts zweite Fahrt nach England 231
Roberts von Belesme Empörung . . . . —
Sibyllens Tod 235
1104 Henrys Einfall in die Normandie 236
1106 Schlacht bei Tinchebrai 238
Verträge mit Flandern 240

		Seite
	Verlust von Maine	241
	Besuch des Kronprinzen Louis in England	242
	Fehden mit Frankreich	243
	Thibauts von Blois Fehden mit Frankreich	244
	Bestrafung englischer Barone	245
	Wilhelm von der Normandie	—
1113	Friedensschluß zu Gisors	247
1114	Vermählung der Prinzessin Mathilde mit dem römischen Könige	
	Investiturstreitigkeiten	248
	Synode zu London	251
	Bisthum Ely	253
	Versöhnung des Staates mit der Kirche	254
1109	Anselms Tod	256
	Streit wegen der päpstlichen Legaten	—
	Henrys Vorliebe für die Normandie	260
1115	Huldigung an Prinz William	261
	Krieg mit Frankreich	—
	Empörung der Angehörigen des Hofes	262
1119	Wilhelms von der Normandie Verlobung mit Mathilde von Anjou	264
	Treffen bei Brenneville	—
	Concilium zu Rheims	265
1120	Schiffbruch der Prinzen	266
1118	Tod der guten Königin Maud	269
1123	Aufstand des Waleram von Meulant u. a. Normannen	270
1127	Flandrische Erbfolge	274
1128	Wilhelms Tod	275
	Rückkehr der Kaiserin Mathilde	276
	Huldigung der Barone	277
	Vermählung derselben mit Geoffroi von Anjou	—
	Die Tempelherren	279
	Fehden mit Wales	280
1135	Henrys Tod. — Kinder	284
	Seine Gestalt und Eigenschaften	285
	Charakteristik seiner innern Verwaltung	—
	Kampf mit dem Adel	286
	Strenge Gerechtigkeitspflege	288
	Abgaben. Ordnung der Verwaltung	289
	Begünstigung und Bau der Klöster und Kirchen	—
	Wissenschaft und Cultur	291

Seite

— Mercia. — Atla. — Gesammtbesitzungen. — Arthur. — Britische Kirche. — Angelsächsische Dichtungen.

Zur dritten Abtheilung 407
Westsächsischer Dialekt. — Gormund. — Reginold. — Elgive. — Brunanburg. — Palna Toki.

Zur vierten Abtheilung 409
Rabulf, Sohn des Drogo von Mantes.

Zur fünften Abtheilung 410
Rabulfs Ritter. — Franzosen am angelsächsischen Hofe. — Die beiden Griffith. — Die Tapete zu Bayeux. — Die Legende von Waltham. — Harolds Söhne.

Zur sechsten Abtheilung 413
Folcland im Trierschen.

Stammtafeln.

I. Die Herzoge von der Normandie bis zum Jahre 1066.
II. Wilhelm des Eroberers Nachkommen bis zu König Henry II.
III. König Stephans Sippschaft.

Siebente Abtheilung.

Ältere Geschichte der Normandie[1].

Die Schlacht bei Senlac, oder, wie die Normannen sie lieber mit dem Namen des ersten Lichtpunctes ihrer geschichtlichen Erinnerungen nannten, bei Hastings, hatte neue Männer und Herren in die Insel Albion geführt. Die Normandie wurde nunmehr eine Provinz Englands, aber die wichtigste und wegen der Beziehungen zu den geistlichen und weltlichen Staaten des Festlandes die einflußreichste. Die Normannen erdrückten die angelsächsische Bildung nicht völlig, aber pfropften auf diesen Stamm ein Reis, welches ihn so sehr veränderte, als, ohne ihn zu ertödten, möglich war, und brachten so der Zukunft Englands für mehrere Jahrhunderte ihre abenteuer= und herrschlustigen Enkel, ihre Kriege, ihre Feldlager=Verfassungen, ihre Hofdichter und Rechtssprache, ihre Sitten, Ausschweifungen, Moden, kurz Alles was eine Herrscherkaste zu allen Zeiten und in allen Theilen der Erde auszeichnet und langsam mit ihr wieder untergehet. Wir haben wiederholter Blicke auf die Normandie und ihre Bewohner zur Erläuterung der früheren Geschichte Britanniens nicht entbehren können; es ist unerläßlich, nunmehr eine geschichtliche Übersicht jener, als eines noch immer nicht ganz erloschenen Hauptelementes des mittelalterlichen Englands, uns vorzuführen.

Die welthistorische Bedeutsamkeit der Uferstrecken, in wel=

---

1) Von den Quellen der Geschichte der Normandie vergleiche die Beilage zu diesem Bande.

chen das Festland sich den britannischen Inseln am meisten näherte, hat die benachbarten unvortheilhafter belegenen Küsten-
länder zurücktreten lassen, und der Berichte über denjenigen
Theil des celtischen Galliens, provincia Lugdunensis secunda,
wo der britische Canal zwischen der Somme und der Bai
von St. Michel sich an zahllosen Felsenwänden bricht, sind
daher, mit Ausnahme dessen, was sich auf die eben angedeuteten Häfen und Übergangspuncte bezieht, zu jeder Zeit nur
wenige und diese selten von bedeutendem allgemeinen Interesse
gewesen. Von den ältesten uns bekannten Völkerstämmen dieser Gegenden und ihren Ortschaften in Cäsars und den nächstfolgenden Zeiten, den Leroviern, Rotomagus, den Eborovicen,
den Abrincaten, den Bajocassen, Bibucassen, Sesuven, zeugen noch heute die Städte Lisieux (Noviomagus Lexoviorum),
Rouen, Evreux, Avrenches, Bayeux, Vieux[1] (unweit Caen),
Séez. Theater, Bäder und andere Anlagen der Römer erkennen wir auch noch in Lillebonne (Julia bona) und Coutances
(Constantia castra). Das gemeinsame Celten- und Druiden-
thum unterhielt zwischen diesen Völkern und den britischen eine
Verbindung, welche die Einführung der römischen Sprache
und Kirchenlehre erst langsam schwächte. Doch trug zur Beförderung dieser Trennung eine Niederlassung römischer Bundesgenossen bei aus jenem deutsch-nordischen Stamme der Sachsen, welche den Küsten bei Bayeux ihren Namen gaben (litus
Saxonicum)[2]. Es ist nicht genau zu bestimmen, wann diese
Vertheidigungsanstalt gegen die räuberischen Sachsen und
Franken, welche schon gegen Ende des dritten Jahrhunderts
zum Schutze dieser Ufer erforderlich war, durch den im Anfange glücklichen Versuch der Römer, den Feind durch sich selbst
zu bekämpfen und die Militair-Colonie der Leute (laeti) anzulegen, zu einem germanischen Stammlande geworden ist. In
welcher Anzahl die Wanderungen und Züge der Sachsen und
ihrer Stammverwandten nach Britannien die Ansiedler be-

1) Über dort gefundene Inschriften vergl. den Abbé Lebeuf in Histoire de l'académie royale des Inscriptions et belles lettres. T. XXI
p. 489 sq.

2) S. oben Bd. I. S. 31, 41 u. 44.

gassischen Meerufers durch neue Landsleute vermehrt[1]), ob sie von den alten manche entführt haben, wie diese Fremden sich erhielten und verwalteten: alles dieses ist mit dem Dunkel der Vergessenheit, welches über mehreren Jahrhunderten ruht, verborgen. Daß sie aber sich erhielten und in ihrer Sprache und Volkseigenthümlichkeit streng abgesondert bewahrten, beweisen uns die Nachrichten des sechsten Jahrhunderts, wie die Bretagner den celtischen Haß im sächsischen Blute zu baben glühten (578), wie Bischof Felix von Nantes die Bekehrung ihrer felsenharten Herzen zu seinem schweren Tagewerke machte, welche erst am Schluße seines Lebens gelang. Noch im neunten Jahrhunderte finden wir dortigen kleinen District die lingua Saxonica genannt, gleichwie andere Districte Langue d'oc und Langue d'onil bezeichnet wurden[2]). Die nachherige Normandie vereinigte sich nur langsam mit dem Reiche der Franken, doch erkannte sie, obgleich in sehr freien Verhältnissen, Childebert I. von Paris (511 — 558), später nach Chariberts Tode († 567) Chilperich I. von Soissons und seine Nachfolger, die Könige von Neustrien, an. Eine besonders ausgezeichnete Unabhängigkeit scheint, sowie das sächsische Bayeux, auch Avrenches mit seiner Umgegend lange genossen zu haben. Die geringe Verbindung dieser Länder mit dem Königshofe verräth sich durch die wenigen Nachrichten, welche die Geschichtschreiber über dieselben aufbewahrt haben und die sich auf Notizen über die Erzbischöfe von Rouen, deren Diöcese uns die alte Provincia Lugdunensis secunda vergegenwärtiget, und die Bischöfe von Bayeux, Evreux, Lisieux, Coutances, Avrenches und Séez (Sagium, Salanum), sowie einige Klöster, Jumièges, St. Vandrille (648), Fécamp,

---

1) Daß wiederholt nicht wenige anglische und friesische Familien aus Britannien friedlich zu den Franken zogen, berichtet Procop. l. IV. c. 20. Vgl. oben Bd. I. S. 117.

2) Capitular. Caroli Calvi in Mon. hist. German. T. I. p. 426. Andere lesen Otlingua. Ist dieses nur dasselbe Wort, oder soll es das Land des sächsischen Etheling bezeichnen? Vgl. über diesen District Lebeuf a. a. O. S. 507 f. Im Jahre 848 wird Otlingua Saxonica nur ein pagellus genannt. S. Urkunde bei Bouquet T. VIII. p. 446.

St. Petri zu Uticum (Ouche), später St. Evreuil, Le Bec, St. Vaast u. a. beschränken.

Die Gauen (pagi), in welche dieses Land vertheilt war, erkennen wir am leichtesten in den Districten, welche Karl der Kahle seinen Missis in dem Capitulare vom Jahre 853 anwies [1], in deren siebentem der größte Theil der nachherigen Normandie sich vereinigt fand. In diesem waren enthalten: das Aprincatum (Avrenches), Constantinum (das Cotentin um Coutances herum), Bagisinum (Bayeux), Corilisum, Otlingua Saxonica, Harduini, Oxinisum (L'Hiesmois), Lisuinum (Lieu-vin, Gegend bei Lisieux). Bei dem sechsten Districte finden wir neben Vimeu, Ponthieu, Amiens das hieher gehörige Rotinense (Rouen), welches auch den kleinern Calcensis pagus (Caux) in sich begriff [2], und Tellau (Talleu, Talvois am Flusse Veres in der Normandie). Den Missis des achten Bezirkes, welcher Le Mans, Anjou, Tours umfaßte, war auch Sagisus (Séez) und Corbonisus (le Corbonnois zwischen Tours und Séez) zugetheilt. Aus dem südöstlichen neunten Bezirke zwischen Seine und Loire fiel der Normandie der pagus Ebroicensis (Evreux) zu. Für die meisten dieser Gauen finden sich besondere Grafen angesetzt; im neunten Jahrhunderte für Rouen [3], Bayeux, Coutances, Avrenches, Hiesmes. Sowie die Notizen über die fränkischen Missi in der Normandie kurz vor deren Eroberung durch Rollo uns auch wegen ihres wahrscheinlichen Zusammenhanges mit ähnlichen Einrichtungen im normannischen England beachtenswerth sind, so dürfen wir auch die dortigen Spuren der Vertheilung der Gauen in Centenen oder Hundreden nicht unbemerkt lassen. Aus dem Anfange des achten Jahrhunderts kennen wir die Centena Noviacensis und Alencionensis [4] im Hiesmois und die Centena Sagiensis (Séez) [5].

1) Ältere Erwähnungen mancher dieser Gauen finden sich in den Gestis Abbatum Fontanellensium in Mon. hist. Germ. T. II.

2) Dudo p. 110.

3) Radulphus, comes Rothomagensis schon unter Dagobert I. (+ 638). Gesta Abb. Fontanell. c. 1.

4) Urk. v. J. 845 u. 860 bei Bouquet T. VIII. p. 446, 563, 564.

5) Gesta Abb. Fontanell. l. l. p. 279 et 281.

Das an der Seine gelegene Rouen war stets durch seinen Handel bedeutend und wurde daher schon früh ein Ziel der Raubzüge der Nordmannen, welche, wenngleich mehrere Jahrhunderte hindurch vorzüglich nach ihrer neuen Heimat, den britischen Inseln, gerichtet, doch auch nach Gallien sich häufiger wandten, als die Geschichtschreiber davon berichtet haben[1]). Als die blutigen Kämpfe der Söhne Ludwig des Frommen die Blüte Frankreichs und die tapfersten Barone nach dem Schlachtfelde von Fontenay unwiderstehlich hinzogen, rückte der Nordmann Oskar mit seiner rohen Schaar am 12. Mai 841 vor Rouen, plünderte und verbrannte die Stadt. Nach vier Jahren wagten seine Genossen unter Reginheri schon bis Paris vorzudringen; er selbst erschien im Jahre 851, vermuthlich bei dem Raubzuge des Dänen Godafrid auf der Seine, wieder zu Rouen[2]). Seit jener Zeit waren Städte und Klöster an der Seine und in den benachbarten Landschaften vor allen übrigen Frankreichs den stets wiederholten Überfällen der Nordmannen ausgesetzt. Ob jener Halsting, welchen das Werk Dubos, des Dechanten zu St. Quintin, die Quelle aller normannischen Chroniken, an die Spitze derselben stellt, in der Normandie je war, ist nicht nachzuweisen. Die zuverlässigsten Chroniken zeigen uns denselben an den Ufern der Loire[3]), später an der Somme zu Argove[4]), unterhalb Amiens, wenige Meilen von St. Quintin. Dem Schrecken der dortigen Mönche über diese gefährliche Nähe könnten die Eindrücke ihren Ursprung verdankt haben, welche auf Hasting den Kriegsruhm vieler seiner Genossen häuften und aus vielen Sagen und Liedern[5]) Alles, was ihn verherrlichen konnte, aussuchen ließen.

1) 3. B. von den Dänen unter Cochlaicus (König Higelac der Beowulfs Sage) ums Jahr 515. S. Gregor. Turon. l. III. c. 3.

2) Hoscheri und Hoseri. Fragment. Chron. Fontanell. a. 841 et 851. Annal. Xantens. a. 845. Prudent. Trecens. a. 841. 845. 851. Ruodolf. Fuldens. a. 850.

3) Annal. Vedast. a. 882. Hincmar. Remens. Annal. a. 882. Beide schreiben, sowie Dubo Halsting oder Ansting, nicht wie die Späteren Hasting.

4) Annal. Vedast. a. 890. 891. Vgl. auch oben Bd. I. S. 341—346. u. 303.

5) Daß historische Lieder über die Nordmannen zu seinen Zeiten vor-

Der gefährlichste Bundesgenosse der Nordmannen war je=
doch in der Schwäche der chriftlichen Könige felbft gefunden,
welche nicht nur häufig bereit waren die nordischen Seeräu=
ber abzukaufen, fondern fogar ihnen fefte Size in ihren Rei=
chen zu verleihen fich bequemten. Schon Ludwig der Fromme
gab das gefährliche Beifpiel, als er den Dänen Heriold und
Rorik Durftadt am Rhein und das Kennemerland einräumte.
Sein Sohn Lothar verfuchte den Rorik aus diefem Lehen zu
entfernen, welchen Hludowik der Deutfche freundlich aufzuneh=
men fich nicht fcheute und in Holftein wohnen ließ, bis er
mit einem Haufen feiner dänifchen Landsleute Durftadt wie=
der erobert hatte [1]. Sein Neffe oder Better Gottfrid wuffte
fich ebenfalls im Jahre 850 ein Stück Landes von Karl dem
Kahlen zu ertrozen [2], deffen Lage uns unbekannt geblieben
ift. Jener oder ein gleichbenannter Nachfolger zu Durftadt er=
hielt mit diefem Lehne im Jahre 882 fogar die Hand der Gi=
fela, einer Tochter Hlothars II. [3]. Manche Nordmannen, de=
ren Namen wir nicht kennen, erhielten Lehen, wenn fie nur
den Schein des Chriftenthums annahmen. Schon im Jahre
853 fpricht Karl der Kahle von folchen den Nordmannen ge=
fchehenen Verleihungen [4], deren Bedingung aber, Lehnstreue
und Vertheidigung des Landes gegen die dänifchen Seeräuber,
nur gelobt, nicht erfüllt wurde. Ohne Zweifel erhielt auch
der viel gefürchtete Weland ein folches Lehen, als er im Jahre
862 die h. Taufe annahm, wie jenes von Hafting, welcher
Chartres erhalten haben foll, berichtet ift.

Der 17. November [5] 876 wird als der Tag genannt, an

handen waren, beftätigt Robert Wace im Roman de Rou v. 2108.
Auf die Verfchiedenheit der Sagen, welche über die älteren Herzoge der
Normandie in den einheimifchen Quellen und im Auslande fich erhielten,
wird noch wiederholt hingedeutet werden.

1) Ruodolf Fuld. a. 850. Prudent. Trecens. eod. a.

2) Ruodolf Fuld. eod. a.

3) Annal. Vedast. a. 882. Annal. Fuld. a. 885.

4) Capitular. a. 853. April. apud Pertz. p. 418.

5) Diefen Tag nennen Florenz und Ordericus Vitalis. Daß
in diefem Jahre Nordmannen nach der Seine kamen, beftätigen die Annales Vedastini.

welchem Robla, Hrolf oder Rollo¹) in der Normandie zuerst landete, der Anführer einer Seeräuberbande, welcher schon früher in England verweilte, dort mit Guthrum Athelstan sich befreundet und darauf die Insel Walcheren und Hennegau überfallen hatte. Dudo's Erzählung von Rollo's Thaten beruht auf historischen Thatsachen, welche mit Dichtungen verwebt sind, deren Deutung durch Beseitigung einiger Misverständnisse in der Zeitrechnung uns jetzt möglich wird. Dem Rollo soll der Erzbischof von Rouen, Franco, das Versprechen abgenommen haben, die dortige Gegend nicht zu verheeren. Diese unwahrscheinliche Nachricht widerlegt sich selbst, da jener Erzbischof erst später zu dieser Würde erhoben wurde, und wir müssen daher entweder Dudo's Bericht hier als sehr zweifelhaft ansehen, oder, um biesen zu retten, den Rollo des Jahres 876 für verschieden von demjenigen, welcher zwanzig Jahre später deutlicher auftritt, erklären²). Rollo soll bald nach England zurückgekehrt sein³) und war vermuthlich in den nächsten Jahren unter den Nordmannen, welche zwischen der Schelde und Somme schauervoll hausten. Wahrscheinlich war er in der Flotte der Nordmannen, welche jenseit des Meeres herübergesetzt (878—879) zu Fulham an der Themse überwinterten und in letzterem Jahre nach Walcheren und auf der Schelde nach Gent gingen⁴), im

1) Vgl. oben Bd. I. S. 326. Rollo's Name ist eine Abkürzung von Radulf, Raoul, nicht wie bei Dudo steht, derselbe Name als Rotbert. Den Namen des Vaters kannte weder Dudo noch ein anderer fränkischer Historiker. Es muß also dahin gestellt bleiben, ob er nicht eine Erfindung nordischer Skalden ist, welche unter Snorra Sturlefons Schilde historisches Ansehen erlangt hat. Auch Wilhelm von Malmesbury B. II. S. 5. (und aus ihm Alberich) nennt ihn de nobili, sed per vetustatem obsoleta prosapia Noricorum editus. Dudo S. 70. nennt Rollo den Sohn eines durchaus freien Mannes, welcher keiner Lehnspflicht willen seine Hand in die eines Anderen hätte legen wollen, und S. 82. Rollo superbo regum ducumque sanguine natus.

2) Ein damaliger Bischof, Franco, zu Lüttich (852—901), kann zu einer Namensverwechselung Anlaß gegeben haben. Annal. Lobiens. et Vedast.

3) S. oben Bd. I. S. 316.

4) Asser vita Alfredi. Chron. Anglosaxon. a. 879. 880. Annal. Vedast. a. 879. Letztere weichen von jenen um ein Jahr ab. Mit jenen stimmt Hincmar Rem. Vgl. oben Bd. I. S. 322. Annal. Gandenses.

folgenden Jahre in das fränkische Gebiet hineinschifften [1]), in Courtray überwinterten und Cambray plünderten, 881 von Ludwig III. in Vimeu geschlagen wurden, und 882 in der Abtei Condé an der Schelde, an der südlichen Grenze des Hennegaus den Winter zubrachten [2]). Von Walcheren sich nordwärts wendend hatte Rollo den Rabbodo bei Almere [3]), sodann südwärts gekehrt bei Condé den Grafen von Hasbach und Hennegau Regnar Langhals zu besiegen [4]).

Schon König Ludwig III. hatte in seinem letzten Lebensjahre den Alsting gewonnen, von den Räubereien abzustehen [5]) und friedlicher Belehnung zu geniessen, welche in der Stadt Chartres bestanden haben soll. König Karlman, in diesem auch von den Angelsachsen schon gewiesenen Wege fortgehend, ließ durch den Dänen Sigfrid mit den Feinden zu Amiens, wo sie im Jahre 883 überwintert hatten [6]), unterhandeln, welche gegen einen Tribut von 12,000 Pfund Silber bis zum Octo-

---

1) Asser l. l. Chron. Anglosaxon. a. 881. Ann. Vedast. 880.

2) Die Erwähnung von Walcheren ist aus Dubo; Condé nennen Dubo, Annal. Vedast., Asser, Chron. Anglosaxon. Ich weiche von der gewöhnlichen Zeitrechnung und selbst Dubo's Angabe, welcher den Zug nach Walcheren und Condé vor 876 setzt, ab; doch die Übereinstimmung so vieler Angaben muß meine Darstellung durchaus rechtfertigen, sofern es zunächst darauf ankömmt, unsere wichtigsten Geschichtsquellen in das richtige Licht zu setzen.

3) Fluvius Aelmere bei Dubo ist das stagnum Aelmere. Vita S. Bonifacii c. 11. Fretum Aelmere ibid. c. 12. Die Fischerei und Cogschuld (Schiffsabgabe) in Almere, einem Theile des jetzigen Zuydersees, war unter den Einkünften der bischöflichen Kirche in Utrecht. S. Heda p. 64. 84.

4) Dieser Regnar wird nicht vor dem Jahre 895 genannt. Annal. Vedast. a. 895. 898. Regino a. 898. 899. Rabbodo, welchen Dubo Frisiae regionis princeps nennt, könnte wohl mit dem im J. 901 erwählten Erzbischofe von Utrecht identisch sein.

5) Annal. Vedast. a. 882.

6) Annal. Vedast. a. 883. Chron. Anglosax. a. 884. Wenn wir diese Nachrichten in den angelsächsischen Quellen über die Züge der Nordmannen auf Rollo beziehen dürfen, so wird uns deren Einrückung in dieselben nicht länger auffallend erscheinen. Ich muß es einer spätern Arbeit überlassen, die hier nachgewiesenen Aufklärungen zur Geschichte Rollos zu ausführlichen Darstellungen zu benutzen.

der Ruhe verhiessen [1]). Doch schon am 25. Juli des folgen= 885
den Jahres erblickte man ein Heer der Nordmannen zu Rouen [2]),
welche dort Schiffe ergriffen, um die Seine bis Pont de
l'Arche hinauf zu fahren. Sie trafen mit den an der Eure
aufgestellten Franken zusammen, welche, von ihnen geschlagen,
den Herzog von Maine, Raynald, verloren. Nunmehr wurde
jene vielbeschriebene Belagerung von Paris unternommen, bei
welcher nicht kein fränkischer Schriftsteller, wohl aber Dudo
den Rollo als Anführer nennt [3]). Der Unthätigkeit der lang=
wierigen Belagerung von Paris entzog Rollo sich durch Streif=
züge nach der Normandie. Er eroberte Bayeux, obgleich es
sich mit altsächsischem Muthe vertheidigte, und machte des dor=
tigen Grafen Berengar Tochter Popa [4]) zu seinem Weibe nach
heidnisch=dänischem Gebrauche. Auch Evreux ließ er über=
fallen, durch welche Kriegsthaten er sich die Entrichtung man=

1) Annal. Vedast. a. 884.

2) Annal. Vedast. a. 885. Dudo, nachdem er von Rollos Zügen
nach Walcheren, Friesland und Hennegau gesprochen, sagt, daß er dar=
auf im Jahr 876 in die Seine geschifft sei, was vielleicht ein Irrthum
für 886 oder eine Verwechselung mit der obigen Nachricht von 876 ist.
In diese Zeit scheint auch der zu Jumièges befürchtete Angriff zu gehö=
ren, dessen Balderich im Chron. Camerac. l. II. c. 29. erwähnt,
unter der Nennung des Rol tyrannus (Normannorum) incentor.

3) Schon diese Begebenheit hätte auf die richtige Erklärung des
Dudo und der auf ihm beruhenden Schriftsteller führen sollen. Doch
kommt zur Unterstützung meiner Darstellung die Erwähnung des Todes
Raynalds, den die Verfasser der l'Art de vérifier les dates und die spä=
teren Schriftsteller nicht kennen, in der Schlacht gegen die Nordmannen
kurz vor der gedachten Belagerung in den Annal. Vedast. a. 885. Un=
begreiflich hat sich Depping verirrt, welcher T. I. p. 261. die Bege=
benheiten nach letzterer Quelle richtig erzählt, aber die Identität dersel=
ben mit den von den romanischen Scalden, welcher jedoch mehr histo=
rische Thatsachen berichtet als Saxo Grammaticus, ausgeschmückten Be=
gebenheiten verkennt, und daher diese in das Jahr 898 setzt, den Ray=
nald als Herzog von Frankreich und Orleans in diesem Jahre als lebend
einführt u. s. w. Capefigue (Essai sur les incursions des Normands)
hat die rechte Quelle hier gänzlich übersehen, und nicht minder Ph. Li=
quet Histoire de Normandie.

4) Eine Tochter des Grafen Wido von Senlis wird sie genannt im
Chron. Rothomag. a. 911 in Labbaei Biblioth. T. I. sowie in des
wörtlich übereinstimmenden Radulfi de Diceto Abbreviat. chron.

cher Tribute von den Franken und seinem Namen Ansehn
verschaffte[1]). Nachdem die Nordmannen vor Paris einen
Waffenstillstand eingegangen, zogen einige derselben nach der
Marne bis Chezy, andere nach Burgund[2]), die Yonne hinauf-
schiffend am letzten November 886 nach der erzbischöflichen
Stadt Sens, plünderten die benachbarten Gegenden und
Städte zu Clermont (Departement der Oise), Provins (Seine
und Marne)[3]), südlich bis zu der Benedictiner-Abtei zu
Fleury, welche verschont wurde, ferner Etampes und Villeme
887   an der Eure. Von hier eilte Rollo im Mai 887 zu der Belagerung von Paris zurück, welches erst im Herbste 889 durch
König Eudo die Feinde abkaufte[4]), die sich nach der Normandie hinwandten, und dort St. Lo bey Coutances nach längerer Belagerung einnahmen und dem Boden gleich machten[5]). Die tapfern Bretons setzten jedoch in zwei Treffen ihrem weitern Vordringen ein Ziel, worauf die Nordmannen
theils zur See theils zu Lande ostwärts nach Lüttich, Nymwegen, Löwen, Utrecht zogen[6]). Von den ferneren Schicksalen
eines nach England gelangten Theiles dieses Heeres, welches
daselbst bis zum Jahre 896 verweilte, ist oben schon die Rede
gewesen[7]). Sie nahmen sodann unter ihrem Anführer, wel-

---

1) Dubc. Chron. S. Benigni Divion., ap. Bouquet VIII. 241.
Vgl. oben Bd. I. S. 542.

2) Chron. Anglosax. et Asser l. l. a. 887. Annal. Vedast. a.
886 et 887. Regino a. 888. Annal. S. Columbae Senonensis ad a.
886. in Mon. histor. Germ. T. I. p. 104. In diese Zeit gehört auch
die Nachricht von der Belagerung von Le Mans und dem Versuche auf
Tours durch Rollo bei Alberich z. J. 882 aus Helinand ex dictis
Odonis abbatis Cluniacensis.

3) Depping, welcher fortfährt alle diese Begebenheiten in viel spätere Zeiten zu setzen, macht aus Dubo's Provincia die Provence. Die
Namen der mitbenannten Ortschaften und kurze Zeit des Streifzuges
rechtfertigen meine Erklärung. Auch Annal. Vedast. a. 887 sagen:
Nortmanni omnia loca usque Mosam more solito et partem (den nördlichen) Burgundiae vastant.

4) Annal. Vedast. a. 889. Regino a. 890. Chron. Anglosax. a. 890.

5) Annal. Vedast. 889. 890. Chron. Anglosax. et Regino a. 890.

6) Annal. Vedast. a. 890. Chron. Anglosax. et Regino a. 891.

7) Bd. I. S. 541 flg.

chen unsere Annalisten Huncdeus (Ongentheow?) nennen, ihre
Richtung nach der Seine, andere schifften nach der Oise und
nach der Maas. Zwei Jahre noch plünderten sie in Neustrien. Huncdeus, welcher mit einigen Schiffen die Seine
hinaufgesegelt war, machte einen Frieden mit König Karl und
ließ sich taufen (897), was uns um so beachtungswerther erscheint, da er deshalb mit Robo oder Rollo schon früh verwechselt worden ist[1].

In den nächstfolgenden Jahren finden wir weder Nachrichten über Rollo, noch Nordmannen zu Rouen und in der
nachherigen Normandie, noch besondere Nachweisungen über
jene Schaaren derselben, mit denen nach den früheren Erzählungen Rollo[2] vereint erscheint. Es ist bei dem Stillschweigen der übrigen Chroniken sehr unglaubwürdig, daß Rollo
bei allen diesen Zügen den vorragenden Platz eingenommen
haben sollte, welchen nur der poetische Verfasser der normannischen Fürstenchronik, Dudo, ihm anweiset; selbst die frühe
Niederlassung zu Rouen, auf welche dieser hindeutet, ist unbegründet oder sie wurde wieder aufgegeben. Erst im Jahre 911
vernehmen wir von einer am 12. Juli erfolgten Niederlage,
welche Rollo bei Chartres durch die unter dem besonderen
Schutze der h. Jungfrau fechtenden Grafen von Burgund und
Franzien Richard und Robert erlitten hat[3]. In einem aus

911

---

1) Annal. Vedast. a. 896. 897. Chron. Normannor. ap. Pertz.
I. 536.

2) Chron. Turon. a. 885 gibt nur unzuverlässige Notiz von seinen
Verheerungen in Alemannien.

3) Annal. Columbae Senon. a. 911. Vgl. Dudo Annal. Besuenses h. a. in Mon. hist. Germ. Die Erwähnung von zwei Niederlagen der Nordmannen bei Chartres und Le Mans am Ende von Abbos
erstem Buche de bello Paris. läßt vermuthen, daß schon im Jahr 887 eine
Schlacht der Franken mit den Nordmannen vorgefallen ist. Auch Chron.
S. Benigni Divion. (eine nicht unwichtige Chronik, welche man nicht,
den Neubau des Klosters mit dessen Stiftung verwechselnd, geringschätzen
darf), sowie Chronicon Besuense unterscheiden eine Schlacht bei Chartres zur Zeit der Belagerung von Paris von der späteren v. Jahre 911.
Dudos Kämpfer bei Chartres sind jener Richard und Ebalus, Graf
von Poitiers. Ebalus erhielt diese Grafschaft erst im Jahre 902. S. l'Art
de vérifier les dates. Es ist möglich, daß Dudo die beiden Schlach

Leichen und blutigen Häuten errichteten Lager bei Loches hat=
ten sich die rohen Söhne des Nordens sehr lange gehalten.
Wahrscheinlich war Rollo, nach dem Tode oder der Heimkehr
anderer Führer, zu dem höchsten Ansehen unter seinen Lands=
leuten gelangt, schon mehrere Jahre in Rouen oder einem
anderen Orte, welcher die Seine beherrschte, und anderen
Städten der Normandie befestigt gewesen, als König Karl
der Einfältige die Unmöglichkeit erkannte, sein Land länger
zu vertheidigen und von dem Feinde gegen Abtretung einer be=
deutenden Provinz Neustriens, welche seitdem von ihren neuen
Herren den Namen der Normandie erhielt, die Beschützung
Frankreichs von jener Seite erkaufte: nur einhundert Jahre
nachdem der große Karl den Nordmannen ihre Grenze an
der Eyder gesetzt hatte. Das ihm zuerst angebotene Flandern
hatte der stolze Eroberer verschmäht, weil es zu sumpfig sei.
Die Nachrichten über den Vertrag, welcher über das abgetre=
912 tene Land zu St. Clair an der Epte im Jahre 912 geschlossen
wurde, sind von einander abweichend. Anfänglich wollten die
Franken dem Rollo Neustrien von der Andelle bis zum Meere
geben; in der ferneren Verhandlung wurden die Flüsse Bresle
und Epte als östliche Grenze festgesetzt. Daß aber der kleine
Fluß Coisnon, welcher zwischen der Normandie und der Bre=
tagne fließt, als die westliche Grenze [1]) schon damals zugestan=
den sei, widerspricht der Geschichte der Erwerbungen der Nord=
mannen in den folgenden Jahrzehnten, aus welcher sich viel=
mehr ergibt, daß die zu St. Clair bestimmte Grenze nördlich
von Evreux und im Westen bei oder diesseits Caen gezogen
wurde. So unbedeutenden Anfanges war dieses Lehn, wel=

ten von Chartres, in welchen seine Helden geschlagen wurden, für Eine
hielt. Die Jahreszahl 898 für die Schlacht bei Chartres scheint aus ir=
rigen Marginalnoten (f. Hugon. Flaviac. Chron. Verdun. Simeon Dunelm. Chron. Rothomag. Gemmet. l. II. c. 15.) entstanden zu sein.

1) Malaterrae Chronica. Guido apud Albericum a. 912.
Die Epte (Itta) nennt als Grenzfluß auch Frodoard. a. 923. Itta flu-
vio transito, ingressus est terram, quae dudum Nordmannis ad fidem
Christi venientibus, ut hanc fidem colerent et pacem haberent, fue-
rat data. Die Burg Eu (Auga) an der Bresle gehörte den Normannen.
Frodoard a. 925.

ches bald für Frankreich und England so sehr wichtig wurde und jenem Reiche den mächtigsten Vasallen schuf, welchen die Welt je gekannt hat! Die Normannen behaupteten jedoch, daß auch die Bretagne [1]) oder vielmehr gewisse oberlehns= herrliche Rechte an dieselbe und Einkünfte [2]) aus ihr, oder doch die Lehne von Rennes und Dol an Rollo mit abgetreten seien. Einer der Gefährten Rollos, Gerloc, erhielt vom' Könige das Lehen von Mont de Blois [3]); ein anderer, Heribert genannt, die Grafschaft Senlis. Vermuthlich wurde damals auch das Co=

1) Dudo. Guil. Gemmet. l. II. c. 17 et 19. Vergl. über diese viel verhandelte Streitfrage Daru Geschichte der Bretagne, übersetzt von Schubert Th. I. S. 80—88. Licquet a. a. O. Es scheint mir jedoch noch nicht genug beachtet, daß wirklich Dänen in der Bretagne ansässig waren, deren Herrschaft dem Rollo zufallen konnte. Siehe oben Bb. I. S. 359.

2) Ich kann nicht mit Schubert die Ansicht, daß die Bretagne verpflichtet worden den Normannen vorläufig Lebensmittel zu schaffen, widersinnig finden. Die Ansicht des von Daru nicht gehörig gewürdig= ten Dudo war doch wohl keine andere. Pag. 83. d. Dedit (Carolus Rolloni) terram determinatam in alodo et in fundo a flumine Eptae usque ad mare, totamque Britanniam de qua posset vivere. Pag. 85. b. Britannos rebelles sibi subiugavit atque de cibariis Britonum totum regnum sibi concessum sufficienter pavit. Schon 869 hatte die Bretagne die Nordmannen mit 500 Kühen abgekauft; jähr= liche Tribute von Vieh sind in der Geschichte der Deutschen, der Wali= ser u. a. nicht selten, und des französischen Königes Rechte zu Rennes und in anderen Theilen der Bretagne waren unleugbar der Art, daß er solche Tribute auferlegen oder übertragen konnte.

3) Chron. Sithien. a. 912. apud Bouquet T. IX. p. 76. Jo- hann. Paris. ibid. T. X. p. 255. Not. d. Auf diese Nachricht eines nicht sehr alten Chronisten (vom Jahre 1294), zusammengestellt mit der vom Verkaufe von Chartres durch den Nordmann Hasting an Graf Theobald (Guil. Gemmet. l. II. c. II. Chron. Alberici a. 904.) bauen ver= muthlich die französischen Historiker (Michelet II. 151. I. 412.) ihre Angabe, daß die von Thibault le Tricheur, Söhne jenes mit Gerloc identisicirten Thibault abstammenden Grafen von Blois, Tours und Char= tres, hernach auch von Champagne, von den an der Loire angesiedelten Nordmannen entsprossen sind. Der Verfolg der Geschichte scheint uns aber zu lehren, wie die Nordmannen an der Loire unter anderen Führern als Theobald und dessen Söhne standen und jene Burgen nicht besaßen, son= dern an der Loire stets neue Piraten die Vorgänger verdrängten. S. Frodoard. a. 923 sq.

tentin einem derselben ertheilt, welcher selbst oder dessen Sohn,
Riulf genannt, später den Sohn Rollos befehbete. Rollo be=
kannte sich gleich Guthrum Athelstan zum Christenthum und
empfing die Taufe von dem Erzbischofe von Rouen, Franco;
sein Pathe war Robert der Herzog von Francien, dessen Name
ihm gegeben wurde, und der König vermählte seine natürliche
Tochter Gisela mit dem neuen Lehnsmanne [1]).

Die Nordmannen an der Seine, denn so ward Rollo mit
seinen Gefährten noch bezeichnet [2]), suchten bald ihr Gebiet aus=
zudehnen. Vermuthlich nahmen sie Theil an den Angriffen
auf die westliche Bretagne, welche von ihren an der Loire ge=
919   lagerten Landsleuten im Jahr 919 ausgingen und nach zwei
Jahren zu der Abtretung der verheerten Länder und des Gaues
Nantes führten [3]).

923   Nach nur zwei ferneren Jahren vereinigten sich wieder
die Nordmannen von Rouen mit Ragenold, dem Heerführer
ihrer Brüder an der Loire, um die ihnen benachbarten Land=
schaften Beauvais und Arras zu plündern. König Rudolf
überschritt mit einem Heere die Epte, um in ihr Land einzu=
fallen, worauf jene in die unbeschützten Länder jenseits der

1) Licquet a. a. O. T. I. p. 80 sq. entwickelt nicht ohne Scharf=
sinn die Meinung, daß diese Angabe Dubos auf einer Verwechselung
beruhe mit Gisela, Hlothars II. Tochter, welche der Nordmann Gottfried
vom Kaiser Karl dem Dicken im Jahre 882 zur Ehe erhielt. S. Re=
gino und die von Licquet übersehenen Ann. Vedastin. h. a. Doch
stützt sich sein Zweifel auf die irrige Voraussetzung, daß König Karl in
seinem 33sten Jahre keine mannbare Tochter habe besitzen können, und
auf die falsche, daß Rollo zur Zeit dieser Heirath schon 75 Jahre ge=
zählt habe. Rollo war vielmehr damals 56 Jahre und hinterließ bei sei=
nem nach zwanzig Jahren erfolgten Tode eine jugendliche Tochter. Der
negative Grund, daß nur die normannischen Schriftsteller von dieser Hei=
rath berichten, beweiset bei der Dürftigkeit der Geschichtsquellen jener
Zeit doch gar zu wenig.

2) Urkunde Karl des Einfältigen v. J. 918 bei Bouquet T. IX.
p. 536. partem — quam adnuimus Nortmannis Sequanensibus, vide=
licet Rolloni suisque comitibus, pro tutela regni.

3) Frodoardi Chron. a. 919. 921. Daß Rollos Gefährten die=
ses Land erhielten oder behielten, scheint aus Frodoard. l. l. a. 924.
hervorzugehen: Ragenoldus cum suis Nordmannis, quia nondum pos=
sessionem intra Gallias acceperat.

Diſe vordrangen und dieſe verheerten, um die Abtretung von
größeren Ländern jenſeits der Seine zu ertrotzen. Der Erz=
biſchof von Rheims, Seulf, und Heribert, Graf von Verman=
dois, vermittelten einen Waffenſtillſtand bis zum Mai des
folgenden Jahres, worauf den Nordmannen ein in Frankreich 924
und England ſchon früher häufig entrichtetes Dänengeld ge=
zahlt und ihr Land mit Le Mans und dem Beſſin oder
Bayeur vergrößert wurde¹). Letztere Burg wurde dem Freunde
Rollos, Botho, anvertraut²). Doch ſchon im zweiten Jahre 925
benutzte Rollo einen neuen Kriegszug des Ragenold nach Bur=
gund, worin dieſer erſt ſpät im Paſſe Chailles³) geſchlagen
wurde, zu einem Friedensbruche. Er zog oſtwärts; Amiens
und Arras verbrannten durch die Zufälligkeiten dieſes Schrek=
kenszuges; die Vorſtadt von Noyon ward von den Nordman=
nen angezündet, welche aber von den dortigen Burgmannen
zurückgetrieben wurden. Als zugleich die Botſchaft anlangte,
daß die Mannen von Beauvais⁴) über die Seine gegangen,
die Pariſer mit Graf Hugos Kriegern in Rouen eingefallen,
Graf Hilgaud von Ponthieu oder Montreuil mit ſeinen Ufer=
franken die normanniſchen Ortſchaften verheerte, ſo wagte Rollo
nicht über die Oiſe zu gehen und kehrte in ſein Land zurück.
Ein Tauſend ſeiner Leute, welche er⁵) an die Grenze deſſelben
zur Unterſtützung ſeines Burgwartes zu Eu geſandt hatte, wur=
den von Heribert und den Dienſtleuten der Kirche von Rheims
und dem Grafen Arnulf von Flandern, nach Einnahme jener
Burg, ohne Erbarmen, welches ſie ſelbſt nicht kannten, nie=

1) Frodoard. a. 923. 924.

2) Boton de Baex, Quens de Bessin. Roman de Rou v. 2162.

3) Mons Calaus. Aus dem Itinerarium bei Albert von Stade
(ed. Reineccii p. 183. b.) ergiebt ſich, daß dieſe Gegend, dort Mons
Catus, bei Hugo von Fleury Mons Chalus, bei andern zu Matebal ver=
unſtaltet, zwiſchen La Chapelle und Chambery liegt.

4) So iſt ohne Zweifel für Bayeur bei Frodoard zu leſen.

5) Frodoard. a. 925. Dieſe Stelle iſt deshalb wichtig, weil ſie
nicht nur ein Zeugniß über das Vorhandenſein Rollos nach dem angeb=
lichen Todesjahre 917 giebt, ſondern auch die einzige Stelle eines vor=
handenen gleichzeitigen Schriftſtellers zu ſein ſcheint, welcher des Rollo
überall namentlich gedenkt.

bergemacht. Herzog Hugo schloß für sich einen besonderen Vertrag mit den Nordmannen, welche im folgenden Jahre bei
926 Arras den Grafen Hilgaud erschlugen [1]) und ·den verwundeten König Rudolf ohne die zeitige Hülfe des Grafen Heribert gefangen hätten. Eilfhundert Nordmannen fielen in einer Schlacht, und die Überlebenden begnügten sich mit einem neuen Danegelde aus Frankreich und Burgund, wogegen sie den Frieden unter beiderseitigen Eiden gelobten [2]).

927   Neue Fehden im folgenden Jahre führten zu einer Überlassung von Nantes an die Nordmannen von der Loire. Rollo dagegen begann jetzt mit den übrigen Großen und den Geschicken Frankreichs sich näher zu vereinen. Graf Heribert, welcher seit mehreren Jahren den König Karl den Einfältigen gefangen hielt, hatte sich mit dem Gegenkönige Robert über die Belehnung der Grafschaft Laon entzweiet und seinen Gefangenen wieder in königlichen Ehren hervortreten lassen. Rollo befand es nützlich, seinen Sohn Wilhelm zu Eu von König Karl belehnen[3]) und mit Heribert Frieden stiften zu lassen. Bald darauf wurde dieses Freundschaftsbündniß auf Herzog Hugo ausgedehnt, jedoch Odo, Heriberts Sohn, welcher Rollos Geisel war, dem Vater nicht eher zurückgegeben, bis dieser dem Könige Karl den Huldigungseid geleistet hatte[4]).

931   Einige Jahre nach diesen Begebenheiten starb hochbetagt Graf Rollo[5]), der Stifter des glorreichsten Geschlechtes, wel-

---

1) Dieser Graf Hilgaud ist nicht, wie bei Bouquet VII. 244. geschieht, mit dem älteren, ums Jahr 860 verstorbenen Abte zu St. Riquier zu verwechseln. Des jüngeren Hilgaud Sohn, Herluin, ist schon oben Th. I. S. 381. und wird noch später genannt.

2) Frodoard. a. 926.

3) Frodoard. a. 927. filius Rollonis Karolo se committit.

4) Frodoard. a. 927. 928.

5) Obgleich Dudo erzählt, daß Rollos Tod fünf Jahre nach der Annahme seines Sohnes zum Mitregenten erfolgt sei, so hat man doch dieses Lustrum vom Jahre der Taufe 912 an gerechnet, und ist dieser Irrthum von Florenz von Worcester u. A. oft wiederholt, sogar in der neuern Grabschrift Rollos zu Rouen. S. dieselbe bei Depping T. II. p. 147. So auch bei Ordericus Vitalis L. III. Die angelsächsische Chronik sagt, er habe die Normandie 50 Jahre nach seiner Landung be-

ches im folgenden Jahrhunderte mit Herzogsmantel und Kro=
nen geschmückt werden sollte, der Führer der muthigsten Schaa=
ren, in welchen die Tapferkeit des Nordens und die Bildung
des Südens bald das Musterbild der ritterlichen Tugenden des
Mittelalters gestaltete. Eine Folge seines Todes scheint der
Aufstand der West=Bretagner gegen die Nordmannen gewesen
zu'sein, welche am St. Michaelistage 931 unter ihrem Anführer
Feletan alle diese ihre Unterdrücker niedermetzelten. Berengar
und der aus England heimgekehrte Alain wurden jedoch bald
wieder heimgetrieben [1]), da Incon, der Heerführer der Nord=
mannen von der Loire, mit denen von Rouen zur neuen Un=
terjochung der Bretagne sich vereinte [2]).

Rollo hinterließ seinem Sohne anstatt der roh aufgewor=
fenen Verschanzungen, in welchen er den größeren Theil seines
Krieger= und Räuberlebens zugebracht hatte, eine vertragsmä=
ßig ihm überlassene, mit keiner Verpflichtung als derjenigen,
sein eigenes Land gegen den Feind zu schützen, belastete und
durch günstige Erfolge bereits vergrößerte Markgrafschaft; denn
dieses war die staatsrechtliche Bedeutung seines Besitzes, welche
jedoch selten so ausgesprochen erscheint. Anfänglich wurde je=
nes abgetretene Land den Nordmannen im Gesammtbesitze über=
tragen, wie die Ausdrücke einer Urkunde König Karls uns
noch bestätigen [3]); der König von Frankreich konnte keinen Für=
sten derselben kennen, da sie selbst sich alle für gleich unter
einander achteten [4]). Ein fester Landbesitz mußte jedoch bald
hier wie überall die Wirkung äussern, daß die Erblichkeit be=
stehender Verhältnisse als wünschenswerth, sodann als Regel
anerkannt wurde. Rollo, wenngleich des Ausganges sicher,

herrscht, also bis 926. Chron. Turon. hat als Todesjahr 931, im
56sten Lebensjahre; das unzuverlässige Chron. Alberici 928. Eine
neuere Handschrift der angelsächsischen Chronik berichtet zu 928, daß Wil=
helm zu regieren begann, ohne jedoch zu sagen, daß Rollo damals starb.

1) Siehe oben Bd. I. 580.

2) Frodoard. a. 931. Hugo Floriac. bei Bouquet T. VIII.
p. 319. Vergleiche Dudo S. 93 c.

3) Vom Jahre 918, s. oben S. 14. Note 2 u. 3.

4) Quo nomine vester (Danorum) Senior fungitur? Responderunt:
Nello, quia aequalis potestatis sumus. Dudo l. II. pag. 76. d.

Lappenberg Geschichte Englands. II.   2

überließ den angesehenen Nordmannen die Wahl seines Nachfolgers [1]) und begnügte sich seinen von Botho, dem Anführer der Krieger (princeps militiae), erzogenen Sohn ihnen zu empfehlen. Die Benennung dieses erblichen Fürsten schwankte damals, wie noch später. Dudo nennt ihn dux [2]), protector, patritius, comes; später findet sich auch rector [3]), princeps [4]), marchio [5]). Doch ist in Urkunden die Bezeichnung comes die gewöhnliche: diese wird von den Königen von Frankreich gegeben [6]), und eben so finden wir in den eigenen Urkunden der normannischen Fürsten, wenn die Einleitung des Documentes auch, dem damaligen willkürlichen Gebrauche gemäß, pomphaftere Titel oder vielmehr Attribute enthält, doch in den Unterschriften beinahe immer und im Siegel stets den staatsrechtlich gültigen des Grafen [7]). Die Grafschaft wurde früher bald

1) Vestro consilio vestroque iudicio constituatur dux vobis. Dudo l. III. p. 91. b.

2) Dudo l. l. 86—91. b. Rotomagensium dux. Radulph. Glaber l. III. a. 942. Auch bei dem späteren Balderich Chron. Camerae. l. l. c. 33. 71. 114.

3) Normannorum divina ordinante providentia dux et rector. Urk. Roberts 1028—36 im Monast. Angl. T. VI. p. 1100.

4) Urk. 1024 Aug. Monast. Angl. VI. 1108. Dei nutu Normannorum princeps.

5) Willelmus (I.) marchio. Dudo praef. l. III. p. 105. Richardus comes; marchio, dux, patritius. Ibid. p. 106. 107. 108. Richardus marchisus. Urkunde König Lothars v. J. 966. Bouquet T. IX. p. 629. In einer Urkunde v. J. 968 nennt er sich selbst Richardus, Normannorum marchio. Ibid. p. 731. Eben so sein Nachfolger im J. 1014, Urkunde bei d'Achery Spicil. T. XIII. p. 274. Letzterer als dux, Urkunde v. J. 1003, angeführt in Chron. S. Benigni Divion. Ibid. T. I. p. 457.

6) Urkunden König Roberts v. J. 1005 und 1006 bei Bouquet T. X. p. 586—7. Sine dato bei Mabillon Vet. Anal. T. III. p. 441. König Wilhelm nennt seinen Vorfahren: Ricardus Normannorum Comes. Monasticon Angl. T. VI. p. 1082. Den Eroberer selbst nennt das Chronicum Saxonicum a. 1051 Villelm eorl, und Ingulf: Comes Normannorum.

7) Z. B. Urkunde Wilhelms II. v. J. 1042 Monast. Angl. T. VI. p. 1073. Urk. Roberts s. a. comes et dux; hernach Robertus comes. Ibid. p. 1108. — Willelmus comes et Normannorum dux. Ibid.

nach der bedeutendsten Stadt derselben [1]), Rouen, bald nach dem Stamme, welcher jene Gegend vorzüglich bewohnte, genannt. Der Name eines nach jenem Stamme geheissenen Landes, die Normandie, entstand erst im folgenden Jahrhunderte [2]). Diese Rechte der Grafschaft waren es, welche Karl an Wilhelm, nach dessen Erwählung durch die Normannen im Jahre 926, im folgenden verlieh, wodurch sich ein, wenngleich nur dem Namen und der Form nach, von demjenigen der bei den Angelsachsen angesiedelten Dänen abweichendes Verhältniß gestaltete.

Weniger deutlich als die Geschichte der fürstlichen Würde ist uns das Schicksal der übrigen Ansiedler, so wie der älteren Eingesessenen. Den angesehenen Nordmannen wurden Städte und Burgen zugetheilt, so wie anderen Dörfer, wie wir an den Namen der normannischen Ritterschaft bald erkennen. Nach alten Nachrichten wurde von Rollo das ganze längst verödete Land den Seinigen vermessen und vertheilt [3]) und dasselbe von diesen und vielen herberufenen Fremden wieder bebauet. Doch kann jenes Land den kriegerischen Nordmannen nicht gegeben sein um es selbst zu bebauen, sondern es wurden ihnen zu-

---

p. 1101. Vgl. Urkunde v. J. 1032 von Robert und andere daselbst p. 1073. 1074. Diese ausführlichen Nachweisungen dürften nicht überflüssig erscheinen, wenn noch A. Thierry und Michelet (Histoire de France T. I. p. 419.) von einer im Jahre 912 erfolgten Ertheilung des Herzogtitels an Rollo sprechen.

1) Rothbertus Rotomagensis sagt Dudo S. 86 b. von Rollo. Comes Rodomi von Richard II. Ademar Caban. a. 1008. Bouquet T. X. p. 151. Derselbe heißt Comes Rotomagensium in einer Urkunde v. J. 1024, angeführt in Balderici Chronic. Cameracense L. II. c. 29.

2) Ich habe ihn zuerst in einer Urkunde v. J. 1024 (Monast. Angl. T. VI. p. 1108.) bemerkt. Von der Einschaltung des Landes - anstatt des Volksnamens in dem Titel der Herzoge weiß ich kein älteres Beispiel, als die Urkunde König Henrys II. v. J. 1152 bei Rymer T. I. p. 18. Wittekind B. 2. z. J. 937 nennt Rouen noch Rothomum Danorum. — Northmanni schreibt noch Dudo. Der Name Normandie verweiset uns auf den nordischen Stamm, welcher gleich den heutigen Dänen Mand für Mann sagte.

3) Dudo p. 85. b. Illam terram suis fidelibus funiculo divisit etc.

2*

gleich alle Landesbewohner zugetheilt, welche denselben einen Theil des Ertrages des Ackerbaues und der Viehzucht gegen gewisse ihnen verbliebene Rechte der Hörigkeit entrichteten. Wir haben keine Nachrichten, daß freie Franken in dem älteren Erbtheile der Normannen sich erhalten haben. Beachtungswerth ist der in den Staaten der germanischen Eroberer gleichfalls vorkommende Name, welcher den normannischen Colonen in den älteren Urkunden häufig ertheilt wird, hospites[1]), und auf ähnliche, wenngleich weniger freie und genau bestimmte Verhältnisse schliessen lässt. Derselbe Name findet sich im fränkischen Reiche in demselben Sinne im neunten Jahrhunderte, doch scheint er sich auf das nördliche Frankreich und Flandern[2]) beschränkt zu haben, wo gemeinschaftliche Verhältnisse eine Bauernclasse begründeten, welche einen kleinen Besitz mit grösserer Freiheit als andere Hörige genossen und rücksichtlich der Kriegspflichtigkeit nur unmittelbar dem Landesherrn untergeben waren[3]).

Die Ungewißheit über die erste Vertheilung des Grundbesitzes unter den Normannen bringt zugleich ein großes Dunkel über die Entstehung ihres Adels und seiner verschiedenen Classen mit sich. Wir erkennen jedoch deutlich, daß in der Normandie nie ein Freistaat, wie in Island oder vielleicht in Jomsburg, bestand, und daß die Befehlshaber der alten Kriegsschaaren und die Hofbeamten der Grafen von Rouen bald begannen eine bevorrechtete, erbliche Classe Adeliger zu bilden. In den Zeiten der ersten normannischen Fürsten wurden häufig die maiores zu Rathe gezogen, ihrer Entscheidung das Wichtigste überlassen[4]), und die früher behauptete Gleichheit be-

---

1) Urkunde König Roberts für Fécamp v. J. 1006 hospites, quos colonos vocant. Bouquet T. X. p. 586. Urkunde Herzog Richards v. J. 1024. Urk. des W. von Tancarville ums Jahr 1050: totam villam, scilicet XXXII hospites. Urk. v. J. 1024, 1032 2c., s. Monast. Anglic. T. VI. p. 1066. 1073. 1108.

2) Vergleiche Hincmar Rhem. Ann. a. 866. Ducange s. v. Hospes. Rapsaet Recherches T. II. p. 558. Warnkönig Flandrische Staats- und Rechts-Geschichte Th. I, S. 245.

3) Urkunde v. J. 1165 in Mirael Opp. dipl. T. I. p. 708. Coutumes von Senlis bei Ducange l. l.

4) Leges voluntate principum sancitas et decretas. Dudo l. II.

schränkte sich nur auf eine kleine, vielleicht noch durch Will-
kürlichkeiten bestimmte Classe. Auffallend ist, daß längere Zeit
hindurch die Bischöfe und andere Prälaten in den Berichten
über die wichtigen, geistliche Angelegenheiten nicht betreffenden,
Berathungen nicht erscheinen.

Als der einflußreichste Ministeriale erscheint der princeps
militiae oder princeps domus [1]). Andere Hofwürden werden
in Urkunden und Schriftstellern vor der Eroberung Englands
nicht genannt; doch ist nicht anzunehmen, daß Seneschalle,
Connetable, Truchsesse, Schenken, Kämmerer [2]) und das übrige
Hofgesinde früher zu Rouen gefehlt haben [3]). Liesse sich auf
Dudos Ausdrücke bauen, so würde sich schon ein geheimer
Rath bei den älteren Herzögen finden [4]).

Die Bezeichnung der Comites ist in den Zeiten Rollos
nicht für Grafen zu nehmen. Wenn dem Fürsten oder Führer selbst kein höherer Rang als der des Grafen zustand, so
mussten seine Getreuen, wenn sie nicht zu seinem Geschlechte
gehörten, einen untergeordneten Titel führen. Die älteren Urkunden gedenken auch keiner anderen normannischen Comites,
sondern nur der barones [5]), proceres [6]). Die ehemaligen
Grafschaften Neustriens werden in genauer Rechtssprache selten genannt und erscheinen gewöhnlich in vicecomitatus getrennt [7]).

p. 85 b. Convocatis Dacorum Britonumque principibus. Ibid. p. 86 b.
Convocat maiores Dacorum. Ibid. p. 82 b. (Willelmus I.) consultis
Dacorum principibus. Ibid. p. 93 c. Optimates regni consulturus.
Ibid. p. 114 c.

1) Dudo l. III. p. 91. 92 c. 98 b. Gemmet. l. VII. c. 4.

2) Ein Camerarius genannt bei Dudo S. 105.

3) Roman de Rou bietet manche Bestätigung dar, wenn man sie
für authentisch anerkennen will.

4) Willelmus assumtis tribus fidis secretariis suis, von welchen
Botho, der princeps militiae, einer war. Dudo l. III. p. 111 d.

5) Urkunde v. J. 1032. Monast. Angl. T. VI. p. 1073.

6) Urk. a. a. Ibid. p. 1073. 74.

7) Urkunde v. J. 1042. Vicecomitatus Constantini et Constancia-
rum, Cotentin und die darin belegene Stadt Coutances. Vicecomitatus

Über die von Rollo getroffenen eigenthümlichen Rechtsin=
ſtitutionen iſt gar wenig zu berichten, wenn ihm gleich als
dem Gründer der Normandie und erſten normanniſchen Fürſten
der Ruhm des Anordners der Rechtsverfaſſungen ſeines Lan=
des weniger abgeſprochen werden dürfte, als ähnlicher Ruhm
manchem vielgefeierten Regenten anderer Länder. Doch erken=
nen wir hinlänglich, was uns das Wichtigſte iſt, daß es die
Einrichtungen des fränkiſchen Reiches waren, welche den Nor=
mannen als Vorbild dienten, ſo wie Sprache und Religion
deſſelben von dieſen angenommen wurden.

Wilhelm I.

Der jugendliche Graf Wilhelm ſcheint in den erſten Re=
gierungsjahren mit ſeinen Nachbaren dem Könige Rodulf feind=
lich gegenüber geſtanden zu haben. Im Jahre 933 aber hat
er den Lehnseid in ſeine Hände abgelegt und vom Könige auſſer
den Beſitzungen ſeines Vaters noch ein Küſtenland der Bre=
tagner erhalten [1]). Unter dieſem ſcheint das Cotentin zu ver=
ſtehen zu ſein, wodurch alſo die Normandie erſt ihre ſeitherige
weſtliche Grenze erhielt. Die Schenkung ward die Veranlaſ=
ſung, wenn ſie nicht wahrſcheinlicher als die Folge zu betrach=
ten iſt, eines Aufſtandes des Riulf, eines Nordmannen, bis=

Waureti. Ibid. p. 1073. Ranulphus vicecomes a. a. Ibid. p. 1074. Ricardus, vicecomes Abrincarum. Ibid. p. 1084.

1) Terram Britonum in ora maritima sitam. Frodoard. a. 933.
Schon Bouquet bezieht dieſe Schenkung nicht auf die eigentliche Bre=
tagne, ſondern auf die Gauen Avrenches und Cotentin, was Daru, der
hier höchſt verworren iſt, nicht beachtet hat. König Salomo von Bre=
tagne hatte von Karl dem Kahlen die Grafſchaft Coutances im J. 867
(ſ. Hincmar Rhemens. h. a.) erhalten, und die Vermuthung, daß nur
von dieſem Küſtenſtrich die Rede ſei, wird durch die Nachricht über Riulf
von Cotentin ſehr viel wahrſcheinlicher. Ich will jedoch ein Bedenken
nicht verhehlen, welches Frodoards Ausdruck b. J. 919 mir macht:
Britannia in Cornu Galliae (Cornuailles, Departement Finiſterre) ora
scilicet maritima. Sollte indeſſen wirklich dieſes Land gemeint ſein, ſo
müſſen wir ganz andere Verhältniſſe der Normandie zur Bretagne ver=
muthen als welche alle übrigen Nachrichten uns nachweiſen.

herigen Grafen von Cotentin [1]) oder Evreux [2]), welcher dem
Rollo mehr verbrüdert als pflichtig gewesen und jetzt die Abtretung des größeren Theiles des normannischen Neustrien,
nämlich des westlich vom Flusse Risle belegenen Landes, verlangte und auch sich desselben bemächtigte. Wilhelm bildete
ein in dem Leben nicht seltenes Widerspiel des Charakters des
Sohnes zu dem des Vaters; die Kleriker, welche dem jungen
Grafen die Anfangsgründe dessen beibringen sollten, was man
ausser der Waffenfertigkeit noch Bildung nannte, hatten ihren
Einfluß über das jugendliche Gemüth benutzt, um auf den kräftigen Rollo einen Ludwig den Frommen folgen zu lassen. In
seiner Burg zu Rouen vom Feinde eingeschlossen, war er im Begriffe sich zu ergeben, und nur die Drohung der tapferen alten
Krieger, ihn zu verlassen und nach dem heimatlichen Dä-
nenlande zurückzukehren, bewog ihn ein Treffen zu liefern,
welches dreihundert seiner Getreuen zu seiner Rettung und
mit völliger Vernichtung des Riulf entschieden. Riulf selbst
entfloh, doch wurde er von seinem eigenen Sohn Anschetil,
welcher sich durch Wilhelms Zusicherungen täuschen ließ, dem
Sieger ausgeliefert und von diesem geblendet [3]). Die Geburt
seines ersten Sohnes und Nachfolgers, Richard, zu Fécamp,
wohin die Mutter, eine nach dänischer Sitte genommene Bretagnerin, Sprota, aus Besorgniß, daß Riulf ihres Kindes sich
bemächtigen und es nach England senden möchte, geflüchtet war,
verschönerte den Tag, welcher den normannischen Staat wiederher-
stellte [4]). Der Knabe wurde später zur Erziehung nach Bayeux

1) Quens su, de Costentin entre Vire è la mer. So bezeichnet
ihn Wace, welcher nach Lieder der Jugleors (Jongleurs) über ihn in seiner Jugend gehört hatte. Roman de Rou v. 2108 sq. Rollo machte
auf das Cotentin vermuthlich nur ähnliche beschränkte Ansprüche wie auf
die übrige Bretagne, und Riulf kann nur wenig eingeschränkt durch Rollo
gewesen sein, welcher erst im Jahre 924 Bayeux erhielt. Die von Wace
angedeutete Sage von Riulf und Anquetil, von Licquet ganz übersetzen,
hätte sein Herausgeber bei Wilh. von Malmesbury B. II. C. 7.
finden können.
2) So Orderic. Vital.
3) Malmesbur. l. l.
4) Natus de concubina Britanna. Frod. a. 942. Dudo p. 97.
et 110.

gebracht, weil dort noch dänisch gesprochen wurde, während in
Rouen die französische Sprache die Muttersprache der Eroberer
bereits ganz unterdrückt hatte [1]), eine auffallende Thatsache,
welche theils die geringe Zahl der Nordmannen in Rouen be=
währt, theils auf ein entgegengesetztes Verhältniß zu Bayeux,
der älteren Eroberung Rollos, hindeutet und einiges Licht
auf den nach dessen Tode zwischen den dortigen und den zu
Rouen wohnenden Dänen entstandenen Zwist wirft.

     Glänzende Feste und Jagden verherrlichten in den folgen=
den Jahren den Hof des jungen Grafen, welcher durch Ver=
mählung seiner Schwester Gerloc, auch Adele genannt, an
Wilhelm mit dem Beinamen Tête d'Etoupe, Grafen von Poi=
tou, und durch die ihm selbst ertheilte Hand der Leutgardis,
Tochter des einflußreichen Grafen von Vermandois, Heribert,
so wie die Freundschaft des mächtigen Grafen von Paris, Hugo
des Großen, mit dem fränkischen Interesse enge sich verschmolz.
Bei der Rückkehr des Königes Louis Outremer spielte er daher
936 eine vorragende Rolle [2]). Die gleichzeitige Heimkehr Alains von
Bretagne beweiset, daß der Graf von der Normandie sich
nicht als den Oberherrn jenes Landes betrachtete; wenn es ihm
auch zu Leistungen verpflichtet blieb, welche häufige Fehden er=
regten.

939   In dem Kriege, welcher sich nach einigen Jahren zwischen
dem Könige Louis und seinen Vasallen entspann, schlug Wil=
helm mit seinen Nachbaren, dem Grafen Heribert von Ver=
mandois und Herluin von Ponthieu (Montreuil) sich auf die
Seite Hugos, welcher von seinem Schwager, dem deutschen
Könige Otto I, unterstützt wurde. Wir erblicken ihn hier durch
jene Verhältnisse in Fehde mit Athelstan von England und
Arnulf von Flandern, und die Verheerung des Gebietes des
Letzteren brachte den Bannstrahl der ihrem Könige anhängen=
den französischen Bischöfe über Rollos Sohn. Diese Waffen
schreckten indessen seine Krieger nicht, welche, unter ihnen vor=
züglich das Fähnlein aus Cotentin unter Leitung des Grafen
Herluin, dessen ihm von den Flämingern kürzlich entrissenes

1) Dudo p. 112. Benoit de Ste More.
2) Siehe oben Bd. I. S. 580.

Schloß Montreuil wieder eroberten[1]). Tetger, Wilhelms Major Domus, wurde an König Otto zu Verhandlungen abgeordnet, worauf dieser an Wilhelm Conrad den Weisen, Grafen von Worms, in jenen Jahren zum Herzoge der Franken ernannt[2]), abordnete. Wilhelm selbst wohnte einer Zusammenkunft Hugos, Heriberts und Arnulfs mit König Otto bei, welche zu Bouziers an der Aisne, zwischen Laon und Verdun stattgefunden zu haben scheint[3]). Schon im Frühlinge des folgenden Jahres huldigte Wilhelm zu Amiens dem 940 Könige Louis, wozu ein Überfall der Briten, welche eine normannische Burg einnahmen, die Veranlassung gegeben haben mag. Doch kaum hatte der König dem bigotten aber rohen und perfiden Heerführer von Rouen[4]) das demselben von seinem Vater Karl verliehene Land bestätigt, als dieser sich wiederum zu den Feinden des Königes wandte und mit Hugo und dessen geistlichen und weltlichen Verbündeten den Freund des Königes, Artald, den Erzbischof von Rheims, in dieser Stadt belagerte und dieselbe einnahm. Von hier zog Wilhelm mit Hugo vor Laon, welches sie auf die Nachricht der Annäherung des Königs verließen. Hugo und Heribert sollen dem deutschen Könige damals zu Attigny gehuldigt haben; der Normanne entschloß zu diesem Schritte sich nicht, doch blieb er in wiederholt erneuerten Einverständnissen mit Hugos Partei und dem deutschen Könige. Durch die Vermittelung des Papstes Stephan IX., welcher den fränkischen Fürsten, die dem Könige sich nicht unterwerfen, nur ihm, dem Papste, Gesandte zur Verhandlung ihrer Händel mit jenem senden wollten, wurde Wilhelm bewogen einen Gesandten des Königes, den Grafen Rotgar, anzunehmen. Dieser starb an Wilhelms Hofe plötzlich gleich nach seiner Ankunft, hatte jedoch denselben schon

---

1) Frodoard. z. J. 939. Dubo S. 103.

2) Diesen möchte ich in Dubos Cono, dux Saxonum, suchen.

3) Frodoard. a. 939. Dubo nennt anstatt Ottos irrig dessen Vater Heinrich. Locus super Mosam, qui dicitur Veusegus. Die Nähe von Laon ist vorher angedeutet. Bouziers ist einige Meilen von der Maas entfernt.

4) Vuillelmus Rotomagensium dux ferocissimus. Balderici Chron. Camerac. l. I. c. 71.

bewogen den König zu Rouen zu empfangen, worauf ein
Waffenstillstand mit den übrigen Kriegführenden vermittelt
wurde und der König und Wilhelm, so wie von anderer Seite
Hugo Geiseln an Otto sandten. Nach der Feststellung des
allgemeinen Friedens sollten auch einzelne Privatfehden geschlich=
tet werden, und Wilhelm folgte zu diesem Zwecke einer Ein=
ladung des Grafen Arnulf von Flandern, mit ihm auf einer
in der Somme gelegenen Insel bei Pequigny zusammenzutref=
942 fen. Die streitigen Angelegenheiten wurden mit anscheinender
17. Dec. Nachgiebigkeit geordnet, und der Friedenskuß besiegelte den
neuen Bund. Doch der schon heimkehrende Wilhelm wurde
von Arnulfs Mannen zurückgerufen und nicht eingedenk, daß
das ihm gelobte sichere Geleit nicht länger gültig sei, kehrte er
arglos wieder um und wurde durch schändlichen Verrath von
den Flämingern ermordet [1]. Die Mörder werden Balzo der
Kurze, Erich, Robbert und Ridulf genannt, welche eine alte
Sage als Rächer des Anschetil, welchen Wilhelm hintergangen
und hernach heimtückisch hatte ermorden lassen, darstellt [2].

Die Geistlichkeit beklagte Wilhelms Verlust sehr, um welche
er sich besonders durch die Herstellung des einst von nordischen
Piraten zerstörten Klosters des h. Philibert zu Jumieges ver=
dient gemacht hatte [3]. In die größte Gefahr wurde aber
durch diesen frühzeitigen Todesfall die Existenz der Nordman=
nen in Frankreich gebracht, welche aus ihrer hier erworbenen
Herrschaft zu vertreiben für die französischen Großen bei einiger
Einigkeit unter sich leicht gewesen wäre; so wie der angelsächsische
Eadmund gleichzeitig, und wahrscheinlich die Schwäche der franzö=
sischen Dänen benutzend, ihre Stammverwandten aus dem Norden
seines Reiches zu vertreiben wußte [4]. Auch ließ Louis es am

---

1) Frod. a. 942. 943. Florent. a. 942. Dudo l. III.

2) Malmesbur. l. II. c. 7. und Wace a. a. O., wo unter
Baute d'Espaigne jener Balzo gemeint sein könnte. Blaso curtus, ca=
merarius. Chron. Sithien. ap. Bouquet T. IX. p. 78.

3) Dubo. Bestätigungs=Urkunde durch König Henry II. in Monast.
Angl. T. VI. p. 1087.

4) Siehe oben Bd. I. S. 889. Daß Verbindungen zwischen den
Normannen und den Dänen in England stets stattfanden, ist nicht zu
bezweifeln.

Versuche nicht fehlen durch List zu erreichen, was sein Schwert zu erwerben nicht vermochte. Schon Wilhelm hatte seine Lehns= leute sich verpflichten lassen seinen Sohn Richard als seinen Nachfolger anzuerkennen [1]), und auch Louis, tiefen Unwillen über Arnulfs Verrath aussprechend, bestätigte dem kaum zehn= jährigen Knaben das den Normannen einst abgetretene Land; doch von den benachbarten Baronen, welche den früheren Grafen der Normannen Diensttreue gelobt hatten, verpflich= teten mehrere sich jetzt dem Könige, andere dem Grafen Hugo. Das Land gerieth in einen Zustand der Auflösung, da neue Schwärme heidnischer Nordmannen landeten, denen sich viele der Ansiedler, das unbequeme Christenthum wieder ab= werfend, anschlossen. Selbst Rouen und Evreux fielen in die Hände derselben. Der heidnische König Sithrik und der Re= negat Turmod versuchten auch den jugendlichen Richard zum Abfall zu zwingen und König Louis zu tödten. Diesem ge= lang es jedoch die Heiden aus Rouen zu vertreiben, worauf er den Befehl dieser Stadt dem Grafen Herluin anvertraute und den Knaben Richard unter dem Vorwande der Erziehung als Geisel mit sich nahm. Auch Evreux, welches Graf Hugo mit Hülfe der dortigen, dem Christenthume getreu verbliebenen Nordmannen erobert hatte, wurde dem Könige von diesem ausgeliefert. Herluin erfocht einen Sieg über seinen und sei= ner Nordmannen Feind, den Grafen Arnulf, tödtete den Blaso Curtus, den Meuchelmörder Wilhelms, und sandte die abge= hauenen Verrätherhände den rachefrohen Einwohnern von Rouen.

---

1) Aus einer zweiten und legitimen Ehe hatte Wilhelm keine Kin=
der. Seine Gemahlin wird Leutgardis benannt, und war nach der über=
schrift des Cap. 3. B. III. der Geschichte des Wilhelm von Jumiéges
eine Tochter des Heribert, Grafen von Vermandois, welchen wir aller=
dings unter den Verbündeten Hugos mit Wilhelm finden. Dudo S.
118 a. nennt den Bernhard von Senlis den avunculus des Richard, wo=
durch Wace V. 2072. verleitet ist einen Heribert von Senlis zu schaf=
fen, welchen er zum Schwiegervater Wilhelms gestaltet. Leutgarde ver=
mählte sich in zweiter Ehe dem Grafen Thibault (le Tricheur) von Blois,
was auch Dudo S. 137 d. andeutet: Tetboldus, novercalibus fu=
riis zeloque et odio successus. Vergl. Glabri Radulphi histor.
l. III. (ap. Bouquet T. X. p. 41.), welcher den Thibault als Mörder
Wilhelms darstellt.

Doch die Versöhnung des Louis mit Arnulf stimmte diese gegen
den König [1]). Hosmund, dem die Erziehung des jungen Fürsten an dem Hofe zu Laon aufgetragen war, befreiete diesen,
indem er durch die Verbreitung der Sage von seiner Krankheit
und erfolgtem Tode die Wächter sorglos machte, sodann
selbst verkleidet jenen in einem Bündel Heu übers Pferd geworfen, mit Hülfe des Yvo von Breteuil, eines königlichen
Wurfschützen, aus den Mauern Laons heraus und zu den Burgmannen von Coucy brachte [2]). Bernhard von Senlis bewog
mit leichter Mühe den Grafen Hugo sich des jungen Fürsten
anzunehmen.

Ein Bündniß Hugos mit den Normannen [3]) war die nächste
Folge dieses Entschlusses, und die Folge des Bündnisses ein
Angriff der Normannen auf die Bretagne, wo mit großer
Erbitterung mehrere Schlachten geliefert wurden, in denen die
neu angekommenen Dänen besonders vorwalteten und endlich
siegten. Diese hatten sich seit einiger Zeit vorzüglich im Cotentin und zu Bayeux niedergelassen und erhielten bald einen
Anführer, Harold, welcher der bekannte dänische König, mit
dem Beinamen Schwarzzahn (Blaatand), gewesen sein soll.
Louis war mit dem Grafen Arnulf in die Normandie wieder
eingedrungen und hatte nach geringem Widerstande sich Rouens
bemächtigt. Viele Nordmannen flohen übers Meer, um andere Ansiedlungen zu suchen oder Hülfe aus ihrer alten Heimat
zu holen [4]). Hugo war unterdessen gegen Bayeux gerückt, wel-

---

1) Frod. a. 943. Dudo p. 115. 116. Beider Schriftsteller Berichte hat Hugo von Flavigny im libellus de modernis Francorum
regibus mit einander verschmolzen.

2) Dudo p. 117 sq. Gemmet. l. IV. c. 5. verglichen mit Orderic. l. VI. p. 619 sq. Pluquet a. a. O. S. 161. bemerkt richtig,
daß Coucy ein Schloß des Erzbischofes von Rheims gewesen sei, doch
kann es eben so, wie Rheims damals es häufig war, in den Händen der
Gegner des Königs gewesen sein.

3) Frodoard. a. 944.

4) Frod. l. l. Dudo p. 121. Die Schenkung wird von Orderich B. VI. S. 619. auf Hiesmes, Bayeux und das ganze Cotentin
bis zum Berge St. Michel ausgedehnt und werden dabei andere Umstände
erwähnt, welche den Mönchen zu Ouche bekannt sein konnten.

ches der König ihm verliehen hatte, falls er ihn in der Be=
zwingung der Normannen unterstützen wollte. Diese vermoch=
ten Louis jedoch dem Grafen den Befehl zu ertheilen die
Belagerung aufzuheben, worauf jener sich der Stadt Bayeux,
wie früher Evreux's, bemächtigte, die Normannen aber in Hu=
gos Länder einfielen und mit dem Könige gegen den ihm früher
gleichfalls verbündeten Grafen von Vermandois zogen.   Wäh=
rend dieser Zeit war König Harold zu Cherbourg im Cotentin
angelangt, oder hatte sich dort neu gerüstet ¹). Es wurde zur
Ausgleichung der verschiedenen Ansprüche eine Zusammenkunft
des Frankenkönigs mit dem der Dänen am Flusse Dives oder **945**
an der Grenze des Bessin veranstaltet; doch diese brachen das **15. Jul.**
gegebene Geleit und metzelten die Umgebungen des Königs,
unter diesen den Grafen Herluin und dessen Bruder Lantbert,
nieder ²); der König selbst entfloh nur durch einen ihm getreuen
Normannen geschützt.   Die Dänen wußten für diesen Verrath
keine andere Beschönigung, als daß ihr Volk erbittert gewesen,
den Grafen Herluin, welcher die unschuldige Veranlassung zur
Ermordung Wilhelms geworden war, zu sehen, und durch die=
sen Anblick gereizt ihn überfallen hätte.   Der Hauptgrund
ihres Hasses gegen Herluin lag aber wohl in dem ihm über=
tragenen Befehl von Rouen, was um so wahrscheinlicher ist,
da Louis, dort angelangt, sogleich von Bernhard dem Dänen
und anderen dortigen Normannen ergriffen und in Haft ge=

---

1) Das Erste scheint aus Dudo hervorzugehen, das Zweite besser mit
Frodoard zu stimmen: Haigroldus Nordmannus, qui Nordmannis
praeerat. Nach Gemmet. l. III. c. 9. l. IV. c. 7. hatte Harold,
nachdem ihn sein Sohn Svend vertrieben, schon von Wilhelm I. das
Cotentin erhalten, worin ein Anachronismus von einem halben Jahrhun=
derte liegt. Man wird sich hoffentlich überzeugen, daß in den Erzählun=
gen des Dudo gewöhnlich historische Wahrheit zum Grunde liegt, und er
da die Quelle ist, wo gewöhnlich seine Nachschreiber-copirt werden, daß
aber gewöhnlich des W. v. Jumièges u. a. Zusätze zum Dudo ir=
rig sind.

2) Dudo p. 123. Frodoard. a. 945. Rex assumpto Herluino
Rodomum repetit, socios pene cunctos regis interimit. Ann. S. Columbae Senon. a. 945. Ein anderer Bruder Herluins war Hebrard,
welchem die Burg Ham gehörte; Herluins Sohn Rotger. Frodoard.
a. 932. 947.

halten wurde. Er wurde nur gegen Stellung wichtiger Geiseln, seines jüngeren Sohnes[1]) und der Bischöfe von Soissons und Beauvais entlassen, worauf Graf Hugo sich jenes
traurigen Spielballes seiner Vasallen bemächtigte. Auch die
Normannen unterwarfen sich nunmehr jenem Grafen, welcher
den Rabulf Torta, Sohn des pariser Bischofs Gautier, zu
seinem Vertreter einsetzte[2]), der jedoch wegen seiner übergroßen
Strenge und Mishandlungen gegen Richard aus Rouen vertrieben wurde. Mittlerweile hatte die Königin Gerberge und
ihr auf des angelsächsischen Königs Eadmund Verwendung der
Haft entlassener Gemahl sich mit dem Könige Otto, ihrem
Bruder, vereinigt gegen Paris, Senlis und Rouen zu ziehen[3]). Mit auserlesener Mannschaft rückte Otto vor die Dä-
nenstadt, ohne sich derselben, da sie durch ihre Lage sehr geschützt war, bemächtigen zu können ehe der strenge Winter
einbrach, welcher ihn wieder nach Sachsen zurückführte. Einen schmerzlichen Verlust erlitt Otto durch den Tod seines
Neffen[4]), welcher unter den Schwertern der Normannen fiel.
Doch verhalf dieser Triumph denselben noch nicht zur Unabhängigkeit, da Hugo als Beherrscher, vielleicht als Richards Vormund erscheint[5]).

1) Er starb bald zu Rouen, s. Dubo S. 126 c., welcher ihn nicht
näher bezeichnet, und Wittekind, welcher ihn Karl, den ältesten Sohn
des Königs, nennt. Aus Froboard a. a. O. sieht man aber, daß
der jüngere Sohn gemeint ist. Sigebert z. J. 948 nennt ihn
Karlmann (welcher der dritte Sohn war), maior filius Ludovici. Orderic. Vitalis B. V. nennt Lothar als Geisel, und bewährt auch
hier, wie jeder nachfolgende Schriftsteller die Fehler seiner Vorgänger zu
vermehren weiß.

2) Daß er kein königlicher Beamte war, ergiebt sich aus dem Ver-
folge bei Dubo; daß er nicht ein Normann war, wie Dubo S. 127 c.
angibt, erhellet aus Wilhelm von Jumièges, B. IV. C. 6., wo
von seinen gegen dessen Kloster begangenen Unbilden die Rede ist, und
daher eigenthümliche Nachrichten diesem Schriftsteller vorgelegen haben
müssen.

3) Dubo S. 130. Froboard b. J. 946. Wittekind B. III.
Continuat. Regin. a. 946. Baldericus l. l.

4) Sein Name ist noch nicht aufgeklärt.

5) In einer Urkunde v. J. 968 sagt Richard: cum assensu senio-

Richard I.

Bald darauf gelangte eine Belehnung, durch welche Louis an dem Flusse Epte dem Grafen Richard die dem Rollo einst verliehenen Ländereien bestätigte, zur Ausführung [1]). Nach des Königs Louis IV. (954) und Hugo des Großen (956) Tode erhielt Richard die Hand der Emma [2]), des Letzteren Tochter, Schwester des nachherigen Königs Hugo Capet. Doch auch diese Verbindung sicherte das Einverständniß mit den französischen Fürsten dem Normannen nicht. Graf Thibaut von Chartres, Tours und Blois; welcher die eheliche, aber kinderlose Gemahlin Wilhelms in zweiter Ehe genommen hatte, erregte ihm vielen Zwist mit König Lothar, der Königin Mutter Gerberge und deren Bruder, dem Erzbischofe von Cöln; sogar ein Plan gegen Richards Leben soll geschmiedet worden sein [3]). Dieser versuchte eine von Lothar zu Soissons angesagte Reichs= versammlung mit Gewalt zu verhindern, die Seinigen wurden aber von den Getreuen des Königs auseinander und in die Flucht getrieben. Im folgenden Jahre jedoch war er glückli= cher gegen Thibaut, der aufs Haupt geschlagen zu Gerberge und deren Sohn floh, um Schutz gegen den Unwillen Richards und seines mächtigen Schwagers Hugo zu suchen [4]). Lothar eroberte und verlieh dem Grafen von Chartres die Stadt Evreux, welche nicht als ein unveräusserliches Bestandtheil der Grafschaft Rouen betrachtet wurde; Thibaut drang bis Rouen vor, doch ward er von Richard geschlagen, welcher sich unter= dessen nach Dänemark gewandt hatte, um Bundesgenossen zu

ris mei Hugonis, Francorum principis. Bouquet T. IX. p. 731. Hugo, collecta suorum Nordmannorumque manu Suessionicam ag= greditur urbem — Laudunum adit. Frodoard a. 948. 949. Hugo, magnus princeps Francorum, Burgundionum, Britonum atque North= mannorum. Annal. Floriac. a. 956.

1) Dudo S. 126.

2) Frodoard a. 960. Dudo p. 136.

3) Dudo S. 137 d.

4) Frodoard. a. 961. 962. Dudo S. 141. findet auch hier wie= der seine Gewähr in einem gleichzeitigen Chronisten. Dudo erwähnt hierbei des Grafen Balduin von Flandern, welcher vom Jahre 958—961 Mitregent des Grafen Arnulf war.

entbieten. Diese erschienen bald auf der Seine, und ihre Ge=
genwart beförderte die Herstellung des lang entbehrten Frie=
dens. Evreur wurde wieder an Richard zurückgegeben, und die
neugelandeten Dänen zogen nach Spanien, von wo sie sich nach
manchen Zerstörungen und Kämpfen nach Afrika gewandt ha=
ben sollen. Die Entfernung dieser dänischen Krieger deutet uns
wichtige Veränderungen in dem Zustande der Normandie an:
der herrenlose Besitz war vertheilt und Raub ein Verbrechen
für Normannen geworden; Ordnung, Eigenthum und Cultur
waren befestigt, und es wurde ängstlich entfernt, was diese
stören konnte.

Richard erscheint jetzt in befreundeten Verhältnissen zum
Könige Lothar und vermittelte dessen Zwist mit dem jüngeren
Arnulf von Flandern, als der König schon der Städte Arras
und Douay, der Abtei St. Amand und alles Landes bis zum
Lysflusse sich bemächtigt hatte [1]).

Nicht lange hernach starb Richards Gemahlin Emma,
welche ihm keine Kinder hinterließ; dennoch störte der Tod der
Gräfin die freundlichen Verhältnisse mit Hugo Capet nicht,
auch als dieser die königliche Krone auf sein Haupt gebracht
986 hatte. Den Grafen Adelbert von Vermandois, welcher die
neue Dynastie anzuerkennen sich weigerte, doch den Angriff des
Königs fürchtete, bewog Richard durch die Unterhandlungen
seines nachherigen Biographen, Dudo, des Dechanten von
St. Quintin, dem Könige sich zu unterwerfen.

Die späteren Tage der langen Regierung Richards waren
der Befestigung des neuerworbenen Landes gewidmet. Selbst
991 eine Fehde mit England zeigt durch die ihr gewordene Ver=
mittelung des Papstes [2]), daß der Gedanke an eine Vertrei=

----

1) Dudo S. 155 c. vergl. mit Froboard z. J. 965. Chron.
Tornacense S. Martini a. 966. apud Bouquet T. VIII. p. 284.
Die Nachricht, daß Arnulf im Jahre 966 mit den Normannen gekriegt
habe, aber im Jahre 987 zu Richard geflüchtet sei, ein Irrthum des W.
von Jumièges, scheint mir hiernach zu berichtigen; vergl. auch Bou=
quet Th. X. S. 184. Note.

2) Vergleiche über diese Fehde oben Bd. I. S. 421—423. Für die
Echtheit des Friedens=Documentes spricht gleichfalls, daß die Namen der
beiden Zeugen Rabulf und Turstin sich auch in der angeführten Urkunde v.
J. 968 finden.

bung der Normannen aus diesen Gegenden, von wo aus sie
so bald das südliche Italien und selbst die Engelsburg bedro=
hen sollten, nicht mehr aufkommen konnte. Die Verschmel=
zung der nordischen Ansiedler mit dem römisch=christlichen Eu=
ropa geht auch aus Richards bedeutenden geistlichen Stiftun=
gen und Gaben hervor. Er erneuerte und vergrößerte die vor
150 Jahren von den Nordmannen zerstörte Abtei zu Fécamp,
wohin er den h. Wilhelm zur Einführung der Cluniacenserre=
gel rief [1]). Dieser verweilte dreißig Jahre dort († 1031) und
wurde, nachdem ihm die Aufsicht über andere dortige Klöster
anvertraut war, der Begründer der Benedictinerregel in jenen
Gegenden. Früher schon hatte Richard unter der Bestäti=
gung König Lothars sowie des Papstes Johann XIII. das
Kloster auf Mont St. Michel wiederhergestellt [2]) und anstatt
der Weltgeistlichen Mönche hineingesetzt. Auch erneuerte er
die Kirche des St. Owen zu Rouen, welche in ihren spä=
teren Ausschmückungen eines der herrlichsten Denkmäler jener
Baukunst geworden ist, in welcher die Normannen unzählige
Klöster und Kirchen aufführten, und welcher daher bisweilen
ihr Name ertheilt worden ist. Dem Kloster St. Denys bestä=
tigte er das Dorf Berneval im Gau Tallau (Arques), welches
sein Großvater Robert demselben ertheilt hatte [3]). Das Kloster
St. Benigni zu Dijon erhielt von ihm selbst ein Dorf mit
der Kirche St. Adelbert in Hiesmes [4]).

Über das Todesjahr Richards I. sind die Angaben sehr
verschieden, was aus dem gleichen Namen seines Nachfolgers
zu erklären ist. Wahrscheinlich fiel sein Todestag auf den

1) Letzteres geschah nicht erst unter Richard II., wie Monast. An=
glic. T. VI. p. 1082. berichtet. S. Chron. S. Benigni Divion. apud
d'Achéry Spicileg. T. I. p. 444 sq. 450 sq. In Fécamp ist zu je=
ner Zeit ein Mönch Clemens, de Anglorum terra, vir nobilis, regali
prosapia clarus, für englische Genealogen zu beachten. S. daselbst S. 444.

2) S. Urkunde König Lothars v. J. 966 bei Bouquet T. IX.
p. 629.

3) Urkunde v. J. 968 bei Bouquet T. IX. p. 751., wo außer
seiner Gemahlin Emma auch seine fideles Osmundus et Radulfus benannt
werden. S. Dubo S. 115. 119.

4) Chron. S. Benigni l. l. p. 445.

20sten November des Jahres 996[1]), falls er nicht in diesem
Jahre zu Gunsten seines Sohnes die Regierung niederlegte
und erst im Jahre 1002 starb. Die Predigt seiner Mönche
hatte den Enkel Rollos zu einer so tiefen Zerknirschung gebracht, daß er sich der Grabstätte in der Kirche nicht würdig
hielt, sondern ausserhalb derselben unter dem Tropfenfall beerdigt zu werden verlangte.

Richard hatte nach dem Tode der Emma, welcher nicht
vor dem Jahre 968 sich ereignete, mit der Gunnor, aus vornehmem dänischen Stamme, sich vermählt[2]). Mit dieser erzeugte er fünf Söhne und drei Töchter, von denen hier zu
bemerken sind sein Nachfolger gleiches Namens; Robert, Graf
von Evreux, sehr jung zum Erzbischofe von Rouen erhoben;
Emma, welcher die Auszeichnung, die Gemahlin eines angelsächsischen Königes, des Äthelred, zu werden und hernach die
viel größere beschieden war, als dessen Wittwe die Hand des
großen Herrschers des gesammten Nordens zu erlangen; endlich Havois, Gemahlin des Geoffroy, Grafen von Bretagne.

Richard II.

Die Jugend Richards II. brachte seinem Lande nicht ge-
ringere Gefahr als einst die seines Vaters, wenngleich aus
einem ganz entgegengesetzten Elemente hervorgehend. Der Druck
der normannischen Barone lastete schwer auf dem Landmanne,
welcher noch immer der Zeiten sich erinnerte, wo er nur seinem
Herren dienst- und abgabenpflichtig, durch Zölle, Wegegelder,
Jagdgerechtigkeiten und andere Beschränkungen des Verkehrs

---

1) Necrolog. Fiscannense 994 sagt eine neuere Handschrift des
Chron. Saxon. — 996 Florent. Ademar Caban. ap. Bouquet T. X.
p. 146. Access. Roberti de Monte. Ibid. 269. Chron. S. Michaelis in periculo maris. Ibid. 247. Gemmet. l. IV. c. 20. Orderic. l. III. Nur Dudo hat das Jahr 1002. Wilhelm von Malmesbury setzt Richards Tod in das 28ste Jahr der Regierung König
Äthelreds, d. h. 1006; anstatt des 18ten.

2) Daß er sie erst heirathete, nachdem mehrere Kinder erzeugt waren, erzählt Wilhelm von Jumièges B. VIII. C. 36., womit
auch Roman de Rou v. 5402—5766 sq. übereinstimmt. Dudo hielt
es angemessen, von Gunnor gänzlich zu schweigen.

so wie des Gebrauches ehemaligen Gemeingutes wenig beein=
trächtigt war. Als die Willkür des Adels, welcher schon in
dem Lande für sich nicht Raum genug fand, nach dem Ab=
gange des alten Fürsten noch freier sich regte, versuchten auch
die Landleute durch Vereinigung ihrer Kräfte den ungerechten
Lasten sich zu entziehen. Sie hielten Versammlungen an ver=
schiedenen Theilen des Landes und sandten von jedem zwei
Abgeordnete zu einem in Mitte desselben belegenen Vereini=
gungsorte. Die Verschwörung wurde entdeckt, ehe sie zum
Ausbruche kam. Graf Raoul (Radulf), Richards Oheim, um=
zingelte und ergriff die Abgeordneten bei ihrer Berathung, ließ
ihnen Hände und Füße abhauen und sandte sie in ihre Dör=
fer als lebende Schreckbilder für alle Gleichgesinnte zurück[1]).

Eben so glücklich wurde ein Aufstand verhindert, welchen
Wilhelm, Graf von Hiesmes, ein älterer Sohn Richards I.
von einer Concubine, beabsichtigte[2]). Auch hier wurde durch
Graf Raouls rasches Verfahren größeren Übeln vorgebeugt,
indem er den Übermüthigen verhaften und in den Thurm zu
Rouen werfen ließ. Dieser entfloh nach fünf Jahren und
benutzte die Freiheit, seinen Bruder und Fürsten auf der
Jagd aufzusuchen und sich um Gnade flehend ihm zu Füßen
zu werfen. Dieser, dem seine bewährte Herzensgüte den Bei=
namen des Guten (le bon) verdient hat, nahm ihn freundlich
auf, verlieh ihm die Grafschaft Eu und gab ihm die Hand
der schönen Lesellina, des edlen Turchetills Tochter, von wel=
cher eine erlauchte Nachkommenschaft abstammt.

Der junge Graf verfolgte in seiner Politik anfänglich die
von seinem Vater eingeschlagene Richtung, an den König und
die Geistlichkeit sich enge anzuschließen, was ihm so sehr ge=
lang, daß er durch seinen Einfluß über König Robert beinahe
der Herr von Frankreich wurde. Als nach dem Tode Hein=
richs, Herzogs von Burgund, dieses Land vom Könige Robert
angesprochen wurde, war es Richard, welcher mit 30,000 Man= 1003

1) Gemmet. l. V. c. 2. Höchst anziehend ist hier Roman de
Rou v. 5975 sq., welcher jedoch in diese Bauernverschwörung zu viele
spätere Begriffe hineinträgt.

2) Im Jahre 998, wie Histoire des Grand-Officiers de la Cou-
ronne, oder 997, wie Pluquet a. a. O. S. 315.

3 *

nen biesem bie Macht zur Einziehung des Herzogthumes ge=
1006 währte [1]). Einige Jahre später war er mit bem Könige so
wie mit Kaiser Heinrich II. gegen Balduin IV. Schönbart,
Grafen von Flandern, verbündet und nahm Theil an der Be=
lagerung von Valenciennes [2]):

Während Richard hier als eine Hauptstütze der neuen ca=
petingischen Dynastie und des Königthums in Frankreich er=
scheint, hatte er nicht versäumt seine Verbindungen mit den
nordischen Reichen zu besestigen. Die Hand seiner Schwester
Emma hatte er dem Könige Athelred verliehen, und die Nie=
bermetzelung der Dänen in der St. Briccius=Nacht [3]) hatte ihn
nicht vermocht an ben Rachezügen der Dänen gegen England
thätigen Antheil zu nehmen. Er konnte hierzu sich um so we=
niger geneigt fühlen, da bie bänischen Räuberschaaren auch sein
Land nicht immer verschont hatten [4]). Wohl aber wurde vom
Grafen von Rouen damals der Besuch bes Königs Svend
Tveskiäg und seiner Begleitung mit dem Glanze, welcher sei=
nen Hof auszeichnete, empfangen. Richard wollte nicht gegen
seiner Schwester Gemahl zu Felde ziehen und sah einen besse=
ren Lohn seiner Wirksamkeit in der Verfolgung seiner Interes=
sen in Frankreich; jeboch gegen das eidliche Gelübbe bes Dä=
nenkönigs, baß seine Krieger die französischen Küsten nicht
beunruhigen würden, gestattete er ben Dänen ben Verkauf
ihres Raubes in seinem Lande, so wie die Aufnahme und
Beherbergung verwundeter Dänen bei seinen Unterthanen [5]).

In einer Fehbe, welche sich nach dem Tode einer dem
Grafen Odo von Chartres vermählt gewesenen Schwester Ri=
chards, Mathilde, über bie Rückgabe der ihr als Mitgift aus=
gesetzten Burg Dreur entspann, entschloß er sich zwei nordische
Häuptlinge, welche König Svend auf seinem letzten Zuge nach

1) Glaber Radulf. l. II. c. 8. Hist. episcop. Antisid. apud
Scr. rer. franc. T. X. p. 171. Gemmet. l. V. c. 15. Chron. Hugon.
Floriac. l. I. p. 221.] Chron. S. Petri Vivi Senon. ibid. 222.

2) Sigebert. a. 1006. Balderici Chron. Camerac. l. I.
c. 33 et 114.

3) S. oben Bb. I. S. 433 fg.

4) Chron. Saxon. Florent. a. 1000.

5) Gull. Gemmet. l. V. c. 7.

England begleitet hatten, zur Hülfe zu rufen, deren einer Lag-
man, der Schweden, der andere Olav, der Norweger König
genannt werden [1]). Es war ein Jahrhundert verflossen, seitdem Herzog Rollo einst die h. Taufe zu Rouen empfangen
hatte, als Graf Richard und sein Bruder Robert, der Erzbischof von Rouen, den König Olav, Sohn des Harold Gränske
und Enkel des Harold Harfagri, vermochten, wie einst sein
Vorgänger Olav Tryggvason in England gethan, in den Schooß
der christlichen Kirche zu treten, in welcher er später den glorreichen Namen des Heiligen und Blutzeugen erwarb [2]). Wie
Richard seine aus England geflüchtete Schwester, die Königin
Emma-Alfgive und deren Sohn, so wie König Äthelred
freundlich aufnahm und beherbergte und nach des Letztern Tode
Emmas Hand ihn mit dem Beherrscher des großen anglo-
dänischen Reiches verschwägerte, ist bereits oben erzählt. Auch
den Franken diente Richards freundliches Verhältniß zu den
Dänen, wovon uns ein Beleg in der auf sein Anhalten er-
langten Auslieferung einer im Jahre 1008 zu Mont St. Michel
geraubten Pilgerin, der Gräfin Emma, nach dreijähriger Gefangenschaft an ihren Gemahl, Grafen Wido von Limoges,
berichtet ist [3]).

Nicht lange war durch Vermittelung des Königs Robert
der Streit zwischen Richard und Odo über Dreux beigelegt,
wobei diese Burg dem Letztern, das dortige Land aber und
Tillières, noch jetzt ein Grenzort der Normandie [4]), Jenem zuer-

1) Vergleiche oben Bd. I. S. 446. 451. Jene sind vermuthlich die
Kriegshülfe aus England, von welcher Glaber Radulf. l. II. c. 3.
spricht.

2) Es ist ohne Grund, wenn Depping a. a. O. II. 179. und
nach ihm Andere, diese Nachricht auf Olav Tryggvason beziehen. Auch
Theodorich von Drontheim Cap. 13. (Langebek scr. rer.
danic. T. V. p. 322.) hatte sie nicht auf diesen, sondern auf Olav, Harolds Sohn, richtig gedeutet. Nicht minder willkürlich erscheint die Zusammenstellung des Einfalles der Normannen in Guienne ums Jahr 1019
(bei Ademar. Caban.) mit den Kriegen Richards gegen den Grafen
von Blois und Champagne.

3) Ademar. Caban. ap. Bouquet T. X. p. 151.

4) Tillières wurde anfänglich dem bekannten Nigel von Cotentin
(s. Bd. I. S. 422.) und Robert von Toesny, so wie dessen berühmtem

kannt wurde, als eine neue Fehde zwischen diesen beiden, wenn
auch nicht stammververwandten, aber doch engverbundenen Für-
stenhäusern entstand. Ein Lehnsmann des Grafen Odo, Ritter Walter, hatte sich des Schlosses Melun, welches dem Grafen Burchard von Corbeil und Melun gehörte, heimlich bemächtiget und es seinem Lehnsherrn übergeben¹). Der König
beauftragte den Grafen Richard, den Streit zu entscheiden, doch
verweigerte Odo auf dessen Ladung sich zu stellen, weil er nur
durch den Ausspruch seiner versammelten Pairs (conventus pa-
rium) gerichtet werden könne²). Richard rückte mit seinen
Normannen vor Melun, welches sich einige Zeit vertheidigte,
doch dem Tag und Nacht von den Belagerern geschickt gehand-
habten Wurfgeschütze nachgeben musste.

　　Noch in den letzten Jahren Richards trat er wiederum
als der Erhaltrr der Ruhe Frankreichs und Rächer beleidigter
Freunde auf. Seine Tochter Abheliz war dem Grafen Reinold
zu Hochburgund, Sohn des einflußreichen Otto Wilhelm, des
großen Erzgrafen an beiden Seiten des Jura, vermählt. Durch
1024 Hinterlist bemächtigte Reinolds sich Hugo, Graf von Chartres
und Bischof von Aurerre, legte ihn in strenge Haft und wies
die Gesandten des Schwiegervaters, welche die Befreiung des
Gefangenen verlangten, schnöde ab. Richard versammelte ein
bedeutendes Heer, dessen Befehl er seinem gleichbenannten Sohne
übertrug. Der freie Durchzug nach Burgund wurde durch
friedliche Verhandlungen bewirkt, durch welche der Graf von

Sohne Roger anvertraut, welche es tapfer vertheidigten. G. Gemmet.
l. V. c. 10.

　　1) Bouquet setzt diese Begebenheit in das Jahr 999, nach Hugon. Floriac. fragment. a. 999. Scr. rer. franc. T. X. p. 221.
vermuthlich aus Gemmet. l. V. c. 14., welcher angibt, daß Herzog
Heinrich von Burgund annis ab hine tribus emensis gestorben sei. Doch
kam Odo erst im Jahre 1004 zur Regierung. Wahrscheinlich ist hier
bei dem an chronologischen Nachweisungen so sehr dürftigen Wilhelm
von Jumièges ein Fehler, anstatt: annis M et tribus emensis.
Vergl. auch Vitam S. Burchardi Comitis cap. VII. Bouquet
T. X. p. 355. Daß Graf Burchard den Normannen Corbeil habe ab-
treten müssen, gibt an Michelet l. l. T. II. p. 156.

　　2) Ich glaube den Brief Odos an den König ohne Datum bei
Bouquet Th. X. S. 501. auf diese Angelegenheit beziehen zu dürfen.

Bexin sich mehrere reiche Dörfer in der Normandie erwarb. Doch reicher Ruhm lohnte die Aufopferungen und die nachfolgenden Anstrengungen des Feldzuges. Die Eroberung der Burg Mirmand in den Alpen wurde später unter die glänzendsten Waffenthaten der Normannen gezählt, und Bischof Hugo, ferneren Widerstand vergeblich erachtend, warf sich in tiefster Erniedrigung, einen Pferdesattel auf dem Rücken, vor dem jugendlichen Sieger nieder und brachte Gelübde und Geiseln für die Entlassung Reinolds [1]).

So erfolgreich Richard auf diese Weise für die Befestigung und das Ansehen seiner Herrschaft strebte, so erkennen wir doch, wie sehr der vorzüglichste Ruhm derselben in seiner zahlreichen, tapfern Ritterschaft bestand, welche auch ohne Leitung ihres Fürsten, nach Art ihrer Vorfahren, glorreichen Waffenruhm und Lohn, sogar werthvollere Kronen als die des Grafen von Rouen sich zu erwerben wusste. Roger von Toesny, Rabulfs Sohn aus dem gefürchteten Stamme des Hulk [2]), eines Vaterbruders des Rollo, ist unter diesen hier erst zu nennen, welcher in Spanien mit großer Tapferkeit, aber auch unerhörter Grausamkeit — Zeitgenossen erzählen, daß er die gefangenen Saracenen ihre gleich Schweinen abgeschlachteten und in Stücken gesottenen Glaubensbrüder hatte verzehren lassen, — gegen die Araber focht und die Hand der Stephania, Tochter des Grafen Raimund Borrel und der verwittweten Gräfin von Barcelona, Ermensede, erhielt und in vielen ferneren Kämpfen siegreich war. Doch blieb das Glück ihm nicht immer treu; auch in Barcelona fand er Neider und Feinde, und Graf Richard glaubte mit ihm über seine vielen Getreuen, die jener seinem Ehrgeize aufgeopfert hatte, rechten zu dürfen. Doch versöhnte Roger sich mit dem Grafen und kehrte noch vor bessen Tode nach der Normandie zurück [3]).

1) Gemmet. l. V. c. 16. sagt: Milinandum s. Milbiandum. Henr. Huntend. l. VI. p. 762. und Roman de Rou: Mirmand.

2) De stirpe mala Hulcii, nicht Malahulcii. S. Bouquet T. XIII.

3) Ademar Caban. apud Bouquet T. X. p. 151. Chron. S. Petri Vivi Senon. Ibid. p. 223. Daß Roger 15 Jahre in Spanien gewohnt, muß nach den übrigen Umständen ein Schreibfehler sein. Ich halte Roger für identisch mit dem Rogerius Toonites des Guil. Gem-

Erfolgreicher, wenngleich bescheidenern Anfanges war die Niederlassung des Rabulf[1]), eines andern Normannen, im südlichen Italien, welchen die Pilgerfahrt nach Jerusalem durch jenes Land und nach der Kirche des bei den Normannen vielverehrten Erzengels Michael auf dem Berge Gargano führte. Hier wurden sie mit andern aus der Normandie herbeigerufenen Landsleuten von zwei eingebornen Rittern, Melo von Bari und Dattus, in Kriegsdienste genommen und waren auch vom Papste Benedict VIII. ermuntert gegen Apulien gezogen, wo sie anfänglich über die Griechen bei Capua einen Sieg davontrugen, später aber von Basilius geschlagen und manche derselben als Gefangene nach Constantinopel gebracht wurden. Hieburch war jedoch die Veranlassung gegeben zur Wanderung vieler Normannen nach Neapel, dessen Herzog dem Normannen Rainolf Aversa überließ[2]), worauf die größern Erwerbungen folgten, auf deren Entstehung und Erweiterung, sofern sie von den französischen Normannen ausgingen, noch häufiger ein Hinblick uns geziemen wird. Es ist jedoch hier noch des Ritters Tancred von Hauteville zu gedenken, welcher, an des Herzogs Richard Hofe lebend, durch die Kühnheit und Kraft, mit welcher er einst einen Eber tödtete, sich dessen Gunst und tapfere Dienstmannen erwarb[3]), den ruhmvollsten Namen aber durch die Söhne, welche er sich gleich gebildet hatte, denen aber kein geringerer Kampfpreis als Apulien, Calabrien und Sicilien zu Theil wurde. Wilhelm Eisenarm, Robert Guiscard, jener Roger waren dieses Hochbeglückten Söhne. So wie Scandinavien vor einem Jahrhundert eine unerschöpfliche Räuberhöhle geworden war, welche die

met. l. VII. c. 3. 4., und Rogerius Toenensis, dessen Vater Rabulf genannt wird. Ibid. l. V. c. 10.

1) Ademar l. l. a. 1016. Rad. Glaber l. III. c. 1. Chron. S. Petri Senon. l. l. Daß dieser Rabulf der Vater des Obengenannten gewesen, behauptet letzteres. Ich mache auf die Nachrichten von Rabulf aufmerksam, weil sie von den neuern Historikern übersehen scheinen. Vergl. auch Lupi Protospatae Chron. a. 1017 sq. Guil. Apul.

2) Dieser Rainolf oder Rannolf bei Guil. Apul. ist vermuthlich der Rabulf der Franken.

3) Gaufred. Malaterra. l. l. c. 40.

Ruhe und die Wohlfahrt der übrigen Staaten Europas be=
drohte, bis die Normandie den unruhigen Männern Heerd und
Heimat gab: so war jetzt die Normandie mit ihren waffen=
geübten Rittern in einer ähnlichen Lage, welche ihrem Fürsten,
allen wohlhabigeren Staaten, besonders Frankreich die größte
Gefahr drohte. Jetzt rettete Apulien die Normandie, Bene=
vent rettete hernach Apulien, und England rettete zuletzt vor
den Normannen Frankreich. Weshalb Richard II. die Überzahl
seiner ritterlichen Mannschaft, anstatt dieselbe in fernen Län=
dern gefahrvollere Erwerbungen suchen zu lassen, nicht benutzte,
wie später Wilhelm der Eroberer, sich Englands zu bemäch=
tigen, ist vorzüglich wohl nur dem Umstande zuzuschreiben, daß
die Könige Svend und Knut ihm zuvorgekommen waren, so wie
dem Ansehen, welches diese sich zu erwerben wußten. Er ließ
sich an dem Bewußtsein und dem Ruhme genügen, die Ange=
legenheiten Frankreichs zu lenken und sein Land weise zu re=
gieren. Für Arme und Hülfsbedürftige wurde nach Kräften
gesorgt, Rechtspflege wurde sehr strenge gehandhabt, so daß
der Betrug und falsches Maaß im Handel dem Diebstahl
und dem Raube gleich geachtet wurden[1].

Richard starb ehe er alterte, nach einer dreißigjährigen 1026
Regierung[2], deren Kraft und Weisheit nicht erst des Lobes
der Mönche bedurfte, welches die wohlwollenden und frommen
Gesinnungen des Fürsten jedoch gleichfalls verdienten wie em=
pfingen. Die von den Nordmannen einst zerstörte Abtei St.
Wandregisel (St. Vandrille, Fontenelle) ließ er unter reicher
Begabung wieder erbauen; das Kloster St. Maurice zu Evreux
stiftete er, dasjenige zu Bernay seine Gemahlin Judith[3].
Fremde Kirchen erhielten reiche Spenden. Mönche vom Berge
Sinai kamen alljährlich nach Rouen, um von ihm, so wie
von seinen Vorfahren, werthvolle Gaben abzuholen. Den
Mönchen zu Jerusalem am Grabe des Erlösers schenkte er

---

1) Glaber Radulf. l. I. a. 5.

2) Florent. a. 1026. Tigernach. a. 1027, wo er als rex Francorum bezeichnet wird.

5) Monast. Angl. T. VI. p. 1063. 1107. Bouquet T. X. p. 235
S. auch d'Achéry Spicileg. T. I. p. 460.

hundert Pfund Goldes und unterstützte alle dorthin ziehenden
frommen Pilger ¹). Als er das Ende seiner Tage nahen sah,
ließ er den Erzbischof von Rouen, seinen Bruder Robert und
die normannischen Barone zu sich nach Fécamp rufen. Nach
Berathung dieser seiner Wittigsten ²) übertrug er seine Herrschaft auf seinen ältesten Sohn Richard; die Grafschaft Hiesmes verlieh er dem zweiten, Robert. Beide Grafen waren
von ihm erzeugt mit Judith, einer Tochter Conans, Grafen
von Bretagne, und Schwester seines Schwagers Galfrid, durch
dessen Pilgerfahrt nach Jerusalem und baldigen Tod (1008)
Richard der Vormund seiner Söhne Alain und Eudo geworden war, und dadurch jene Provinz gleich der seinigen gelenkt
hatte ³). Bei zwei anderen Söhnen Richards bewährte sich in
der Wahl ihres Berufes die alte Anhänglichkeit der normannischen Grafen an die Geistlichkeit. Wilhelm starb als Mönch
zu Fécamp; Malger folgte seinem Oheim in der erzbischöflichen Würde zu Rouen, deren er sich jedoch so wenig würdig
bewies, daß seine Absetzung erfolgen musste. Von zwei Töchtern ist die Gräfin von Burgund schon oben genannt; eine
andere war mit Balduin, Grafen von Flandern, vermählt ⁴).
Malger, so wie ein anderer Wilhelm, Graf von Archies, waren Söhne einer zweiten nach Judiths im Jahre 1017 erfolgtem Tode genommenen Frau ⁵), welche Papia genannt wird ⁶).

1) Glaber Radulf. L I. c. 5.

2) Consulta sapientum. Guil. Gemmet. l. V. c. 17.

3) Der Heirathsvertrag Richards mit Judith ist uns erhalten bei
Martene Anecdot. T. I. p. 122., im Auszuge in Scr. fr. T. X. p. 188.
Sie stiftete ein Kloster zu Bernay bei Lisieur, worüber eine Urkunde Ri-
chards II. v. J. 1025 angeführt wird in Scr. fr. T. X. p. 235. Nach
Gesta Consul. Andegav. ibid. p. 255. war Judith bereits früher ver-
mählt gewesen und Wittwe.

4) Gemmet. l. V. c. 13. Vermuthlich war sie die zweite Gemahlin Balduins IV., welcher in befreundeten Verhältnissen zu der Normandie stand.

5) Access. Roberti de Monte apud Scr. fr. T. X. p. 270.

6) Ibidem. Order. l. V. 45. Zwei ihrer Brüder, Osbern und
Anfred, waren Mönche im monasterio Odilerii geworden, Urkunde v. J.
1024 im Monast. Angl. T. VI. p. 1108. Vergl. Chron. Fontanell
appendix II. c. 7. apud d'Achéry T. III. ed. in 4to.

Richard III.

Die Regierung des jugendlichen Richard III. war eine sehr kurze. Sein burgundischer Kriegszug hatte die günstigsten Hoffnungen begründet, und er scheint sich damit geschmeichelt zu haben, daß der König von Frankreich, Robert, ihm seine früher dem Grafen Balduin von Flandern verheißene Tochter, Adele, zur Gemahlin geben würde [1]. Die Widersetzlichkeit seines Bruders Robert zwang den Grafen, diesen in seiner Burg zu Falaise zu belagern; ein Friede wurde abgeschlossen, doch Richard verschied bald darauf an Gift [2]. Der Verdacht

[1] Ein Verlöbnißcontract v. J. 1027 Jan. ist gedruckt in d'Achéry Spicil. T. III. (in fol.) p. 390. Scr. fr. T. X. p. 270. Richard nennt sich hier dux, in der Urkunde v. J. 1024 in Monast. Angl. T. VI. p. 1108.: Ricardus filius comes. Da in jenem Contracte nur Adele, nicht aber ihre Ältern benannt sind, so will Licquet, in der irrigen Voraussetzung, daß die so benannte Königstochter damals noch nicht geboren gewesen, nicht glauben, daß hier von ihr die Rede sein könne. Doch wurde diese im Jahre 1028 an den Grafen von Flandern, Balduin V., wirklich vermählt, und ihr Sohn heirathete im Jahre 1050. Ist sie demselben bereits in der Wiege verlobt, wie Wilh. v. Jumièges B. VI. C. 6., oder doch sehr jugendlich, wie die Narratio restaurat. Abbat. S. Martini Tornacensis apud Bouquet T. X. p. 236. sagt, so muß also dieses Verlöbniß sich viel früher ereignet haben, und kann also später eine Auflösung desselben beabsichtigt sein. Es wird in der Urkunde übrigens angeführt, Adele werde juxta nobilitatis suae lineam dotata, und aus der nicht geschehenen Vollziehung der Ehe nach Ausstellung des Ehezärters darf man auf verwickelte Verhältnisse schließen. Der Hauptgrund für die gegebene Erklärung jener Urkunde liegt aber in der Bulle Leos IX. v. J. 1053, in welcher er die Ehe zwischen der Tochter jener Adele und dem Neffen Richards III. untersagt. Der Papst hatte unläugbar tiefer liegende Gründe um jene Ehe zu verhindern, doch der scheinbare Rechtsgrund lag in dem canonischen Impedimente eingetretner sponsalia de praesenti. Weil dieses aber so sehr frivol war und auch bündigere Beweise dafür zu Rom fehlen mochten, so erklärt sich vielleicht die Bulle nicht ausführlich über dasselbe; vielleicht aber auch, weil ein anderes Impediment vorhanden war, die Ehe der Vaterschwester Wilhelms mit Mathildes Großvater, eine Ehe, aus welcher sie selbst jedoch nicht entsprossen gewesen zu sein scheint, und deren Authenticität für uns überhaupt nur auf einer Angabe des Wilhelm von Jumièges beruht.

[2] Guil. Gemmet. l. VI. c. 2. Ademar Caban. l. l. p. 161.

dieser Missethat fiel allgemein auf den Bruder [1]), welcher durch
1028 seinen Tod die Regierung der Normandie erhielt.   Richard
6. Aug. hinterließ einen sehr jungen Sohn, welchen wir für unehelich
ansehen müssen, da es kaum glaublich ist, daß die Chronisten
seiner Zeit eine gesetzliche Ehe Richards mit Stillschweigen über=
gangen haben würden.   Er wurde nach des Vaters Tode in
ein Kloster gesteckt und starb als Abt zu St. Owen in Rouen
im Jahre 1092.   Die Illegitimität würde seinen Ansprüchen
auf die Erbfolge seines Vaters nicht geschadet haben, wohl
aber der oft bemerkte damalige Grundsatz, welcher Unmündige
ausschloß und den nächsten mündigen Anverwandten zum Nach=
folger im Regiment berief.

Robert.

Robert scheint hinlänglich durch den Beinamen des Teu=
fels bezeichnet, welcher ihm in einem Zeitalter gegeben wurde,
wo dieser Name nicht ein Gegenstand des Scherzes zu sein
pflegte.   Er fand beim Antritt seiner Regierung bedeutenden
Widerstand zunächst durch seinen Oheim Robert, den Erzbi=
schof von Rouen.   Dieser behauptete sich mit gewaffneter Hand
gegen ihn in Evreux und floh nach Einnahme dieser Stadt
zum Könige von Frankreich.   Gegen Wilhelm von Belesme,
der sich zu Alençon befestigt hatte, war Robert glücklicher; je=
ner unterwarf sich in der demüthigendsten Weise mit dem Sat=
tel auf dem Rücken, wogegen er mit seiner Burg wieder be=
lehnt wurde [2]).   Auch Hugo, Bischof von Bayeux, ein Sohn
des Grafen Raoul von Ivry, eines Stiefbruders des Grafen
Richard I., gab sein Widerstreben auf und legte die Waffen
nieder [3]).   Unterdessen hatte der König seine Tochter Adele dem

---

Das Todesjahr kann nicht 1027 gewesen sein, da sein Nachfolger, Ro=
bert, im November 1032 noch im fünften Regierungsjahre war. Mo=
nast. Angl. T. VI. p. 1073.

1) **Malmesbur.** l. II. c. 10.

2) **Gemmet.** l. VI. c. 4., und nach ihm **Roman de Rou** v.
7591 sq.

3) Mit diesen Unruhen mag es zusammenhängen, daß Aillères (s.
oben S. 87.) an Giselbert Crespin von Robert gegeben wurde.   Jener

jüngern Grafen Balduin von Flandern zur Gemahlin gegeben, welches Glückes sich dieser überhebend, seinen Vater, den Oheim Herzog Roberts, aus seinem eigenen Lande vertrieb. Dieser floh nach Rouen, wo der Neffe ihn willig aufnahm und die Rolle seines Rächers gern und mit Kraft durchführte. Auch Roberts Vetter, Alain von Bretagne, lehnte sich gegen ihn auf. Robert soll selbst einen Sieg über ihn in der Bretagne erfochten haben, welcher uns jedoch sehr zweifelhaft erscheinen muß, da Alain in Avrenches einfiel, aus welcher Grafschaft aber Neel de St. Sauveur (Cotentin) und Avere Gigant (Alfred der Riese), Beide Helden gepriesenen Andenkens, die Bretons vertrieben [1]).

Robert trat rücksichtlich der Verhältnisse zu dem Könige von Frankreich ganz in die Fußstapfen seiner Vorgänger. Als

oder dessen gleichbenannter Vater werden mit Giselbert, dem Grafen von Brienne, verwechselt, ein Irrthum, den schon Duchesne (SS. rer. Norm. p. 1085.) und Dugdale (Baronage T. I. p. 206.) verschuldet haben. Über das Geschlecht des Giselbert Crispinus s. auch Anonym. de genere Crispinorum im Anfange zu d'Achéry Lanfranci opp. Die Stammtafel stellt sich also:

Giselbert Crespin
h. Gunnor, Schwester des Fulco, Herrn von Alnou.

Giselbert von Tillières.	Wilhelm, Vicomte von Berin, Markgraf von Melsia. h. Ewa.	Robert, † zu Constantinopel.	Emma.	Esilia.
N. N.			Petrusde Condeto.	Wilhelm Malet. s. oben Bd. I. S. 556.
N. N.	Wilhelm. Giselbert, Abt von Westminster 1085, † 1117.			

Wilhelm,
Neffe des Amalrich, Grafen von Evreux, 1119. 1124.
† vor dem Kreuzzuge 1147 am 28. September.

Zu diesem Geschlechte gehört auch Milo Crispinus, Cantor zu Bec, der Verfasser der Vita Lanfranci Archiepiscopi; ferner der alte Milo Crispinus, dessen Domesday erwähnt (s. Ellis T. I. p. 402.); vielleicht auch Rodulfus de Telegeriis (Tillières?) und dessen Söhne bei Gemmet. l. VIII. c. 37.

1) Gemmet. l. VI. c. 8. Roman de Rou v. 7755 sq. Eine Schenkung des Alfred an die Abtei St. Vigor zu Cerisy bei Bayeux s. in Monast. Angl. T. VI. p. 1072.; vergl. daselbst S. 1073. die Urkunde v. J. 1042.

1031 nach dem Tode König Roberts deſſen Wittwe Conſtantia ihren
Sohn Robert anſtatt des erſtgebornen Heinrich auf den Thron
zu erheben ſtrebte, floh Letzterer nach Fécamp zum Grafen der
Normannen. Dieſer nahm ſeinen Lehnsherrn gaſtlich und eh-
renvoll auf, ſammelte ſeine Mannſchaft unter ſeinem Oheim
Malger, ſetzte den König in ſein Reich ein und zwang ſeinen
Bruder ſich mit der herzoglichen Würde Burgunds zu begnü-
gen. Graf Robert erhielt mit Zuſtimmung des Grafen Drogo
von Mantes zum Lohne die Landſchaft Verin mit Pontoiſe und
Chaumont; Corbeil wurde dem tapfern Malger verliehen [1]).

Weniger glücklich war Robert in ſeinen Verhältniſſen zu
England, wie oben ſchon erzählt worden iſt [2]). Nichts aber
erſcheint bei ihm überraſchender und charakteriſirt zugleich beſſer
die ungeſtüme religiöſe Aufregung ſeiner Zeit als ſein Entſchluß,
in Begleitung weniger Ritter, unter denen der Schwager König Äthelreds, Drogo von Mantes [3]), ſich befand, nach Jeruſalem zu pilgern, ſein Herzogthum einem unehelichen Sohne
zarteſten Alters, Wilhelm genannt, und deſſen Rathgebern ſo
wie dem Schutze des Königs [4]) überlaſſend. Die Geiſtlichkeit
1035 pries dieſe That, welche ſie veranlaſſt hatte. Robert ſtarb
22. Jul. auf der Rückkehr von Jeruſalem zu Nicäa in Bithynien, der
Sage nach von einem ſeiner Vaſallen, Radulf genannt Mowin,
vergiftet [5]); was die Normandie in die gefahrvollſten Verwir-
rungen ſtürzte.

Roberts ungeſtüme Leidenſchaften, der Verdacht des Bru-
dermordes, ſeine Buße, die romantiſche Pilgerfahrt nach dem
ſagenreichen Orient, mehr als Alles der glorreiche Sohn, [wel-

1) Gemmet. l. VI. c. 7. Orderic. l. VII. p. 655. Roman de
Rou v. 7685 — 7752.

2) Siehe oben Bd. I. S. 479.

3) Derſelbe iſt oben Bd. I. S. 492. nach den gewöhnlichen Angaben
irrig Walter genannt; dieſes war der Name eines ſeiner Söhne. Vergl.
Orderic. l. III. p. 487. l. VII. p. 655.

4) Roman de Rou v. 8127.

5) Malmesbur. l. II. c. 10. Vielleicht iſt hier Radulphus de
Waceio gemeint, von welchem gleich die Rede ſein wird. Die Vergif-
tung Roberts berichtet auch Chron. Fontan. app. II. apud d'Achéry
Spicilegium T. III. in 4to p. 264.

chen ein Kebsweib zu Falaise ihm geboren hatte, haben
ihn zum Gegenstande mancher Erzählungen gemacht, deren
Würdigung wir den Landeshistorikern überlassen müssen. In
jenen Zügen, welche uns berichtet sind, von seinem Muthe,
seiner Freigebigkeit, Scherz= und Schwanklust, seiner Ge=
nußsucht, Herablassung und Dienstfertigkeit, vor allen auch
der etwas prahlerischen Verachtung des Geldes und des Be=
sitzes ist uns ein Lieblingsheld der Normannen aufgestellt, und
es ist nicht zu verkennen, daß in ihm ein entferntes Vorbild
des älteren englischen Gentleman, wie deutlicher des heitern
Vaters desselben, des altnormannischen Ritters gegeben ist.
Wir dürfen nicht länger bei ihm verweilen, da der beste Ruhm
seiner Regierung darin besteht, daß sein Land, welches unter
ihm anfänglich durch viele Fehden und seine Thorheiten litt,
in seinen letzten Jahren wieder in alter Kraft dastand [1]). Seine
Regierung wurde viel durch Geistliche geleitet, unter denen
besonders Richard, Abt zu Verdun, ausgezeichnet wird [2]). Die
Begründung eines neuen Klosters, St. Vigor zu Cerisy bei
Bayeux, durch Robert den Teufel darf daher nicht überra=
schen [3]). Zur Herstellung des Friedens unter seinen Lehnsleu=
ten müssen die Auswanderungen nach Apulien viel beigetragen
haben, welche unruhig bewegte, ehrgeizige Geister entfernten
und sie in eine ruhmvolle Laufbahn einweisend den Ruhm der
Normannen erhöhten, so wie die Verbindungen ihres bisherigen
Fürsten bedeutungsvoller machten.   Auch die Züge einzelner
Normannen nach Spanien trugen nicht wenig dazu bei, tapfern
Männern, welchen die enge Heimat nicht genügte, Ruhm und
reichen Lohn zu erwerben. Zu den ausgezeichnetsten Rittern,
welche im Lande blieben, gehörte einer der Söhne des Tancred
von Hauteville, Serlo. Herzog Robert hatte ihn einst ver=
bannt und er war nach der Bretagne geflohen, als jener Til=
lières belagerte. Tief verletzt durch das Verbot, welches der
Herzog den Normannen gab, die Herausfoderung eines fran=

---

1) Ibidem c. 7.

2) Hugonis Flaviniac. Chron. Verdunense in SS. rer. franc.
T. XI. p. 142.

3) Urkunde v. J. 1032 in Monast. Angl. T. VI. p. 1078.

zöſiſchen Ritters nicht anzunehmen, ſtellte er, ſeinen Landsleuten unbewußt, mit verhülltem Viſire ſich demſelben. Der
Sieg über den vielgefürchteten Gegner ward ſein, und bald
war der Herzog mit dem ſo tapfern als edlen Verbündeten
verſöhnt [1].

Wilhelm II.

So lange Roberts Rückkehr erwartet wurde, hatten die
Normannen dem von jenem angeſetzten Statthalter und Vor-
munde des jungen Wilhelm ſich gehorſam erwieſen, dem Grafen Giſelbert von Eu, Gottfrids Sohne, Roberts Neffen aus
einer unehelichen Verbindung Richards II. [2]. Doch kaum er-
ſcholl die Nachricht von Roberts Tode, als jener Rabulf Mowin verſuchte ſich der Herrſchaft zu bemächtigen. Mislang
ihm dieſes auch anfänglich, ſo gelang es nicht viel ſpäter ihm,
oder wenn dieſer ein Anderer geweſen ſein ſollte, dem Raoul
von Gaſſey (de Waceio), dem Sohne des im Jahre 1036 verſtorbenen Erzbiſchofs Robert. Auf Raouls Anſtiften fielen ſein
Vetter Graf Giſelbert nebſt anderen ihm befreundeten Baronen, auch Turold (Turchill), der Erzieher des Prinzen, durch
Meuchelmord, worauf jener, unterſtützt von einer nicht unbedeutenden Partei unter dem normanniſchen Adel, zum Vor-
munde Wilhelms eingeſetzt wurde [3]. Doch endete die Wider-
ſetzlichkeit vieler Barone gegen die Anſprüche aller dieſer ille-
gitimen Sprößlinge aus Rollo's Stamme nicht, noch weniger
die Anarchie, welche die nimmer beſchwichtigten Fehden der
Ritter untereinander erzeugten. Roger von Toeſny, der, wie
oben erwähnt, aus dem glorreichſten normanniſchen Geſchlechte
ſtammte und den ruhmvollſten Namen jenſeit der Pyrenäen

---

1) **Gaufridus Malaterra.** l. I. c. 88 sq.

2) **Pictav. Gemmet.** VII. 2. **Orderic.** l. VII. p. 656. Es
muß hier bemerkt werden, daß die Reden Wilhelms bei **Orderic Vi-**
talis (l. VII. p. 646 sq. et 656 sq.), auf welche hier zuweilen Bezug
genommen werden wird, und deren größere ihm eine ausführliche Selbſt-
biographie in den Mund legt, durchaus identiſch ſind mit dem Fragmentum de **Wilhelmo conquestore ex antiquo libro monasterii S. Stephani**
Cadomensis apud **Cambden** Anglica. p. 29—35.

3) **Gemmet.** l. l. c. 2, 4, 6.

sich erfochten hatte, wollte dem Bastarde nicht dienen. Dieser war zu schwach, sich Gehorsam zu erzwingen, doch der Sohn des von jenem viel gereizten Humfrid (de Vetulis), Roger von Beaumont, der Stammvater der Grafen von Warwick [1]), erschlug den Baron von Toesny mit zweien seiner Söhne in einer sehr blutigen Fehde. Auch der Herzog von Bretagne, Alain V., welchen Herzog Robert zu einem der Vormünder seines Sohnes bestellt hatte, wurde während dieser Kämpfe vergiftet und dieser Mord allgemein den Normannen, mit Unrecht aber wohl seinem jungen Mündel zugeschrieben [2]).

Wilhelms Jugend wurde in den vielfältigen Gefahren und Entbehrungen verlebt, welche stets als die bewährteste Fürstenschule ausgezeichneter Herrscher sich erwiesen haben. Seiner Mutter Bruder, Gautier, rettete den Knaben zuweilen vor Nachstellungen seiner Verfolger nur dadurch, daß er ihn zu nächtlicher Stunde aus dem fürstlichen Schlafgemache heimlich wegbrachte und in den Hütten der Armen verbarg [3]). Auch Osbern, des Herfast und der Gräfin Gunnor Sohn, sein Hausmeier, wurde in des Prinzen Kammer ermordet [4]). Das Land befand sich in einer nicht minder besorglichen Lage als einst nach der Ermordung Wilhelms I., nur daß es jetzt doch gegen auswärtige Feinde fester erschien. An Angriffskriege konnten die Normannen nicht denken und es darf nicht auffallen, wenn sie, deren Brüder im Süden die herrlichsten Eroberungen machten, die Athelinge Eadward und Alfred, der normannischen Emma Söhne, nicht besser unterstützten [5]); ein Unternehmen, welches auch unter anderen Verhältnissen stets

---

1) Gemmet. l. l. c. 3, 4.

2) Die Nachricht des Orderic. Vital. l. V. p. 567., daß Alain schon vor Giselberts Ernennung zum Statthalter vergiftet sei, paßt nicht zu seinem Todesjahre, wenn Daru Gesch. der Bretagne I. 101. jenes richtig mit 1040 Oct. 1. angibt. Vergl. Gemmet. l. VII. c. 33. Man sagt, Alain sei in der Bretagne vergiftet, obgleich in der Normandie gestorben und zu Fécamp beerdigt.

3) Orderic. Vital l. l.

4) Gemmet. l. VII. c. 2. Osbernus, procurator principalis domus; bei Orderic. l. VII. p. 656. Normanniae dapifer.

5) Siehe oben Bd. I. S. 486.

klüger als beliebt gewesen wäre, da ein freundschaftliches Ver=
hältniß zwischen Dänen und Normannen selbst die teutonische
Sprache der Letzteren überlebt hat.

Ein bedeutendes Anzeichen der innern Schwäche blieb je=
doch nicht lange aus. König Henry I. von Frankreich benutzte
den Augenblick, einen Vasallen, dessen Freundschaft und Schutz
sogar ihm bedrohlich erscheinen durften, zu demüthigen und
vom normannischen Fürsten die Abtragung der ihm unbeque=
men Burg zu Tillières zu verlangen. Gilbert Crespin, vom
Herzog Robert mit derselben belehnt, widersetzte sich diesem
Ansinnen, doch die Regentschaft zu Rouen beschloß nachzugeben
und ihre Krieger mit denen des Königs zu vereinigen, um die=
sem den Schlüssel ihres Landes in die Hände zu geben; Gil=
bert Crespin mußte weichen und der König ließ die Burg nie=
derreissen, nachdem er eidlich versichert hatte, daß dieselbe bin=
nen vier Jahren nicht wiederhergestellt werden solle.   Doch
schon sehr bald fand er wiederum Anlaß zu einer Fehde, fiel
in die Grafschaft Hiesmes ein und ließ Tillières neu befesti=
gen [1]. Sogar Falaise schien bereits dem jungen Fürsten ver=
loren, wo Turstin, genannt Goz, der Sohn Ansfrid des Dä=
nen, mit Hülfe königlicher Krieger die Fahne des Aufruhrs
aufgesteckt hatte, als Raoul von Gassey mit tapferer Mann=
schaft herbeieilend ihn zur Flucht zwang und die Felsenburg
seinem jugendlichen Herrn rettete.

Die Geschichte der endlosen Fehden der normannischen
Barone unter sich während der Minderjährigkeit des Bastards
gehört der Provinzialgeschichte an. Wenn sie uns auch die
erlauchten Namen der Montfort, Montgomery und anderer
preiswürdiger Geschlechter vorführt, deren Glanz in seinen
zuerst hervorbrechenden Strahlen zu betrachten stets der spä=
teren Enkel Freude bleiben wird, so ist sie uns doch nur vor=
züglich lehrreich durch die Wahrnehmung, wie der normanni=
sche Adel, von aller Verweichlichung ferne gehalten und seine
Jugend, stets in den Waffen geübt, nie den Charakter eines
kriegerischen Volks verloren. Wichtiger war der Kampf, welchen

_____

1) Gemmet. l. VII. c. 5. Es gehört zu Licquets (T. II.
p. 19.) unbegründeten Hypothesen, die Wegnahme von Tillières in spä=
tere Zeiten setzen zu wollen.

Guido, der zweite Sohn der Adeliza, welche ihr Bruder Richard III. mit Raynald von Burgund vermählt hatte, dem Bastard Wilhelm erregte. Die Partei des Letzteren hatte gehofft den Grafen Guido durch die Verleihung der Burgen Brionne [1]) und Vernon zu beruhigen. Doch fanden ungeachtet der üblichen Ausschliessung der weiblichen Linie die Ansprüche des nächsten legitimen Descendenten gegen den Bastard mächtigen Schutz: Nigel, der Vicomte von Coutances, Ranulf, Vicomte von Bayeur, Haymo mit dem Zahne, Heron von Thorigny, Grimald de Pleissis und andere mächtige Barone, besonders aus den stets unabhängigen Landschaften Cotentin und Bessin, erklärten sich für jenen. Doch König Henry, sei es aus einiger Dankbarkeit gegen die normannischen Fürsten, sei es im Bestreben das anerkannte Successionsrecht möglichst aufrecht zu erhalten, oder auch von der richtigen Politik geleitet, das burgundische Haus nicht zu mächtig werden zu lassen, vereinte seine Krieger mit denen Wilhelms. Unweit Caen bei Bal des Dunes trafen die Heere zusammen und fochten mit 1047 aller Erbitterung eines Bürgerkriegs [2]). Der König selbst wurde durch einen Ritter aus dem Cotentin, man hielt ihn für Haymo mit dem Zahne, vom Rosse geworfen, entkam aber glücklich und gewann eine entscheidende Schlacht. Von 30,000 Anhängern Guidos soll ein Drittheil gefallen sein; unter diesen war auch Haymo. Nigel und Ranulf unterwarfen sich dem jungen Grafen, welcher den Guido in seinem festgemauerten und durch den Risleßluß geschützten Schlosse zu Bribnne belagerte. Dieser musste nach langwieriger, man sagt nach dreijähriger Belagerung, sich ergeben, und obgleich vom Sieger

---

1) Nicht von St. Brieuc (Dep. Cotes de Nord), wie Gemmet. l. VII. c. 17.

2) Guil. Pictav. p. 179. Huntendon. a. 1047. Gemmet. l. VII. c. 17. Malmesbur. l. III. c. 1. Sehr ausführlich ist hier Roman de Rou v. 8745 sq. Die Annales S. Columbae Senon. a. 1047. verwechseln diese Schlacht mit der späteren am Divesflusse, welche sie in jenes Jahr setzen, während Orderic. Vitalis B. V. S. 568. die Schlacht bei Val des Dunes in das Jahr der Schlacht am Dives 1053 versetzt. Vergl. auch Hugo de S. Maria apud scr. rer. franc. T. XI. p. 159. Anonym. ibid. p. 161.

4 *

milde behandelt[1]), verschmähte er die Gnade desjenigen, von dem er einst Huldigung verlangt hatte, und floh nach dem heimatlichen Burgund, aus welchem er bald, in Fehden mit seinem älteren Bruder, dem regierenden Grafen Wilhelm, verwickelt, vertrieben wurde und ein ungewisses Ende nahm[2]).

Wilhelm fand bald Anlaß dem Könige den geleisteten Dienst zu vergelten und sich selbst Fürstenehre und Einfluß, soviel deren seine Vorfahren je besaßen, zu erwerben. Er unterstützte jenen gegen den mächtigen Geofroy II., genannt der Hammer (Martell), Grafen von Anjou, mit einem zahlreichen Heere und bewährte bei diesem Kriegszuge, wie oft später, einen beinahe tollkühnen Muth, welcher die Bewunderung seines Zeitalters erregte, welche in von dem Könige von Spanien, den Herzogen von Gascogne, den Grafen von Auvergne und andern entfernten Fürsten ihm gesandten Rossen und ähnlichen ritterlichen Gaben sich auszusprechen begann. Doch währte es nicht lange, bis Geofroy sich an den Normannen zu rächen versuchte. Er zog durch Maine, welches er unter dem jungen Grafen Hugo so wie nach dessen Tode als Verweser für dessen unmündigen Sohn Heribert II. beherrschte, und bemächtigte sich der normannischen Grenzfestung Alençon. Wilhelm nahm letztere bald wieder ein und die strenge Rache, welche er an den dortigen Kriegern nahm, welche es gewagt hatten durch das Klopfen zur Schau gehangener Felle ihn als den Sohn der Kürschnerstochter zu verhöhnen, läßt uns hinlänglich erkennen, daß der Makel der Geburt, welchen der Adel übersah, von den niedern Ständen stets als solcher betrachtet wurde. Wilhelm begnügte sich indessen nicht mit der Zurückerstattung seiner Burg, sondern fiel in Maine und nahm das feste Domfront, welches seitdem der Normandie verblieben ist[3]).

1) So Pictav. Nach Orbericus S. 657. wurde aber Wilh. seiner Burgen verlustig als Landesfeind geächtet.

2) Pictav., welchen, wie man leicht erkennt, Malmesbur. l. III. c. 1. vorzüglich benutzte. Orderic. l. VIII. p. 687.

3) Gemmet. l. VII. c. 18. Pictav. p. 187. Letzterer und aus ihr Malmesbury enthalten die richtigen Angaben über Domfront, welches bisher nicht zur Normandie gehörte.

Schon vor dieser Fehde, zu deren Anfang vielleicht Wil=
helms Abwesenheit aus der Normandie benutzt wurde, hatte er 1051
den König Eabward in England besucht. Der Zeitpunct bie=
ses Besuchs, gleich nach Eabwards Bruch mit dem Hause
Godvine und der Verstoßung der Königin, war von Wilhelm
mit der sein Volk bezeichnenden Staatsklugheit gewählt, um
seinen schwachen Anverwandten zu Verheissungen über seine
Erbfolge zu bewegen [1]). Bald darauf schloß Wilhelm durch 1053
seine Ehe mit Mathilde, einer Tochter des Grafen Balduin V.
von Flandern [2]) und der einst mit Richard III. vermuthlich ver=
lobten Tochter König Roberts, eine Verbindung, welche ihn
gegen Befehbungen im Norden seines Landes und gegen den
nachtheiligen Einfluß, welchen das Haus Godvine an dem Hofe
zu Brügge ausübte, sicher zu stellen diente. Die canonischen
Hindernisse, welche dieser Ehe entgegengesetzt wurden und ein
päpstliches Interdict gegen die Normandie veranlaßten, wurden auf
dem gewöhnlichen Wege langwieriger Verhandlungen beseitigt;
doch sind sie sehr beachtenswerth dadurch geworden, daß Wil=
helm den Mönch, welcher jene unablässig geltend machte, her=
nach zum Unterhändler und Vermittler mit der päpstlichen Cu=
rie benutzte [3]) und denselben so sehr in sein Interesse zog, daß
jener, der berühmte Landfrank, der einzige, aber auch genü=
gende Bundesgenosse wurde, welchen Wilhelm in seinem späte=
ren thatenreichen Leben stets besaß. Dem gräflichen Ehepaar
wurde als Buße die Stiftung von zwei Klöstern und vier

---

1) Siehe oben Bd. I. S. 511.

2) Chron. Turonense a. 1053., wo die gar wunderliche Sage be=
richtet wird, daß Mathilde den von ihrem Vater ihr bringend empfohle=
nen Bastard verschmähte, dieser aber erzürnt sie auf ihrem Heimgange
von der Kirche mit Faust und Sporen arg gemißhandelt, worauf jene
krank darniederliegend erklärt habe: daß sie nie einem anderen Gemahl
als Wilhelm von der Normandie ihre Hand reichen würde. — In einer
Urkunde des Klosters Cerisy, in welcher die Gräfin Mathilde im Jahre
1042 genannt wird (in Monast. Anglic. T. VI. p. 1073.), muß wenig=
stens die Jahreszahl verfälscht sein.

3) Landfrank ging zur Nachsuchung der Dispensation nach Rom be=
reits zum Papst Leo IX., dessen bald erfolgter Tod († 1054 im April)
vermuthlich die Aufmerksamkeit von dem Gegenstande ablenkte, welcher
unter seinem spätern Nachfolger Nicolaus II. (1059—61) erst beendigt wurde.

Hofpitälern auferlegt; jene, dem h. Stephanus und der h. Dreieinigkeit gewidmet, wurden vor der Stadt Caen errichtet, diese zu Rouen, Caen, Cherbourg und Bayeur.

Die Einnahme von Domfront veranlaßte jedoch dem Herzoge bald neue Fehden. Ohne Zweifel mußte der König jene Gewaltthat misbilligen und seine Friedensgebote konnten den unzufriedenen Vasallen des normannischen Lehnsherrn den Vorwand liefern, sich gegen denselben aufzulehnen. Wilhelm, sein Vaterbruder, Richards II. und der Papia Sohn, und der Bruder des ruchlosen Erzbischofs von Rouen, Malger, war von ihm mit der Grafschaft Tallou oder Tellau belehnt, in welcher er auf der Spitze eines jähen Berges die Burg zu Arques befestigte[1]). Dieser stets unruhige und herrschsüchtige Mann hatte seinen Neffen vor Domfront verlassen, und mit anderen mächtigen Herren in der Nähe und Ferne, ja mit dem Könige selbst verbündet, kündete er jenem, als er in Cotentin verweilte, den Krieg an. Es ist nicht genau zu erkennen, wiefern diese Fehde in Verbindung mit den Aufständen anderer Normannen war, denjenigen welcher dem Wilhelm Werlenc, vom herzoglichen Geschlechte, die Grafschaft Mortain kostete, welche der Herzog an seinen eigenen Halbbruder Robert übertrug; oder dem eines anderen Verwandten, des Wilhelm Busac, zweiten Sohnes des gleichbenannten Grafen von Eu, Stiefbruders des Grafen Richard II., welcher nach Einnahme der Burg zu Eu vom Herzoge verbannt, vom Könige aber durch die Grafschaft Soissons entschädigt wurde. Doch erkennen wir die unsichere Herrschaft so wie die Klugheit und Tapferkeit Wilhelms in dieser wie in jenen Begebenheiten. Auch der Graf von Arques wurde beinahe ausgehungert gefangen und mußte als Flüchtling am Hofe des Grafen Eustache von Boulogne enden. Hierher begleitete ihn auch seine Gemahlin, deren Bruder Engerrand, Graf von Abbeville (Ponthieu), in jenem Kampfe unter den Schwertern der Normannen gefallen war, während Hugo Bardulf[2]) und andere mächtige Barone zu gro-

1) Pictav. p. 184. Chron. Fontanell. l. l. Gemmet. l. VII. c. 7. Orderic. p. 606.

2) Ein früherer Gegner des Königs, s. Hugo de S. Maria apud scr. rer. fr. T. XI. p. 159. Anonymus ibid. p. 160.

ßer Demüthigung des Königs gefangen wurden und unter dem Sattel auf dem Rücken gebeugt sich dem Sieger unterwarfen[1]).

Doch blieb noch ein anderer gefährlicher Gegner zu entfernen. Der Erzbischof von Rouen hatte seinen Bruder unterstützt, und Wilhelm benutzte diese Fehde zu seinem größten Vortheile durch Absetzung und Verbannung desselben nach Mont St. Michel, mit Genehmigung des Papstes Leo IX., welcher damals, kurz vor seinem bald erfolgten Ende nach dem unglücklichen Treffen bei Civitella (1053), allen Anträgen der Normannen sich willfährig erweisen musste.' Eine der Kirche wie dem Interesse Wilhelms gleich günstige Wahl zum Erzbisthume wurde im Mauritius getroffen, der, einem edlen Geschlechte bei Rheims entsprossen, in Lüttich der freien Künste Meisterschaft errang, im reichen Kloster zu Halberstadt das Amt des Scholasticus als ein Zeitgenosse und vielleicht Lehrer des nachherigen hamburgischen Erzbischofs Adelbert und seines Geschichtschreibers, des bremer Scholasticus Adam, bekleidete, sodann in Fécamp und Florenz strengster Benedictinerregel obgelegen und dadurch den Weg zur geistlichen Herrschaft gefunden hatte[2]).

Diese Erfolge waren um so bewunderungswürdiger, da auch während der Belagerung von Arques Wilhelm von mehreren seiner bedeutenderen Vasallen verlassen war. Einer derselben, Guimund[3]), übergab seine Burg Moulins dem Könige, welchem diese Erwerbung wichtig genug war, um sie den Händen des Guido, Grafen von Poitiers, welcher durch seine Schwester Agnes ein Schwager des römischen Kaisers Heinrich III. war, zu übertragen. Der Augenblick erschien den französischen Großen günstig, um die normannische Herrschaft zu erdrücken, und jener rastlose Feind des normannischen Na-

---

1) **Pictav.** W. v. Malmesbury, aus dem die Zeit sich besser ergibt als aus W. v. Jumièges B. VII. C. 7., welcher hier schon die spätere Begebenheit einschaltet. Vgl. auch Prevost zum Roman de Rou T. II. V. 8653. not. 1. Bei Malmesbury ist der Name Ingelram oder Engerrand in Isembard verwandelt.

2) **Acta Archiep. Rothom. ap. Mabillon Vet. Analect. Gemmet. l. VII. c. 34. Orderic. p. 566 sq.**

3) **Pictav.** p. 186. Bei Malmesbury irrig Gualterius.

mens, der Hammer von Anjou, sammelte um den König herum
ein Heer so zahlreich aus Guienne, Gascogne, Burgund und
andern nördlichen Provinzen des Reichs, wie es selten unter
dem königlichen Banner vereint gewesen war. Des Königs
Brüder, Odo und Rainald von Clairmont, drangen mit der
Abtheilung der zwischen dem Rhein und der Seine zusammen-
gezogenen Truppen in die Grafschaft Caur, wurden aber von
den normannischen Rittern, Robert, Grafen von Eu, Hugo
von Gurnay, Hugo von Montfort, Walter Giffard, Wilhelm
Crespin, welche hier den Waffenruhm begründeten, der bald
über das Meer hin noch erfolgreicher erglänzen sollte, bei
1054 Mortemer an der Eaulne überfallen und gänzlich vernichtet.
Der Graf von Ponthieu, Guido, wurde gefangen, die Meisten wurden niedergehauen, Odo und die übrigen durch die
Flucht gänzlich zerstreut. Sehr gereizt wurde Wilhelm durch
das Entkommen eines königlichen Heerführers, des Grafen
Radulf von Mont Desiré, welchen Roger von Mortemer,
durch persönliche Verpflichtungen gebunden, rettete, dafür aber
die Burg, deren Namen er trug, einbüßen mußte, welche sein
und Wilhelms Anverwandter, Wilhelm von Varenne, erhielt [1].
Mit der Schonung, welche der schlaue Lehnsmann gegen seinen Lehnsherrn stets bewies, und in der Absicht, durch eine
theatralische Überraschung den Eindruck des Schreckens über
die Trauerbotschaft zu vermehren und für sich zu benutzen,
sandte Wilhelm den Radulf von Toesny ab, welcher in der
Dunkelheit der Nacht von dem Gipfel eines Baumes herab
geisterhaft dem Könige seine Niederlage verkündete und gebot
die Wagen nach Mortemer zu senden, um die Leichen seines
Heeres zu holen. Henry zog sich an die Grenze der Normandie zurück, über welche hinaus die Normannen folgten, denen
nach zwei Jahren [2] ein Friedensschluß mit jenem, gegen Freilassung der Gefangenen, das dem Geofroy von Anjou abgenom-

1) Orderic. Vital. p. 639 et 658. Aber Huntingdon erzählt b. J. 1054, daß bei Mortemer Radulphus camerarius, princeps
exercitus Francorum, gefallen sei.

2) Nicht früher, wenn Wido, der zwei Jahre zu Bayeur gefangen
blieb und sodann den Lehnseid schwören mußte (Orderic. p. 658.),
nicht eine Ausnahme bildete.

mene Land, das sie zu behaupten vermögten, zusicherte, worunter wohl nur das Ländchen Passy, dessen Hauptort das früher eroberte Domfront war, gemeint war. Wilhelm beschloß darauf die Grenzen seines Landes bis Ambrières, unweit Mayenne, auszudehnen und jenen Ort stark zu befestigen, worauf er diese feindliche Absicht, unter Ansage neuer Fehde vierzig Tage vor deren Beginn, dem Grafen von Anjou anzeigte. Die vereinten Kräfte des Letzteren, des Grafen Wilhelm von Poitiers und Odo's von Bretagne vermochten nicht die neue Normannenfeste wieder zu erobern; sie zogen sich zurück, als Wilhelm mit seinen Fähnlein auf sie heranritt, und Galfrid von Mayenne sah sich gezwungen seine Hände in die des Siegers zu falten und ihm Lehnstreue zu schwören [1].

Doch auch dieser Sieg Wilhelms hatte nur neue Fehden zur Folge. Sobald neue Kräfte gesammelt waren, und hierzu scheinen einige Jahre kaum hingereicht zu haben, folgte König Henry dem Geofroy Martell zu einem heimlich vorbereiteten Überfalle der Normandie, in welchem sie die Grafschaft Hiesmes auch ohne Widerstand mit Feuer und Schwert verheerten. Schon rühmten sie sich die Normandie bis an das Meeresufer hin ungestört durchziehen und verlassen zu können, als sie an den Divesfluß gelangten, welchen ein Theil des königlichen Heeres auf einer Furth überschritt. Hier benutzte Wilhelm die Stunde, wo die vom Meere her eindringende Fluth das übrige Heer des Königs vom Überschreiten des Flusses abhielt, um die Herübergekommenen zu überfallen, und vor den Augen des Königs niederzumetzeln. Der bestürzte König entfloh mit dem Grafen von Anjou. Beide, bald vom Tode überrascht, sahen 1060 die Normandie nicht wieder, zu der nunmehr einige Waffenruhe wiederkehrte. Eine Folge dieser Fehde war die Rückgabe der Burg Tillières durch den König an Wilhelm, deren jener sich vor manchen Jahren bemächtigt und dessen Vernichtung dieser durch Anlage der dem tapferen Wilhelm, des verstorbe-

[1] Pictav. Gemmet. l. VII. c. 18. setzt die Erbauung von Ambrières zu früh an. Wace B. 10212, dadurch irrig geleitet, weiß daher die Burg, welche nach dem Treffen von Mortemer gebauet wurde, nicht zu benennen. Es ist zu bedauern, daß die Herausgeber des Roman de Rou den Werth des Wilhelm von Poitiers so wenig erkannt haben.

nen Seneschal Osberns Sohne, deſſen Tapferkeit ſchon bei der
Einnahme von Domfront erprobt war, anvertrauten Burg zu
Breteuil erſtrebt hatte. Tillières wurde dem tapferen und
treuen Giſelbert Creſpin wieder verliehen, in deſſen Geſchlecht
es lange verblieb [1]).

Eine wichtige Erwerbung machte Wilhelm nunmehr in
der Grafſchaft Maine, deſſen Fürſt Heribert der Herrſchaft der
Grafen von Anjou, welche ſchon lange ſchwer auf ſeinen Vor=
gängern gelaſtet hatte, überdrüſſig, das Bündniß mit Wil=
helm ſuchte, der daſſelbe willig annahm und durch die
Verlobung ſeiner jugendlichen Tochter bekräftigte.   Heribert
1062 ſtarb jedoch frühzeitig und ſchon vor der beabſichtigten Ver=
mählung, empfahl aber ſeinen Unterthanen dem Herzoge Wil=
helm, den er ihnen als ſeinen Erben einſetzte, willig zu hul=
digen, um nicht durch Gewalt gezwungen ſtrengerem Gebote
folgen zu müſſen. Eine Partei jedoch, welche ſich um den
Neffen des angelſächſiſchen Königs, Gautier den Alten, Drogos
Sohn, Grafen von Mantes, Pontoiſe und Meulan, welcher
mit Biotte, der Vaterſchweſter Heriberts, vermählt war, ſam=
melte, widerſetzte ſich dem letzten Wunſche deſſelben. Wilhelm
war einſichtsvoll genug um eine Provinz, welche er zur ſeini=
gen begehrte, nicht durch einen verheerenden Feldzug ſofort an
ſich bringen zu wollen. Auf kleinen Streifzügen eroberte er
die feſten Schlöſſer einzeln und brachte ſo den Gautier, wel=
cher auch von den Nachfolgern und Neffen Geofroy Martells
die oft verheiſſene Hülfe nicht erhielt, zuletzt zur Übergabe ſei=
ner feſten Stadt Le Mans. Er wurde mit ſeiner Gemahlin
nach Falaiſe geführt, wo ſie bald an Gift, welches damals gar
manches Leben wegraffte, ſtarben [2]). So gewann Wilhelm
bald, gleichwie ſpäter England, halb durch Erbrecht, halb
durch Eroberung, das Land Maine, nachdem er Le Mans,
welches einſt Rollo ſchon beſaß, wieder erhalten hatte. Die
Schweſter Heriberts, Margarethe, verlobte er ſeinem Sohne
Robert und ließ ſie zur ferneren Erziehung nach Fécamp brin=
gen, wo ſie jedoch bald ſtarb. Der Eroberung von Le Mans

---

1) De nobili genere Crispinor. p. 58.
2) Pictav. l. l. Orderic. l. III. p. 487. l. IV. p. 534.

folgte die von Mayenne. Der durch ihre Lage auf steilen
Felsen am reiffenden Strome belegenen und an der anderen
Seite durch starke Mauern geschützten Stadt wurde, nachdem
alle Belagerungswerkzeuge vergeblich versucht waren, zuletzt
Feuer eingeworfen; in der entstandenen Verwirrung erbrachen
die Belagerer die Thore und strömten durch dieselben in die
Stadt, wo sie reiche Beute an Rossen, Waffen und andern
Vorräthen fanden.

Hiedurch war denn ein Lebenswunsch des Hauses der Rol-
loniden erreicht: die Demüthigung des Hauses Anjou und ein
Besitz, welcher bei den günstigen Verhältnissen zur Bretagne
die tapfern Normannen binnen Kurzem zur Herrschaft des
nördlichen und westlichen Frankreichs zu führen verhieß. Daß
jedoch, so wenig wie in andern Zeiten Bretagne; Maine hernach von den Besiegern der Angelsachsen nicht behauptet werden konnte, zeigt uns aber, daß nationale Gesinnung in Haß
und in Zuneigung lange nach der Ansiedelung der verschiedenen
Einwanderer in Frankreich stark genug blieben, um weder durch
die Intriguen der Geistlichen [1], welche auch hier für die Normannen thätig gewirkt hatten, noch selbst durch die härtesten
Klingen dauernd überwältigt zu werden.

Der letzte größere Feldzug, welchen Wilhelm vor der Heerfahrt nach England machte, war gegen die Bretagne gerichtet,
deren Herzog Conan II., des durch normannisches Gift geopfer-
ten Alains Sohn, mit dem Grafen von Anjou verbündet, Ansprüche auf die Normandie erhob, oder vielleicht nur sich gegen
Wilhelms Ansprüche auf die Bretagne sicherstellen wollte. Conan, welcher es wagte Wilhelm zu der unbequemsten Zeit mit
seinen Rechtsansprüchen zu belästigen, starb plötzlich; man fand
an ihm vergiftete Handschuhe, neben ihm ein vergiftetes Trink-
horn, und selbst die normannischen Schriftsteller versuchen nicht
Wilhelm von dem Verdachte der Mitschuld dieses Verbrechens
frei zu sprechen [2].

In diese Zeit fällt auch Harolds Besuch zu Rouen, von

1) Von der Flucht des Bischofs von Le Mans, nachherigen Erzbischofs von Rheims, Gervasius, zum Herzog Wilhelm s. Actus pontificum Cenomann. apud Mabillon Vetera Analecta T. III. p. 306 sq.
    2) Gemmet. l. VII. c. 33.

wo er Wilhelm auf dem Feldzuge gegen die Bretons begleitete.
Auch in seinen Beziehungen zu den Angelsachsen haben wir
Wilhelm, gleichwie in seinen Thaten in Frankreich kennen
gelernt: kräftig und höchst verschmitzt, kein Verbrechen zurück=
weisend, welches seinem Ehrgeize dienen konnte; verhaßt bei
seinen Verbündeten wie seinen Lehnsleuten, deren Widerstand
aber nur seine dämonischen Kräfte stets neu stählte. Die Nach=
richten, welche über ihn auf uns gelangt sind, kennen wir
nur durch Normannen und Mitglieder der ihm befreundeten
Klöster; aber dennoch hinterläßt uns kaum ein anderer Cha=
rakter so sehr den Eindruck eines von der weisen Weltregie=
rung für die Erreichung großer Zwecke hingesetzten bösen Gei=
stes, als Robert des Teufels achtjähriger Knabe, dem sein ehr=
loses Bastardleben nur um als ein Mummenschanz fremden
Ehrgeizes zu dienen gelassen wurde, aber dessen wunderbare
Energie und seltener Scharfsinn, denn diese beiden sind die
Bedingungen dessen, was in großartigen Verhältnissen zum
Glücke führt, es erreichten, daß ihm Unterthan und König,
Laie und Klerus, Tugend wie Laster gehorchten, um ihn zum
mächtigsten Herrscher seines Jahrhunderts zu erheben.

Achte Abtheilung.

Die Zeitgenossen der Eroberung Englands und ihre Söhne.

Wilhelm I.

Der entscheidendste Sieg in einem Bürgerkriege, und ein solcher war der Krieg der Brüder Harold und Tostig, bringt nicht augenblicklich Frieden und Einigkeit der Gemüther; die vorübergehende Vereinigung, welche gegen die eindringenden Fremden sich gestaltet hatte, zerfiel plötzlich, als der wenig geliebte, aber als König anerkannte und als Feldherr oft bewährte Harold dem feindlichen Geschosse erlegen war. Sehr viele Normannen, — ihre Zahl wird auf 15,000 angegeben, also der vierte Mann des ganzen Heeres, — fielen noch bei der ersten übereilten Verfolgung der fliehenden Angelsachsen, welche die Vortheile des ihnen bekannten Bodens schnell und muthig benutzten[1]; aber der Schrecken über den Verlust der Hauptschlacht wirkte auf die von altem Haber und gegenseitigem Mistrauen nie geheilten Gemüther bis zur Lähmung aller Energie und moralischen Kraft. Nicht die Regierung allein, sondern auch der kriegerische Oberbefehl war aufgelöst, und die Angelsachsen flohen in die festen Städte oder in die Hundreden an ihren heimischen Heerd. Fernere Anstalten zum Widerstande nach einer verlornen Schlacht waren nicht vorbereitet und Niemand war da um sie anzuordnen; nur London besetzte seine festen

---

1) Orderic. Vitalis p. 501 d. ausführlicher als Guil. Pictav. p. 205 c. d.

74

Thürme und Mauern mit den tapfern Bürgern und rüstete sich zur Widerwehr. Hier weilten Aldgythe, Harolds Gemahlin, der junge Eadgar Atheling, der als König Eadmunds Eisenseite Enkel der Nächstberechtigte des alten Königstammes zur Krone war; Stigand und Aldred, die Erzbischöfe von Canterbury und York, Wulfstan, Bischof von Worcester, und andere angesehene Geistliche, welche Harolds Rathgeber gewesen, flüchteten hieher; die mächtigen Earle, Eadvine und Morkar, schöne, kraftvolle Jünglinge, die Lieblinge des angelsächsischen Volks, welche ihren Schwager Harold bei Senlac verlassen zu haben zu spät bereuen mussten, rückten mit einer Heeresschaar in London ein. Die Söhne Alfgars versuchten anfangs die Vormundschaft ihrer Neffen, wenn nicht die Krone ihres Schwagers für sich zu erstreben [1]); doch da ihre Wünsche keine günstige Aufnahme fanden, so schlossen sie sich den übrigen Witan an, welche mit Beistimmung der Bürger von London und der Buthsekarle den jungen Eadgar zum Könige krönten. Eadvine und Morkar aber, welche die kräftigste Unterstützung zu leisten verpflichtet waren und verheißen hatten, verließen mit ihren Kriegern und ihrer Schwester, der verwittweten Königin, welche sie nach Chester sandten, plötzlich London [2]), von Neid und Haß gegen den glücklicheren Kronprätendenten erfüllt und vermuthlich in der Absicht, ihre Grafschaft über das nördliche England in unumschränkte königliche Gewalt zu verwandeln [3]). So blieb London fast allein auf die Vertheidigung seiner Bürger und Soldaten [4]) unter dem tapfern Ansgard, seinem Bürgermeister, beschränkt und hörte mit Besorgniß von den Fortschritten des normannischen Herzogs und seiner beutegierigen Ritter.

Wilhelm war am Tage nach der Schlacht von Senlac nach Hastings abgegangen, wo er fünf Tage verweilte, in der getäuschten Hoffnung, daß die Angelsachsen sogleich Schritte thun würden, ihm ihre Unterwerfung zu erkennen zu geben.

1) Malmesbur. p. 102.

2) Florent. a. 1066.

5) Malmesbur.

4) Cum solos cives habeat, copioso ac praestantia militari famoso incolatu abundat. Pictav. p. 205.

Vielmehr widersetzten sich die Einwohner von Romney der Landung normannischer Schiffe, welche daselbst, der Gegend unkundig, eine bedeutende Anzahl von Kriegern an das Land setzen wollten und bewiesen, daß die Kraft des angelsächsischen Armes noch nicht ganz erloschen sei. Doch säumte Wilhelm nicht länger die Verwirrung des Augenblicks zu benutzen. Er eilte nach Romney, um an dessen Einwohnern den Verlust der Seinigen zu rächen, und rückte darauf nach Dover vor, in dessen von der Natur begründeten, durch die Anstrengungen vieler Jahrhunderte verstärkten Bollwerken eine zahllose Menschenmasse vor dem Feinde Schutz suchte; doch fehlte auch hier ein Mann, welcher im Stande war die vielen vorhandenen Kräfte zu sammeln und zu benutzen, wozu der Umstand beitragen mochte, daß die Burg zu Dover, welche dem Sohne Godwines schon früher gehörte und von ihm stark befestigt war [1]), von den ihrem Herrn zu Hülfe eilenden Rittern sehr verlassen gewesen sein muß. Wilhelm, dessen Mannen Dover für unüberwindlich hielten und durch die Verheißung reicher Beute zu den äussersten Anstrengungen ermuntert werden sollten, erfreute sich daher nicht geringer Überraschung, als, ehe er Dovers Felsenburg erblickte, schon die städtischen Abgeordneten ihm entgegenkamen, um ihm die Schlüssel derselben zu überreichen [2]). Doch genügte diese friedliche Übergabe dem normannischen Heere nicht, welches nicht dem Herzoge England, sondern sich Schätze und Genüsse erobern wollte. Die zufällige Verzögerung einiger Burgmannen im Verlassen der Feste

1) Traditurus Doveram studio atque sumptu suo (sc. ducis Heraldi) communitam. Pictav. p. 191.

2) Pictav. l. l. Guido V. 599 sq. Die bestimmten Ausdrücke der Zeitgenossen gestatten uns nicht eine Belagerung Dovers anzunehmen, und es muß daher gegen Thierrys „on ne connait point les détails du siège" gewarnt werden. Je mehr ich den Geist und Scharfsinn ehre, mit welchem dessen treffliches Werk über die Eroberung Englands geschrieben ist, desto mehr hielt ich mich für verbunden, gegen die Entstellung mancher Thatsachen und den Misbrauch seiner Quellen in den Haupttheilen seines Werkes zu warnen, zu welchen die Theilnahme für das unterdrückte Volk hinreißt. Auch Mackintosh hat sich wiederholt durch den Geschichtschreiber der Eroberung täuschen lassen, wenn er dessen Citate für sehr genau erklärt und auch hier von einer Belagerung Dovers spricht.

wurde dem Feinde ein Vorwand, um sie zu plündern und zu sicherer Ausführung dieses Zweckes Feuer in deren Häuser zu werfen. Die Stadt wurde fast ganz zerstört, und der Herzog, der dem Frevel keinen Einhalt thun noch weniger ihn zu bestrafen vermochte, konnte nur seinen neuen Unterthanen Ersatz für die zerstörten Gebäude und andere Entschädigungen anbieten. Er gebrauchte eine Woche, um einige Mängel der Befestigung zu verbessern, ließ eine starke Besatzung und viele Kranke, welche an einer durch den Genuß frischen Fleisches und kalten Wassers entstandenen oft tödtlichen Dysenterie litten, zurück und war im Begriff auf Canterbury vorzurücken, als auch dessen Einwohner und nach ihnen die Bewohner anderer benachbarter Städte ihm ihre Huldigung, Geiseln und reiche Spenden brachten. Gleich hungrigen Fliegen, welche schaarenweise an blutende Wunden sich setzen, — so durfte ein Normann sagen [1]), — drängten die Angelsachsen sich herbei, um dem Herzoge zu dienen. Von Canterbury sandte er zu der verwitweten Königin Edithe, welche zu Winchester, der Morgengabe König Eadwards, wohnte, und sicherte ihr diese bedeutende Stadt gegen Bezahlung eines von ihr zugestandenen Tributs zu. Er selbst wurde hier bedeutend krank und mußte einen Monat zu Canterbury und in dessen Umgegend [2]) zubringen; ein Verzug, welchen das unselige England zu benutzen nicht vermochte.

Wilhelm hatte unterdessen fünfhundert Reiter abgesandt, um London zu belagern, dessen Mauern durch Widder und unterirdische Gänge zu erschüttern, durch Hunger und Brand, auch durch Bestechung und Verrath die zahlreiche Bevölkerung zur Übergabe zu zwingen. Er selbst, sobald er genesen, durchstreifte die benachbarten Grafschaften Sussex, Surrey, Middlesex, Hampshire [3]), wo sein Heer sich der Zügellosigkeit überließ, von welcher unbesoldete Vasallen, Verbündete und Abenteurer nicht zurückgehalten werden konnten. Schon glaubten

1) Guido V. 617 f.

2) Fracta Turris: Pictav. p. 205.

3) Florenz und Simeon z. J. 1066 nennen hier auch das entlegene Hereford; vermuthlich anstatt Hertford.

die wohlgesinnten Angelsachsen, welche zu London ihr Vaterland zu beschirmen gehofft hatten, daß Widerstand vergeblich
und eine schnelle Unterwerfung das beste Mittel zu günstigen
Vertragsbedingungen sei. Erzbischof Stigand und der Abt des
Klosters St. Augustini in Canterbury Agelsine, deren Besitzungen vorzüglich gelitten hatten, gingen dem Eroberer, als er
bei Wallingford die seichte Themse durchschritt, entgegen, ent-
sagten dem von ihnen gekrönten Knaben und legten huldigend
ihre Hände in die eisernen des normannischen Herzogs [1]). Es
ist nicht unwahrscheinlich, daß sie mit einer Schaar Krieger
kamen, welche bereit war zu kämpfen, wenn Wilhelm ihnen
nicht die verlangte Bestätigung ihrer alten Rechte und Gewohnheiten ertheilt hätte; vielleicht mag auch die Sage begründet sein, daß das kentische Heer, unter dem Schatten abge-
pflückter Zweige sich fortbewegend, von dem der Gegend un-
kundigen Feinde für einen Wald angesehen sei, bis es vor diesem stehend, das Buschwerk niederwerfend mit Schwert und
Bogen drohte [2]). Wilhelm verhieß, was begehrt wurde; für eine
so reiche Beute als der Besitz Englands waren ihm alle
Worte feil, und eine Veränderung der Verfassung, sofern die
Abgaben seinen Bedürfnissen genügten, lag nicht in den Absichten des von seinen Erfolgen überraschten Kriegers. Bald
darauf erschienen zu Berkhampstead [3]) auch Albred, der Erzbischof von York, Wulfstan, Bischof von Worcester, Atheling
Eadgar selbst und die Bürger von London, welche Letztere

1) Pictav. p. 205.

2) Chron. W. Thorne apud Savile p. 1768. Ballade des
16ten Jahrhunderts bei Thierry T. II. Die ähnliche Sage von Bir-
namwood ist durch Shakspeares Macbeth allbekannt. Sie steht schon
bei Buchanan (Histor. Scotic. l. VII. c. 85.). Weniger bekannt mag
es sein, daß wir sie auch in der holsteinischen Geschichte finden, wo sie in
das vierzehnte Jahrhundert gesetzt wird. S. Chron. Holsatiae a. Presbyter. Bremens. cap. 18.

3) Chron. Sax. Florent. h. a. W. v. Poitiers nennt jenen Ort
nicht, deutet ihn aber als verschieden von Wallingford und im Angesichte
Londons liegend an. Daß Eadwine und Morkar sich hier schon einfanden,
ist ein Irrthum des Chron. Sax., welchen Lingard hätte beachten müssen; jene hatten London verlassen und erschienen nach eines Augenzeugen
Bericht erst später vor Wilhelm zu Berking.

Lappenberg Geschichte Englands. II.   5

durch einen Abgeordneten, den der schlauere Wilhelm, welcher Ansgards Treue zu verleiten vergeblich versuchte, bestochen hatte, zur Übergabe der Stadt durch falsche Berichte verführt waren [1]). Wilhelm bestätigte die Rechte und Besitzungen derer die sich ihm unterworfen, bis auf die Krone Eadgars, dem er Leben und ehrenvolle Verhältnisse zusicherte. Die den Angelsachsen feierlich gelobte Zusage, seine Krieger vom Plündern zurückzuhalten, vermochte er nicht zu erfüllen, da ihm bei der Abneigung jener, welche ungeachtet der Unterwürfigkeit der meisten Vornehmen überall sich verrieth, die Gunst der Normannen unentbehrlich war.

Kein Eroberer hat je besser verstanden als Wilhelm von der Normandie, die Kraft und den Glanz seines Schwertes durch den Nimbus von scheinbaren Rechtsgründen zu verstärken. Kaum Herr des zehnten Theils von England, beschloß er durch die Krönung zum Könige das ganze, angeblich durch Erbrecht und Übertragung sowie durch Begünstigung des Papstes ihm heimgefallene Land sich zu sichern. Die Geschmeidigkeit der englischen Prälaten, welche der römischen Curie glaubten folgen zu müssen, begünstigte diese Absicht; an wohllautenden Proclamationen [2]) und Zusicherungen an einflußreiche Angelsachsen ließ Wilhelm es nicht fehlen. Schwieriger war es die Normannen zur Zustimmung zu bewegen, da deren Wünsche nur nach Beute zielten und die Rangerhöhung des gräflichen Heerführers ihnen unbequem werden konnte.

Doch bewährte Wilhelm auch hier die Schlauheit, welche wir früher bemerkt haben. Er selbst, als ob die wichtigen Gründe, welche für die Annahme des königlichen Scepters das Wort redeten, nicht verkennend, hob sie kunstvoll hervor, gab jedoch an, in der Liebe zur Ruhe, zu seiner Gemahlin, mit welcher er die Krone, falls Gott sie ihm verleihe, theilen müsse, und in der bisherigen Unsicherheit der neuen Eroberung Gründe zu finden, um die Krönung wenigstens zu verschieben. Doch so wie Fitz Osbern bei der Beredung der Normannen zu dem

1) Wido von Amiens.
2) Fragmente einer solchen besitzen wir vermuthlich noch in der ersten Hälfte der Carta de quibusdam statutis per totam Angliam firmiter observandis, in Rymer Foederib. T. I. p. 1.

Zuge nach England, so leistete ihm hier ein fremder Ritter, Aimerich von Thouars in Guienne, den wohlgefälligen Dienst, durch Beredtsamkeit die Masse zu betäuben und zu lenken. Die Anführer wurden durch die Aussicht auf Grafschaften und Baronien sowie Besitzungen für ihre jüngeren Söhne gewonnen. Nachdem die vorausgesandten Truppen in London eine sichere Feste für den Herrscher errichtet und die Krönungsfeierlichkeiten vorbereitet hatten, während Wilhelm ruhig sich der Jagd und Falkenbeize ergeben, rückte er in die Hauptstadt des angelsächsischen Reiches ein und ließ die Krönung am ersten Weihnachtstage, also weniger als drei Monate nach seiner Landung in England, durch Aldred, den Erzbischof von York, vollziehen. Der erste Metropolitan Stigand begleitete ihn auf dem Krönungszuge auf der ihm gebührenden Ehrenstelle [1]; doch hatte entweder jener sich geweigert die Krönung an dem normannischen Räuber zu vollziehen, nachdem er binnen Jahresfrist zwei angelsächsische Kronprätendenten anerkannt und gesalbt hatte [2], oder diesem schien eine Weihe durch den mit den päpstlichen und den normannischen Geistlichen verzwisteten Prälaten nicht genügend [3]. Als der Herzog in dem Münster St. Petri im Westen Londons angelangt war und die Lobgesänge zur Ehre Gottes verstummten, betrat zuerst Goisfred, der Bischof von Coutances [4], die Kanzel, redete in fränkischer Sprache die Eroberer an und fragte sie, ob der angebotene König ihnen gefiele, für welchen Fall er um ein Zeichen ihrer Beistimmung bat. Mit lautem Jubelgeschrei und Händeklatschen wurde dieses von den lebhaften Franzosen gegeben. Hierauf folgte der Erzbischof mit derselben Frage in angelsächsischer Rede [5]. Ein vermehrter Jubel erhob sich von beiden Völkern

1) Nach Wibos Zeugniß:
   Illius et dextram sustentat metropolita,
   Ad laevam graditur alter honore pari.

2) Guil. Neubrig. l. I. c. 1. Aus ihm Bromton S. 962.

3) Quia multa mala et horrenda crimina praedicabantur de Stigando, noluit eam ab ipso suscipere, ne maledictionem videretur inhere pro benedictione. Eadmer hist. Novorum l. I.

4) Constantiensis, nicht von Constanz, wie Turner meint.

5) So Wibo, welcher die Feierlichkeiten genauer beschreibt als W. von Poitiers.

5 *

und es entstand ein Getöse, welches die ausserhalb der Kirche
geschaarten Normannen für ein Aufruhrgeschrei hielten. Einige
derselben stürzten nach London und zündeten sofort die Stadt
an, bald wurde man in der Kirche die Flammen gewahr und
heraus floh jetzt die Volksmasse und Jeder, der ein Haus oder
andere Habe gefährdet glaubte. Wilhelm blieb mit den Prie-
stern beinahe allein; doch gestattete er keinen Aufschub, bebend
vollzogen diese eiligst die Ceremonie der Salbung und Krönung. Wuthentbrannt über das Verfahren seiner zügellosen
Horde, zitternd für sein im Augenblicke des höchsten Glücks
blossgestelltes Leben, vermochte der König kaum den herkömmlichen Eid der angelsächsischen Könige in fränkischer Sprache
herzusagen. Seine Gegenwart stellte bald die Ordnung wieder
her und er ließ es sich sehr angelegen sein, die Unordnung
des gemeinen Haufens seiner Krieger durch Anordnungen strenger Strafen und Ansetzung gefürchteter Richter zu zügeln; doch
musste jener Vorfall die ererbte ungünstige Stimmung, Miß-
trauen und Haß gegen die Nordmannen, bei dem angelsächsischen
Volke sehr vermehren.

Der König wagte nicht in London zu verweilen, bis er
sich dort eine neue Burg befestigt hatte, und während diese, vermuthlich der vorzugsweise sogenannte Tower, gegründet wurde,
brachte er einige Zeit zu Berking in Essex zu. Hier bewährte
sich bald, wie richtig er die Wirkung der Krönung berechnet
hatte. Die Earle Eadwine und Morkar erschienen bald ihm
ihre Huldigung zu bringen; ebenso Copsi [1]), der einst Tostigs
Stellvertreter in Northumbrien gewesen war und schon in diesem Verhältnisse Grund zur Anschliessung an den Verderber
Harolds finden konnte. Auch die Unterwerfung des Turchill
von Limes, Siward und Albred, der Söhne Edelgars, eines
königlichen Anverwandten, des Eadric, der den Beinamen des
Wilden führte, eines Enkels jenes vielberufenen Eadric Streona
und demnach Verwandten des godwineschen Hauses, fand hier
statt, denen diejenige vieler anderen angesehenen und reichen Männer folgte, in der Überzeugung, daß ein Land, mit so wenigen
festen Burgen geschützt wie das ihrige, unfehlbar dem Feinde

---

1) Coxo von den Normannen genannt.

der Lohn eines großen Sieges werden müffe. Jeder diefer Männer schloß feinen Vertrag mit dem neuen Könige einzeln ab und man eilte einander zuvorzukommen, um wohlfeilere oder fonst günstigere Bedingungen zu erhalten. Dem Eadvine ver= hieß der König die Hand einer feiner Töchter, während Mor= far mit großer Strenge behandelt ward; andere Normanninnen wurden mit Angelfachfen, deren Schweftern mit Normannen verheirathet.

Sehr reiche Beute und Huldigungsgaben wurden für den König befonders aus den Klöftern zufammengefchleppt, welcher diefe Schätze nach Rouen fandte [1]), indem er zugleich alle Maßregeln ergriff, den Befitz des neuerworbenen Landes fich zu fichern. Die fämmtlichen Ländereien der Krone, fowie die nicht minder bedeutende Erbfchaft König Eadwards und der Godvinesföhne, den königlichen Schatz zu Winchefter und Ha= rolds letzte Beute aus der Schlacht bei Stamford Bridge [2]), nahm Wilhelm als fein ihm anheimgefallenes Eigenthum zu fich, mit welchem er auch den tapferften feiner Treuen Beloh= mungen fpendete. Zu Winchefter, der alten weftfächfischen Re= fidenz, deren Einwohner als der alten Dynaftie befonders be= traut und durch Wohlhabenheit und Muth gleich gefährlich erfchienen, ließ er wie zu London eine neue Burg erbauen, welche er dem Wilhelm Fitz Osbern mit der Infel Wight, zugleich aber auch die Regierung des ganzen nördlichen Eng= lands übertrug. Auch erhielt diefer, denn keiner feiner Vafal= len hatte um Wilhelm, befonders in diefem Eroberungswerke, mehr Verdienft fich erworben, die Würde eines Grafen von Hereford [3]), welche einft König Eadward feinem Neffen Raoul als einen eben fo ehrenvollen wie reichen Befitz verliehen hatte, und den wir auch fpäter ftets in den Händen der kühnften

1) Viele Verzeichniffe über den jetzt oder in'den nächften Jahren er= folgten Kirchenraub finden fich in den Annalen der englifchen Klöfter; z. B.: Thomae historia Eliensis; Historia abbatum S. Albani; von Waltham f. Monast. T. VI. p. 56.; von Worcefter Hemming Char= talar. p. 393.

2) Adam Bremens. schol. 66.

3) Florent. a. 1067. Pictav. p. 209. Orderic. l. IV. p. 506. 521.

Ritter, mit ausdrücklich gestatteter Erlaubniß, sich über die walisische Grenze hinaus mit Hülfe ihres tapfern Schwertes auszudehnen, finden. Hier erblicken wir auch den normannischen
Günstling Eadwards wieder, Richard, den Sohn Scrobs [1]),
welcher in diesen Gegenden begütert war und gleich jenen übrigen von den Eingebornen mit Recht gefürchteten Fremden
mit den neuangekommenen Normannen vereinigt für die Unterdrückung aller der neuen Zwingherrschaft widerstrebenden Angelsachsen kämpfte. Schon jetzt oder in den nächsten Jahren
erhob Wilhelm auch andere Normannen zu englischen Grafen:
Gautier Giffard zum Earl von Buckingham; Roger von Montgomery, ein weiser und gerechter und frommer Herr, erhielt die
Stadt Chichester, die Burg von Arundel (Sussex) und die
Grafschaft Shrewsbury [2]); Robert von Moretain, des Königs
Bruder, diejenige von Cornwales; Gherbodo der Fläminger
die von Chester, welche nach dessen Rückkehr in sein Vaterland
dem Hugo von Avrenches ertheilt wurde; Odo von Champagne, Wilhelms Schwager, der Sohn des Grafen Etienne von
Champagne, von dessen Bruder Thibaut III., Grafen von
Blois, nach jenes Tode aus dem natürlichen Erbe verdrängt,
ward mit der Grafschaft Holdernesse (York) belehnt [3]); Radulf
von Guader, der Schwiegersohn des Wilhelm Fitz Osbern, mit
der von Norwich [4]).

Wilhelm selbst begehrte nunmehr vor Allem in seinen französischen Provinzen als König aufzutreten; die südlichen Länder Englands vertraute er der Verwaltung seines Bruders Odo,
des Bischofs von Bayeux, an und ordnete ihm und Wilhelm
Fitz Osbern mehrere angesehene Krieger bei. Wilhelm von
Warren, später zum Grafen von Surrey erhoben, den er mit

1) Siehe oben Bd. I. S. 514. Sein Erbe war sein Sohn Osbern.
Doomesday Worcester fol. 176 b.

2) Orderic. p. 509. sagt irrig Cestriam; doch p. 522. richtig Ci-
cestriam.

3) Orderic. a. a. O. nennt seine Gemahlin eine Tochter Herzog
Roberts gegen die gewöhnliche Angabe, daß sie die Tochter der Harlev
aus zweiter Ehe gewesen. Vergleiche noch Pluquet a. a. O. II
S. 127 u. 234.

4) Ord. Vital. pag. 522.

ſeiner Tochter Gundreve vermählt hatte [1], Hugo von Grente=
maisnil, welcher das Sheriffthum über das Land der Gewiſſi [2]
und ſpäter die Stadt Leiceſter erhalten, Hugo von Montfort,
dem Dover beſonders anvertraut war [3], und andere Männer,
welche im Felde bewährt größtentheils eine Friedensverwaltung
zu führen wenig befähigt waren. Während er durch dieſe
Stellvertreter ſeine Herrſchaft befeſtigte, benutzte er ſeine Reiſe
zugleich um die einflußreichſten Angelſachſen, deren Geſinnung
ſein Mistrauen erregte, in ſeinem Gefolge unter gleiſſenden
Ehrenbezeugungen als Geiſel nach der Normandie zu bringen.
So den Eadgar Atheling, Erzbiſchof Stigand, die Grafen
Eadvine und Morkar, Waltheov, Siwards Sohn, welchem er
ſeine Nichte Judith vermählte und die väterliche Grafſchaft
Northampton verlieh [4], Agelnoth, den Abt von Glaſton=
bury [5] u. A.

Die Normandie war ſeit Wilhelms Fahrt nach England
von der Herzogin Mathilde, unter dem Beiſtande erfahrner
Männer, beſonders des Roger von Beaumont, verwaltet und
gegen äuſſere Feinde bewacht. Doch noch beſſer hatte der ge=
fürchtete Name Wilhelms ſein Land geſchützt, ſo daß kein An=
griff von den über ihr Intereſſe ganz verblendeten Nachbarn
ſo wie dem Könige von Frankreich gewagt wurde. Er feierte
daher einen zwiefachen Triumph, als er, von vielen die Heimat
froh ſuchenden Rittern ſo wie angelſächſiſchen Geiſeln begleitet,

---

1) Elli s l. l. T. I. p. 506. berichtigt hier die falſche Angabe des
Ordericus Vitalis, welcher Gundreve für die Tochter des Gherbodo
ausgibt.

2) Orderic. Vital. p. 512 et 522.

3) Guil. Gemmet. l. VII. c. 89. Sein Haus daſelbſt erwähnt
Doomesdaybook.

4) Ord. Vital. p. 522.

5) Chron. Saxon. Aegelnothus, nobilis satrapa Cantuariensis wird
hier noch von Florenz und Orderic Vitalis erwähnt, vielleicht
eine Verwechſelung mit dem Abte von Glaſtonbury. Ein Abt dieſes Na=
mens, für welchen Lingard ihn hält, war damals nicht in Canterbury,
ſondern Agelſine, der ſpäter nach Dänemark entfloh. Doch ein princeps,
minister Aegelnothus wird zuweilen in ſpäteren Urkunden König Ead=
wards genannt. Urk. v. J. 1062 u. 1066. Monast. V. 62. I. 295. 297.

aus dem eroberten Königreiche in das unverletzt erhaltene Erbe zurückkehrte. Er beging das Osterfest zu Fécamp, wo viele französische Fürsten und Edelleute von Neugierde und Genußsucht zur Verherrlichung ihres ehemaligen, durch List und Waffenglück hoch über sie erhobenen Genossen herbeigezogen wurden. Vor allen bewunderte man die schön gelockten, jungfräuliche Zartheit mit männlicher Kraft vereinenden Angelsachsen, welche der König zu seiner Begleitung auserlesen hatte. Der Anblick der mit Gold durchwirkten und besetzten Gewänder ließ alle früher bekannten als nichtig und werthlos erscheinen. Nur goldene und silberne Schüsseln und mit edlen Metallen an beiden Enden eingefaßte Trinkhörner wurden den zahllosen Gästen vorgesetzt. Überwältigt von den Eindrücken ungewohnter Pracht kehrten die französischen Ritter heim, die Geistlichen vor allen Andern reich begabt, und priesen mit Zungen und in Schriften, mehr noch als Minstrels und Jongleurs es vermochten, die überschwenglichen Schätze der neuen Welt, welche ihr Held, größer als Cäsar, gütiger als Titus, er der Herr der Normannen in Apulien und Sicilien, zu Constantinopel und Babylon, in wenigen Stunden, ohne Einbuße eines angesehenen Ritters, unter päpstlichem Segen erobert hatte. Die Einwohner des Landes wurden für ihre Lieferungen, welche dieser Besuch veranlaßte, so wie für die Kosten des Krieges reich entschädigt. So begab sich denn das dem Zeitgenossen wunderbarste aller Schauspiele: die Heerden der Bauern wurden nicht geraubt, ihre Ernte nicht von Fremden abgemäht, nicht einmal zum harmlosen Scherze zertreten, ja ein unbewaffneter oder anderer einfältiger Mann durfte es wagen singend durch die Schaar der Krieger durchzureiten [1]).

Ein anderer Anblick aber bot sich jenseit des Canals dar. Der Druck neuer Abgaben, mehr noch fremdzüngiger Beuteritter, zügelloser durch die Entfernung des Herrn, der, wenn auch nicht Gerechtigkeit, doch zeitgemäße Strenge übte, über das schuldlos gedemüthigte Volk, dessen edelste Vertreter aus hülfreicher Nähe schnöde entrückt waren, erregte vielfache Un

1) Pictav. p. 212 sq.
2) Chron. Saxon. a. 1067.

ruhen, die eine Gesinnung bewährten, welche, besser geleitet und von dem weltlichen wie geistlichen Adel unterstützt, das Land der fremden Eindringlinge hätte entledigen können. Von den Wohlhabenden flohen viele: diese in der Hoffnung dereinstiger Wiederkehr, wenn ein Wunder oder die Kraft Anderer ihnen ihr Erbe wieder befreite; Andere um bei den Dänen gegen die Normannen Hülfe anzusprechen; Andere auf immer, eine neue Heimat da suchend, wo Tapferkeit und Haß gegen Nor= mannen ihnen Sold und Beute verschaffen möchte. Von den Erstern flohen viele nach Flandern, Manche wandten sich zu der Heimat ihrer Altvordern, den sächsischen Landen am Elbstrom. Den Sohn einer edlen dorthin geflüchteten Frau kennt die Ge= schichte als einen Grafen von Stade [1]); die Scotenklöster des Festlandes beherbergten gar manchen Flüchtling [2]). Zu den Letztern gehörten die Angelsachsen, welche nach Byzanz flüchte= ten und bereitwillige Aufnahme fanden, hernach jedoch setzte sie Kaiser Alexius I der Komnene, ihre unmittelbare Nähe fürch= tend, anfänglich an die andere Küste des Mare di Marmora nach Civitot (Kibotus bei Helenopolis), benützte aber hernach ihre Dienste gegen Robert Guiscard und die Normannen von Apulien, welche in sein Reich eingedrungen waren, zu seiner Befreiung von diesen gefährlichen Feinden [3]). Die Normannen erkannten die erbittertsten ihrer Gegner und richteten ihre Pfeile gegen dieselben nicht vergebens. Doch mußten jene Griechen= land verlassen, und eine Schaar Angelsachsen mit einigen Dä= nen und andern Waeringern, welche wir schon früher im grie= chischen Kriegssolde bemerken, erhielten als die Leibwache der griechischen Kaiser, unter dem Namen Ingloi, jenen mit kräfti= gem Arme, glänzenden Streitärten und Rüstungen die Achtung und Sicherheit, welche das entnervte Geschlecht ihrer eigenen Unterthanen ihnen nicht zu gewähren vermochte. Während das

1) Friedrich, welcher im J. 1095 die Grafschaft Stade erhielt, war Enkel und Sohn zweier aus England geschiffter, dorthin verschlagener Frauen. Von ihrer Nachkommenschaft s. Alberti Stadensis Chro- nica ed. Reineccii p. 153 sq.

2) Chron. Martin. Colon. in Monument. Hist. Germ. T. II.

5) Orderic. p. 508. Vergl. auch Thormod. Torfaeus P. III. l. 6. cap. 3.

Geschick dieses braven Sachsenthums im Oriente, welches noch lange zu Byzanz als eine der festesten Stützen des Thrones, mit mehr als Janitscharentapferkeit und Schweizertreue kämpfend, ein wohlgebührendes Interesse an sich fesselt, können wir nicht umhin den wunderbaren Verschlingungen der Weltgeschichte nachzusinnen, welche durch Flüchtlinge eines zerstörten Reichs ein viel größeres und viel morscheres erhalten hat; und gar räthselhaft bleibt es uns, weshalb die Irrfahrt der letzten Angelsachsen bestimmt war den Glanzpunct der alten Welt gegen einen, wenn auch nicht den vorzüglichsten, aber doch hochgesinnten und bildungsfähigen europäischen Stamm zu schützen, damit jener dereinst einer der stumpfrohesten asiatischen Horden anheim falle [1]).

Am richtigsten dachten diejenigen unter den Angelsachsen, welche fremde Hülfe ihrem Vaterlande zu verschaffen sich bestrebten. In Frankreich bot sich leider ihnen keine Aussicht auf Beistand dar; die nördlichen Länder waren fast alle Mitgewinner bei der Eroberung Englands; der König von Frankreich hatte seine Gleichgültigkeit oder Schwäche bei der Vergrößerung seines unzuverlässigsten Vasallen schon bewährt. Der deutsche Kaiser Heinrich IV. war zu sehr durch die Kriege mit den Slaven beschäftigt, noch mehr in den Nichtigkeiten jugendlicher Lüste und des Hoflebens befangen, um einen nicht seine Grenzen augenblicklich bedrohenden Eroberer als Verletzer des europäischen Friedens zu befehden und zu erkennen, wie jene normannischen Abenteurer, welche Europa an fast allen Endpuncten umspannten, den Welttheil zur Normandie zu machen drohten. Auch war Wilhelm wachsam und unverdrossen, einflußreiche Männer an dem kaiserlichen Hofe in sein Interesse zu ziehen, wozu ihm das seit jenen Zeiten nur zu oft bewährte

---

1) Einige interessante Nachrichten über diese Angelsachsen zu Constantinopel enthält das Chronicon ab origine mundi ad a. 1218, MS. in der überreichen und werthvollen Handschriftensammlung des Sir Thomas Phillipps zu Middlehill. Sie bildet dort Nr. 1880, einst in Meermanns Sammlung Nr. 785., und ist das Werk eines aus England gebürtigen Prämonstratensers, aus welchem die Herausgeber des Récueil des Historiens de la France T. XIII. p. 677. und T. XVIII. p. 702. einige auf Frankreich bezügliche Stellen mitgetheilt haben.

Mittel in dem neuerworbenen englischen Gelde gegeben war. Der damalige erste Rathgeber des Kaisers, Adalbert, der Erzbischof von Bremen, ward durch seine Geschenke verleitet für die Sicherheit des freigebigen Eroberers zu intriguiren; und eine gegen diesen am kaiserlichen Hofe gegebene Anregung zu unterdrücken, mußte dem gewandten Manne leicht werden, der selbst den Versuch nicht scheute, in derselben Absicht auf seinen ganz anders gestellten Freund, den Dänenkönig Svend Estrithson einzuwirken [1]). Bei Letzterem fanden jedoch die Vorstellungen der Angelsachsen willkommeneren Eingang [2]). Der Neffe Cnut des Großen hatte es nicht versucht von den angelsächsischen Herrschern Englands dieses Land als sein Erbe in Anspruch zu nehmen. Der Tod Harold's brachte bei ihm einen Gedanken zur Ausführung, welchen schon Eadwards Tod bei ihm geweckt haben muß, seine Ansprüche auf seines Oheims und seines kinderlos verstorbenen Vetters Nachfolge auf den angelsächsischen Thron in dem Lande seiner Geburt geltend zu machen. Doch über die Jahre rascher Entschlüsse hinaus, vermuthlich auch durch treulose Rathgeber irregeleitet, in sinnloser Besonnenheit zögernd, begnügte er sich einen edlen Ritter an Wilhelm abzusenden, um von diesem Huldigung für sein Reich England, womit er den Eroberer gegen jährlichen Tribut zu belehnen nicht abgeneigt gestimmt sei, zu erheischen. Wilhelm, anstatt diese Zumuthung zürnend oder spottend abzuweisen, hörte den Abgesandten mit der den Normannen eigenthümlichen Verschlagenheit und mit Gelassenheit an. Den Abgeordneten durch Feste und Geschenke einzuwiegen genügte nicht; eine stattliche Gesandtschaft von vier angesehenen Männern [3]), von denen wir Ägelsine, den Abt St. Augustini zu Canterbury, dem schon König Eadward auch die Abtei zu Ramsey verlieh, kennen [4]), segelte, sobald die Jahrszeit es gestattete, nach Seeland,

1) Adam Bremens. l. IV. c. 16.
2) Pictav. p. 212.
3) Knyghton p. 2343.
4) Aus der legatio Helsini abbatis in Daniam bei Langebek SS. rer. Danic. T. III. p. 254 sq. und dem altenglischen Gedichte in Ellis Doomesday T. II. p. 98—105. über Ägelsine vergleiche noch Historia Ramseiensis c. 119.

mit vielen Versprechungen beauftragt und mit werthvollen Ge=
schenken ausgerüstet, welche den König Svend und seine Um=
gebung von dem Reichthume und der Macht wie dem guten
Willen des Inhabers des angesprochenen Lehnes überzeugten.
Auch an Olav, den König von Norwegen, sandte Wilhelm,
ein bei Grimesby von norwegischen Kauffahrern befrachtetes
Schiff benutzend, eine ähnliche Gesandtschaft, welche bei dem
Feinde Harolds es leicht finden musste, die Auffoderung der
angelsächsischen Flüchtlinge zu hintertreiben und Freundschafts=
bündnisse für ihren König abzuschliessen [1].

Die Angelsachsen sahen sich daher bald auf sich selbst und
die Hülfe ihrer von gleicher Gefahr bedrohten Nachbarn, der
Waliser, so wie der Eingebornen und Dänen zurückgewiesen.
Childe Eadric, welchem die Normänner den Beinamen des
Wilden (salvage) zu geben nicht erröthen, konnte den Druck
der Fremden nicht ertragen. Vereint mit Blethgerent und
Rithvallon, den Königen von Nordwales, überfiel er die Burg=
mannen zu Hereford und den noch verhassteren Richard, Scrobs
Sohn, schlug und verfolgte sie bis an die Brücke des Lugge=
flusses und kehrte mit großer Beute beladen in seine Burg
zurück. Ein Aufstand, welchen Meredith und Ithel, die Söhne
des Griffith ap Lhewelyn in Nordwales erregten, verhinderte
die walisischen Fürsten diese Siege weiter zu verfolgen [2]. Wil=
helm musste die Tapferkeit des wilden Sachsen zu schätzen und
zog den leichten Sieg über diesen ungestümen schwachen Mann
durch gleissende Worte vor. Den einzigen Angelsachsen, wel=
cher die Normannen auf das Haupt geschlagen und gestraft
hatte, finden wir noch in den spätern Jahren des Königs in
reichem Landbesitze anerkannt [3].

Einen unverhofften Verbündeten fanden die Angelsachsen
in der Stimmung mehrerer französischer und normannischer
Ritter, deren Privatinteresse durch die Erfolge des Feldzugs

[1] Simeon a. 1074. erwähnt derselben zufällig bei Anlaß des Bi=
schofs Turgot.

[2] Powell history of Wales p. 101.

[3] Wir dürfen ihm wohl die Besitzungen, die im Doomesday unter
Eadrics Namen verzeichnet sind, beimessen, da er im Jahre 1072 den
König gegen Schottland begleitete.

und Wilhelms Vertheilungen nicht befriedigt waren. Vorzüglich
ungehalten war der mächtige Graf von Boulogne, Euſtache,
durch ſeine erſte Ehe einſt König Eadwards Schwager, welcher
als geringſten Lohn ſeiner dargebrachten Hülfstruppen und zu
Senlac perſönlich dem normanniſchen Feldherrn geleiſteten Dienſte,
das einſt ſeinen Händen entglittene Dover[1] erwarten durfte.
Ein Zeitpunct, wo die Befehlshaber der Feſtung, Biſchof Odo
und Hugo von Montfort, mit der beſten Mannſchaft über die
Themſe gezogen waren, wurde benutzt, um in der Stille der
Nacht über den Canal zu ſchiffen und ſodann mit einer Schaar
vereinter Franzoſen und Kenter auf Dover hinzurücken. Hier
aber fanden die Verbündeten mehr Vorſicht und entſchloſſene
Tapferkeit, als ſie erwarteten. Graf Euſtache verdankte, wie
einſt vor 26 Jahren, ſein Leben raſchem Roſſe, verborgenem
Pfade, ſchnellem Segler. Sein Enkel, ein tapferer Jüngling,
fiel in die Hände der verfolgenden Burgmannen. Der König
ließ den treuloſen Freund und Lehnsmann vor ein aus Normannen und Angelſachſen zuſammengeſetztes Gericht laden und
die ſchwere Anklage gegen ihn erheben, gegen welche keine
Vertheidigung möglich war. Auch wurden dem Treubrüchigen
alle ſeine Lehne in Wilhelms Staaten abgeſprochen; doch fand
deſſen Politik, welche Jeden zu umliſten ſuchte, welcher ihm
zu widerſtreben den kecken Muth bewies, es rathſamer, den
hitzköpfigen, tapfern Waffenbruder ſich zu verſöhnen und ihn
ſelbſt mit neuen Belehnungen zu erfreuen[2].

Durch ein anderes Gericht, die Behme der Volksſtimme,
fiel der Graf Copſi, deſſen Gründe den Normannen ſich anzu-
ſchlieſſen von ſeinen Verwandten und Untergebenen für ſchmäh-
liche Selbſtſucht und kurzſichtigen Eigennutz erklärt wurden.
Als Landesverräther durch dies Geſammturtheil der Seinigen
geächtet, fiel er als ein Opfer des rückſichtloſen Nationalhaſſes[3].

1) S. oben Bd. I. S. 506 fg.

2) Sowohl ſeine Wittwe Ida als ſein Sohn Euſtache III. waren
daher in England begütert. Siehe Pictav. Ellis l. l. T. I.
p. 384. 416.

3) Hier verläſſt uns der ungeachtet aller Parteilichkeit und rhetori-
ſchen Überladung höchſt lehrreiche Wilhelm von Poitiers, da wir den
Schluß ſeines Werkes nicht im Original beſitzen. Doch finden wir noch

Graf Morkar hatte die Verwaltung des nördlichen Theils der nach Tostigs Tode von Eadward ihm übertragenen Grafschaft Northumbrien, Bernicia, dem jungen Osulf, dem Sohne des von Siward einst erschlagenen Grafen Eadulf, übertragen, welche indessen Wilhelm dem ihm ergebenen Copsi zurückgab. Ein solches Gebot konnte in einem Lande, wohin noch keiner der normannischen Krieger den Fuß gesetzt hatte, nicht auf Anerkennung rechnen, und Osulf wurde gewaltsam von Amt und Burg vertrieben. Einige Wochen irrte der geächtete Graf in den Wäldern umher, kümmerlich das Leben fristend, bis er, über die Stimmung des Volks sicher gestellt, es wagen durfte den Copsi zu Newburn am Humber zu der Zeit des sorglosen Mahles zu überfallen und diesen, der in die benachbarte Kirche geflüchtet war, auf deren Schwelle zu erschlagen. Der König ging so eben nach der Normandie und Niemand war da, der dem Osulf den Wiedereintritt in seine Grafschaft streitig machte. Mit dem Mißgeschicke, welches die Angelsachsen verfolgte, wurde er im folgenden Herbste von dem Speere eines Räubers, dem er sich tollkühn entgegenstellte, durchbohrt. Cospatrik, Enkel des Grafen Uhtred von Northumbrien († 1017) und einer Tochter König Äthelreds, glaubte nunmehr vom Könige die Provinz sich erkaufen zu dürfen, welche dieser ihm auch gegen eine große Summe Geldes bewilligte, da er nur durch einen Eingebornen dieses ferne Land jetzt zu beherrschen hoffen durfte[1].

1067
12. März

Unterdessen vernahm der König in der Normandie die erwähnten und manche andere Nachrichten von der Unfügsamkeit der Angelsachsen und der geringen Geschicklichkeit seiner für Civilverwaltungen nicht gebildeten Ritter. Gefährlicher als der angelsächsische Adel drohten ihm die Bürger zu werden. Das reiche wohlbefestigte Exeter, in welchem Briten und Sachsen in freier Stadtverfassung friedlich und wohlgedeihend neben einen, vermuthlich meistens wörtlichen, Auszug der letzten Blätter seines Werkes im Orderic Vitalis.

1) Simeon l. l. a. 1072. Historia Dunelm. l. III. 14. Cospatrik erhielt schon 1067 die Grafschaft, wie Simeon ausdrücklich sagt, nicht 1069, wie Palgrave II. 822. meint. Auch Chron. Sax. nennt ihn schon beim Jahre 1068 den Earl.

ander lebten, war nicht geneigt der Fremdherrschaft sich zu
unterwerfen. Die Anwesenheit des Landadels von Devonshire,
noch mehr aber die der Mutter des Königs Harold, kräftigte
diese Gesinnungen. Die Bürger befestigten ihre Mauern und
Thürme, besandten die benachbarten Städte, um sie zu gemein=
samem Widerstande aufzufodern, und hielten die ausländischen
bei ihnen verweilenden Kaufleute, wenn sie waffenfähig waren,
bei sich zurück. Normannische Truppen, welche ein Sturm in
ihren Hafen verschlagen hatte, wurden mit Hohn und Grau=
samkeit mishandelt. Der König erkannte, daß nur seine Ge=
genwart einer gefahrvollen Entscheidung abhelfen könne. Er
übertrug die Verwaltung seiner Erblande seiner Gemahlin Ma=
thilde und seinem ältesten Sohne Robert, unter Beiordnung
kundiger Geistlicher und tapferer Ritter, und schiffte mit seinem
bisherigen dortigen Statthalter, Roger von Montgomery, un=
geachtet der Winterstürme an einem Decemberabend von Ar= 1067
ques an der Dieppe nach dem gegenüberliegenden Winchelsea [1]). 6. Dec.
Er eilte nach London, wo er das Weihnachtsfest beging und
durch vielverheissende beschwichtigende Proclamationen an die
Angelsachsen und gefälliges Gehör bei ihren Klagen, durch
gleissende Freundlichkeit [2]) die Mißgriffe der Seinigen nicht
nur, sondern auch eine schwere, den verarmten Angelsachsen jetzt
auferlegte Contribution [3]) zu mildern suchte. Die Bürger von
Exeter hatten indessen auf seine Auffoderung, ihm den Huldi=
gungsgeld zu leisten, erklärt, daß sie keinen Eid dem Könige
leisten, nicht ihn in ihre Stadt lassen würden; nur die alther=
kömmliche Abgift von einer halben Mark Silber für besoldete
Krieger, wenn die alten Städte London, York und Winchester
diese gleichfalls entrichteten, an die Krone zu zahlen seien sie
gesonnen. Als jedoch nun Wilhelm mit starker Rüstung, in
welche er viele Angelsachsen aufnahm, gegen die Stadt heran=
rückte, erschienen plötzlich Abgeordnete der durch Zuflüsterung
der Thane umgestimmten angesehensten Bürger, um ihm die

1) Portus Wicenesium. Orderic. p. 509.

2) Ipse omnes officioso affectu demulcebat, dulciter ad oscula
invitabat etc. Orderic. L. L.

3) Chron. Sax. Florent. h. a.

Stadt und Geiseln für deren Treue anzubieten. Als er jedoch
der Stadt näher gekommen, ergab sich, daß das Volk keineswegs die Schwäche der Vornehmen theilte und entschlossen war
sein Recht und seinen Heerd bis auf das Äusserste zu vertheidigen. Doch kannten sie die Künste des Belagerers nicht und
noch weniger waren sie wachsam genug gegen Verrath im Innern ihrer Mauern. Nach achtzehn Tagen sahen sie sich genöthigt die Stadt mit den durchbrochenen und unterminirten
Mauern dem neuen Landesherrn zu übergeben. Die alte Gräfin
Gytha entfloh mit vielen angesehenen Männern und Schätzen
nach Steepholm, einem kleinen in der Mündung des bristoler
Canals belegenen Inselfelsen, wo sie einige Zeit auf den Ausgang einer von Irland her bestimmten Expedition harrend, ihr
Leben fristete und da sie keine Hoffnung glücklicher Rückkehr
an das Ufer sah, über See an die Grenze Flanderns nach
St. Omer schiffte[1]), wo wir die letzte Zeitgenossin der glorreichen Tage des mächtigen Cnut, die Lebensgefährtin und Mutter
der Kräftigsten ihrer Zeit, nach dem Tode aller Söhne, mit
Ausnahme zweier, welche als Mönche starben (Wulfnoth zu
Salisbury und Elfgar zu Rheims), als eine Niobe-Lätitia
unseren Augen entschwinden sehen. Wilhelm erwies auch hier
den Tapferen die größte Schonung; um ähnliches Unheil zu
verhüten, wie einst zu Dover und London sich ereignete, ließ er
den größeren Theil der Truppen nicht in die Stadt einziehen,
und übertrug die Stadt und deren neue Befestigung dem Sohne
des Grafen Giselbert von Brionne, Balduin de Moles, den er
zum Vicomte von Exeter ernannte. Er selbst zog mit seinen
Reitern nach Cornwales und versicherte sich dieser durch ihre
Nähe zu seinen Feinden in der Bretagne und Irland wichtigen Provinz.

1068   Der König benutzte die anscheinende Ruhe, um in Winchester die Osterfeier zu begehen und seine aus der Normandie
entbotene Gemahlin, die Gräfin Mathilde, dort vom Erzbischof Aldred am heiligen Pfingstfeste zu Westminster zur Königin weihen und krönen zu lassen. In ihrem Gefolge erblickte
man zahllose edle Ritter und Frauen. In einem vortheilhafte

1) Chron. Sax. Orderic. p. 513., der jedoch ihre Flucht irrig in
das Jahr 1069 setzt.

Contraste zu den meisten der kriegerischen Prälaten der Normannen erschien hier auch der Bischof von Amiens, Wido oder Guido, welcher ein uns aufbehaltenes und nicht werthloses Gedicht in zierlichen Hexametern über die Schlacht bei Senlac und die nächstfolgenden Begebenheiten bis zur Krönung des Königs verfaßte. Auch die Königin erhielt nebst den andern neuen Ankömmlingen ihren Antheil der Beute, und diesen in einer Weise, welcher dem Geiste jener Eroberung gewiß sehr entspricht. Mathilde hatte in ihrer Jugend am väterlichen Hofe zu Brügge einen angesehenen Angelsachsen Brithric, Alfgars Sohn, gesehen und eine Neigung zu ihm gefaßt, welche dieser nicht erwiedern konnte. Brithric ward jetzt an einem Tage des Friedens, wo ihn die Einweihung einer Capelle beschäftigte, von den Normannen gefangen genommen, nach Winchester geschleppt und dort verrätherisch ermordet. Der rohste Zug in dem Gemüthe des rachsüchtigen Weibes erscheint darin, daß aus den unzähligen ergreifbaren sie eben dieses Mannes Güter in Gloucester und Cornwales zu ihrem Besitzthum auserwählte [1]).

Um diese Zeit waren auch die angelsächsischen Großen, welche Wilhelm nach der Normandie mit sich geführt hatte, zurückgesandt. Er glaubte es wagen zu dürfen sie frei herum wandern zu lassen. In ihr unglückliches Vaterland heimgekehrt, mußten sie bald erkennen, welchem Schicksale es unter der normannischen Aristokratie entgegenging, und bald waren Eadwine, persönlich gereizt durch Wilhelms nicht gehaltenes Versprechen ihm die Tochter zu geben, Mörkar, die northumbrischen Großen, der neue Graf Gospatrik und Maerlaswegen [2]), die Söhne König Harolds, Blithwallon, der König von Nordwales und Andere vereinigt, um die Normannen von der Insel zu vertreiben. Doch der Mangel an Plan und Einigkeit unter den Angelsachsen, welcher den ersten Sieg der Normannen möglich gemacht hatte, erleichterte noch mehr deren fernere Be=

1) S. den Fortsetzer des Wace bei Ellis a. a. O. Th. II. S. 54. Domesday T. I. p. 120. 163 b. Brithricus princeps. Urkunde vom Jahre 1062. Monastic. T. VI. p. 62.

2) Von den Normannen romanisirt: Caius Patricius, Marius Suevus.

festigung. Eadwine und Morkar, da sie dem Könige unweit Warwick gerüstet gegenüber standen, konnten sich nicht entschliessen die Entscheidung einer Schlacht zu suchen und unterwarfen sich wiederum der Gnade des Eroberers[1]). Godwine, Eadmund und Magnus, die jugendlichen Söhne Harolds, welche beim König Dermod von Leinster eine Schutzstätte gefunden, landeten in Somerset mit jenen von den Flüchtlingen auf Steepholm früher erwarteten irischen Schiffen; aber die Bürger von Bristol, ihre Ruhe und kleinlichen Handelserwerb im Auge haltend, setzten den Befreiern hartnäckigen Widerstand entgegen, und ein Angelsachse und Stallere ihres Vaters, Eadnoth, ließ sich willig finden gegen sie zu ziehen, wurde indessen aufs Haupt geschlagen und fiel. Da jedoch nach dem verzagten Abfall der Söhne Älfgars keine kriegerische Macht aus dem Herzen Englands zu ihnen stieß, so ließen sie die Shire Devon und Cornwales ihre neuliche Unterwerfung nach Kriegersitte büßen und schifften mit Beute reich beladen nach Irland zurück. Wilhelm selbst wandte sich gegen die gefährlichsten Sitze der Patrioten. Seine erste That scheint die Einnahme von Orford gewesen zu sein, von welcher Stadt es gewiß ist, daß sie fast noch mehr wie die meisten andern Städte in diesem Jahre von den Normannen verheert wurde[2]), nach-

---

1) Ord. Vital. p. 511. Thierry hat diese Nachricht übergangen und läßt nach dieser Zeit im J. 1069 die beiden Earle nach Schottland fliehen und erst später mit Eadgar sich dem König Wilhelm unterwerfen. Die von ihm angeführte schwache Autorität des Matthäus von Westminster, welcher übrigens dem Matthäus von Paris hier nachschrieb, könnte gegen jenes bestimmte, durch das Schweigen des angelsächsischen Chronisten über dieselben unterstützte Zeugniß nicht entscheiden. Flohen die Earle nach Schottland, so kann dieses nur nach der Rückkehr aus der Normandie geschehen sein, und diese Zeitbestimmung scheint selbst in der Erzählung des Matthäus z. J. 1067 zu liegen.

2) Malmesb. l. III. p. 102. Doch lesen drei gute Handschriften anstatt Oxonia: Exonia. Ellis l. l. T. I. p. 194. und wenngleich der dem W. v. Malmesbury nachschreibende Matthäus von Paris z. J. 1067 gleichfalls Oxonia lieset, so dürfte, bei dem Stillschweigen aller andern Quellenschriftsteller über die Belagerung von Orford, diese Nachricht auf Exeter im Jahre 1067 bezogen werden. Doch erweisen die Angaben bei Domesday eine geschehene Zerstörung der Stadt Orford, welche

dem sie durch den Einsturz der Mauern eingenommen war. Der König ließ jetzt bei Warwick ein neues Castel errichten, welches er Heinrich, Roger von Beaumonts Sohn, anvertraute, sodann eine andere Feste bei Nottingham, die Wilhelm Peverel, durch seine auf den Felsenspitzen von Derby, dem Peacland, errichtete Burg bekannt, ihm bis in sein hohes Alter treu bewahrt hat.

In Northumberland, wohin auch Eadgar Atheling geflohen war, fand sich die heftigste Erbitterung gegen die Fremden. Die Bürger von York waren durch die Abtrünnigkeit des Erzbischofs von der Nationalsache nur noch mehr empört, und seine Autorität vermochte die am wenigsten zu beschwichtigen, welche in seiner unmittelbaren Nähe verweilten. Wälder, Moräste, Städte, alles irgend Dienliche wurde zu Festungen, Schanzen, Verhacken umgewandelt. Viele Männer schwuren in keinem Hause zu schlafen, bis der Feind vertrieben sei; in Zelten und leichtaufgeworfenen Hütten verweilte die Schaar abgehärteter Krieger, welche die Normannen als Waldmenschen (salvages, silvatici) zu verspotten beliebten. Doch auch hier zeigt sich, daß die gediegenste Volksgesinnung ohne verständige Leitung wenig vermag, während der Genuß des Besitzes die Kraft ihn zu erwerben und zu erhalten so sehr schwächt, daß in dem Geiste derer, welche durch ihre Verhältnisse zur Leitung berufen scheinen, die Hülfe bei außerordentlichen Gefahren gar selten zu finden ist. Der Atheling Eadgar, Graf Gospatrik, Maerlafwegen flohen mit Eadgars Mutter Agathe und seinen Schwestern Margarethe und Christine zum Könige Malcolm III. Canmore von Schottland, welcher, von der vermuthlich ihm früher schon verlobten Margarethe Reizen eingenommen, desto leichter zur Einsicht seiner richtigsten Politik gelangte, gegen den seine Grenzen bedrohenden Feind den Angreifer zu machen. Doch schon fiel York, das einzige feste Bollwerk der Vaterlandsvertheidiger. Die Schlüssel der Stadt und die edelsten Geisel wurden dem Könige gebracht; und auch Archill, der

indessen durch Odo und Fitz Osbern bewirkt sein könnte. Ein unsauberer höhnender Schwank der belagerten Angelsachsen in Oxford gleicht dem von den durch Herzog Heinrich den Löwen in Bardewyk belagerten Sachsen erzählten.

6*

mächtigste Northumbrier [1]), schloß seinen Frieden mit dem Könige und gab ihm seinen Sohn als Unterpfand der Treue. Zwei
feste Burgen wurden bei York aufgeführt und dem Wilhelm
Malet und Robert, Richards Sohn, der Treuesten einem, mit
500 Reitern aufgetragen. Auch Ägelvine, der Bischof von
Durham, eilte jetzt zum Eroberer, welcher den geistlichen Verbündeten wohl zu schätzen wußte und huldreich aufnahm.
Ägelvine wurde von ihm sogleich mit einer aus seinem Sohne
Robert, Athelhelm, dem Abt von Abingdon und anderen Prälaten bestehenden Gesandtschaft in das Lager des Königs der
Schotten abgeordnet, den vorzüglich er bewog Gesandte mit
ihm zu Wilhelm zurückzuschicken, um diesem die Treue Malcolms, welche die Huldigung für dessen in England belegene
Länder umfassen mußte, eidlich zu geloben [2]).

Durch diesen Act war der Eroberung Englands der Schluß-
stein aufgesetzt, und Wilhelm besaß jetzt durch das Recht seines
Schwerts und anerkennende Gelübbe die ganze Herrschaft der
letzten angelsächsischen Könige. Doch verkannte er nicht, wie
unsicher das in keinem Herzen der Eingebornen wurzelnde Regiment sei, und unterließ noch auf der Rückkehr nach dem Süden
nicht, neue Burgen zu Lincoln, Huntingdon und Cambridge
anzulegen. Fast fehlte es dem Könige an zuverlässigen, angesehenen Männern, denen er so viele wichtige Plätze anvertrauen
konnte, und er sah sich gewiß wider seine bessere Einsicht und
seinen Wunsch gezwungen, manche wichtige Vice- und Burg-
grafschaft rohen, ungestümen und habsüchtigen Männern anzuvertrauen, welche seine verschlagene, beschwichtigende Politik
nicht fassen, noch weniger üben konnten. Viele ältere Ritter
waren misvergnügt mit ihrem Loose der Beute, welche überhaupt, sei es der Geringfügigkeit oder befürchteten Unsicherheit
wegen, so wenig lockte, daß sie, so wie die englische Krone
unter Wilhelms eigenen Söhnen, nicht dem Erstgebornen, son-

---

1) Viele Besitzungen Archills in Yorkshire T. R. E. verzeichnet Domesday, welche auf den Obengenannten bezogen werden dürfen.

2) Orderic. p. 511. Lib. Abingd. MS. bei Palgrave Th. II. S. 331.
Den Werth der letzteren ungedruckten Quelle vermag ich nicht genau zu
würdigen. Doch die Erwähnung Roberts, welchem der König kürzlich die
Regierung der Normandie übertragen hatte, erscheint nicht glaubwürdig.

dern gewöhnlich dem Jüngeren zu Theil wurde. Ihre Ehe=
frauen wagten die meiften noch nicht herüber zu bringen, und
da fie feit den zwei Jahren ihrer Abwefenheit von dem eigenen
Erbe nur fehnfüchtige Klagen der Frauen, gar oft aber auch
böfe Nachrichten über die vorgefallenen Unziemlichkeiten vernah=
men, fo entfchloffen fich die bedeutendften Männer, wie Hugo
von Grentemaifnil, fein Schwefterfohn Humfrid von Telleuil,
dem die Burg zu Haftings anvertraut war, und Andere, den
angedrohten Verluft ihrer englifchen Lehne nicht achtend, in
ihre Heimat zurückzukehren. Doch wurde jene Drohung nicht
ftets ausgeführt [1]), wenn der König die Männer fo wenig ent=
behren konnte wie jenen Hugo, welcher feine Gemahlin Abe=
lize bald in feine Burg zu Leicefter zurückführte. Dagegen
fand der König bei dem zunehmenden Elende des Landes, wel=
ches Hungersnoth und die Begleiterinnen der Peft, Feuers=
brünfte und Räubereien verheerten, es felbft rathfam von feinen
nur an dem Tage der Schlacht brauchbaren Söldnern viele zu
entlaffen und reich belohnt in ihre Heimat zurück zu fenden.

Doch genügte diefe löbliche Maßregel bei fo großer Auf=
regung des Landes nicht. Zu Anfang des folgenden Jahres 1069
fandte er den Robert de Comines, den Stammvater des durch
den Gefchichtfchreiber berühmten franzöfifchen, fo wie eines
höchft ehrenwerthen fchottifchen Gefchlechts, an die Grenze von
Schottland mit fiebenhundert Reitern [2]), um die Graffchaft
Durham zu verwalten. Voll Vertrauen auf fich, den König
und der Stadt fefte Mauern ritt er mit dem normannifchen
Banner, die Warnungen des Bifchofs von Durham, Agelvine,

---

1) Domesday widerlegt die irrige besfallfige Behauptung des Or=
dericus S. 512. S. die Stellen bei Ellis Th. I. S. 429. unter
Grentemaisnil und S. 512. unter Uxor H. de Grentemaisnil, fo wie
S. 864.

2) So Simeon von Durham. Chron. Sax. fagt 900. Orde=
ric fagt 500, eine Zahl, welche bei ihm nur für eine große Schaar ge=
braucht zu werden fcheint. Thierry, welcher hier die ächten Quellen
überfehen hat, deren Epitomatoren Alfred von Beverley und W. Hemming=
ford er benutzt, fpricht aufferdem von 1200 Chevaliers complétement
armés, mais on ne fait pas au jufte combien de gens de fervice et
de fantaffins les accompagnoient. Aus hiftorifchen Bildern müffen der=
gleichen Übertreibungen ausgemerzt werden.

nicht achtend, in die Stadt ein. Nicht einmal den Frevelmuth seiner Krieger wollte er hemmen, welche die Stadt gleich einer eroberten behandelten und sogar mehrere Leute der Kirche nieberhieben. Als in der nächsten Nacht die Thore geschlossen waren und die Normannen waffen= und sorgenlos jubelten oder ruhten, ging der Feuerstab von Dorf zu Dorf zwischen den Flüssen Tees und Derwent und ein racheerfüllter Hause umlagerte heimlich die Stadt. Als am Frühmorgen des 28sten Januar die Thore geöffnet wurden, stürzten die Männer vom Lande herein, vereinten sich rasch mit den Bürgern, griffen den neuen Grafen an, der mit seinen Rittern sich tapfer in dem bischöflichen Palaste wehrte, aber als dieser angezündet wurde, in dessen Flammen umkam, und erschlugen die ganze normannische Schwadron, welche in ihren Mauern gefangen war, bis auf zwei schnellfüßige Flüchtlinge, welche den König belehrten, wie man die Leoparden jenseit des Humbers ehre.

Nichts greift so schnell um sich als eine erregte Volksstimmung. Wenige Tage nur und Robert, Richards Sohn, war mit vielen der Seinigen todt hingestreckt. Doch auf der andern Burg hielt sich Wilhelm Malet, welcher nicht allein diesen Unfall dem Könige vermeldete, sondern auch die Annäherung der Angelsachsen von Schottland unter Eadgar Atheling, Gospatrik und Maerlaswegen, gegen welche er sich nicht würde halten können. Diese begannen auch bald ihn anzugreifen, doch schnell war der König gleichfalls da, zerstreute die Belagerer und versah die entsetzte Stadt mit neuer Mannschaft unter dem Befehl seines besten Feldherrn, des Wilhelm Fitz Osbern. Er selbst kehrte ruhig nach Winchester zurück, um das Osterfest nach Königsbrauch zu begehen[1]. Wie sehr er auf Fitz Osbern rechnen durfte, bewährte sich auch hier. Die Angelsachsen sammelten sich bald nach der Entfernung des Königs und marschirten auf York. Doch jener rückte ihnen entgegen,

---

[1] Eine daselbst im St. Swithinskloster am zweiten Ostertage von Wilhelm, König von England, Grafen (! s. oben S. 18.) der Normandie und von Maine, ausgestellte Schenkungs= und Bestätigungs=Urkunde für das Kloster St. Denys, im dritten Jahre seiner Regierung, ist noch in den Archiven zu Paris — vermuthlich die älteste uns vom König Wilhelm erhaltene — vorhanden.

bot eine Schlacht an und kehrte mit vielen Gefangenen heim, nur Leichen und verzweiflungsvolle Flüchtlinge zurücklassend.

Einige Monate hernach, zu spät oder zu früh, wie stets Ende Jun. in diesen Kämpfen der Angelsachsen, landeten wiederum zwei der Söhne Harolds mit 64 Schiffen an der Mündung des Tavy in Devonshire und zogen von Tavistok nach Exeter. Ein sehr unheilvolles Treffen trieb die Prinzen aber bald nach Irland zurück, welches Brian, der Sohn Eudos, Grafen von Bretagne, und Wilhelm Gualdi (Walds Sohn) ihnen lieferten [1].

Schon war die Ruhe im Süden hergestellt, als an der Mündung des Humber [2] die von den Eingebornen längst ersehnte, von Wilhelm, der den kommenden Sturm voraussehend, seine Königin nach der Normandie heimgesandt hatte, gefürchtete bedeutende dänische Flotte, zweihundert und vierzig Schiffe, unter dem Befehl der beiden älteren Söhne des Königs Svend, Harold und Kanut [3], so wie ihres Oheims, des in seiner Jugend aus England vertriebenen Osbjorn [4] und des Jarl Turchill, anlangte. Auch der Bischof Christian von Aarhus, hernach von Ripen, des berühmten Bischofs, des jüngern Othincar Sohn, war nebst anderen Geistlichen, zu fechten und zu berathen, gegenwärtig. Die Flotte hatte früher den Versuch gemacht bei Dover zu landen, ein Versuch, welcher uns hinlänglich zu verrathen scheint, daß die Dänen gemeinschaftlich mit Harolds Söhnen wirken wollten und daß die verschiedenen

1) Thierry irrt, wenn er den Zug der drei Söhne Harolds im Jahre 1068 mit dem der zwei Söhne, welcher nach Johannis des folgenden Jahres unternommen wurde, beide in das letztere Jahr setzt. Er hat überhaupt den Florenz nicht sorgfältig beachtet.

2) Simeon: Ante Nativitatem Mariae, Septmb. 8. Lingard hat vermuthlich an Mariä Himmelfahrtstag gedacht, wenn er die Dänen im Anfang August im Humber landen läßt und daher zu Dover im Juli.

3) Chron. Sax. will von drei Söhnen Svends bei diesem Zuge wissen, nennt aber keinen und ist überhaupt bei diesen Jahren sehr ungenau.

4) S. oben Bd. I. S. 501. Die Identität dieser Person ist nicht zu bezweifeln, wenngleich ältere Schriftsteller sie nicht hervorheben und neuere Osbjorns Antheil an der Landung ganz übergehen, oder seinen Namen zur Unkenntlichkeit entstellen; wie Svern bei Lingard.

Prätenbenten wenigstens vorläufig darüber einig waren, den Eroberer mit vereinten Kräften zu vertreiben. Während sie sich nordwärts wandten, landeten sie zu Sandwich, wo sie wiederum auf normännische Gegenwehr stiessen. Bei Ipswich setzten sich den Gelandeten und Plünderung Suchenden die Eingebornen mit Erfolg entgegen; noch schlimmer aber wurden sie bei Norwich empfangen, wo Radulf von Guader viele derselben am Ufer tödtete, andere ihrer Schiffe beraubte. Bei ihrer Ankunft im Humber kamen ihnen Gospatrik, Maerlaswegen, Waltheof, Siwards Sohn, Archill, der gleichfalls von Wilhelm wieder abgefallen war, und andere Angelsachsen entgegen [1]. Eadgar war mit einigen Truppen auf einen Streifzug südwärts gegangen und entkam der Besatzung von Lincoln nur durch die Flucht. Der Erzbischof Aldred, der so sehr dem Sieger sich hingegeben hatte, als er die Nachricht von dem Anmarsche der Dänen vernahm, wurde von Schreck und Sorge dergestalt ergriffen, daß er heftig erkrankte und nach wenigen Tagen starb.

In der Nähe Lincolns im Deanforste jagte König Wilhelm, als er die Nachricht von der Landung der Dänen bei Norwich erhielt. Sogleich schickte er Boten nach York, um seinen dortigen Befehlshabern — Fitz Osbern war nicht bei ihnen, da der König ihn gegen seine Feinde im Süden gesandt hatte — Warnung zu ertheilen und Hülfe anzubieten. Letztere glaubten sie — denn der dortigen Normannen waren über dreitausend — nicht zu bedürfen, doch die Vorsichtsmaaßregeln trieben sie so weit, daß sie die Bürgershäuser vor ihren Castellen so rücksichtslos verbrannten, daß die Flammen 19. Sept. die ganze Stadt ergriffen und sogar das St. Petri Münster, in welchem des Erzbischofs Leiche eben beigesetzt war, in Asche legten. Das dänische Geschwader war unterdessen die Ouse langsam heraufgesegelt und sah aus der Ferne die lodernde Glut, welche von einem Sturmwinde getrieben, die nordischen holzgebauten Städte in wenigen Stunden verzehrt [2]. Erst

---

1) Elnocinus et quatuor filii Karoli. Orderic. p. 513. Carle ist als ein sehr begüterter Mann in Yorkshire durch Domesday bekannt, S. Ellis a. a. O. Th. II. S. 65.
2) Orderic. und Simeon.

am dritten Tage erschienen die Angelsachsen vor den Mauern von York, aber so wohlgeordnet war ihr Angriff, so unaufhaltsam ihr Ungestüm, daß noch an demselben Tage die Burgen von ihnen erstürmt wurden. Die ganze zahlreiche Mannschaft ward niedergehauen, mit der Ausnahme Wilhelm Malets und der Seinigen, des Giselbert von Gent und weniger Anderer, deren Lösegeld die vorgefundene reiche Beute vermehren konnte [1].

Der Aufstand der Angelsachsen hatte sich unterdessen noch weiter verbreitet, doch aus Mangel an gehöriger Leitung mit wenig Erfolg. Im Shire des Sumersäten hatte der Graf von Moretaine und Cornwales eine feste Burg erbaut und von deren Lage Montagut [2] (Mons acutus, Montagne) genannt. Die Gaueinwohner mit den Dorfsäten und andern Benachbarten vereint, erhoben sich, während Graf Robert bei seinem Bruder, dem Könige, verweilte, das verhaßte neue Werk zu überfallen. Doch die Burgmannen wiesen ihre Angriffe zurück, bis Goisfred, der Bischof von Coutances, mit der aus London, Winchester und Salisbury zusammengerafften Mannschaft zu ihrem Entsatz kam. Die Gefangenen wurden von den Normannen nach ihrer barbarischen Sitte durch grausame Verstümmelungen bezeichnet. In Shropshire hatte sich das Volk unter Eadric dem Wilden und andern ungezähmten Patrioten gesammelt und mit denen von Chester und den angrenzenden Walisern vereinigt, um die königliche Besatzung der Burg zu Shrewsbury zu überrumpeln. Die Stadt wurde verbrannt, und als die Grafen Wilhelm Gualdi und Brian, Sohn des Eudo von Bretagne, zu ihrer Bestrafung herbeizogen, wichen sie dem Zusammentreffen aus. Jene durften ihnen in ihre Bergschluchten nicht folgen, denn auch die Devonsäten und die britische Bevölkerung von dem äußersten Landesende her hatten sich zusammengerottet, um die normannischen Barone und ihre Trabanten in Exeter gefangen zu nehmen. Doch die Bewohner der Handelsstädte, so viele glänzende Beispiele tapferer Vertheidigung gegen den Feind von ihnen gegeben sind, haben gewöhnlich bald durch ihren das Dasein der einzelnen Staaten=

1) Orderic. p. 512. Florenz.
2) Domesday T. I. fol. 93,

vereine überlebenden Beruf jeden nicht zu unleidlichen Zwang
besiegt und gezeigt, wie die den höheren moralischen Überzeu-
gungen gleich widerstrebenden Gesinnungen des Kosmopolitis-
mus und des Eigennutzes in wunderlichster Vereinigung die
Anhänglichkeit an das, was noch vor Kurzem geliebt und
mit dem besten Herzensblut verfochten wurde, schnell ertödten
können. So durften die Normannen schon jetzt die Londoner
und andere Großstädter von Truppen entblößen, um diese gegen andere Angelsachsen zu führen, und auch das britisch-an-
gelsächsische Exeter wagte schon jetzt nicht dem vereinten Rufe
seiner Landsleute unter den augenscheinlich günstigsten Umständen zu folgen. Jene Grafen, vom Könige hierher gesandt, erreichten daher Exeter früh genug, um es zu entsetzen und ein
großes Blutbad unter den fliehenden Belagerern anzurichten [1]).

König Wilhelm war unterdessen nach Staffordshire geeilt,
wo die Einwohner gleich denen von Chester dem Beispiele ihrer Grafen Eadwine und Morkar gefolgt waren. Diese Bewegungen wurden durch seinen kräftigen Arm bald unterdrückt
und er suchte nunmehr Northumbrien zu erreichen. Hier hatten die Dänen sich südlich von York zerstreut und mehrere derselben waren auf dem Humber an die entgegengesetzte Küste
der wohlhäbigen Landschaft Lindesse gezogen. Hier wurden sie
aber von den Grafen Robert von Moretaine und Robert von
Eu überfallen und erreichten nur mit sehr bedeutendem Verluste
ihre Schiffe. Der König rückte nun mit großer Vorsicht weiter vor. Bei Pontefract fand er die Ouse so sehr angeschwol-
len, daß sich keine der gewöhnlichen Furthen zum Übergang
darbot. Rathsamer, als dem gefürchteten Feinde eine Brücke zu
bauen, schien es ihm, drei Wochen dort zu harren, bis Lisois
des Monasträs [2]) die vielgesuchte Furth entdeckte und nach ta-
pferstem Gefechte das königliche Heer hinüberführte. Dieses
vertheilte sich jetzt, um durch Wälder und Moräste, über Berg
und Thal, auf den engsten Geispfaden die Stadt York zu
umzingeln und keine Dänen noch Angelsachsen entkommen zu
lassen. Doch bald erscholl die Nachricht, daß die Dänen York

---

1) Guil. Gemmet. l. VII. c. 41. Orderic. p. 513.
2) Vermuthlich Lisoisus in Effex. Domesday fol. 49 b.

verlaffen hätten. Wilhelm hatte bei aller Erbitterung gegen seine Feinde nicht vergeffen, daß er ihnen noch größeren Schaden durch andere und siegreichere Waffen als sein eisernes Schwert beibringen könnte. Für den Prinzen Osbjörn war der Zweck des Krieges nur Beute; diese fand er in reichen Goldgeschenken, welche Wilhelm ihm zustellen ließ, und verhieß dafür, seine Landsleute bis zum Frühjahr unthätig an den Küsten verweilen zu laffen und sodann in ihre Heimat zurückführen zu wollen. Manche derselben kehrten wegen des Mangels an Lebensmitteln schon früher heim, viele kamen durch Sturm um. Osbjörns Rückkehr nach Seeland wurde bis zum Juli des folgenden Jahres verzögert, ihm selbst, dem Verräther, wurde bei seiner Ankunft der Verbannungsbefehl entgegengebracht [1]. Wilhelm überließ sich jetzt seiner grenzlosen Wuth gegen die Rebellen. Einige Heerführer sandte er nach York, um die zerstörten Burgen wiederherzustellen; einer Sage nach fanden sie selbst deren Trümmer von einigen Angelsachsen vertheidigt, unter denen Graf Waltheof viele Normannen, so wie sie in das Thor einzeln eindrangen, niederhieb [2]. Er selbst suchte die Flüchtlinge in allen Schluchten und Höhlen auf. Getreide, Vieh und andern werthvollen Besitz ließ er in Häusern aufschichten und diese sodann in Flammen aufgehen. Die seit länger als einem Jahre vorhandene Hungersnoth wurde durch solche Mörderkunst gesteigert und so entsetzlich wurde dadurch die Noth, daß die Einwohner Pferde, Katzen, selbst Menschenfleisch zu verzehren gezwungen waren. Viele drängte der Hunger, sich und die Ihrigen zu ewiger Knechtschaft den

1) Die Handschrift des Saxon. Chron. aus Peterborough und Hugonis Candidi historia Coenobii Burgensis erzählen, daß König Svend im Jahre 1070 selbst am Ufer des Humber gelandet sei und hernach mit König Wilhelm Frieden geschloffen habe. Beide Angaben widerstreiten allen beffer beglaubigten Nachrichten.

2) Nach einer Andeutung des Wilhelm von Malmesbury; doch Simeon und Orderic schweigen über allen Widerstand bei dieser Einnahme Yorks. Eine Urkunde in dem von Gale abgedruckten Registrum Honoris de Richmond, (s. auch bei Ellis a. a. O. Th. I. S. 366.) ist von König Wilhelm bei der Belagerung von York ausgestellt. Die Echtheit der Urkunde, in welcher Wilhelm sich selbst cognomine bastardus nennt, ist schon von Gale bezweifelt.

verhaßten Unterdrückern zu verkaufen; viele, welche mit einiger
Habe in das Ausland sich verbannen wollten, kamen ver=
schmachtend um, ehe sie die ersehnte Küste zu erreichen ver=
mochten. Schauderhaft war es, in den verstummten Häusern,
auf den einsamen Gassen und Landstraßen die Leichen verwesen
zu sehen, die in der vom unerträglichsten Modergeruche erfüll=
ten Atmosphäre von wimmelndem Gewürme bedeckt waren. Zu
dem letzten Dienste der Beerdigung war Niemand in dem ver=
ödeten Lande übrig; wen das Schwert und der Hunger ver=
schont hatte, der war aus dem Lande des Verderbens geflohen.
Selbst Ägelvine, der Bischof von Durham, und andere schuld=
lose Geistliche durften nicht wagen daheim zu bleiben, denn
das Schwert des Rächers kannte keinen Unterschied zwischen
Angelsachsen. Northumbrien und die angrenzenden Gegenden
waren eine große Wüste geworden und Niemand wollte wäh=
rend beinahe zehn Jahren zum Anbau des Landes sich dort
wieder ansiedeln, und noch nach länger als einem halben Jahr=
hundert fanden sich Strecken von sechszig englischen Meilen
ganz verödet. Vorzüglich war an der einst lebhaften Heer=
straße von York bis Durham, so weit das Auge umherblickte,
kein bewohntes Dorf zu erspähen; in den Trümmern und Höh=
len hausten zum Verderben des Wanderers nur Raubgesindel
und Wölfe [1]).

Wilhelm glaubte nicht nur den Ruf des Kriegers verbrei=
ten, sondern nunmehr auch seine königliche Würde den Augen
der Nachbarn darstellen zu müssen. Er ließ aus Winchester
die Krone und das Scepter nach York bringen, und Angel=
sachsen, Waliser, das Lager der Dänen, der Hof zu Edin=
burg vernahmen, wie der König von ganz England die Weih=
nachtsmesse im Münster zu York gehört und wie inmitten aller
Verheerungen und des allgemeinen Mangels seiner Macht schwel=
gerische Gastmähler und aller fernhin blendende Flitterglanz der
Feste zu Gebote standen. Große Gebietsstrecken in Yorkshire,
vorzüglich die Besitzungen der Earle Morkar und Eadwine,
wurden an seine Anhänger vergabt. Alain Fergant (der Ro=
the), Graf von Bretagne, erhielt in Northumberland die Ge=

1) Simeon a. 1069. Malmesb. de gestis pontificum l. II. in
prologo.

genb, in welcher er die Burg Riche=Mont aufführte[1]). Gil=
bert de Lacy erhielt Pontefract, ein Fläminger, Drogo Bruière,
Odo von Champagne, Gamel, Ketils Sohn, aus Meaur und
Andere erhielten ungeheure Länbereien, welche jedoch ihnen kaum
den nothbürftigen Unterhalt gewährten. Hierauf zog er bis an
den Fluß Tees, wo er vierzehn Tage verweilte, in welcher Zeit
Graf Waltheof selbst bei ihm erschien, um sich zu unterwerfen,
Gospatrik durch einen Abgeordneten den Eid der Treue erneuerte
und im Besitz der Grafschaft wieder bestätigt wurde. Eabgar und
die übrigen angelsächsischen Anführer schifften zu Wearmouth sich
nach Schottland ein, wohin auch Ägelvine, der Bischof zu
Durham, welcher die Unmöglichkeit, mit den Leuten fremder
Zunge und noch fremderer Gesinnung sich zu verständigen, er=
kannte und beshalb nach Cöln flüchten wollte, durch einen
Sturm verschlagen wurde[2]). Wilhelm kehrte auf einem durch
den gefallenen Schnee und den Winterfrost sehr gefährlichem
und beschwerlichem Wege nach York zurück. Doch noch mehr
bewährte er seinen Muth, seine Ausdauer und sein Feldherrnta=
lent bei dem Marsche, welchen er nunmehr, da die Ruhe des
Kirchhofs in jenen Gegenden waltete, nach Chester und Wales
unternahm, um die neuerlichen Feindseligkeiten ihrer Einwohner
gegen Shrewsbury zu bestrafen. Der Weg führte über Berge,
durch Schluchten und Sümpfe, und ein bedeutender Theil des
Heeres unterlag den ungeheuren Anstrengungen, welche der
Marsch in dieser ungünstigen Jahrszeit, in welcher in jenen
Jahrhunderten die Kriegführung zu ruhen pflegte, und der da=
malige Mangel an allen Vorkehrungen für den Transport des
Heeres, welches selbst viele seiner Pferde in den letzten Mona=
ten eingebüßt hatte, von den Soldaten erfoderte. Die Frem=

---

1) Die Urkunden sind jetzt noch zu Nantes. S. Daru Geschichte
der Bretagne Th. I. S. 106. Ellis I. 866.

2) Simeon a. 1070. Gegen dieses Zeugniß hätte Thierry den
Matthäus von Paris nicht für die Angabe anführen sollen, daß Eabgar
Ätheling sich hier zum zweiten Male dem Könige Wilhelm unterworfen.
Matthäus von Paris hatte wahrscheinlich den Wilhelm von Mal=
mesbury vor Augen, der aber von der früheren Unterwerfung, welche
er zugleich mit dem Erzbischof Stigand und dem im Jahre 1069 verstor=
benen Albred leistete, spricht.

den ins Heere, die von Bretagne, Maine und Anjou unterdrückten ihren Unwillen nicht, und Wilhelm fühlte sich stark
genug, um die Unzufriedenen entlassen zu können, die Normannen aber durch seine Rede und sein Beispiel zur Beharrlichkeit und zum Siege zu ermuntern und zu begeistern.
Seine Gegenwart scheint hier genügt zu haben, um die sofortige Unterwerfung hervorzubringen. Chester so wie Stafford
erhielten neue Burgen. Die Grafschaft Cheshire (in welcher
auch der größere Theil des jetzigen Lancashire zwischen den
Flüssen Mersey und Ribble, so wie einige angrenzende walisische Districte einbegriffen wurden), welche Gherbodo der Fläminger, sein Erbe in der Heimat vorziehend, niedergelegt
hatte, erhielt nunmehr ein der rohesten Sinnlichkeit hingegebe-
ner Mensch, Hugo von Avrenches [1]), der Wolf genannt, Sohn
des Richard genannt Goz, mit beinahe unumschränkten Rechten als Allodialeigenthum [2]); und selbst die übrigen Inhaber
von Lehen jener Grafschaft erhielten diese nicht wie in anderen
Provinzen vom Könige, sondern unmittelbar vom Grafen. Wir
erkennen hier dieselbe Politik, oder wenn man lieber will, dasselbe Staatsrecht, welches in anderen Ländern Europas sich
findet, wo manche Markgrafen sehr ausgedehnte Gewalt und
das Recht, die Eroberung ihres eigenen Schwertes eigenthümlich zu behalten bekamen, um desto wachsamer und muthiger
die Reichsgrenzen zu schützen und zu erweitern. Hugo der
Wolf benutzte jenes Recht und eroberte selbst noch in spätern
Jahren, als die Masse seines Fettes ihm das Gehen fast unmöglich machte, die Insel Angelsey. Der eigentliche Markgraf
wurde jedoch sein Statthalter, Robert, Sohn des Hunfrid von
Telleuil, der schon in seiner Jugend die Kriegsschule in England, vermuthlich in Hereford gegen die Waliser gemacht hatte [3]).
Diesen ertheilte der König die Erlaubniß, eine Burg zu
Ruddhlan zu errichten, woher derselbe den Namen de Roe-

---

1) Hugo war früher mit der Burg zu Stuttesbury (Northampton)
belehnt, welche nunmehr Henry, Sohn des Vauquelin de Ferrières, der
Vater Roberts, ersten Grafen von Derby, erhielt.

2) Hugo tenet in dominio tam libere ad gladium, sicut ipse rex
tenebat ad gladium. Domesday T. I. fol. 262 b.

3) Siehe oben Bd. I. S. 506.

lent nahm, und verlieh ihm Nordwales gegen eine jährliche Abgabe von vierzig Pfunden Silbers [1]).

Ein neues Verderben war dem unglücklichen Nord-England noch aufbewahrt, woher es jetzt nicht erwartet wurde. König Malcolm von Schottland zog mit einem bedeutenden Heere in seine Provinz Cumberland und fiel von dort in Teesdale ein, in der vorgegebenen Absicht, Eadgar zu unterstützen. Der Abfall Gospatriks und seiner Genossen von ihrer Nationalsache hatte den Haß der Schotten gegen die Northumbrier zu einer wahren Wuth entzündet. Sie verheerten das Land mit einer unerhörten Grausamkeit und trieben selbst mit den Martern der Wehrlosen und Kinder ein frevelhaft blutiges Spiel. Viele Kirchen wurden verbrannt. Um durch anscheinende Schwäche die Bewohner aus ihren Schlupfwinkeln herauszulocken, sandte der König einen Theil seines Heeres zurück, sicher der Henker noch genug in seiner Nähe zu behalten. Er marschirte mitten durch das Land nach Wearmouth, wo er den letzten Kronprätendenten, dessen Schwester und andere vornehme Angelsachsen im Begriff fand nach Schottland zu schiffen. Gospatrik fiel unterdessen in Cumberland ein, verheerte es mit Schwert und Feuer und zog sich mit großer Beute in seine Feste zu Banborough zurück. Diese Rache steigerte Malcolms Erbitterung nur noch mehr, und wir würden nicht glauben Gemälde von Kriegen zwischen Menschen zu lesen, wenn diese von Thieren könnten an Grausamkeit überboten werden. Die rüstige Jugend wurde, wenn ihre Lebenskraft hinreichte, in die Sclaverei nach Schottland getrieben, wo noch nach vielen Jahren in allen Häusern, sogar den kleinsten Hütten, die Nachkommen jener northumbrischen Kriegsgefangenen als Leibeigene gefunden wurden. Einen Verlust, der schlimmer war als eine Niederlage, erlitt die angelsächsische Sache noch um diese Zeit durch den Entschluß des Grafen Waltheof, dem Eroberer sich zu unterwerfen. Dieser nahm den einflußreichen Eingebornen gerne auf und verlieh ihm die Grafschaften Northampton und Huntingdon mit der Hand der Judith, der mit dem Grafen von Aumerle erzeugten Tochter einer Halbschwester Wil-

1) Domesday T. I. fol. 269. Orderic. p. 670. nennt ihn wiederholt Marchio, Marchisus.

helms [1]), und bald darauf die dem Gospatrik genommene Graf=
schaft Northumberland.

Wilhelm sann jetzt nur auf Mittel seine Herrschaft in Eng=
land zu verstärken. Eine alte Sitte, Schätze und wichtige Do=
cumente den Kirchen anzuvertrauen, war von vornehmen und
reichen Angelsachsen während der letzten unruhigen Jahre viel
benutzt worden. Er ließ daher, um seinen Feind von dieser
Seite zu schwächen, auf den Rath des Wilhelm Fitz Osbern,
1070 jene in den Kirchen aufsuchen und dem Staate oder seiner eige=
nen Schatzkammer zutheilen, zugleich aber unzähliges kostbares
Kirchengut ebenso durch seine Beamten für sich rauben. Er
konnte nicht verkennen, daß, wenn das Volk bei seiner Lan=
dung ihn gleich gehaßt hatte, die Geistlichen der Angelsachsen
bei längerem Verweilen stets mehr Abneigung gegen ihn und
seine kriegerischen Prälaten verriethen. Eine schwere aber nicht
unverdiente Strafe ward dadurch über die Geistlichkeit verhängt,
welche anfänglich dem Mächtigern gefolgt war und ihm ge=
schmeichelt hatte, bis dieser sich stark genug fühlte, auch sie
zu unterdrücken. Nicht beruhigt durch den Besitz ihrer Schätze,
begann der König diejenigen, deren Abgeneigtheit er erkannt
hatte oder muthmaßte, abzusetzen und zu verbannen, ihre Stel=
len aber, wie schon früher die der Grafen und anderer Laien=
beamten, mit Normannen zu besetzen; ein Beschluß, den Zeit=
umständen und den Verhältnissen des Eroberers durchaus an=
gemessen, doch von der umfassend nachtheiligsten Wirkung auf
das angelsächsische Volk. Denn während die angelsächsische
Kirche, deren alter Ruhm im nördlichen Europa seit dem Tode
Cnuts des Großen nicht gestiegen war, aber doch auch in
dieser Frist weder durch die kurze Regierung der rohen däni=
schen Prinzen, noch durch die wohlgemeinten Verbesserungs=
versuche des frommen Eadward hatte ganz vernichtet werden

---

1) Ihre Mutter war die Tochter der Harlot aus ihrer zweiten Ehe
mit Herluin. Gemmet. l. VIII. c. 37. Vergl. Orderic. p. 522 c.
Sie ist nicht, wie Ellis T. I. p. 440. meint, die Tochter des Odo von
Champagne, welcher mit einer Tochter des Herzogs Robert von der Nor=
mandie vermählt war. Eine andere Angabe in libello de vita Gualdevi
(s. Leland Itinerar. IV. 140.) nennt sie die Tochter des Grafen Lam=
bert de Lens und Schwester des Grafen Stephan von Albemarle.

können, so wurde durch die Veränderung des Personals ihr
eigenthümlicher Charakter zerstört und die ganze von der Kirche
abhängige Bildung des Volks, besonders der vornehmern Classe
desselben, umgestaltet. Ein solcher Wechsel von Landessprache
und Sitte in der Priesterschaft mußte beim Volke einer Ent-
behrung der Kirche nahe kommen und hätte einen noch größern
Abfall religiöser Gesinnung bewirken müssen, wenn nicht das
vielfache Elend des Volks dessen Gedanken zu dem Höchsten und
seine Hoffnungen auf den Schutz desselben und ein besseres Jenseits
unmittelbarer und kräftiger gerichtet hätte, als die Priesterschaft
mit ihrem exotischen Kirchendienste es vermochte. Eine unaus-
bleibliche Folge der Einführung der Priester fremder Zunge
war, daß die Eroberer, der künftige Adel des Landes, nur
ihre französische Sprache und heimatliche Bildung beibehielten
und die Unterjochten die reine Sprache ihrer Vorfahren ver-
darben und bald nicht länger verstanden. Der Gesammtertrag
der geistigen Anstrengungen und Erfahrungen des angelsächsischen Stammes, welcher in der reichsten Literatur unter den
germanischen Brüdern in ausdrucksvoller Prosa oder künstlich
verschränkter, rhythmisch-alliterirender Poesie niedergelegt war,
die Weisheit grauer Vorzeit im Sprichworte, alle Lehren, alles belebende, warnende, erheiternde Beispiel in der volksthüm-
lichen Tradition gingen verloren. Gewiß würden wir solchen
Verlust mit Recht beklagen, wenn er auch lediglich durch
ein Höheres und Besseres naturgemäß bewirkt wäre; doch
war, was die Normannen aus ihrer Mitte brachten, sicherlich
entfernt kein Ersatz, nicht einmal an gelehrter Bildung.
Jene normannischen Bischöfe an der Spitze der Schwadronen
in einem Angriffs- und Eroberungskriege gewähren uns einen
so belehrenden als einen selbst im Heidenthume seltenen Anblick,
und geringe Untersuchung schon zeigt uns, daß die Namen
gebildeter Männer, welche vor und zu Wilhelms Zeiten mit
denen der Normannen verknüpft sind, nicht diesem Volke selbst
angehören. Kein Gedicht, kein einheimisches Geschichtswerk,
keine Predigt, keinen Aufsatz, keine Gesetzrolle eines Eingebornen hat die Normandie vor der bewaffneten Ansiedelung in
England auf die Nachwelt gebracht oder auch nur nachzuweisen. Wir dürfen also wohl annehmen, daß, wenn wir später

Englands Volk wieder kraftvoll aufblühen sehen, dieses ohne
die Störung der Normannen noch früher und noch kräftiger
geschehen wäre, daß die südeuropäische Bildung, welche die
Geistlichkeit wanderungslustiger Jahrhunderte verbreitete, ohne
den Hof von Rouen in England sich besser dem angelsächsi=
schen Leben angeeignet hätte. Freilich haben sich Stimmen er=
hoben, welche die Anschließung des englischen Klerus an seine
Brüder im Auslande für den wichtigsten oder einzigen Vor=
theil der Eroberung erklärt haben, als ob, wenn wir auf die
Folgen blicken, die zu enge Übereinstimmung, welche die römi=
sche Kirche bestrebte, nicht eben der Hauptgrund ihrer späteren
Trennungen wurde; als ob, wenn wir auf den Ursprung se=
hen, ein so blutiger Sieg, so rohe Mittel nicht jeden angeb=
lichen geistigen Gewinn verdächtigen müßten.

Von der Einäscherung und Verheerung der nördlichen
Hälfte Englands und der Verletzung der Asyle ritt Wilhelm,
mit Kirchenraub beladen, auf Ostern nach Winchester, wohin
er eine große Versammlung seiner normannischen Barone und
angelsächsischen Thane, sowie seiner Geistlichen diesseits und jen=
seits des Canals angesagt hatte und die Legaten seines großen
Verbündeten, des Papstes Alexander, Ermenfrid, der Bischof von
Sitten, welchen England schon auf einer Gesandtschaft an Ead=
ward den Bekenner hatte kennen lernen [1]), und die Cardinäle
Johannes und Petrus [2]) seiner harrten. Wilhelm ließ es sich
gefallen, — was ihm weniger in unmittelbarer Beziehung auf
die Angelsachsen als auf seine Verhältnisse zum Könige von
Frankreich und auf andere Fürsten oder die etwa sich erhebenden
Prätendenten auf den englischen Thron nützen konnte, — in
einer neuen Krönung durch die Cardinäle sich die päpstliche
Genehmigung seiner königlichen Würde ertheilen zu lassen [3]).

1) Florent. a. 1068.

2) So Florenz; doch nennt Landfrank einen dieser Gesandten
Hubertus. Epist. I.

3) Vita S. Lanfranci c. 6. Coronam capiti eias imponentes,
in regem anglicum confirmaverunt. Conf. Orderic. Vital. p. 516.,
welcher dieser Vita oder der gemeinschaftlichen Quelle in der Vita Her-
luini nachschreibt. Es ist auffallend, daß kein anderer Schriftsteller von
dieser zweiten Krönung berichtet.

Wilhelm wußte, daß er den Werth dieser Gabe desto mehr erhöhte, je wichtiger er sie selbst zu betrachten schien. Über ein Jahr beherbergte er die Legaten auf das ehrenvollste; ihrem Rathe versprach und schien er stets zu folgen, folgte ihnen auch in Allem was die Einführung strenger Kirchendisciplin betraf; er vernahm ihre Rede, so groß war gegen sie seine Ehrerbietung, als ob die Engel Gottes zu ihm sprächen. Doch so schlau der König seine Rolle hier spielte, eben so fest erwies er sich in Behauptung der Unabhängigkeit der Rechte seiner Krone in wesentlichen Dingen, und der Papst erfuhr bald, daß er Fahnen, Weihwasser, Krone und Segen vergeblich verschwendet hatte, sobald er von dem jüngsten der Könige mehr verlangte, als was jeder andere dem päpstlichen Stuhle willig zugestand.

Der wesentlichste Zweck der Versammlung zu Winchester war aber für den Papst wie für den König die Absetzung des störrischen Erzbischofs von Canterbury. Stigand, in langjährigen Zwistigkeiten mit der Curie, hatte den König durch gelegentliche Nachgiebigkeit und nachfolgende Widersetzlichkeit immer mehr erbittert[1]). Die Beschwerde, daß er mit seinem Erzbisthume zugleich das Bisthum zu Winchester unrechtmäßig bekleide[2]), schien allein nicht bedeutend genug, um ihn zu entsetzen; nicht minder sträflich sei, fügte die Anklage hinzu, daß er vom Gegenpapst Benedictus, welchen Rom excommunicirte, das Pallium erhalten und bis zu dessen Ankunft sogar in dem Pallium des vertriebenen Franken Robert die Messe gelesen habe. Stigand wurde seiner Würde entsetzt, seine Schätze wurden, so weit man ihrer habhaft werden konnte,

---

1) Matthäus von Paris b. J. 1070 erzählt, daß Stigand mit dem Bischof von Lincoln, Alexander, nach Schottland entflohen sei. Letzterer Name ist durchaus unbekannt und dürfte wohl auf einem Irrthume beruhen.

2) Die Normannen verleumdeten ihn, daß er zwei Bisthümer neben dem Erzbisthume besäße. Milonis Crispi Vita Lanfranci c. 6. Roberti de Monte Chronic. a. 1070. Doch hatte er Ostanglien längst verloren, und daß er Sussex je besessen, ist ein grober Irrthum des flüchtigen W. v. Malmesbury S. 238., welchen er S. 257. selbst berichtigt hat.

7*

eingezogen, jedoch seine Person, da selbst königliche Verheissun=
gen nicht auf einmal gebrochen werden durften, noch in Frei=
heit gelassen. Vauquelin, ein Capellan des Königs, ein herrsch=
süchtiger Mann, welcher seine eigene Kirche beraubte [1]), und
den Mönchen lange verhasst, bis er dieselben gleich anderen
normannischen Prälaten durch Baulust und Verschwendung
sich geneigt machte, erhielt das Bisthum Winchester. Dem
Bruder Stigands, Ägelmar, wurde das Bisthum Ostanglien
genommen, welches Herfast, ein anderer dieser Capelläne, des=
sen Unwissenheit längst ein Gegenstand des Spottes in der
Normandie geworden war, wo man bezweifelte, ob er die
Buchstaben kenne [2]), erhielt. Mehrere Äbte wurden ent=
setzt und ihre reichen Pfründen auf ähnliche Weise vergabt.
Das Erzbisthum York erhielt Thomas, ein Domherr von
Bayeux, bei dem der Vorwurf der Verschwendung die verbor=
gene Weltlust bezeugt. In einer von den Cardinälen gehalte=
nen Synode wurde ausser mehreren Äbten Ägelric, ein Freund
Stigands, früher Mönch in der Christkirche zu Canterbury,
seit dreizehn Jahren vorwurfsfrei Bischof von Selsea (Sussex),
im Widerspruche mit den Canones degradirt, welchen der Kö=
nig darauf ohne erweisliche Schuld zu Mearleburg in strenge
Haft setzte, während er das Bisthum seinem Capellan Sti=
gand verlieh. Der Papst nahm Anstoß an der Rechtsverletzung
in dem Verfahren gegen Ägelric und verlangte dessen vorläu=
fige Wiedereinsetzung und sodann neue Untersuchung der gegen
denselben vorgebrachten Beschwerde. Doch findet sich nicht,
daß hier, wo vermuthlich die Anklage auf Hochverrath ge=
lautet hatte, auf die Vorschriften der Curie Rücksicht genom=
men wurde [3]). Schon früher hatte Remigius, ein Mönch von
Fécamp, das Bisthum des im Jahre 1067 verstorbenen Wulf=
vine zu Dorchester (Lincoln) erhalten, da er vom Könige für
die treffliche Führung der von seinem Abte gelieferten Krieger das
erste erledigte Bisthum vom Könige sich hatte versprechen lassen.

1) Peccavit, ad trecentas libratas terras monachis auferens.
Malmesbur. de gestis pontif. p. 246.

2) Malmesbur. ibid. p. 238.

3) Florent. a. 1070 et 1067. Rymer Foeder. T. I. p. 1.

Solche Belohnung eines Kriegsdienstes und schreiende Simonie erregte allgemeinen Unwillen, und Gregor, der Nachfolger des damaligen Papstes, glaubte den Pfründenfeilscher vor sein Gericht ziehen zu müssen. Doch versöhnte Wilhelm sich dem Kirchenregimente und wir finden ihn später als den Spiegel der Tugenden, den Edelstein und das Licht der Priesterschaft gepriesen [1]). Der Erzbischof Stigand endete sein Leben zu Winchester; seine großen Schätze, welchen die Zeitgenossen den Grund dieser Verfolgung zuschreiben, behielt der König; manche sollen erst nach seinem Tode entdeckt worden sein; einiges wenige Gold aus dem Nachlasse des ehemaligen Bischofs gestattete Wilhelm der Kirche zu Winchester [2]). Aus einem ähnlichen Grunde wurde auch der ehemalige Bischof von Durham, Ägelric, welcher einen dort gefundenen Schatz bei seiner Abdankung von jener Würde vor zwölf Jahren nach dem Kloster Peterborough heimlich mitgenommen haben sollte, in jenem Asyl ergriffen und nach Westminster geschleppt, wo er im Gefängnisse verschied [3]). Ein anderes Verbrechen Ägelrics bestand

---

1) Giraldus Cambrens. de vitis episc. Lincoln. prooem. et cap. 1. Eadmer hist. p.7. Malmesb. de pontific. l. IV. p. 290. — „Wilhelmus habuit a Romo vel Rumi elemosinario Fescanni, postea episcopo Lincolniensi unam navem cum XX militibus" sagt die Liste von Taylor. Thierrys (II. 135.) Angabe von einem großen und sechszig kleinen Schiffen des Remigius könnten wir vielleicht stillschweigend übergehen; doch nicht, wenn er dem Remigius erst das Bisthum Dorchester und sodann das von Lincoln ertheilen läßt. Letzterer ist der spätere Name für den älteren.

2) Malmesbury de gestis regum l. II. p. 82. de pontific. l. I. p. 205. erzählt, Stigand sei in Fesseln gehalten; Thomas Rudborne (historia major Wintoniensis in der Anglia sacra T. I. p. 250.) berichtigt ihn dahin, daß Stigand innerhalb der Burgfeste habe herumwandeln dürfen. Schon die eigene Erzählung des Malmesbury, daß Stigand den Schlüssel zu seinen Schätzen in seinen Kleidern verborgen gehalten, so lange er lebte, würde die Sage von den Fesseln als höchst unwahrscheinlich darstellen.

3) Hist. eccl. Dunelm. l. III. c. 7 et 9. Simeon de gestis regum a. 1056. Chron. Sax. a. 1069—1072. Zeit, Vorname, Stellung und Name scheinen ihn als Sohn oder Enkel des berühmten Albermannes von Ostanglien Äthelwine darzustellen. Er hatte zu York einst die bischöfliche Weihe erhalten; war aber nie Bischof von York, wie Ingram a. a. O. irrig übersetzt.

darin, daß er der Bruder Ägelwines, seines Nachfolgers im Bisthum Durham war, eines Mannes, welchen der König schon damals mit großer Feindseligkeit betrachtete.

Die wichtigste That aber bei dieser Versorgung der nor=mannischen Capelläne, welche sehr willkürlich eine Reform der anglicanischen Geistlichkeit benannt wurde, war die Besetzung des englischen Primates und Erzbisthums von Canterbury. Die hier getroffene Wahl, welche der König auf den Rath des päpstlichen Legaten machte, war jedoch eine desto glücklichere, je mehr sie mit den übrigen Ernennungen im Gegensatze stand. Unter den Angelsachsen durfte freilich der Mann zu dieser ho=hen Würde nicht gesucht werden, doch erkannte Wilhelm, daß weder seine kriegerischen Prälaten noch andere ungelehrte und genußsüchtige normannische Geistliche derselben genügen könn=ten. Die Augen aller Einsichtsvollen, welche das höhere Be=dürfniß der Religion erkannten, richteten sich auf einen seit etwa dreissig Jahren in der Normandie verweilenden, dem dor=tigen Hofe wie der päpstlichen Curie vertrauten Lombarden, den berühmten Landfrank, jetzt Abt des Klosters des heiligen Stephanus zu Caen.

Der Magister Landfrank, aus einem angesehenen Ge=schlechte zu Pavia, Sohn eines dortigen Stadtrichters, hatte schon in seiner Jugend durch seine Kenntnisse in den Rechts=studien, sowohl als Lehrer als auch als Sachwalter sich sehr ausgezeichnet und einen von seinen Schülern über die Grenzen seines Weichbildes hinausgetragenen Ruf erworben [1]). So groß war in der Rechtswissenschaft sein Ruhm, daß die Sage ihm und dem bekannten Garnerius die erste wissenschaftliche 1032 Bearbeitung der neu aufgefundenen justinaeischen Pandecten 1040 zuschreibt [2]). Er verließ ums Jahr 1040 aus uns unbe=

1) Über Landfrank ist die vorzüglichste Quelle seine Biographie von Milo Crispus, bald nach Jenes Tode geschrieben; theilweise aus der Biographie des Herluin, ersten Abtes von Bec, entlehnt. Beide sind in b'Acherys Ausgabe der Werke Landfranks (Paris 1648. fol.) gedruckt.

2) Diese Nachricht des Robert (Accessiones ad Sigebert. a. 1032), welcher bis zum Jahre 1054, wo er Abt zu Mont St. Michel wurde, gleich mehreren seiner Vorgänger, Mönch des Klosters Bec gewesen war,

kannten Urfachen fein Vaterland und zog, von manchen ver=
ehrungsvollen Schülern begleitet, über die Alpen hin bis
an die nördlichfte Küfte Frankreichs, wo er zu Avren=
ches einige-Zeit bei den Normannen feinem früheren Berufe
als Lehrer folgte. Diefen Wohnfitz vertaufchte er bald mit
dem fo eben von Herluin gegründeten dürftigen Klofter zu
Bec, wo er drei Jahre hindurch durch Zurückgezogenheit und
Strenge feiner Sitten fich und das neubegründete Klofter
vor den Zeitgenoffen verherrlichte. Von feinen Klofterbrü=
dern mit Neid verfolgt, drohte er fie zu verlaffen und benutzte
die dadurch erregte Beforgniß, fich das Priorat des Klofters
zu verfchaffen; mit derfelben weltlichen Lift, welche ihn hernach
aus einem heftigen Gegner der Heirath Herzog Wilhelms mit
der Gräfin Mathilde von Flandern wegen der zu nahen Ver=
wandtfchaft, zu deffen Abgeordnetem an den Papft, um jenem
die fehlende Dispenfation zu verfchaffen, machte. Der Cha=
rakter des Mannes, deffen Schlauheit kein nicht unrechtliches
Mittel entging und dem nie Geiftesgegenwart fehlte, ift darin
bezeichnet, wie er vom Herzoge verbannt auf einem lahmen
Gaule den Landesgrenzen zureitend, dem erzürnten Fürften
entgegenkommt, diefen mit heiterem Scherze um ein befferes
Pferd zu der anbefohlenen Abreife erfucht und bei dem durch
diefes überrafchende Anfinnen Erheiterten feiner ernften Ver=
theidigung Eingang und, von Wilhelm Fitz Osbern unterftützt[1]),
Erfolg verfchaffte. Der Prior Landfrank war damals fchon in
der ganzen Chriftenheit als der gelehrteften Theologen einer
und eine Stütze des päpftlichen Thrones gepriefen. Ein Geift=
licher zu Tours, Berengar, hatte die Lehre des Johannes Sco=
tus mündlich vertheidigt, daß im heiligen Abendmahle das
Brot und der Wein nach gefchehener Weihe ein Zeichen für,
nicht aber das wirkliche Fleifch und Blut Chrifti feien. Land=
frank widerftand nicht nur der Einladung Berengars, fich für
feine Meinung zu erklären, fondern vertheidigte fogar fiegreich

ift, wenngleich nicht buchftäblich wahr, dennoch in Beziehung auf Land=
frank nicht ohne innere Wahrfcheinlichkeit, und hat der äufferen Beglau=
bigung mehr als die Hälfte unferer Gefchichte. Es wird indeffen noch auf
die richtige Deutung ankommen.

1) Malmesbur. de pontif. l. II. p. 258.

zu Rom, wo er sich beim Papste Leo IX. befand, den alten
Kirchenglauben, welcher auch auf dem Concilium zu Vercelli,
der Provinzialsynode zu Tours zur Zeit des Papstes Victor,
so wie zu Rom unter. Nicolaus II. im Jahre 1059, wo
auch Landfrank zugegen und in der großen Kirchenfehde
sehr wirksam war, neue Bekräftigung erhielt. Die Streitig-
keit des Landfrank mit Berengar, welche früher als ein Glanzpunct in dem Leben des Ersteren betrachtet wurde, bildet jetzt,
nachdem Lessing die Erwiderung des Berengar auf Landfranks
Schrift „liber de Corpore et Sanguine Domini" aufgefunden
und erörtert hat, die Schattenseite desselben. Wenn wir auch
Landfrank für durchaus aufrichtig in der Vertheidigung des
Kirchenglaubens halten wollen, wenn wir daher es entschuldi-
gen, daß er den Andersdenkenden, welcher ihm traulich und
achtungsvoll nahte, zu Rom anklagte und viele Jahre hindurch verfolgte, bis der weise Gregor VII. den Feindseligkeiten
Einhalt that, wenn wir ihm keine Bosheit zuschreiben möchten, da die Aufklärung seiner Entstellungen so leicht war, so
zeigt er dennoch in seiner Schrift eine leidenschaftliche Uberei-
lung, welche bei einem so hochgestellten Manne uns schmerzhaft
ist und in so sehr wichtigen Fragen strafbar und verdächtlich
erscheinen muß. Die erste Reise des Landfrank nach Rom, als
Berengar die Lehre des Johannes Scotus nur noch mündlich
vertheidigte, fällt in das Jahr 1049; seine noch vorhandene
Schrift gegen die von Berengar nach dessen zurückgezogenem
Widerrufe ist erst zwanzig Jahre später abgefasst, da er sie dem
Papste Alexander erst im Jahre 1070 übersandte [1].

Bei seiner Anwesenheit zu Rom im Jahre 1059 er-

1) Siehe G. E. Lessing Berengarius Turonensis, 1770; in dessen Schriften Th. XIII. Diese Schrift Berengars de sacra coena ad-
versus Lanfrancum liber posterior ist neuerlich ganz abgedruckt durch
A. F. u. F. Th. Vischer. Berlin 1834. 8. Die Angabe des Chronicon
Beccoense b. J. 1051 über Landfranks Schrift scheint sich nicht auf deren
Datum, sondern auf die erste Zeit des Streites mit Berengar zu bezie-
hen. — Sehr beachtungswerth ist die Verehrung, welche der Häretiker
Berengarius in den spätern Jahren seines Lebens bei seinen Zeitgenossen
besaß. S. W. v. Malmesbury B. III. und bei ihm die Verse des
Bischofs Hildebert.

reichte Landfrank für seinen Fürsten die Dispensation von den
canonischen Hindernissen seiner Ehe durch die gelobte Errich=
tung eines Mönchs= sowie eines Nonnenklosters. Die Mi=
tra des Abtes des ersten dieser zu Caen errichteten und
reich begabten Klöster belohnte die glückliche Verhandlung
des gleich geschickten Theologen, Juristen, Ascetikers und
Weltmannes, welcher sie jedoch erst nach anscheinendem Wi=
derstreben von der frommen Gewaltthätigkeit seines dankba=
ren Fürsten sich aufbrängen ließ [1]). Seit dieser Zeit er=
scheint Landfrank als der vorzüglich innig vertraute Rathgeber
Wilhelms in geistlichen Angelegenheiten [2]), wie Wilhelm Fitz
Osbern es in weltlichen Dingen war. Nach dem im Septem=
ber 1067 erfolgten Tode des Erzbischofs von Rouen, Mauri=
lius, soll dem Abte von Caen das erledigte Erzbisthum ange=
tragen, von diesem aber abgelehnt sein, der sogar sich nach
Rom zu dem neuen Papst Alexander II. senden ließ, um das
Pallium für Johannes, den bisherigen Bischof von Avrenches,
zu erbitten. Den Antrag des Königs Wilhelm und seiner Ma=
gnaten, das Primat von England zu übernehmen, welchen die
Königin Mathilde und Prinz Robert unterstützten, wies er
anfänglich voll heiligen Zornes und frommer Betrübniß ab.
Die Legaten Bischof Ermenfrid und Cardinal Hubertus schiff=
ten nach der Normandie und versammelten eine Synode der
dortigen Bischöfe und Äbte, in welcher Landfrank unter der
Autorität des Papstes aufgefordert wurde die angetragene Würde
zu übernehmen. Vergebens wendete er die Schwäche seiner
Kräfte, die Unwürdigkeit seiner Sitten, die Unkunde der ihm
fremden Sprache des barbarischen Volkes vor. Die Genehmi=
gung solcher Gründe war nicht zu erwarten, da sie ein zu
harter Vorwurf für andere Normannen in den angelsächsischen
Kirchen gewesen wäre. Landfrank mußte das Amt annehmen,

---

1) Roberti de Monte Access. a. 1063. Hiermit stimmt Vita
Lanfranci c. 5. Guil. Gemmet. l. VI. c. 9. und durch die Anwendung
seiner Erzählung auch W. v. Poitiers. Wenn Orderik Vitalis
B. III. S. 494. die Verleihung der Abtswürde in den September 1066
verlegt, so müssen wir einen seiner vielen Irrthümer vermuthen.

2) Guil. Pictav. 194 B., dessen Worte sich zum Theil bei dem
Biographen Landfranks Cap. VI. S. 7. wiederfinden.

welches ihm, wenn wir ihn hier nicht ganz für einen der nicht
so seltenen ehrgeizigen Heuchler halten wollen, bei wirklicher Nei=
gung zur Einsamkeit und Ruhe unangenehm war, oder durch
drohende Misverhältnisse mit seinem frühern Vorgesetzten, dem
Bischofe von Bayeur, so wie andern Prälaten, gefährlich schien.
Selbst noch nach geschehener Annahme wandte er sich an den
Papst, den er bei dem höchsten Gott, bei seiner Seele, bei
den ihm, seinen Vorfahren, seinen in der Normandie reisenden
Verwandten und Boten geleisteten Diensten beschwor, ihn von
den angelegten Fesseln zu befreien und der Stille des Kloster=
lebens wiederzugeben [1]). Wenn Landfrank sein eigenes Herr=
schertalent verkannt haben sollte, so beurtheilten seine Freunde
ihn besser. Er hat viel gewirkt und die Eroberung Englands
für den Papst gemacht, für die Normannen vollendet. Der
große Name, der hohe und rastlose Eifer dieses geistlichen Hel=
den hat sogar ein milderndes, wenn nicht versöhnendes Licht
auf die Eroberung in den Augen der Zeitgenossen, unter denen
keine Stimme, selbst nicht der Angelsachsen gegen ihn laut ge=
worden ist, geworfen, und die Nachwelt darf nicht verdammen,
sondern muß zu verstehen suchen, was die Vorfahren allmän=
niglich mit Verehrung erfüllte.

Am Tage der Himmelfahrt Mariä übertrug der König
dem Landfrank feierlich die erste Würde seines Reiches. Am
St. Johannisfest wurde er von zwei einst canonisch vom Papste
Nicolaus ordinirten Bischöfen, Giso von Wells und Walter
von Hereford, zwei Lothringern, geweiht. Erst hierauf wurde
Thomas zum Erzbischofe von York von Landfrank ordinirt, wel=
cher sogleich Veranlassung fand, bei den von jenem erhobenen
Ansprüchen sowohl die Rechte seiner Kirche auf das Primat
Englands zu vertheidigen [2]), und den Erzbischof von York
durch rechtlichen, dem Bischofe Wulfstan von Worcester verliehe=

---

1) Lanfranci epist. I.

2) Lanfranci epist. III. Die ungünstigen Urtheile hierüber sind
aus dem spätern Werke des Thomas Stubbs bei Bromton 1707. Was
Thierry hier angeblich aus Eadmer hist. p. 8. citirt und was im Munde
des Mönchs von Canterbury sehr auffallend sein würde, ist gegen dessen
wiederholt ausgedrückte Ansicht und von mir überhaupt nicht aufzu=
finden.

nen Schutz zu demüthigen [1]), als auch durch geschickte, nach
dem Verluste der Urkunden bei einem neulichen Brande der
Kirche sehr erschwerte Streitführung mit dem Grafen von Kent,
Bischof Odo von Bajeux und anderen normannischen Gewalt=
habern, die durch dieselben sehr beeinträchtigten weltlichen Rechte
der Kirche von Canterbury wiederherzustellen [2]).

Seine ersten Handlungen bezeichneten sogleich den neuen
Geist der Disciplin und der Unterwürfigkeit gegen Rom, welcher
die Kirche lenken sollte. Das Bisthum Rochester, welches seit
dem gleich nach der Ankunft der Normannen erfolgten Tode
des Hauptes entbehrt hatte und in den Stürmen der Zeit sehr
verfallen war, erhielt ein Mönch aus der strengen Zucht des
Klosters Bec, Arnost, und als dieser plötzlich starb, ein ande=
rer durch Kenntnisse in der Gottesgelahrtheit sowie in den
Rechten ausgezeichneter Mönch, Gundulf [3]). Dem bejahrten
Bischof von Shireborn, Hermann, gestattete er nicht sich ei=
genwillig in ein unthätiges Klosterleben zurückzuziehen, wel=
ches er selbst für sich leidenschaftlich begehrt hatte. Eben
so glaubte er ohne Befehl des Papstes das bereits von
dessen Legaten gestattete Zurückziehen des Bischofs von Litch=
field, des Normannen Petrus, wenngleich dieser durch die
Ruchtbarkeit schlechter Sitten, eine öffentlich anerkannte Frau
und Kinder der Kirche zur Schande gereichte, nicht genehmigen
und die verlassene Stelle wieder besetzen zu dürfen. Der
Papst billigte die Anfrage des Erzbischofs, und beide genannte
Bischöfe verblieben bis zum Tode in ihrem Amte [4]). Zu den

---

1) Verschieden erzählt nach eines jeden Standpunct von dem sonst
gewöhnlich wörtlich übereinstimmenden Florenz von Worcester und Si=
meon von Durham. Guil. Malmesbur. Vita b. Wulfstani l. II.
c. 1. in Anglia Sacra T. II.

2) Eadmer p. 7—11. Selden in Spicilegio p. 197—199.

3) Florent. a. 1070. Malmesbur. de pontificibus.

4) Lanfranci ep. II. Malmesbur. l. l. p. 249. Hermann
verblieb im Bisthum bis zu seinem Tode im Jahre 1077. Da der Vor=
gänger des Petrus Leofwine im Jahre 1066 gestorben (Ann. Burton. Th.
Chesterfield de episc. Coventr. et Litchfield, in Anglia Sacra T. I.
p. 435.), so ergibt sich, daß Petrus im Bisthum 1087 starb.

trefflichen Männern, welche Landfrank unter die englischen Prälaten versetzte, gehörte auch Robert, welchen er in die Stelle
des als ein Opfer seiner verworfenen Lüste ermordeten Bischofs
von Hereford, Walter[1]), erhob, ein gelehrter Geistlicher aus
Lothringen, der als Verbreiter und Bearbeiter der Weltchronik
des Marianus Scotus von Mainz, mehr aber noch durch seine
dem würdigen angelsächsischen Bischofe Wulfstan von Worcester
bis zum Tode gewidmete Freundschaft unsere Beachtung verdient.   Auch Osmund, der Nachfolger Hermanns im Bisthum Shireburn, ist unter diesen ausgezeichneten Prälaten
mit manchen Anderen aufzuzählen.   Bei denjenigen, welche
des erwiesenen Zutrauens sich unwürdig zeigten, hielt Landfrank den strengsten Tadel nicht zurück[2]).   Häufiger finden
wir höchst unwürdige Äbte eingesetzt, jedoch geschah deren Ernennung gewöhnlich vom Könige, der diese Stellen
verkaufte.

Die Ankunft des Landfrank in England und seine Erhebung zu einem Posten, welcher ihn dem Könige so sehr nahe
brachte, erscheint noch bedeutsamer durch den fast gleichzeitigen
Verlust des treuesten und einsichtsvollsten Rathgebers, welchen
jener besessen hatte, des Wilhelm Fiz Osbern, eines Mannes,
dessen bedeutende Persönlichkeit und Hervortreten in allen Begebenheiten, welche auf die Eroberung Englands seit der ersten
Entwickelung, wenn auch nicht des Gedankens doch der That
sich bezogen, ihn über die andern Werkzeuge Wilhelms hoch
erhebt. Die Verwandtschaft mit dem herzoglichen Hause, — sein
Großvater Herfast war ein Bruder der zweiten Gemahlin des
Grafen Richard I., — das Amt des Vaters, welcher Seneschal der
Normandie gewesen[3]), große Reichthümer, welche durch die Errich-

1) Malmesbur. de pontif. l. IV. p. 286., der Walters Tod irrig in das fünfte Jahr des Königs setzt. Walter war 1075 auf der
Synode zu London, und Robert wurde erst 1079 ernannt. Knyghton
S. 2347. gibt Jenem den Namen Wilhelm, wodurch Thierry II. 135.
verleitet ist die Verbrechen Walters einem der neuangekommenen Normannen zuzuschreiben. Walter war der im Jahre 1060 zum Bischofe
erhobene lotharingische Capellan der Königin Eadgythe, s. Florenz.

2) Man lese seinen Brief an Robert, den Bischof von Chester. Ep. 29.

3) Guil. Gemmet. l. VII. c. 2. l. VIII. c. 15.

tung der Klöster zu Lyre an der Rifle und zu Cormely uns be=
zeugt werden, nahe Verhältnisse zu dem königlichen Geschlechte der
Angelsachsen, vermuthlich ein früherer Aufenthalt bei diesen, so
wie auch sein Bruder, der Capellan Osbern, an deren Hofe
verweilte, enge Verbindungen mit anderen benachbarten Für=
sten: — so Vieles vereint bildete den talentvollen Jüngling zu
dem kundigen und einflußreichen Manne, welcher, leidenschafts=
loser als sein Fürst, dessen ehrgeizige Pläne lenken und aus=
führen konnte [1]). Seine jugendlichen Kräfte hatten sich in den
Waffen bewährt; bei der Einnahme von Damfront hatte er
kräftig mitgewirkt und darauf das gegen den König von Frank=
reich neuerbaute Schloß Breteuil, dessen Name auf ihn über=
ging, erhalten [2]). Seinem richtigen Blicke verdankte der Her=
zog die Gewinnung des verbannten Landfrank und dadurch die
Freundschaft des päpstlichen Stuhls und jenes Bündniß, durch
welches das Haupt der Christenheit mit dem Häuptlinge von
Rouen sich verband, gegen die Angelsachsen zu streiten, wie je=
ner bereits früher mit den Normannen von Aversa und Ca=
pua gegen andere Ketzer, die Griechen und Saracenen. Wil=
helm Fitz Osbern war der erste Vertraute seiner Kriegsgedan=
ken nach Eadwards Tode und er stimmte die normannischen
Barone zu denselben wider ihre Neigung. Seiner Geistesge=
genwart schrieb man die glücklich rettenden Worte zu, wenn
der Herzog sich übereilt hatte; wiederum hielt er diesen von
verkehrtem Zögern fern. Ihm wurden die wichtigsten und
schwersten Posten anvertraut: die Eroberung der durch Felsen
und Burgen geschützten Insel Wight war sein Werk; sein
wurde die Markgrafschaft zu Hereford, hernach die Statthal=
terschaft des nördlichen Englands, welche in der damaligen
Krisis zur Errichtung eines unabhängigen Königreichs leicht
hätte gebraucht werden können. Seine große Freigebigkeit ge=
gen die Krieger, durch welche er die Bürger vor Raub schützte
und zugleich sich geneigt machte, hatte ihm eine so allgemeine

---

1) Er könnte zuerst genannt sein in der Urkunde vom Jahre 1024 in
Monast. Anglic. T. VI. p. 1108. Willerinus fil. Osberni. Wilhelm
von Poitiers nennt ihn und Roger von Montgomery beim Jahre 1054
ambo iuvenes ac strenui.

2) Gemmet. l. VII. c. 25.

welche von Oslac, dem großen Carl von Northumberland zu König Eadgars Zeiten, abstammte. Der Vater war nicht im Stande den Muthwillen seines kräftigen Sohnes zu zähmen und veranlaßte selbst dessen Verbannung durch den König Eadward. Der ritterliche Jüngling wandte sich nach den Ländern, wo er die kräftigsten Gegner im Kampfspiele zu finden hoffte, Northumbrien, Cornwales, Irland. Von dort ging er nach Flandern und erwarb sich überall binnen kurzer Frist den Namen des glücklichsten und tapfersten Kämpfers. Schon sang man in England von seinem Siegerruhm[1]), und die Hand einer edlen Flämingerin, Turfride, führte ihn zu ruhigerem Lebensgenusse, als die Nachricht von der Besitzergreifung seines nach dem erfolgten Tode seines Vaters ihm anheimgefallenen Erbes durch einen Normannen und die Versicherung der freundlicheren Gesinnungen der Seinigen gegen ihren ruhmvollen Verwandten, ihn wieder in die Heimat zurückführte, wo er sogleich den fremden Eindringling von seinem Erbe mit gewaffneter Hand vertrieb. In dem Kloster zu Peterborough empfing er nach angelsächsischer Sitte, welche kirchliche Weihe und Ceremonie erfoderte, die Ritterwürde von dem dortigen Abte, seinem väterlichen Oheim Brand. An die Spitze der dort versammelten Verbannten und Flüchtlinge gestellt, vollbrachte er zur Belästigung der Normannen unzählige Abenteuer ruhmvoll, welchen selbst die Bewunderung sei-

ford, welcher mit König Eadwards Schwester Goba vermählt gewesen sei. Diese Goba war bekanntlich die Mutter des Radulf. Wahrscheinlich wollte Ingulf von Leofric III., Grafen von Hereford und Chester, dem Gemahle der Goblve, Tochter eines Vicegrafen von Lincoln, sprechen; für irrig muß ich es aber halten, wenn Leofric, Graf von Mercia, für Herwards Vater angegeben wird (Ellis T. II. p. 146.), wodurch Herward als Älfgars jüngerer Bruder und als Oheim von Eadwine und Morkar angenommen wird.

1) Cum ejus gesta fortia etiam Angliam ingressa canerentur: Ingulph p. 67. Ich kann die Bemerkung hier nicht unterdrücken, daß uns Jahr 1000 bei den Sachsen diesseit des Meeres ein Herward, von dem noch spätere Lieder Zeugniß geben, sein Vaterland dadurch rettete, daß er die dort gelandeten Normannen in einen Morast verlockte. Adam Brem. l. II. c. 23. Die Stelle fehlt in der wiener Handschrift, nicht aber bei Helmold.

ner Gegner nicht entging. Wenn diese es jedoch nicht vermochten sie zu vertilgen, so war dennoch Herewards Schaar zu
schwach, um ihnen wesentliche Gefahr zu bringen. Die Dänen unter Osbjörn hatten sich nach Ely begeben, doch nach
kurzer Frist es wieder verlassen. Diese Zeit — es ist uns
unerklärt, weshalb nicht früher — nahmen die Grafen Eadvine und Morkar, welche seit zwei Jahren in dem Ehrenge-
pränge des königlichen Hofes, aber in wirklicher Haft gelebt
hatten, wahr, um dieser und gefürchtetem größerem Übel zu
entfliehen. Sie fanden die Stimmung der Erregung eines allgemeinen Aufstandes nicht länger günstig und Morkar floh
nach Ely, wo Hereward eine Burg von Holz errichtet hatte,
die zum Zufluchtsorte und Sammelpuncte der Gleichgesinnten
diente. Morkar traf hier den aus Schottland zurückgekehrten
Bischof von Durham, Ägelvine, vielleicht auch Friedrich, den
Abt von St. Albans [1]), ferner Siward Barn und Andere, welche
dem Eroberer entweder noch nicht geschworen hatten oder durch
seinen Treubruch auch ihre Eide für aufgelöst hielten [2]). Sie
rüsteten sich den Winter hier, durch die Unzugänglichkeit des
Ortes geschützt, zuzubringen, als der König, die Gefahr erken-
nend, welche die Verwandlung des Zufluchtsorts einiger vogel-
freier Banden in ein Asyl der alten Volksthümlichkeit, des

---

1) Hist. Abb. S. Albani. Thom. Eliens. histor. in Anglia Sacra
T. I. p. 609., wo unter Egfridus jener Friedrich gemeint ist. An dieser
Stelle wird auch erzählt, daß Willelmus Herfordensis episcopus dem
Könige Maßregeln gegen Ely angerathen habe, wo die Herausgeber Wil-
lelm in Walter emendiren, wodurch die obige Erzählung von diesem Bischof eine neue Widerlegung erhalten würde. Doch möchte ich lieber
Episcopi in Comitiis abändern, da Walter nicht zu den nahen Freunden
des Königs gehörte, Wilhelm Fiz Osbern aber auch sonst als der Gegner der angelsächsischen Klöster bekannt ist.

2) Daß Stigand unter diesen war, folgert Thierry aus Thomas
von Ely a. a. O. Es ist kaum glaublich, daß dieses die angelsächsischen Schriftsteller nicht lobpreisend erwähnt, die Normannen nicht unter seinen Vergehungen aufgezählt haben sollten. Einiger Grund für jene
Angabe läßt sich in den Annales Wintonienses suchen, welche sagen,
daß Stigand erst im Jahre 1072 gefangen sei. Doch ist diese Angabe wieder zu spät, um mit Morkars Gefangennehmung verknüpft zu
werden.

Lappenberg Geschichte Englands. II.   8

alten Rechts und Glaubens ihm brachte, weder Verheissungen noch Drohungen noch Rüstungen sparte, um das angelsächsische Heer aufzulösen. Im Osten der Insel Ely stellte er seine Butsekarle auf, den Eingeschlossenen den Ausgang zu versperren, im Westen ließ er einen zwei Meilen langen Damm aufwerfen, um seine Reiter gegen sie zu senden. Dem Rathe eines seiner Heerführer, des Yvo Taillebois aus Anjou, Vicegrafen von Spalding, nachgebend, ließ er die Belagerer durch eine Hexe beschwören, die aber von dem kühnen Hereward und seinen Guerillas in dem hölzernen Thurme, in welchem man sie seiner Feste näherte, verbrannt wurde. Manch vermessen Wagniß gelang dem kühnen Recken, was selbst die Normannen ergötzte. Unter Anderem, wie Yvo Taillebois mit großer Heeresschaar und seinen gewöhnlichen überschwenglichen Prahlereien die Banditen aus den Wäldern und Schlupfwinkeln zusammenzutreiben schwur, und zu einer Hand einrückte, während Thorold, der Abt von Peterborough, Brands normannischer Nachfolger, mit anderen Vornehmen zurückblieb, welche aber zur andern Hand herumziehend Hereward sämmtlich ohne Mühe gefangen nahm und erst nach zugewogenen dreitausend Mark Silbers entließ[1]. Bald aber zeigte sich wieder die Schwäche der Angelsachsen. Morkar folgte den lockenden Verheissungen Wilhelms, zu ihm zurückzukehren. Bischof Ägelwine und die Übrigen, mit Ausnahme des Hereward und seiner Schaar, ergaben sich dem Könige[2]. Dieser aber, die gegebenen Verheissungen täuschend, ließ sie als Rebellen ergreifen und nur das Leben schonend in Gefängnisse setzen, oder geblendet oder mit abgeschlagenen Händen und Füßen heimkehren. Bischof Ägelwine wurde nach Abingdon in einen Kerker gesandt, in welchem er schon in dem nächsten Winter verschied. Morkar wurde dem Roger von Beaumont überliefert, auf dessen Burg in der Normandie (Beaumont le Roger, Departement der Nieder-Seine) er in Fesseln ein elendes Leben endigte. Eadwine, durch diesen neuen Verrath heftig erbittert,

1) Petri Blesensis Continuat. ad Ingulfi historiam p. 125.
2) Florent. Chronic. Saxon. a. 1071. Es ist auffallend, daß Ordericus Vitalis S. 521. den Morkar schuldloser und den König noch verrätherischer darstellt, als jene angelsächsischen Quellen es wagen.

wollte seinen Bruder sowie sein Volk jetzt rächen und retten;
er suchte die treuen Angelsachsen auf und verband sich mit
Schotten und Walisern. Vornehme Abkunft, angeborner Reich=
thum, ausgezeichnete Schönheit, Milde und Liebenswürdigkeit,
der vom Könige verbreitete Schein freundschaftlicher Verhält=
nisse vereinten sich, Eadvine mehr als andere Angelsachsen
bei den Normannen, welche ihn als der Ihrigen einen zu
betrachten sich gewöhnt hatten, beliebt zu machen, und Wil=
helm hatte seit seiner Krönung keinen Gegner mehr als diesen
zu fürchten. Der Verrath befreite ihn von dieser Sorge: Ead=
vine, nachdem er sechs Monate die Gleichgesinnten aufzufinden,
anzuregen, zu verbinden und zu ordnen versucht hatte, wurde
von drei Brüdern unter seinen Huskarlen den Normannen ver=
rathen, welche ihn mit zwanzig seiner Krieger auf dem Wege
nach Schottland unfern des Meeres überraschten und in die
Fluth einer Flußmündung hineintreibend niedermetzelten [1]). Der
König zog die reichen Lehne und Güter der beiden Grafen ein,
doch wagte er nicht den Mord zu beloben, sondern versöhnte
die allgemeine Theilnahme an dem Geschicke der Unglücklichen
durch die Verbannung der getäuschten gewinnsüchtigen Meuchel=
mörder. Von Alfgars Stamme blieb noch eine Tochter Lucia,
welche der König nach dem Lehnsrechte als sein Mündel dem
Yvo Taillebois, dem Verhafftesten unter den Fremden, zur
Ehe mit den eigentlichen Stammgütern jenes Geschlechtes in
Holland (Hoyland bei Spalding) ertheilte.

Hereward versuchte noch einige Zeit in seiner isolirten
Kriegführung sich zu erhalten. Freunde und Hülfe in jedem
Landsmanne findend, gelang es ihm' häufig die Normannen zu
überlisten und ihnen empfindliche Verluste zu bewirken. Nach=
dem Gilbert von Clare und Wilhelm von Barenne, des Kö=
nigs Schwiegersohn, sich Elys bemächtigt hatten, floh er in
die Niederungen von Lincolnshire. Fischer brachten ihn und
die Seinigen in ihren Booten unter Strohhaufen versteckt in

---

1) Es ist irrig, daß Eadvine zu Ely erschlagen sei (wie Palgrave
Th. II.), oder daß er, wie Thierry sagt, überhaupt dort verweilt habe.
Wir müssen auch dessen Irrthum bemerken, daß er diesen Vorfall ins
Jahr 1072 setzt und sogar in diesem Jahre die schon im Jahre 1070 ab=
gesegelten Dänen sich von England entfernen lässt.

8 *

eine dortige Burg, welche die Normannen besetzt hielten. Die wohlbekannten Schiffer wurden von diesen willkommen geheissen und mit ihrem Fange ein Mahl bereitet. Doch kaum saßen die Burgmannen dem Genusse hingegeben, als aus dem Strohe Männer erstanden, welche die Wehrlosen erschlugen und deren schon gesattelten Rosse bestiegen [1]). Erst als Hereward sah, daß er durchaus vergeblich kämpfte, verlangte er und erhielt gleich dem Eabric Salvage und andern wohlgesinnten Tapfern eine ehrenvolle Capitulation vom Sieger. Alfthrybe, eine reiche Angelsachsin, von seinem Ruhme ergriffen, bot ihm ihre Hand an und verlockte ihn zum ruhigen Leben [2]). Nicht gänzlich gelang dieses ihrer Liebe bei dem leicht aufgeregten Manne, er mußte noch einmal fliehen [3]); doch kehrte er in die Heimat zurück, deren mütterlicher Schooß nach Verlauf mancher Jahre seine Gebeine zu Croyland empfing [4]). Sein Andenken scheint in England bald erloschen zu sein und ist uns meistens nur durch die Chroniken einiger neben Ely belegenen Klöster [5]) aufbewahrt. Dagegen ist in neuester Zeit zu viel Wirksamkeit diesem einzelnen Lager der Vertriebenen beigelegt, während viele undurchdringliche Wälder oder wo sonst hemmendes Gestein, Untiefen des Morastes oder unwegsame Strecken die Hab= und Herrschsucht der Fremden zurückwiesen, gar manche freigesinnte Angelsachsen ihrer Shire in leicht aufgeworfenen Festen beherbergt haben.

Die Unterjochung dieser vereinzelten Feinde überließ Wilhelm seinen Rittern und der Zeit, während er selbst den Heerd

1) Geoffroy Gaimar in Michel Chroniques Anglo-Normandes T. I. Rouen. 1836.

2) Geoffroy Gaimar.

3) Herewardum die qua aufugit. — Terram S. Guthlaci-Vichel abbatem commendasse eam ad firmam Herewardo — sed abbas resaisivit eam antequam Herewardus de patria fugeret, eo quod conventionem non tenuisset. Clamores de Chetsteven im Domesday T. I. p. 376 sq.

4) Ingulf. Nach Gaimar wurde er jedoch während eines vom Könige bewilligten Waffenstillstandes oder sicheren Geleites von einigen Normannen bei seinem Mittagsessen überfallen und erschlagen.

5) Croyland, Peterborough und Ely. Eine alte Erzählung de gestis Herewardi M. S. führt an Cooper Public Records T. II. p. 165.

aller großen Verschwörungen, das Asyl aller seiner Feinde zu vernichten suchte. Er zog deshalb im folgenden Jahre mit ei= **1072** nem starken aus Reiterschaaren bestehenden Heere nach Schott= land, wohin er zugleich eine Flotte sandte. Nirgend wurde ihm bedeutender Widerstand entgegengesetzt und als er über den Firth des Forth bis nach Abernethy am Tay gedrungen war, kam ihm König Malcolm Canmore entgegen, um sich zu un= terwerfen und Geiseln, unter denen sein Sohn genannt wird, für seine Treue zu stellen [1]). Auf dem Rückwege ging Wilhelm über Durham, wo er den Nachfolger, welchen er und Land= frank dem Bischof Ägelvine gegeben hatten, traf, Walcher, einen wegen seines Wandels und seiner Kenntnisse gepriesenen Mann, aus vornehmem Geschlechte, vermuthlich deutschem, da er früher zu Lüttich lebte[2]) und aus diesem Grunde auf einen für Normannen wenig geeigneten Sitz gewiesen zu sein scheint. Der König ließ zu Durham eine neue Burg aufwerfen und setzte an die Stelle des Gospatrik, welchen er unter dem Vor= wande, daß er vor drei Jahren die Ermordung des Robert Cumin heimlich befördert habe und bei dem Aufstande zu York gegen die Normannen thätig gewesen sei, verbannte, den Wal= theov, Siwards Sohn, welcher erst neuerlich sich ihm unter= worfen hatte. Gospatrik floh zum Könige Malcolm, welcher ihn anfänglich nicht bei sich behielt, doch nach einigem Aufent= halte in Flandern ihm Dunbar nebst angrenzenden Ländereien in Lothian ertheilte. Seine Güter im übrigen England scheinen nicht alle eingezogen, vielmehr finden wir später noch manche derselben als seine, oder seiner Söhne Dolfin und Gospatrik Lehne, doch nicht immer als vom König unmittelbare aufge= führt, während sein anderer Sohn Waltheov (Gallev) im Klo= ster zu Croyland lebte und dessen Abt wurde[3]).

1) Unter den Homagialleistungen der schottischen Könige ist diese vor= züglich bestritten; doch gestatten die Chroniken, wenn sie gleich über den Umfang der Unterwerfung sich nicht erklären, über die Thatsache selbst wie die übrigen Umstände keinen Zweifel. S. Lingard Geschichte Th. II. G. 1. Palgrave T. II. p. 331 sq. Ann. Ulton. a. 1072.

2) Simeon a. 1071.

3) Simeon a. 1072. Ellis Th. II. S. 131. 331. und Th. I. S. 428. 405. Es ist ein gar auffallender Irrthum, wenn Sir Wal=

Je mehr Aufmerksamkeit Wilhelm auf sein Königreich wandte, je mehr fanden seine Gegner Veranlassung, ihn in seinen Erbländern und Verhältnissen in Frankreich zu beunruhigen. Eadgar Atheling war vom Könige dieses Reiches, Philipp I., eingeladen nach seinem Lande zu kommen und die Burg zu Montreuil zu bewohnen, von welcher aus er die Normandie stets leicht befehden konnte. Vorher wollte er am Hofe seiner Schwester Unterstützung suchen und ging deshalb nach Schottland. Malcolm aber, welcher jene Einladung veranlasst haben mag, da das Gelübde von Abernethy seinem Schwager Eadgar thätige Unterstützung zu leisten ihm nicht gestattete, musste sich begnügen denselben freundlich zu em-
8. Jul. pfangen und bald darauf mit kostbaren Gewändern und Geräthen königlich beschenkt zu entlassen.

Während in Artois die Ankunft des legitimen angelsächsischen Kronprätendenten erwartet wurde, war Maine seit einem Jahre oder länger vorzüglich durch Fulco, den Grafen von Anjou, welcher die alten Ansprüche seines Hauses auf seine Provinz nicht vergessen konnte, angeregt, in vollem Aufstande gegen Wilhelm. Dieser hatte schon einmal seit seines kundigen Getreuen, Fitz Osbern, Tode durch seine eigene Gegenwart die unruhigen Lehnsleute seiner französischen Provinzen beschwichtigen müssen. Jetzt fand er seine Krieger, den Truchsess Humphrey, Turgis von Lacy, Wilhelm de la Ferté aus der Stadt le Mans gejagt; andere Vornehme von Maine, allen Gehorsam gegen ihn abwerfend, hatten viele Normannen getödtet und gefangen. Der Gemahl der Gersendis, einer Tochter oder Enkelin[1]) des Grafen Herbert, Azo, Markgraf von Ligurien, war von den Abtrünnigen aus Italien gerufen und als Graf

ter Scott (History of Scotland) jenen Angelsachsen bezeichnet als Cospatril oder Comes Patricius, einen der normännischen Barone, welche zu Malcolm flüchteten. Ich zweifle kaum, dass die Nationalität anderer Normannen, welche auch Thierry unter Wilhelm dem Eroberer nach Schottland flüchten lässt, nicht viel besser begründet ist.

1) Jenes sagen Acta pontif. Cenoman. in Mabillon Veter. Anal. T. III. p. 315. Orderic gibt sie für die vom Grafen Thibault von Champagne geschiedene Tochter des Sohnes des Herbert Eveille Chien, Hugo, mit Bertha, der Wittwe des Grafen Thibault von Blois.

von Maine begrüßt. Dieser jedoch, dem Leichtsinne der Man=
seaur mistrauend, war bald in seine Heimat zurückgekehrt und
hatte die ungewisse Sache seiner Gemahlin und seinem Sohne
Hugo überlassen, deren Erstere bei Godfrid von Mayenne mehr
als Schutz und Freundschaft fand. Der Bischof von le Mans,
Arnauld, floh nach England zum König Wilhelm, welcher ihn
ehrenvoll empfing, jedoch die Bürger von le Mans nicht zur
Wiederaufnahme des Bischofs bewegen konnte, was erst den
Intriguen der übrigen Geistlichkeit gelang. Bei der zuneh=
menden Unruhe der Bürger wurde der junge Graf Hugo zu
seinem Vater Azo gesandt, welcher unterdessen den in Rom
Ruhe und Sicherheit suchenden Bischof Hugo auf der Reise
aufgefangen hatte, doch nach siebenmonatlicher Gefangenschaft
entließ. Bald entspann sich eine Fehde Godfrids mit den
Bürgern, welche den Grafen Fulco nunmehr ins Land riefen
und von diesem unterstützt den dem Könige Wilhelm, dem
Markgrafen Azo und dem Volke von Maine gleich treulosen
Godfrid zur Übergabe zwangen. Wilhelm durfte jetzt nicht
länger säumen seine erste Muße zur Bezwingung der übermü=
thigen Manseaur zu verwenden. Er benutzte diesen Aufstand
um kriegerische Angelsachsen zu beschäftigen, welche beschränkt
genug waren, dem Befehle ihres gemeinschaftlichen Unterdrückers
gehorchend, das Land derer schonungslos zu verheeren, mit de=
nen gleiche Verhältnisse, gleicher Haß, gleiches Elend sie ver=
banden. Der großen Heeresmacht, welche der König selbst
anführte, ergaben sich die Festungen sehr bald. Hubert über=
lieferte seine Burgen Fresnay und Beaumont; auch Silley
wurde ihm von dem Burgherrn Hugo zugestellt. Die Bürger
von le Mans hatten einen der ersten jener Vereine unter sich
gestiftet, welche Commune hießen, halb Gilde, halb Waffen=
brüderschaft, aus welchen die Entwickelung freier Stadtverfas=
sungen in einem großen Theile Europas hervorgegangen ist.
Mit großer Begeisterung und hochsinniger Aufopferung manches
Eigenthums hatten sie ihre Stadt zweckmäßig befestigt und den
normannisch gesinnten Theil des Adels in ihrer Nachbarschaft
mit Fehden erfolgreich überzogen. Doch die Ankunft des Er=
oberers reichte hin sie zu bewegen ihm die Schlüssel der Stadt
zu bringen, wogegen ihnen Straflosigkeit und die Erhaltung

der alten Rechte gesichert wurden[1]). Die übrigen Manseaur folgten bald mit ihrer Unterwerfung; doch war Wilhelm in die Normandie zurückgezogen, ohne an seinem größten Feinde, dem Grafen von Anjou, Rache genommen zu haben. Die Gelegenheit bot sich dem Suchenden bald. Ein vornehmer Angevin, Jean de la Fleche, welcher mit Paula, einer Tochter des Grafen Hugo von Maine, vermählt war[2]), empörte sich gegen den Grafen Fulco und suchte bei Wilhelm um Unterstützung nach, welche dieser ihm sogleich durch die tapfersten Krieger zusandte. Fulco, durch Hoel, den Grafen von Bretagne, unterstützt, belagerte die Burg seines Lehnsmannes und dessen Verbündeten. Wilhelm hielt durch die Gefahr der Seinigen sich für gerechtfertigt, jetzt selbst mit einem Heere, welches das Gerücht auf 60,000 Reiter vergrößert hat, gegen die Belagerer zu rücken, welche nicht flohen, sondern über die Loire ziehend und ihre Schiffe verbrennend muthvoll der Schlacht harrten. Die zufällige Anwesenheit eines Cardinals und anderer Geistlicher, so wie die Abneigung des jungen Grafen Wilhelm von Evreur, des Roger von Montgomery und anderer Normannen gegen eine Fehde, welche ihnen ungerecht erschien, vermittelten jedoch einen Frieden zu Blancaland (Bruyères), in welchem Wilhelm die Oberherrlichkeit Fulcos über Maine anerkannte, und dieser Wilhelms ältesten Sohn, Robert, nach Ableistung des gewöhnlichen Eides, mit jener Provinz und allen demselben einst vom Grafen Herbert zugesicherten Besitzungen und Rechten belehnte.

Während also die französischen Verhältnisse sich zu dauerndem Frieden befestigten, ward Wilhelm rücksichtlich Englands wiederum neu begünstigt und gesichert. Eadgar Atheling hatte an der französischen Küste mit seinen Schätzen Schiffbruch gelitten und nur das Leben gerettet. Der Prätendent mit seinen schlecht berittenen, theilweise zu Fuß wandernden Cavalieren erschien wiederum am schottischen Hoflager, wo er bei seinem königlichen Schwager abermals freundliche Aufnahme und Ersatz der verlornen Geschenke erhielt. Doch scheint Malcolm an

---

1) Orderic. Vitalis l. IV. p. 582. Chron. Saxon. a. 1073.
Acta pontific. Cenoman. l. l.

2) Orderic. l. l.

einer Sache jetzt verzweifelt zu haben, für deren Ausgang der Charakter des Atheling eben so wenig Gewähr leistete, als das Glück sie begünstigen wollte, und er bewog diesen dem Sieger sich nunmehr freiwillig zu unterwerfen um durch diesen Act sich, den Seinigen und seinem Volke Ruhe und Frieden zu verschaffen. Eadgar fand keine Kraft und keine Hoffnung in sich, er mußte nachgeben, so bald der fremde Schutz ihm entzogen war. Er begab sich daher an die Grenze Englands, wo zu Durham der Sheriff von Yorkshire, Hugo, Baldrichs Sohn [1]), ihn empfing, und um ihn gegen eigenen Wankelmuth nicht minder als den Frevel der Normannen sicher zu stellen, durch das ganze Land und über die See nach Rouen geleiten ließ. Er wurde hier von Wilhelm mit allen Zeichen äusserer Achtung, welche seine hohe Geburt erheischen durfte, empfangen und wurde an dem dortigen Hofe viele Jahre, ein Pfund Silber täglich erhaltend, beherbergt und bewacht. Ein langes Leben, in Unthätigkeit, Schwanken und den gewöhnlichsten ritterlichen Zerstreuungen zugebracht, wurde ihm zum Verderben und hat nur dazu gedient ihn, wenn nicht verächtlich, doch schneller vergessen zu machen, als wenn sein früher Tod eine unbefriedigte aber doch wohlthuende Sehnsucht nach ihm erweckt und seinen Namen unter einem schönen Bilde in dem Gedächtnisse der Nation geheiligt hätte.

Alle diese Erfolge mußten Wilhelm des Bastards Namen zu einem der geehrtesten wie gefürchtetsten in Europa erheben. Wie weit er auf die Verhältnisse mancher Nachbarstaaten einwirkte, wie auf die französischen, auf Flandern, auf Deutschland, ist schwer zu erkennen; wir vernehmen jedoch nicht selten, daß solches geschah. Von Beziehungen zu letzterem Lande möge nur hervorgehoben werden, daß er sehr wahrscheinlich in Verbindungen mit dem Erzbischofe zu Cöln, Anno, sich eingelassen hatte, durch welche Kaiser Heinrich IV. um diese Zeit in Regensburg mit dem Gerücht erschreckt wurde, daß der König von England ein großes Heer gesammelt habe, um auf

---

1) Chron. Sax. a. 1074. Der Name findet sich bei einer andern Veranlassung in Simeon p. 206., woraus auch Ellis Domesday T. I. p. 436. zu erläutern ist.

Aachen zu ziehen¹). Doch ereigneten sich damals Vorfälle, welche die Ausführung solcher Pläne, falls sie wirklich gehegt sind, unmöglich machten.

Die Eroberung Englands war in sieben Jahren gänzlich beendigt und Wilhelm sah seine kühnsten Hoffnungen in glänzendster Weise erreicht. Es bedrohten ihn jetzt, da ähnliche Geschicke sich in demselben Kreislaufe von Hindernissen und Gefahren zu bewegen pflegen, die den Eroberern gewöhnliche Befeindung ihrer Waffengefährten und die Zwistigkeiten der Ihrigen. An seinem Hofe glaubte kein Ritter eine unabhängigere Stellung behaupten zu dürfen als seit seines Vaters Fiz Osbern Tode, Roger, Graf von Hereford. Gegen den Befehl des gemeinschaftlichen Lehnsherrn vermählte er seine Schwester Emma mit dem Grafen von Ostanglien, Rabulf von Guader²). Bei dem Vermählungsfeste, welches zu Kenninghall in Norfolk³) begangen wurde, bildete sich eine Verschwörung ge-

---

1) **Lambert Scafnaburg. a. 1074.**

2) Dem Chronicon Saxonicum a. 1075. zufolge war Rabulf der Sohn eines gleichbenannten Angelsachsen und einer britischen Frau, d. h. eine Bretagnerin, nicht, wie Matthäus von Paris übersetzt, einer Walliserin. Wir dürften also vielleicht jene Chronik dahin erläutern, daß der Angelsachse Rabulf der Stallere, in Norfolk und Suffolk reich begütert, sein Vater gewesen sei. Der R. Comes Vetus in Domesday bei Norfolk 128 b. dürfte nicht der Vater gewesen sein, wie Kelham (Illustrations of Domesday) und Ellis annehmen, da kein Rabulf von Ostanglien zur Zeit Eadwards vorhanden war, sondern es mag dort der im Jahre 1057 verstorbene Graf Rabulf gemeint sein. Wilhelm von Jumièges B. VII. C. 25. nennt ihn Rodulfus genero Brito, und B. VII. C. 15. Rodulfus de Waiet (Waier?) genere Brito. Auch Roman de Rou rechnet ihn v. 11512. und 13627. unter die Bretons, welche Wilhelm nach England begleiteten. Orderic Vitalis gibt ihm den Namen Rodulfus von Guader, von einer Burg, welche er außer der von Montfort in Bretagne besaß. Auch Dol wird ihm von Chron. Saxon. und Florenz zugeschrieben. Rodulfus de Waher, Brito ex patre, sagt Malmesbury. Für die Angabe, daß die Mutter eine Angelsachsin gewesen, spricht, daß in Domesday Godwinus, avunculus comitis Radulphi in Norfolk genannt wird (II. fol. 127 b. 131 a.), jener Name aber derzeit nur bei den Angelsachsen sich findet.

3) Florent. h. a. sagt Ixninga. Ich lese hier Inkeninghe hala, gewöhnlicher Cheninke hala, Kenningha hall, Guilbcroß Hunbreb, Norfolk. S. Domesday II. 127. 128.

gen den König, in welche jene Beide auch den Earl Waltheov hineinzuziehen suchten. Überrascht oder gezwungen versprach dieser dem Bunde beizutreten, welcher einen der drei Genannten zum Könige, die beiden Andern zu dessen ersten Herzogen zu erheben gelobte [1]). Doch bald seiner Lehnspflicht eingedenk, eröffnete er dem Erzbischofe Landfrank die Pläne der Verschwornen und eilte auf dessen Rath nach der Normandie, um dem Könige Alles zu offenbaren und dessen Gnade zu erstehen. Landfrank bemühte sich sogleich durch schriftliche Vorstellungen und versuchte zu mündlichen zu gelangen, um den Normannen Roger zur Treue für des Königs Sache zu bewegen. Da dieser jene nicht berücksichtigte, so wurden die gelindern geistlichen Waffen des Bannstrahls gegen ihn angewandt [2]), man begnügte sich ihn aufzuhalten und mit seinen normannischen Rittern widersetzte sich dem Grafen von Hereford lediglich Wulfstan, der Bischof von Worcester, an dem Savernflusse und verhinderte ihn sich mit seinem Schwager zu vereinigen. Strengere Maßregeln wurden gleich gegen den Nicht=Normann Rabulf ergriffen. Dieser hatte bei Cambridge ein Lager aufgeschlagen, wohin mit zahlreichen Kriegern Bischof Odo von Bajeur und der Feldherr [3]) Goisfred, Bischof von Coutances, ihm entgegenrückten. Rabulf, ohne ein Treffen zu wagen [4]), floh mit seiner Neuvermählten nach Norwich und von dort, jene daselbst zurücklassend, nach Dänemark, wo er vom Könige Svend sich Beistand zu verschaffen wußte. Des Königs Sohn, Knut, und Jarl Haco [5]) gingen mit zweihundert Schiffen nach England, wo sie jedoch im Süden zu landen nicht wagten, und da im Norden Bischof Walcher auf des Königs und Land=

1) Florent. a. 1074. Malmesb. p. 105. Ord. Vital.

2) Lanfranci epist. 39—41.

3) Magister militum bei Orderic. Vital. l. IV. p. 523.

4) So ausdrücklich Florenz. Lanfranci epist. 34. totus exercitus eius (Radulphi traditoris) in fugam versi fuerunt et nostri cum infinita multitudine Francigenarum et Anglorum eos insequebantur.

5) Es ist eine nicht unwahrscheinliche Vermuthung Suhms (Historie af Danmark IV. 440.), daß Haco der Sohn Svends und Enkel des berühmten Godvine war. S. oben Bd. I. S. 525.

franks[1]) Weisung alle Vorkehrungen gegen ihr Eindringen ge=
troffen, nach der Plünderung der Kathedrale von York nach
Flandern sich wandten[2]). Auf Haco lastet der Vorwurf, daß
er, so wie früher Osbjörn, vom König Wilhelm sich habe be=
stechen lassen, weshalb auch er von Svend Estrithson nach sei=
ner Rückkehr in Dänemark aus dem Lande verbannt wurde[3]).
Auch das feste Norwich mußte sich bald ergeben; die Bretons,
Radulfs Vasallen, welche es vorzüglich besetzt hatten, erhielten
das Leben nur gegen Verzicht auf ihre in England erworbenen
Lehen und unter der Bedingung, dieses Land binnen vierzig
Tagen räumen zu wollen. Die Söldner mussten es noch
schneller verlassen. Bischof Goisfred, Wilhelm von Varenne,
welcher mit Richard von Bienfait, Graf Giselberts Sohn, der
Hauptjustitiar und Stellvertreter des Königs während seiner
Abwesenheit war, Robert Malet und dreihundert Bepanzerte
nebst vielen Ingenieurs[4]) blieben in Norwich. Auch der Kö=
nig schiffte jetzt, da Roger nicht durch Landfranks Maßregeln
zur Ruhe gebracht war, nach England und zog den treulosen
Vasallen Roger von Breteuil vor sein Hofgericht. Dieser trug
auch kein Bedenken zu erscheinen, auf seine nahen Verhältnisse
zum Könige sich verlassend, der aber sein stolzes Vertrauen
täuschte. Er wurde nach strengem normannischen Rechte aller
seiner Ehren und Güter verlustig erklärt und zu ewigem Ker=
ker verurtheilt. Auch hier verließ ihn sein unbeugsamer Muth
nicht und erbitterte den König noch mehr, als der Gefangene
kostbare Gewänder, welche jener in milder Stimmung ihm
zusandte, schnöde zurückwies. Er starb erst nach dem Könige
Wilhelm, aber in seinem Kerker und Fesseln. Viele Rebellen

1) Epist. Lanfranci 25.

2) Chron. Saxon. a. 1075., welche Jahrszahl irrig anstatt 1074.
Auch können hierauf noch die Worte des Adam von Bremen B. IV.
C. 16. bezogen werden: inter Svein et Bastardum perpetua conten-
tio de Anglia fuit. Obgleich Adam eigentlich mit dem im Jahre 1072
erfolgten Tode des Erzbischofs Adalbert schliesst, so kann er doch kaum
vor dieser Zeit geschrieben haben.

3) Malmesbury l. III. p. 106., wo für Bacco oder Haveto zu
lesen ist Haco.

4) Balistarii et machinarum artifices. Epist. Lanfranci 85.

wurden verbannt, manche gehangen [1]), Andere geblendet, Anderen die Hände und Füße abgeschlagen. Kein Loos wurde aber mehr beklagt und gereichte dem König zu bleibenderem Vorwurf als dasjenige des Earl Waltheov.

Dieser hatte sich der Gnade des Königs unterworfen und keinen der verrätherischen Pläne ausgeführt. Seine Gemahlin Judith, des Königs Nichte, soll als Anklägerin gegen ihn aufgetreten sein; doch was sie auch noch offenbart haben mag, so kann die Anklage nur auf Wünsche, Worte, Pläne gestützt gewesen sein, da Waltheov nicht gleich den anderen Verschwornen vom Hochzeitsmahle dem Könige in Waffen gegenüber gestanden hatte. Auch fanden die normannischen Großen für ihn kein schärferes Urtheil als strenge Haft und den Verlust seiner Ämter; gewiß aber ein zu scharfes, da es dasselbe war, welches über Roger von Hereford ausgesprochen war. Die Theilnahme, welche Waltheovs Geschick, bewährte Reue und Frömmigkeit erweckte, reizte aber das Mistrauen des Tyrannen, den Furcht und Unruhe peinigten, bis sie ihn zu dem Entschlusse trieben, durch die Ermordung des Angelsachsen seiner irdischen Ruhe und Behaglichkeit das Opfer einer That zu bringen, deren unberechenbare Folgen für sein Gemüth ein abgestumpftes Gewissen, deren Nachtheile in der Achtung der Mitwelt rohe Rachsucht, deren unauslöschliche Wirkung zur Schmälerung seines Nachruhms blinde Furcht übersahen [2]). Waltheov wurde im folgenden Jahre aus seinem Kerker zu Winchester bei Anbruch der Morgenröthe vor die Stadt geführt und ihm von den Henkersknechten, welche vor Furcht, daß die Bürger erwachen und den vielverehrten Mann befreien möchten, bebten, ehe er noch das kurze Gebet zum Vater Unser hatte beendigen können, das Haupt abgeschlagen. Der Körper wurde dann nach dem Kloster Croyland gebracht und daselbst beigesetzt. An seinem Grabe wurden von den Angelsachsen viele Gebete ge-

1075 31. Mai

---

1) Ingram übersetzt das Chron. Saxon. h. a. sume wurdon getawod to scande durch: Some were towed to Scandinavia. Der Sinn ist aber, wie auch Matthäus von Paris hier übersetzt: nonnullos patibulo fecit suspendi.

2) Vergl. auch Orderic. p. 544.

sprochen und noch in späten Jahren wunderbarer Trost und Muth empfangen. Die Grafschaften Huntingdon und Northampton behielt Judith, bis sie es verweigerte dem Könige Wilhelm zu gehorchen, als dieser ihre Verheirathung mit Simon von Senlis, dessen vornehme Abstammung ihr keinen Ersatz für sein hinkendes Bein schien, verlangte. Der erzürnte Despot nahm ihr darauf die Grafschaften, welche jener Simon erhielt, der später die älteste Tochter der Judith zu ehelichen sich entschloß [1].

In diese Zeit fällt auch eine Maßregel, welche, wenn sie auch auf dem von Landfrank zu London gehaltenen Nationalconcilium beschlossen wurde [2], wahrscheinlich vom Könige selbst ausging, nämlich der Beschluß, diejenigen Bischöfe, welche noch in Dörfern lebten, nach Städten zu versetzen. Für den Buchstaben dieses Beschlusses sprachen uralte Kanones der Päpste Damasus und Leo; doch hatten diese schwerlich, wenn sie von Dörfern sprachen, ähnliche Ortschaften vor Augen, wie sie hier vorhanden waren. Dagegen gewann Wilhelm sehr dadurch, wenn er seine normannischen Bischöfe in diejenigen Städte brachte, wo sie durch die von ihm angelegten Burgen geschützt wurden, so wie er dort die Angelsachsen, welche noch in solchem Amte verblieben waren, besser beobachten und zügeln konnte. Es wurden demnach die Bischofsitze von Shirburn nach Sarum, von Selsea nach Chichester, von Litchfield nach Chester verlegt. Sarum, seit der späteren Anlage des benachbarten Salisbury, Alt-Sarum, war nur eine Ritterburg, erhaben gelegen und wohl ummauert; Bürger kannte man daselbst noch nicht [3]. Chichester war vom Könige dem Roger von Montgomery, Grafen von Arundel und Shrewsbury, verliehen. Die Zahl der Häuser daselbst nahm in diesen Zeiten zu, doch finden sich in Domesday nur neun Bürger daselbst verzeichnet, woraus sich wohl ergibt, daß die Angelsachsen aus dieser, den Normannen in der Nähe ihrer Heimat wohlgelegenen Stadt

1) Ingulph. p. 72.

2) Wilkins Concil. T. I. p. 365.

3) Vice civitatis castellum est, locatum in edito, muro vallatum non exiguo. Malmesb. pontific. l. II. Domesday.

vertrieben und von den neuen Ansiedlern ersetzt waren. Che=
ster mit den alten römischen Mauern, welche noch bis heute
sich erhalten haben, war für die normannischen Bischöfe ein
ähnliches Asyl. In ähnlichem Geiste verlegte bald auch der
Bischof Remigius seinen Sitz aus dem alten Dorchester in
die Feste zu Lincoln; Herfast den seinigen von Helmaham nach
Thetford. In den Städten, welche ihre Bischöfe bei sich be=
hielten, waren starke, von den Normannen neubefestigte Bur=
gen, wie uns deren in Durham, Rochester, Exeter u. a. be=
kannt sind. Bemerkenswerth scheint es uns auch, daß diese
Maßregel ein Vorbild in der halbnormannischen Zeit König
Eadwards gefunden hatte, durch einen der von ihm in das
Land gerufenen Fremden vor der gewaltsamen Vertreibung der
normannischen Günstlinge, nämlich durch den Bischof Leofrik,
einen Lothringer, welcher im Jahre 1050 seinen Sitz aus Cre=
diton in das feste Exeter verlegte.

Mit der Ermordung Waltheovs verließ den König sein
altes Glück: Leidenschaftlichkeit, Jähzorn und alle jene Stürme,
wodurch die sich selbst ertödtende bessere Stimme unbewußt
das Auge des Geistes verdunkelt, ließen keinen seiner spätern
Pläne gedeihen. Selbst die Bestrafung des vorzüglichsten
Schuldigen in der Sache, für welche Waltheov hingerichtet
ward, gelang ihm nicht. Er hatte den Rabulf von Suaber
in die Bretagne verfolgt und denselben in der Burg Dol be=
lagert, eidlich betheuernd, daß er sie uneingenommen nicht ver=
lassen wolle. Doch Allen Fergant, der Graf von Bretagne,
des Herzogs Hoel Sohn, und eine vom Könige Philipp von
Frankreich ausgesandte Kriegerschaar [1]) eilten zum Entsatze der
Feste herbei, und der stolze Monarch sah sich gezwungen, mit
Zurücklassung bedeutender Schätze, auf funfzehntausend Pfund
Sterling damaliger Währung angeschlagen, die Belagerung
aufzuheben und vor dem heranrückenden Feinde zu fliehen. Wil=
helm erkannte sogar, daß er Bundesgenossen suchen müsse und
solchen selbst in dem Erbfeinde seines Reiches nicht verschmähen

---

1) Chron. Saxon. a. 1076. Florent. a. 1075. Malmesbur.
p. 106. Daß die Chronologie des Florenz die richtige ist, ergibt sich
auch aus den Worten des im Jahre 1075 zu London gehaltenen Conci=
liums: regis, qui in transmarinis partibus tunc bella gerebat.

dürfe. Er ließ daher dem Grafen von Bretagne Frieden und
Freundschaft, sogar die Hand seiner Tochter Constanze anbie=
ten, welche dieser freudig annahm. Diese Verbindung erfüllte
ihren Zweck, friedliche Verhältnisse zwischen den Bretons und
den Normannen herbeizuführen, und obgleich die freundliche, ver=
ständig vermittelnde Frau nach funfzehn Jahren kinderlos ver=
starb, so erhielt sich doch die durch ihr Wirken begründete ver=
söhnliche Stimmung in den Fürstengeschlechtern und den Völ=
kern [1]).

Ungern, wenngleich ohne Furcht, hatte Wilhelm die Wap=
penschilde des Königs von Frankreich in den feindlichen Schaa=
ren wahrgenommen. Die enge Verbindung mit dem Hofe von
Rouen, welche die Schwäche und die Politik des Hofes von
Paris früher so oft gesucht hatte, war zerrissen und dieser hatte
zu spät erkannt, daß der Erwerb eines Königreichs den gefähr=
lichen Lehnsmann nicht entferne, sondern nur die Gefahr sei=
nes Lehnsherrn vergrößere. Der Wunsch, die natürliche Eifer=
sucht des Letztern zu beschwichtigen, war vermuthlich einer der
Gründe, welche Wilhelm bewogen, seinen ältesten Sohn Ro=
bert zu seinem Erben in den väterlichen Besitzungen kurz vor
der Schlacht bei Senlac und bei einer spätern Veranlassung
feierlich zu erklären und die normannischen Großen ihm hul=
digen zu lassen. Aus demselben Grunde waren die Rechte auf
Maine bereits früher nicht dem Vater, sondern demselben
Sohne zugesichert. Der König war jedoch weit entfernt die=
sem oder anderen Söhnen irgend Rechte abzutreten und er hielt
diese vielmehr so strenge gezügelt, daß von der großen Beute
in England ihnen keine Hufe verliehen wurde [2]). Für die
Vorenthaltung von Maine bot sich ein Grund in dem frühen
Tode der Margarethe, der Verlobten Roberts, dar [3]). Robert,
in Waffen wohlgeübt, kühn, nach der Weise seines Volks be=
redt, doch leidenschaftlich und ein Verschwender, hatte jedoch

---

1) Orderic. l. IV. p. 544. Eine ganz abweichende Darstellung
dieser Begebenheiten bei Daru a. a. O. Th. I. S. 107—109. wird
durch die von ihm angeführten Quellen nicht begründet.

2) Ellis a. a. O. Th. I. S. 321.

3) Guil. Pictav. p. 190. Orderic. p. 545.

kaum die Jahre der Mündigkeit erreicht, als er nicht länger
zur Marionette in des Vaters politischem Puppenspiele dienen,
sondern die absichtliche Täuschung zur Wahrheit umschaffen
wollte. Im Jahre 1074 und also vermuthlich nicht ohne Zusammenhang mit den Anmaßungen der jungen normannischen
Großen in England, entspannen sich Streitigkeiten zwischen
Prinz Robert und seinem Vater, welche zu den ernstesten Folgen führten. Jener verlangte von letzterem die Normandie und
Maine, worauf dieser ihm mit lang gesponnenen Reden und
mit Hinweisungen auf Absalon und dessen weise Rathgeber
Achitophel und Amasa erwiderte. Der übermüthige Prinz erklärte aber seinem königlichen Vater: „er sei nicht hergekommen
kluge Reden zu hören, mit denen er längst bis zum Ekel von
pedantischen Lehrern gesättigt sei. Die ihm gebührende Ehre
verlange er, da er nicht länger als Söldner unter Söldnern
dienen wolle." Der Vater zeigte sich jedoch durchaus abgeneigt
irgend einen Theil der ihm von Gott verliehenen und von dessen irdischem Stellvertreter bestätigten Herrschaft abzutreten.
Der Prinz, welcher von seinen Lehrern rhetorische Floskeln,
aber nicht die Fügsamkeit, welche das Leben früher vom Jünglinge zu heischen pflegt als es ihn dieselbe lehrt, gelernt hatte,
entgegnete mit fester Stimme: „so wolle er denn gleich dem
Thebaner Polynices in die Fremde ziehen und dienen, dort die
Ehre suchen, welche die väterlichen Laren ihm verweigerten:
möge er einem neuen Adrast begegnen, welcher dereinst seine
Treue ihm freudig lohne [1]!" Ein zufällig erhobener Streit mit
seinen jüngern Brüdern, welche ihm von dem Vater bevorzugt
schienen, während ihn die Mutter begünstigte, brachte Robert zu
solcher Vergessenheit seiner Pflichten, daß er sich der Burg zu
Rouen zu bemächtigen suchte; ein Vorhaben, welches durch die
Wachsamkeit des königlichen Schenken und Burgwarten, Roger
von Ivery, mislang [2]. Robert floh nunmehr aus dem Lande,

1) Anspielungen auf die Mythologie des classischen Alterthums sind
dem Orderic so fremd, daß wir wohl glauben dürfen, in diesen Reden
diejenigen des der Schule eben entwachsenen, zum Vergessen noch nicht
herangereiften Prinzen nachhallen zu hören.

2) Der von Orderic am Schlusse des vierten Buchs erzählte Vorfall gehört in dieselbe Zeit als dasjenige, was er B. V. S. 570. mittheilt.

von ben Angesehensten unter bem jugendlichen Abel begleitet,
unter benen uns genannt werden: Robert von Bellesme, Sohn
bes Roger von Montgomery, Grafen von Shrewsbury, Raoul
von Conches, Bannerherr ber Normandie, Wilhelm von Breteuil, bes Wilhelm Fitz Dsbern Sohn unb Grafen Roger von
Hereford Bruder, Roger, Sohn bes Richard von Bienfait,
Robert von Molbray, Wilhelm von Molines, Wilhelm von Ru-
peria unb Anbere. Hugo von Neufchatel, ein Schwager bes
Robert von Bellesme, nahm bie Flüchtigen, beren Güter Wilhelm sogleich einzog, auf unb öffnete ihnen seine Burgen Neufchatel, Reymalart unb Sorel. Der König von Frankreich erklärte sich günstig für Robert, unb alle mit ber Normandie in
unmittelbarer Verbindung stehenben Völkern schwankten, ob sie
bem Vater ober bem Sohne folgen sollten. Jener entschied bie
meisten ber Schwankenden zu seinen Gunsten durch ben Entschluß, mit Rotrou, bem Grafen von Mortagne, Frieden zu
schliessen unb mit beffen Hülfe Reymalart zu belagern. Die
Feste wurde nach Hugos raschem Tode von seinem Sohne Gul-
fer übergeben unb Robert floh mit seinen Freunden zu seiner
Mutter Bruder, bem flandrischen Grafen, Robert bem Friesen.
Von biesem zog er zu Ubo, bem Erzbischofe von Trier [1]), unb
von ba zu anderen Herzogen, Grafen unb Burgherren in Lothringen, Alemannien, Guienne unb Gascogne, aller Orten über
seinen Vater sich beschwerenb unb Hülfe suchenb. Auch erhielt
er viele unb reiche Gaben, welche er jeboch an Schmarotzer,
Gaukler unb Kebsweiber verschleuderte, weshalb er balb wieder
betteln unb Schulden machen musste. Endlich entschloß sich
ber König von Frankreich ihn aufzunehmen. Er räumte ihm
bie Hälfte ber Burg Gerberoy im Beauvoisis ein, von welcher ausfallend Robert häufig bas Land seines Vaters verheerte.
Dieser belagerte bie Burg mehrere Wochen hinburch. Bei einem Ausfalle wurde bas Roß, welches Wilhelm ritt, getödtet;
Tokig, Wiggods Sohn, welcher ihm ein anderes brachte, wurde
erschossen [2]). Von einem Ritter aus ber Schaar ber Feinde

---

1) Orberic S. 570. irrt, wenn er benselben, einen Sohn bes Grafen Eberhard ex gente Alemannorum (f. Gesta Trevirorum c. 58.),
für ben Bruder bes Grafen Robert von Flandern ausgibt.

2) Chron. Saxon. a. 1079. Nach Orberic B. V. S. 570 a. per

angegriffen, wird er am Arme verwundet und stürzt vom Pferde. Ein Schmerzens= und Hülferuf entflieht ihm, den vernimmt der Gegner, der von seinem Rosse herabspringt und dem zu spät erkannten Vater daselbe anbietet. Wilhelm gab die Belagerung auf und kehrte nach Rouen zurück, wo endlich Roger, der Graf von Shrewsbury, und andere normannische Große, deren Söhne und Verwandte unter des Prinzen Um= gebungen waren, ihn bewogen, seinem Sohne die früher ver= heissene Normandie zu übertragen. Nach kurzer Frist, inner= halb welcher Robert auf einen Feldzug gegen Schottland ge= sandt wurde[2]), waren Vater und Sohn jedoch aufs neue ent= zweiet und dieser kehrte wiederum nach Frankreich zurück; wo er verweilte, bis jener den Grafen Alberich zu ihm mit der Bitte absandte, das Herzogthum wieder zu übernehmen.

Es kann kaum ein lehrreicheres Beispiel geben, um zu erkennen, wie im Mittelalter die Staaten bestanden, als Wil= helms Regierung. Ein fremdes Volk, welches ihn haßte, seine Großen, unter denen sein Bruder, welche sich gegen ihn em= pörten, sein Sohn Jahre lang an der Spitze einer Verschwö= rung gegen ihn, kaum ein mächtiger Nachbar, der nicht in jedem Augenblicke bereit war die Waffen gegen ihn zu er= greifen, eine Fehde und ein Aufstand nach dem anderen, und dennoch alles dieses so getrennt und ohne Kunde von ein= ander, ihrer gemeinschaftlichen Neigungen und Zwecke so un= bewußt, daß der Regent nicht zu besorgen brauchte, daß er dem allgemeinen Hasse unterliegen könne. Wie sehr die= ser Haß vor Allen bei den Angelsachsen fortgährte, zeigten um die gedachte Zeit die Vorfälle in Northumbrien. Seit Waltheovs Verurtheilung war die Grafenwürde, wie in Kent der Bischof von Bayeux sie erhalten hatte, so hier dem Bi= schofe von Durham, Walcher, ertheilt. Dieser hatte die welt= lichen Geschäfte größtentheils einem Verwandten, Namens Gilbert, übertragen, vorzüglich aber handelte er nach dem Rathe des Dechanten von Durham, Leobvine. Beide mis=

extera regna ferme quinque annis pervagatus est. Er muß also im Jahre 1074 oder zu Anfang 1075 weggezogen sein.

1) Florent. h. a.
2) Simeon Dunelm. a. 1080.

brauchten das gewährte Vertrauen zum größten Nachtheile der
Eingebornen, welche mit der schärfsten Strenge unterdrückt und
deren angesehenste Männer häufig verfolgt und ermordet wurden [1]). Es ereignete sich, daß Liulf, ein angesehener Angelsachse, ein Verwandter der Grafen Aldred und Waltheov,
durch die Unrechtfertigkeiten normannischer Beamten aus den
übrigen in England weit zerstreuten Besitzungen weggescheucht,
nach Durham sich zurückzog, wo ihn der Bischof lieb gewann
und seines Rathes sich häufig bediente. Leobvine, durch dieses
seiner Habsucht und Herrschbegierde nachtheilige Verhältniß
höchst erbittert, veranlaßte den gleichgesinnten Vicegrafen Gilbert, den Liulf mit den Seinigen in nächtlicher Stunde zu erschlagen. Diese That wurde bald ruchtbar und erzeugte die
größte Erbitterung in den noch unbezwungenen Gemüthern
der Northumbrier. Der Bischof erkannte die ihm selbst und
allen dortigen Normannen drohende Gefahr und Leobvine
als deren Urheber. Er verbannte den Gilbert und seine
Genossen und ließ mit diesem Spruche zugleich im ganzen Lande die Erklärung verbreiten, daß er selbst bereit sei
von jedem Verdachte der Mitwissenschaft an jenem Morde nach
geistlichem Rechte sich zu reinigen. Die Gährung der Gemüther wurde so einigermaßen gestillt und es ward möglich, dem
Gilbert sicheres Geleit zu ertheilen, um mit den Verwandten
des Erschlagenen im Landgerichte eine Sühne zu vereinbaren.
Doch reizte die Vertraulichkeit, welche Walcher fortwährend
dem Leobvine erwies, so wie die Zuvorkommenheit, mit welcher er sogar den Gilbert wieder aufnahm, aufs neue den Unwillen des Volkes, welcher sich so lebhaft zu erkennen gab,
daß Walcher dem Gerichte unter freiem Himmel vorzusitzen
1080　nicht wagte, sondern von der benachbarten Kirche zu Goates-
14. Mai　hoved aus die Verhandlungen zu lenken beschloß. Doch Liulfs
Verwandte und andere Northumbrier, unter Anführung des
Eadulf Rus, aus dem Stamm des ehemaligen Grafen Uchtred,
von Gilberts Schuld und des Bischofes Ungerechtigkeit über-
zeugt, wollten jetzt von keinem Vergleiche wissen und erschlugen die Boten des Letzteren, welche sie vor demselben in der

---

1) Hist. episc. Dunelm. in Anglia Sacra T. I. p. 703.

Kirche zu erscheinen luden, und wen sie sonst von des Bischofs Leuten, mit Ausnahme einiger Angelsachsen, vor der Kirche antrafen. Walcher vermochte den Gilbert, von der bischöflichen Leibwache begleitet, dem Volke entgegenzutreten. Doch wurde dieser mit seiner ganzen Umgebung, wie sie vor die Kirchenpforte traten, von todbringenden Speeren und Schwertern getroffen. Die tobende Menge rief jetzt nach dem Leobvine, welchen Walcher vergeblich zu bereden suchte, die Kirche zu verlassen. Der Bischof selbst trat jetzt an die Schwelle um für sein eigenes Leben zu flehen, das ihm nicht zugesichert wurde. Auf die Heiligkeit seiner Würde vertrauend, suchte er, das Haupt in den Bischofsmantel eingehüllt, unbesonnen das Kirchenasyl verlassend, einen Weg durch die Menge und Rettung zu finden. Aber nur wenige Schritte und der Fürstbischof war von den Schwertern der erbitterten Unterthanen niedergemetzelt. Doch auch jetzt wagte keiner aus der Menge selbst in das Heiligthum der Kirche zu bringen, um den Leobvine zu erschlagen, welcher in jenem noch immer auf Rettung hoffte. Da schlug plötzlich, von darauf geschleuderten Fackeln entzündet, das Dach der Kirche über seinem Haupte in Flammen aus, welche die Wände gleich ergriffen. Auch hier noch blieb er standhaft an der geweihten Stätte, bis halb verbrannt, vom Schmerze betäubt, er in die ausserhalb des Friedhofs gezuckten Schwerter stürzte und von den Wüthenden in unzählige Stücke zerhauen wurde [1]. Die Angelsachsen eilten nunmehr nach Durham, um die dortige normannische Besatzung niederzumetzeln und der

1) Ich bin der Erzählung des Simeon von Durham z. J. 1080 und 1072, der am besten unterrichtet sein musste, gefolgt. Mit ihm stimmt auch Wilhelm von Malmesbury (de gestis regum so wie de gestis pontif.). Lingard mischt Theile aus einer von ihm nicht nachgewiesenen Erzählung ein, welche Thierry, doch unter Angabe der Quelle, ganz aufnimmt. Diese ist der viel neuere Chronist Matthäus von Paris, welcher den Mord des Bischofs von Durham, Walter (!), in das Jahr 1075 (!!) setzt. Irrige Angaben der angedeuteten Art dürfen bei den abweichenden Erzählungen neuerer Chronisten doch nicht übersehen werden, selbst wenn diese unserem Mitgefühle oder unserem Vorurtheile schmeicheln sollten. Matthäus von Paris vermengt vermuthlich die Erzählung von der Ermordung des Walcher mit einer andern von einem ungerechten normannischen Bischof, vielleicht Walter von Hereford.

Burg sich zu bemächtigen. Doch kam jene ihnen zuvor und wusste hinter den neubefestigten Mauern gegen das Anbringen der ungeordneten und ungeübten Masse sich bis zum dereinstigen Entsatze zu schützen[1]. Dieser und zugleich die Rache des Königs folgten bald; das unglückliche Land musste wiederum für das gesetzwidrige Naturgefühl seiner am schwersten verletzten Einwohner büßen. Ein anderer Graf, Bischof Odo, zog nach Durham, nicht um Gericht zu halten, sondern um mit Feuer und Schwert zu verheeren und den zu erschlagen, dessen seine Krieger ansichtig wurden, wenn er die Brandschatzung und das Lösegeld nicht sofort herbeischaffen konnte. Ein Freund Odos, Wilhelm, einst Mönch zu St. Karileph, hernach Abt des Klosters St. Vincent, erhielt das erledigte Bisthum; ein Mann, der gleich anderen normannischen Geistlichen, nicht durch geistliche Gaben, sondern durch die Fähigkeiten des Hofmannes, des Sachwalters, des Kriegers zum Kirchenregimente gelangte. Doch waren solche Männer dem Eroberer unentbehrlich, welcher selbst in dem Mönche nur ein Kriegswerkzeug sah, welches die Zersplitterung Englands in mehrere Staaten verhindern sollte. Die Grafschaft blieb jedoch hinfort vom Bisthume getrennt und wurde zunächst einem Normannen, Aubrey, dessen Name jedoch nicht lange gehört wird, sodann dem Robert von Mulbray übertragen[2]. König Malcolm ließ diese Bewegung an seiner Grenze nicht unbenutzt, doch die Absendung eines normannischen Heeres unter Herzog Robert genügte, alle ferneren Feindseligkeiten zu beschwichtigen[3].

Nach den letzten Siegen, welche Wilhelm über die Feinde in dem unterjochten Volke so wie unter seinen eigenen siegreichen Baronen gewonnen hatte, fand er auch Muße zu einem Zuge nach Wales. Die Waliser, obgleich in unzählige Erbfolge-Streitigkeiten ihrer fürstlichen Häuser verwickelt, waren, durch das Gebirge geschützt, wiederholt in England eingedrungen, wo sie in Glocester Spuren ihrer Verheerungen

1081

---

1) Simeon l. l. a. 1072. Eiusd. Histor. Dunelm. l. III. c. 24.

2) Eiusd. Hist. Dunelm. l. IV. c. 4.

3) Idem de gest. reg. Angl. a. 1080.

hinterliessen [1]), aber auch häufig vor dem normannischen Pfalz-
grafen zu Chester, Hugo, und andern normannischen Rittern
weichen mussten. Wilhelm erkannte, daß diese von der Natur
zu sehr beschützten Feinde allmälig durch Streifzüge gedemü-
thigt werden müssten, und hatte zu diesem Zwecke nicht nur
die Grafschaft Chester mit so großer Macht begabt [2]), sondern
auch andern Rittern an der Grenze von Wales, wie dem Wilhelm von Ogy zu den Gütern Wollerton (Salop) und Lu-
berham, die Freiheit ertheilt, mit seinem guten Schwerte den
Walisern zu nehmen was er vermöge [3]). Robert von Avrenches, ein tapferer, gewandter und beredter Ritter, aus altbä-
nischem Stamme, einst schon unter König Eadward in diesem
Kriege geübt [4]), nach seiner Burg Rudbhlan benannt, des
Grafen Hugo erster Hauptmann, hatte den angesehensten Fürsten von Wales, Blethyn ap Confyn, in die Flucht geschlagen (starb ums Jahr 1073), und dessen Nachfolger Trahaern
ap Caradoc, die Könige Hoel und Griffith ap Conan waren in
seine Gefangenschaft gerathen [5]). Später erscheint Trahaern als
befreundet mit normannischen Rittern, welche er als Bundesgenossen wiederholt in das südliche Wales bis zu Dyved und
Carbigan (1071) geführt hatte, doch Caradocs früher Tod un-
terbrach diese Verhältnisse, und dem Könige Wilhelm blieb der
Genuß, von den Stammgenossen der verhaßten Bretons den
Eid der Huldigung und Geiseln zu erzwingen. Nicht ohne
Lächeln lesen wir bei den walifischen Schriftstellern, daß der
König von England damals eine Pilgerschaft nach St. Davids
begangen habe [6]), um bei den Reliquien des heiligen Bischofs
zu beten; aber Tausende von Gewaffneten begleiteten ihn und
viele Hunderte fielen unter beiden Völkern. Die englischen

1) Domesday schreibt sie dem Caradoch zu, vermuthlich ist Trahaern ap Caraboc gemeint.

2) S. oben S. 94.

3) Monasticon Anglicanum.

4) Orderic. Vital. l. VIII. p. 669.

5) Orderic. p. 671. D.

6) Powell l. l. p. 110.

Schriftsteller gedenken dieses Kriegszugs kaum[1]), und es ist um so wahrscheinlicher, daß er, da Graf Hugo und Robert von Rubbhlan (Roelent) ihr Amt im nördlichen Wales kräftig und wachsam wahrnahmen, auf die südwalisischen Staaten beschränkt wurde[2]).

König Wilhelm hielt es stets für rathsamer oder angenehmer in der Normandie zu verweilen, während sein Bruder, Bischof Odo, die Regierung Englands für ihn führte. Da dieser sich seiner Sache treu erwies und die Angelsachsen mit jedem Jahre geduldiger wurden, so ließ Wilhelm ihn gewähren, wenn er unzählige Schätze als Kriegsbeute, Abgaben und Gerichtssporteln erpreßte. Doch genügte dem ehrgeizigen Manne die ausgedehnte Macht und der fast fabelhafte Reichthum, den er selbst durch Sparsamkeit zu vermehren wußte, noch immer nicht. Die Erhebung des Landfrank zum Erzbischofe von San-

1) Die Hauptstelle ist im Chron. Saxon. a. 1081: So cyng laedde fyrde into Vealan and thaer gefreode (Ingram übersetzt freed?) fela hund manna. Florenz und Simeon haben diese Stelle nicht aufgenommen; kurz Huntingdon: Rex W. duxit exercitum in Walliam et eam sibi subdidit, und aus ihm wörtlich Rabulf be Diceto z. J. 1080 bei Twysden S. 487. Ähnlich Bromton b. Jahre 1080. Annal. Waverleienses a. 1080. setzen hinzu: et multi ex utraque parte perierunt. Matthäus von Paris, stets verworren, sagt z. J. 1079: W. duxit in Walliam exercitum copiosum et eam sibi subingavit et a regulis illius ditionis homagia et fidelitates accepit, womit sein Namensgenosse von Westminster z. J. 1079 fast wörtlich übereinstimmt.

2) Dieser Ansicht würde Chron. Saxon. a. 1087. entgegenstehen, wenn Ingram der richtige Dolmetscher desselben wäre: Brytland him waes on gevealde et he thaer inne casteles gevrohte and thet mann-cynn mid ealle gevealde. Ingram: The land of Britons was in his power and he wrought castles therein; and ruled Anglesey withal. Die Annal. Waverleienses h. a. haben schon richtiger übersetzt: Habuit etiam Britanniam in potestate sua et in ea castella fecit et gentem illam sibi acclivem fecit. Heinrich von Huntingdon scheint einen Zweifel über den Sinn des Worts Brytland gehabt zu haben und übersetzt: Britanniam sibi acclivem fecerat .... Walliamque rebellantem in suam acceperat ditionem; denn so scheint aus Bromtons Excerpte S. 981. Saviles sinnloser Abdruck: Walliamque reverendus in suam acceperat, zu berichtigen.

terbury scheint er als eine Zurücksetzung empfunden zu haben, und immer lebhafter entwickelte sich in ihm der Wunsch, zu höheren geistlichen Würden zu gelangen. Gedenken wir der Verhältnisse der Normannen in Süd=Italien und der vielfachen Verbindungen dieser mit ihren Stammgenossen in der Normandie und England, so wird es uns weniger auffallend erscheinen, wenn Odo die Hoffnung nährte, bereinst mit List, Geld und Gewalt sich den päpstlichen Stuhl zu erobern; blicken wir auf die damaligen Verhältnisse Gregors VII., welcher mit den apulischen Normannen sich befreundet, die zweite Belagerung Roms durch König Heinrich IV. kaum überstanden hatte und rastlos durch seine Legaten in allen Ländern Hülfe suchte, so wird es uns höchst wahrscheinlich, daß der schlaue Papst den mächtigen Bischof, welcher jene schnöden Angelsachsen bekriegt hatte, als Condottiere zur Vertheidigung Roms gegen die Deutschen zu sich heranzuziehen und selbst durch die Aussicht der Nachfolge auf den päpstlichen Stuhl zu locken, durch seine Boten heimlich versuchte. In Rom ward eine Weissagung verbreitet, daß Hildebrands Nachfolger ein Odo sein würde; ein Ausspruch, welcher sich auch erfüllt hat, da der Bischof von Ostia dieses Namens als Urbanus II. bald nach jenem und der kurzen Regierung Victors III. den Fischerring Petri erhielt. Der Bischof von Bayeur aber deutete die Weissagung auf sich, ließ bereits einen Palast zu Rom sich ankaufen, welchen er mit staunenswerther Pracht ausschmückte, und erwarb sich durch große Gaben die Gunst und Stimme vieler römischer Senatoren. Den mächtigen Grafen von Chester, Hugo von Avrenches, und viele andere Ritter bewog er, ihm über den Apennin zu folgen, und so vereinten unersättliche Ruhm= und Habsucht und der unversiegliche Durst nach Abenteuern eine Schaar tapferer Männer unter Odos Leitung, welche ohne des Königs Genehmigung England zu verlassen beschlossen. Schon waren sie zu dieser Fahrt eingeschifft und auf der Insel Wight gelandet, als Wilhelm, von dem Vorhaben benachrichtigt, ihnen unerwartet entgegenkam. Das Project seines Bruders mußte seiner ungetrübteren Einsicht unausführbar, die Erreichung desselben vielleicht selbst nicht wünschenswerth, das drohende Misverhältniß mit dem deutschen Könige durfte dem viel=

befeindeten Wilhelm besorglich erscheinen, die Weise aber wie
Odo das seiner Obhut anvertraute Land verließ, war Hochverrath. Der König trug diese Anklage gegen seinen Bruder
bei den Magnaten vor, und da Niemand denselben gefangen
zu nehmen wagte, so war er selbst der Erste, welcher die Hand
an ihn, wie er sagte, nicht an den Bischof, sondern an den
Grafen von Kent legte. Odo wurde in Fesseln geschlagen, verlor seine Würden und Besitzungen in England und blieb bis
zu Wilhelms Tode ein Staatsgefangener im Thurme zu Rouen,
seine ungeheuren Schätze, zum Theil in Säcken auf dem
Boden der Flüsse vergraben aufgefunden, wurden zum Besten
der Krone eingezogen. Gregor unterließ nicht sich über dieses
die geistliche Autorität so tief verletzende Verfahren zu beschweren und verlangte, nach der im Jahre 1084 durch Herzog Robert Guiscard erfolgten Befreiung Roms, in sehr milder Sprache,
die Entlassung des gefangenen Bischofs, welche er indessen nicht
erreichte und auch zu erreichen wohl nicht hätte erwarten dürfen [1]. Wilhelm hatte sich dem päpstlichen Stuhle in allen
Stücken, welche die Kirchenlehre und die herkömmlichen Rechte
der Curie angingen, stets gefällig erwiesen, und blieb auch
dem Papste Gregor IX. persönlich so treu, daß er die Abgeordneten des Gegenpapstes Wibert nicht annahm; doch verminderte
sich seine Nachgiebigkeit sehr, seitdem er in der Herrschaft Englands sich befestigt hatte. Selbst Landfrank übte keinen Einfluß
über ihn, wenn Gregor von ihm verlangte, was die weltliche
Herrschaft zu beeinträchtigen drohte. Als während der mehrjährigen Abwesenheit des Königs in Frankreich, seine Stellvertreter in England von den verarmten Angelsachsen und den

---

1) Malmesbur. l. III. p. 111. Orderic. l. VII. p. 647. Florent. a. 1082. Registram Gregorii VII. l. XI. cap. 2. und Fragment
eines Briefs Gregors an seinen Freund Hugo, Erzbischof von Lyon.
Robert Wace weiß nichts von Odo's Plänen auf das Papstthum, stellt
ihn aber dar, als ob er nach der königlichen Würde getrachtet habe, was
auch Andere, die von mir angegebene Beziehung derselben auf die gleichzeitigen Ereignisse in Italien übersehend, vermuthet haben. Diese bedach-
ten auch nicht, daß Graf Hugo, wenn jene Pläne unmittelbar gegen den
König geschmiedet waren, nicht hätte im Besitze seiner Würden verbleiben können.

habsüchtigen normannischen Baronen den Peterspfennig sehr nachlässig hatten einsammeln lassen, besandte Gregor den König durch den Legaten Hubertus. Dieser Beschwerde wurde sogleich bereitwilligst abgeholfen [1]. Als aber Hubertus den wichtigen Antrag machte, daß der König dem stolzen Kirchenfürsten und seinen Nachfolgern Lehnstreue schwöre, so lehnte jener dieses Ansinnen in den entschiedensten Ausdrücken ab [2]. Selbst die Vorstellungen, welche der Papst bei der Königin Mathilde anzubringen, die Verwendung, welche er bei Herzog Robert zur Herstellung des friedlichen Vernehmens mit dessen Vater zu machen nicht verschmähte, führten ihn in seinen Hauptzwecken nicht weiter. Eben so erfolglos blieb ein Schreiben, welches Gregor in den Tagen seiner höchsten Macht, als er König Heinrich IV. zum zweiten Male mit dem Bannstrahle belegte, doch auch weltliche Hülfe gegen denselben suchte, an Wilhelm richtete, in welchem er manchen Wünschen desselben entgegenkommend ihn an die großen Dienste mahnte, welche er selbst noch vor der Erlangung der Tiara ihm zur Erlangung seiner Königskrone geleistet habe, und mit angemessenen Verheissungen und Schmeicheleien zu bereden suchte, dem päpstlichen Stuhle Gehorsam zu leisten [3]. {1080 24. April}

Wilhelms Betragen gegen die übrige Geistlichkeit entsprach demjenigen, welches er gegen ihr Haupt beobachtete. In der Besetzung der Abtstellen verfuhr er sehr willkürlich, mehr dem Rathe seiner Barone als dem der Kirchenhäupter folgend [4]. Gregors Lob, daß Wilhelm die Abteien nicht verkaufe, war ironisch, oder sollte den Wunsch und das Bestreben erwecken, wirklich verdient zu werden. Die ungeeignetsten Mönche entnahm er den normannischen Klöstern, um ihnen die reichsten

---

1) Im Auslande hatte er sich dadurch großen Ruf erworben: Willelmus rex, qui totam Anglorum terram Romano pontifici tributariam fecit, nec aliquem in sua potestate aliquid emere vel vendere permisit, quem apostolicae sedi inobedientem deprehendit. Bertholdi Constantiensis Chronic. a. 1084.

2) Lanfranci epist. 7. 8.

3) Registrum Gregorii VII. l. VII. ep. 23. 26. 27.

4) S. den Brief des Abts von Fécamp an den König in Mabillon Anal. T. I. p. 228.

angelsächsischen Abteien anzuvertrauen. Unter manchen anderen
läßt sich hier Thurstan nennen, ein Mönch zu Caen, welchen
der König zum Abte des alten Klosters zu Glastonbury erhob.
Dieser vergeudete mit seinen Landesgenossen die aufgehäuften
Schätze des Klosters, während er sich nicht begnügte, die Mönche
zu strengster Befolgung der Ordensregel anzuhalten, sondern
sie sogar darben ließ. Eine willkürliche Abänderung des alten
gregorianischen Kirchengesanges, statt dessen er einen anderen
von Johannes, dem Abte von Fécamp, gesetzten einführen
wollte, veranlaßte durch seine kirchenfrevlerischen Gewaltthätigkeiten ein kriegerisches Scharmützel in der Kirche und am Altare die Ermordung mehrerer und die Verwundung vieler Mönche.
Thurstan wurde nur mit dem Verluste der Abtei und Zurück-
sendung in sein normannisches Kloster bestraft. Dem Erzbischofe Landfrank erschien selbst diese Buße zu strenge, welcher
dem Abte anrieth, dem Könige durch Freunde und treue
Vermittler ein Sühngeld anbieten zu lassen und allenfalls
über dessen Ausschlagung sich nicht zu betrüben. Auch erlangte
Thurstan die Abtei Glastonbury von Wilhelms Nachfolger für
500 Pfund Silber sogleich wieder [1].

Begebenheiten dieser Art trugen sich häufig zu, wenn sie
gleich nur selten mit ihren näheren Umständen verzeichnet worden sind. Nur Ein Verdienst pflegt den meisten dieser Prälaten normannischer Abkunft zuerkannt zu werden, dasjenige, auf
die Errichtung oder Erneuerung der Abteien, Kirchen und anderer zu denselben gehöriger Gebäude viele Anstrengungen und
Sorgfalt verwandt zu haben. Unleugbar ist dieses von den
Normannen geschehen, deren Architektur bedeutende und schöne
Denkmäler hervorgebracht hat, welche noch lange dem Untergange trotzen und Bewunderung erregen werden. Doch darf
bei Würdigung ihrer Gründer nicht übersehen werden, daß
diese Architektur gleich anderen Gattungen der Baukunst aus
gegebenen nothwendigen Bedingungen hervorging, und daß die
staunenswürdige burgartige Abtei nichts Anderes als das Schloß
ist, in welchem die kriegerischen Äbte sich gegen die Befehdung
benachbarter kriegerischer Laien zu schützen gezwungen waren.

<hr />

1) Chron. Saxon. Florent. a. 1088. Laufranci epist. 53.

Auch ist hier nicht minder als im übrigen Europa keines der größeren und glanzvolleren Gebäude nur das Werk des ersten Gründers, und leicht erkennt man noch die lichtarmen, starken Mauern von Quadersteinen des ältesten Gebäus mit wenigen und engen Eingängen, welches auch ohne Wall und Graben den geistlichen Burgherrn und seine Mönche schützte.

Es waren bald zwanzig Jahre vergangen, seitdem England erobert war und die Kinder König Harolds landesflüchtig sich in die benachbarten Reiche gerettet hatten. Kaum schien der ruhige Besitz durch irgend eine Störung länger gefährdet werden zu können. Da erscholl plötzlich die Nachricht, daß der König Canut, später der Heilige genannt, Svend Estrithsons zweiter Sohn wie Nachfolger, um seine vertriebenen Anverwandten zu rächen oder eigene Erbansprüche an England geltend zu machen, zu einem Zuge gegen England sich rüste. 1084 Seine Flotte wurde auf mehr denn tausend Schiffe angegeben, sein Schwiegervater, Robert der Friese, Graf von Flandern, war bereit, zu seiner Unterstützung sechshundert zu stellen; der König von Norwegen, Olav Kyrre, schloß sich ihm gleichfalls an [1]). Wilhelm, der Stimmung der Angelsachsen nie, derjenigen der Normannen in England weniger als früher vertrauend, sammelte zahlreiche Schaaren aus der Normandie, Maine, dem übrigen Frankreich und Spanien; viele edle Ritter, unter ihnen Hugo, des Königs von Frankreich zweiter Bruder, schlossen sich ihm an und begleiteten ihn nach England, wo sie im Lande vertheilt den Einwohnern, denen ihr Unterhalt auferlegt ward, eine große Last wurden [2]). Ausserdem ward zur Deckung der Kriegsrüstungen die alte Auflage des Danegeldes mit sechs Schillingen für die Hyde ausgeschrieben [3]), welche die normannischen Lehnsherren von ihren angelsächsischen Hinterfassen wieder erpreßten [4]). Northumberland,

---

1) Malmesbur. Florent. a. 1084.

2) Ingulph.

3) Wir besitzen noch Nachrichten über den Ertrag dieser Abgaben in einzelnen Shiren in der Inquisitio Geldi, welche sich beim Exeter Domesday findet.

4) Chron. Saxonicum a. 1085. Florent. a. 1084.

so wie manche Seeküste, wo der Angriff der Dänen erwartet wurde, ward aufs neue öde gelegt, damit der Feind daselbst keine Lebensmittel und Wohnung finden sollte. Wer seitdem das unglückliche Land sah, bemerkt ein jüngerer Zeitgenosse [1]), war er fremd, so mußte er über den kläglichen Anblick des einst so wohl befestigten und reich bebauten Landes, welches so viel Fürsten nährte, seufzen, war er ein Eingeborner, so konnte er es nicht wieder erkennen. Den Einwohnern wurde selbst geboten, ihre väterliche Tracht, an denen die Dänen Freunde sogleich erkennen konnten, abzulegen und man begann ihnen die langen Bärte abzuscheeren [2]). Vielleicht waren es die großen und umfassenden Vorkehrungen, welche Canut zum Zaubern brachten und im folgenden Jahre, da eine rebellische Gesinnung unter seinen Umgebungen sich äußerte, ihn bewogen, nachdem er den Anstifter des Verrathes, seinen Bruder Olav, gefangen nach Flandern gesandt hatte, und da auch sein Heer des langen Verzugs müde war, von dem Unternehmen abzustehen [3]). Wahrscheinlich hatten auch hier die goldenen Pfeile, welche Wilhelm nie neben den eisernen sparte, gewirkt, und das Danegeld hatte so seine Bestimmung an Canuts Hofe zu Haetheby gefunden. Die bald erfolgte Ermordung des dänischen Königs durch seinen Bruder Olav oder dessen Freunde sicherte Wilhelm vor dem neuen Versuche eines Angriffs auf sein Land.

Kriegerische Maßregeln schienen jetzt dem Könige zur Sicherstellung seiner Herrschaft nicht weiter erforderlich. Die fremden Söldner wurden entlassen. Eadgar Atheling erhielt bald 1086 darauf die Erlaubniß [4]), mit einigen hundert Kriegern die Normandie zu verlassen und nach Apulien zu gehen. Seinem Sohne Heinrich ertheilte Wilhelm in diesem Jahre, als er auf Pfingsten sein Hoflager zu Westminster hielt, feierlich den Ritter-

1) Malmesbur. de gestis pontificum l. III. prolog.

2) Aelnothi Vita Canuti. Cap. 12 sq. apud Langebek SS. rer. danicar. T. III.

3) Aelnoth. l. l. Saxo Grammat. l. XII.

4) So Florenz a. 1086. Chron. Saxon. wo beak fram him von Ingram falsch übersetzt ist he revolted from him, anstatt er verließ ihn.

schlag, und veranstaltete darauf am erften Auguft eine allge=
meine Reichsversammlung zu Sarum. Diese wurde durch die
Ausdehnung, welche er der Einberufung gab, eine große Heer=
schau, wo die Zahl seiner Krieger in England jetzt auf 60,000
Mann angeschlagen wurde [1]). Er ließ sich, was in den Jah=
ren der Eroberung häufig hatte verfäumt werden müssen, von
seinen Mannen die Eide der Lehnstreue ablegen und beftätigte
dagegen ihre Besitzungen in England. Bei der Einberufung
zu diesem Huldigungsacte und Ausführung desselben diente zuerft
das vermuthlich im vorhergehenden Jahre begonnene, in diesem
vollendete, merkwürdige Domesdaybook [2]). Dieser Name wird
einem ausführlichen Regifter ertheilt, welches königliche Beamte
in den einzelnen Graffchaften über die fämmtlichen in denselben
gelegenen Landbesitzungen, die vom König unmittelbaren Lehns=
leute (tenentes in capite), so wie die mittelbaren (undertenants),
die freien Einsaffen, die Einkünfte, deren Belauf zu damaliger
Zeit und vor der Eroberung, so wie die Möglichkeit der Ver=
befferung des Ertrags, die Abgaben, den Besitzstand an hörig=
gem Vieh, Walbungen, Fischerei, Bergwerken und überhaupt
Alles, was zum genauen Katafter und Zinsbuche erfoderlich
schien, aufnahmen. Dieses Werk beruhte auf keinem älteren,
da die Sage, daß Alfred ein solches bereits aufgenommen habe,
unerweislich ift und namentlich Wilhelms Domesdaybook def=
selben nicht gedenkt, und hat auch sonst unsers Wissens in kei=
nem der damaligen Staaten in diesem Umfange ein Vorbild
gefunden. Es scheint vielmehr, daß, während bisher nur ein=
zelne Heberollen der königlichen und anderer Güter und Klöfter,
Erbebücher der Städte und ähnliche Verzeichniffe existirten, welche
Tradition und allgemeine Kunde ergänzten, das Bedürfniß des
Eroberers, über den Besitzstand in einem fremden Lande glaub=
würdige und genaue Belehrung zu erhalten, zum erften Male
eine Arbeit veranlaßte, welche die langsamen Verbefferungen

1) Orderic. Vital. l. VII. p. 649 d.

2) Die Angaben über einen früheren Anfang beruhen auf Nachrich=
ten, deren übrige Zeitrechnung erweislich irrig ift. Selbft die Angabe des
Chron. Saxon. über das Jahr 1085 könnte irrig und das Ganze das
Werk des Sommers 1086 sein.

der Staatswirthschaft in anderen Staaten erst nach mehrerer
Jahrhunderte Verlauf als wünschenswerth erkennen ließ. Vorzüglich wurde die Sicherheit der Einkünfte des Königs und
des allgemeinen Rechtszustandes bezweckt, da die Confiscation
angelsächsischer Eigenthümer, die Verwüstungen ganzer Grafschaften, die freiwillige Flucht angelsächsischer Landbesitzer, die
Streitigkeiten habsüchtiger Normannen mit den Klöstern unter
sich, die Ungewißheit über die Vererbung selbst unter den Normannen, deren Verwandte in Britannien, Frankreich und Italien zerstreut lebten, und andere aus dem gewaltsamen Wechsel
des Besitzstandes durch die Eroberung hervorgegangene Umstände
die viele schon in gewöhnlichen Zeiten vorhandene Unsicherheit des
Eigenthums sehr steigerten.   Die Aufnahme wurde durch angesehene Männer bewerkstelligt, welche die verschiedenen Shires
bereisten und daselbst die Sheriffe, Grundeigenthümer, Pfarrer
und andere glaubwürdige Männer an dazu angesetzten Gerichts-
tagen beeidigten und deren Aussagen über die obgedachten Fragen verzeichneten.   Dieses Resultat des Gerichtstags behielt als
öffentliche Urkunde immer den Werth der vor einem Gerichte
gemachten Aussage, und es scheint daher jenem Land- und Zinsbuche der Name Domesday verblieben zu sein [1]).   Es wurde

1) Auf eine Adresse des Oberhauses ließ König Georg III. einen
Abdruck dieser wichtigsten und ältesten Nationalurkunde veranstalten, welcher im Jahre 1783 in zwei Foliobänden die Presse verließ. Kelham
schrieb einen Band sehr brauchbarer Erläuterungen. Alphabetische Ver-
zeichnisse der Orts- und Personennamen ließ die Record-Commission durch
(jetzt Sir) Henry Ellis anfertigen, welcher damals auch eine verdienst-
liche Abhandlung zur Einleitung schrieb. (Gedruckt in Folio 1813.) Letztere ist mit Nachweisungen über die im Domesday genannten Individuen im Jahre 1833 sehr vermehrt in 2 Bänden 8. neu herausgegeben.
Doch darf man mit dem Verfasser selbst wünschen, daß Ergänzungen zu
seinen Erläuterungen, welche theils Kloster-Urkunden, theils die Historiker jener Zeiten liefern, bald zahlreich nachfolgen mögen. Die gedachte
Commission hat auch das Exeter-Domesday, die Inquisitio Eliensis, das
Liber Wintoniensis und Boldon book im Jahre 1810 herausgegeben,
deren beide erstere ausführlichere, im Gesammt-Domesday kürzer zusam-
mengezogene, Original-Verzeichnisse der königlichen Commissarien zu sein
scheinen. In diesen ist auch das Vieh verzeichnet, welches im Domesday
nur in Ostanglien angegeben ist, und an dessen Erwähnung daher im
Chron. Saxon. a. 1085. wir den in dieser Provinz in Peterborough woh-

mit anderen Schätzen, zu Winchester aufbewahrt (daher auch
Rotulus Wintoniae genannt); jedoch zuweilen von dem Könige
oder seinen Justitiarien auf ihren Gerichtsreisen mitgenommen.
Mehrere der nördlichen Graffchaften, Northumberland, Lanca=
fhire, Cumberland, Westmoreland und Durham, sind nicht in
demselben aufgeführt, vielleicht weil sie zu sehr verwüstet und noch
ungeordnet waren; einige südliche Strecken der ebengenannten
Graffchaften finden sich jedoch zu Cheshire und Yorkshire gezo=
gen. Auch fehlen London, Winchester und andere bedeutende
Städte, entweder weil die königlichen Commissarien nicht zu
solchem Zwecke, welcher die Haltung eines Gerichtstags voraus=
setzte, in ihre Mauern kommen durften, oder, was mir wahr=
scheinlicher ist, weil über dieselben schon die begehrte Auskunft,
soweit sie den König anging, in der königlichen Canzelei oder
der Schatzkammer vorhanden war. Manche der Angaben
sind parteiisch zu Gunsten normannischer Klöster verzeich=
net; Anderes mag in der kurzen Zeit der Arbeit aus Übereil=
lung versehen sein. Wir finden daher in den nächstfolgenden
Zeiten mehrere ähnliche Arbeiten begonnen, doch stets nur für
einzelne Districte, und keine, welche an Werth das große Do=
mesdaybook König Wilhelms übertraf. Dieses wird für die
Kunde der angelsächsischen und normannischen Verfassungen,
besonders der Rechte und Einkünfte des Königs, so wie seiner
Lehnsleute, der Verhältnisse der Städte, statistischer Angaben
jeder Art, der Geschlechter und ihrer begüterten Mitglieder und
unzähliger dem Chronisten jener Zeiten unbekannten oder als
zu bekannt oder werthlos übergangenen, der forschenden Nach=
welt aber höchst anziehenden Notizen noch lange eine uner=
schöpfte Quelle bleiben. Eine genauere Kenntniß desselben wird
die Grundlage jeder historischen Darstellung Englands, beson=
ders seiner Specialgeschichten im Mittelalter bleiben. Ein sol=
ches, größtentheils mit Zahlen geschriebenes Gemälde eignet sich

nenben Verfasser erkennen können. Die britte der genannten Schriften
ist ein Domesdaybook von Winchester (1107—1128), das letzte von der
Graffchaft Durham vom Jahre 1183. Spätere Auszüge aus Domesday
befinden sich noch handschriftlich im Kings Remembrancer Office und
ein anderer im Chapter-House, wo ich das Original des großen Do=
mesdaybook noch vor wenigen Monden eingesehen habe.

nicht zu einem verkleinerten Abriſſe des Ganzen, ſondern kann
uns nur mehr als Beleg und Erläuterung der Chroniken und
Rechtsbücher dienen. Doch wird es nicht unpaſſend ſein, hier
aus dem ungeachtet ſeiner Lücken und Mängel reichen Bilde
des politiſchen Zuſtandes von England vor dem Ende der Regierung Wilhelms des Eroberers einige weſentliche ſtatiſtiſche und
ſtaatsrechtliche Angaben zuſammenzuſtellen, welche uns einen
anſchaulichen Blick auf das Elend Englands und die Verhältniſſe ſeiner Unterdrücker geſtatten.

In allen Grafſchaften finden ſich zahlreiche Erwähnungen
von Gütern, welche Normannen ſich anmaßten, obgleich der
König oder frühere normänniſche Beſitzer ſie in Anſpruch nahmen (clamores et invasiones). Oft müſſen, auch wenn das
Eigenthum nicht beſtritten wurde, die Commiſſarien bemerken,
daß der neue Beſitzer weder Brief und Siegel über ſein an-
maßliches Lehen aufgewieſen hatte, noch durch Shiregereven in
ſeinen Beſitz rechtlich eingewieſen war.

Die Zahl der freien Eigenthümer und der unmittelbar vom
Könige Belehnten (tenentes in capite), mit Einſchluß der geiſtlichen Corporationen, betrug nicht 1400. Unter dieſen waren
die Mehrzahl Beſitzer eines Guts, doch Andere, namentlich die
Brüder des Königs, hatten große Beſitzungen über ganz England
zerſtreut; die des Biſchofs von Bayeur lagen in 17, Roberts
von Mortain in 19 Grafſchaften und in Wales. Der Bannerherr Eudo war in zwölf Shires angeſeſſen; Hugo von Avrenches, mit dem Beinamen der Wolf, zählte bedeutende Güter,
auſſer in ſeiner eigenthümlichen Grafſchaft Cheſter, in ein und
zwanzig Shires.

Von den Afterlehnsleuten laſſen ſich etwa 8000 im damaligen England namhaft machen. Doch iſt hier die Anzahl
weniger genau auszumitteln, da beſonders bei den Angelſachſen
der Name des Vaters oder ein Zuname ſich ſeltener findet als
bei den Normannen. Die Zahl der übrigen im Domesday aufgeführten Beſitzer oder Hausväter, mit Ausſchluß von etwa
25,000 Sklaven, beläuft ſich auf 250,000 [1]). Die Mönche in
den Klöſtern, die Beſatzungen der Burgen, die Bürger der

---

1) Über die Vertheilung der Sklaven in England ſ. oben Bd. I. S. 575.

Städte, welche die königlichen Commissarien nicht selbst betraten, sind nicht angedeutet. Unter Jenen sind 1000 Presbyter und 8000 Bürger der aufgeführten Städte. Über 10,000 werden freie Männer (liberi homines), über 2000 freie Männer unter Schutz (commendati) genannt. Doch sind jene so wenig wie diese als durchaus freie Eigenthümer zu betrachten [1]), und dient jene Bezeichnung wohl nur um ihre persönlichen Verhältnisse zu dem Lehnsherrn, unter dessen Herrschaft (dominium) sie oder ihre Güter stehen, anzudeuten. Beide ebengedachte Classen finden sich fast ausschliesslich in dem alten Ostanglien oder den Grafschaften Norfolk und Suffolk; etwa 300 noch in Esser, etwa 50 in Cheshire und Stafford: eine Erscheinung, die lediglich aus der starken dänischen Bevölkerung, welche in Guthrums altem Reiche sich niedergelassen und erhalten hatte, zu erklären ist.

Den Freien zunächst im Rechte standen die Sokemannen, welche für einen auf ihre schon mit dem 15ten Jahre mündigen Söhne vererbbaren Besitz, den der Lehnsherr nicht einziehen konnte, den Eid der Treue und den Lehnseid (homagium) abgelegt hatten und dadurch zum Kriegsdienste, zum Relief beim Antritt des Erbes und gewissen vertragsmässigen Leistungen und Abgaben verpflichtet waren [2]). Dass sie den vorgedachten Freien nicht gleich standen, ergibt sich schon daraus, dass auch in Suffolk und Norfolk Sokemannen sich finden; in letzterer Grafschaft sogar gegen 4600, welche Zahl ein Fünftel der unter jener Bezeichnung aufgeführten Personen (23,072) bildet. Sehr auffallend ist jedoch, in dem benachbarten Lincolnshire keine Freimannen erwähnt zu finden, so wie auch nicht in Kent, dem sie sprichwörtlich angehören, wohl aber die ganze Hälfte aller in England verzeichneten Sokemannen. Über 1000 finden sich in Suffolk, eben so viel in Northampton, über 1500 in Nottingham, gegen 2000 in Lei-

1) In dominio sunt .. III liberi homines cum III carucis. In dominio — unus liber homo cum una caruca et II bordariis. Domesday I. fol. 185 b.

2) Fleta l. L c. 8. Britton c. 66. Ein Beleg findet sich im Rotul. magnae pipae Henrici I. s. 81.: decem marcae argenti de Bochemannis de Oswardesbec.

10 *

cester, 520 in Esser, in dem veröbeten, weiten Yorkshire nicht
völlig 450; die übrigen Sokemannen finden sich in sehr geringer
Zahl in den gleich den vorhergehenden nördlich von der Wät-
linga-Straße belegenen Grafschaften, ausser in Cheshire und
Staffordshire. Südlich von diesem großen Heerwege ist kein
Sokemanne verzeichnet [1].

Dagegen findet sich in den Grafschaften des westlichen
Englands eine Classe von Leuten, welche Coliberti genannt
werden, deren Anzahl in Wiltshire, wo sie am stärksten ist,
auf 260 sich beläuft, im Ganzen aber auf 858. Wir würden sagen, daß diese Coliberti in allen südlich und westlich von
der Wätlingastraße vertheilt wären, wenn nicht in den dieser
Heerstraße zunächst gelegenen Shiren Susser, Surrey, Middle-
ser, Orford, gleichwie in dem vorgedachten nördlichen Cheshire und Staffordshire, sich die Coliberti so wenig fänden als
die Sokemannen. Es scheint aber, daß jener Name, welcher
nie in derselben Grafschaft und in keiner unverdächtigen lateinischen Urkunde angelsächsischer Klöster vor der Eroberung vor-
kommt, mit diesem identisch ist, und daß der erstere von den
normannischen Commissarien als der in ihrem französischen Vaterlande gebräuchliche [2] den Sokemannen gegeben wurde. Diese
Vermuthung wird um so wahrscheinlicher, da Coliberti auch in
den angelsächsischen Rechtsquellen nie genannt werden.

Letztere gedenken zuweilen der angelsächsischen Geburen

---

1) Als Ausnahme sind vielleicht 44 Sokemannen anzusehen, welche
in Kent und die 20, welche in Bukinghamshire sich finden. Diese zum
Theil nördlich der Wätlingastraße belegenen Grafschaften waren vermuthlich in den nördlichen District der Commissarien hineingezogen. Eine andere Ausnahme aber, welche aus den Angaben von Ellis hervorzugehen
scheint, ist ungegründet, nämlich über 6 Sokemannen in Glocestershire.
Es kann Domesday fol. 169 b. unus homo reddit VI sochs. nicht
für jene 6 Sokemannen beweisen, da jene Lesart keinen Sinn gibt; wo
vielmehr für sochs zu lesen soccos, eine Abgabe von Socken oder Schu-
hen, welche wir auch anderwärts im Domesday erwähnt finden. Siehe
fol. 167 b. In Glocestre I burgensis reddit IV soccos. Fol. 139 b.
De pastura et silva II solidos et III socos. Fol. 179 b. Ad Hereford sunt IV burgenses huic manerio reddentes XVIII socos (pro)
carucis.

2) S. Du Cange Glossarium.

oder Bures. Von diesen kommen nur 62 im Domesday vor, sämmtlich in sechs Grafschaften südlich von der Wätlingastraße, nämlich Buckingham, Orford, Hereford, Berks, Worcester und Devonshire. Sie finden sich in keiner Grafschaft, ausser dem für dieselben die Grenzscheide bildenden Buckinghamshire, mit den Sokemannen; sie jedoch mit diesen und den Coliberten für gleichbedeutend zu halten, gestattet deren Nebeneinanderstellung mit Letzteren nicht, welche in den Shiren Berks, Devon, Hereford und Worcester stattfindet [1]. Sie gehören zu der Classe der Hörigen, deren größere, freieste Masse als Villani bezeichnet werden [2]. Dieser sind gegen 110,000 aufgeführt; die meisten zählen Kent, 6597, welche mehr als die Hälfte aller in dieser Shire aufgezählten bilden, Lincolnshire 7723 Villains in der Gesammtzahl 25,305, und Devonshire, wo sich deren 8070 neben 3294 Sklaven in der verzeichneten Zahl von 17,434 finden. Die mit dem normannischen Namen Vilains bezeichnete Classe der Landleute sind vermuthlich früher in die angelsächsischen Ceorlas' einbegriffen, wenn sie gleich mit den anderen Landbauern im Allgemeinen als die Nachkommen der altrömisch-britischen Bevölkerung zu betrachten sein mögen, während die Sklaven in den später von den Angelsachsen eroberten Provinzen sich finden. Es scheint nicht daß die Normannen die Rechtsverhältnisse jener mit vielfachen Abgaben und Diensten belasteten Classe veränderten; wohl aber erhielten die alten Verhältnisse durch den harten Zwang und das rücksichtslose Gebot der neuen Herren in der That einen neuen harschen Charakter, während in dem Zustande des Landes, dem

1) Ein Glossem im Domesday fol. 38. unter Hamptonshire, welches über Coliberti „vel bures" geschrieben hat, darf gegen die vielen Stellen des Textes selbst nicht angeführt werden.

2) Der tractatus de dignitate hominum, welcher für alle andern Landleute die angelsächsischen Namen hat, stellt Villanos voran. Auch die Pflichten der Letzteren sind mit angelsächsischen Ausdrücken bezeichnet, und waren also älter als die normannische Eroberung, wenn es nicht der ganze Tractatus sein sollte. Cyrlisci vel villani wera. Leg. Henr. I. 76. §. 6. Rotul. magnae pipae Henr. I. a. 31. pag. 2. unterscheidet villani et bordarii et buri et bubulci. Vergl. vom Wergelde §. 8. bei Schmid S. 211.

Drucke allgemeiner Abgaben, ben Einquartierungen, zugleich in den vielen Zerstörungen, welche ber Krieg und die Aufstände veranlaßt hatten, die bringendsten Aufforderungen zur Schonung des Bauernstandes lagen.

Von den Vilains getrennt bemerken wir 1749 Cofcets oder Cotsäten, welche den deutschen Kothsassen entsprechen. Diese Cotsäten waren, so wie die Geburen mehr nach Mercien hingehörten, mit Ausnahme von neun in Shropshire, nur bei den westsächsischen Stämmen ber Wiltsäten, bei diesen nicht weniger als 1418, den Devonsäten, den Dorsäten und den Somersäten. Sie waren unfreier als die Vilains, doch zu weniger Diensten verpflichtet als die Geburen.

Größer ist die Zahl ber cotarii, nämlich 5054, in denen wir die deutschen Käthner wiederzufinden glauben, doch für sie keine angelsächsische Bezeichnung wissen [1]. Sie finden sich fast in allen Grafschaften südlich von ber Wätlingstraße, auch in denen wo keine Coliberti genannt sind, wie z. B. 765 in Sussex. Unter den gedachten Grafschaften fehlen sie in Cornwales, Glocester, Hampshire, Orford; nicht aber in den an jener Grenze gelegenen Berks, Hertford, wo ihrer 837, und Middlesser. Über jene hinaus sind 736 in Cambridgeshire und 16 zu Tateshale in Yorkshire.

Der Rabcheniftri sind 196 und 369 Radmannen. Fünf der Ersteren sind in Hampshire aufgeführt; alle Übrigen in den an Wales stoßenden Ländern: 137 Rabcheniftri in Gloucestershire, 47 in Herefordshire; 167 Radmannen in Shropshire, 145 in Cheshire, 24 in Herefordshire, 33 in Worcestershire [2], also sämmtlich in den Gauen ber Mägesäten oder Hecana und Hwiccas. Sie standen in ihren Verhältnissen zwischen den Freien und den Vilains.

Als eine Eigenthümlichkeit von Cheshire, welche auf die Eroberungen ber Dänen hinweiset, bemerken wir in dieser

---

1) Im Tractatus de dignitate hominum geschieht ihrer keine Erwähnung.

2) Auch in Worcestershire wie in Hereford sind noch (3) radcheniftri. Diese waren also nicht mit den Radmannen identisch. Cooke stellt sie mit den Colibertis zusammen; doch finden sich beide in Gloucester, Herefordshire u. a.

Grafschaft einige Drenghs, ein Name, welcher gleich Knappen und ähnlichen Bezeichnungen bei den Dänen dem Sohne, hernach den Dienenden gegeben wurde [1]. Sie werden noch mehrere Jahrhunderte hindurch bisweilen genannt und entsprechen an der schottischen Grenze den Radchenistern der waliser Marken.

Es bleiben hier mit Übergehung einiger so wenig zahlreichen als charakteristischen Benennungen [2] noch die 82,609 bordarii (mit Einschluß von 490 bordarii pauperes) [3] zu erwähnen, welche sich in allen im Domesday erwähnten Grafschaften, in ziemlich gleichmäßigem Verhältniß zu der Gesammtzahl der in demselben aufgezählten Bewohner finden. Sie bilden eine Classe, welche gewöhnlich nach den Bilains und vor den Sklaven genannt werden. Ihr Name, wenn er durch die Hütte, in welcher mit kleinen Gärten oder Kohlhöfen versehen sie lebten, zu erklären sein sollte, würde mit den Cotsäten und den Cotarii übereinstimmen [4], doch unterscheidet Domesday alle drei Bezeichnungen von einander. Es scheint nicht, daß der Name dieser Leute sich in älteren unbezweifelten angelsächsischen Urkunden findet, während er in Frankreich gewöhnlich war.

---

1) Domesday T. 1. fol. 269 b. Vor der Eroberung waren ihrer daselbst 49. Grimms Rechtsalterthümer S. 305. Jamieson Scotch Dictionary. S. auch Rotulus magnae pipae 31. Henr. I. p. 23. 132. Noch im Jahre 1292 findet man sie zu Tyndal, s. Rotul. orig. in curia Scaccar. Abbrev. I. 70. Die dingi, welche im Hause des Gamel, eines Hörigen (homo) in der Stadt York, wohnten, scheinen keine drenghs gewesen zu sein, sondern untergeordnete Dienende (isländ. thionka), gleich den pardingi in Legg. Henrici I. c. 29.

2) Von den Rinderhirten und Sauhirten s. oben Bd. I. S. 617.

3) Bis auf zehn in Hereford, waren diese bordarii pauperes „qui propter pauperiem nullam reddunt consuetudinem" alle in Norwich, welches viel. gelitten hatte, „partim propter forisfacturas Rogerii comitis, partim propter arsuram, partim propter geltum regis, partim propter Walerannum". Domesday T. II. fol. 117 b. Vergl. oben S. 122 fg.

4) In dem Entwurfe des Domesday zu Ely ist bordarii zuweilen in der Ausfertigung durch Cotarii ersetzt, doch sind Beide eben in Cambridgeshire häufig unterschieden, so wie in Hereford, Hertford, Kent, Middlesex und Shropshire.

Wir müssen daher annehmen, daß die Normannen diesen Na=
men auf die Angelsachsen übertrugen, deren heimische Bezeich=
nung uns fehlt, oder auch daß Jene Normannen waren, welche
in demselben Verhältnisse in ihrer Heimat gestanden hatten und
auf den Besitzungen ihres Herrn in dessen Hallen und ur=
sprünglich an dessen Tische (dänisch wie angelsächsisch bord,
englisch board) lebten [1]). Es läßt für diese Ansicht sich anfüh=
ren, daß es nicht zu ersehen ist, wo die vielen untergeordne=
ten Normannen, welche nach England hinüberzogen, geblieben
sein sollten, während die Zahl der bordarii, derjenigen des
Heeres von 60,000 Mann, nach Abzug der Erschlagenen und
demnächstiger Verdoppelung durch die später nachgeströmte
Masse, entspräche. An einigen Orten finden wir sie in runden
Zahlen, welches die Ansicht bestätigt, daß sie kürzlich dahin
gesetzt seien [2]). Es ist auch ersichtlich, daß für das normanni=
sche Gesinde und Gefolge niederer Gattung die angelsächsischen
Ceorle nicht immer ihres Besitzes entsetzt werden konnten, zumal
da jene stets waffenfertig verharren mußten und dem Feldbau
nicht immer obliegen durften. Doch möchte eine ausschließende
Ansicht hierüber nicht aufzustellen sein, da auch schon unter
den angelsächsischen Herrschern durch den Zuwachs eigenthums=
loser Bevölkerung und die unaufhörlichen Kriege mit den Dä=
nen ähnliche Verhältnisse entstanden sein könnten.

Die Gesammtzahl der im Domesday verzeichneten Per=
sonen beträgt nach Berücksichtigung der Wiederholung mancher
Lehnsleute in verschiedenen Grafschaften und Hundreden etwa
283,000, welche mit Einschluß der im Domesday übergange=
nen großen Städte etwa die Zahl von 300,000 Familienvä=
tern bilden dürfte. Daß andere abgabenpflichtige Personen
absichtlich übergangen sein sollten, muß höchst unwahrscheinlich

---

1) Die bordarii fehlen auch im Tractatus de dignitate hominum.
Nur das Wort borda, Hütte, findet sich in einer nicht unverdächtigen
Urkunde König Eadgars im Monast. Anglic. T. I. p. 209.

2) Extra burgum (Warwick) C bordarii cum hortulis suis red-
dent L solidos. Domesday T. I. fol. 238. sub eis (civibus Huntingdon) sunt C bordarii. Ibid. fol. 208. Zu Norwich waren 480, in
Thetford 20 Borders.

erscheinen, wenn wir als Hauptzweck der Aufnahme des Domesdaybook das Interesse der königlichen Schatzkammer uns vergegenwärtigen. Daß Güter der Kirche von allen Abgaben frei waren, erscheint nur als seltene Ausnahme. Mönche sind dagegen, weil sie dem Könige persönlich nicht abgabenpflichtig waren, nur beiläufig angeführt. Man hat vermuthet, daß häufig einzelne Classen untergeordneter Landleute nicht aufgeführt seien, weil namentlich die Sauhirten in sehr vielen Grafschaften, wo die Schweinezucht betrieben wurde, gänzlich fehlen. Doch wissen wir, daß diese häufig aus den Sklaven genommen wurden, und wir werden sie daher in den Grafschaften, in welchen sich dieser Theil der Viehzucht nicht besonders auszeichnete und jenen Hirten einige Bedeutung verschaffte, unter den Borders, Zinspflichtigen oder Sklaven suchen dürfen. Wenn wir demnach die Gesammtzahl der Einwohner des damaligen England schätzen wollten, so dürften zwei Millionen Seelen eher zu viel als zu wenig sein.

Der Umfang der Wälder war in England noch sehr groß; ungeheure Strecken waren unangebaut, andere sehr bedeutende waren in den letzten Jahren verwüstet oder verlassen. Die Dörfer jener Zeit waren sehr klein, weshalb später häufig mehrere derselben zu einem Dorfe zusammengezogen sind. Vor allen Ländern war Yorkshire verödet, wo auf 411 Manors zusammen sich nur 35 Bilains und 8 Borders fanden. Die Städte hatten wenige und nur sehr kleine Häuser; vor der Eroberung zählten nur York und London über 10,000 ansässige Einwohner und nur Letzteres viele mehr. Die Mehrzahl der Städte hatte sehr gelitten, theils durch Plünderung und Brand, theils durch die Anlage von Festungen, zu deren Begründung, da man die alten Stadtmauern benutzen wollte, häufig viele derselben angebaute Häuser niedergerissen wurden. In Exeter waren, ungeachtet der dieser Stadt erwiesenen Schonung, von 463 über 50 Häuser zerstört, in Dorchester von 172, im wohlhäbigen Norwich, dessen Bürger 43 Capellen besaßen, von 1320 die Hälfte. In Lincoln waren von 1150 Häusern 166 der Errichtung der Burg aufgeopfert; 100 andere nicht länger bewohnt. In Cambridge waren 27 Häuser für die neue Burg niedergelegt; in Chester von 487 Häusern 205 zerstört; in Derby von 243 nicht minder denn 103, die übrigen wurden von 100 Großbürgern und 40 Kleinbürgern bewohnt. In Stafford waren von 131 Häusern 38 zerstört; in York von 1800 etwa 800 nicht mehr vorhanden. Keine Stadt aber hatte mehr gelitten als Oxford, wo von 243 Häusern Abgaben entrichtet wurden, von 478 nicht länger, weil sie zerstört oder verödet waren. Nur eine Stadt war seit der Eroberung in bedeutender Zunahme, Dunwich, dessen 120 Bürger zu Zeiten König Cadwards zu 236 angewachsen waren; eine Erscheinung, welche zunächst aus dem Verfalle des benachbarten Norwich zu erklären sein mag.

Der Gesammtbetrag der jährlichen Einkünfte des Königs von England, die Cadward der Bekenner besessen hatte, wurde später auf 60,000 Mark Silber angeschlagen. Die Schenkungen an die Kirche und andere Vergabungen verminderten diesen Ertrag, nach den Äußerungen des unzufriedenen ältesten Sohnes des Königs und ersten Nachfolgers, bereits auf die Hälfte. Ein Jahrhundert nach dem Eroberer sollen sie nur ein Fünftel, 12,000 Mark, betragen haben, deren geringer Werth in das wahre Licht gestellt wird, wenn wir vernehmen, daß die Einkünfte des römischen Kaisers in letztgedachter Zeit auf 300,000 Mark angeschlagen wurden [1]).

1087 Während die englischen Eroberungen sich mit jedem Jahre mehr befestigten und selbst Irlands Unterwerfung ohne Schwertstreich binnen kurzem erwartet werden durfte [2]), veranlaßten doch die Verhältnisse in Frankreich unaufhörlich Störungen und wurden für Wilhelm der wunde Fleck, welcher seine Aufmerksamkeit unablässig in Anspruch nahm und zuletzt die Veranlassung zu seinem Tode herbeiführte. Nach dem Tode der Königin Mathilde, welche zur bessern Verwaltung der Normandie und Beschwichtigung der Verhältnisse mit den Grenznachbarn verständig eingewirkt hatte, begann der unruhige Adel der Grafschaft Maine sich wieder gegen den König Wilhelm aufzulehnen. Den gefährlichsten Gegner unter diesem fand er

---

1) Girald. Cambrensis de institutione principis Distinct. III. c. 28. im Récueil des historiens françois. T. XVIII.

2) Chron. Saxon. a. 1087.

im Vicomte Hubert, dem Schwiegersohne des Wilhelm, Grafen von Nivernois. Dieser, seine Burgen Beaumont und Frenay verlassend, befestigte sich an der Grenze von Maine und Anjou in der auf steilen Felsen belegenen Burg St. Susanne, wo er an der Spitze der Unzufriedenen und mancher aus Guienne und Burgund herbeigezogenen Ritter drei Jahre die Normannen und die Einwohner von le Mans plünderte, einfing und, wenn sie sich ihm gewaffnet entgegenstellten, erschlug, bis endlich der König, nach vergeblichen Belagerungen und dem Verluste vieler seiner angesehensten Krieger, den Vorstellungen der Normannen nachgebend, mit dem glücklichen Rebellen eine von demselben vorgeschriebene Sühne einging.

Der vorzüglichste Beweggrund Wilhelms zu dieser Nachgiebigkeit lag in den Händeln, welche damals mit dem Könige von Frankreich neu entsponnen waren. Die Burgmannen von Mantes an der Seine, Hugo, genannt Stavelus, Raoul Mauvoisin und Andere waren in das normannische Gebiet eingefallen und hatten in dem Sprengel des Bisthums Evreux viele Plünderungen verübt. Wilhelm ergriff diese Veranlassung, um die in seiner frühen Jugend, nach dem Tode des Grafen Drogo von Mantes mit der französischen Krone wieder vereinte Grafschaft Vexin mit den Städten Pont Isère, Chaumont und Mantes zurückzufodern, und unterstützte diese gegen das Lehnrecht und einen durch den Verlauf eines halben Jahrhunderts bekräftigten Besitz gerichtete und sehr schnöde aufgenommene Foderung durch die leidenschaftlichsten Drohungen [1].

Ein dem Könige Wilhelm hinterbrachter Scherz des Königs Philipp steigerte seinen Zorn noch mehr. Auf Wilhelms ausnehmende Wohlbeleibtheit und die Verzögerung seiner Antworten hindeutend, hatte derselbe gesagt: „der König von England braucht viele Zeit seine Wochen zu halten." „Bei Gottes Glanze," schwur Wilhelm, als er dieses Wort vernahm, „wenn ich meinen Kirchgang halte, will ich mit tausend Weihfackeln Frankreich erleuchten." Die neue Flucht seines ältesten Sohnes konnte Wilhelms Erbitterung nur noch mehr steigern. Bald

1) Oderic. Vital. p. 654 sq.

darauf fiel er in das Vexin ein, überraschte Mantes und verbrannte dort die Burg mit den Kirchen und vielen Gebäuden.
Als er racheerfreut an den Trümmern herumritt, trat sein Roß
auf einen brennenden Balken und warf den Reiter ab, welcher
einen sehr gefährlichen Bruch erhielt. Er wurde nach seinem
Palaste zu Rouen und später, um dem Lärmen der volkreichen
Stadt zu entgehen, nach der Kirche St. Gervais in der dortigen Vorstadt gebracht[1]). Die Gefahr, in welcher sein Leben
schwebte, blieb ihm nicht verborgen und er versuchte die Todes-
furcht durch Beruhigung des Gewissens zu bemeistern. Große
Geschenke wurden von ihm sofort zur Herstellung der zerstörten Kirchen von Mantes gesandt; eine letztwillige Verfügung, durch Notarien aufgenommen, vertheilte seine Schätze
an Klöster, Kirchen, Geistliche und Arme. Den unglücklichen
Angelsachsen, Morkar, Siward Barn, Wulfnoth, König Harolds Bruder, welche in langjähriger Haft geschmachtet hatten,
ließ er die Freiheit ertheilen, auch dem Roger, dem Sohne seines Freundes Osbern von Breteuil. Dem tapfern Ritter Bal-
derik, des Nicolaus Sohn, dessen Güter er eingezogen, weil
jener den königlichen Dienst eigenmächtig verlassen hatte, um
in Spanien gegen die Saracenen zu kämpfen, gab er Erb
und Lehn zurück[2]). Zuletzt, wenngleich nach langem Widerstreben und nur der Überzeugung weichend, daß nach seinem nahe
bevorstehenden Tode solches doch durch Andere geschehen würde,
entließ er auch seinen Bruder, Bischof Odo, der Haft. Seinem ältesten Sohne Robert, welcher damals ausgewandert in
den Staaten des Königs von Frankreich verweilte, wenn nicht
gar gegen sein Vaterland die Waffen führte[3]), ertheilte er darauf sein eigenes väterliches Erbe, die Normandie mit den anderen Besitzungen und Rechten in Frankreich; dem zweiten,
Wilhelm, das Königreich England mit Allem was er darin be-

---

1) Roman de Rou v. 14181 sq. Bromton p. 979.

2) Orderic. Vital p. 660. Auf die Züge einzelner Normannen
nach Spanien, welche meines Wissens noch nicht beachtet sind, kann hier
nur gelegentlich aufmerksam gemacht werden. (Vgl. oben S. 39.)

3) Florent. Orderic. Letzteres Malmesb. Er war also nicht
in Abbeville, wie Lingard, oder Deutschland, wie Mackintosh sagt.

saß; der dritte, Heinrich, erhielt nur ein Legat von 5000 Pfund Silber, doch soll er diesem, der sich beklagte, daß er kein Land erhalten, bereits verheißen haben, daß er beide jene Reiche nach dem Tode seiner Brüder — beide waren damals kinderlos — beherrschen würde.

Wilhelm starb am Frühmorgen des 7ten September, wäh= 1087 rend seine Ärzte die in der Nacht eingetretene Ruhe für ein 7. Sept. Anzeichen der Genesung hielten. Die Schicksale seiner Leiche gewähren uns ein merkwürdiges Bild der geselligen Zustände jener Zeit, ein noch merkwürdigeres, für alle Zeiten lehrreiches der Nichtigkeit irdischer Größe. Die Bischöfe, Ärzte und das Hofgesinde in Wilhelms Umgebung, als sie plötzlich den un= erwarteten Todesfall vernahmen, verloren alle Besinnung, die Begüterten von ihnen warfen sich schleunigst auf ihre Pferde und eilten in ihre Behausungen, um sich und das Ihrige zu schützen oder zu verbergen. Das niedere Gesinde, wie es sich der Aufsicht entledigt bemerkte, stürzte nach dem Palaste und raubte was es an Gewändern, Gefäßen und an königlichem Hausrathe finden konnte. Der Leichnam des Königs, des mächtigsten Heerführers seiner Zeit, kaum erkaltet, blieb auf dem Fußboden fast mehrere Stunden unbedeckt liegen. Die Bürger von Rouen, eine Plünderung besorgend, eilten in der größten Verwirrung hin und her; von Wilhelms Söhnen war keiner an der Stelle, für die Regentenpflichten zu sorgen und dem Vater die letzten Ehren zu erweisen. Der älteste war noch bei des Vaters Gegnern; die beiden jüngeren waren bereits nach England geeilt, der eine um sich der Regierung, der andere um sich der Schätze zu bemächtigen. Endlich vereinigten sich einige besonnene Mönche zu einer Procession, um in der St. Gervasiuskirche für des Verstorbenen Seele eine Messe zu le= sen, und der Erzbischof von Rouen verordnete, den Leichnam nach dem vom Könige einst gestifteten St. Stephanskloster zu bringen. Doch Niemand, dem dieser Dienst obliegen konnte, zeigte sich. Von den Brüdern, den Verwandten, dem Hof= staate des Königs, von seiner Leibwache, nicht Einer war zu erspähen. Da entschloß sich Herluin, ein in der Umgegend ansässiger einfacher Rittersmann, zur Ehre Gottes und des nor= mannischen Namens, auf seine eignen Kosten für die Bestat=

tung zu sorgen, miethete einen Wagen und die erforderlichen
Leute, brachte den Körper an die Seine, schiffte ihn dann weiter und begleitete ihn hernach über Land nach Caen. Die Klo-
stergeistlichkeit hatte hier eine würdige Empfangnahme vorbereitet. Doch kaum war der Trauerdienst begonnen, als in
einem Hause der Stadt Feuer ausbrach und Geistliche wie Laien
zur Löschung der gewaltig sich verbreitenden Flammen davoneilten,
und auch jene Ceremonie, wie einst des Königs Krönung zu
Westminster, nur von wenigen Mönchen zu Ende geführt werden konnte. Als endlich die Beisetzung des Körpers im Münster vorgenommen werden sollte, hatten sich manche angesehene
Geistliche daselbst eingefunden, und als der Sarkophag schon
in die Erde gesenkt war, der Leichnam aber noch auf der Bahre
lag, hielt Giselbert, der Bischof von Bayeux, eine Leichenrede,
welche, nachdem die vielen Verdienste des verstorbenen Fürsten
um sein Volk gepriesen waren, mit der Bitte an die Anwesenden schloß, für des Hingeschiedenen Seele zu beten und ihm,
wenn er auch gegen Einen oder den Anderen unter ihnen gefehlt haben möchte, zu vergeben. Da drängte sich aus dem
Haufen Ascelin, Arturs Sohn, hervor und erklärte, daß der
Boden, auf dem die versammelte Menge stehe, das vom Könige seinem Vater widerrechtlich geraubte Gut sei, er fordere
dieses hier feierlich zurück und untersage die Beerdigung des
Königs an dieser Stätte im Namen Gottes. Die Richtigkeit
dieser Anklage wurde durch die Nachbarn so glaubwürdig
bezeugt, daß die anwesenden Prälaten beschlossen, sofort dem
Ascelin eine Summe für die Begräbnißstätte auszuzahlen und
eine genügende Entschädigung für sein Land zu verbürgen. Der
Leichnam wurde nunmehr aufgehoben, um in das Gewölbe gesenkt
zu werden, aber noch ein Unfall sollte folgen. Die Gruft war zu
enge gemauert, der gewaltige Körper, in dieselbe hineingestoßen,
platzte und erfüllte die betäubte Umgebung mit dem unerträglichsten Verwesungsdunste. Kaum vermochten die dienstthuen-
den Priester ihrer Pflicht bis zum Schlusse zu genügen [1]).

Dieses war das Ende eines Mannes, welchen wir als
den mächtigsten seiner Zeitgenossen, als den tapfersten und

1) Orderic. p. 660 sq. Eadmer p. 13.

klügsten der damaligen Regenten betrachten müssen. Beklagenswerth wie die Unterjochung und das Elend der Angelsachsen uns erscheinen, so können wir in dem Urheber einer Eroberung, welche so sehr feste Wurzeln geschlagen und so manche Frucht glanzvollen Thatenruhms getragen hat, nicht die bedeutende Persönlichkeit verkennen. Wenigstens dürfen wir Wilhelm, über dessen Charakter die Nachwelt in dem zufälligen Beinamen des Eroberers zu schnell glaubt aburtheilen zu können, dieselbe Aufmerksamkeit schenken, welche König Cnut der Große, mit welchem Wilhelm in den äußeren Geschicken so sehr viele Ähnlichkeiten darbietet, zu allen Zeiten bereitwilligst gefunden hat. Den Einen derselben erblicken wir in dem mildernden Lichte der Poesie und Sage, welche gern den besseren Gefühlen des Menschen schmeicheln, und größtentheils durch die Darstellung späterer Geschlechter seiner Landsleute; den Anderen lernen wir größtentheils durch die Schilderung der Unterjochten und ihrer Enkel. Doch gewährt Cnut allerdings den Eindruck einer edleren Natur und dürfte, als dem rohen Dänenvolke entsprossen und ein und ein halbes Jahrhundert älter, mildere Beurtheilung erheischen. Aber in Beiden sehen wir Fürsten nordischen Ursprungs, welche das ihnen nicht fremde England durch die Waffen eroberten, ohne andere Besitztitel, wie Heirath und Erbrecht, zu verschmähen. Ihren Stamm auf den höchsten Gipfel des Ruhms führend, hatten Beide ihre Gedanken zwischen verschiedene sich einander hassende Reiche zu theilen und für jedes derselben Kriege zu führen; Beide hatten eine aufstrebende Geistlichkeit für sich zu gewinnen. Anfänglich von kühnen befreundeten Waffengefährten, hernach von einem unersättlichen Adel und Verräthern unter ihren nächsten Anverwandten umgeben, war es Beiden vergönnt ihre Herrschaft zwanzig Jahre hindurch zu behaupten. Die Verschiedenheit in den Schicksalen dieser Fürsten zeigt sich in den größeren Schwierigkeiten, mit denen Wilhelm zu kämpfen hatte. Er war der Lehnsmann eines fremden Königs, der Anführer eines durch seine Verbindungen mit den Stammgenossen und nahen Verwandten in Italien und Spanien unabhängigen Adels, war zu Rouen von mächtigeren und gefährlicheren Nachbarn umringt und befeindet, als zu Roeskild Cnut, und kämpfte gegen ein dem Nationalcharakter seiner Krieger viel fremderes, durch Sprache und Sitte verschiedenes Volk. Hätte Cnut nicht im nördlichen England so viele Stammverwandte und Anhänger gefunden, so möchte auch er derselben Grausamkeit, welche den Normannen mit Recht vorgeworfen wird, zu beschuldigen sein. Durch Bestechungen den Sieg zu erleichtern oder den Kampf zu ersparen, gefürchtete oder lästige Männer gewaltsam aus dem Wege zu räumen; gehörte zur Politik des einen wie des anderen Eroberers.

Wilhelm war von der Natur mit ausserordentlichen Körperkräften begabt und er ward dadurch das, ohne welches kein Eroberer lange gegolten und gesiegt hat, vornämlich in Zeiten wo die beste Taktik das ermuthigende Beispiel der eigenen Tapferkeit war, seiner Krieger Erster, des Heeres Vorfechter, selbst durch Zweikampf mit den edelsten und muthigsten Feinden der Schlacht Entscheidung suchend. Den Bogen, welchen kein Anderer stehend zu handhaben vermochte, spannte er von dem flüchtigen Rosse getragen. So konnte sich die seinem Zeitalter gewöhnliche Jagdlust in ihm zu einer Leidenschaft gestalten, welche so rücksichtslos kaum wiedererschienen ist. Die vielen Wälder der Normandie und Englands genügten ihr nicht. Einen District von 17,000 Acres mit mehr als sechszig Kirchspielen im wohlhäbigsten Theile Englands, von Winchester zur Seeseite gelegen, bestimmte er zur Ausdehnung eines alten Waldes Ytene und zu einem neuen Forst (New forest), und schonungslos ließ der königliche Jäger Kirchen und Dörfer in diesem Umkreise niederbrennen [1]). Auch Windsor=Forst wurde von ihm vergrößert [2]). Seine Jagd= und Forstgesetze waren sehr hart. Wer einen Hirsch oder eine Hindin erschlug, wurde geblendet. Eber und sogar Hasen zu tödten verbot er; er liebte das Hochwild, sagten seine Zeitgenossen, als sei er dessen Vater.

Was Wilhelm vor allen ähnlichen Charakteren auszeichnet, ist die Sicherheit, welche er seinen Erwerbungen verschaffte, da

---

1) **Florent.** a. 1099. **Guil. Gemmet.** l. VIII. c. 9. **Ellis** l. I. T. I. p. 105—110., wo indessen **Orderic.** l. X. p. 781. übersetzen ist.

2) **MS.** bei **Ellis** a. a. O. S. 107.

doch die Mittel, deren er sich dazu bediente, ihm bei seinem Adel wie unter dem Volke stets neue Feinde schufen. Die Strenge, welche er gegen seine Barone und nächsten Angehörigen ausübte, mußte ihn diesen oft nicht minder hassenswerth erscheinen lassen, als nur je den unglücklichen Besiegten.

Wilhelms Gemahlin, Mathilde, war wenige Jahre vor ihm zu Caen gestorben (3. Nov. 1083). Sie hatte ihrem Gemahle vier Söhne geboren, Robert, Richard, Wilhelm und Henry. Von seinen Töchtern kennen wir Cäcilie, Äbtissin zu Caen; Constantia, welche, dem Grafen Allen Fergant von Bretagne vermählt, unbeerbt starb; Agathe, welche, einst dem Angelsachsen Harold, sodann dem Könige von Galizien, Alphons, verlobt, vor ihrer Verheirathung starb; Adele, dem Grafen Stephan von Blois vermählt, deren dritter dem Vater gleichbenannter Sohn in Englands Geschichte eine wichtige Rolle zu spielen berufen war; endlich Adelidis, welche als Gott geweihte Jungfrau starb [1]. Ein Lob, sehr selten unter den Fürsten seiner Familie, welches Wilhelm gebührt, ist das der Keuschheit; selbst die Lästerzungen haben nur seinen späteren Jahren einen schlecht begründeten Vorwurf nachtragen wollen [2]; natürliche Kinder hat er jedenfalls keine hinterlassen, wenn nicht etwa Gundrede, welche dem Wilhelm von Barenne vermählt wurde [3].

Wilhelm II. Rufus.

Der größte Triumph Wilhelms des Eroberers lag in der lediglich durch seinen Wunsch bestimmten Erbfolge. So sehr war die angelsächsische Kraft gebrochen, daß weder die Inter-

---

1) Malmesbur. l. III. p. 111. Guil. Gemmet. l. VIII. a. 54. Orderic. l. IV. p. 512. l. V. p. 573.

2) Malmesbur. l. l.

3) König Wilhelm nennt sie in einer Urkunde (Monast. T. V. p. 12. Rymer T. I. p. 9.) seine Tochter, und Wilhelm von Barenne bei seiner Stiftung des Klosters Lewes in Sussex die Königin Mathilde als ihre Mutter. Eine Urkunde dieses Ehepaars aus einem Chartularium des Klosters zu Clugny wird angeführt in: C. G. Hoffmann Nova scriptorum ac Monumentorum Collectio T. I. Lips. 1731. Die Historiker wissen entweder nichts von ihr oder nennen sie eine Schwester Gherbods des Flä-

Lappenberg Geschichte Englands. II.   11

essen des Nachkommen des selbst von den Normannen nicht verkannten Königsstammes, des Eadgar Atheling, geltend gemacht, noch die jenseit der Meere lebenden Söhne des Königs Harold berücksichtigt wurden. Weder das Recht noch der Schein einer Wahl ward den normannischen und angelsächsischen Herren gestattet, und selbst das Recht der Erstgeburt für die Krone Englands verletzt. Daß dem ältesten Sohne die Normandie ertheilt wurde, war dem französischen Lehnsrechte gemäß, dessen Verletzung dem Eroberer freilich so wenig Bedenken erregt hätte als anderen französischen Fürsten, welche den königlichen Lehnsherrn, nur wenn es ihnen zusagte, berücksichtigten; daß dem zweiten Sohne England zu Theil ward, durfte den Angelsachsen [1]), doch nicht den Normannen rechtswidrig erscheinen, da wie wir schon früher bemerkten, bei ihnen die Stammgüter in der Normandie dem ältesten Sohne, die oft größeren, doch weniger gesicherten Eroberungen des Krieges in Apulien, Bretagne und anderen Provinzen den jüngeren Söhnen zufielen [2]). Augenscheinlicher jedoch als die Rechtsgründe waren die Ansichten, welche der königliche Vater über die Charaktere und die Fähigkeiten seiner Söhne hatte. Wenn er auch den ihm gleichbenannten Sohn, welchen er stets dem Älteren vorgezogen hatte, zu nachsichtig beurtheilte, so war es doch nur zu ersichtlich, daß Robert, unstät, schwankend, tändelnd bei aller Wohlrednerei, Tapferkeit und manchen anderen ritterlichen Tugenden, der Herrschaft über England und dem Kampfe mit den dortigen Gegnern nicht gewachsen sein würde.

Der jüngere Sohn, Wilhelm, welcher beim Tode seines Vaters weniger als 25 Jahre zählte, war von Landfrank erzogen und zum Ritter geweihet; doch zeichnete er sich vorzüglich durch Muth und körperliche Gewandtheit aus. Die Geschmeidigkeit, mit welcher er den Winken des Vaters folgte,

---

minger. So Orderic. l. IV. p. 522. Ihre Nachkommenschaft erhält urkundliche Beglaubigungen aus dem Documente der Priorei Castleacre in Norfolk im Monast. Angl. T. V. p. 49 sq.

1) Eadmer Hist. Novor. l. 1.

2) Beispiele: die Söhne des Wilhelm Fitz Osbern, (s. oben S. 110.) des Roger von Montgomery, dessen Ältester Belesme und Alençon, der Zweite, Hugo, die Grafschaft Shrewsbury erhielten.

vereinte ſich mit jenen Eigenſchaften, um ihm die Liebe des finſtern und mistrauiſchen Herrſchers zu gewinnen. Dieſer ſtellte ihm ſterbend einen Brief an den Erzbiſchof von Canterbury zu, in welchem er demſelben den Auftrag ertheilte, ſeinen Sohn Wilhelm zum König von England zu krönen. Ehe noch der Prinz zu Witſand ſich einſchiffen konnte, ereilte ihn die Todesnachricht. Dem einflußreichſten Vertrauten des Eroberers konnte deſſen letzter Wunſch nicht unerwartet kommen. Er ließ ſich von ſeinem königlichen Zögling verheiſſen, daß er als König Recht, Billigkeit und Gnade ſtets üben, die Kirche vertheidigen und ihm als ſeinem Rathgeber folgen wolle; worauf allen Verhandlungen über eine Königswahl zuvorkommend, er ihn ſchon achtzehn Tage nach dem Tode des Eroberers als Wilhelm II. in der Kirche der Abtei zu Weſtminſter weihete und krönte. Die verſammelten in England begüterten Normannen und Angelſachſen, welchen die Feſtſtellung Englands als eines eigenen vom normanniſchen Herzoge unabhängigen Reiches höchſt willkommen erſcheinen muſſte, beugten ſich dem Geſalbten der Kirche und ſchwuren ihm die Eide der Treue. Der junge König fuhr darauf gen Wincheſter, wo die reiche Schatzkammer des Eroberers geöffnet und nach deſſen letzten Wünſchen zum Heile ſeiner Seele jeder Kirche und jedem Kloſter in England Gaben bis zu zehn Marken Goldes, jeder Shire für ihre Armen einhundert Pfund Goldes geſpendet wurden[1]; eine Summe, welche uns daran erinnert, wie bedeutend die Zahl der Armen ſeit der Eroberung ſich vermehrte, aber auch von der Fortdauer einer weltlichen Fürſorge für dieſelben zu zeugen ſcheint[2]. Edelſteine, Gold und Silber wurden ferner von dem Horte genommen, damit der Goldſchmidt Otho für den Verſtorbenen ein koſtbares Mauſoleum errichte[3].

Während der Winter vom Könige gut angewandt wurde, um ſich unter Anleitung ſeiner älteren Rathgeber auf dem Throne und in den Gemüthern des Volks zu befeſtigen, be

---

1) Chron. Saxon.

2) S. oben Th. I. S. 192.

3) Orderic. Vital. l. VIII. init. Jener Otho war ein unmittelbarer Lehnsmann des Königs (ſ. Ellis l. l. T. I. p. 462.)

11*

nutzten die Vasallen in der Normandie die Schwäche des älte=
ren Bruders, um die Besatzungen, welche der Eroberer in ihre
Burgen gelegt hatte, zu vertreiben und zugleich neue Beleh=
nungen von ihrem neuen Fürsten zu erpressen. Wenn ähnliche
Versuche in England gemacht wurden, so scheiterten sie daselbst
bald, doch die normannischen Barone bedurften nur eines Füh=
1088 rers, wie er sich bald in dem Vaterbruder ihres Fürsten, dem
Bischofe Odo darbot, um mit Wort und That gegen die ihnen
vielfach nachtheilige Trennung des mit ihrem Blute eroberten
Landes von dem kleineren Erbstaate sich zu erheben. Herzog
Robert ließ es sich gefallen, daß ihm mit der Herrschaft über
das ganze Reich seines Vaters geschmeichelt wurde. Bischof
Odo, welcher die Pfalzgrafschaft von Kent wieder erhalten hatte,
und zwei andere Bischöfe, Gosfrith von Coutances und Wil=
helm von Durham, vereinten sich mit dem Bruder Odos, Ro=
bert, Grafen von Mortain und Cornwales, Roger von Mont=
gomery, dem Grafen von Shrewsbury, dessen ältestem Sohne
Robert von Belesme, nebst zwei Jüngeren, Hugo von Gren=
temaisnil, Grafen von Leicester, dessen Neffen Robert von
Rhuddlan, Eustache, dem jüngeren Grafen von Boulogne,
Osbern, Sohn des Richard Scrope, und anderen der glor=
reichsten Namen. Für den König erklärten sich sein Schwager
Guillaume von Varenne, Hugo, Graf von Chester, Robert
von Molbray, der Graf von Northumberland [1]), Robert Fitz
Haimon. Den besten Schutz aber mußte der König von der
angelsächsischen Bevölkerung erwarten. Er verkannte dieses
nicht und ließ seine Mannen, vorzüglich die angelsächsischen,
zusammenberufen. Hier verhieß er ihnen gerechte und milde
Gesetze, wie ihre Vorfahren sie noch nie gekannt, die Abschaf=
fung aller ungerechten Abgaben, sogar die unter seinem Vater
so sehr beeinträchtigten Forst= und Jagdgerechtigkeiten gab er
den Eingesessenen zurück [2]). Die Angelsachsen, 30,000 an der

1) Diesen nennt Orderic S. 667., wofür auch das Schweigen der
angelsächsischen Chronik und selbst des Simeon von Durham spricht.
Florenz und Wilhelm von Malmesbury dagegen nennen ihn un=
ter den Mitverschwornen Odos, was um so unwahrscheinlicher ist, da
Robert noch mehrere Jahre im Besitze seiner wichtigen Grafschaft verblieb.

2) Chron. Saxon. a. 1088.

Zahl, versammelten sich unter normannischen Führern, rückten muthig auf Rochester vor, wo der Graf Bischof Odo sich fest verschanzt und von dort aus die Besitzungen seines größten Feindes, des Erzbischofs Landfrank, so wie die der Bürger von London verheert hatte. Die Hauptfehde ward jedoch mehr mit Worten und Listen als mit Schwertern und Pfeilen geführt. Roger von Montgomery, welcher heuchlerisch zum Könige kam, ward verleitet, theils durch dessen scheinbare Unterwürfigkeit gegen seines Vaters alte Rathgeber und verheissene Geschenke, theils auch durch die Betrachtung, daß wer die Rechte des Königs leugne, zugleich die Rechte alles normannischen Besitzes in England, nämlich die Verleihung des Eroberers, angreife, dem Banner des Königs zu folgen[1]). Doch erwies er sich nicht als treu und begünstigte heimlich die Verschwornen[2]). Der König selbst wurde durch die Nachricht, daß Odo nach Pevensey, welches Robert von Mortain inne hatte, geflohen sei, vor diese Burg geführt, welche er, so wie die von ihren Eigenthümern Gilbert, Richards Sohn, dem Enkel des Grafen von Brionne, Giselbert Crespin, standhaft vertheidigte Burg Tunbridge einnahm. Nach längerer Belagerung durch Hunger gezwungen und vergeblich auf die Ankunft der Verbündeten aus der Normandie harrend, deren manche von den Engländern auf der Küste erschlagen und der Schiffe beraubt in die Meeresfluthen zurückgetrieben waren, schien auch Odo bereit, Rochester dem Könige zu übergeben. Nach Festsetzung der Bedingungen im königlichen Lager begleitete Odo die königlichen Ritter, um die Übergabe zu bewerkstelligen, in die Burg, als Graf Eustache von Boulogne und die übrigen Mitverschwornen, welche die Zeit der Verhandlungen zur Kundschaft und Verproviantirung geschickt benutzt hatten, die Zugbrücke aufzogen und die Königlichen so wie zum Schein auch den treulosen Prälaten gefangen nahmen. Die Belagerung mußte erneuert werden, und da seine Feinde sich auch einiger anderer festen Plätze bemächtigt hatten, so mußte der König ein neues Aufgebot erlassen, um seine Truppen zu verstärken. Die Dro-

1) Guil. Malmesbur.
2) Orderic. Vital. p. 667.

hung, daß der Zurückbleibende für einen „Nithing" zu halten
sei [1]), zeigt uns, daß zu dem Gefühle der Angelsachsen gesprochen werden sollte. Die Verschwornen fanden auch keine Unterstützung im übrigen England. Bischof Gossfrid mußte sich
darauf beschränken, von Bristol aus Bath und Wiltshire zu
verheeren; von Ilchester wurden seine Krieger zurückgetrieben.
Zu Worcester lenkte Bischof Wulfstan die Vertheidigung der
dortigen Provinzen, welche Bernhard von Newmarket, Roger
von Lacy, Raulf von Mortimer zu verheeren suchten. Wilhelm von Owe verwüstete die königlichen Landgüter zu Ber-
keley und die Fluren und Weinberge von Glocestershire. Roger
Bigot bemächtigte sich der Burg zu Norwich, doch fand er
keine Anhänger, sondern nur Gelegenheit zu verheerenden Streifzügen [2]). Graf Roger, welcher seine Verrätherei entdeckt sah,
verließ das königliche Lager, doch nicht zu einem gemeinschaftlichen Mittelpuncte eilend, sondern um in seiner Burg Arundel den Herzog Robert zu erwarten. Aber dieser im Genusse
seiner neuen Würden und Schätze verloren, fand die Bahn in
England für einen Triumphzug nach der Westminsterabtei zu
ungeebnet und scheute die Beschwerde und die Ungewißheit des
Erfolgs eines Kampfes, der zugleich ein bürgerlicher, ein Na-
tional- und ein Bruderkrieg gewesen wäre. Zu Anfange des
Sommers erkannte Bischof Odo, daß er Rochester nicht länger
würde halten können, und übergab es dem Könige gegen die
Bedingung freien Rückzugs nach Bayeux. Diesem entscheiden-
den Schritte folgte bald die Beendigung des ganzen Krieges.
Graf Roger machte schnell Frieden mit dem Mächtigeren, der
seinerseits des Vaters alte Vasallen klüglich zu schonen wußte.
Ein starkes Heer wurde nach Durham gesandt, welche Stadt
Bischof Wilhelm gleichfalls gegen sicheres Geleit, um England
zu verlassen, aufgab (11. September). Die übrigen französischen Gegner des Königs entflohen, und ihre Burgen und Landgüter wurden der Lohn seiner Anhänger.

Mit dem Prinzen Henry, welcher von dem Herzoge Robert
die Grafschaft Coutances erkauft hatte und jetzt in England

---

1) Chron. Saxon. Malmesbur.
2) Florent. Simeon a. 1088.

Ansprüche auf die von seiner Mutter einst besessenen, von dem Vater den Söhnen aber nach deren Tode nicht zugetheilten Ländereien, welche ihm jetzt, als an Robert Fitz Haimon verliehen[1], nicht gegeben werden konnten, geltend machen wollte, vereinigte der König sich bald anderweitig. Diese Einigung zwischen seinen beiden Zöglingen, das Werk der besten Einsicht, scheint das letzte des Erzbischofs Landfrank gewesen zu sein. Er starb schon im folgenden Maimonate und mit ihm der einzige Mann, welcher im Stande war, einen heilsamen Einfluß über den König zu üben und dessen immer mehr entzügelte rohe Leidenschaften zu bändigen. Seine Stelle in des Königs Vertrauen erschlich sich ein Geistlicher, Ranulf Flambard[2], welcher ihm vorzüglich als Werkzeug diente, um aus den geistlichen Besitzungen die königliche Schatzkammer zu bereichern. Wie schädlich auch dessen Einfluß auf seinen Herrn war, lassen sich doch an seinem Beispiele die Spuren der Verläsferung seiner Zeitgenossen und der dem von ihm empfindlich verletzten Stande angehörigen Mönchschronisten entdecken. Diese tragen ihm unter anderem nach, er sei von niedrigster Geburt, Sohn des Turstin, eines plebejischen Presbyters bei Bayeux, gewesen und habe den Beinamen von der Fackel wegen seiner schon früh bewährten Habsucht erhalten[3]. Wir finden ihn indessen unter diesem Namen nicht nur häufig unter den mittelbaren so wie unmittelbaren Lehnsleuten des Eroberers verzeichnet und an dessen Hofe zu einigem Einflusse heranstrebend, sondern sogar schon als einen Eigenthümer in Hampshire unter König

1089
24. Mai

---

1) Orderic. l. VIII. p. 665 sq. Daß Robert Fitz Haimo das Lehn von Gloucester erhielt, wie Ellis Th. I. S. 432. sagt, scheint nicht erwiesen. Doch besaß er viele Burgen daselbst. S. Ellis a. a. O. Th. II. S. 446.

2) Florenz b. J. 1094 nennt ihn Passeflambard.

3) Malmesbur. de gestis regum p. 128. Idem de gestis pontif. p. 278. Orderic. p. 678. Renouf Flambard, évéque de Lincoln, autrefois valet de pied chez le duc de Normandie, Thierry l. l. T. II. Es war ihm nur die Verwaltung der Kirchengüter des erledigten Bisthums Lincoln übertragen.

Eadward dem Bekenner bemerkt[1]. Als seinen Anschlag, wel=
cher vielen Haß gegen den Urheber erregt haben soll, nennt
man denjenigen, den Flächeninhalt der Hyden von ganz Eng=
land genauer nachmessen zu lassen, da das angelsächsische Maaß
zu ungenau sei, dadurch dem Könige Land oder große Abgaben
zu verschaffen, eine Maßregel, welche kein Recht verletzen konnte.
Doch beruht diese Nachricht sehr wahrscheinlich auf einer Ver=
wechselung mit der Aufnahme des Winchester=Domesdaybook
unter dem Eroberer und einer der häufig veranstalteten ge=
naueren speciellen Aufnahmen, da, wenn eine solche genauere
Vermessung des ganzen Landes zu Stande gekommen sein
sollte, wir mehr Nachrichten darüber besitzen würden und dieselbe
das ältere Domesday um seine gerichtliche Autorität hätte brin=
gen müssen[2]. Das Amt, welches er am Hofe des jüngeren
Königs Wilhelm bekleidete, vermögen wir nicht genau zu be=
zeichnen; das ihm zuweilen zugeschriebene des Kanzlers finden
wir in den Händen eines anderen Hofcapellans, Robert Bloet,
später des William Giffard[3], und möchten wir in jenem lie=
ber das sehr ausgedehnte des höchsten Justitiarius suchen[4].

1) Domesday T. I. p. 51. Orderic. p. 678. Als Capellan des
Königs. Urkunde vom Jahre 1088. Monast. T. II. p. 266.
2) Orderic. p. 678. z. J. 1089 ist die einzige Quelle für jene
Nachricht, welcher dagegen statt der wirklichen Aufnahme des Domesday=
book unter dem älteren Wilhelm nur der Zählung der waffenfähigen
Mannschaft, nicht aber der damals geschehenen der oft aufs genaueste
nachgemessenen Hyden gedenkt. Palgrave Th. II. S. 449. glaubt im
Lagerbuche des Klosters Evesham in einem Fragmente über Gloycester
und Winchelcomb das Domesday von Flambard entdeckt zu haben. Ich
kann noch weniger als er selbst daran zweifeln, daß jene Notizen zwi=
schen 1096 und 1110 niedergezeichnet sind, da auch Henricus Comes ge=
nannt wird, vermuthlich der nachherige König. Doch fehlt es an allen
Beweisen für die Meinung, hier einen Theil des angeblich so sehr um=
fassenden Werkes gefunden zu haben.
3) Chron. Saxon. Florent. a. 1098. Orderic. p. 788.
4) Negotiorum totius regni exactor Florent. a. 1099. Placi-
tor ac totius regni exactor Alvred. Beverl. p. 144. Totius regni
procurator Malmesbur. gest. pontific. Exactor crudelissimus,
regis consiliarius praecipuus. Petri Blesens. Histor. p. 110. Quidam nomine Ranulphus, regiae voluntatis maximus executor. Ead-

Englands Geſchichte in dieſer Zeit iſt mit derjenigen der Normandie, als des Erblandes des königlichen Hauſes und ſeines Adels, dergeſtalt enge verwebt, daß es oft erforderlich iſt, die Blicke auf dieſes Land zu werfen, wenn auch darin unmittelbare Verbindung mit England ſich nicht darſtellt. So auch jetzt, wo Prinz Heinrich mit Robert von Beleſme, welcher gleichfalls mit König Wilhelm verſöhnt war, nach jenem Lande zurückkehrte. Biſchof Odo hatte dem Herzoge Robert vorgeſpiegelt, daß jene Beiden ſich gegen König Wilhelm zu ſeinem Verderben verpflichtet hätten, und ihn dadurch veranlaſſt, den Prinzen mit ſeinem Begleiter, ſo wie ſie das normanniſche Geſtade betraten, verhaften und dieſen nach Bayeur, jenen nach Neuilly in ſtrenges Gewahrſam führen zu laſſen. Des Letzteren Vater war jedoch bald aus England angelangt, um ſich der vielen Burgen, welche ſeinem Hauſe gehörten, zu verſichern, und der Herzog ſah ſich gezwungen den Beiſtand des Adels von Maine aufzurufen, um dieſelben in ſeine Gewalt zu bringen. Doch obgleich ihm dieſer nicht verſagt ward und jene ſich in ſeine Hände zu geben begannen, löſte demnach der träge Fürſt das Heer auf und entließ auf Rogers Geſuch deſſen Sohn aus der Haft, und auf die Vorſtellungen ſeiner Großen bald auch ſeinen Bruder Henry.

Der König von England überſah die günſtige Gelegenheit 1090 nicht, welche die Schwäche Herzog Roberts ihm darbot. Deſſen Vaſallen, Walter von St. Valery und Odo, oder deſſen Sohn Stephan [1] von Albemarle (Aumale), überlieferten ihm ihre Burgen, in welche er Krieger legte, um das benachbarte

mer p. 20. Placitator, sed proversor, exactor sed exustor totius Angliae. Henr. Huntind. a. 1099. Summus regiarum opum procurator et justitiarius. Orderic. p. 786 e. Daß dieſer Ranulf ein Werk de legibus Angliae geſchrieben habe, möchte, ſo lange wir keinen zuverläſſigeren Zeugen kennen, als das Chronicon Johannis de St. Petri Burgo a. 1099., für eine Verwechſelung mit dem bekannten Werke des Ranulf von Glanville zu halten ſein; daß er aber wirklich der Juſtitiar des Königs war, ergibt ſich aus Chron. Saxon. a. 1099: þe aefor ealle his gemot ofer eall Engleland draf and bewiste.

1) Jenen Namen hat Florenz, dieſen Wilhelm von Jumièges l. VIII. c. 3.

Land und andere Schlösser sich zu unterwerfen. Der König
scheute sich nicht, mit einem reichen Bürger von Rouen, Conan,
Gilelberts des Behaarten Sohne, einen Vertrag zu schliessen,
um durch dessen Verrath die Stadt zu gewinnen. Conan über-
redete die Mehrzahl seiner Mitbürger, deren Privilegien und
Gewerbe unter dem mächtigeren Fürsten besser gedeihen konnten, als unter demjenigen, welcher nur Abgaben verlangte, ohne
dagegen Schutz und freie Thätigkeit gewähren zu können, die
Krieger des Königs aus der benachbarten Burg Gournay aufzunehmen und diesen zum Herrn der Hauptstadt der Normandie zu machen. Die Vorkehrung zu diesem Beginnen vor den
Augen des auf der Burg zu Rouen wohnenden Herzogs blieben nicht unbemerkt, der sich eiligst mit seinem Bruder Henry
und anderen abgefallenen Vasallen, Wilhelm, dem Grafen von
Evreur, Robert von Belesme, Wilhelm von Breteuil und Gilbert de l'Aigle versöhnte. Henry eilte auf die Burg und Gilbert mit Rainald von Garenne rückte mit Ritterschaaren nach
Rouen, ehe viele Königliche sich dort gesammelt hatten. Conan, überrascht und nur von einigen seiner Mitbürger unterstützt, während Andere für ihre Herren die Waffen ergriffen,
versuchte den gefahrvollen Kampf. Der Herzog ließ sich bald
von seinen Höflingen zur Flucht überreden, damit er nicht
durch der Meuterer Hände umkomme, und wartete in einer
Dorfkirche das Ende des Kampfes ab; doch bald war Conan
gefangen und dadurch aller Widerstand erloschen. Viele der
reichen Kaufherren wurden von den herzoglichen Rittern gefangen und in die Burgverliesse geworfen, bis sie mit den
größten irgendwie erschwinglichen Summen sich loskauften.
Von dem reichen Wilhelm, Ansgerius Sohn, erpreßte Wilhelm von Breteuil dreitausend Pfund. Conan ward aber noch
an demselben Tage auf die Höhe des Thurms geführt, wo
Prinz Henry ihm die schönen Fluren, die Festen, die fisch-
und schiffreiche Seine, die reiche Hauptstadt mit ihren Schlös-
sern und Kirchen höhnend zeigte, das Land, welches er sich
hatte erobern wollen. Conan verstand, wohin der bittere Spott
zielte, und bot alle seine, alle der Seinigen Habe zum Lösegeld.
Doch Henry, die gefährliche Nachsicht seines Bruders besorgend,
jene unbarmherzige Barmherzigkeit, welche das Verderben sei-

nes Landes war [1]), ſchwur bei ſeiner Mutter Seele, daß den Verräther nichts befreien ſolle, und ohne dem Flehenden den letzten Seelentroſt zu gönnen, ergriff er ihn mit beiden Händen und warf ihn durch das Fenſter in die Tiefe. Der Leichnam wurde an den Schweif eines Pferdes gebunden und durch die Stadt und die benachbarten Dörfer geſchleift.

Hatten die Intriguen des Königs mit den Bürgern fehlgeſchlagen, ſo wurde es ihm doch leicht, ſie mit den Lehnsleuten gegen ſeinen Bruder fortzuſetzen. Hugo von Grentemaisnil und Richard de Curcy, Beide auch in England reich begüterte Barone, begannen eine Fehde gegen Robert von Belesme, für welchen der Herzog die Waffen ergriff. Es gelang ihm jedoch nicht, weder dieſe noch andere rebelliſche Lehnsmannen, welche ihre Burgen dem Könige ausgeliefert hatten, zu beſiegen. - Er wandte ſich Hülfe ſuchend an ſeinen Oberlehnsherrn Philipp, den König von Frankreich, welcher anfänglich Anſtalten machte eine der Burgen zu belagern. Doch bald gelangten einige Beutel engliſchen Goldes an, und der kurzſichtige Monarch kehrte zu ſeinen ſchwelgeriſchen Gaſtmählern zurück und ließ es geſchehen, daß die Burgen ſeines ſchwachen Lehnsmannes in die Hände des weit ſtärkeren und gefährlichſten Gegners fielen. Zu Anfang des folgenden Jahres ſchiffte König Wilhelm ſelbſt nach der Normandie, wo er die Belagerung von Eu begann, doch bald unter perſönlicher Vermittelung des Königs von Frankreich zu Caen einen ſehr vortheilhaften Friedensvertrag mit dem Herzoge abſchloß, durch welchen er die Grafſchaft Eu, Fécamp, das Land bei Gournay und bei Conches, die Abtei zu Mont St. Michel und Cherbourg erhielt. Wilhelm verhieß dagegen, für Robert Maine und die von ihm abgefallenen Burgen zu erobern, auch den in England geächteten Normannen ihre dortigen Lehne wieder zu geben. Wer von den Brüdern, wurde endlich beſtimmt, den Anderen, der

1091

---

1) Raoul von Caen ſagt von ihm: Misericordiam ejus immisericordem sensit Normannia, dum eo consule per impunitatem rapinarum nec homini parceret nec Deo licentia raptorum. Radulphi Cadom. Gesta Tancredi apud Muratori SS. rer. Italic. T. VI.

2) Chron. Saxon. Malmesbur.

ohne eheliche Söhne mit Tode abginge, überlebte, solle demselben in allen seinen Staaten folgen. So solle es geschehen und Friede erhalten werden, beschworen die beiden Brüder und zwölf angesehene Barone auf jeder Seite[1].

In einigen der vorgedachten Abtretungen lag eine harte
Beeinträchtigung der Rechte des jüngsten Bruders, welcher sich
ihnen widersetzte, und von den meisten seiner frühern Anhänger wegen seiner Dürftigkeit verlassen und nur von einigen
Bretons unterstützt, sofort von den hier zum ersten Male vereinten älteren Brüdern zu Mont St. Michel belagert wurde.
Von dieser Belagerung her haben sich einige Erzählungen von
den beiden älteren Brüdern erhalten, welche Zeit und Charakter zu sprechend schildern, um hier nicht kurz erwähnt zu werden. Bei einem Gefechte waren die Riemen des Sattels ge-
borsten, auf welchem der König saß und er fiel mit demselben.
Seine Gegner drangen lebhaft auf ihn ein, er aber sprang
auf, ergriff den Sattel und vertheidigte sich mit dem Schwerte,
bis die von ihm herbeigerufenen getreuen Ritter, Normannen
und Angelsachsen mit großer Mühe ihn befreiten. Heimkehrend
scherzten seine Ritter über die Gefahr, welcher er sich für seinen Sattel ausgesetzt hatte. „Bei dem heiligen Antlitz zu
Lucca"[2], entgegnete er ihnen, „das Seinige muß man zu
beschützen wissen! Schande ists, es zu verlieren, wenn man es
noch vertheidigen kann. Die Bretons hätten sich schön mit
meinem Sattel zu brüsten gewusst"[3]. Bei einem andern dortigen Treffen war der König auf ein neues so eben erkauftes
Roß in das Schlachtgetümmel gerathen; dieses wurde vom
tödtlichen Pfeile getroffen und der König, wie er sich unter
demselben aufrichtete, sah sich von einem gezuckten Schwerte
bedroht. „Halt, du Lump," schrie er, „ich bin der König von
England!" Ehrerbietig wich die Schaar der feindlichen Kämpfer zurück und dem Könige wurde ein anderes Pferd vorge-

1) Florent. a. 1091.

2) S. über diesen Schwur Pluquet zum Roman de Rou T. II.
p. 328.

3) Roman de Rou v. 14670 sq. Pluquet hält diese Geschichte
für eine Entstellung der folgenden, wozu ich keinen Grund zu finden weiß.

führt. Mit einem Schwunge saß er stattlich auf demselben und die Umstehenden scharf musternd, fragte er, wer es sei, der ihn zum Sturze gebracht habe? Ein Krieger trat kühn hervor mit den Worten: „Einen Ritter, den König nicht, glaubte ich zu treffen." Worauf dieser ruhig und heiter sprach: „Nun bei St. Luccas Antlitz, du sollst von meinen Rittern einer sein und auf meine Rolle eingezeichnet herrlichen Kriegslohn erhalten" [1]).

Vom Herzog Robert wußte man nur einen, jedoch seltenen Zug von Herzensgüte zu berichten. Die Belagerten litten Mangel an Wasser und auf Henrys Vorstellung, daß das Element, welches allen Sterblichen gemein sei, nicht versagt werden dürfe, und daß ein Kampf nicht so, sondern durch den Arm des Tapfersten entschieden werden müsse, sandte Robert ihm wessen er bedurfte. Der König machte dem schwachherzigen Verbündeten Vorwürfe, daß er diese Gelegenheit, die Übergabe zu erzwingen, so leicht verscherze. „Possen," erwiederte dieser, „sollen wir denn unseren Bruder verdursten lassen, welchen anderen hätten wir denn, wäre dieser verloren?" [2]) König Wilhelm war jedoch aus anderem Metalle gegossen und zu so milden Ansichten nicht zu stimmen. Er sorgte dafür, daß den Belagerten keine neue Zufuhr von Wasser gegönnt werde, und Prinz Henry sah sich gezwungen die Feste und seine übrigen Besitzungen gegen die Bedingung des freien Auszugs zu übergeben. Er floh nach der Bretagne, um dort seinem edelmüthigen Freunde zu danken, sodann nach Frankreich, wo er keine Hülfe fand. Zwei Jahre lebte der künftige ruhmvolle Monarch von England im Verin, nur von einem Ritter, einem Priester und drei Knappen begleitet, und lernte in dieser Schule der Entbehrungen die erste der königlichen Tugenden, Selbstbeherrschung, so wie auch die wahren Bedürfnisse des Menschen und ihre Herzen vortrefflich und besser als an den schwelgerischen Hoflagern und bei den wilden Jagdfesten der Brüder kennen.

Die Freiheit verdankte Henry weniger dem guten Willen

1) Malmesbur.

2) Roman de Rou v. 14700. und mit einer kleinen Abweichung Malmesbur.

seines königlichen Bruders, als einem Raubzuge der Schotten,
deren König Malcolm Canmore bereits im Maimonate in dessen
Land eingefallen war. Wahrscheinlich war es im Zorn über
diese Feindseligkeit, daß Wilhelm den Atheling Eadgar, Mal=
colms Schwager, seines normannischen von Robert verliehenen
Lehns beraubte und ihn aus dem Herzogthume vertrieb. Im
August kehrte er nach England zurück und zog nordwärts, um
Schottland zu bestrafen. In Durham setzte er in Folge der
Verhandlungen zu Caen den vor drei Jahren vertriebenen Bi=
schof Wilhelm wieder ein. Doch ehe er die Reichsgrenzen über=
schritten hatte, erreichte ihn kurz vor dem St. Michaelistage
die Nachricht, daß in dem ersten der Stürme, welche jenes
Jahr auszeichneten, beinahe seine ganze Flotte untergegangen
sei. Von seinen Reitern waren viele in diesen öden, neuerlich
von den Schotten verheerten Gegenden vor Hunger und selbst
Manche, vermuthlich Franzosen, vor Kälte umgekommen. Als
nun Malcolm mit besser versorgten, an Luft und Boden des
Nordens gewöhnten Gaelen ihm in der Grafschaft Lothian ent=
gegenkam, sah Rufus es gern, in seinem Bruder Robert ei=
nen Friedensvermittler zu finden. Canmore versprach für die
englischen Lehne ihm, wie einst seinem Vater, Huldigung zu
leisten, wogegen Rufus ihm die zwölf bereits unter seinem
Vater besessenen Landgüter (villae) in England zurückzustellen
und jährlich zwölf Marken Goldes zu geben verhieß[1].

König Rufus erkannte bei diesem Zuge, wie sehr die nörd=
lichen Länder seines Reichs durch die früheren Verheerungen
gelitten hatten und daß selbst zum Schutze gegen die Feinde

---

1) Florent. a. 1091. Das Nähere über diese Dörfer und die auf=
fallende Abgabe in Gold fehlt. Da dieser Dörfer im Domesday nicht
gedacht wird, so darf man wohl nicht mit Lingard sie in verschiedenen
Theilen Englands suchen, als Wohnungen auf den Reisen zum Ober=
lehnsherrn von König Eadgar an König Kenneth ertheilt. Matthäus
von Westminster z. J. 975, auf dem diese Nachricht beruht, spricht
selbst nur von einigen mansiones in itinere, welche die Könige von Schott=
land noch bis zu Henrys II. Zeiten besaßen. Vielleicht ist daselbst für
mansiones zu lesen pensiones, da sich nachweisen läßt, daß dem Könige
von Schottland unter Henry I. auf seinen Reisen zu demselben von den
Sheriffs Zahlungen in Silbergelde geleistet wurden. S. Rotulus magnus
pipae, 31 Henr. I.

eine wohlhäbige Bevölkerung beffer diene als Wüften und
Steppen. Er führte ein ftarkes Heer nach Carlifle und nach
der Vertreibung des bisherigen nominellen, vielleicht nur durch
den König von Schottland mittelbaren Lehnsmanns, Dolfin,
vermuthlich eines Sohns des einftigen Grafen von Northumber=
land, Gospatrik[1]), deffen angelfächfifche Abftammung ihn we=
nig zu einem Grenzwächter eignete, ftellte er die vor zweihun=
dert Jahren durch die Dänen zerftörte Stadt wieder her, er=
baute dafelbft eine Burg und vertheilte die öden Ländereien an
eine große Schaar dahin mit ihren Weibern und fahrender
Habe gefandter Bauern[2]), vermuthlich größtentheils folcher,
welche durch die Niederlegung der Dorffchaften bei Winchefter
befitzlos geworden waren. Ob König Rufus jetzt dem Ranulf
de Mefchines, welchen nach verfälfchten Traditionen fchon der

1) Siehe oben S. 117. Ein Sohn des Grafen Gospatrik, des Va=
ters oder diefem gleichbenannten Bruders des Dolfin, Waltheov, fo wie
deffen Sohn Alain werden häufig in Urkunden von Cumberland und York
genannt, f. Monast. T. III. p. 583 sq. T. VI. p. 144.

2) Chron. Saxon. Simeon a. 1092. Wir müffen hier auf die
vermuthlich irrige Angabe des Matthäus von Weftminfter z. J.
1072 aufmerkfam machen, da Palgrave Th. I. S. 449. fie als richtig
annimmt, daß fchon der Eroberer einen Grafen von Cumberland, Ranulf
von Micenis (Mefchines), angefetzt habe. Bemerken wir aber, daß Mat=
thäus jenen Ranulf als den Grafen von Carlifle darftellt, welche Stadt
der Eroberer damals habe befeftigen laffen, der auch dem Ranulf die Graf=
fchaft Chefter hernach ertheilt habe (welche bekanntlich Hugo von Avren=
ches erhielt), fo wird es höchft wahrfcheinlich, daß jener Chronift die ob=
gedachte Eroberung der Fefte von Carlifle durch Wilhelm Rufus und
deren Verftärkung unter König Henry I. im Jahre 1122 in dem im Do=
mesday noch nicht aufgeführten Lande und die Ernennung des Viscomte
von Bayeur, Ranulf, zum Grafen von Chefter im Jahre 1122 mit der
Begebenheit des Jahrs 1072 verwirrt habe, wo bei einem jener häufigen
Schreibfehler, wo ein C für ein L gefetzt ift, feine Schuld mittragen
kann (MLXXII für MCXXII). Ähnliche Sagen über einen ältern Ra=
nulf von Mefchines, wie bei Matthäus, finden fich in den erfichtlich
verfälfcht auf uns gelangten Urkunden der Boldon Priory in Cumber=
land, deren Mängel bereits Tanner bemerkt, und in dem vielfach irrigen
Chronicon Cumbrense (f. Monast. Angl. T. III. p. 581.); dagegen er=
theilen die Stiftungsberichte über Minting Priory und Calder Abbey den
unzweifelhaften Grafen Ranulf I. und II. wirklich den Familiennamen:
de Mefchines, f. Monast. T. V. p. 239. T. VI. p. 1023.

Eroberer nach Carlisle gesetzt haben soll, diese Burg anvertraute, oder ob dieses erst unter Wilhelms Nachfolger geschehen, möge hier unentschieden bleiben. Wichtig aber ist es wahr-
zunehmen, daß erst Rufus und nicht sein Vater Cumberland
zu einer wirklichen Provinz des normannischen Englands machte.

Bei dieser Normannisirung Cumberlands hatte der englische
König die Rechte und Ansprüche unbeachtet gelassen, welche
das schottische Königshaus auf dasselbe bisher behauptete. Zur
Erledigung sämmtlicher von Malcolm erhobenen Beschwerden [1])
folgte dieser der Einladung des Königs Wilhelm, nach Empfang
von Geiseln, von dem Vermittler Eadgar Atheling begleitet,
auf den zu Glocester gehaltenen Hoftag zu ziehen. Indessen weigerte sich Wilhelm seinen königlichen Vasallen zu sehen, bis er
ihm nach Sitte der normannischen Barone die Lehnshuldigung
dargebracht hätte. Dieser lehnte solches Ansinnen ab und
wollte nur nach dem Ausspruche eines aus Baronen beider
Reiche zusammengesetzten Lehnshofes und an der beiderseitigen
Landesgrenze, wo diese Huldigung früher zu geschehen pflegte,
auch jetzt dieselbe leisten [2]). — Ohne zum König Wilhelm zu-
gelassen zu sein, sehr erzürnt, verließ Malcolm den englischen
Hof, sammelte in seinem Reiche ein großes Heer und fiel in
England ein. Er war jedoch kaum bis Alnwik vorgedrungen,
als er in einem von Robert, dem Grafen von Northumberland, gelegten Hinterhalte von einem angeblichen Überläufer,
welcher ihm die Schlüssel jener Burg zu bringen vorgab, er-
1093　mordet und in Folge der entstandenen Verwirrung auch sein
15. Nov.　ältester Sohn Eadward erschlagen wurde [3]). Der Tod beider

---

1) Walter Scott (History of Scotland. T. I.) stellt die ungegrün-
bete Behauptung auf, daß Malcolm mit Wilhelm auch über die Bedingungen gestritten, unter welchen er Northumberland besaß, welches ein
dortiger Earl ihm übertragen habe, wo Scott jene Grafschaft mit dem
von ihm gleichfalls genannten Lothian verwechselt. Vergl. oben S. 117.
Eben so ungenau und irrig ist Scotts Angabe, daß Malcolm durch
die im Jahre 1080 (?) von Wilhelm Rufus (?) bewerkstelligte Erbauung
der Burg zu Newcastle an der Tyne beunruhigt sei.

2) Chron. Saxon. Florent. a. 1093.

3) Chron. Saxon. Simeon a. 1093. Forduni Scotichron.
l. V. c. 20.

Fürſten durch Hinterliſt wurde ſelbſt von ihren Gegnern beklagt und getadelt. Der Name des Morel von Banborough,
des Grafen Robert Neffen und Steward, dem Könige Malcolm
ſogar durch geiſtliche Bande verwandt, wird als der des Thä-
ters aufbewahrt, und die Unthat wurde in der Tradition bald
ſo ſehr vergrößert, daß uns die Nachricht auch nicht vorent-
halten iſt, daß der Mord an den von Gloceſter ehrenvoll
und reichbeſchenkt heimkehrenden Fürſten begangen ſein ſolle [1].
Die gute Königin Margarethe, die Angelſächſin, Malcolms
Gemahlin, ſtarb bald darauf vor Schmerz, und ſein Bruder
Dufenald (Donald) vertrieb alle Engländer aus ſeinem Reiche.
König Rufus ließ ſich jedoch von Malcolms Sohne, Duncan,
welcher als Geiſel an ſeinem Hofe lebte, die von dem Vater
einſt verlangte Huldigung leiſten und ſandte ihn, von vielen
Angelſachſen und Franzoſen unterſtützt, nach Schottland [2]. Hier
gelang es ihm ſeinen Oheim zu vertreiben, und Rufus durfte
hoffen auch Schottland jetzt zur normanniſchen Provinz gemacht zu haben. Aber jene unweiſen Freunde des jungen Königs, die mitgebrachten fremden Ritter, veranlaſſten im Volke
ſo viele Unzufriedenheit, daß es dieſe faſt alle erſchlug und den
Duncan nur unter dem Verſprechen auf den Thron ließ, daß
er keine Angelſachſen oder Normannen in ſein Land führe.
Schwerlich konnte Duncan ſich von dem normanniſchen Hofe
ganz trennen, denn ſchon im folgenden Jahre wurde er von
den Schotten erſchlagen und der Jenem feindſelig geſinnte Dufenald wieder auf ihren Thron geſetzt [3]. Doch benutzte Rufus
nach wenigen Jahren den günſtigen Zeitpunct, um den Ätheling Eadgar mit einem Heere nach Schottland zu ſenden und
nach der gewaltſamen Entfernung Dufenalds einen dritten
Sohn Malcolms, Eadgar, zum Könige von Schottland krönen zu laſſen [4].

1) Orderic. Vital. l. l. L. VIII. p. 701., der den Beſuch Malcolms in England in das vorhergehende Jahr ſtellt und von den Zwiſtig-
keiten zu Gloceſter nichts erfahren hatte.

2) Simeon a. 1093.

3) Simeon a. 1094.

4) Simeon a. 1097. Ethelred p. 344.

Lappenberg Geſchichte Englands. II.   12

Nach den im Norden des Reichs gemachten Fortschritten mußte bei dem Könige der Wunsch lebhafter sich regen, auch die Waliser völlig unter das Joch seiner Herrschaft zu bringen. Keine Unruhe im Innern des Reichs, keine Fehde an den übrigen Grenzen blieb von den Walisern unbenutzt, um die Normannen zu bekämpfen. Schon während der Rebellion Odo's war Roger von Rudvhlan durch die Einfälle der Nordwaliser unter König Gryffith ap Conan in die Grafschaft Chester an seine Mark zurückgerufen. Große Übereilung führte jedoch den muthvollen Kämpfer ungerüstet in die Nähe seiner Feinde, deren Wurfgeschossen er erlag [1]). Sein Tod brachte den Walisern einige Ruhe an ihren Grenzen, doch innere Zwistigkeiten erhoben sich bald. Chewelyn und Einion aus Dyfed hatten Jeßyn ap Gurgant, dem Herrn von Morgannwc, zum Aufstande gegen den König von Südwales, Rhys ap Tewdor, bewogen und den Robert Fiß Haimon nebst zwölf anderen normannischen Rittern zu ihrer Unterstützung unter lockenden Verheißungen herbeigerufen. König Rhys fiel durch Verrätherei seiner Unterthanen in einem Treffen bei Brechnok und in ihm der letzte König von Südwales aus dem alten Herrscherstamme [2]). Ein großer Theil des Landes kam in die Hände normannischer Barone, doch wurden die alten fürstlichen Familien der Waliser weder ausgerottet noch vertrieben und im Allgemeinen viel milder als die vornehmen Angelsachsen behandelt. Die Normannen ließen denselben jetzt und so auch als sie später ihre Macht ausdehnten, immer einen Theil der alten Ehren und Einkünfte, da jene ihnen noch unentbehrlich waren, um auf das Volk der fremden Zunge einzuwirken. Sie suchten daher erst allmälig durch Verheirathungen der Normannen mit walisischen Erbtöchtern und andere allmälige Erwerbungen allen Besiß in die Hände des normannischen Adels zu bringen, in ähnlicher Weise, wie die Angelsachsen in manchen Gegenden sich langsam ausgebreitet hatten, und wie aus ähnlichen Gründen die Deutschen dieser Jahrhunderte in den eroberten slavischen Ländern eine ähnliche Politik befolgten. Robert Fiß Haimon behielt die

1) Orderic. l. VIII. p. 670 sq.
2) Florent. a. 1093. Giraldi Cambrens. Itinerar. l. I. c. 12.

Herrschaft Glanmorgan und vertheilte von den achtzehn Burgen, 36 Ritterlehen und anderen zu der größeren gehörigen
kleineren Herrschaften einige an seine Waffengefährten[1]). Die
Herrschaft Brecknok wurde von Bernhard de Neuf Marché erobert, welcher durch die Verheirathung mit Nesta aus einem
alten walisischen Fürstenhause die Zuneigung seiner neuen Unterthanen gewann. Sein Sohn Mahael folgte jedoch nicht in
die Lehen seines Vaters, da seine Mutter aus Haß gegen denselben ihn dem Könige als von ihr selbst unehelig erzeugt an-
gab[2]). Henry von Newburgh, Sohn des Robert von Beaumont, eroberte das Land Gower. Doch waren diese Erwerbungen nicht leicht erkauft. Die Waliser vereinigten sich nach
Rhys Tode gegen die falschen Freunde, rissen die Burgen nieder, welche in Westwales errichtet waren, und stellten häufige
verheerende Einfälle in die Grafschaften Chester, Hereford und
Shropshire an. Selbst in Anglesey gelang es ihnen den Normannen die Burg und die Gewalt über die Insel abzugewin-
nen. Wenngleich Hugo von Montgomery, der Graf von
Shrewsbury, einige Schaaren der Waliser vernichtete, so blieben andere durch die natürliche Beschaffenheit ihres Landes und
ihre ererbte Geschicklichkeit in Benutzung derselben geschützt, und
König Rufus glaubte daher das Jahr 1095 mit einem Feld- 1095
zuge gegen die Waliser beginnen zu müssen.

Es bewährte sich hier aufs neue, daß gegen Bergvölker
mit einer großen Streitkraft selten erfolgreich zu kämpfen ist.
Nach schmählichem Verluste seiner Reiter zog Rufus sich bald
zurück[3]). Die Waliser, kühner durch diesen Erfolg ihrer kriegerischen Künste sowie durch die damaligen Unruhen in dem normannischen Adel, überfielen die Burg Montgomery und erschlugen
Hugo's Mannschaft in derselben. Ein solcher Frevel erbitterte

---

1) Das Nähere über ihre Namen und Erwerbungen siehe in dem
Aufsatze des Gryffith ap Conan, vor Powells History of Wales abgedruckt.

2) Orderic. l. VI. p. 606. Girald. Cambr. Itinerar. l. I.
c. 2. In Letzterem liegt vielleicht die Quelle einer ähnlichen Darstellung
in Shakspeares König Johann.

3) Florent. a. 1094 fin.

12*

den König, der nach der St. Michaelismesse hoch erzürnt gen
Wales fuhr, aber nur um in demselben Jahre zweimal von
dem winzigen Häuflein der verachteten Altbriten verhöhnt und
geschlagen zu werden [1]. Die Streifzüge, welche die Barone
an der Grenze zu unternehmen nicht aufhörten, waren weniger
ruhmlos, doch ohne bleibenden Erfolg kosteten sie viel Geld
und viel Blut. Cadogan, Blethyns Sohn und dem Könige
Griffith nah verwandt, hatte die Waliser zu der Einheit gebracht, welche zu einem Vertheidigungskriege unentbehrlich ist,
und so gelang es ihnen den im Jahre 1097 noch einmal wiederkehrenden König Rufus nach einem mehr als viermonatli-
chen Feldzuge wiederum zurückzuschlagen. König Rufus, anstatt, wie er verheissen, alle Männer von Wales niederzumetzeln,
erkannte, daß die Besiegung lediglich dem Guerillaskriege der
Grenzbarone überlassen werden müsse, und er suchte daher noch
mehr der edelsten seiner Lehnsleute durch Verleihung von Grenz-
districten für die Bekämpfung der Waliser zu gewinnen. Roger Montgomery mußte Huldigung leisten für Powis, wo er
die seitdem mit seinem Geschlechtsnamen benannte Burg Bald-
win erobert hatte, so wie für Carbigan, sein Sohn Arnulf für
Dyved, wo er nach einigen Jahren die Burg zu Pembroke,
zuerst aus Baumstämmen und Erdwällen anlegte [2], Hugo de
Lacy für das Ländchen Ewyas (Hereford), Euſtaz Omer, Ralf
Mortimer, welcher reich begütert auch Wigmore Castle (Hereford) inne hatte, und andere Ritter, deren ruhmvoller Name
wie eine Heldenthat klingt, für andere Districte, welche sie
theils vertheidigen theils erst erobern sollten [3]. Graf Hugo
gewann auch nach mehrjährigen Anstrengungen Anglesey wieder

1097

1098

---

1) Chron. Saxon. Florent. a. 1095. Dieser so wie Simeon
von Durham's Chronik berichten von zwei Feldzügen des Königs gegen die Waliser v. J. 1095, die angelsächsische Chronik nur von einem.
Möglich ist es, daß der am Schlusse des Jahres 1094 beschlossene Zug
im Anfange des Jahres 1095 gar nicht oder doch nicht durch den König
ausgeführt wurde. Florenz z. J. 1097 durfte dann auch mit Recht
den Zug dieses Jahres gegen Wales den zweiten nennen.

2) Giraldi Cambr. Itinerar. l. I. c. 12.

3) Powell l. l. p. 117., der in diesem Abschnitte nur in der Chronologie irrt.

und übte mehr als die in jenen Zeiten gestattete Rache gegen die Gefangenen, welche nach abgeschlagenen Händen und Füßen entmannet und geblendet wurden.

Den Walisern erschien hier plötzlich ein Helfer und Rächer, unvorhergesehen wie der Blitzstrahl, welcher den Verbrecher trifft, doch auch gleich jenem ohne weitere Einwirkung auf das Ganze der Begebenheiten. König Magnus III. Barfot von Norwegen war in mancherlei Beziehungen zu den britischen Inseln. Eine gefangene edle Angelsachsin hatte er geheirathet und mit ihr den durch seine Waffenthaten im gelobten Lande verherrlichten nachherigen König Sigurd (Siward) erzeugt [1]. Manche flüchtige Angelsachsen hatte er gastfreundlich aufgenommen. Die Orcaden, die Hebriden, die Insel Man gehorchten ihm. Seine Heirath mit der Tochter eines irischen Königs hatte nunmehr Mishelligkeiten mit diesem veranlaßt, welche der unstäte Norweger selbst mit seinem Schwerte in Dublin entscheiden wollte. Auf der Seefahrt landeten einige seiner Schiffe in Anglesey, wo ihre Erscheinung, obgleich das an den Mast geheftete rothe Schild die friedliche Absicht der Fremden verkünden sollte, bei den dortigen Normannen die größte Bestürzung veranlaßte. Die Nachricht, daß auch Harold, des letzten englischen Königs Sohn, auf der norwegischen Flotte sei [2], ließ sogar in ihnen noch mehr als gewöhnliche Seeräuber fürchten. Die normannischen Grafen zogen schnell ihre Mannschaft zusammen, und während beide Parteien sich mißtrauisch beobachteten, ereignete es sich, daß Hugo Montgomery, in der Absicht einige seiner Reiter, welche zu weit vorrücken wollten, zurückzuhalten, auf eine Felsenhöhe am Meere in die Nähe der Norweger ritt. König Magnus, in übermüthiger Piratenlaune, zielte auf den ganz in Eisen geharnischten Reiter und traf sein rechtes Auge; dieser sank und stürzte hinab ins Meer. Der Wikinger verhöhnte den Fallenden. „Laßt ihn laufen," rief er ihm nach; doch erschrak er, als er vernahm, wen sein Pfeil getroffen, da es nicht seine Absicht war, einen Freund des englischen Königs zu ermorden. Dem Grafen von

1) Orderic. L. X. p. 767.

2) Malmesbur. L. IV. p. 125.

Chester, Hugo dem Dicken, sicherte er sogleich Frieden und
Schutz zu. Doch ward dieser Vorfall von nicht geringer Bedeutsamkeit, theils als das letzte Treffen zwischen Engländern
und den alten Nordmannen, theils durch seinen Einfluß auf
die Stimmung der dortigen Völker. Die Briten behaupteten
ihr Mona noch lange gegen die Normannen[1]. Die Grafschaft des Hugo Montgomery erkaufte jetzt vom Könige, für
die große Summe von 3000 Pfund Sterling, sein älterer
Bruder, Robert von Belesme, dessen unerhörte Grausamkeit,
Habsucht und Hochmuth nicht nur die Angelsachsen und Waliser sehr drückten, sondern ihn auch bei den Normannen sehr
verhaßt machten. Wales wurde immer mehr von normannischen Burgen eingeschlossen, welche der Eroberer angefangen
hatte von starken Quadersteinen nach gleichförmigem Modelle
aufführen zu lassen. Von 49 Burgen, welche Domesday erwähnt, lag beinahe der sechste Theil in Herefordshire, worunter Wigmore, Monmouth, welches später der den Walisern
abgenommenen Grafschaft den Namen gab, Clifford, Carleon
(Monmouth), Ewias u. a., wogegen die binnenländischen Grafschaften gewöhnlich nur Eine Burg, den Sitz des Grafen, besaßen. Auch in Shropshire bemerken wir ein ähnliches festes,
stehendes Feldlager gegen Wales in den Burgen Shrewsbury,
Luvre, Stanton und dem vom Grafen Roger erbauten, nach
seinem normannischen Stammschlosse genannten Mont = Gomeri,
dessen Mauern eine tapfere Mannschaft beherbergten, die allmälig den Walisern das Land abnahm, welches hernach die
dem Grenz= und Raubschlosse gleichbenannte Shire ausmachte.

Die kriegerische Regierung des Rufus war auch dazu bestimmt, der Anfangspunct der geistlichen Händel zu werden,
welche noch fernhin auf Englands Schicksale einwirken sollten.
Die von Gregor VII. angeregten und mit dem deutschen Kaiser Heinrich IV. bis zum ärgerlichsten Anstoße der Christenheit

---

1) Chron. Saxon. Florent. a. 1098. Orderic. p. 767 sq.
Chron. Mannise h. a. Giraldi Cambr. Itinerar. l. II. c. 7. Theo-
doric. Monach. de regibus Norveg. c. 81. Letzterer irrt jedoch
darin, daß er die Begebenheit nach Cornwales versetzt, als dessen von
Magnus erschossenen Grafen er Hugo den Dicken angibt. Vergl. auch
Th. Torfaei hist. Norveg. l. VII. c. 4.

durchgefochtenen Streitigkeiten über die Investitur der Bischöfe
und Äbte waren unter dem mächtigen Eroberer und dem klu-
gen Papste unter Vermittelung des gewandten Landfrank zu
keinem Ausbruche gelangt. Die Entfernung von Rom, die
gänzliche Absonderung durch seine insularische Lage von den
weltlichen Interessen Italiens, die verschiedenartige mehr germanische als romanische Bildung gestalteten den Streit der
Krone mit der Kirche in England sehr verschieden von demjenigen auf dem Festlande. Er begann später, wurde aber dann
beinahe eifriger als selbst in Rom von einigen englischen Geistlichen verfochten. Das Königthum mochte in England wohl
selten in größerer Blöße erschienen sein als in dieser Fehde,
während die kämpfenden Prälaten oft mit Verleugnung aller
eigenen irdischen Interessen und erhebender Standhaftigkeit
kämpften. Jene Streitigkeiten zwischen Papst Gregor VII. und
dem Kaiser Heinrich IV., so wie die durch Letzteren im Jahre
1080 veranlaßte Erwählung des Gegenpapstes Wibert, unter dem
Namen Clemens III., scheinen in England unbeachtet und auf
die Beziehungen des Eroberers zu jenem Papste ohne Einfluß
geblieben zu sein. Wir finden Gregor noch in seinem letzten
Lebensjahre in Verbindung mit dem Könige. Daß nach Gregors Tode (1085) eine Veränderung in den Gesinnungen des
Königs zu Gunsten Wiberts eingetreten sein sollte, ist nicht
wahrscheinlich. Über die kurze Regierung Victor III. fehlen
uns alle bezügliche Nachrichten; von Urban II. (1088—1099)
aber wissen wir, daß die Normandie ihn anerkannte. Dagegen ward Wibert von den italienischen Normannen verfolgt.
So lange Landfrank lebte, ist Urban II. auch in England
höchst wahrscheinlich wenigstens stillschweigend anerkannt gewesen. Der Geringschätzung aber, welche König Rufus gegen
die Geistlichkeit hegte, und seiner Habgierde erschien es bequem,
den Zwiespalt in der Kirche zu benutzen, um keinen der beiden
Päpste anzuerkennen und im Schutze dieses Haders ungestörter
zu rauben. Die Besetzung der erledigten Bisthümer und Abteien wurde lange aufgeschoben und der Ertrag der bedeutenden
Einkünfte für die königliche Schatzkammer verwandt. Der
König äußerte voll Verdruß häufig, daß die Krone die Hälfte
ihrer Einkünfte an die Kirche verloren hätte, und von ihm

selbst sind auch nur zwei geistliche Stiftungen neu begründet,
die St. Marienabtei zu York und ein Nonnenkloster in Arme-
thwaite (Cumberland) [1]), beide in dem ersten Jahre seiner
Regierung, wo er noch suchte sich Freunde zu erwerben. Sogar das Primat von England wurde nach Landfranks Tode
nicht wieder besetzt und die Schätze seines reichbegabten Stiftes, welche jener zu dem Bau mehrerer der vorzüglichsten Denkmäler mittelalterlicher Baukunst, der Christi- und St. Salva-
torkirche zu Canterbury, der Abtei St. Albans (Hertford),
mancher Kranken- und Gasthäuser verwandt hatte, sollten jetzt
die Mängel ersetzen, welche die erbärmlichste Verwaltung, un-
nöthige Fehden und wüster Hofhalt hervorbrachten. Vier Jahre
vergingen, in welchen das geistliche Regiment Englands sich
immer mehr auflöste; kein Papst wurde anerkannt, vielmehr die
Behauptung aufgestellt, es sei ein Vorrecht des Königs von
England vor allen anderen Königen, den Papst nach eigenem
Gutdünken anzuerkennen oder nicht [2]); kein Briefwechsel mit
der römischen Curie wurde gestattet, keine erledigte geistliche
Pfründe von Werth wieder besetzt, als den König zu Anfang
1093 des Jahres 1093 zu Glocester eine Krankheit ergriff, welche
man für tödtlich hielt. Hier wurde dem Rufus der Entschluß abgedrungen, die Kirchenämter wieder zu besetzen. Das
Bisthum Lincoln erhielt jedoch kein Besserer als sein Freund
und Canzler Robert Bloet; für das Erzbisthum war die Wahl
schwieriger.

Ein wegen großer Gelehrsamkeit bei den Geistlichen geehr-
ter, durch Demuth und Anspruchslosigkeit den Vornehmen un-
anstößiger Mann, durch langen Aufenthalt unter den Normannen ihnen zuverlässig, ein solcher Mann, wie er in Anselm,
dem berühmten Abte zu Bec, sich fand, schien dem Könige das
passendste Werkzeug zur Besetzung der Pfründe. Doch kannte
Rufus wenig die Schlauheit des Piemontesen, — Anselm war
aus Aosta gebürtig, — noch weniger die Kraft, welche geistige
Überlegenheit, wenn auch durch überschätzte Dialektik und
Buchgelahrtheit getrübt, über die Zeitgenossen gewähren kann,

1) Monasticon Anglicanum.
2) Eadmer c. 29.

am wenigsten das freudige Siegesgefühl, mit welchem die ihren Einsichten gewissenhaft entsprechende Überzeugung und der feste Glaube an ein Reich Gottes durch alle irdische Entbehrungen und Stürme hindurchschreiten. Anselm, geboren im Jahre 1033, war der Sohn eines angesehenen Lombarden, Gundulfo, welcher, nachdem er alles das Seinige mit Anderen zu sorglos ausgegeben hatte, zuletzt Mönch ward, und der Ermenberge, welche den theuren Knaben zur Frömmigkeit und zu Studien erzog [1]. Nach der Mutter Tode erwachte indessen in dem Jünglinge die Lust an weltlichen Dingen, und da der Vater diese mit strengem Ernste unterbrücken wollte, so verließ er Vater und Vaterland. Er wandte sich nach Avrenches, wo einst Landfrank gelehrt hatte, und bald zu diesem Meister selbst, damals Prior des Klosters Bec. Gar ergreifend muß die Erscheinung dieses Mannes gewesen sein, welcher in dem Lande, welches wie kein anderes im damaligen Europa mehr von Waffen= und Kriegsthaten erschallte, wo jedem Ritterschwerte seine Eroberung verheißen schien, wo die Würdenträger der Kirche das Beispiel eines weltlichen und kriegerischen Lebens gaben, welches den Stand der Laien nicht ehren konnte, dem ihrigen aber verderbliche Schmach brachte, welcher in diesem Lande einen in jenen Tagen unvergleichbaren Sitz der Wissenschaft und Frömmigkeit zu erschaffen wußte. Auch der junge, lebenskräftige Anselm wurde von dem Glanze und der Hoheit Landfranks und seiner Lehre tief ergriffen: im siebenundzwanzigsten Lebensjahre entsagte er dem Säculum und trat in den Benedictinerorden und in die Gemeinschaft der Brüder zu Bec, deren Prior nach Landfranks Abgange nach Caen und Abt nach Herluins Tode (1078) er wurde. Anselm, nicht minder

---

1) Von seinem Leben handelt das Werk De vita S. Anselmi libri duo, von demselben Mönche zu Canterbury, Eadmer, der auch dieses seines Bischofs politisches Leben in der Historia Novorum dargestellt hat. Beide sind abgedruckt hinter Gerberons Ausgabe der Werke Anselms (Paris 1675, 2te Ausg. 1721. fol.), das Letztere war schon 1624 von John Selden zu London mit Erläuterungen herausgegeben. Die Vita S. Anselmi von Johannes von Salisbury, so wie was Wilhelm von Malmesbury u. A. über Anselm berichten, besteht fast nur aus wörtlichen Auszügen aus Eadmers Schriften.

durch gediegene Geistesgaben, deren wissenschaftliche Ausbildung
ihm einen hohen Rang unter den tiefsinnigsten Bildnern der
scholastischen Philosophie angewiesen hat, als durch Ernst und
Milde ausgezeichnet, erfreute sich besonderer Verehrung bei vornehmen Laien wie bei Geistlichen. Häufig wurde sein Rath
bei Errichtung von Klöstern und Herstellung der Ordnung in
denselben in Anspruch genommen, französische, normannische,
englische Große, selbst der vornehm und kalt zurückhaltende
Eroberer erwiesen ihm die zuvorkommendste Freundlichkeit. So
hatte auch der krank darniederliegende Graf von Chester, Hugo
der Fette, welcher das einst vom Könige Eadgar der heiligen
Werburge errichtete Kloster in eine Benedictinerabtei zu verwandeln beabsichtigte, denselben eingeladen mit einigen dorthin zu
versetzenden Mönchen aus Bec zu ihm in das aus früheren
Reisen jenem bereits wohlbekannte England zu kommen. Doch
war schon des Grafen und anderer angesehener Normannen
Ansicht, daß durch ihn den Räubereien des Königs gegen die
Kirche Einhalt gethan und ihm das seit vier Jahren unbesetzte
Primat übertragen werde. Lange weigerte sich Anselm hinüber-
zukommen, weil er die letztere geheime Absicht ahnte und der
Erfüllung derselben aufrichtigst zu entgehen wünschte. Anselm
war durchaus aufrichtig, unseres Erachtens, sowohl hier als
bei seinen späteren Weigerungen das Erzbisthum anzunehmen.
So wenig die Ansichten der römischen Curie, welche er vertheidigte, uns die richtigen scheinen, so gewiß glaubte er
an dieselben und vertheidigte sie ohne zu deren Vertheidigung sich hervorzudrängen oder in derselben eigennützige Neben-
zwecke zu verfolgen. Anselm gehörte zu jenen Helden der Liebe
und der Demuth, deren das Christenthum zu jeder Zeit hervorgebracht hat und welche nur die beschränkte Ansicht einer in
Selbstsucht verschrumpften oder in winzigen Speculationen be-
fangenen Zeit verkennen kann. Wie sehr das Gewicht der
Jahre, — er war bereits sechszigjährig — die richtige Erkennt-
niß der großen Schwierigkeiten, welche der Charakter des Königs und seiner Umgebungen allen besseren Bestrebungen ent-
gegensetzte, wie sehr die dreiunddreißigjährige Gewohnheit er-
folgreichen Wirkens in dem bisherigen Kreise und wissenschaft-
licher Bestrebungen auf ihn gewirkt haben mögen, dieses auf

der genauesten psychologischen Wagschale auszumitteln, fehlen uns die näheren Angaben; aber wie er alle Schwierigkeiten seiner spätern Lage kannte und würdigte, erkennen wir aus der Fassung und Festigkeit, mit welcher er ihnen entgegenging und ihnen Trotz bot. Sollen wir den schwachen Punct in dem Verfahren des Anselm aufdecken, so scheint uns dieses nicht in einer prahlsüchtigen Demuth vor der Annahme der hohen Würde zu liegen, sondern in der seinen eigenen größeren Ansichten widersprechenden Annahme derselben, welcher eine nicht ganz aufrichtige Unterwerfung gegen die Ansichten der Vielen, der Freunde und der Verehrer zum Grunde lag.

Es war erst nach dem ausdrücklichen Beschlusse der Mönche zu Bec, welche dem Anselm auftrugen ihre Klosterangelegen- heiten am königlichen Hofe zu ordnen, daß Anselm nach Eng- land ging [1]). Der König empfing ihn mit Auszeichnung; doch der Abt benutzte die Gelegenheit den König allein zu sehen, um zu demselben über die vielen von seinen Unterthanen laut ausgesprochenen Vorwürfe zu reden [2]). Der Abschied wird nicht freundlich gewesen sein, denn die Sachen des Klosters Bec kamen nicht zur Verhandlung. Anselm eilte nach Chester, wo er den Grafen Hugo bereits genesen fand und den folgenden Winter mit Errichtung des neuen Klosters zubrachte. Auf dem um Weihnachten gehaltenen Hoftage brachten die Großen des Reichs die Angelegenheiten der verwaisten Kirche zur Sprache. Sie faßten einmüthig den uns sehr seltsam erscheinenden Be- schluß, den König demüthigst zu bitten, daß er gestatte in der Kirche Englands Gebete zu Gott zu richten, daß Er den Kö- nig mit seiner Liebe erfüllen wolle, damit nach Einsetzung eines

---

1) Am 7. September 1092 war er zu Canterbury. Die Chronologie und daher der ganze Hergang dieser Begebenheiten ist nur durch sorgfäl- tige Vergleichung der Vita S. Anselmi mit der Historia Novorum zu erkennen, da jene von Eadmer als Ergänzung zu dieser geschrieben ist. Alford (Annales eccl. Anglic. T. IV. p. 114.) irrt daher, wenn er An- selms Brief (Epist. l. II. c. 18.), wo er von seiner Ankunft in England mitten in der Fastenzeit spricht, auf dessen obengedachte Reise bezieht. Eadmer spricht schon von früheren Reisen desselben zu Lanfranks Zeiten. Angliæ, prout diversitas causarum ferebat, ab eo frequentata.

2) Vita S. Anselmi l. II.

würdigen Hirten die Kirche aus ihrer Erniedrigung wieder
auferstehe.   Unwillig hörte König Rufus dieses Gesuch an,
doch gewährte er dasselbe. Anselmus wurde, so sehr er es ab=
lehnte einem der Bischöfe hierin vorzugreifen, durch die Bitten
der englischen Bischöfe gezwungen, jene Fürbitte selbst aufzu=
setzen, welche nach Auflösung des Hoftages in allen Kirchen
des Reichs gehalten wurde. Doch waren diese Anstalten von
Seiten des Rufus nur ein freches Spiel mit dem Heiligsten
so wie mit seinem Volke. Als einer seiner Magnaten den Abt
Anselm als den Mann lobte, welcher nur Gott liebte, nichts
Vergängliches begehrte, so erwiederte er höhnisch lächelnd:
„Nichts als nur das Erzbisthum von Canterbury. Mit Händen
und Füßen jubelnd wird er zu mir laufen und mir um den
Hals fallen, wenn ich ihm die geringste Hoffnung zu demsel=
ben mache. Aber bei dem heiligen Bilde zu Lucca, weder Er
noch ein Anderer soll Erzbischof sein außer mir." Bald nach
dieser Aeußerung befiel den den rohesten Leidenschaften sich
täglich mehr hingebenden Fürsten eine Krankheit, welche ihn
mit Todesgedanken und unsäglicher Angst ergriff. Er verhieß
aufrichtige Buße und Besserung, vor Allem Milde und Gerech=
tigkeit. Seine Bischöfe mußten als seine Bürgen auf dem
Hochaltare zu Glocester für ihn dieses Gelübde ablegen. Eine
mit dem königlichen Siegel ausgestellte Proclamation erklärte:
„daß die Gefangenen befreit, die ihm rückständigen Schulden
erlassen, alle Vergehungen gegen seine Person verziehen und
für immer vergessen werden sollten. Gute, heilige Gesetze, wie
sie in dem goldenen Zeitalter König Eadwards waren, wurden
dem Volke neuerdings verheissen, gegen die Frevler und Unter=
drücker des geringeren Mannes solle ohne Ansehn der Nation
oder des Ranges mit gnadenloser Strenge verfahren werden."
Wie freute sich das wohlgesinnte Volk der unerwarteten Be=
kehrung, jauchzte der frohen Zukunft entgegen und drängte sich
in die Kirchen um für die Genesung des besten Landesvaters
zu beten! Jetzt wurde der König auch bewogen, der verwitt=
weten Kirche seines Reiches ihren Hirten wieder zu geben.
Wider Erwarten seiner Höflinge ernannte er den Anselm, welche
Wahl der allgemeinste Beifall bestätigte. Anselm erblaßte bei
dieser Nachricht. Er stellte den auf ihn eindringenden Bischöfen

vor, wie ungeziemend es sei, daß der Abt eines Reiches, wo er dem Fürsten verpflichtet sei, in einem anderen Lande ein solches Amt annehme; daß er, der sechszigjährige Greis, der, seitdem er in das Kloster getreten, weltliche Geschäfte geflohen und eine wahre Freude in jenem Berufe empfunden habe, höchst ungeeignet zu einem Amte sei, dem er zu nützen nicht verstehe. Des Königs Bitten vermochten ihn nicht zur Annahme zu bewegen. Da auf dessen Befehl alle Umstehenden vor Anselm knieeten, fiel dieser selbst vor ihnen auf die Kniee und bat, ihn mit diesem Kelche zu verschonen; er erklärte lieber sterben zu wollen als ihnen willfahren. Als er an das Bett des Königs gebracht wurde, weigerte er sich den Bischofsstab zu empfangen, und als die Bischöfe denselben in seine Hand drücken wollten, hielt er diese zugeschlossen, so daß der Stab nur neben ihn gestellt werden konnte. Er wurde in die Cathedrale gezogen und unter seinem Widerspruche gegen den König so wie die Geistlichkeit dem Höchsten für die geschehene Wahl gedankt. Er fuhr fort seinen Freunden seine Ansicht über ihr Anverlangen mit einer Klarheit und Selbstverleugnung zu schildern, welche nur aus wahrer Demuth hervorgehen können. „Bedenket, ihr Unbesonnenen," sprach er zu ihnen, „was ihr begehret? Englands Pflug müssen zwei, die edelsten und kräftigsten Stiere ziehen, der König und der Primas, jener durch weltlichen Richterspruch und Befehl, dieser durch die Kenntniß und Lehre von den göttlichen Dingen. Einen solchen Stier habt ihr an Landfrank verloren, ein anderer noch ungezähmter ist jung dem Pfluge vorgespannt, und mit diesem wollt ihr ein altes schwaches Schaf zusammenfügen, welches mit jenem fortgetrieben seine Wolle und Milch bald verlieren und zerfleischt werden wird?" Der König gebot nunmehr dem Anselm Alles zu überweisen, was Landfrank besessen hatte, namentlich die Stadt Canterbury und die Abtei St. Albans, und ließ sogleich die Entlassung Anselms bei dem Grafen Robert, dem Erzbischofe von Rheims und den Klosterbrüdern zu Bec nachsuchen. Als die nur nach langem Zögern zugestandene Entlassung aus den bisherigen Verhältnissen für Anselm in England anlangte, war der König wieder genesen, aber durchaus in seine früheren Gemüthszustände zurückversunken. Die gegebenen Verheißungen wurden nicht ausgeführt, entlassene Gefangene wieder eingesperrt, erlassene Schulden neu eingetrieben, die Gerichte dienten nur der Unterdrückung und habsüchtiger Erpressung. Als Gundolf, der Bischof von Rochester, ihn ermahnte, dem Willen Gottes gemäßer zu leben, erwiederte er: „Höre, Bischof, beim heiligen Bilde zu Lucca, der Herrgott soll an mir keinen Guten finden für alles dies Übel was er mir angethan hat." Bei dieser Gesinnung des Königs durfte Anselm wohl erwarten des zugedachten Amtes entbunden zu werden, als er von jenem verlangte, daß der Kirche zu Canterbury alle Ländereien, welche sie zu Landfranks Zeiten besessen, zurückgestellt, über andere von derselben früher verlorene ihr gerichtliche Untersuchung und Entscheidung werde. Ferner benachrichtigte er den König, daß er selbst den von ihm noch nicht anerkannten Papst Urbanus angenommen habe und stets ihm Gehorsam leisten werde. Über Beides, jenes Gesuch wie diese Anzeige, begehrte er eine Erklärung vom Könige, welcher diese jedoch erst nach gehaltener Versammlung seines Rathes ihm dahin ertheilte, daß alle von der Kirche unter Landfrank besessenen Ländereien ihr wieder zugestellt werden sollten, über diejenigen, welche sie unter jenem nicht besessen, könne jetzt keine Vereinbarung getroffen werden; über dieses und Anderes würde man sich schon verstehen. Demnach versuchte der König den Anselm zu bewegen, mehrere von ihm seit Landfranks Tode an seine Barone verliehene Ländereien denselben zuzugestehen [1]), doch mußte er hierin nachgeben und Anselm wurde auf einer Versammlung der Edlen des Reichs zu Winchester nach dem Beispiele seines Vorgängers, nach Landesgebrauch, Lehnsmann des Königs und angewiesen, von dem ganzen Erzbisthume, wie es zu Landfranks Zeiten gewesen, 25. Sept. Besitz zu nehmen. Wie er endlich nach Canterbury gelangte, wurde der feierliche Empfang bereits durch die Ankunft des Ranulf Flambard gestört, welcher im Namen des Königs einen Rechtsstreit über gewisse Ansprüche der Kirche begann.

---

1) Epist. 1. III. c. 24. Anselms Briefe sind für uns weniger ergiebig als fast irgend eine ähnliche Quelle, da Eadmer sie ersichtlich bereits sorgfältig benutzt hat.

Noch vergingen einige Monate, bis Anselm endlich in Gegen- 4. Dec. wart sämmtlicher englischer Bischöfe zu Canterbury zum Erz- bischofe geweihet wurde. Er begab sich darauf an den Hof des Königs, wo er freudig aufgenommen wurde. Da der Kö- nig durch seine Bestrebungen, sich in den Besitz der Normandie zu setzen, in die drückendste Geldverlegenheit gekommen war, so folgte der neue Erzbischof dem Rathe seiner Freunde, jenem ein Geschenk von 500 Pfund Silber darzubringen. Der Kö- nig verlangte indessen die zweifache Summe, aber Anselm, der „die Gunst des Königs nicht wie ein Pferd oder einen Esel um elende Pfennige erschachern" wollte, verweigerte dieses, schenkte jene Summe den Armen und erboste dadurch den Ru- fus, der zu spät erklärte sich mit derselben begnügen zu wollen, auf das Äusserste.

Haben wir bisher in Anselm den frommen, gelehrten und bescheidenen Klosterbruder geliebt und ist der Werth eines sol- chen Mannes besonders durch den Contrast mit dem fast bis zum Aberwitze rohen Tyrannen hervorgetreten, so erfüllt es uns mit gesteigerter Bewunderung, wie jener das mit schwerster Selbstentsagung übernommene Amt pflichtgetreu, unermüdlich, heldenmüthig verwaltete, während der Königssohn, der den älteren Bruder vom Thron verdrängt hatte, an keiner Herr- scherpflicht, keines Gelübdes Erfüllung gedachte. Während er nach allen Seiten hin, unter Beifall und nach Anweisung der älteren Geistlichen Englands, die Rechte seiner Kirche verthei- digte, gab er seinen Amtsbrüdern ein Vorbild, sich dem einreis- senden Luxus und der Verweichlichung des Hofes zu wider- setzen. Wir dürfen wohl glauben, daß ein scharfsinniger Denker und ruhiger Beobachter, wie Anselm, den damals üblich wer- denden langen Haarwuchs der Höflinge, so wie deren langge- schnäbelte Schuhe an sich nicht für seelenverderblich gehalten habe; wohl aber erkannte er, wie diese Sitten in der neuern Generation, den Söhnen der größtentheils verstorbenen Helden der Erobe- rung, eine weichliche, tändelnde Gesinnung erzeugte, welche sich in der eingerissenen Prunksucht grell zur Schau stellte. Größeren Vergehungen streng entgegenzuarbeiten, vorzüglich dem bei den Normannen in England stark eingerissenen La- ster der Sodomiterei, begehrte er vom Könige vor dessen Ab- 1094 Februar.

reise nach der Normandie die Zusammenberufung einer Synode, der ihn aber mit diesem Gesuche, so wie mit demjenigen um Besetzung der erledigten Abteien, mit schnöder Härte abwies.

Bei dieser Stimmung des Königs und dessen bald erfolgter Reise nach der Normandie mussten auch alle Schritte zur Erlangung des Palliums für den neuen Primaten von demselben unterlassen werden. Kaum war jedoch der König am Schlusse des Jahres von der Normandie zurückgekehrt, als Anselm ihn um die Erlaubniß anging, den römischen Bischof um das Pallium ersuchen zu dürfen, nämlich den Urbanus, welchem er, wie dem Könige wohlbekannt, schon vor seiner Berufung nach England gehuldigt habe. Rufus behauptete jedoch, daß weder sein Vater noch er einem ihrer Bischöfe zugestanden hätten, sich den Papst zu wählen, noch weniger den Urbanus angenommen hätten. Erst im vergangenen Jahre hatte der König dem Bischofe von Thetford, Herbert Losanges, den für 1000 Pfund Silber von ihm erkauften Bischofstab genommen, weil dieser nach Rom gehen wollte, um vom Papste von dem begangenen Fehltritte der Simonie sich lossprechen zu lassen [1]. Daß England jetzt beinahe zehn Jahre zugebracht hatte, ohne irgend einen Papst anzuerkennen, ist eine Erscheinung, welche wohl einige Berücksichtigung verdient; doch wird man eben so wenig finden, daß England durch diese Trennung vom allgemeinen Kirchenregimente gewann, als man die Beweggründe dieses Verfahrens in einer, wenn auch nur mittelbar auf den Hof einwirkenden, geläuterten Ansicht des Christenthums suchen darf. Die beste Entschuldigung seiner Saumseligkeit in dieser Angelegenheit läßt sich nur in der Entfernung von Rom suchen und dem daraus entstandenen Mangel glaubwürdiger Nachrichten über den rechtmäßigen Inhaber des Fischerringes. Der König konnte jedoch nicht umhin die Forderung Anselms einer Reichsversammlung zu unterwerfen, welche er zum März nach Rockingham [2] entbot. Der König erschien

1095

1) Chron. Saxon. a. 1094. Ausführlicher bei Simeon h. a. Florenz verschweigt die Wegnahme des Stabes, und erwähnt der erst nach dessen Wiedergabe im Jahre 1095 erfolgten Versetzung des bischöflichen Stuhles nach Norwich, gleichwie Malmesbury de pontificibus u. I.

1) Eadmer hist. l. I. Anselm. Epp. l. III. 85. spricht ver-

hier sehr leidenschaftlich, noch mehr aufgeregt durch Wilhelm, den Bischof von Durham, welcher das Erzbisthum für sich zu gewinnen hoffte. Die übrigen Bischöfe, so schlecht des Königs Sache vertheidigt wurde, erklärten zuletzt, daß Anselm nicht entsetzt und verbannt werden dürfe, aber daß sie bereit seien auf des Königs Geheiß allen Gehorsam und freundschaftliche Verbindung ihm zu versagen. Auf dieses Zugeständniß feiger Pfaffen und Hofschranzen beschloß der König dem Anselm seinen Schutz und Glauben zu nehmen und ihn nicht länger als Erzbischof oder geistlichen Vater behandeln zu wollen. Viel würdiger benahmen sich die adeligen Laien, an deren Spitze der trefflichste Mann des englischen Hofes, Graf Robert von Meulan, stand[1]), welche den Anselm als Erzbischof, den Lenker der Religionsangelegenheiten, da er keines Fehltritts sich schuldig gemacht hatte, für ihre Lebenszeit nicht verlassen zu wollen erklärten. Anselm wünschte sehr von der Bürde seines Amtes befreit zu sein, doch vermittelten die vornehmen Laien einen Aufschub beiderseitiger Entschliessungen. Jener erhielt die Weisung die Grafschaft Kent nicht zu verlassen, angeblich um darauf zu wachen, daß deren Küsten nicht von den auf der See herumschwärmenden Feinden betreten würden[2]). Der König benutzte diese Frist theils zu Kränkungen des Erzbischofs, indem er mehrere seiner getreuen Geistlichen aus England vertrieb, theils hoffte er in derselben die Rückkehr von zwei Capellanen, Girard und Wilhelm von Warelwast, welche er im verwichenen Jahre heimlich nach Rom gesandt hatte, um sich dort über den Stand der

muthlich von demselben Orte, wenngleich der gedruckte Text Notingeham ließt. Wilkins Concilia T. I. Lingard u. A. setzen die Versammlung zu Nottingham in das Jahr 1094; doch ergibt sich das folgende Jahr deutlich aus Eadmers Nachricht, daß sie erst nach der Rückkehr des Königs aus Frankreich gehalten wurde. Den Tag seiner Heimkehr in England, den 29. Novbr. 1094, geben uns Chron. Saxon. und Florenz bestimmt an.

1) Eadmer p. 30. nennt dort als den Vorredner der principes den Robertus quidam, ipsi regi valde familiaris. Daß er der obgenannte Graf ist, welchen wir unter Wilhelms Nachfolger wiederfinden werden, ist wohl nicht zu bezweifeln.

2) Epist. l. III. 85. 87.

päpstlichen Angelegenheiten zu erkundigen und den Papst zu
vermögen, ihm selbst das Pallium für den Erzbischof von
Canterbury zu senden, ohne durch Nennung desselben will-
kührlichen Bestimmungen des Königs Schranken zu setzen. Urbanus fügte sich dieser Zumuthung und sandte Walter, den
Bischof von Albano, mit dem begehrten Pallium nach England. Der Legat ritt unbemerkt durch Canterbury zum Könige
hin, welcher auf einer zu Windsor gehaltenen Reichsversammlung den Anselm durch Überraschung zur Annahme des Palliums
aus seinen Händen zu verleiten suchte. Dieser sorgte jedoch
standhafter für die Rechte der Kirche als der Papst, und auf
seine Weigerung das Pallium von der weltlichen Macht zu
empfangen, wurde der Ausweg getroffen, daß der Legat dasselbe
auf dem Hochaltare zu Canterbury niederlegte und Anselm es
von demselben gleichsam aus den Händen des heiligen Petrus
erhob.

Durch diesen Act schien die alte Ordnung in die Kirche
für einige Zeit zurückgekehrt. Einige der Bischöfe, welche
gegen Anselm früher gesprochen hatten, ließen sich reuig von
ihm absolviren; der König verlieh die neulich durch Wulfstans
und Robats Tod erledigten Bisthümer von Worcester und
Hereford an Samson und seinen obgedachten Capellan Girard. Robert von Thetford erhielt seinen Bischofsstab wieder,
Bischöfe von Wales und von Irland erkannten den Primat
Anselm an, der päpstliche Legat aber wußte sich so beliebt zu
machen, daß er einen reichlichen Peterspfennig einsammelte, den
Rom aus England lange nicht empfangen hatte [1].

Eine thätige Theilnahme der Engländer an der bald darauf entstandenen ersten Kreuzfahrt war jedoch nicht zu erregen,
theils wegen der Persönlichkeit des Königs Rufus, theils wegen der von demselben von den Nachbarn, Schotten, Walisern,
wie Franzosen, und nicht minder den unterdrückten Angelsachsen
so wie rebellischen Baronen zu gewärtigenden Feindseligkeiten
und Unruhen. Der Entschluß des Herzogs Robert an dem
Kreuzzuge Theil zu nehmen und seinem Bruder Wilhelm die
Einkünfte der Normandie für drei Jahre gegen die Summe

1) Chron. Saxon. a. 1095.

von zehntausend Pfund Silber zu verpfänden, veranlaßte den
König, dessen eigene Schatzkammer stets erschöpft war, die
Kirchen und Klöster zu brandschatzen. So waren wieder die
ärgsten Mißhelligkeiten zwischen dem Könige und der Kirche
ausgebrochen, die Abteien blieben in den Händen desselben und
er suchte nur Anlaß zu Händeln mit den Geistlichen, um
seine Gunst für große Sühngelder ihnen wieder zu verkaufen.
Anselm sah es bestätigt, was er vorhergesehen, daß mit den
ihm verliehenen Mitteln, milder Weisheit, gründlicher Wissen=
schaft und Sittenreinheit, der Kampf mit dem Tyrannen Ru=
fus zu ungleich sei. Ein Streit über die angebliche schlechte
Beschaffenheit der vom Erzbischofe dem Könige zu einem Zuge
gegen die Waliser gesandten Mannschaft brachte den Entschluß
Anselms zur Reise, um jeden Preis England zu verlassen und
zum Papste zu gehen, um diesen, der durch des Königs Ab=
geordnete eine wenig treue Schilderung der wirklichen Ver=
hältnisse erhalten hatte, über dieselben aufzuklären und zugleich
sich Frieden und Ruhe, seiner Kirche aber Schutz vor Raub,
Gotteslästerung und jeglichem Frevel zu verschaffen. Nur durch
große Festigkeit erreichte Anselm die Erlaubniß zur Reise vom Kö= **1097**
nige, welcher sogleich die Güter des Erzbisthums an sich riß. **15. Oct.**
Nach dem Gebote dessen, den er bekannte, bot er dem Könige
scheidend als Primas seines Reichs Gottes und seinen Segen
an. Dieser nahm ihn verwundert über die ihm unerklärliche
Erscheinung an, ließ den würdigen Greis jedoch bis zum letz=
ten Augenblicke seiner Anwesenheit in England verfolgen. Nur
zwei Mönche, Balduin, der einst sein Nachfolger im Primate,
und Eadmer, sein treuer Geschichtschreiber, begleiteten ihn in
die freiwillige Verbannung. Auf dem Festlande war Anselms
Reise ein Triumphzug, Geistliche und Laien empfingen in Pro=
cessionen mit flatternden Fahnen jubelnd den langverehrten
Weltweisen und Gottesgelehrten, nunmehr durch ein seltenes
Märtyrerthum geheiligten Mann. Er mußte die Normandie
umgehen. Von Witsand ging er nach St. Bertin, wo er
zuerst wieder das freudige Gefühl genoß, nur dem Herrn die=
nen zu können. Odo, der fromme Herzog von Burgund, da=
mals mit Hugo, dem Erzbischofe von Lyon, die Stiftung des
Klosters zu Citeaur durch den heiligen Robert fördernd, em=

13 *

pfing Anselmen hocherfreut. Dieser besuchte die Mönche zu Clugny und verweilte zu Lyon, bis eine Botschaft des Papstes ihn nach Rom berief. Die günstige Aufnahme, welche er dort fand, so wie auch bei Roger, dem Herzoge von Apulien, beweist, daß König Rufus auch dort, ungeachtet neuer an Urban gerichteter Botschaften, richtig gewürdigt wurde. Anselm benutzte seine Muße zur Vollendung theologischer und philosophischer Werke; auch war ihm vergönnt auf dem Concilium

1098 zu Bari in den Verhandlungen einer damals wichtigen Streit-
1. Octob. frage, ob der heilige Geist nur vom Vater ausgehe, eine sehr glänzende Rolle zu spielen. Auf einem bald darauf zu Rom

1099 gehaltenen Concilium wurden auch die Angelegenheiten der eng-
April lischen Kirche verhandelt und über die Laien, welche Investituren der Kirchen ertheilten, oder sie empfingen, so wie über Diejenigen, welche für geistliche Stellen Lehnsleute der Laien wurden, und über andere wider die Ansichten der Kirche Frevelnde ein allgemeines Anathema ausgesprochen. Doch fand Urban es nicht angemessen den König Rufus selbst dieser Vergehungen zu zeihen, vielmehr scheint er vorsichtig die eifernden Verehrer Anselms von gewaltsameren Schritten zurückgehalten zu haben. Anselm selbst beschwor das Concilium fußfällig von dem Könige die Excommunication abzuwenden. Nach einigen Monaten starb Urban, und bald nachdem Paschalis den päpstlichen Stuhl erhalten, erscholl die Nachricht von des Rufus Tode, welche Anselmen nach England zurückführte.

Während dieser Streitigkeiten war König Rufus mit manchen ihm viel wichtigeren weltlichen Gegenständen beschäftigt gewesen, besonders durch die ihn immer mehr verzehrende Leidenschaft angeregt, die Normandie und deren angrenzende Provinzen zu beherrschen. Ungeachtet des mit dem Herzoge Robert abgeschlossenen und von diesem erfüllten Vertrages suchte er nun Lehnsleute in der Normandie zu erwerben und gewann für sich durch große Geschenke und Verheissungen den Grafen

1093 Wilhelm von Eu[1]). Herzog Robert sah sich gezwungen dem Könige zu erklären, daß er den Vertrag einseitig nicht halten könne und würde. Rufus benutzte diesen Anlaß, sich wieder

1) Florent. a. 1095.

nach der Normandie zu begeben und eine Zusammenkunft mit.
seinem Bruder zu halten, in welcher jedoch keine Einigung erfolgte. Hierauf wurden die Bürgen ihres Vertrags zusammenberufen [1]), um über deffen Verletzungen zu entscheiden; sie alle
sprachen nur gegen den König, der aber sehr erbittert ihnen
nicht nachgeben wollte. Er kehrte nach Eu zurück, leitete
von dort aus die Intriguen der normannischen Großen gegen
seinen Bruder und eroberte die Burg zu Bures. Herzog Robert hatte unterdeffen sich den Beistand des Königs Philipp
von Frankreich verschafft und mit demselben das von Roger
von Poitou und siebenhundert königlichen Rittern besetzte Schloß
Argence durch List erobert, und obgleich König Philipp, durch
das Gold des Rufus bewogen [2]), bald wieder nach Frankreich
heimkehrte, so nahm er selbst noch die von William Peveril
vertheidigte Burg zu la Houlme. Rufus hatte zwanzigtau-
send Mann Fußvolk aus England entboten, ließ jedoch ihnen
vor der Einschiffung das für ihren Unterhalt gegebene Geld
durch Ranulf Flambard abnehmen und sie wieder nach Hause
senden. Dieses Geld gebrauchte er, um die Franzosen zu entfernen, welche ihn mit der Belagerung von Eu bedrohten und
schon bis Longeville [3]) vorgerückt waren. Hugo von Chester
ward abgeordnet um ben ihm sehr befreundeten Prinzen Henry
aus Domfront zu holen. Dieser folgte ihm, anstatt aber von
der Seeseite nach Eu zu kommen, gingen diese Beiden nach
Southhampton und feierten das Weihnachtsfest in London. Auch

1) Sie wurden berufen in campo Marcii.

2) Robert de Monte a. 1094. W. v. Malmesbury, die normannischen Schriftsteller und selbst Ordericus gedenken dieses Feldzuges nicht und scheinen ihn mit den früheren zu verwechseln. Letzterer ist
durchaus verworren in der Chronologie der Jahre 1091—95. Wir wissen
daher nicht, wiefern die Belagerung von Breval durch den König Philipp und Herzog Robert. und was von Wilhelm von Breteuil bei Orderic z. J. 1094 erzählt wird, wirklich in diese Zeit gehört. Aus des Ivo
von Chartres Briefen an König Philipp ersehen wir, daß dieser eine
Zusammenkunft mit Rufus und Robert beabsichtigte (Script. rer. gall.
T. XV. p. 82.); doch scheint sie nicht zu Stande gekommen zu sein.

3) Bei Wernon in der Normandie, nicht, wie Ingram meint, Lu-
cerille.

Rufus, unbehaglich in seiner Lage, kehrte dahin zurück und
sandte Prinz Henry, mit Geld wohl ausgerüstet, um die Fehde
mit ihrem Bruder fortzusetzen.

Gefährlicher, als die ärgerliche Fehde mit seinem Bruder,
der leidenschaftliche Haber mit Anselm, und die Kämpfe an
den Grenzen, war für Rufus ein Aufstand, welchen jetzt seine
angesehensten Barone erregten. Des Roger von Molbrays
Sohn Robert, der Graf von Northumbrien, war einer der
tapfersten aber stolzesten Ritter, hart gegen die Untergebenen,
theilnahmlos und verschlossen gegen seine Gefährten, anmaßend
gegen Höhere. Rufus hatte ihm nach dem neuerlichen Tode
seines Oheims, des Bischofs von Coutances, Goisfrid, zwei=
hundert und achtzig Dörfer in England, welche dieser vorzüg=
lich wegen seiner Kriegsthaten vom Eroberer erhalten, bestä=
tigt [1]). Robert, vermuthlich weil die Verhandlungen mit Schott=
land nach der Ermordung Malcolms ihn nicht befriedigten,
verschwor sich mit dem erst kürzlich zu Rufus übergegangenen
Grafen von Eu gegen die Krone und das Leben des Königs.
Ihr angeblicher Zweck war, Stephan von Aumerle auf den
englischen Thron zu setzen, einen Vetter des Königs, welcher
früher dem Rufus treu angehangen hatte [2]). Er war Sohn
einer Stiefschwester des Eroberers, welche, mit dem Grafen Odo
von Champagne vermählt, demselben jenen Grafen Stephan [3]),
Judith, die früher gedachte Gemahlin des unglücklichen Wal=
theov, und Wilhelm von Albari, jetzigen Steward oder Truch=
seß des Königs [4]), geboren hatte. Des Grafen Stephan Vaters=

---

1) Orderic. l. IV. p. 525. l. VIII. p. 703. Diese Besitzungen
müssen größtentheils in den im Domesdaybook nicht verzeichneten Landes=
theilen gelegen haben.

2) Orderic. l. IV. p. 681. ad a. 1089.

3) über die Verwandtschaft f. Guil. Gemmet. l. VIII. c. 3. Or=
deric. l. IV. p. 522. nennt die Mutter filiam Roberti ducis. Guil.
Gemmet. l. VIII. c. 37. Comitissa de Albemarla, soror uterina Wil=
helmi regis Anglorum. Letztere Angabe ist die richtige, sie war Voll=
schwester des Bischofs Odo von Bayeux. Ihr Name ist vermuthlich
Adeliza.

4) Florent. Chron. Saxon. a. 1096., wo Ingram modric,
gewöhnlich Mutterschwester, hier Vatersschwester, irrig durch Stiefmutter

Bruder und viele andere angesehene Barone schlossen sich der Verschwörung an. Die Veranlassung zum Ausbruche gab die Weigerung des Grafen Robert, vor dem Könige ohne an demselben gegebene Geiseln zu Windsor im Witena-Gemote zu erscheinen, um sich wegen der ihm und seinem Neffen Moreal vorgeworfenen Beraubung von vier norwegischen Handelsschiffen zu verantworten. Rufus versammelte ein Heer und war schon nahe bei der Grafschaft des widerspenstigen Lehnsmannes angelangt, als Gislbert von Tunbridge ihm zu Füßen fiel, flehend, er möge nicht in den Wald einrücken, wo ein Hinterhalt gelegt sei, ihm aber die Mitschuld an der durch ihn jetzt aufgedeckten Verschwörung verzeihen [1]. Rufus belagerte darauf Tynemouth, welches sich zwei Monate gegen ihn hielt, von des Grafen Robert Bruder tapfer vertheidigt. Graf Robert ward in Bamborough eingeschlossen, und eine Festung dieser Burg gegenüber errichtet, welcher der König den bezeichnenden Namen Malvoisin gab. Des Königs Ausdauer ward durch die Belagerten besiegt, doch während dieser gegen die Waliser gezogen war, wurde Robert verlockt seine Burg zu verlassen, in dem Wahne, von der Besatzung zu Newcastle eingeladen zu sein, sie gegen den König zu führen. Diese, durch die Ritter auf Malvoisin von seiner Ankunft vorher benachrichtigt, verfolgten ihn, der nach dem von ihm einst reichbegabten St. Oswineskloster zu Tynemouth floh, wo er im Kampfe verwundet in die Gefangenschaft seiner Gegner gerieth. Rufus ließ ihn, da Bamborough von der jungen Gemahlin Roberts, Mathilde, und Moreal standhaft vertheidigt wurde, vor die Mauern dieser Burg bringen und drohte seinen Gefangenen blenden zu lassen, wenn diese nicht sofort übergeben würde. Diese Drohung hatte den gewünschten Erfolg. Moreal erkaufte sein Leben dadurch, daß er dem Könige die letzten Pläne der Verschwörer verrieth, doch wurde er verbannt und starb dürftig und verhaßt in der Fremde. Graf Robert mußte dreißig Jahre in dem Kerker von Windsor

<hr>

übersetzt und Odo von Champagne gar zum Schwiegersohn des Königs macht. Vergl. Lye Diction. in supplemento s. v. Apum.

1) Orderic. l. VIII. p. 703.

schmachten, während seine Gräfin sich päpstliche Dispensa=
tion verschaffte, den Ritter Nigel von Albigny zu heirathen,
welcher sie aber treubrüchig wieder verließ. Nachdem des Kö=
nigs Sieg gesichert war, wurden noch viele seiner angesehen=
sten Barone als Theilnehmer der Verschwörung ihm verrathen.
Der Graf von Eu leugnete die Schuld, ward aber im gericht=
lichen Zweikampfe überführt und zur Strafe, mehr noch weil
Hugo von Chester ihn haßte, entmannet und geblendet[1]). Der
königliche Truchseß und Verwandte mußte, nachdem er in allen
Kirchen von Salisbury gegeißelt war, den schmählichen Tod
am Galgen erdulden, obgleich er seine Unschuld an dem an=
geklagten Verbrechen bis zum letzten Augenblicke standhaft be=
theuerte[2]). Roger von Lacy wurde der reichen Güter zum
Vortheile seines Bruders Hugo verlustig erklärt und ver=
bannt[3]); des Königs Oheim, der bejahrte Odo von Champagne,
so wie Philipp, Sohn des Roger von Shrewsbury, wurden in
das Gefängniß gesetzt[4]). Selbst Hugo, Graf von Shrews=
bury, konnte sich von dem Vorwurfe der Mitschuld nicht be=
freien, durfte aber gleich Andern, welche Rufus wegen ihrer
Verwandten in der Normandie schonen mußte, durch große
Summen Geldes von der Anklage sich loskaufen[5]). Mit mehr
Mäßigung als wir bei Rufus zu finden gewohnt sind, bestä=
tigte er jedoch die Schenkungen, welche Robert Molbray geist=
lichen Stiftungen gemacht hatte[6]).

Eine unerwartete und, wenn es je zu sagen erlaubt war,
unverdiente Wendung des Schicksals brachte Rufus vom Rande
des Verderbens zur Erfüllung des mit jeder Anstrengung, jeder
Verschwendung, jeder Unrechtlichkeit erstrebten Wunsches seines
Regentenlebens. Herzog Robert war um sein väterliches Erbe
mit jedem Jahre mehr verkürzt worden. Seine festeste Burg,
Domfront, besaß Prinz Henry, welcher von dort aus seine

---

1) Orderic. l. l. p. 704. Malmesbur. l. IV. p. 124.

2) Florent. a. 1096. Malmesbur.

3) Orderic. l. l.

4) Florentius. a. e.

5) Orderic. l. l.

6) Monast. Anglic. T. III. p. 313.

Besitzungen mit den Waffen erweitert, mehr aber noch sich Anhänger unter den Rittern erworben hatte. König Wilhelm aber zählte in der Normandie mehr als zwanzig Burgen, und der einflußreichste Adel war an ihn theils durch Besitzungen, welche er auch in England erhalten, theils durch andere Verpflichtungen gekettet. Robert war aller Macht, der meisten Einkünfte und durch die Schwäche seines Charakters aller Mittel und Aussicht, jene wieder zu erobern, beraubt. Da erscholl plötzlich von Clairmont her die Posaune des heiligen Krieges, und zu den Vielen, welche die Unbehaglichkeit ihrer Zustände dazutrieb dem begeisternden Rufe zu folgen, gehörte auch Robert. Was von der Normandie noch sein eigen war, überließ er seinem Bruder Wilhelm auf fünf Jahre gegen ein Anlehen von zehntausend Mark Silber [1]. Die Herbeischaffung dieses Geldes wurde den Vornehmen Englands in größter Eile zu bewirken anbefohlen. Bischöfe und andere Prälaten mußten das Kirchengeräth zerbrechen, um Geld daraus zu schmelzen; die Barone beraubten ihre Lehnsleute und Bauern, um Gold und Silber dem Könige darzubringen. Im September schiffte dieser nach der Normandie, schloß Frieden mit dem Bruder und zahlte ihm die angeliehenen 6666²/₃ Pfund Silber gegen das ihm zehnfach werthvollere Unterpfand.

Dieser Besitz wurde von Wilhelm zu manchen Versuchen benutzt, um die Erwerbungen seines Hauses in Frankreich zu sichern und zu erweitern. Wir erfahren, daß er in den nächsten Jahren mit den Franzosen so wie mit den Bretons und den Flämingern [2] beschäftigt war, doch sind von diesen Händeln und Verhandlungen wenige Nachrichten und bekannte Spuren geblieben. Der Graf von Flandern, Robert II., war schon im Jahre 1093 zu einer Berathung mit König Wilhelm nach Dover gekommen. Vermuthlich war der Zweck dieser Verhandlung die Wiederherstellung älterer Lehnsverhältnisse, denen zufolge die Grafen von Flandern für kriegerische Dienstpflicht eine jährliche Rente von dreihundert Mark Silber von England erhielten, welche Vereinbarung wegen der Feindseligkeiten

---

1) Order ic. l. IX. p. 722. D.

2) Order ic. l. X. p. 769.

Robert des Friesen aufgehoben, vom Könige Wilhelm mit dessen Sohne aus Rücksicht auf ihre Verwandtschaft wiederhergestellt wurde [1]. Die Bretons unter dem Grafen Alain Fergant, welcher mit Herzog Robert befreundet war, dienten dem Könige vermuthlich, wie schon früher seinem Bruder [2]), zur Befehdung der Grafschaft Maine. Herzog Robert machte Ansprüche auf dieselbe, welche sich jedoch wesentlich auf seine Verlobung mit der vor der Vermählung verstorbenen zweiten Tochter des Grafen Hugo von Maine stützten. Diesen nichtigen Anmaßungen trat Helias, Sohn des dem gräflichen Hause von Maine schon verwandten Jean de la Fleche [3], entgegen, welcher die dritte Tochter jenes Grafen Hugo geheirathet und seit dem Jahre 1090 dem Sohne der ältesten an den Markgrafen Azo vermählten Tochter desselben, gleichfalls Hugo genannt, dessen Ansprüche auf Maine abgekauft hatte [4]). Ungeachtet des Schutzes des Grafen Fulco von Anjou vermochte Robert seit dieser Zeit sich nicht in dem Besitze von Maine zu erhalten. Auch König Rufus konnte oder wollte nicht kräftiger einschreiten; doch beherbergte er einige Monate hindurch den wegen dortiger Zwistigkeiten zu ihm nach England geflüchteten Bischof von le Mans, Hoel. Als jedoch Helias vor der Abreise des Herzogs Robert zu Wilhelm kam, um von ihm für die Dauer seiner beabsichtigten Kreuzfahrt eine Friedenszusicherung zu erhalten, verweigerte er ihm diese höhnend. „Helias möge gehen wohin er wolle, er selbst werde gegen Kreuzfahrer nicht fechten, aber die seinem Vater genommene Provinz mit hunderttausend Lanzen, Schwertern und unzähligen von seinen Ochsen hingeschleppten Wurfgeschossen sich wieder verschaffen und mit den Kuhhirten in Maine wohl fertig werden" [5]). Ungeachtet dieser und ähnlicher Großsprechereien

1) Eadmer p. 19. Malmesbur. p. 159. S. oben Bd. I. S. 543.

2) Daru Geschichte der Bretagne Th. I. S. 109.

3) S. oben S. 120.

4) Acta episcopor. Cenoman. apud Mabillon vet. Analect. T. III. p. 290—299.

5) Orderic. l. X. p. 769.

und obgleich die Manceaur erst kürzlich den Robert von Be=
lesme, nach seinem Großvater auch Talevas genannt, welcher
in ihrer Grafschaft Burgen errichtet, in die Flucht geschlagen
und andere angesehene Normannen gefangen hatten, konnte
König Rufus doch nicht sobald an einen Feldzug gegen Maine
denken [1]). Erst im Jahre 1098 im Februar ließ er sich von 1098
Robert von Belesme bewegen, gegen Helias, welcher bei Dan=
geuil gegen diesen eine Burg angelegt hatte, zu ziehen. Doch
die strenge Jahreszeit kam den wohlgerüsteten Manceaur zu
Hülfe, und der König mußte sich nach Rouen zurückziehen und
für jetzt darauf beschränken, seine Vasallen mit Kriegern und
den übrigen Mitteln zur Befestigung seiner Burgen zu verstär=
ken. Doch bald fiel Helias durch einen von Talevas gelegten
Hinterhalt in dessen Hände. Er wurde zu Rufus nach Rouen
gebracht, welcher ihn ritterlich zu behandeln gebot, aber als
Gefangenen zurückhielt. Der König berief und berieth die Ba=
rone der Normandie, und da auch sie den ihnen jetzt vorge=
schlagenen Feldzug billigten, zog er mit großer Mannschaft ge=
gen le Mans. Diese Stadt ward aber von den Bürgern unter
Führung des Grafen Fulco IV. des Zänkers (le Réchin) von An=
jou und dessen tapfern Sohnes, Geoffroy, mit dem Beinamen
Martel, so tapfer vertheidigt, daß jener nach Rouen zurückkehrte
und durch Vermittelung des Bischofs von le Mans, Hilde=
bert, gegen Freilassung des Helias, welcher besorgte, daß Fulco
auf seine Kosten mit Rufus sich zuletzt vereinen möchte, die
Übergabe der Stadt sich verschaffte. Helias versuchte jetzt durch
Nachgiebigkeit gegen den Sieger einen Theil dessen wiederzuer=
halten, was er verloren, und bot sich diesem zum Dienstmanne
an. Der König war geneigt diese Bitte zu gewähren, doch
Robert Meulan, welcher stets als der vorsichtige Rathgeber des
Königs erscheint [2]), hielt ihn von einem so gewagten Schritte
zurück. Helias konnte sich nicht zurückhalten zu erklären, daß,

1) Differens per biennium. Orderic. l. l. Erst unter dem Nach=
folger des 1097 im Juli verstorbenen Bischofs Hoel. Acta episc. Ceno=
mann. Die Angabe über den Feldzug Wilhelms nach Maine im Jahre
1097 in l'Art de vérifier les dates ist also irrig.

2) Orderic. p. 775. Vergl. Eadmer p. 20—40. S. oben
S. 193.

wenn man ihn so verschmähe, er sein Erbe auf alle Weise wieder zu erringen suchen würde. „Laufe nur," erwiederte Rufus, „thue was du kannst, besiegst du mich, so sollst du dafür nicht gestraft werden"[1]). Le Mans wurde darauf einer sehr starken Besatzung und den edelsten Normannen, Wilhelm, Grafen von Evreux, Giselbert de l'Aigle, und anderen tapferen Kriegern anvertraut, welche bald durch Druck und Härte die Bürger den Verlust der alten Herrschaft doppelt schwer empfin= den liessen. Es gelang daher dem Helias schon im folgenden

1099 Sommer eine starke Mannschaft zu sammeln, seine Gegner in Maine zu schlagen und, während die Bürger der Stadt le Mans freudig sich ihm anschlossen, jene auf die dortige Festung zu treiben. Diese aber benutzten an einem Abend einen starken Windstoß, um die ihnen zunächst liegenden Häuser und durch dieselben den größten Theil der Stadt in Flammen zu setzen. Die von Helias aufgerichteten Belagerungsmaschinen fruchte= ten nicht, und die Bürger, welche schon Vieles verloren und mit allem Unglücke bedroht waren, wurden muthlos. Bald erscholl nun gar die Nachricht, daß König Rufus auf die beim Jagen im Newforest erhaltene Nachricht aus le Mans ans See= gestabe geritten und im stolzen Wahne, daß ein König nicht ertrinken könne, in dem ersten dort gelegenen wenngleich noch so schlechten Schiffe, bei ungünstiger Witterung nach Tou= ches hinübergesegelt sei und den überraschten Normannen seine Herüberkunft zuerst selbst verkündet habe[2]). Da schien es auch dem Helias besser, die unglückliche Stadt zu verlassen und sich und die Seinigen der Wuth des Königs nicht auszusetzen. Die Bürger wurden so sehr bedrängt, daß erst des Königs Ankunft der zügellosen Willkür entgegenwirken und ihre völlige Vernich= tung verwehren konnte. Doch wollte auch er noch den Thurm der Kathedrale, welcher von den Rebellen zu ihrer Kriegsfüh= rung geschickt benutzt war, niederreissen und nahm den wider= strebenden Bischof Hildebert, welchem er sogar zumuthete durch das Gottesurtheil des glühenden Eisens vom Verdachte des

1) Orderic. Etwas dramatischer erzählt nach seiner Weise die Anekdote W. v. Malmesbury.

2) Malmesbur. Orderic.

Verrathes sich zu reinigen [1]), mit sich nach England zurück [2]). Die Kriegsführung dieser Zeit wird auch darin erkannt, daß die Burgen des Helias nicht alle genommen werden konnten und der König selbst von Mayet ohne Erfolg, von den Belagerten verspottet, von den Seinigen fast verlassen, abziehen mußte.

Erfolgloser, aber doch durch die höheren Beziehungen beachtenswerth waren die Fehden, welche Wilhelm als Pfand= inhaber der Normandie mit dem Könige von Frankreich begann. Die Forderung, welche sein Vater in dessen letztem Lebens= jahre an das in seiner Jugend vom Könige Henry ihm ge= nommene Berin machte, war vom Herzoge Robert nicht fort= geführt. Rufus säumte nicht dieses Land und die Städte Pontoise, Chaumont und Mantes wieder anzusprechen, und da sie ihm vom Könige Philipp verweigert wurden, ein Heer aus 1097 den Ländern an beiden Seiten des Canals zusammenzuziehen. Viele Franzosen, welche auch in der Normandie Güter zu Le= hen trugen, wagten nicht sich zu widersetzen, Andere wurden in der Gefangenschaft bewogen in englische Lehnsherrschaft zu tre= ten; Viele erkaufte das englische Gold. Der französische Prinz Louis, dereinst als König der sechste dieses Namens, focht häufig mit vielem Muthe und Erfolge gegen die Engländer [3]); aber Rufus, mit Guillaume VIII, dem Herzoge von Guienne und Grafen von Poitiers, verbündet, drang langsam, doch sicher vor und war erst im folgenden Jahre, vielleicht durch den Ab= 1098 fall des früher zu ihm übergegangenen Rivard von Septeuil geschreckt [4]), zu einem Waffenstillstande zu bewegen. Eine be= deutende Ausdehnung seines Einflusses bis an das Gestade der Garonne hin, war Rufus im Begriff durch den ebengenann= ten Herzog von Guienne zu erhalten, welcher nach dem ge=

---

1) Ivonis Carnot. ep. 74. Hildeberti epist. l. II. 8.

2) Acta episc. Cenoman. Chron. Saxon. a. 1099. Roman de Rou ist sehr ausführlich, doch ungenau über den Krieg in Maine. Wace und der oft mit ihm übereinstimmende W. v. Malmesbury laffen Helias erst nach dieser Eroberung von le Mans gefangen nehmen.

3) Sugerii Vita Ludovici Grossi. c. I. Historiae Franciae frag= ment. ap. Bouquet T. XII. p. 5.

4) Ivon. Carnot. ep. 71. Orderic. l. X. p. 767.

lobten Lande zu ziehen und ihm seine reichen Besitzungen zu verpfänden beabsichtigte[1]). In Frankreich besorgte man, vielleicht nicht ohne Grund, daß Rufus, dessen Anmaßung keine Grenzen kannte, nach der französischen Krone strebe und für den Fall eines baldigen Todes des Louis, als des einzigen legitimen Erben Philipps, da dessen mit Bertrade, der entführten Gräfin von Anjou, erzeugte Söhne nicht als solche anzuerkennen waren, für sich selbst Stimmen und Unterstützung sammle[2]).

Die stets verwickelteren Beziehungen, die unersättlichen Bestrebungen, die wichtigen Erfolge des Königs Wilhelm fanden ein plötzliches Ende. Die Jagd wurde in jenen Jahrhunderten mit so großer Leidenschaft betrieben, daß sie häufig blutige Opfer forderte. In dem von dem Eroberer mit so auffallender Härte gegen die zahlreichen Anwohner vergrößerten Newforest waren ihr bereits Richard, ein älterer Bruder Wilhelms, und kürzlich ein Sohn Herzogs Robert, gleichfalls Richard benannt, gefallen. Am zweiten August 1100 ritt der König in diesen Wald zum Jagen, sein Gefolge verlor sich allmälig; um Sonnenuntergang fand man ihn todt auf der Erde liegen von einem Pfeile durchbohrt. Viele Zeugnisse vereinen sich dahin, daß Gautier Tirrel, ein dem Könige sehr beliebter angesehener französischer Ritter zu Poix und Pontoise, in der Absicht einen nahe bei dem Könige vorbeistreifenden Eber zu treffen, jenen mit einem von diesem selbst ihm als dem besten Schützen gegebenen scharfen Pfeile wider Willen getödtet habe; seine sofortige Flucht nach Frankreich und eine in späteren Jahren unternommene Pilgerschaft nach dem heiligen Grabe bestätigten diese Erzählung[3]). Doch hat Gautier Tirrel, den wir auch als einen Verehrer Anselms genannt

1) Orderic. p. 780. Malmesbur.

2) Suger. l. l. Auch Malmesbury a. a. O. S. 126. scheint diesen Plan anzudeuten: ingentia facturus ... ut quodvis sibi regnum promittere anderet.

3) Orderic. p. 782. Malmesbur. p. 126. Florent. a. 1100. Hugo Floriac. de modernis Francorum regibus T. XII. p. 798. Petri Blesens. Contin. Huntindon p. 378. Gemmet. l. VII. c. 9. Mehr Verdacht gegen Tirrel giebt S. Gaimar zu erkennen.

finden [1]), gegen Suger, den berühmten Abt von St. Denys, geleugnet und zu beeidigen ſich erboten, daß jenes Gerücht unwahr ſei und er ſogar an dem Sterbetage des Königs jenen Wald nicht betreten habe [2]). Auch läſſt ſich für ſeine vollkom= mene Unſchuld anführen, daß ein Landgut in Eſſer, welches er von dem Eroberer erhalten hatte, in dem Beſitze der Sei= nigen verblieben iſt und ſeine Nachkommen in dieſer Graffchaft ſtets anſäſſig waren [3]). Wer möchte auch leugnen wollen, daß an dieſer Stätte den Tyrannen ein angelſächſiſcher Pfeil ge= troffen haben könnte, oder daß auch von ſo vielen anderen durch ihn Verletzten einer den durch höhere Leitung anſcheinend begünſtigten Meuchelmord begangen habe? Die Warnungen, welche dem König durch Robert Fiz Haimon wurden, dem Rathe eines Mönchs zufolge, an dieſem Tage nicht auf die Jagd zu gehen, und die dem Prinzen Henry damals gemachte Weiſſagung über ſeine baldige Thronbeſteigung, ſo wie das gänzliche Verlaſſen des Gefolges, müſſen den Verdacht eines Mordplans ſehr verſtärken [4]). Doch iſt auch eine andere Nach=

1) Eadmer Vita Anselmi p. 6.

2) Suger. l. l. Joh. Salisbur. Vita Anselmi c. 12. Historiae Franciae fragment. apud Bouquet T. XII. p. 5.

8) Gautier, mit dem Beinamen Tirrel, war einer der zehn Kinder, welche Fulco von Guarlemville, Dechant von Evreux, mit der einem vor-
nehmen Geſchlechte entſproſſenen Orielde erzeugte. Orderic. l. V. p. 574. Die Krieger von Poir waren bei Haftings. Roman de Rou v. 12798. Der Name Tirrel iſt in der Liſte der Krieger zu Battle Abbey. Walte-
rus Tirelde beſaß Lawingeham in Eſſer unter Richard Fiz Gilbert. Siehe Domesday. Denſelben Ort finden wir im Jahre 1131 bei Ade-
liz, uxor Walteri Tirelli. Rotul. magn. pipae h. a. Orderic a. a. O. nennt aber als die Gattin des angeblichen Mörders Adelaide, Tochter des Richard Giffard, deren Sohn Hugo de Poix war. Im Jahre 1170 ver-
fügte Papſt Alexander III. die Excommunication über Gautier Tirrel, welcher das Kloſter St. Petri zu Selincourt beraubt haben ſollte. Der-
ſelbe wird dominus et princeps de castello de Poix genannt. Siehe Script. rer. Gallic. T. XV. p. 888. Eine andere blutige Erinnerung knüpft ſich an den Namen Tirrel, da Sir James Tirrel der Gouverneur des Tower war, durch welchen Richard III. die Ermordung Eduards V. und des Herzogs von York bewerkſtelligen ließ.

4) Chron. Saxon. a. 1100. könnte für dieſe Anſicht aufgeführt werden, welcher erzählt, der König ſei auf der Jagd von ſeinen eigenen Leu=

richt nicht zu überhören, daß Rufus, im Begriffe einen an der
Erde liegenden Pfeil aufzuheben, denselben stolpernd sich in die
Brust drückte; eine Ansicht, welche der Mehrzahl unbeliebt ist,
da der Mensch an dasjenige, was ihm selbst zufällig erscheint,
ungern glaubt, aber leicht vergißt, daß, was der Kurzsichtige
Zufall benennt, dennoch einer höhern Lenkung und einem gar
häufig später enthüllten Zusammenhange angehört. Diese Meinung war die verbreitetste in England bald nach des Königs
Tode [1]), wenngleich hernach die Sage vom Walter Tirrel mehr
Beifall fand. Später wurde auch erzählt, daß es nicht jener,
sondern Rabulf de Aquis gewesen sei, welchem Rufus wider
den Rath des Abts von Dunstaple fünf Pfeile gereicht, mit
deren einem jener den König getroffen habe [2]).

Nie starb ein Herrscher weniger beklagt als Wilhelm der
Rothe, obgleich jung, etwas über vierzig Jahre alt, kein Usur-
pator, kühn und glücklich in seinen Thaten. Er war nie vermählt, und ausser den verschmitzten und dienstfertigen Werkzeugen der Macht umgaben ihn nur einige vornehme Normannen und seine Kebsweiber. In seinem letzten Kampfe mit der
Geistlichkeit tritt vorzüglich nur die unwürdigste Habsucht hervor, in einer so grellen Weise, daß, wenn auch einzelne Übertreibungen oder Irrthümer einiger Schriftsteller nachzuweisen
wären [3]), dennoch er selbst in keinem besseren Lichte erscheinen
kann. Weltlichkeit und Völlerei, Liederlichkeit und naturwi-
drige Laster zeichneten seinen Hof aus; er selbst gab das Beispiel häufigen Ehebruchs [4]). Freundlichkeit gegen tapfere Rit-

---

ten mit einem Pfeile erschossen, ohne einen Zufall anzubeuten. Eben so
Acta episc. Cenoman.

1) Eadmer hist. Novor. l. II. fin. sagt davon plures affirmant.
Roman de Rou gehenkt auch dieser Erzählung ohne zu entscheiden.

2) Giraldus Cambrensis de Instructione principis c. 30.
apud Script. rer. Gall. T. XVIII.

3) So scheint es irrig, wenn Petrus Blesensis behauptet, daß
beim Tode des Königs ein Erzbisthum und vier Bisthümer unbesetzt gewesen.
Die Erzbisthümer waren besetzt und von Bisthümern scheint nur Winchester seit 1098 und Salisbury seit December 1099 erledigt. S. Chron.
Saxon. a. 1100. Florent.

4) Man sehe die sehr übereinstimmenden Schilderungen bei Orde-

ter, ſelbſt die Beſiegten, und Vertrauen auf ein gegebenes Rit=
terwort, wie ſolche auch von ihm erwähnt werden, zeigen nicht
ſo ſehr einige Liebenswürdigkeit als Kenntniß der Charaktere
ſeiner Zeit. Seine kriegeriſchen Talente wurden in der Jugend,
wo nur Körperkräfte und eine auf dieſen beruhende Tapferkeit
ſich bewährt hatten, überſchätzt; ſpäter ſind die Eroberun=
gen gewöhnlich ohne ſeine Gegenwart bewirkt und er ſelbſt
glänzte vorzüglich durch reiche Belohnung ſeiner Getreuen und
noch freigebigere Beſtechung ſeiner Gegner[1]. Seine Ruhm=
ſucht ſo wie ſein Hofleben erforderten große Geldmittel, und
Geiſtlichkeit und Volk wurden mit eben ſo verletzender als un=
verſtändiger Härte gedrückt. Die Beamten durften kein Mittel
ſcheuen, um die königliche Schatzkammer zu bereichern; der Ver=
brecher konnte ſich noch von dem ihn umſchlingenden Stricke los=
laufen, wenn er dem Fiſcus einen Gewinn nachwies. Dem Volke
zeigte er ſich gewöhnlich mit zurückſtoßender Kälte und erheu=
chelter Gleichgültigkeit, drohenden Blicken und Herrſcherſtimme[2].

Unter den Denkmälern ſeiner Regierung konnten in dieſem
bauluſtigen und baukundigen Zeitalter einige architektoniſche Werke
nicht fehlen. Zu London erbaute er eine neue Brücke über die Them=
ſe, verſtärkte die dortige Burg durch eine Pfalz (tower palatine)[4],

ric. p. 763. 782. Malmesb. p. 123 sq. Eadmer. p. 94. Guil.
Neubrig. l. I. c. 2. Huntingdon. Hugo Floriac. (de modernis
Francor. regibus l. l.) ein Zeitgenoſſe, ſagt armis quidem strenuus at-
que munificus, sed nimis lascivus et flagitiosus.

1) Ille opulentus Anglorum thesaurorum profusor mirabilisque
militum mercator et solidator. Suger. l. l.

2) Pauperum intolerabilis oppressor. Suger. l. l. Nihil recti
rex pravus in regno suo fieri permittebat, sed provinciae intolerabi-
liter vexabat in tributis, quae nunquam cessabat. Tributis et ex-
actionibus pessimis populos Anglorum non abradens, sed excorians.
Huntingdon a. 1098. (aus ihm Robert de Monte und Chron.
Beccense). Pauperes incolas regni sui omnes opprimebat et illis violenter auferebat, quae prodigus advenis tribuebat. Orderic. p. 763.
Chron. Saxon. a. 1100.

5) In dergleichen Schilderungen iſt W. v. Malmesbury ſehr
glücklich: „tumido vultu erectus, minaci oculo astantem defigens et
affectato rigore, feroci voce, colloquentem reverberans.“ Die Muſter=
zeichnung eines Barons mancher Länder und Zeiten.

4) In opere muri circa turrim Londoniae. Huntingdon a. 1098.

Lappenberg Geſchichte Englands. II.   14

beren Festigkeit die Sage dem mit Thierblut angemachten Kalke
zuschrieb, und zu Westminster die große Halle, in welcher er
in dem Jahre vor seinem Tode zuerst einen großen Hoftag hielt[1]).

Geistliche Stiftungen hat er, wie oben erwähnt, nur we=
nige und diese in den ersten Jahren seiner Regierung begrün=
det. In diese Zeit fällt auch die Schenkung der Stadt Bath an
den Bischof von Somerset; später wird seiner Wohlthaten nur
noch bei Gründung einiger Hospitäler zu York und Thetford
gedacht. Eine Begünstigung der Wissenschaften und Künste
durfte von Rufus, ungeachtet seiner vorgeblichen Bildung durch
Landfrank, nicht erwartet werden. Er hat daher keine Verthei=
diger in den Streitigkeiten mit Anselm, keinen der damals nicht
seltenen Panegyriker, keinen Biographen, kaum vielleicht den
Widmer eines Buchs gefunden[2]).

Henry I.

Die allgemeinen Quellen der Geschichte dieses Königs sind
im Wesentlichen die nämlichen, welche wir für diejenige seiner bei=
den Vorgänger besitzen. Doch gewinnen die meisten derselben
eine höhere Bedeutung, da sie, ihre Werke in der 35jährigen
Regierung Henrys oder unter seinem Nachfolger schliessend, jetzt
als Zeitgenossen erscheinen. Florenz von Worcester führte
sein Werk bis zum Jahre 1117. Von seinem Todesjahre 1118
setzte ein ungenannter Nachfolger, vermuthlich Johannes, ein
Mönch zu Worcester[3]), es bis zum Jahre 1141 fort. Im

1) Chron. Saxon. a. 1099. Huntingdon. Hierauf ist auch
wohl W. v. Malmesbury zu beziehen: Unum aedificium et ipsum
permaximum, domum in Londonia incepit et perfecit, non parcens
expensis, dummodo liberalitatis suae magnificentiam exhiberet.

2) Das medicinische Werk, genannt Schola Salernitana, soll ihm
gewidmet sein. Doch schon der Herausgeber, J. Sylvius, hat nachge=
wiesen, daß, wenn nicht ein späterer König, dort Wilhelms Bruder,
Herzog Robert, gemeint ist.

3) Ich glaube diesen Namen aus Orderic. Vital. l. IV. p. 504.
angeben zu dürfen, welcher übrigens dessen Vorgänger, Florenz, igno=
rirt, dessen Werk es war, was er als die Fortsetzung der Chronik des
Marianus Scotus nur unter dem Namen des Johannes kannte. Dieses
wird auch durch Orderichs Anführung der Listen der englischen Bischöfe
bestätigt, welche wir als die des Florenz kennen.

letztgenannten Jahre endigte auch der damals 66jährige Or=
derich Vitalis den bunten Schatz seiner Nachrichten. Si=
meon von Durham hörte 1129 auf, so wie sein Epito=
mator Alfred von Beverley; an Jenen schließt sich, für
die nächsten 25 Jahre, Johannes, Prior von Herham. Der
Roman de Rou schließt mit dem Tode des gedachten Königs.
Eadmer setzte seine Historia Novorum bis zum Jahre 1122
fort. Auch Wilhelm von Malmesbury überlebte Henry I.
nur um wenige Jahre. Vorzüglich darf bei dessen Regierung
nicht übersehen werden, daß Wilhelm einem natürlichen Sohne
desselben, dem einflußreichen Robert, Grafen von Glocester, sein
größeres Geschichtswerk widmete, dessen fünftes Buch so wie
auch das erste seiner Historia Novella von dem königlichen
Vater handelte. Das der normannischen Geschichte des Guil=
laume von Jumièges durch Robert du Mont angehängte
letzte Buch handelt von Henry I. Das Werk eines anglonor=
mannischen Trouvère David über die Geschichte des Königes
Henry I., dessen G. Gaimar erwähnt, ist für uns verloren;
so wie auch eine von diesem letzteren vielleicht nur beabsichtigte
ähnliche Arbeit uns ebenfalls unbekannt ist.

Unter den Quellen für die Landesgeschichte zu Henrys I.
Zeit ist hier eine erst vor kurzem zugänglich gewordene zu nen=
nen, der Magnus Rotulus Scaccarii sive Pipae, welcher von frü=
heren Forschern in die Regierung des Königs Stephan gesetzt
wurde, doch von Joseph Hunter, welcher diese Schatzkammer=
Rechnung für die Record=Commission herausgegeben hat (1833.
8.), mit allem Rechte in das Jahr 1131 gestellt ist.

―――――――

Der rothe König war am Donnerstag neben anderem
Hochwild im Walde gefallen. Der Leichnam wurde, dem ei=
nes wilden Ebers gleich, nur mit wenigen Fetzen bedeckt, vom
niedrigsten Gesindel nach Winchester geschleppt, und am näch=
sten Tage erhielt er bereits das Wenige, was sonst noch an
letzter Ehre und Bestattung dem gestrigen Könige in seiner
reichen Hauptstadt von einigen Mönchen, Bürgervolke und
Bettlern gegönnt wurde. Selbst das Trauergeläute, welches
die letzte Klage der Überlebenden aussprechen oder ersetzen soll,
schwieg in den meisten Kirchen; keiner war, der die üblichen

14 *

Almosen aus den großen Schätzen des Verstorbenen für bessen
Seele zu spenden bedachte. Dagegen erscholl von allen Seiten
ein lautes, strenges Todtengericht; kein Geistlicher wagte den
ruhmlosen, rohen Tyrannen, den Gott wie selten einen Anderen bezeichnet und vor sich gefodert hatte, freizusprechen oder
zu entsühnen [1]).

Graf Henry, bei jener Jagd im Ytenewalde gegenwärtig,
hatte bald das Gerücht von Tyrrels Schuß vernommen. Augenblicklich wandte er den Zügel und jagte spornstreichs nach
der Burg zu Winchester, um von den Wächtern als der Erbe
die Schlüssel zu verlangen. Doch war Wilhelm von Breteuil
vom Forste her noch schneller geritten und widersetzte sich der
Auslieferung im Interesse des Herzogs Robert, als des erstgebornen Königssohnes, dem Erbrecht und Vertrag den Thron
von England verhießen, dem alle Lehnstreue geschworen und
dem, auf der Rückkehr von ruhmvollen Kämpfen für Christus,
Gott jetzt die angeborne Krone verleihen wolle. Schon hatte
Henry sein Schwert gegen den unwillkommenen Vertreter des
strengen Rechtes gezogen, doch die herbeigeeilten Freunde und
königlichen Räthe vereinten sich in ihren Ansichten zu Gunsten des jüngeren, kräftigeren Bruders, welcher als nächster
Erbe betrachtet werden mußte, wenn die väterliche Ausschließung Roberts als gültig anerkannt war und die Rechtmäßig-
keit der ganzen Regierung Wilhelms II. nicht geleugnet und
dadurch unheilbare Verwirrung angestiftet werden sollte. Daß
die Wittigsten zu Winchester erkannt haben, daß die Trennung
von der Normandie kein Verlust für England sei, darf nicht
behauptet werden; wahrscheinlich aber ist es, daß man erwog,
daß sie nur vorübergehend sein würde. Schon am nächsten
Sonntage wurde Henry, damals in seinem dreißigsten Jahre,
1100   zu Westminster von dem Bischofe von London, Mauritius, ge-
5. Aug.   krönt [2]). Die raschen Dienste seiner Partei hatte er jedoch nicht

1) Orderic. Vital. l. X. p. 782. Chron. Saxon. a. 1100.

2) Der auf seine wissenschaftliche Ausbildung oder auch auf seine
schöne Handschrift bezogene Beiname Beauclerc findet sich erst in Graf-
tons und ähnlichen späteren Chroniken. Auch Le clerc findet sich als
sein Beiname nicht eher als bei Bromton.

ohne große Gaben erkauft und die Verſtändigen und Wohl=
meinenden durch manche Verheiſſungen und Zugeſtändniſſe ge=
wonnen, welche, ſo weit ſie die allgemeinen Intereſſen betra=
fen, ſchon vor der Salbung von ihm am Altare zu Weſt=
münſter Gotte und dem ganzen Volke gelobet wurden[1]). Der
Kanzler ſeines Vorgängers, Wilhelm Giffard, erhielt ſogleich
das Bisthum Wincheſter. Das Erzbisthum York wurde dem
Biſchofe von Hereford, Girard, zu Theil, die erledigten Ab=
teien erhielten die Söhne normanniſcher Magnaten oder doch
andere Geiſtliche dieſer Provinz. Um die Cleriſei ganz ſich zu
ſichern, wurde auch der Hauptgegner des Rufus, Henrys frü=
herer Lehrer Anſelm, ſchleunigſt und ehrenvoll nach Eng=
land entboten. Wichtig für die Gegenwart und Zukunft
war jedoch eine von dem neuen Könige erlaſſene Procla=
mation, in welcher er die Misbräuche der vorhergehenden
Regierung zu heben und die alte angelſächſiſche Verfaſ=
ſung, nach damals üblichem Ausdrucke das Geſetz des Kö=
nigs Eadward, zu erhalten ſich anheiſchig machte. Dieſe
Wahlcapitulation, denn ſo dürfen wir ſie bei Erwägung der
Umſtände, unter denen ſie zu Stande kam, und da ſie nur
die ſchriftliche Ausfertigung des vor wenigen Tagen abgelegten
Gelübdes war, wohl nennen, wurde von Henrys Nachfolgern
ſtets neu beſtätigt und dadurch das wichtigſte Grundgeſetz des
Staates, bis nach länger als einem Jahrhunderte neue Mis=
griffe der Enkel des Eroberers durch fernere Zugeſtändniſſe in
der Magna Charta zu verhindern waren und jenem Grund=
ſteine ein roher Verfaſſungsbau folgte[2]).

Die weſentlichen für ihr Zeitalter charakteriſtiſchen Beſtim=
mungen dieſer Charte, durch welche Henry ſein Recht zur
Krone und die Gunſt der Unterthanen erkaufte, ſind folgende.
Durch die Barmherzigkeit Gottes und den gemeinſamen Be=
ſchluß der Barone (welche hier zuerſt in dieſer ſtaatsrechtlichen

1) Chron. Saxon. a. 1100. Eadmer l. III. init.

2) Der ausgezeichnete Kenner altengliſcher Verfaſſung' Sir Henry
Spelman, nennt daher mit vielem Rechte Henrys II. Charte die prima
fabrica der Magna Charta des Königs Johann. S. deſſen Glossarium
archaeologicum s. v. Magna Charta.

Bedeutsamkeit an der Stelle der alten Wittigsten genannt werden) von ganz England zu dessen Könige gekrönt, wolle er, da das Reich durch widerrechtliche Erpressungen gedrückt gewesen, vor Allem die heilige Kirche Gottes befreien, keine Kirchenwürden und Pfründen zu seinem Vortheile unbesetzt lassen, und alle unrechtmäßigen Schätzungen (malae consuetudines) aufheben, welche vorzüglich in Folgendem bezeichnet sind. Der Sohn eines unmittelbaren königlichen Lehnsmannes oder Barons solle die neue Belehnung nicht so theuer wie unter seinem Bruder [1]) erkaufen, sondern nur das gesetzliche Heergewedde (relevatio) leisten, und eben so sollen die Barone mit ihren Belehnten verfahren. Der Baron, welcher seine Verwandte vermählen wolle, solle mit dem Könige deßhalb sprechen, doch nur damit dieser sich überzeuge, daß jene keinem seiner Feinde verlobt werde; für die Genehmigung wolle der König nichts empfangen. Die Hand der Erbtochter eines verstorbenen Barons wolle er, nach dem Rathe seiner Großen, mit den Ländereien vergeben. Die kinderlose Wittwe des Lehnsmannes solle Wittthum und Mitgift (dos et maritatio) behalten und nur nach ihrem Willen wieder verheirathet werden. Hat die Wittwe Kinder, so soll sie, so lange sie unbescholten oder unvermählt bleibt, oder der nächstberechtigte Verwandte, das Land und die Kinder in Obhut nehmen. Über baares Geld [2]) darf der Lehnsmann letztwillig frei verfügen, und da dieses fast nur zu Stiftungen für dessen Seelenheil zu geschehen pflegte, so war dieses nach seinem Tode für ihn auch seiner nachgelassenen Familie gestattet. Die Geldstrafen für Vergehungen sollten gemildert werden, so wie sie es vor seines Vaters Zeiten gewesen. Alle Sühn= und Strafgelder welche dem Fiscus zukommen, wurden erlassen, sogar für begangenen Mord, bis zum Tage der Krönung; auch

1) Die Lesarten dieser Urkunde sind sehr abweichend. Der Abbruck in den Statutes of the Realm T. I. gibt manche Varianten. Sie findet sich auch zu Anfange der Leges Henrici I.; bei Ricardus Hagustaldensis und Matthäus von Paris z. J. 1100. Letztere liest hier anstatt fratris irrig patris. So auch Florenz z J 1100. Malmesbur. S. 156.

2) pecunia. Unter diesem Ausdrucke darf nicht alle bewegliche Habe (catella) verstanden werden.

Alles was dem vorigen Könige noch für die Antretung von Lehen rückständig war. Ritter welche Kriegsdienste für ihre Lehen leisten, sollen von Abgaben wie dem Dänengelbe und anderen Diensten befreit sein. Der Schlagschatz (monetagium), welcher durch das häufige Umschmelzen des leicht verfälschten Geldes sehr drückend wurde, solle nicht größer sein als unter König Eadward; wer falsches Geld münzet oder ausgibt, streng bestraft werden. Im Allgemeinen ertheilte der König seinem Volke wieder die Gesetze aus der Zeit des Königs Eadward (leges Edwardi), mit den Abänderungen, welche sein Vater mit dem Rathe seiner Barone gemacht habe. Indem der König so alle höheren und niederen Lehnsleute, selbst die untergeordneten Classen der Bürger und Bauern zu befriedigen suchte, behielt er sich jedoch die Forst= und Jagdgerechtigkeiten in aller der Ausdehnung vor, welche sein Vater und Bruder ihnen gegeben hatten, worin sich die Leidenschaft auch dieses normannischen Fürsten für die Jagd ausspricht, welche ihm schon früher den Spottnamen des Hirschspur (pié de cerf) von dem ihm stets abgeneigten Guillaume von Warenne verschafft hatte[1]. Ausfertigungen dieser Wahlcapitulation wurden an alle Graffschaften versandt und daselbst an heiliger Stätte aufbewahrt[2], und es scheint uns unerweislich, daß Henry, wenn er sie auch in einer fünfundreissigjährigen Regierung bisweilen als lästig empfunden und umgangen haben sollte, je versuchte sie in Vergessenheit zu bringen.

[1] Wace v. 15650 sq.

[2] Lingard sagt, und es scheint allgemein angenommen, daß Henry zu gleicher Zeit den Londonern einen Freiheitsbrief ausstellte. Die besten Abbrücke desselben sind in Rymer foedera und den Legib. Henrici I. Aus der Zusammenstellung beider Abbrücke mit anderen authentischen Nachrichten ergeben sich die richtigen Namen der Zeugen, z. B. Will. de Albini (nicht Alba Spina), Aluericus de Totoneis, Hasculfus de Taneia, Johannes Belet, Robertus fil. Siwardi. Für Hubertus Camerarius ist zu lesen Herbertus Cam. Da die dort genannten Zeugen, wie durch den Magnus Rotulus Scaccarii 31. Hear. I. erweislich, alle in dem 31sten Regierungsjahre Henrys lebten, so folgt, daß der londoner Freiheitsbrief erst in den letzten Jahren Henrys bewilligt ist; eine Bemerkung, welche nicht nur für die Geschichte Londons wichtig ist, sondern auch für die Bestimmung des Alters des ihn enthaltenden Rechtsbuches Leges Henrici I.

Ein für die augenblickliche Wirkung vielleicht noch wichtigerer Schritt des jungen Königs war der Entschluß sich zu vermählen und die Enkelin des angelsächsischen Eadward, des Sohnes des Königs Eadmund, die Nichte Eadgar Athelings, Tochter seiner dem schottischen Könige Malcolm Canmore vermählten Schwester Margarethe, zur Königin von England zu erheben. Durch diese Verbindung wurde nicht nur ein friedliches Verhältniß zu ihren Brüdern, den Königen von Schottland, gesichert, so wie reinere Sitte und Anstand am englischen Hofe hergestellt, sondern auch ein erfreulicher Bund mit dem größeren Theile der Bevölkerung, den Angelsachsen, geschlossen, welche die Krone zu dem mit schmerzlicher Sehnsucht erinnerten, vielgeliebten echten Königsstamme zurückgekehrt sahen und die Verwirklichung eines schönen Phantasiegebildes von goldenen Tagen als Wiederkehr der vermeinten Zeit ihrer Vorfahren erwarteten. Wir möchten gern dem trefflichen Anselm, welcher auf Henrys und der Barone Botschaft eiligst zurückgekehrt war, einen bedeutenden Einfluß auf alle diese Maßregeln großartiger Milde wie weisester Politik zuschreiben; doch kann der schöne Gedanke jener Vermählung nicht von dem Prälaten ausgegangen sein, welcher sich derselben unter dem Vorwande widersetzte, daß Mathilde einst, bei ihrer Mutterschwester Christiane im Kloster zu Wilton, um dem leidenschaftlichen Ungestüme der Normannen und besonders einer Verbindung mit dem Grafen Alain von Richmond zu entgehen, zum Scheine einen Nonnenschleier über ihr Haupt geworfen hatte. Doch gab er den erhaltenen Erläuterungen nach[1]), und die Vermählung wurde noch in demselben Jahre begangen. Charakteristisch für diese Zeit, in welcher der Minnegesang sich bildete und Liebe neben Tapferkeit und Frömmigkeit ein Hauptstoff der Dichtkunst wurde, ist es, daß die Zeitgenossen von Henry berichten, er habe die angelsächsische Königsenkelin längst geliebt und unerachtet ihrer geringen Mitgift vor allen anderen reichbegabten Fürstentöchtern begehrt[2]). Der gutmüthige Angelsachse, wenn er des Feuers auf dem Heerde, welches er unter dem

1) Eadmer hist. Novor. l. III.
2) Malmesbur. p. 156.

Rufus bei Einbruch der Nacht hatte auslöschen müssen, mit den Seinigen sich freute, traute dieser Erzählung gern, die dem normannischen Könige mehr als einige feste Burgen nützte. Den entgegengesetzten Eindruck brachte jedoch dieses Ereigniß bei den Normannen hervor. Der Volkswitz ist schnell bereit und zeichnete bei ihnen vorzüglich sich darin aus, spöttische Namen und Beiwörter zu erfinden, und so erhielten König und Königin bei den Normannen die den Angelsachsen sehr gewöhnlichen, vermuthlich durch irgend eine Liebessage verknüpften Namen Goderik und Godithe, welche Benennungen dem Könige selbst unauslöschliches Gelächter entlockten.

Von seinem eingeschlagenen Pfade verlockte den König weder der anzügliche Witz noch die drohende Tücke vieler seiner Vasallen, und er verharrte bei den Rathschlägen seines treuen Jugendfreundes, des weisen Roger von Beaumont Sohn, seines Namensgenossen, des Grafen von Warwick [1]), den wir auch als ersten Zeugen in dem Freibriefe für die Engländer bemerken. Mit Erlassung des letzteren wurde auch der Mann, dessen Bedrückungen durch denselben vorzüglich gehoben worden, Ranulf Flambard, jetzt Bischof von Durham, verhaftet, nach dem Thurme zu London gebracht und der Hut des Guillaume von Manneville übergeben. Sein Truchseß jedoch wußte ihm in einem großen Fasse Weines lange Stricke in das Gefängniß zu schaffen, an welchen der wohlbeleibte Bischof, nachdem die trunkengemachten Wächter in tiefen Schlaf gesenket waren, herabglitt und darauf sicher, wenngleich mit arg geschundenen Händen gezeichnet, nach der Normandie entwischte [2]).

In dieses Land war nunmehr Herzog Robert zurückgekehrt. Der Kreuzzug mit seinem raschen Wechsel fremdartiger Schauspiele, wichtiger Begebenheiten, heiterer wie erhebender Empfindungen hatte, wie andern Theilnehmern, so auch jenem einen Glanz verliehen, welchen er früher nicht besaß und auch später nicht wieder erlangte [3]). Seine vornehme Geburt verstärkte

1) Malmesbur. l. l.

2) Simeon a. 1100. Malmesbur. l. l. Orderic. p. 786. Er erhielt hier von Robert das Bisthum zu Lisieur, worüber der wohlverdiente Yvo von Chartres sehr zürnt. S. dessen Epist. 153, 4, 7.

3) Guibert. Gestor. Dei per Francos l. II. c. 7.

den Eindruck sehr, welchen der Muth und die Körperkraft des
kleinen, etwas feisten, kurzbeinigen Helden, den der Vater
spöttisch doch nicht unrichtig beurtheilt hatte [1]), bei den Kreuzfahrern erregte. Doch theilte er diesen Ruhm mit vielen seiner
Landsleute, deren Einfluß auf die Entstehung und das Gelingen des Kreuzzuges weder der Herzog zu benutzen verstand,
noch die Nachwelt gehörig erkannt zu haben scheint. Bei keinem anderen gleichzeitigen Volke erblicken wir einen so starken
Hang zu Pilgerschaften, aus Schwärmerei und Reiselust ge-
paart, noch weniger bei irgend einem anderen diese erfolgreiche
Leidenschaft der Eroberungen. Schon im Anfange dieses Jahrhunderts hatte ein pilgernder Ritter aus der Normandie den
Stuhl des Nachfolgers Christi von den Saracenen befreiet und
seinem Stamme die schönsten Länder Europas zum Königreiche
erworben. Zwischen Rouen und Jerusalem hörte der Wechsel-
verkehr durch Priester wie Laien nie auf. Es waren daher
1096 auch Normannen, welche zuerst im Frühlinge des Jahres 1096
mit Peter von Acheris [2]), gewöhnlich genannt von Amiens,
der Eremit, zum Kreuzzuge über Deutschland und Ungarn auf-
brachen, nämlich Walter von Pacy [3]), und dessen vier Neffen,
der bekannte Walter von Senz Aver, Wilhelm, Simon und
Matthäus. Daß unter den von ihnen geführten 15,000 Mann

1) Exeuntiente genitore cachinnos, et subinde dicente: „per re-
surrectionem Dei, probus erit Rubelinus curta ocrea". Malmesbur.
p. 153.

2) Man übersieht den nicht unwichtigen Geschlechtsnamen dieses Mannes, den Orderic Vitalis aufbewahrt, während man vergeblich seine
Eremitenzelle gesucht hat.

3) de Pexeio. Orderic. l. IX. p. 723. Paxeium, Pacy an der
Eure, war ein Lehn des Herrn von Breteuil. Orderic. l. IV. p. 527.
l. VII. p. 655. l. VIII. p. 705. Die Identität von Pexeium und Pa-
ceium behaupten die Herausgeber des Récueil des hist. de la France
T. XII. p. 814. Ein Sire von Pacy focht bei Hastings, wie Roman
de Rou v. 13655. erzählt. Guillaume von Pacy erscheint in einer Urkunde v. J. 1080. Guillelmus de Paceio, Eustachii filius, wird 1136
erwähnt (Orderic. l. XIII. p. 907.), der 1153 kinderlos starb. Chron.
Lyrense ap. Bouquet T. XII. p. 776. Guibert. l. II. c. 5.
nennt den Walter quidam transsequanus, cogniti generis vir, armis
quantum ad se strenuus.

Fußvolk viele Normannen waren, ist nicht zu bezweifeln. An den Herzog Robert, welcher erst im September die Normandie verließ, schlossen sich ausser dem Bruder des Königs Philipp von Frankreich, Hugo dem Großen, Grafen von Vermandois, Robert II., Graf von Flandern, Hugo der Graf von St. Pol, sein Schwager Stephan, Graf von Blois und Chartres[1]); sein Vetter Graf Stephan von Aumerle, der früher die Krone Englands erstrebt haben soll; sein Oheim, der berüchtigte Bischof von Bayeur, Odo, welcher auf der Hinreise zu Palermo starb; Philipp Clericus, Sohn des Grafen Roger von Montgomery; Rotrou, Sohn des Goisfred, Grafen von Mortagne; Walter von St. Valery, ein Abkömmling des normannischen Herzogs Richard II., mit seinem Sohne Bernhard; Girard von Gornay; der Breton Radulf von Guader, welcher vor mehr als zwanzig Jahren gegen den Eroberer die Verschwörung zu Norwich angestiftet hatte, und sein Sohn Alan; Yvo und Alberich, Söhne Hugos von Grentemaisnil[2]); Roger von Barneville, Wilhelm von Ferrières, Alan Fergant, Conan, Sohn des Grafen Gaufred von Bretagne, und Andere, deren Thaten ihrem Namen den ruhmvollsten Glanz verliehen haben[3]). Herzog Robert zog mit den Seinigen durch Frankreich und die Lombardei nach Lucca, wo er den Papst Urbanus fand und dessen Segen empfing[4]). In Apulien ward Robert mit Stephan von Blois, wir wagen nicht zu entscheiden, ob durch die Winterstürme gezwungen oder durch Indolenz und Leichtsinn bewogen, zu verweilen, obgleich Graf Robert von Flandern Mittel gefunden hatte, ohne Verzug zu Bari sich einzuschiffen. Der Herzog von Apulien, Roger Borsat, Robert Guiscards Sohn und des Normannen Wilhelm von Grentemaisnil Schwager, nahm den Erstgebornen des alten Herrscherhauses als seinen natürlichen Fürsten auf[5]), und die Tage verstrichen den

1) Starb im Morgenlande 1102. Fulcher. Carnot. p. 414.

2) Ihren Bruder Wilhelm, welcher die Tochter des Robert Guiscard geheirathet, zählen wir nicht mehr zu Roberts Gefolge.

3) Orderic. l. IX. p. 724.

4) über Roberts Hinreise vgl. Fulcher von Chartres, welcher seinen Grafen und mit diesem Robert begleitete.

5) Orderic. l. l.

Vornehmen in gelübbevergeſſenem Jubel, während von der geringeren Claſſe Viele zur Rückkehr in ihre Heimat ſich entſchloſſen, bis im folgenden Jahre, zu Anfang des Aprilmonats, Robert ſich zu Brindiſi einſchiffte. Er landete in Durazzo und zog durch die Länder der Bulgaren und Macedonien nach Conſtantinopel, wo die Kreuzfahrer vor den Mauern der Stadt gute Pflege zu erhalten und nur einzeln die ihnen wundervolle Stadt zu betreten ſich beſcheiden muſſten.

Die Fürſten Robert und Stephan leiſteten, gleich den meiſten ihrer Vorgänger, dem Kaiſer Alexius I. Comnenus den verlangten Lehnseid für verhoffte Eroberungen in Aſien, wurden mit Gelde, an dem es ungeachtet der von Robert anfänglich beobachteten Sparſamkeit bereits fehlte [1]), und anderer Lebensnothdurft unterſtützt und bald nach Niſſa befördert. Schon bei der Belagerung dieſer Stadt wurde durch die Fürſten Gottfried und Hugo, denen die Grafen Robert von Flandern, Raimond von Toulouſe, Balduin von Mons [2]) und Andere ſich bereits angeſchloſſen hatten, eine glückliche Schlacht gegen den Sultan der Seldſchuken, Kilidſch den Löwen (Arslan), geliefert; doch langten Herzog Robert und ſeine Schaar zu Anfang des Juni zeitig genug an, um an der Eroberung der Stadt rühmlichen Antheil zu nehmen. Herzog Robert ſchloß ſich darauf an die Heeresabtheilung, in welcher Boemund von Tarent, deſſen Neffe Tancred, und Richard del Principato [3]) ſich befanden. Bei

1) Radulf. Cadom. l. l.

2) Balduinus de Monte castello, Hamaicorum comes et princeps, vir illustrissimus in omni militari actione. Albert. Aquens. l. II. c. 22. Petrus Tudebod. p. 1. Er war mit Gottfried gezogen. Balderic. p. 91. Wilken überſieht ihn ganz bis zu ſeiner Rückkehr (I. 230.), wo er den Grafen von Hennegau oder Mons nicht in ihm erkennt. Geſch. der Kreuzzüge Th. I. S. 70. ſcheint er ihn mit dem erſt viel ſpäter vorkommenden Balduin von Rames zu verwechſeln und dieſen zugleich mit Balduin de Bourg, dem Sohne Hugos von Retheln. B. von Rames, unbekannten Urſprungs, ſcheint dieſen Zunamen erſt von dem Orte in Galiläa erhalten zu haben.

3) Irrig bei Wilken de Principante genannt. Jener Diſtrict Neapels in ſeinen beiden Abtheilungen iſt hinlänglich bekannt. Er war ein Enkel des Tancred von Hauteville, aus deſſen zweiter Ehe, und Sohn Wilhelms. S. Malaterra l. I. c. 12. et 15.

dem Überfall, welchen dieses Heer durch die Türken bei Dory= 1. Juli
läum erlitt, wird der Geistesgegenwart Roberts, seiner Tapfer=
keit und Beredtsamkeit die Rettung der Christen vorzüglich zu=
geschrieben. Ihm übergab schon früh in der Schlacht Boe=
mund den Kriegsbefehl und später war er es, der, die goldene
Standarte mit der Rechten ergreifend, sich vor die fliehenden
Christen stellte, die Unmöglichkeit der Flucht zeigte und durch
die Hoffnung pflichtmäßigen und glorreichen Todes noch einmal
den begeisternden Schlachtruf Deus le volt weckte und im sieg=
reichen Widerstande voranging [1]. Robert blieb auf dem ferne=
ren Marsche bei dem großen Heere, dem die Armenier sich ohne
Widerstand ergaben, und verlieh, in Übereinstimmung mit den
übrigen Fürsten, einem eingebornen Ritter, Simeon, eine Stadt
Alfia, um von dort aus das Land in der Treue Gottes, des
heiligen Grabes und des Kreuzheeres zu erhalten [2].

Als das Heer in die Nähe Antiochiens gelangte, ward
dem Herzoge Robert die Vorhut übertragen, welche mit ta=
pferem Arme das Gefecht bei der Brücke von Ifrin bestand,
bis mehrere Truppen nachgerückt waren [3]. Bei der Belage=
rung der Stadt (seit 18. October 1097) erwies er anfäng=
lich die gewohnte Tapferkeit, oft mit sehr geringer Mann=
schaft [4]; bei der Hungersnoth aber, welche im Lager entstand,
wurde der an Lebensgenüsse gewohnte Fürst vermißt [5]. Es

1) Radulf. Cadom. l. l. c. 20—22. Die Nachrichten Henry
Huntingdons über diesen Kreuzzug sind von dessen Geschichtschreibern
übersehen, während sie die dürftigen Auszüge aus demselben durch Robert
de Mont benutzen. Vergl. Petr. Tudebod. Robert. Monach.
l. III. p. 41. Malmesbur. l. IV. c. 2. p. 137.

2) Robert wird bei diesem Anlasse genannt bei Henr. Hunt. Den
Ortsnamen hat Balderich B. II. (aus ihm Ordericus). Den Simeon
nennen Jene und Guibert. Das Übrige findet sich bei Peter Tu=
debob und Robert Monachus. Ich muß es dahingestellt sein lassen,
ob Balderich sich hier in den Namen verwirrt, da er gleich darauf von
einem Ritter Peter von Alfia (bei Anderen de Alpibus) erzählt, welcher
die Stadt Plastentia unter ähnlichem Gelübde erhielt.

3) Albert. Aquens. l. II. c. 33.

4) Raimund. de Agilis p. 143.

5) Raimund. p. 144. Will. Tyrius l. IV. c. 18.

ist uns von besonderem Interesse, von einem jüngeren Zeitge=
nossen und Unterthan des Herzogs die Nachricht zu erhalten,
daß aus Besorgniß vor andringenden Feinden die vor seinem
Vater einst nach Constantinopel geflohenen Angelsachsen, welche
der griechische Kaiser zur Vertheidigung der ihm untergebe=
nen Stadt Laodicea gesandt hatte, zu ihrer Hülfe und Lei=
tung den normannischen Herzog herbeiriefen. Diesem behagte
der Überfluß an allen Lebensbedürfnissen und Weinen, mit
welchen Cyprus jene Stadt versorgte, so sehr, daß er in deren
Genuß völliger Unthätigkeit sich ergab; erst, nach dreimaliger
Androhung des Anathema durch den Stellvertreter des Pap=
stes, Ademar, Erzbischof von Puy, wurde er zur Rückkehr
bewogen [1]. Hatte er hier sich von seiner unvertilgbaren Ge=
nußlust hinreissen lassen, so erglänzte seine ihm angeborne Ta=
pferkeit wieder, als die Türken von Haleb (Caleph), Emissa
und Hama bei der Burg Harem sich versammelt hatten, um
Antiochien zu entsetzen. An einem Tage vertheidigte er mit
Eustache von Boulogne das Lager der Kreuzfahrer gegen den
1098 Ausfall der Belagerten, am folgenden Tage führte er wieder
9. Febr. sechs Schlachtordnungen gegen die neuen Feinde [2]. Die Ein=
3. Juni nahme Antiochiens geschah endlich nach mehr als sieben Mo=
naten durch Verrath, doch gehörten zur Ausführung des Pla=
nes muthvolle Männer und auch hier wird Roberts Name ge=
nannt, als des Zweiten, welcher die feindliche Mauer hinan=
kletterte [3]. Antiochien war jetzt gewonnen und mit ihr ein
neues christliches Fürstenthum im Morgenlande. Doch sollte
ihr Besitz zunächst nur dazu dienen, die Wallbrüder durch neue
Leiden zu ferneren Großthaten zu stählen. Nach wenigen Ta=
gen bereits erschien der Fürst von Mausel, Korboga Kavameb=
daula, vor den Mauern der Stadt. Der normannische Ritter

1) Radulf. Cadom. L. l. c. 58.

2) Petr. Tudebod. p. 13. Henr. Huntingdon. p. 875.

3) Wilken a. a. O. Th. I. S. 200. Nach Raimond a. a. O.
S. 151. war aber dieser Zweite der gleichbenannte Graf von Flandern;
nach Albert Aquensis B. IV. S. 19. waren es dessen Leute. Doch
gewiß war er mitwissend und gegenwärtig. Balderich S. 109. Wil=
ken setzt die Einnahme Antiochiens irrig auf den dritten Juli und gibt
daher der Belagerung wiederholt eine neunmonatliche Dauer.

Roger von Barneville war das erste Opfer der Angriffe der neuen Belagerer [1]). Viele Ritter flohen und verließen heimlich die Stadt, an Stricken sich an der Stadtmauer herablassend, weshalb ihnen für immer auch in ihrer Heimat der entehrende Name der Seiltänzer oder Strickläufer (funambuli) verblieb. Unter diesen waren selbst die Gebrüder von Grentemaisnil und der durch seine Treulosigkeit eben so sehr als durch seinen das Eisen schwachem Holze gleich spaltenden Arm, welcher ihm seinen Beinamen verlieh, berufene Wilhelm der Zimmermann, Vicomte von Melun [2]). Herzog Robert dagegen rettete die Stadt von dem ersten Überfalle des Korboga durch seine standhafte Vertheidigung des Schlosses am Brückenthor. Er war mit unter den Fürsten, welche sich gegenseitig durch einen Eid verbanden, bis zum letzten Athemzuge in keinem Falle die Vertheidigung der Stadt zu verlassen [3]). Seine Ausdauer wurde dadurch belohnt, daß er hier den ruhmvollsten Tag seines Lebens in der Besiegung und Zerstreuung der Belagerer fand. 28. Juni Obgleich er schon das letzte Streitroß verloren hatte, lieh er dasjenige des erkrankten Grafen Raimund und verfolgte die Feinde mit Philipp Clericus von Montgomery und Warin von Taneia, bis er einen ihrer Hauptanführer erschlagen hatte [4]). Nach der Befreiung Antiochiens war er unter den Fürsten, welche, dem geleisteten Eide getreu und im Widerspruche mit Boemund, diesem die Stadt anfänglich verweigerten und sie dem griechischen Kaiser überliefern wollten.

Während die übrigen Fürsten sich bis zu Anfange des Winters vertheilten, um ihre Krieger entweder in den bereits

1) Peter Tudebod. Albert. Aquens. l. IV. c. 37. Guibert. l. 5. c. 15.

2) De regali prosapia et vicecomes cuiusdam regii castelli, quod Milidanum dicitur, olim extitit. Robertus Monachus l. IV. c. 48. Dieser gewaltige Haudegen war schon aus dem Lager vor Antiochien geflohen und wegen ähnlichen Verraths in Spanien verrufen. Guibert. l. IV. c. 4.

3) Guibert. l. V. c. 18.

4) W. v. Malmesbury hält diesen für Korboga selbst, doch war derselbe nach Aleppo entflohen. Siehe Kemaleddin bei Wilken Th. II. Beilagen S. 41.

eroberten Gegenden zu erfrischen oder Streifzüge zur Provian=
tirung zu machen, verlieren wir den normannischen Grafen aus
den Augen. Vielleicht kehrte er in dieser Zeit nach Laodicea
zurück, wo Winemar von Boulogne[1]), seit acht Jahren ein
verrufener Seeräuber, an der Spitze von Schiffen, welche an=
geblich aus Antwerpen, Tiel, Friesland, mit einigen Proven=
çalen vereint, unter dem Schein einer Wallfahrt bereits früher
gelandet waren[2]). Auf diesen war auch Eadgar Atheling, wel=
chem die Vertheidigung Laodiceas gegen die Türken anvertraut
wurde, der hernach die Stadt dem Herzoge Robert wieder
überlieferte. Dieser verlor sie durch einen Aufstand der Bür=
ger, welche, über die Erpressungen des verschwenderischen Her=
zogs sehr erbittert, seine Mannschaft vertrieben und sogar
den Gebrauch der Münze von Rouen auf ihrem Markt unter=
sagten[3]). Als der Zug des Kreuzheeres nach Jerusalem fest=
24. Nov. gesetzt werden sollte, schloß sich, während die übrigen noch
säumten, Herzog Robert dem Raimond von St. Giles an und
12. Dec. belagerte und eroberte mit ihm die Stadt Marra. Dieser bot
ihm 10,000 Solidi, wenn er mit ihm vereint nach Jerusalem

---

1) De terra Bulonae et de domo comitis Eustachii, magnifici
principis eiusdem terrae. Albert. Aquens. l. III. c. 14. l. VI.
c. 55. Er war also nicht aus Bologna, wie Wilken a. a. O. Th. I.
S. 254. meint, und ist Derselbe, welchen dieser Th. I. S. 168. Guinemer
aus Bouillon nennt, verleitet durch den Dialekt des Wilhelm von Ty=
rus: Guinemerus Boloniensis. L. VII. c. 15.

2) Orderic. p. 778. Es ist mir sehr wahrscheinlich, daß diese
Schiffe diejenigen 30 Schiffe sind, welche nur Raimond von Agiles
S. 175. die der Engländer nennt. Letzterer erzählt von den Engländern,
so wie die älteren Schriftsteller von Winemar; Zeit und Ort der Landung
stimmen überein. Albert von Aix B. VI. S. 55. stellt die Dienste des
Escadres des Winemar mit denen der Genueser und Pisaner zusammen,
so wie Raimond die derjenigen, welche er Engländer nennt. Wenn
man hierin eine besondere Heerschaar der Engländer erblicken will, so
möge man sie auch auf Torquato Tasso's Autorität anerkennen für:

　　　　. . . . . lo squadron Britanno,
　　　　Guglielmo il regge, al Re minor figliuolo,

und ihnen immerhin sogar einen Herzog von Lancaster beigesellen.

3) Guibert. l. VII. c. 35.

ziehen wolle [1]); ein Anerbieten, welches Robert, stets geldes=
bedürftig, nicht ausgeschlagen haben wird. Er folgte dem Heere
Raimonds nach Kasertabad [2]), von dort zu der Belagerung von 1099
Arka. In den Streitigkeiten, welche sich hier zwischen Rai=
mond und Tancred entspannen, schlug Robert sich auf des Letz
teren Seite, und sein Kapellan Arnulf war es, der das Heer
von der Unechtheit der zu Antiochien von Raimond aufgefun=
denen Lanze überzeugte. Robert trennte sich, gleich Herzog
Gottfrid sein Lager vor Arka verbrennend, von den Südfran=
zosen und blieb, wie früher und wie natürliche und geistige
Verwandtschaft es mit sich brachten, mit den Nordfranzosen
und den italienischen Normannen enger vereint. Um diese Zeit
fand er einen hier nicht ganz zu übergehenden Kampfgenossen
an einem wegen der Ermordung der heroischen Gräfin Mabilia
von Montgomery einst aus seinem Vaterlande verbannten und
seit vielen Jahren im Oriente heimisch gewordenen Normannen,
Hugo Budvel, Sohn des Robert von la Roche b'Igé (de
Rupe Jalgeii), welcher durch seine Kunde von den Sitten der
Türken sich sehr nützlich erwies [4]). Bei der Belagerung Jeru=
salems hatte Robert sein Lager vereint mit dem Grafen von
Flandern am Thore des heiligen Stephanus, bestand glorreich
manchen Kampf zusammen mit ihm, und Beiden gelang es
zuerst mit den mühevoll errichteten Kriegsmaschinen die Mauern
Jerusalems zu durchbrechen. Tief ergriffen von den religiösen
Gefühlen, welche der eigenthümliche Schmuck jener Krieger wa=
ren, flehten sie bemuthsvoll um die Gnade des zu verleihenden
Sieges, und bald gelang es ihnen aus Herzog Gottfrids
Thurm unter den Ersten in die heilige Stadt einzubringen [5]).

1) Raimond de Agilis p. 161. Balderic. l. IV. c. 1.
Guibert. l. VI. c. 8.

2) Petrus Tudebod. c. 34.

3) Domini Normannorum comitis familiaris et capellanus, vir
quidem literatus, sed immundae conversationis et scandalorum procurator. Will. Tyr. l. VII. c. 18. Einst war er des Bischofs Odo
Freund und Erbe. Guibert. l. VIII. c. 1.

4) Orderic. l. V. p. 578 et l. IX. p. 758.

5) Fulcherius p. 398. Balderic. p. 131. Guibert.
l. VII. c. 6.

Lappenberg Geschichte Englands. II. 15

Bei der Wahl eines Königs für das neue Reich wurde
dieses, wie man sagt[1]), ihm als dem Königssohne angeboten.
Er war zu genußsüchtig und rechnete vielleicht zu sehr auf die
Aussicht, einst den gesicherten Besitz der Normandie und Englands
zu erhalten, um diese schöne wenngleich dornenreiche Krone anzunehmen und dadurch den Eroberungen der Normannen eine Weihe
und heiliges Band zu ertheilen, welche auf die Schicksale dieses
ganzen Stammes nicht nur, sondern mehrerer Welttheile von
unberechenbarem Einflusse geworden wären. Sein Einfluß im
Heere und Rathe äusserte sich auch noch jetzt dadurch, daß sein
Capellan und Genosse, Arnulf, die hohe Würde des Kanzlers
und später sogar die des Patriarchen von Jerusalem erhielt[2]),
so wie schon früher einem Normannen, Robert, das erste von
den Kreuzfahrern in Libba begründete Bisthum zu Theil wurde.
Auch hier war er, wie immer wo er behaglich weilte, sehr
ungeneigt die Stadt zu verlassen und verband sich sogar aus

1) Malmesbur. p. 159. Huntingd. p. 577—879. S. auch
Continuation du Brut und Chronique de P. Langtoft bei Michel
a. a. D. S. 100 fg. und S. 160 fg. Gervasius Tilber. Otia
imperialia l. II. c. 20. hat die irrige Nachricht, daß Robert bereits
von dem Tode des Rufus unterrichtet gewesen. Es möge hier seine
Charakteristik durch Rabulf von Caen stehen: Robertus, Normanniae
comes, Wilhelmi regis et expugnatoris Angliae filius: genere, di-
vitiis, facundia quoque non secundus duci (Godefredo), sed supe-
rior; par in his quae Caesaris sunt; quae Dei, minor; cuius pietas
largitasque valde fuissent mirabiles, sed quia in neutra modum te-
nuit, in utraque erravit. Siquidem misericordiam eius immisericordem sensit Normannia, dum eo consule per impunitatem rapinarum
nec homini parceret, nec Deo licentia raptorum. Nam sicarii mani-
bus, latronum gutturi, moechorum caudae salaci, eandem quam suis
se reverentiam debere Consul arbitrabatur. Quapropter nullus ad
eum vinctus in lacrymis trahebatur, quin solutas mutuas ab eo lacry-
mas continuo impetraret. Ideo, ut dixi, nullis sceleribus fraenum,
immo omnibus additum calcar ea tempestate Normannia querebatur.
Huius autem pietatis sororculam eam fuisse patet largitatem, quas
accipitrem sive canem argenti summa qualibet summa comparabat. Cum in-
terim mensa consularis unicum haberet refugium rapinam civium, atque haec tamen intra patriam, verum fines patrios egressus magna ex
parte luxum domuit, cui ante per magnarum opum affluentiam suc-
cubuerat. L. l. c. 15.

2) Albert. Aquens. l. VI. c. 39 sq.

diesem Grunde wiederum mit seinem bisherigen Gegner Raimond [1]). Als er jedoch den Vorstellungen des Königs Gottfrid
nachgegeben hatte, kämpfte er bei Ascalon mit dem oft bewährten Bärenmuthe. Einmüthig priesen alle Berichterstatter jener Zeit 14. Aug.
eine That, welche Roberts Namen lange im Morgen= und Abend-
lande verherrlichte, wie er die silberne, mit einem goldenen
Knopfe versehene Standarte der Feinde erblickend, mitten unter dieselben spornstreichs sich stürzte und den Bannerträger
stark verwundete. Er konnte selbst die Standarte nicht ergreifen, bezahlte sie aber einem seiner Krieger, der sich ihrer bemächtigte, in seiner gewohnten Freigebigkeit mit zwanzig Mark
Silber, um sie dem heiligen Grabe darzubringen [2]).

Bald nach dieser Schlacht, im Lager zu Cäsarea, erklärten
Herzog Robert so wie die Grafen von Flandern, von Boulogne, von Toulouse, Cuno von Montague [3]) und andere Ritter
dem Könige ihre Absicht, nunmehr nach erfülltem Gelübde in
ihre Staaten zurückzukehren. Die treuen Waffenbrüder schie-
den mit Thränen von einander, der edle, fromme König blieb
zurück, um das Vaterland seines Glaubens gegen den Grimm
der Heiden zu vertheidigen. Herzog und Graf Robert pilger-
ten an den Jordan, badeten in dessen heiligen Wellen und brachen in Abrahams Garten bei Jericho sich die Siegespalmen.
Mit 20,000 Pilgern zogen sie nach Laodicea, von wo die Fürsten nach Constantinopel sich einschifften [4]). Der Herzog ging
von dort nach Apulien, wo er den größten Theil eines Jahres
zubrachte und mit der eben so schönen als geistvollen Sibylla,
Tochter des Grafen Gaufred von Conversana, eines nahen An-

1) Balderic. p. 156. Guibert. l. VII. c. 17.
2) Guibert. l. VII. c. 18 sq. Balderic. p. 156. Raimond.
p. 183. Albert. Aquens. l. VI. c. 50. Unter den Glasmalereien,
welche der Zeitgenosse Abt Suger für die Kirche zu St. Denys über die
Hauptbegebenheiten des ersten Kreuzzuges verfertigen ließ, ist auch eine,
welche diese oder eine ähnliche That Roberts darstellen soll. Sie ist ab-
gebildet in Montfaucon Monumens de la Monarchie française T. I.
3) Dieser Montague (de Monte acuto) war mit Herzog Gottfrid
ausgezogen (Albert. Aquens. l. II. c. 11.), gehörte also wahrscheinlich nicht zu den normannischen Geschlechtern dieses Namens, welche wir
unter den unmittelbaren Lehnsleuten des Eroberers aus Domesday kennen.
4) Fulcherius p. 400. Albert. Aquens. l. VI. c. 54.

15 *

verwandten des Herzogs Robert Guiscard, sich vermählte. Dn
reiche Graf durch die Mitgift, andere Freunde durch Anleihm
verschafften Robert eine bedeutende Summe Geldes, mit welcher er sein Herzogthum aus seines Bruders Händen wieda
zu befreien sich rüstete[1]). Im Taumel eines fast wunderbaren
Glückes kehrte er jetzt heim, der Herr und Erbe mächtiger Staaten, in reifer Manneskraft, mit frischen, wohlverdienten Lor-
beeren bedeckt, begabt mit den Schätzen, deren er so sehr bedurft hatte, an der Hand anmuthigster, mit seltener Einsicht
vereinter Schönheit. Wer mochte voraussagen, wie in kurzen
Jahren so viel Glück dem leichtsinnigsten der Sterblichen zer-
rann?

Auf der Reise kam ihm bereits die Botschaft von seines
Bruders Rufus Tode und des jüngeren Verrathe entgegen[2]).
Die Nachricht bewegte ihn wenig; von den Normannen festlich
aufgenommen, hatte er in wenigen Wochen die mitgebrachten
Gelder verschleudert, auf eine so frevelnd leichtsinnige Weise,
daß er zuweilen wegen von Kebsweibern und anderem Gesindel ihm gestohlener Kleider das Bette nicht verlassen konnte[3]).
Schon hatte er außer der mitgebrachten Geldhülfe die Achtung
und Neigung der Normannen verscherzt, als Ranulf Flambard
und einige englische Große, mit Henrys strengen Ansichten miß-
vergnügt, ihn anregten, England seinem Bruder mit den Waffen zu entreissen. Doch über den Kriegsrüstungen verging ein
Jahr. Maine fiel unterdessen wieder in die Hände des von
Rufus vertriebenen Grafen Helias, und Robert verschmähte
sogar in seiner Indolenz die von den treuen Burgmannen dar-
gebotene Gelegenheit, sich die Burg le Mans zu erhalten[4]).
Während die angesehensten Normannen Robert Fitz Haimon,
Richard von Reviers, Roger Bigot, der einflußreiche Graf

---

1) Gemmet. l. VII. c. 4. Orderic. l. X. p. 780. Malmesbur. l. IV. p. 158. Roman de Rou v. 15419 sq.

2) Da er noch im August 1100 in der Normandie anlangte (Robert de Monte, im September nach Orderic S. 784.), so kann
jene Nachricht ihn nicht erst zum Aufbruche von Apulien bewogen haben

3) Orderic. p. 786. Malmesbur. l. l.

4) Orderic. p. 784 sq. Acta Cenoman. l. l. p. 809.

von Meulan und dessen Bruder Henry vom Herzoge abfielen, näherten sich ihm von dem Adel in England Robert von Belesme, dessen Brüder Roger von Poitiers und Arnulf, der Graf von Surrey, Guillaume von Varenne, welchen der König seiner Witzeleien wegen haßte, Walter Giffard, Robbert von Pontefract, des Ilberts von Lacy Sohn, Robert Malet und des Herzogs ehemaliger Waffenbruder Ivo von Grentemaisnil [1]. Von diesen hatte Belesme schon für Robert in den Fehden mit dessen Vater gefochten, das Haus Grentemaisnil sich schon einst bei der Thronbesteigung des Rufus für jenen erklärt; dessen Schwager, der Graf von Varenne und Robert Fitz Haimon waren damals ihm abgeneigt gewesen [2]. Im Sommer des folgenden Jahres schiffte der Herzog von Tréport 1101 nach Portsmouth; die von Henry, der selbst mit seinem Heere 20. Juli seinen Bruder in der Nähe von Hastings erwartete, zur Bewachung der Küsten ausgesandten Butsekarle gingen zu Robert über, der bei Winchester viele ihm geneigte Normannen fand. Für Henry war jedoch die ganze angelsächsische Bevölkerung, welche dem Gemahle ihrer stammverwandten Godiva getreulich anhing. Den wichtigsten Bundesgenossen besaß er aber in Robert von Meulan, Sohne des Robert von Beaumont, bald Grafen von Leicester. Dieser ausgezeichnete, sehr beachtenswerthe Ritter hatte seine Jugend schon durch Waffenthaten bei Hastings verherrlicht und seitdem durch seine schon als Rathgeber des Königs Rufus bewährte Staatsklugheit den Ruf des weisesten Staatsmannes zwischen London und Jerusalem, des Gebieters über Krieg und Frieden zwischen England und Frankreich sich erworben. Seine Rathschläge vermittelten die Streitigkeiten zwischen Laien und Geistlichen, welche mit größter Verehrung ihn betrachteten, während er bei jenen das Orakel in allen weltlichen Angelegenheiten und selbst das Vorbild für Sitte, Kleidung, Gastmähler und die ganze Lebensweise wurde [3]. Es war daher beinahe entscheidend gegen Herzog

---

1) Orderic. p. 785 sq. 804. Malmesbur. p. 156.

2) S. oben S. 164.

3) Pictav. p. 202. Orderic. p. 686 sq. 709. 784. S. auch oben S. 193. 205. Henr. Huntingdon de contemptu mundi apud

Robert, welcher ihn einst gefangen gehalten hatte und auch
später gegen die Ungerechtigkeit seiner Feinde nicht zu schützen
wußte, daß Graf Meulan wider ihn erbittert war. Seiner
Gewandtheit und Beredtsamkeit vorzüglich verdankte Henry
jetzt die Erhaltung des Thrones, dessen Hauptstütze Meulan,
der den Söhnen ward, was einst Fitz Osbern dem Vater war,
bis zu seinem im Jahre 1118 erfolgten Tode blieb. Mit einem, jenem ritterlichen Zeitalter eigenthümlichen Zartgefühle
weigerte sich Herzog Robert Winchester in Besitz zu nehmen
und setzte dadurch eine Königskrone auf das Spiel, um seine
Cousine, Henrys Gemahlin, welche dort ihre Niederkunft erwartete, nicht zu verletzen [1]). Bald darauf, ohne Kampf, in
einer Zusammenkunft mit seinem Bruder, ließ Robert, auch
besorgt wegen des vom Erzbischofe Anselm angedrohten Bannstrahls, sich bereden, jenen seines wegen der englischen Krone
ihm geleisteten Eides zu entbinden, gegen die Rückgabe der von
Henry besessenen Grafschaft Cotentin und der anderen Besitzungen desselben in der Normandie, mit Ausnahme von Domfront, und gegen eine jährliche Rente von 3000 Marken oder
2000 Pfunden Sterlinggeld. Die Lehnsleute beider Brüder
wurden wegen der dem bisherigen Gegner geleisteten Dienste
wechselseitig freigesprochen und die bereits eingezogenen Güter
zurückgegeben. Auch wurde die so oft gebrochene Clausel bei-
gefügt, daß, wenn einer der Brüder ohne echte Erben stürbe,

Wharton Anglia sacra T. II. p. 697. Malmesbur. p. 160. Auch Johannes von Salisbury erwähnt von diesem „Comes Legestrias Robertus, modeste proconsulatum gerens apud Brītannias,“ eine Äusserung,
welche von seiner frommen Gesinnung zeugt: „daß die wahre Majestät nur
Gottes sei und das crimen laesae maiestatis deßhalb so zu nennen, weil
der König das Bild Gottes auf Erden sei.“ Die sparsamen Notizen über
solche Männer können nicht sorgfältig genug zusammengestellt werden,
welche uns zeigen, daß jedes Land, selbst in den trübsten und verworren-
sten Zeiten, wenn es nicht dem Untergange entgegeneilte, weise und wohlgesinnte Staatsmänner besessen hat. Biographien oder Monographien
über dieselben sollten als dankbare Aufgaben von jungen Geschichtsfor-
schern betrachtet werden.

1)   Et il dist ke vilain sereit,
              Ki Dame en gésine assaldreit.
Roman de Rou v. 15459 sq.

sodann der Überlebende dessen Staaten zu beiden Seiten des Canals erhalten solle. Zwölf der angesehensten Barone von jeder Seite beschworen diesen Vertrag [1]).

Robert verweilte mit seinem Heere noch einige Monate in England, zur großen Belästigung des dortigen Volkes, welchem jedoch das seltene Glück, die ausgezeichnetste, nicht dankbar genug zu erkennende Wohlthat der Vorsehung beschieden blieb, seit dieser Zeit, im Laufe von mehr denn sieben Jahrhunderten, ausser den Schotten und kleineren Truppenabtheilungen in bürgerlichen Kriegen, nie ein fremdes Heer in seinem Lande sehen zu müssen.

Kaum hatte Robert England verlassen, um nach der Normandie zurückzugehen, als Henry, ohne an die gelobte Amnestie zu denken, diejenigen Barone, welche ihn durch ihren Abfall zu Robert am meisten beleidigt hatten, einzeln zur Beschuldigung des Treubruchs vor seinen Gerichtshof lud und streng bestrafte. Unter diesen war auch jener Ybo von Grentemaisnil, welcher durch den Spottnamen des Seiltänzers von Antiochien bereits sehr geplagt, jetzt durch die Furcht vor des Königs unversöhnlicher Rache geängstiget, dem ihn schlau überlistenden Grafen von Meulan seinen Antheil an der Grafschaft Leicester verpfändete und mit seiner Frau auf eine neue Pilgerschaft ging, in der Beide jedoch ihren Tod fanden. Von den übrigen Gegnern des Königs war Robert von Belesme ihm noch gefährlicher und verhaßter geworden, da er zu seinen bisherigen Grafschaften Alençon und Shrewsbury [2]) durch den Tod seines Schwiegervaters Guido, Grafen von Ponthieu, auch dessen Grafschaft und vom Herzoge Robert noch die Besitzungen seines Vaters in der Normandie erhalten hatte. Seinem eigenen Schwager Guillaume von Varenne sprach der König die Grafschaft Surrey ab, worauf dieser zu Robert eilte, welchen er verleitete sehr unvorsichtig nach England hinüber zu eilen, um Henry zu anderen Ansichten zu bewegen. Henry, während er dem Bruder zu verstehen geben ließ, wie er Frei-

---

1) Chron. Saxon. Florent. Orderic. p. 788. Eadmer p. 49.

2) S. oben S. 182.

heit und Leben durch solche Schritte in Gefahr setze, begnügte
sich ihm, unter der Maske gleissenden Wohlwollens, Vorstellungen zu machen, daß er doch nicht vertragswidrig seine Landesverräther beherbergen wolle. Robert bemerkte jedoch wohl,
in welches Netz er durch seine Reise nach dem Insellande sich
verstrickt habe, und es war mehr die durch die hinterlistige
Vermittelung des Grafen von Meulan verstärkte Furcht, als
eine Anwandlung verkehrter, verschwenderischer Galanterie, welche
ihn bewog, auf die Bitte der jungen Königin, seiner für den
Verzicht auf die Krone ihm gelobten Rente zu entsagen. Um
diesen Preis wurden ihm gerne die Zusicherungen der königlichen Gnade von seinem Bruder wieder gewährt, und er erhielt
nicht nur das sichere Geleit zur Heimreise, sondern auch die
Rückgabe der Grafschaft Surrey für den gemeinschaftlichen
Schwager [1]). Unterdessen hatte Robert von Belesme, welcher
sich für kräftig genug hielt gegen den König allein zu kämpfen, seine vielen in England zerstreuten Burgen zu Shrewsbury, das von ihm neu begründete Bridgenorth (Brugia),
Arundel, Tikhill (York), stark befestigen lassen. Diesem Ritter, ob er sich gleich gewöhnlich zu der besiegten Partei gehalten hatte, war es durch Benutzung seltsamer Fügungen, durch
den Schrecken, welchen er zu verbreiten wusste, und geschicktes
Einwirken auf den Eigennutz der Regierenden geglückt zu großer Macht zu gelangen. Seine Zeitgenossen vereinen sich alle,
ihn als einen der hassenswürdigsten Charaktere zu schildern,
welchen die Geschichte kennt, dem die unerhörteste Grausamkeit
nicht nur Mittel, nicht nur Rache, sondern ein unersättlicher
Genuß war. In Maine lebt noch jetzt die Sage von diesem
Ungeheuer; wo die von ihm aufgeführten Wälle noch als die
des Teufels Robert gezeigt werden; mit Recht, sagte man, führte
er den großväterlichen Beinamen Tale-vas (Menschenerdrücker) [2]).

1) Malmesbur. p. 156. Orderic. l. XI. p. 804. Sehr ausführlich Wace v. 15680 sq. Nach jenem geschah diese Reise Roberts
im Jahre 1102, was auch durch die Beziehung zu Guillaume von Barenne, der sich nicht unter den späteren Gegnern des Königs findet, wahrscheinlich wird. Mit dieser Darstellung stimmt auch Wace überein. Nach
Chron. Saxon. und seinen Übersetzern a. 1103.

2) Talevas wird ein Schild genannt, welches den ganzen Mann

Er verschmähte das reiche Lösegeld seiner vielen Gefangenen, um sie mit neuerfundenen Werkzeugen, ein anderer Phalaris, zu foltern. Die damals gewöhnlichen Verstümmelungen an Händen und Augen pflegte er zu verschmähen, fand aber seine Wollust darin, Männer und Weiber auf Pfähle gespiesst nach dem Tode ringen und schmachten zu sehen. Einem kleinen Knaben, dessen Taufpathe er war, drückte er, als ob er mit ihm unter dem Mantel spiele, die Augen aus. Als vorzüglliche Talente bemerkte man an ihm eine feine Schlachtopfer oft täuschende Verstellungsgabe und die Kunde der damaligen durch manche seiner Erfindungen bereicherten Belagerungs= und Kriegskunst[1]). Gegen diesen, seinen Standesgenossen wie den Niederen gleichverhassten Vasallen, dessen Rüstungen längst mit Mistrauen bemerkt wurden, hatte der König fünfundvierzig Anklagepuncte, alle lediglich auf seine Handlungen des letzten Jahres gegründet, auffetzen und ihn vor seinen Hof fodern lassen. Er war, dieser ersten Schritte vermuthlich nicht gewärtig, mit gewohnter Gelassenheit und geheuchelter Unterwürfigkeit vor dem Könige erschienen; doch als er die wohlgestützte Anklage vernommen hatte, entfernte er sich unter dem Vorwande, dem Gerichtsgebrauche gemäß, mit seinen Freunden sich bereden zu wollen, warf sich auf ein Pferd und entfloh heimlich und in größter Häst nach seiner Burg zu Northbridge. Er wurde nunmehr als dingflüchtig und überwiesen für einen Landesverräther erklärt. Der König zog ein Heer zusammen und rückte selbst vor Arundel, welches nach von seinem Herrn eingeholter Genehmigung sich ergab; Tikhill wurde von dem streitbaren Bischofe von Lincoln, Robert, eingenommen. Von Arundel zog Henry nach Nottinghamshire, wo die Burg zu Blythe, welche gleich Tikhill Belesme als Erbe des Roger von Busley von Rufus eingelöset hatte, sich ihm freudig überlieferte[2]). Der

---

deckt, und war vermuthlich in diesem Sinne der Beiname des Guillaume, Großvaters des Robert, geworden.

1) Gemmet. l. VIII. c. 85. Orderic. p. 675. 707. 768. Malmesbur. p. 158. Wace v. 15042—50. Huntingdon de contemptu mundi l. l. p. 698.

2) Domesday. Orderic. p. 768. 806.

König entließ jetzt einen Theil seiner Truppen während der
Erntezeit, nach deren Ablauf er nach Northbridge rückte, um
Belesme selbst mit den Walisern, den Reichsfeinden, unter ih-
ren Fürsten Caducan und Gervatus, des Rhys Söhnen, auf
deren Unterstützung jener vorzüglich rechnete, zu bekämpfen.
Hier wurde jedoch der Kampf sehr leicht, da mehr als vor den
Pfeilen die Reihen der Waliser vor dem englischen Silber wi-
chen [1]), so daß nach dreißig Tagen das für uneinnehmbar ge-
haltene, feste und künstliche Gebäu dieser neuen Burg in des
Königs Hände übergeben wurde.

Den wichtigsten Sieg errang jedoch damals der König
über seine Aristokratie. Als seine Barone sahen, wie ihr ge-
fürchtetes Haupt der Macht des Königs weichen mußte, ergriff
sie der Gedanke, daß derselbe bald auch sie schwachen Weibern
gleich vernichten könnte. Sie vereinten sich also, ihrem Lehnsherrn alle Gründe vorzutragen, welche für Nachsicht mit seinem Feinde sprachen. Schon schwankte der König, als dreitausend Landleute sich versammelten, ihm die ihrem unbefan-
genen Blicke deutliche Verrätherei seines Adels enthüllten und
ihren letzten Blutstropfen zur Besiegung der verhaßten Magnaten zusagten. Henry folgte der Stimme des guten Volkes
und hatte es nicht zu bereuen.

Niemand war ihm aber in dieser Fehde nützlicher als Guillaume Pantolf, ein angesehener Normann und unmittelbarer
Lehnsmann des Königs, welchen Roger von Montgomery der
Grafschaft Shrewsbury vorgesetzt, hernach aber, wegen angeblicher Mitschuld bei der Ermordung der Mabilia von Belesme,
seiner Gemahlin, verfolgt hatte. Unerachtet der erwiesenen Unschuld hatte Robert den treuen Vasallen später seiner von ihm
inne gehabten Lehne beraubt und zum heftigsten Rachegefühl
erbittert, welches, zum Heile des Ganzen, in seiner verstärkten
Loyalität für den König ihre Befriedigung fand. Belesme war
nach Shrewsbury geflüchtet, wo er sich um so sicherer hielt,
da ein enger, stark von seinen Kriegern besetzter Paß der einzige Pfad für das königliche Heer zu sein schien. Dieses aber

---

1) Orderic. p. 806. Florent. a. 1102.

2) Domesday. Orderic. l. V. p. 583 sq. l. X. p. 807.

bahnte sich einen Weg durch den undurchbringlichen Wald, dessen alte Baumstämme mit scharfer Art fällend, und erschreckte durch seine unvermuthete Ankunft den wuthentbrannten Grafen. Die Bürger ließen dem Könige die Schlüssel ihrer Thore durch Radulf, den Abt von Séez, überreichen, und bald unterwarf sich auch der Graf, gegen das Zugeständniß des Lebens und freien Abzugs aus England für sich und seine Brüder, Arnulf von Montgomery, welcher durch seine Vermählung mit der Tochter des Königs von Irland die dortige Königskrone zu erwerben hoffte, und Roger, nach seiner Gemahlin von Poitou benannt [1]).

Der König, dem man jetzt als wirklichem Herrn seines Reichs Glück wünschen konnte, hatte auch seinen Bruder Robert aufgefodert dem gemachten Vertrage nachzukommen, dessen Erhaltung allein die Ruhe beider Staaten sichern konnte, nämlich Verbannte des einen nicht in dem anderen aufzunehmen. Doch obgleich der Herzog glücklich gegen Belesmes Mannen focht, obgleich die ganze Normandie gegen den verabscheuten Grafen aufstand, sogar sein Bruder Arnulf mit vielen Anhängern zum Herzoge überging, so gelang es jenem durch dessen Unthätigkeit, die Furcht des Volkes vor ihm, die Uneinigkeit der normannischen Großen, endlich durch das Glück, welches dem Bösesten schon so oft gedient hat und diesem jetzt Wilhelm von Conversana, des Herzogs Schwager, und andere angesehene Normannen als Gefangene in die Hände führte, zuletzt sich den Frieden und einen Vertrag mit dem Herzoge zu erwirken, durch welche er in seines Vaters sämmtliche Besitzungen in der Normandie wieder eingesetzt wurde [2]). Ein für dieses Land so wie für dessen Herzog höchst wichtiger Unfall war der Tod seiner Gemahlin Sibylla, welche ihm einen Erben, den Grafen Wilhelm, gegeben hatte und durch ihre Einsicht viele Freunde zu erhalten wusste. Es wurde behauptet,

1) Orderic ist in diesen Begebenheiten der ausführlichste und durch seine Familienverbindungen der zuverlässigste Berichterstatter. Chron. Saxon. und Florenz z. J. 1102 reden, als ob Robert sich zu Bridgenorth ergeben. Malmesbury behauptet, er sei von Arundel nach der Normandie gegangen. S. auch Langtoft bei Michel a. a. O. S. 156—158.

2) Orderic p. 811. z. J. 1103. Chron. Saxon. z. 1104.

daß sie vergiftet sei, und der Verdacht fiel auf Agnese, die Wittwe des kürzlich verstorbenen Grafen von Buckingham, Walter Giffard, eine Schwester des Waffengefährten Roberts, Anselm von Ribemont [1]), welche von Jenem das Versprechen erhalten hatte, daß er sie nach Sibyllas Tode zu seiner Herzogin erheben wolle. Jenes Versprechen blieb unerfüllt, da Roberts Bedrängnisse keine Gedanken an eine solche Verbindung und neue Hofhaltung gestatteten.

Bald sandte Henry, erzürnt über den von Robert gemachten Frieden mit Belesme, Truppen nach der Normandie, um sich einiger Burgen zu bemächtigen und das ihm gehörige Domfront so wie das Land Cotentin stärker zu besetzen, auf welche Robert Ansprüche erhoben haben soll [3]), und verbannte aus England Wilhelm, den Grafen von Mortain und Cornwales, der durch seine Mutter ein Neffe des Robert von Belesme, auf die Grafschaft Kent Ansprüche machte, welche seines Vaters Robert Bruder, Bischof Odo, besessen hatte [4]). Im

1105 folgenden Frühjahre ging er selbst übers Meer und nahm zwei

---

1) de Ribode monte, Riburgia monte. Es ist von ihm ein Schreiben über den ersten Kreuzzug, dessen Opfer er selbst bei der Belagerung von Arka am Fuße des Libanon im Jahre 1099 wurde, vorhanden. Er war Stifter des Klosters Anchin bei St. Quentin. Ribemont liegt im Departement de l'Aisne zwischen St. Quentin und Laon.

2) Orderic. p. 809 sq. Malmesbur. p. 153. schreibt ihren Tod irriger Behandlung im Wochenbette zu.

3) Chron. Saxon. a. 1104. Nach Orderic. p. 813. war Henry selbst nach Domfront gegangen. Pluquet muß diese Stelle übersetzen haben, wenn er das, was Wace V. 15846 fg. desfalls erzählt, für ganz leere Erfindung hält.

4) Sein Vater war also ein natürlicher Bruder Wilhelm des Eroberers und Sohn des Herluin. Die Grafschaft Mortain (Moritolium, Moritonium, Maretoiga, Moretun), im Süden des Departements de la Manche, und häufig verwechselt mit der gleichfalls normannischen Grafschaft Mortagne (Mauritania, Moritonia) im Süden des Departements de l'Orne. Jene hatte Wilhelm der Eroberer an Robert gegeben, nachdem er Wilhelm, genannt Werleng, des Malgerius Sohn, daraus vertrieben; diese, später unter dem Namen Perche bekannter, gehörte damals dem Grafen Gaufred, seinem Sohne Rotrou und deren gleichbenannten Nachfolgern.

der besten Städte seines Bruders mit leichter Mühe, Bayeux und Caen. Letztere hatte gegen den Herzog, welcher dort früher als Brandschatzer, vor dem sie ihre Habe in der Kirche verbargen, jetzt nur als ein listiger Borger und Bettler erschien, schon ihre Thore verschlossen[1]). Es hätte also wohl kaum der Bestechung und des Verraths bedurft, durch welche diese Stadt in Henrys Gewalt fiel[2]). Die Belagerung von Bayeux erfoderte mehr kriegerische Anstrengungen, da Gunther von Aunay (de Alneio) die Burg tapfer vertheidigte. Der Zweikampf eines tapfern herzoglichen Ritters, Robert von Argouges, mit einem königlichen, Brun genannt, welcher in demselben fiel, gehört zu den gefeierten Erinnerungen derselben. Erst mit Hülfe des Grafen Hellas von Maine und des Grafen von Anjou erreichte der König seinen Zweck, nicht ohne durch die Anzündung des Münsters, der Kirche und Häuser, in welche die Belagerten sich geflüchtet hatten, den religiösen Gesinnungen und der Menschlichkeit ein großes Opfer zu bringen[3]). Im Herbste schiffte er zum zweiten Male nach der Normandie und veranlaßte Herzog Robert, ihm einen seiner ersten Vasallen, Wilhelm, Grafen von Evreux, mit seiner Grafschaft und allen seinen Unterthanen ganz abzutreten. Dieser, obwohl es ihn kränkte, gleich einem Rosse oder Ochsen verhandelt zu werden, beruhigte sich durch die Vereinfachung seiner bisher doppelten Pflichten und diente jetzt dem neuen Herrn allein fest und standhaft[4]). Daß Henry durch diese Schritte dem Lande wirklich nutzte und dessen Beruhigung beträchtlich förderte, wenn er gleich den wichtigsten unterließ, nämlich seinen Bruder unter eine Vormundschaft zu setzen, erkennen wir aus Belesmes bald gemachtem Versuche, seine Gunst sich wieder zu verschaffen. Doch 1106

1) Wace. Malmesb. -

2) Huntingdon. Orderic. p. 818 d. Wace v. 16270 sq.

3) Wace v. 16042 — 16258. Huntingdon. Orderic. p. 818. Von Serlo, dem durch Robert von Belesme vertriebenen Bischofe von Séez († 1124), sind auch vorhanden 358 leoninische Versus de capta Baiocensium civitate, abgedruckt in Notices et Extraits des Manuscrits de la Bibliothèque du Roi T. XI.; auch im Récueil des historiens T. XIX. — Ein W. de Brun erscheint im Domesday. Suffolk fol. 377.

4) Orderic. p. 814.

gelang ihm die Versöhnung nicht. Eben so wenig konnte und durfte ein Versuch gelingen, welchen Herzog Robert bei einem Besuche zu Northampton an seines Bruders Hoflager machte, seine Besitzungen von demselben wieder zu erhalten. Der König machte in demselben Jahre den Versuch, die abtrünnigen Vasallen zu bändigen. Er belagerte Tencherbrai (Tinchebray), eine Feste des Grafen von Mortain, worauf sich in deren Nähe die Truppen des Grafen von Mortain, des Belesme, Robert von Stoteville, Wilhelm von Ferrières, Wilhelm Crispin, endlich des Herzogs Robert, zu denen sich auch der Bruder der Königin, Eadgar Atheling, welcher später als Robert aus Palästina zurückgekehrt war [1]), gesellt hatte, versammelten und gegen sie die königlichen Truppen, unter denen die des Grafen Helias von Maine, der Grafen von Evreux, Varenne und Meulan und anderer angesehener normannischer Barone genannt werden. Wohlgesinnte Männer wünschten sehr das Ärgerniß einer Schlacht zu vermeiden und Henry ging so weit, seinem Bruder die Einkünfte der halben Normandie und eine Entschädigung in Renten für die andere Hälfte anzubieten, wenn er von der Regierung des Landes, zu welcher er seine Unfähigkeit erkannt haben mußte, abstehen wolle [2]). Des Herzogs Umgebungen wußten ihn von der Annahme dieser Bedingungen abzuhalten, und die Bruderschlacht begann, an dem

28. Sept. Tage, wo vor vierzig Jahren die Schlacht bei Hastings von ihrem Vater gefochten war. Der Sieg erklärte sich bald für den König. Unzählige fielen unter den Schwertern, gegen 400 Ritter wurden gefangen, von den Häuptern der Gegner entkam nur Robert von Belesme, der Herzog selbst wurde von Galdrie, einem königlichen Capellane, gefangen, der Graf von Mortain von einigen Bretons [3]). Dieser und einige andere Barone wurden zu ewiger Gefangenschaft verurtheilt. Eadgar Atheling und Robert de Stoteville erhielten die Freiheit. Je-

1) Sein tapferer Freund und Begleiter Robert, Godvines Sohn, (ein Bruder des König Harold?), wurde bei König Balduins Flucht aus Rama im Mai 1102 gefangen. Malmesbur. l. III. p. 103. l. IV. p. 149.

2) Orderic. p. 820.

3) Über die Schlacht findet sich auch ein Schreiben des Königs an den Erzbischof Anselm bei Malmesbur. l. I. de gestis pontific. p. 227.

ner, der die Einladungen der deutschen und griechischen Kaiser,
an ihrem Hofe sein Leben zu beschließen, aus Liebe zu seinem
Vaterlande abgelehnt hatte, zog sich in einen Winkel Englands
zurück, wo er einsam und unbemerkt lebte und hochbetagt,
vermuthlich in den letzten Regierungsjahren Henrys, starb [1].
Herzog Roberts Loos dünkt uns beklagenswerth, wenn wir
uns erinnern, wie viel das Schicksal ihm schien verleihen zu
wollen; es war nicht ungerecht, wenn wir das Wohl seiner
Unterthanen so wie seine Schwäche betrachten. Er wurde anfänglich zu Falaise, hernach in England in der Haft gehalten,
doch als Fürst behandelt, in Überfluß gewohnter Bedürfnisse
und Annehmlichkeiten des Lebens [2]. Er verlebte sorglos noch
28 Jahre, bis er zu Cardiff (Glanmorgan) starb [3]. Henry
vereinigte jetzt, wie der Vater es ihm vorausgesagt haben soll,
die Herrschaft der Normandie mit der über England. Doch
scheint er, obgleich er die Belehnung von dem Könige von
Frankreich erhalten [4], die Rücksichten der Etiquette für seinen
Bruder noch dahin ausgedehnt zu haben, daß er den Titel
des Herzoges jenes Landes nie annahm [5].

Es darf sehr auffallen, daß diese Kriege über ein Lehen
der französischen Krone zwischen seinen Vasallen geführt wurden, ohne daß König Philipp die Entscheidung über diese Fehde
in seine Hand zu nehmen wußte. Wir finden Andeutungen
von Verhandlungen Henrys mit jenem [6], doch ohne beachtenswerthe Spuren einer That oder Willensäußerung des ohnmäch-

1) Malmesbur. l. III. p. 108. spricht noch von ihm als einem
Lebenden.

2) Orderic. p. 823, omnibus deliciis abundanter pavit. Malmesb. p. 154. Auch Johannes Saresber. Polycrat. l. V. c. 18.
captum in custodia publica, habita tamen aestimatione dignitatis san-
guinia.

3) Orderic. p. 898. Florent. contin. a. 1134.

4) Suger. l. l. p. 28.

5) Ich finde den Titel in keiner Urkunde Henry's; denn die in
Rymer Foedera zum Jahre 1152 gesetzte gehört ersichtlich Henry III.
und dem Jahre 1248 an.

6) Orderic. l. XI. p. 816. z. J. 1105.

tigen Monarchen. Ein ganz anderer Geist der Vorsicht und Regsamkeit herrschte in Henrys Rathe. Kein Fürst konnte England stets nützlicher sein, als der Herr von Flandern, welcher auch die Macht besaß, demselben durch die Nähe der Normandie lästig und gefährlich zu werden, und durch seine zwiefache Vasallenschaft, von dem deutschen Kaiser und von dem Könige von Frankreich, seine Unabhängigkeit nur desto besser zu bewahren wußte. Henry erneuerte, unter manchen genaueren Bestimmungen, wiederholt mit dem Grafen Robert einen alten, ursprünglich auf die Verhältnisse seines Vaters zu dessen Schwiegervater, Grafen Balduin V., begründeten Vertrag, in welchem dieser, gegen eine jährliche Zahlung von 400 Mark Silber abseiten des Königs von England, sich verpflichtete, so weit seine Lehnsverpflichtungen zum römischen und zum französischen Reiche ihn nicht hinderten, Jenem auf sein Verlangen binnen vierzig Tagen mit tausend Rittern, jeder mit drei Rossen, in England, eben so viel in der Normandie und fünfhundert in Maine zu dienen. Wenn Graf Robert mit dem Könige Philipp von Frankreich gegen Henry England anzugreifen verbunden war, so verhieß Jener mit der geringsten Mannschaft, gegen die Normandie nur mit zehn Rittern auszuziehen. Er machte sich anheischig dem Könige nicht nur gegen auswärtige Feinde, sondern auch gegen Rebellen Hülfe zu leisten. Die ferneren ausführlicheren Bestimmungen dieses Vertrages, in welchen der Graf von Flandern halb als unabhängiger Fürst, halb als englischer Söldner erscheint, schliessen mit der Verpflichtung von zwölf der angesehensten flämischen Barone, des Robert von Bethune, des Connetable Amalrich, des Hugo von Aubigny, der Castellane von Brügge, Bergen, Lisle und Anderer, welche, falls der Graf seinen gegen König Henry eingegangenen Verpflichtungen nicht nachkomme, diesem 1200 Mark Silber, unter Strafe des Einlagers im Thurme zu London, geloben, wogegen auch der König für die Entrichtung der von ihm verheissenen jährlichen Zahlung acht Bürgen stellte [1].

---

1) Foedera T. I. p. 7. Der Vertrag wird in das Jahr 1103 zu Anfang März gesetzt, er ist zu Dover geschlossen. Der Zusammenkunft gedenkt Eadmer S. 69. Siehe auch oben Bd. I. S. 543. Bd. II. S. 201.

Nach dem Tode des Königes Philipp wurde dieser Vertrag, unter einigen Abänderungen und unter ausdrücklicher Beziehung auf etwaige Fehden des Königes Henry mit Philipps Nachfolger Louis VI., erneuert [1]).

In weniger bestimmten Verhältnissen stand Maine zu England. Auf die Nachricht von König Wilhelms Tode war Graf Helias sogleich nach le Mans geeilt. Die Bürger der Stadt kamen ihm freudig entgegen, und mit ihnen; den ihm in der Verbannung treu gebliebenen Rittern und der vom Grafen Fulco von Anjou, als seinem Lehnsherrn, angesprochenen Hülfsmannschaft belagerte er die Burg, welche von zwei normannischen Herren, Haimerich von Moria und Walter von Rouen, Ausgers Sohne, muthvoll vertheidigt wurde. Doch konnten die Belagerten die Verworrenheit der Angelegenheiten ihres Fürsten nicht verkennen und gingen daher einen Waffenstillstand ein, um durch Abgeordnete von den fürstlichen Brüdern Verhaltungsbefehle einzuholen. Herzog Robert, so eben in seine Heimat zurückgekehrt und aufgefodert der Krone Englands sich zu bemächtigen, ließ seinen Rittern für den guten Willen, ihm Maine zu erhalten, danken, erklärte aber, daß er sie für den gegenwärtigen Augenblick ihrem Schicksale überlassen müsse. Eine ähnliche Antwort erhielten sie am englischen Hofe, der seine Kräfte noch weniger zersplittern durfte. Nach drei Monaten wurde die Burg an Helias übergeben, welcher die Grafschaft Maine nunmehr bis an seinen Tod, acht Jahre, ungestört behielt. Während er die Bande mit Anjou enger knüpfte und seine Tochter Eremburge dem Geoffroy Martel, des Grafen Fulco Sohne, vermählte, kam er in sehr be-

1) Foeder. l. l. p. 6. unter der Jahrszahl 1101; irrig, da der König Louis genannt wird. Also zwischen 1108, wo dieser seine Regierung antrat, und 1111, wo Graf Robert starb. Das erste dieser Jahre ist nicht nur aus dem ganzen Verhältnisse wahrscheinlich; sondern wird fast erwiesen durch den Umstand, daß Robert von Belesme als einer der Gesandten und der Bürgen für den König erscheint, was nur in der kurzen Frist zwischen dessen Versöhnung mit König Henry und seinem neuen Abfalle zu Gunsten des Sohnes des Herzogs Robert denkbar erscheint. Ein ähnlicher Vertrag vom Jahre 1163 findet sich in Foedera l. l. p. 22.

2) Orderic. p. 784 sq. Acta Cenoman. p. 309.

freundete Verhältniffe mit dem Könige Henry, welchen er bei seinen Fehden in der Normandie unterstützte. Es ist dunkel, wie das Lehnsverhältniß Maines zu England sich unter ihm wieder anknüpfte, und es möchte eher ein Vertrag, gleich dem oben erwähnten mit Flandern, von Henry mit Helias eingegangen sein [1]). Daß jedoch nach dem Tode des Helias kein Lehnsverhältniß bestand, wird nicht bezweifelt [2]).

Die Verhältniffe zu Frankreich gestalteten sich im Anfange der Regierung Henrys sehr freundschaftlich, da auf seiner Seite die Macht, auf der anderen sogar die Neigung zu Grenzfehden mangelte. Der Kronprinz Louis stattete selbst bei Henry zu London einen Besuch ab. Bald nach dessen Ankunft erhielt Henry einen im Namen des Königes Philipp von der Gräfin Bertrade von Anjou geschriebenen Brief, welcher die Bitte aussprach, ihren Stiefsohn, den Prinzen, zu verhaften und für immer einzukerkern. Ein so wichtiger Antrag durfte ohne die Barone nicht entschieden werden, welche sofort zusammenberufen wurden. Das Gastrecht siegte über die Vorspiegelungen des Eigennutzes, und ein Begleiter des Prinzen, Guillaume de Buscheley, welcher, schon von dem Hergange etwas argwöhnend, gleichsam zum Scherze in die Berathung der Magnaten sich gedrängt hatte, wurde beauftragt seinem Herrn den beabsichtigten Verrath zu entdecken. Henry entließ den Prinzen mit reichen Gastgeschenken, der seinen Vater vergeblich um Rache anflehte und selbst ferneren Mordversuchen der königlichen Buhlerin ausgesetzt blieb [3]). Um seinen Zorn zu beschwich

---

1) Heliam Conomenarum cum viribus suis conduxit. Orderic. p. 818. z. J. 1106.

2) Es ist nur das Chron. Saxon. a. 1109., welches behauptet, Helias habe noch von Henry Maine zum Lehne erhalten: „on cweow“, vermuthlich en queunge, eine Behauptung, welche mit den übrigen Berichten kaum zu vereinen ist.

3) Simeon Dunelm. a. 1101. Orderic. p. 815. Man darf zweifeln, ob hier die Geschichte von der Sage oder diese von jener etwas entlehnt hat. Ich brauche wohl kaum an den Kronprinzen Hamlet zu erinnern, welcher an den König von Britannien gesandt ward vom verrätherischen Schwiegervater, um dort ermordet zu werden. Der dreiste Spaß des Begleiters entspricht dem Wahnsinne des Helden der Sage.

tigen, ertheilte ihm sein Vater Pontoise und das Verin, wobei zugleich die Absicht, ihn mit den Normannen und König Henry in feindliche Berührungen zu bringen, nicht zu verkennen ist. Auch brachen sehr bald nach der Erwerbung der Normandie durch Henry und der kurz darauf erfolgten Thronbesteigung König Louis VI. die alten Streitigkeiten über die Burg Gisors wieder aus. Ungeachtet des früheren Vergleiches, welcher 1109 bestimmte, daß diese auf der Landesgrenze an der Epte belegene Burg von keines Königes Truppen besetzt werden sollte, wußte Henry sie ihrem Inhaber Payen de Gisors abzulocken. Zwei Jahre wurde deshalb gefehdet und König Louis zog, begleitet von seinen mächtigsten Vasallen, an welche auch Graf Robert von Flandern mit viertausend Mann sich anschließen mußte, gegen den König von England persönlich zu Felde. Die Könige begegneten sich bei Neaufle, wo eine sehr baufällige Brücke über den Fluß führte. Louis knüpfte zuerst Verhandlungen an und erbot sich durch den Zweikampf einiger seiner Barone die Richtigkeit seiner Ansprüche gerichtlich zu beweisen. Unter diesen trat selbst Graf Robert hervor. Doch weigerten sich die Normannen, welche eine gehörige gerichtliche Entscheidung vorzuziehen behaupteten. König Louis bot darauf dem Könige Henry selbst einen Zweikampf an; doch war bei der Aufstellung der Heere an beiden Flußufern kein Weg auszumitteln, um sich mit Sicherheit entgegenzukommen. Der scherzhafte Vorschlag, daß die Könige mitten auf jener halbeingefallenen Brücke fechten sollten, wurde von Louis leichtsinnig und kühn angenommen. Doch Henry weigerte sich dessen: „dieses Geschwätz sei ihm nicht so viel werth, daß er deshalb Gefahr laufen wolle, die herrliche, feste Burg unnöthig zu verlieren. Wenn Louis ihm begegne, wo er sich ver-

Dieser so wie Prinz Phillipp kehrten unversehrt, bereichert und sehr aufgebracht in ihr Vaterland unverhofft zurück. Selbst den spätern Vergiftungsversuch finden wir, wenngleich nicht bei Saro Grammaticus, doch in der von Shakspeare befolgten Sage. Daß Saros Dichtung auf jener historischen Begebenheit, auf Elvius Erzählung von Brutus und auf einer heimischen Sage beruht, ist um so wahrscheinlicher, da Hamlets und seines Stiefvaters Namen in der alten dänischen Königsliste, selbst in Saro fehlen.

16 *

theibigen müffe, werbe er ihm nicht ausweichen." Hierauf
griff Alles zu ben Waffen, boch verhinderte ber Strom ben
Kampf. Am nächsten Tage trafen sich bie Heere bei Gisors,
wo bie Engländer unb Normannen in bie Burg zurückgetrieben wurben, mit beiberseitigem bebeutenben Verluste.

Wenn in ber Regierung bes Königes Louis ein ernstes
Bestreben sich zu erkennen gibt, ben burch seines Vaters Nach-
lässigkeit begangenen Fehler zu bessern unb ben übermüthigen
Lehnsmann ber Normanbie, so weit es noch möglich, in ben
Banben ber alten Pflicht zu halten, unb baher beibe Kronen
auf ihre alten ober angemaßten Rechte eifersüchtig wachten: so
bot bas Bestreben beiber Könige, ben Übermuth ihrer eigenen
Vasallen zu zügeln unb beren Pflichtvergessenheit mit kräftiger
Hanb zu strafen, zugleich eine unverstegliche Quelle von Streitigkeiten ber Könige unter einanber bar. Maine, Evreur, Verin, Blois, Belesme, Alençon unb anbere Grenzbistricte unterlagen stetem Wechsel ber Herren unb ber Ansprüche; ber treu-
brüchige Vasall konnte mit Zuversicht auf ben Schutz besjenigen
Königes rechnen, welcher für jetzt nicht sein Herr war; baher
wurbe viel ebles Blut in Strömen vergossen, zahllose Schätze
wurben vergeubet, beren nützlichere Bestimmung bie bamalige
Staatswirthschaft nicht ahnete. In biesem Jahre war es vorzüglich ber junge Graf von Blois, Thibaut, Sohn bes bei
Ramla gefallenen Grafen Stephan, unb Abeles, ber Tochter
Wilhelm bes Eroberers, ber stete Fehbe gegen König Louis,
unterhielt, in welcher sein Oheim, König Henry, ihn unterstützte. Ein Treffen bei Meaur, welches nicht lange nach bem
obengebachten bei Gisors sich ereignete, war besonders burch
ben in Folge besselben herbeigeführten Tob bes Grafen von
Flanbern bebeutenb, unb beibe Parteien scheinen Grünbe gehabt zu haben, sich ben Sieg zuzuschreiben, ba bie Feindseligkeiten in bieser Gegenb bemnächst ruhten [1].

Henry hatte seit ber Schlacht von Tencherbray in Eng-
lanb verweilt unb baselbst wieberholt glänzenbe Hoftage gehalten. Winchester liebte er weniger als seine Vorgänger, ba
bie Nähe ber stets mehr aufblühenben Stabt ber reichen Bür-

1) Suger p. 86, Orderic. p. 837, Malmesbur. p. 159.

ger von London der Genußsucht des Hofes größere Bequem-
lichkeit darbot. Das Pfingstfest des Jahres 1110 wurde in
einem neuen Palaste der alten Königsburg zu Windsor begangen.
Doch lebte der König hier nicht lediglich der Jagdlust und anderen
Zerstreuungen. Übermuth und Selbsthülfe seiner Barone strafte
er schnell und strenge; in diesem Jahre wurden deshalb Philipp von
Braiose, Wilhelm Malet und Wilhelm Bainard, obgleich alle
Männer edlen Blutes und bewährter Treue zum königlichen Hause,
verbannt. Nur dem Ersteren wurde nach einigen Jahren die
Erlaubniß zur Rückkehr[1]). Der Name des Letzteren ver-
schwand seitdem aus den edlen Geschlechtern Englands und
sein Andenken hat sich nur in dem eines der gewaltigen
Thürme der londoner Feste erhalten.

Unterdessen hatte sich jenseit des Meeres ein neuer Anlaß zu ferneren und nahen Besorgnissen für Henry gestaltet.
Nach der Besiegung Roberts war dessen einziger, mit Sibylla
erzeugter, jetzt fünfjähriger Sohn Wilhelm zu ihm gebracht.
Er liebkosete den weinenden Knaben, gab ihm jedoch, damit,
falls dessen zarte Jugend von einem Unfalle getroffen würde,
kein bösartiger Verdacht ihn treffen könne, den Helias von
Saens (de Sidonio) zum Erzieher, einen Vertrauten Roberts, welchem dieser selbst früher die Erziehung eines vor seiner Ehe erzeugten Sohnes und zugleich die Grafschaft Archies übertragen hatte[2]). Doch mußte er bald, auf die Warnung seiner Rathgeber, erkennen, daß diese Wahl nicht vorsichtig getroffen sei, und er versuchte nunmehr den Knaben aus
der Normandie nach England bringen zu lassen. Helias entfloh jedoch mit demselben und wußte die Theilnahme seiner
normannischen Freunde für den schönen Sohn des gefangenen
Fürsten bald zu erwecken. Keinem war es aber willkommener
als dem Robert von Belesme, der erkannte, welche Waffe gegen den jetzigen König ihm durch die Person des legitimen
Nachfolgers des Eroberers in die Hände gegeben wurde. Sie

---

1) Chron. Saxon. a. 1110. 1120. Rotul. magn. pipae 31. Henr. I.

2) Orderic. p. 821. Die Erzählung von Mackintosh, daß
Henry mit Mordgedanken gekämpft zu haben scheine, ist malerisch dargestellt, doch durchaus unhistorisch.

versuchten bald alle Mittel durch Briefe, Abgeordnete und eigene Besuche, um den König Louis, die Herzoge Wilhelm von Poitiers, Henry von Burgund, Alain von Bretagne und andere mächtige Herren zur thätigen Verwendung für den jungen Prätendenten zu bewegen [1]).

.1111 Henry fand bald eine dringende Veranlassung wieder über das Meer zu schiffen, in der Weigerung des Grafen Fulco von Anjou, dem Schwiegersohne des kürzlich verstorbenen Grafen Helias de la Fleche, besonders durch seinen Oheim Amalrich von Montfort verleitet, ihn als Lehnsherrn von Maine anzuerkennen [2]). Auch andere Vasallen, deren Verpflichtungen uns weniger dunkel sind, hatten Handlungen des Aufruhrs begangen. Henrys Zeitgenossen bemerkten an ihm die Kunst, welche sie oft als Feigheit irrig tadelten, das Leben seiner getreuen Lehnsleute und Krieger zu schonen [3]). Auswärtige Feinde soll er oft mehr mit Silber als mit Stahl besiegt haben, seine eigenen Unterthanen wusste er häufiger als seine Vorgänger ohne Fehde vor die Gerichte zu bringen und deren Aussprüchen

1112 Achtung zu verschaffen. Graf Guillaume von Evreux, den seine eben so schöne als herrschsüchtige Frau, Helvise von Nivernois, zu Vergehungen wider den König gereizt hatte, wurde verbannt; mit ihm Andere. Zu Ende des Jahres gelang es dem Könige, Robert von Belesme zu Bonneville zu verhaften, wo derselbe, ob er gleich der oft wiederholten Mahnung des Gerichtes zu erscheinen nie gefolgt war, im Vertrauen auf eine vom Könige Louis übernommene Werbung an Henry vor diesem auftrat. Es war keine Verletzung des Völkerrechtes, wenn Henry seinem rebellischen Unterthane nicht die Unverletzlichkeit des Gesandten eines fremden Fürsten zuerkennen wollte; doch ließ er ihm, in Rücksicht auf die Veranlassung seiner Ankunft, das Leben. Belesme wurde im folgenden Jahre in den Thurm zu Warham gebracht, wo er noch viele Jahre bis an seinen Tod, vergessen von denen, die seinem scheuslichen Andenken

---

1) Orderic. p. 838.

2) Chron. Saxon. h. a.

3) Orderic. p. 840 d. ipsis sine eorum sanguine deculcatis. Malmesbur. p. 160.

nicht suchten, in Grabesstille und verzweifelnder Wuth zubrachte [1]).

Während Henry so über seine abtrünnigen Vasallen siegte,
war es dem Grafen Theobald gelungen Louis bei Puysac in
die Flucht zu schlagen. Henry selbst nahm die Stadt Alençon 1113
ein, und geschickte Unterhändler waren es, welche den Grafen Februar
Fulco von Anjou bewogen ihm Lehnstreue für Maine zu schwören und seine Tochter dem Sohne des Königes, Wilhelm, dem
man den angelsächsischen Titel des Athelings zu geben pflegte,
zu verloben. Guillaume von Evreux, Amalrich von Montfort
und dessen Neffe Guillaume Crispin, welche an den Hof zu
Angers geflüchtet waren, wurden vom Könige begnadigt.
Hierauf erfolgte in wenigen Wochen der Friede mit Frankreich, welcher unter für Henry sehr günstigen Bedingungen in
einer Zusammenkunft beider Könige zu Gisors abgeschlossen Ende März
und beschworen wurde. Louis trat jenem seine bisher reser-
virten Rechte auf Maine, Belesme und die ganze Bretagne
ab. Das letztere Zugeständniß war für Henry um so erwünschter,
da er dem Sohne des Fürsten Alain Fergant, Conan, seine
eigene Tochter zur Ehe bestimmt hatte [2]). Vom Sohne des
Herzogs Robert war nicht die Rede. So schien der Friede durch vielfache Bündnisse auf lange Zeit besiegelt, und die Burgmannen
zu Belesme, welche sich weigerten diese Feste dem Könige zu
überliefern, wurden durch die jetzt vereinten Truppen von
Maine, Blois und der Normandie bezwungen. Im Sommer
konnte der König bei gänzlich hergestelltem Frieden nach England heimkehren.

Es folgten jetzt fünf Jahre in Heinrichs Regierung, welche
er, wenn auch nicht in vollkommener, doch bedeutender Ruhe
gegen das Ausland hier zubrachte. In dem nächstfolgenden
wurde die Vermählung seiner Tochter Adelheid, welche später 1114
7. Jan.

1) Orderic. p. 841. 858. Huntingdon de contemptu mundi.

2) Es hat den englischen Historikern beliebt, von diesem wenigstens
in staatsrechtlicher Hinsicht wichtigen Friedensschlusse gar keine oder nur
die oberflächlichste Notiz zu nehmen. Lingard setzt ihn zwei Jahre zu
spät. S. Suger p. 21. Orderic. p. 841., welcher auch die Zeit
bezeichnet, womit genau übereinstimmt, was die englischen Chronisten
über Henrys Aufenthalt in der Normandie berichten.

gewöhnlich ben damals beliebtern Namen Mathilde führte [1]), mit dem deutschen Kaiser Heinrich V. zu Mainz begangen. Schon im Jahr 1109 war die Bewerbung geschehen und zu Westminster ein Ehevertrag abgeschlossen, durch welchen Henry seiner Tochter eine Mitgift von 10,000 Marken Silbers aus= setzte. Im folgenden Frühjahre wurde das kaum siebenjährige Mädchen von Burchard, dem Bischofe von Cambray, nach Ut= recht geführt, wo der Kaiser sie sah und sich ihr feierlich ver= lobte. Bald darauf wurde sie zu Mainz zur deutschen Kö= nigin geweiht. Viele normannische Ritter, stets auswanderungs= lustig, hatten sie begleitet und mochten sich Träume vorspie= geln, gleich ihren Vorfahren im Gefolge der Emma in Eng= land oder der Sichelgaude in Apulien, zu Herren in dem Lande ihrer jungen Fürstin sich emporzuschwingen [2]). Unter ihnen war auch der tapfere und gewandte Roger von Biensait, Sohn des Richard von Tunbridge, welcher ein Sohn des Grafen Giselbert war und demnach ein Verwandter des Königs [3]). Der Kaiser erkannte jedoch bald die Absicht seiner Gäste, deren Dienste in seinen damaligen Streitigkeiten mit Rom sehr un= zuverlässig erscheinen mußten, und er säumte nicht sie mit vie= len Ehrengeschenken begabt zu beurlauben.

Während der Kriege in der Normandie litt England gleich= zeitig unter einer geistlichen Fehde, welche vielleicht beklagens= werther durch die Unordnungen und die Verwilderung der Clerisei, zu welcher sie mittelbar führte, als durch ihren Zweck, geschweige durch ihr Resultat wichtig war. Die religiöse Auf= regung, welche der erste Kreuzzug in Europa hervorrief, und die glücklichen Nachrichten, welche vom Oriente herüberschollen, dienten der römischen Curie sehr in ihren Plänen zur Befesti= gung und Erweiterung ihrer Macht. Der Papst Urban so wie sein Nachfolger Paschalis II. erneuerten in den meisten ih=

1) Chron. Saxon. a. 1127 nennt sie noch Aethelie, eben so die norbenglischen Chronisten Aaliz oder Adela. Joh. Hagustald. a. 1139. 1142.

2) Chron. Saxon. a. 1109. 1110. Ann. Hildesheim. a. 1110. Or= deric. p. 838. Gemmet. l. VIII. c. 11.

3) Gemmet. l. VIII. c. 15. 37. Orderic. l. VIII. p. 686.

rer Kirche untergebenen Staaten die Streitigkeiten über die Investitur der Bischöfe und Äbte mit Ring und Stab. In England war, wie in andern Staaten, das Herkommen für diese Belehnung der Prälaten durch die Hand des Königes so entschieden, daß Anselm, so bekannt ihm auch die vom Papste Gregor VII. eifrigst verfochtenen Ansichten waren, gegen dieselbe bei seiner Ernennung keine Einwürfe gemacht hatte. Sein letzter Aufenthalt in Italien hatte ihn jedoch zu anderen Ansichten gebracht und er hielt sich für verpflichtet, die Beschlüsse des Conciliums von Rom in England zur Gültigkeit zu bringen und demnach die Belehnung mit Stab und Ring durch den König, so wie auch die von diesem Acte damals unzertrennlich gedachten, demselben von den Prälaten dagegen geleisteten Lehnseide für immer abzustellen. Die damalige Lage Henrys, welcher den Krieg mit seinem Bruder Robert sich vorbereiten sah, war sehr geeignet ihm Versprechen und Verträge abzuzwingen; doch fand Anselm wenig Anklang bei der englisch-normannischen Geistlichkeit und starken Widerstand bei den Räthen des Königes, vorzüglich Robert von Meulan, welche es nicht dulden durften, daß der Krone die Hälfte des Reiches, welche sich in den Händen der Bischöfe und Äbte befand, gänglich entzogen wurde. Er gab daher, da Henry der Kirche zu Canterbury alle beim Tode seines Vaters besessenen Ländereien, Einkünfte und Rechte bestätigte, und in redlicher Absicht, um die gegenwärtige Unsicherheit des Reiches nicht zu verschlimmern, seine Einwilligung zu dem Vorschlage, den Papst um Aufhebung der die Investituren betreffenden Beschlüsse in Beziehung auf England anzugehen. Bis zur Rückkehr der Abgeordneten kam die Vermählung des Königes zu Stande und erfolgte der Einbruch Roberts in England, bei welchem Anselm jenen durch die Mannschaft von Kent, durch Verhandlungen mit wankelmüthigen Baronen und selbst durch die Androhung einer unter diesen Umständen nicht leicht zu rechtfertigenden Excommunication des Prätendenten, welcher als tapferer Kreuzfahrer des Papstes Interesse in Anspruch genommen hatte [1]), sehr wirksam unterstützte und un-

1101

1) Ein desfalsiges Schreiben des Papstes an Anselm s. Anselmi Epist. L. III. 42.

widerleglich barthat, daß er durch die treueste Anhänglichkeit an Henrys Sache zugleich den Frieden des Landes und den Vortheil der Kirche sichern wollte. Bald darauf erhielt der König eine Erwiderung auf seine Botschaft von dem gegenwärtigen Papste Paschalis, in welcher derselbe sich sehr heftig gegen die von jenem in Anspruch genommene Investitur der Laien erklärte. In diesem Schreiben werden viele Gründe und Autoritäten, unter denen die dem Könige Henry schwerlich gewichtvollen der Kaiser Constantin und Justinian[1]), zusammengestellt, vorzüglich um zu beweisen, daß die geistliche Gerichtsbarkeit den Laien nicht gebühre und daher auch von ihnen nicht verliehen werden könne und also auch die Geistlichen von denselben nicht ernannt werden dürften. Diese Grundsätze wurden jedoch damals im Allgemeinen gar nicht oder doch nur theilweise bestritten, während der Hauptpunct, die Lehnspflicht der Bischöfe und Äbte für die Ländereien ihrer Kirchen, gar nicht berührt wurde. Die Schreiben des Königs sind uns nicht gleich denen der Geistlichen aufbehalten, und wir können daher nur vermuthen, daß er über die Lehnstreue der Prälaten sich auf eine Weise erklärt hatte, welche jeden Widerspruch gegen dieselbe überflüssig machte. Da auch Paschalis diesen Gegenstand nicht erwähnte und ihn stillschweigend zuzugestehen schien, so ließ Henry den Erzbischof auffordern ihm nunmehr den Lehnseid zu leisten und denjenigen, welchen er Bisthümer und Abteien verliehe, die Weihe zu ertheilen; weigere er sich dessen, so solle er England verlassen. Nach neuen Verhandlungen der geistlichen und weltlichen Magnaten mit dem Könige, wurden wiederum Gesandte an den Papst abgeordnet, drei Bischöfe von Seiten Henrys und zwei Geistliche von Anselm, um des Königs Entschluß zu erkennen zu geben. Die Antwort, welche die Bischöfe mündlich zurückbrachten, war schwer mit dem Schreiben an den Erzbischof, in welchem dieser zur Beharrlichkeit dringend aufgefordert wurde, in Einklang zu bringen. Jene erklärten einstimmig, daß der Papst ihnen aufgetragen habe, dem Kö-

---

1) Die Worte des Letzteren sind aus der Novella VI. c. 1. et 3, doch so, wie sie in dem Auszuge Julians (Epitome) Constitut. 24. und 25. sich finden.

nige Henry zu melden: „daß, so lange dieser im Übrigen
den Wandel eines guten Fürsten führe, so wolle er ihm
wegen der Investituren nicht entgegen sein, und sofern er
fromme Männer mit dem geistlichen Stabe belehne, ihn deshalb nicht excommuniciren: dieses Versprechen könne er aber
nicht schriftlich ertheilen, damit es nicht von anderen Fürsten
gegen ihn, den Papst, gebraucht werde." Während Einige sich für
die schriftlichen Belege oder für die Aussage der Mönche erklärten,
verwarfen Andere die letztere, weil die Mönche, nachdem sie
der Welt entsagt hätten, auch in weltlichen Angelegenheiten
kein Zeugniß ablegen könnten, jene aber, weil ein mit Dinte
beschwärztes und einem Bleiklümpchen beschwertes Schöpsen-
fell gegen die Erklärung dreier Bischöfe und lebender Zeugen
nicht in Betracht zu ziehen sei. Anselms Vertreter hatten hier
keine bessere Antwort, als daß die Angelegenheit keine weltliche sei und die Evangelien auch auf Schafsfelle geschrieben
seien. Anselm wurde durch die Doppelzüngigkeit des Papstes,
welcher die ganze Verantwortlichkeit auf den Prälaten wälzen
wollte, ohne es mit dem Könige zu verderben, in die größte
Verlegenheit gesetzt, er durchschaute vermuthlich das Verfahren
desselben und durfte daher die Wahrhaftigkeit der Bischöfe
nicht bezweifeln, was ohnehin nicht rathsam war, um nicht
ein noch größeres Ärgerniß in der Kirche zu geben. Es blieb
ihm daher nach des Königes einseitiger und dessen mit ihm ge-
meinschaftlicher Gesandtschaft nichts übrig, als selbst sich nach
Rom zur besseren Verständigung mit dem Papste zu begeben
und den König in kirchlichen Angelegenheiten dessen eigener
Ansicht gemäß verfahren zu lassen, ohne dieselbe jedoch seinerseits zu genehmigen.

Ehe aber dieser Beschluß ausgeführt wurde, erwarb sich
Anselm das Verdienst zu London eine Synode zu versammeln, 1102
zu welcher, auf sein Ansuchen, auch die Barone gezogen wurden, um die Ausführung der gefaßten Beschlüsse zu sichern.
Aus diesen erkennen wir nur zu deutlich, wie sehr die Sache
der Religion unter den Händeln der Kirche litt. Acht Äbte
wurden, als der Simonie überführt, abgesetzt. Presbyter und
andere Geistliche, wurde aufs neue verfügt, sollen keine Frauen
haben; die Kinder der Presbyter nicht deren Kirchen erben;

Geistliche sollen sich nicht dem Trunke ergeben und sich nicht unschicklich kleiden. Sie sollen nicht Dörfer pachten, nicht weltliche Gerichte halten. Laien wie Geistlichen musste das Laster der Sodomie strenge untersagt werden. Der in England übliche Handel mit Menschen ward verboten. Charakteristisch für eine äusserlicher Frömmigkeit ergebene Zeit war das Verbot neue Kirchen zu erbauen, bis für die nothwendige Dotation derselben und des Pfarrers gesorgt sei; oder auch Capellen ohne Genehmigung des Bischofes zu errichten. Diese und die übrigen Bestimmungen dieses Conciliums liefern uns zugleich ein ehrenwerthes Zeugniß für Anselms praktische Berufsfähigkeit, so sehr wir ihn als ungeeigneten Vermittler der päpstlichen Curie zu bemitleiden haben. Die Festigkeit, mit welcher er die Consecrirung denjenigen Bischöfen verweigerte, welche sich vom Könige mit Ring und Stab hatten belehnen lassen, verfehlte nicht ihm bei Geistlichen und Laien einige Anhänger zu gewinnen. Roger, Bischof von Hereford, ließ sterbend ihn um die ihm fehlende Consecration ersuchen, eine Bitte, welche bei Anselm eine Inconsequenz voraussetzte und deshalb diesen nur zum Lächeln bringen konnte. Wilhelm Giffard, der neue Bischof von Winchester, erklärte den Hirtenstab nur von dem Erzbischofe von Canterbury annehmen zu können, doch wollte der König ihm die Consecrirung nicht gestatten und versuchte durch Gerhard, den Erzbischof von York, allen von ihm ernannten Bischöfen diese Weihe ertheilen zu lassen. Einer derselben, Reinhelm, der neuinvestirte Bischof von Hereford, bisheriger Kanzler der Königin, erschrak vor diesen ferneren Schritten, zu denen seine Nachgiebigkeit geführt hatte, und brachte dem Könige die von ihm empfangenen Insignien zurück, wofür er mit der Verbannung vom Hofe gestraft wurde. Wilhelm, welcher die Weihe durch den Erzbischof von York zu empfangen eingewilligt hatte, vielleicht nur zum Scheine, um desto auffallender hernach dagegen aufzutreten, erklärte im Augenblicke der feierlichen Handlung, daß er zu solcher Entweihung des Mysteriums der bischöflichen Weihe sich nie hergeben werde. Er wurde vom Könige aus dem Reiche verbannt, kehrte jedoch bald wieder zurück.

Es ist hier noch, wenngleich einem früheren Regierungsjahre Henrys angehörig, der Errichtung des Bisthums Ely zu gedenken. Der Plan, die dortige Abtei zu einem Bisthume zu erheben und den Bischof von Lincoln für den abzutretenden Theil seiner Diöcese zu entschädigen, war schon alt, wurde je= doch erst durch Anselms Bemühungen nach dem im Jahre 1101 erfolgten Tode des dortigen Abtes ausgeführt[1]). Die Maßregel hat hier vorzüglich das Interesse, daß sie aus po= litischen Motiven hervorgegangen zu scheint, um durch die Ein= setzung eines dortigen höheren Beamten eine strengere Aufsicht über die störrigen Marschbewohner Elys zu führen. Der Bi= schof wurde zu diesem Zwecke mit königlichen Rechten (Rega= lien) innerhalb der Insel Ely begabt. Obgleich das Bisthum Ely nicht völlig wie das Bisthum Durham eine Pfalzgraf= schaft gewesen zu sein scheint, besaß es doch uneingeschränkte Gerichtsbarkeit in peinlichen und bürgerlichen Gerichtssachen. Wahrscheinlich hatte Henry anfänglich nicht die große Ausdeh= nung der Rechte bezweckt, welche später und allmälig die ver= schlagene Politik der Bischöfe zu begründen wußte. In den von ihm gegebenen Privilegien findet sich als ungewöhnlich nur, daß auf der Burg und in der Insel Ely der Bischof durch seine Krieger die Bewachung (warda) wahrnehmen sollte. Sehr bald konnte das Recht, eigene Krieger dort zu halten, zur Ausschließung königlicher Truppen und so zu allen König= lichen Rechten führen.

Anselm entschloß sich ungern nach Rom zu gehen[2]) und als er endlich zu Witsand sich eingeschifft hatte, verweilte er noch mehrere Monate zu Bec und bei dem bekannten rechts= kundigen Bischofe Yvo von Chartres. Als er endlich zu Rom an= langte, fand er dort den gewöhnlichen Emissair des englischen Hofes, Wilhelm von Warelwast, auf dessen Vorstellungen der

---

1) S. Monastic. T. I. p. 485. Eadmer p. 96. und Selbens Noten.

2) Daß Eadmer gegen die Laien zu sehr eingenommen war, liegt in seinen Verhältnissen. Doch wenn er uns erzählt, daß der König unter dem nichtigen Vorwande mit dem Grafen von Flandern zu Dover im Jahre 1103 Quadragesima zu verhandeln, nach Canterbury gegangen sei, so können wir urkundlich darlegen, daß solche Verhandlung damals wirk= lich stattgefunden habe.

Papst rücksichtlich der Investituren nicht nachgab, jedoch dem
Könige einige nicht näher bezeichnete Gewohnheiten [1]) und
Rechte gestattete, und ihm selbst Hülfe gegen den zurückzuru-
fenden Anselm, wenn dieser zu weit gegen ihn gegangen sein
sollte, verhieß [2]). Anselm erhielt dagegen, um nur nicht mit
ganz leeren Händen entlassen zu werden, eine allgemeine Bestätigung der Privilegien seiner Kirche, und so von der Curie,
für welche er nach besten Kräften gefochten, schlecht unterstützt,
wenn nicht treulos verlassen, blieb er in seiner Hülflosigkeit
bei seinem Freunde Hugo, dem Erzbischofe von Lyon, indem
er, hier weder ganz aufrichtig noch seinem hohen Berufe getreu, auf den König den Schein warf, als ob dieser seine Rück-
1104 kehr nach England nicht wolle. Der König ließ unterdessen
das Erzbisthum von zwei Lehnsleuten Anselms zu dessen Be-
stem administriren, und versuchte vergeblich ihn zur Rückkehr
zu bewegen. Die englische Kirche verfiel sehr, während ihr
Haupt im Palaste zu Lyon behaglich und in gelehrter Muße
verweilte. Hiedurch gelang es ihm jedoch dem Papste etwas
kräftigere Maßregeln zu entlocken, nämlich die Excommunica-
1105 tion des Grafen von Meulan in dem Concilium auf dem La-
teran und der anderen die Investitur durch den König verthei-
digenden Rathgeber desselben, so wie derjenigen, welche die Investitur von demselben empfangen hatten. Da indeß kein
geistlicher Bann gegen den König erkannt war, der Papst vielmehr dessen Gesandten zu erwarten vorgab, so entschloß sich
Anselm diese Zeit zu einem Vermittelungsversuche zu benutzen.
Auf dem Wege nach Clugny vernahm er, daß die Gräfin
Adele von Blois, des Königs Schwester, auf ihrer Burg zu
Blois krank darniederliege. Er liebte gleich Anderen seines

---

1) Romanorum consilio papa nonnullos paternos usus regi con-
cessit. Eadmer p. 75.

2) Paschalis schrieb dem Könige Revoca patrem tuum. Et si quid,
quod non opinamur, adversus te gravius gesserit, siquidem investi-
turas aversatus fueris, nos iuxta voluntatem, quantum cum Deo pos-
sumus, moderabimur. Eadmer p. 75. Wenn man Männer wie Anselm als Diener erblickt, und zugleich Päpste wie Paschalis sieht, so
möchte man wohl annehmen, daß das Papstthum nur durch die Päpste
zu Grunde gegangen ist.

Standes auf weibliche Gemüther einzuwirken [1]), eilte zu ihr und wußte sie zu bewegen, mit Genehmigung des Grafen, mit ihm zum Könige zu reisen, welcher damals in siegreicher Fehde gegen seinen Bruder kurz vor dessen Gefangennehmung zu l'Aigle verweilte. Da Anselm sich nicht länger weigerte nach England zurückzukehren, so säumte der König nicht ihm den Besitz der erzbischöflichen Güter zuzusichern, wenn er nur mit den von ihm investirten Bischöfen und Äbten verkehren wolle. Nachdem wegen der dortigen Verhandlungen, welche nicht deutlich verzeichnet sind, aber wahrscheinlich den im folgenden Jahre zu Stande gekommenen Vergleich umfaßten, mehrere Boten über die Alpen gesandt waren, wurde, beinahe mehr unter päpstlicher Vermittelung als Genehmigung [2]), im Kloster Bec zwischen dem Könige und seinem Erzbischofe der Vertrag eingegangen, daß jener auf die Investitur mit Ring und Stab, da er die geistlichen Gerichte nicht zu beeinträchtigen strebte, als bedeutungslos verzichten wolle, die ihm wesentlichen Eide der Pflicht und Treue aber von den Prälaten so wie einst seinem Vater geleistet werden dürften [3]). Hierauf beeiferte sich ein Jeder die übrigen Streitpuncte zu erledigen: mißbräuchliche Schatzungen der Kirchen, welche der rothe König sich erlaubt hatte, und zu denen auch Henry durch die Kostspieligkeit der normannischen Fehden sich einmal hatte verleiten lassen [4]), gab dieser auf; der Erzbischof von York leistete dem von Canterbury die herkömmliche Verpflichtung; die Consecration wurde den sämmtlichen in den letzten Jahren ernann-

(Marginalien: Juli · 1106 25. Aug.)

---

1) S. seine Briefe an die Königin Mathilde, die Gräfin Clementia von Flandern u. A.

2) Schreiben des Papstes an Anselm vom 25. März 1106 bei Eadmer S. 87. Manche hierher gehörige Schreiben sind in Wilkins Concilien unter falschen Jahresangaben eingerückt; man findet sie aber alle bei Eadmer.

3) Eadmer p. 91.

4) Eadmer S. 83. ist sehr parteiisch in der Darstellung auch dieser Angelegenheit. Er gibt zu, daß die Laien über die Gebühr durch Steuern angestrengt wurden, und wenn unter diesen Umständen die Geistlichkeit zu einer Beihülfe herbeigezogen wurde, so lag die Ursache der ärgern Verfahrungsweise zunächst in der Abwesenheit des Primaten.

ten Bischöfen ertheilt, auch Anselms gewöhnlichem Gegner am
römischen Hofe, dem Wilhelm von Warelwast, welchem der
König das Bisthum Exeter ertheilt hatte. Der Zwist der
Krone mit der Landeskirche war jetzt auf geraume Zeit be-
schwichtigt, sechszehn Jahre früher als hernach zu Worms nach
ähnlichen Grundsätzen, doch der königlichen Gewalt minder
günstig, zwischen Henrys Schwiegersohne und dem Papste Calixtus II. Anselm genoß jedoch nicht lange mehr des herge-
stellten Friedens. In weniger als drei Jahren nach dem Vertrage zu Bec, war er im 76sten Jahre seines frommen Lebens, im sechszehnten seiner mühevollen Kirchenverwaltung zu
einer von wenigen seiner Zeitgenossen so klar als von ihm
1109 selbst geahneten höheren Gemeinschaft der Geister entrückt.

Neben der Hauptfehde über die Investitur war noch ein
anderer Streitpunct Englands mit Rom vorhanden, welcher
den Erzbischof von Canterbury selbst sehr nahe anging. Im
eilften Jahrhunderte hatten die Päpste häufiger als bisher Legaten in verschiedene Reiche geschickt, um durch Concilien und
Synoden den eingerissenen Irrthümern der Lehre und Män-
geln der Zucht abzuhelfen. Nach dem fernen England waren
jedoch so wenige Legaten gelangt [1]), vermuthlich weil bei der
Eigenthümlichkeit der dortigen Verhältnisse der Papst glaubte
die Aufsicht lediglich den dortigen Erzbischöfen von Canterbury
überlassen zu dürfen, daß sich die feste Meinung gebildet hatte,
seit dem heiligen Augustinus sei kein Legat in Britannien gewesen, weil diesem und den Nachfolgern in seinem Sitze die
Legation über dieses Land ausschließlich übertragen sei. Es
erregte daher eben so viel Aufsehen als Misbilligung in Eng-

---

1) Ums Jahr 678 war vom Papste Agatho ein Legat gesandt, Bedae histor. L. IV. c. 18.; dennoch schrieben zwei im Jahre 785 an Ha-
drian I. abgeordnete Legaten, welche die Synode zu Cealchythe hielten:
quia, ut scitis, a tempore S. Augustini pontificis, sacerdos romanus
nullus illuc missus est, nisi nos. Wilkins Concil. T. I. p. 146.
Kein Wunder, wenn nach drei Jahrhunderten auch sie in England wieder vergessen waren, vor allen bei der normannischen Geistlichkeit. Cad-
mer S. 58. schreibt: Inauditum scilicet in Britannia cuncti scientes,
quemlibet hominum super se vices apostolicas gerere nisi solum ar-
chiepiscopum Cantuariae.

land, als dort gleich nach Henrys Thronbesteigung Guibo, der
Erzbischof von Vienne, ein Sohn des Herzogs von Burgund, Guillaume Tête hardie, und Verwandter der Herzoge
von der Normandie[1]), landete und erklärte, daß ihm die Legation über diesen Strich übertragen sei. Ungeachtet der damals schon entstandenen Uneinigkeiten zwischen dem Könige und
Anselm, gefiel es weder jenem noch diesem, in dem Legaten
einen Bundesgenossen sich zu erwerben, und dieser schiffte ohne
anerkannt zu werden über den Canal zurück. Anselm, persönlich verletzt, wandte sich an den Papst, welcher es angemessen
fand, für jetzt Anselm in allen Rechten seines Primates zu bestätigen und zu versprechen, daß während seines Lebens kein
Legat über ihn richten solle. Es wurde von der päpstlichen
Curie auch wirklich kein Legat wieder nach England abgeordnet bis mehrere Jahre nach Anselms Tode, da sein gleichbenannter Neffe, welcher in England viele Freunde und genaue
Kenntniß der dortigen Verhältnisse besaß und bereits vor kurzem, vermuthlich um der bedeutungsvollen Sendung den Weg
zu bahnen, dem Erzbischofe Rabulf das Pallium überbracht
hatte[2]), als sehr geeignet zu einem solchen Versuche erschien
und benutzt werden sollte. Doch wurde, wenn man gleich den
jüngeren Anselm mit reichen Geschenken begabte, seine Sendung mit solcher allgemeinen Ungunst aufgenommen, daß Geistliche und Laien den damaligen Primaten Rabulf vermochten,
vom Könige sich die Erlaubniß zu erwirken, desfalls nach Rom
zu gehen, um die Rechte der englischen Kirche auseinanderzu-
setzen und geltend zu machen[3]). Die Versuche der Curie waren um so bedenklicher, da auch bereits ein Legat in Frankreich
aufgetreten war, welcher die Bischöfe der Normandie, da sie
auf dem von ihm angesetzten Concilium nicht erschienen, excommunicirte, worauf der König den dem Papste bereits wohlbekannten Bischof von Exeter nach Rom sandte. Rabulf,
durch Kränklichkeit aufgehalten, traf zu sehr unruhiger Zeit in 1117

---

1) Guillaume war der Sohn des Herzogs Rainald und der Adelize,
der Tochter Richards II. von der Normandie. Orderic. p. 848.

2) Eadmer p. 112.

3) Id. p. 118.

Italien ein, wo Kaiser Heinrich V. mit seinem Heere verweilte, erhielt jedoch von Paschalis für sich und den König neue Bullen über die Erhaltung der uralten Rechte der Kirche von Canterbury, so unumwunden als die vorsichtige Canzlei des Papstes dergleichen je zu ertheilen pflegte. Unter dem nächsten Nachfolger des bald verstorbenen Paschalis, Gelasius, welcher nur kurze Zeit einer bestrittenen Herrschaft sich erfreute, wurden die geistlichen Angelegenheiten Englands nicht gefördert; doch

1119
Januar als der Erzbischof Guido, welcher als Legat aus England einst abgewiesen war, den päpstlichen Stuhl, unter dem Namen Calixtus II., bestieg, wurden jene mannichfach wieder aufgeregt. Calixtus verfolgte mit Geschicklichkeit und Festigkeit den Plan, den Primaten von England aus seinen zu großen, der päpstlichen Autorität hinderlichen Vorrechten herauszusetzen. Er unterstützte zu diesem Zwecke den Erzbischof Thurstan von York in seinen Versuchen dem Gehorsam gegen Canterbury sich zu entziehen, und scheute sich nicht den dem Könige hierin

November wortbrüchigen Thurstan selbst zum Erzbischofe zu weihen und sogar bei einer zu Gisors stattgefundenen Zusammenkunft mit dem Könige einen an dessen geraderem Sinne jedoch gescheiterten Versuch zu machen, auch diesen zum Treubruche zu verführen. „Wer würde noch," sprach Henry, „irgend einem Menschenworte glauben, wenn ich, der König, von meinem Versprechen mich wollte durch den Papst entbinden lassen"[1])! Obgleich Calixtus hier dem Könige die Zusicherung ertheilte, daß er nie gestatten wolle, daß ein Legat nach England gehe, es sei denn auf des Königes eigenes Ansuchen, so übertrug er dennoch nach wenigen Jahren die Legation über Frankreich, England, Irland und die Orkaden dem Petrus, dem Enkel des reichen Juden und römischen Proselyten Leo[2]), und später als Gegenpapst Anaclet bekannt, so wie auch sein damaliger Mitlegat Gregorius von St. Angelo unter dem Namen Innocenz II. Papst wurde. Petrus Leonis fand jedoch denselben

---

1) Eadmer p. 116.

2) Eadmer p. 126.

3) Eadmer S. 137. nennt richtig den Vater Petrus. Gewöhnlich nennt man den Legaten jedoch Petrus Leonis.

Widerstand wie sein Vorgänger und beruhigte sich mit ehren=
voller Aufnahme und freigebigen Geschenken. Calixtus er=
nannte jedoch einen neuen Legaten in der Person des Cardi=
nals von Crema, welchen, nach des Calixtus bald erfolgtem
Tode, dessen Nachfolger Honorius II. bestätigte. Die durch
diesen Legaten ausgesprochene Trennung der dem Könige Henry
sehr unwillkommenen Ehe Wilhelms, des Sohnes des Herzogs
Robert, mit Sibylla von Anjou [1]), musste jenem am englischen
Hofe eine freundliche Aufnahme sichern. Mehr noch durften
die nicht beendigten Streitigkeiten der beiden Erzbischöfe in
England unter einander die Hoffnung zur Durchführung der
Absichten der Curie nähren, da Thurstan in seinem Interesse
dieselben unterstützte. Er förderte ein Concilium der zum Theil
seiner Diöcese untergebenen schottischen Bischöfe zu Rokesburg,
unter dem Vorsitz des Legaten, und auch der Erzbischof von
Canterbury glaubte zu einer ähnlichen Synode zu London 1126
seine Genehmigung nicht verweigern zu können. In den Be=
schlüssen [2]) wurden größtentheils die alten Verbote der Simo=
nie und der erblichen Ansprüche an Kirchen durch Priester=
söhne wiederholt; die Pluralität der Pfründen untersagt; die
Eheverbote bis auf den siebenten Grad der Verwandtschaft aus=
gedehnt. Die Sendung des Cardinals machte auch seine Per=
son in England unbeliebt [3]) und man muß billig Bedenken
tragen Alles zu glauben, was die damaligen Lästerungen, de=
ren durch die Einschärfung des Cölibats viele gespitzt wurden,
über den leichtsinnigen Wandel des Legaten berichteten [4]).

Bald darauf ertheilte jedoch Honorius dem Erzbischofe
von Canterbury Wilhelm die Legation in England und Schott=
land [5]), welches Recht später Innocenz II. bestätigte [6]), Beide
ohne Versuche zu dessen Aufhebung oder Umgehung zu ma=

1) Epist. Calixti d. 1124, Aug. 26. Simeon Dunelm.

2) Wilkins Concil. T. I. p. 408.

3) Gervasii acta pontif. Cantuar. p. 1668.

4) Huntingdon. Matth. Westmon. p. 240.

5) Die desfallsige Bulle vom 25. Januar siehe bei Wharton Anglia
sacra T. I. p. 792.

6) Malmesbur. Historia novella l. I. 177.

17 *

chen, wovon wir wohl den Hauptgrund in Henrys fester Stellung auf seinem Throne in der letzten größeren Hälfte seiner
Regierung zu suchen haben. Im Ganzen hatte die Kirche an
Henry, wenn auch keinen warmen Freund, doch einen wohlge-
neigten Verbündeten, sobald sie die ererbten Rechte, welche er zu
erhalten seinen Wählern und Vertheidigern zugeschworen hatte,
nicht angriff. Bei den Todesfällen der Prälaten benutzte er
zuweilen die Tafelgüter derselben einige Jahre, doch gibt selbst
der eifrige Anhänger seiner Kirche, welcher das Bisthum von St.
Andrews in Schottland verschmähte, weil er die königliche Investitur sich nicht wollte gefallen lassen, Eadmer, ihm das Zeugniß, daß weder das Kirchenregiment noch die Verwaltung der
übrigen Kirchengüter dadurch litt, beide vielmehr in den Händen
angesehener Geistlicher blieben und die Kirchengebäude während
dieser Zwischenzeit von den Mönchen vergrößert werden konnten [1]. Sogar die geistlichen Chronisten beschweren sich kaum
über jene Vacanzen und uns ziemt es wohl zu bedenken, ob
jene Prälaten nicht wegen rückständiger Lehnspflichten bisweilen dem Könige verschuldet waren, so wie die Gründe und
Vorwände, welche durch die wiederholten Schismen im Papst-
thume, die Streitigkeiten unter den englischen Erzbischöfen,
und deren so wie des Königs Abwesenheit aus England, in
einer der modernen Finanzmittel entbehrenden Zeit nur zu leicht
und verführerisch sich darboten.

Der für das innere Glück, wenn auch nicht für den äusseren Ruhm der Regierung Henrys nachtheiligste Umstand war
sein oft wiederholter, langwieriger Aufenthalt in Frankreich.
Von den 35 Jahren seiner Regierung, mit Einschluß derjenigen, in denen er die Normandie noch nicht besaß, verlebte er
nicht weniger als die Hälfte in diesem Lande. Die Engländer glaubten gewöhnlich hierin eine Abneigung des Königs
gegen ihr Volk zu erkennen; andere klagten den Grafen von
Meulan an, seinen eigenen Haß gegen dasselbe dem Könige
mitgetheilt zu haben. Doch kann die unbefangene Nachwelt,
welche leider noch besser über den Zustand der Normandie als

---

1) Eadmer p. 109. Simeon p. 62. Der Abt von St. Denys
nennt ihn ecclesiarum liberalis ditator et eleemosynarum dapsilis dis-
pensator. Suger. l. l. 44. d.

Englands unterrichtet ist, nicht verkennen, daß der verwilderte Zustand jenes Landes, so wie die kampflustigen Nachbaren die Anwesenheit des Königes in seiner neuen Provinz bringend erheischten.

Nach dem Frieden von Gisors war Henrys lebhaftes Bestreben seinem einzigen Sohne William eine unangefochtene Thronfolge zu sichern. Er ging deshalb, so bald eine Fehde mit den Walisern es gestattete, nach der Normandie hinüber **1115** und versuchte zuerst die dortigen Großen zu bewegen, im fol- **Septemb.** genden Jahre seinem kaum zwölfjährigen Sohne zu huldigen [1]. Wahrscheinlich hatte vorher König Louis von diesem die Huldigung für die französischen Provinzen der Könige von England angenommen, bei welchem Anlasse jener ihm auch die von seinem Vater oft erstrebte Burg Gisors übertrug. Nach der Anerkennung in den Erbstaaten seines Großvaters ward es unschwer für Wilhelm im folgenden Jahre [2] die Eide der Huldigung und Treue der Barone in England zu erhalten, welche **1116,** diese auf einem großen zu Salisbury gehaltenen Hoftage ab- '**19. März** legten.

Wenige Wochen hernach schiffte Henry wieder nach der Normandie, in welcher er beinahe volle fünf Jahre verweilte. Zunächst nahmen ihn die Streitigkeiten seines Neffen, des Grafen Theobald von Blois, mit König Louis in Anspruch, welche zu einem unaufhörlichen Grenzkriege der beiden Könige führten. Louis selbst mit dem Grafen von Flandern wurde einmal an der Spitze der eingefallenen französischen Krieger, nicht ferne von Rouen erblickt [3]. Gegen Henry focht mit

---

1) Chron. Saxon. a. 1115. Sein Alter ergibt sich aus dem Briefe des Papstes bei Eadmer S. 74.

2) Suger. l. l. c. 16. Malmesbur. p. 160. setzt Wilhelms Huldigung an Louis später, doch ist er bekanntlich höchst unzuverlässig in solchen Details, und die der normannischen Barone an Wilhelm wäre kraftlos gewesen, wenn jene nicht voranging.

3) Chron. Saxon. a. 1116. 1117. Malmesbur. p. 160. Orderic Vitalis überspringt, indem er vom eilften zum zwölften Buche übergeht, die Begebenheiten der Jahre 1113—1118 mit der befremdend unrichtigen Angabe, daß in diesen fünf Jahren tiefer Friede mit Henrys Nachbarn stattgefunden habe.

jenen Fulco von Anjou, für denselben des Königes Neffe, der Bruder Theobalds, Stephan von Blois, welcher durch die in diesen Fehden bewiesene Tapferkeit seine späteren Ansprüche auf die Krone Englands erwarb. Die Gegner Henrys vereinten sich zu dem Plane, dem Sohne des Herzoges Robert, Wilhelm, das väterliche Erbe zu verschaffen. Doch mehrere Jahre hindurch bestanden die Feldzüge mehr in einer Reihe von Abenteuern als Erfolgen. König Louis selbst hatte einst, als Mönch verkleidet und mit einigen in schwarze Kappen verhüllten Kriegern, sich der Celle St. Auboins an der Epte durch heimliche Überraschung bemächtigt, um dort eine feste Burg anzulegen [1]). In dieser Gegend wurde viel, mit dem Schwerte nicht mehr als mit Witz, gestritten und von Henry mehrere neue Burgen angelegt, denen die Spottnamen Malassis, Hasenhöhle und dergleichen verblieben. Plötzlich brachten jedoch andere Verluste diesen Krieg in eine für Henry sehr bedenkliche Lage. In wenigen Wochen starben Graf Guillaume von Evreux, dessen Graffschaft Amalrich von Montfort, da er sie auf seine Bitte nicht erhielt, sich zu erkämpfen suchte und viele normannische Barone dem Könige zu entfremden wusste; sodann die Königin Mathilde, welche manches Gemüth, vorzüglich der Engländer, ihrem Gemahle zugewandt erhalten hatte, endlich aber, welcher Verlust dem Staate der empfindlichste war, der weise Minister des Königs, Robert von Meulan, welcher durch Rath und Einfluß als die Hauptstütze der Krone erschien. König Henry wurde von vielen seiner mächtigsten Vasallen verlassen, Henry dem Grafen von Eu, Etienne Grafen von Aumerle, Hugo de Gournay, Eustache, einem natürlichen Sohne des Wilhelm von Breteuil, welcher einer natürlichen Tochter des Königes, Juliane, vermählt war [2]). Letztere hatte vom Könige die Burg zu Jvry erhalten und zu größerer Sicherstellung den Sohn des Radulf Harenc als Geisel, wogegen er dem Könige seine beiden Töchter als Unterpfand seiner Treue gab. Als er sich jedoch von Amalrich von Montfort verleiten ließ, jenen Knaben verrätherisch blenden zu lassen, so gestattete der König,

1) **Orderic.** l. XII. p. 848.   **Suger.** l. I. p. 43.
2) **Gemmet.** l. VII. c. 15.   **Orderic.** l. XI. p. 810.

deffen Zorn durch den unglücklichen Vater zur Wuth gesteigert war, demselben die schuldlosen Kinder des Eustache, seine eigenen Enkelinnen, gleichfalls der Augen zu berauben und ihnen die Nasen abzuschneiden. - Julianes Schmerz und Rachbegier kannten keine Grenze. Bei einer von ihrem Vater, dem Könige, erbetenen Zusammenkunft versuchte sie ihn durch Wurfgeschütz zu tödten. Der erste Mordversuch mislang; mit einem Pfeile, welchen sie auf ihn richtete, zielte gleichfalls sie fehl. Als sie zuletzt Ivry ihrem Vater übergeben mußte, — Eustache war entflohen, — gestattete dieser seiner Tochter keinen anderen Weg zum Abzuge, als durch den im Februar mit Eis erfüllten Schloßgraben, in welchen sie sich von hoher Brücke herabstürzen mußte. Bei diesen allgemein aufgeregten Leidenschaften des Hasses, des Zornes und der Rache war des Königs Leben kaum in seinem Schlosse mehr sicher; er durfte seinen Kämmerern nicht mehr trauen und vertauschte oft des Nachts, Schwert und Schild stets an seiner Seite, die Betten. Einer der Kammerherrn, Henry, der Sohn eines aus plebejischem Geschlechte entsprungenen Schatzmeisters, den des Königs Geneigtheit sehr begünstigt und gehoben hatte, wurde des Verrathes überführt; doch schenkte der König ihm das Leben, ließ ihn aber zum abschreckenden Beispiele, nach Sitte jenes Zeitalters, blenden und entmannen [2]).

Henry sah sich so vielfältig bedrängt, daß der Augenblick nicht ferne schien, wo er auf seine vielgeliebte Normandie verzichten und in die nördliche Nebelinsel zurückweichen sollte, als ein unerwarteter Zufall und geschickte Verhandlungen ihn dem alten Glücke wieder zuführten. Graf Balduin, welcher der vorzüglichste Beschützer des jungen Wilhelm gewesen war, wurde, bei einem Angriffe auf die Stadt Eu, von dem Pfeile eines Bretons getroffen, welche Wunde, durch seine Unmäßigkeit verschlimmert, ihn auf ein entkräftendes Krankenlager warf und im folgenden Mittsommer zum Tode führte [3]). Wichtiger noch war es, daß Fulco von Anjou, welchen König Louis so 1118 Septemb.

1) Orderic. l. XII. p. 848.

2) Malmesbur. p. 158. Suger. p. 44.

3) Orderic. p. 843. Suger. p. 45. Malmesbur. p. 159.

eben erst durch die ihm neu verliehene Seneschalschaft Frank=
reichs an sich glaubte gefesselt zu haben, und der seine Tochter
Mathilde mit der Grafschaft Maine dem Prätendenten Wilhelm
verheissen hatte, seinen Verbündeten abtrünnig wurde, und durch
englisches Geld verlockt die Braut dem englischen Königssohne

1119
Juni
Wilhelm verlobte, ihm Maine übertrug und, falls er von sei=
ner damals beabsichtigten Pilgerschaft nach Jerusalem, welche
ihm später die dortige Königswürde verschaffte, nicht zurück=
kehren würde, auch die Grafschaft Anjou [1]).

Unter diesen Umständen wurde ein nur von einer sehr
geringen Anzahl, doch von sehr angesehenen Rittern gefochtenes
Treffen entscheidend. Der König ritt, mit fünfhundert seiner
vornehmsten Ritter, in der Gegend von Noyon, wo er die

20. Aug.
Messe gehört hatte, als die Kundschafter den König von Frank=
reich mit vierhundert ausgezeichneten Rittern, unter diesen auch
dem jungen Wilhelm von der Normandie, von Andely herkom=
mend bei Brenneville erblickten. Beide Könige wollten ihren
Rathgebern kein Gehör leihen, diesem Zusammentreffen auszu=
weichen, welches viele persönliche Gefahren drohte, ohne Hoff=
nung eines bedeutenden Erfolges zu gewähren. Nur hundert
normannische Ritter unter Richard, einem natürlichen Sohne
des Königs Henry, hatten ihre Rosse bestiegen, der König
selbst mit der übrigen Schaar fochten zu Fuße. Der erste An=
griff des Burchard von Montmorency und Guy von Clair=
mont mit achtzig Rittern erschütterte die Reihen der Norman=
nen und Engländer, und Guillaume Crespin mit der Mann=
schaft aus dem Verin schien sie anfänglich zum Weichen zu
bringen. Doch bald wurden sie, durch eine geschickte Wen=
dung Henrys, umzingelt. Guillaume Crespin, den König er=
blickend, brach tollkühn durch die Umgebenden und traf ihn
mit gewaltigem Hiebe auf das Haupt. Doch schützte diesen
der festgestählte Helm. Hundert und vierzig französische Ritter
entwichen, die tapfersten wurden gefangen, nur drei getödtet,
welche geringe Zahl mehr aus den persönlichen Rücksichten,
welche die Gegner auf einander nahmen, und der Bewaffnungs=

1) Suger. Orderic. p. 851. Chron. Saxon. a. 1119. Mal=
mesbur. p. 165.

weise, als aus der Hoffnung auf die Lösegelder der Gefangenen
zu erklären ist. Die übrigen Franzosen flohen nach Andely,
einige entkamen dadurch, daß sie, unter die Sieger sich mi-
schend, in deren Jubel einstimmend, für Waffenbrüder gehalten wurden. König Louis selbst irrte lange einsam im Walde
umher, bis er von einem normannischen Bauern, welcher zu
dessen Heil nicht ahnete, welchen Preis Henry ihm für den
Verirrten bezahlen würde, nach Andely geleitet wurde. Sein
Banner war in Henrys Hand gerathen; sein gesatteltes Streitroß
sandte dieser ihm zurück, so wie dem Grafen Wilhelm dessen
Better, der Kronprinz, das seinige. Selbst einige Gefangene,
welche beider Könige Lehnsleute waren, wurden von Henry
umsonst entlassen [1].

Nach diesem Treffen wurden nur unbedeutende Versuche
gemacht den Krieg fortzuführen. Der König von Frankreich
wandte sich vielmehr zur Beschwichtigung der englischen Händel an den Papst Calixtus, als dieser sich auf dem nach Rheims
berufenen Concilium befand. Louis, der nicht unberedt war, trug
seine Beschwerden über den König von England selbst
vor, wobei vorzüglich auch dessen Verfahren gegen Herzog Robert, welchen der König Philipp unbeschützt gelassen hatte, mit
scharfem Tadel hervorgehoben wurde. Die Flucht des jungen
Wilhelm von der Normandie wurde als eine Verbannung durch
seinen Oheim dargestellt, die Verhaftung des verabscheuungs-
würdigen Robert von Belesme lediglich als eine Verletzung
des Gesandtenrechtes; andere Ereignisse in ähnlicher Weise,
wie Streitende mit mehr oder minder Bewusstsein sich gegen
Unparteilichkeit und Wahrheit zu vergehen pflegen. Dieser
Vortrag fand jedoch so vielen Eingang bei der Versammlung,
daß es dem Erzbischofe von Rouen bei den stürmischen Unter-
brechungen nicht möglich war, die Vertheidigung des Königs
von England zu führen [2].

Henry hatte unterdessen sich bemüht viele der mit seinen
Vasallen entstandenen Mishelligkeiten zu heben. Dem Amal-

(Randnotiz: October)

---

1) Orderic. p. 853 sq. Suger. l. l. In Camdens Remains
sind lateinische Verse auf dieses Treffen (apud Nugentum) abgedruckt,
welche irrig auf ein früheres bezogen sind.

2) Orderic. p. 858.

rich von Montfort hatte er die Grafschaft Evreux zugestanden, mit Eustache von Breteuil und Juliane sich versöhnt; die Unterwerfung des Hugo von Gournay, des Stephan von Aumerle und anderer Rebellen angenommen. Als daher Papst Calirtus mit Henry zu Gisors zusammentraf, so wurde es diesem nicht schwer, theils die zu Rheims gegen ihn erhobenen Anklagen wenn auch nicht ganz zu widerlegen, doch sie in ein ganz verschiedenes Licht zu stellen und viele ihm günstige Umstände anzuführen, welche den Papst zu seinem Vortheile umstimmten, theils den Frieden mit Frankreich unter den leichtesten Bedingungen, Rückgabe seines Eigenthumes an jeden der Könige und Freilassung der Gefangenen, abzuschliessen. Das Interesse Wilhelms von der Normandie wurde gänzlich preisgegeben; er erhielt weder seines Vaters Land, noch die von Henry ihm früher in England angebotenen Grafschaften. Mit Karl dem Guten, dem Grafen von Flandern, wurde die Eintracht jetzt bald hergestellt. Guillaume Talevace, Sohn des Robert von Belesme, erhielt, durch Fulco von Anjou Vermittelung, die Bestätigung der Grafschaft Ponthieu[1].

So war der Hauptgedanke Henrys erreicht. Nach zwanzig Jahren sah er seine Gegner alle besiegt, sich im festen Besitze von allen Ländern, welche sein Vater einst beherrscht hatte, seinen Sohn als künftigen Nachfolger anerkannt. Froh **1120** schiffte er, gegen Ende des Jahres 1120, sich zu Barfleur ein **25. Nov.** und kehrte nach England zurück. Der Kronprinz mit der übrigen angesehensten Jugend des Hofes folgte mit dem Schatze des Königes auf einem anderen Schiffe, das weiße genannt, um dessen Besitzer Thomas, Stephans Sohn, zu befriedigen, der ein erbliches Recht, den König zu führen, ansprach, seitdem sein Vater den Eroberer zu dem Kriege gegen Harold geführt hatte. Alles was Heiterkeit und Frohsinn liebte, drängte sich zu diesem die größte Sicherheit verheissenden Schiffe, auf dem gegen dreihundert Personen sich versammelten. Richard, ein durch Tapferkeit ausgezeichneter natürlicher Sohn des Königs, dessen Tochter Mathilde, Gemahlin des Grafen Rotrou von Mortagne (Perche), der junge Graf von Chester, Richard, Hugos Sohn,

1) Chron. Saxon. a. 1120. Orderic. p. 818.

277

mit seiner Gemahlin Mathilde, des Grafen Thibaut von Blois Tochter, Otuel, des Grafen Richard Bruder, der Erzieher der königlichen Prinzen, Theodorich, ein Neffe Kaiser Heinrichs V., viele vornehme junge Adelige, welche die Belehnung mit ihren Gütern in England empfangen sollten, hundert und vierzig Ritter, achtzehn dem Könige oder den angesehensten Grafen nahverwandte Frauen. Das Schiff war so sehr beladen, daß Graf Stephan von Blois aus demselben wieder an das Land ging, wohin ihm einige Mönche und mehrere besonnene ältere Männer folgten. Prinz Wilhelm, in heiterster, freigebiger Laune, ließ den funfzig Ruderern des Weines so viel sie begehrten, spenden. Der Schiffer Thomas, selbst trunken, täuschte sich über die Brauchbarkeit seiner Mannschaft, gab am Abend das Zeichen zum Aufbruch, und mit angestrengten Kräften wurde jetzt versucht das früher abgestoßene Schiff des Königs zu erreichen. Plötzlich hörte man auf diesem und am Ufer einen Schrei, der, wie man am folgenden Tage erfuhr, von dem weißen Schiffe erschollen war. Dieses war in der Hast, mit welcher gerudert wurde und von dem besinnungslosen Steuermanne geführt, so hell auch der Mond in die Winternacht leuchtete, an die Felsen der Catteraze gestoßen, gescheitert und schnell von eindringendem Wasser erfüllt. Kaum war Zeit geblieben um ein Boot auszusetzen, auf welches Prinz Wilhelm gebracht wurde, da vernahm er das Klagegeschrei seiner geliebten Schwester, der Gräfin von Perche, von dem bereits versinkenden Schiffe und konnte der flehenden Bitte nicht widerstehen sie aufzunehmen. Mit ihr aber stürzte eine Masse Verzweifelnder von dem weißen Schiffe auf den Kahn, welcher von der Last gedrückt sogleich in die Meerestiefe hinunterging. Von Allen die auf dem Schiffe waren, hielten nur zwei sich noch an den Mastbaum, der junge Goisfred, Sohn des Giselbert de l'Aigle, und ein dürftiger Fleischer aus Rouen, Namens Berold. Thomas tauchte noch einmal auf und fragte nach dem Königssohne. Als er nun vernahm, daß dieser und alle seine Angehörigen mit dem Schiffe untergegangen seien, rief er aus: „dann nützt es mir auch nicht länger zu leben!" und versank in den bodenlosen Abgrund. Der zarte Goisfred, vor Kälte erstarrend, sank ihm bald nach, nur Berold, der unbedeutende, beziehungslose Mann, mit dem am gestrigen Abend keiner der Anwesenden getauscht hätte, durchlebte die schaubervolle Nacht, durch rauhe Schafspelze gegen den Frost geschützt. So fanden ihn am folgenden Morgen einige Fischer, welche von ihm die schmerzenvolle Begebenheit vernahmen, die er, als deren einziger Zeuge, noch zwanzig Jahre, selbst des Lebens doppelt froh, bestätigte. Die Schätze des Königs wurden später wieder aufgefischt, von den Leichen aber nur sehr wenige.

Die Trauernachricht erscholl bald an der englischen Küste, doch Niemand war der dem Könige, welcher anfänglich seinen Sohn in einem anderen Hafen gelandet glaubte, doch stündlich ängstlicher sich erkundigte, sie zu verkünden wagte. Keiner am Hofe war, der nicht nahe Verwandte und Freunde durch diesen Unfall verloren hatte, Alle waren aufs tiefste ergriffen und konnten die Thränen kaum zurückhalten. Am zweiten Tage wurde ein Knabe, Sohn des Grafen Thibaut von Blois, beauftragt, dem Könige sich zu Füßen zu werfen und die Ursache des allgemeinen Kummers, den Schiffbruch des weißen Schiffes, zu enthüllen. Henry, bei dem Untergange aller seiner damaligen Hoffnungen vom heftigsten Schmerze durchzuckt, stürzte verstummt zur Erde nieder; erst in sein Gemach getragen, erhielt er das Bewußtsein wieder, um in den Jammertönen des unglücklichsten Vaters zu vergehen. Freilich wußte er bald mit der den Normannen eigenen Kunst seine Empfindungen zu bemeistern und unter geheuchelter Starrheit zu verbergen, doch hat man ihn seit jenem Tage nie wieder lachen sehen [1]). In dem allgemeinen Familienverluste des normannisch-englischen Adels wurde überall nichts schmerzlicher empfunden als derjenige Wilhelms, des Äthelings, denn diesen Titel hatte der Enkel des Eroberers, den Stammgenossen seiner Mutter zu Gefallen, angenommen. Die plötzliche Isolirung des Vaters konnte den Angelsachsen, die schon über ein halbes Jahrhundert den Normannen gedient hatten, keine Hoffnungen alter Unabhängigkeit wieder erwecken; beide Stämme konnten nur,

---

1) Orderic. l. XII. p. 867 sq. Malmesbur. p. 165. Florent. contin. a. 1120. Simeon h. a.

da die Dauer von Henrys Leben nicht vorher zu sehen war, die Ungewißheit der Thronfolge fürchten, da den Herzog Robert Niemand wollte und damals nur Wenige seinen Sohn, die Kaiserin Mathilde keine Erben hatte, der wunderbar errettete Stephan von Blois wenig beachtet wurde. Die Geistlichen benutzten die Begebenheit, welche mit so großem Ernste an die Vergänglichkeit alles Irdischen mahnte, da in ihr selbst die Möglichkeit irdischer Reue und Buße abgeschnitten wurde, und es blieben der Hochmuth der Fürsten und die Laster des Hofes nicht ungerügt. Doch läßt sich keine Spur einer nationellen Bewegung bei diesem Anlasse, kaum die einer Unzufriebenheit mit den unglücklichen Opfern des Schiffbruches wahrnehmen [1]).

Die Königin Mathilde war zwei Jahre vor ihrem Sohne gestorben. Nicht nur auf dem Grabsteine der Königsgruft zu Winchester, sondern auch in den Herzen der Unterthanen verblieb ihr der Name der guten Königin Molde [2]). Nach der Geburt ihres zweiten und letzten Kindes hatte sie sich, während der König des Krieges und der Rittersitte in der Normandie pflegte, nach Westminster zurückgezogen. Hier widmete sie sich, den Eindrücken ihrer im Kloster zugebrachten Jugend folgend, vorzüglich frommen Betrachtungen und Werken der Barmherzigkeit. Ein Denkmal ihres und ihrer Jungfrauen Fleisses besitzen wir vermuthlich in der Tapete der Cathedrale von Bayeux. Doch ihre Celle blieb immer ein Königssitz. Ihre Milde und Freigebigkeit zog Geistliche und andere Fremde aus allen Ländern herbei. Dichter, welche ihr neue Werke in der Hoffsprache vortragen konnten, wurden herrlich belohnt; mehr noch vergabte sie an melodische Sänger, welche ihren kunstgeübten Ohren schmeichelten. Doch die gute Absicht ihrer Verschwendung schützte sie nicht vor deren gewöhnlichen Folgen und konnte die Mittel zur Ausführung nicht heiligen. Sie war stets verschul-

---

1) Die von Lingard und Thierry benutzten Stellen der Epist. Henrici Huntingdon und andere sind nur in diesem Sinne zu verstehen. Nur ein Mönch, Gervasius, klagt beinahe ein Jahrhundert später, und vielleicht nur einem Citate aus Merlins Prophezeiungen zu Gefallen, den Prinzen mancher Laster an.

2) Rudborne hist. maior Winton. p. 276. Huntingdon l. l.

bet, und die Bauern ihrer Landgüter seufzten unter dem här=
testen Drucke ihrer Beamten und verwünschten häufig die Ge=
bieterin, welche, obgleich ihre Landsmännin, gegen sie unerbitt=
lich schien, während der französische Poet, in neue Seide und
kostbares Pelzwerk gehüllt, sein zierliches Valetgedicht leichtsin=
nig herlispelte und der wohlgenährte Sänger die leicht erwor=
benen schweren Säckel mit dem Sterlinggelde in spöttisch froher
Laune abwog [1]. Henry hatte sich nicht wieder vermählt; doch
nach jenem letzten Verluste schien es rathsam schnell eine neue
Ehe einzugehen, welche die Zukunft seines Landes zu sichern
vermöchte. Seine Wahl fiel auf Adelheid, die jugendliche,
schöne Tochter Gottfrieds VII, Grafen von Löwen [2], durch
Kaiser Heinrichs V. Gunst Herzoges von Nieder=Lothringen
und Markgrafen von Antwerpen, welcher später als Herzog
von Brabant verstarb. Diese Ehe entbehrte jedoch der Spröß=
linge, in deren Hoffnung sie eingegangen war, und war, ausser
einigen nicht sehr erheblichen Beziehungen auswärtiger Politik,
von keinem Einflusse auf England [3].

Die Rückkehr des Grafen Fulco von Anjou aus dem ge=
lobten Lande gab bald Veranlassung zu neuen Fehden. Der
sehr ehrgeizige Fürst erkannte, ebenso wohl wie Henry, die
Bedeutsamkeit der Verbindung ihrer beiderseitigen Staaten für
einander, doch Beide wollten in diesem Bunde nur ihre eigene
Selbst= und Herrschsucht. Henry hatte seine verlobte Schwie=
gertochter in England zurückbehalten und weigerte sich, als
ihr Vater sie heimzuführen kam, dessen Ansprüchen wegen ih=

---

1) Malmesbur. p. 164.

2) Eadmer. Florent. cont. a. 1121. Gemmet. l. VIII. c. 29.
Man darf es wohl mehr als mönchische Einfalt nennen, wenn der Mönch
von Worcester dieser Heirath die Absicht zuschreibt: ne quid ulterius in-
honestum committeret.

3) Es muß hier auf die irrige Chronologie des Orderic aufmerk=
sam gemacht werden. Er setzt den Schiffbruch des Prinzen in das Jahr
1119, Henrys zweite Heirath in das Jahr 1120; beides ein Jahr zu
früh; dagegen den Tod des Erzbischofes von Canterbury, Radulf, ein
Jahr zu spät, in das Jahr 1123. Vergl. Chron. Saxon., Florent.
cont., deren Genauigkeit hier durch die richtige Angabe einer Mondfin=
sterniß und andere Angaben bestätigt wird.

res in England belegenen Witthums zu genügen [1]). Sie selbst, willig den Schätzen und der Welt entsagend, brachte ihr Leben der Frömmigkeit zum Opfer und nahm nach zehn Jahren den Nonnenschleier in dem Kloster zu Font=Evrauld, wo ihr zarter Körper der strengen geistlichen Zucht sehr bald unterlag [2]). Ihr Vater aber, in Hader mit König Henry, versuchte jetzt die künftige Macht seines Geschlechtes durch die Verlobung seiner zweiten Tochter Sibylla mit dem jungen Wilhelm von der Normandie zu sichern, vorzüglich durch einen alten Freund Henrys, Amalrich von Montfort, Grafen von Evreux, seinen Oheim, bewogen, mit welchem noch andere angesehene normannische Edelleute sich vereint hatten, um Wilhelm zu begünstigen. Unter diesen war Hugo von Montfort, Hugo, Sohn des Gervais von Neufchatel, und sogar deren Oheim Waleram, Sohn des Robert von Meulan. Die Namen dieser Männer verrathen uns den Charakter dieser Empörung gegen den König, deren wirklicher Zweck nur war, den strengen und mächtigen gegen einen lenkbaren und nachsichtigen Lehnsherrn zu vertauschen. Von einem Streben nach besserer Feststellung des bisherigen Rechtszustandes oder Erringung neuer ständischer Privilegien, welches in anderen Perioden der Geschichte den Betrachter mit den häufig wiederkehrenden Erscheinungen der Verschwörungen und Aufstände versöhnen kann, finden sich hier nur sehr leise Spuren. Vorwaltend ist gewöhnlich nur ein fieberhaftes Ringen nach dem Traumgebilde einer Willkür, welche auch ihre Vorältern nie besaßen, noch weniger diese beglückt hatte. Doch diente selbst diesen Baronen das Wohl ihrer Unterthanen zum Vorwande ihrer Beschwerden, worin wenigstens die Anerkennung der Pflicht, für dasselbe zu sorgen, liegt; wenn auch der Graf über die willkürlichen Bedrückungen der seinigen durch die Beamten des Königs gewöhnlich nur klagte, weil ihm wohlbekannt war, daß dieselben Trauben sich nicht zweimal keltern lassen.

Die Intriguen seiner normannischen Barone konnten Henry

1) Chron. Saxon. a. 1121. Malmesbur. p. 166. Orderic. p. 875. Simeon a. 1125.

2) Orderic. p. 875. Malmesbur. p. 159.

nicht unbekannt bleiben. Er war nach einer Abwesenheit von mehreren Jahren wieder nach der Normandie gegangen, wo er, zu Rouen verweilend, anscheinend unbekümmert, die Unter-

1123 drückung der Aufrührer vorbereitete. Er hatte Truppen von

Pfingsten allen Seiten zusammengezogen und auch Hugo von Montfort zu sich beschieden, dem er, ohne seinen Zorn zu verrathen, befahl, die Burg, deren Namen er führte, ihm zu überliefern. Hugo überlistete den König, welcher die Burg ohne Schwertstreich zu erhalten hoffte, indem er sich dem königlichen Willen sogleich zu fügen gelobte und mit den vom Könige dazu beorderten Rittern zur Übergabe derselben wegritt. Diesen wußte er sich jedoch bald auf einem Seitenwege zu entziehen, welcher ihn früher als jene die Landstraße nach Montfort brachte. Hier trug er seiner Frau Adeline, einer Tochter des Grafen Robert von Meulan, und seinem Bruder die Vertheidigung der Burg auf, und eilte selbst nach Brienne zu seinem Schwager, dem Grafen Waleram, um offene Fehde gegen den Lehnsherrn zu beginnen. Henry ließ den Kindern seines ehemaligen Freundes Robert von Meulan uneingeschränkte Verzeihung des Vorgefallenen anbieten, falls sie ihm auch den Hugo als treuen Lehnsmann und Freund zurückführten. Doch war der leidenschaftliche junge Mann nicht zur Unterwerfung zu bewegen, und der König sah sich genöthigt Zeit und Kräfte bei der Belagerung einzelner Burgen der Empörer aufzuopfern. Vor Ende des Jahres hatte er Pont Audemer dem Waleram abgewonnen, doch drohte die Fehde viel bedenklicher zu werden, da auch der König von Frankreich begann thätigen Antheil gegen ihn für die Sache Wilhelms und seiner Freunde zu nehmen [1]. Henry bewog daher seinen Schwiegersohn, den Kaiser, auf welchen er keinen unbedeutenden Einfluß in wichtigen Staatssachen übte, zu einem Zuge wider Frankreich, gegen welches dieser längst grollte [2]. Dieser Angriff zwang Louis sich von der

---

[1] Foedus inter reges ruptum et rediviva guerra feraliter inordescens utrobique exorta est. Orderic. p. 879. Chron. Saxon. p. 1124.

[2] Vergl. Stenzel fränkische Kaiser B. I. S. 716. Suger l. l. p. 50 sq. Otto Frisingens. Chronicon Ursperg. h. a. Dem eng-

Normandie fern zu halten, in welcher, noch ehe der Kaiser über die Reichsgrenze schritt, Henry das unverhoffte Glück hatte, während er selbst zu Caen verweilte, seinen Hauptgegner, den Grafen Waleram, die beiden Hugo und fünf und zwanzig andere Ritter auf einem unvorsichtigen Marsche durch seinen Kämmerer Wilhelm von Tancarville in seine Gewalt zu bekommen [1]). Waleram und Hugo von Neufchatel wurden zu Rouen gefangen gehalten; Hugo von Montfort aber nach Glocester in sehr strenge Haft gebracht. Jene wurden nach fünf Jahren vom Könige entlassen, Waleram, vielleicht mehr noch als aus Rücksicht auf dessen Vater, aus Anhänglichkeit an dessen Schwester, welche sich seinen Umarmungen hingegeben und ihm einen Sohn geboren hatte, erhielt alle seine Besitzungen mit Ausnahme seiner Burg wieder, und später Henrys ganzes Vertrauen [2]); Montfort aber blieb auch während der nachfolgenden Regierung seinem traurigen Loose verfallen. Sehr hart bestrafte Henry unter den Gefangenen durch Verstümmelungen auch den Lucas de Barre, einen Ritter, welcher mehr noch als durch seine wilde Tapferkeit, durch die dem Besitzer gefährliche Gabe der Satyre und seine gegen Henry gedichteten Spottlieder diesen so sehr erbittert hatte, daß er keinem Fürworte Gehör geben wollte [3]). Bei dem beabsichtigten Vordringen gegen Frankreich widerstand dem Könige jedoch Graf Amalrich, und der im folgenden Jahre unerwartet erfolgte Tod des Kaisers [4]) beendigte den von beiden Seiten ungern und lässig ge-

1124
26. März

1125
25. Mai

lischen Könige wird ein Plan seines Schwiegersohnes zugeschrieben, das deutsche Reich zinspflichtig zu machen. S. Otto l. l.

1) Orderic. l. l. Chron. Saxon. Huntingd. Robert de Monte a. 1124.

2) Chron. Saxon. a. 1129.

3) Orderic. p. 880.

4) Aus seiner Verbindung mit der englischen Königstochter ist es erklärlich, daß zu Chester die Sage entstehen konnte, der Kaiser, von Reue über die Einkerkerung des Papstes Paschalis gefoltert, habe sich freiwillig verbannt und sein Leben in einer dortigen Wüste beschlossen. So erzählt uns sechszig Jahre nach des Kaisers Tode Girald. Cambrens. Itinerar. l. II. c. 11. von einem Betrüger, welcher des Kaisers Namen annahm und als Mönch im Kloster zu Cluigny starb, s. Richardi Pictav. Chronicon Turonense a. 1189.

führten Kampf. Wilhelm von der Normandie wurde von Anjou und seinen anderen französischen Anhängern verlaffen, und
die von Henry zu Rom betriebene Scheidung seiner wegen zu
naher Verwandtschaft angeblich ungültigen Ehe anerkannt[1]),
das gute Vernehmen zwischen den Königen Henry und Louis
hergestellt, und bald erblicken wir englische Truppen unter dem
französischen Banner auf einem Zuge gegen des Letzteren rebellische Unterthanen in Auvergne[2]).

Wilhelm, der Prätendent der Normandie, irrte unterdeffen
in Klöstern und bei Anhängern umher, denen er jedoch durch
seine Ansprüche und Anfoderungen sehr lästig wurde. König
Louis fand es bald rathsam sich seiner wieder anzunehmen und
die gefährliche Waffe gegen Henry nicht aus den Händen zu
geben. Er vermählte ihn mit der Gräfin Johanna, einer Tochter Giselas, der Mutter der Königin aus deren zweiter Ehe
mit Regnier, Grafen von Montferrat, ihn zugleich mit Län-
1127 dern an der Grenze der Normandie belehnend, dem Verin und
Januar den Städten Pontoise, Chaumont und Mantes[3]). Doch nach
einigen Wochen veränderte sich Wilhelms Geschick auf eine sehr
unerwartet günstige Weise. Der Graf von Flandern, Karl der
2. März Gute, wurde von Meuchelmördern in der Kirche zu Brügge
ums Leben gebracht. Wahrscheinlich war Wilhelm, Burggraf
von Ypern, der Anstifter dieser Schandthat, welcher solcher
Schritte durchaus fähig war und die Veranlaffung in seinen
Ansprüchen auf die flandrische Grafenkrone finden konnte. Er
war der natürliche Sohn Philipps, eines Sohnes Roberts II.,
und dadurch ein Neffe Balduins VII., nach deffen Tode er bereits Ansprüche auf Flandern geltend zu machen versucht hatte.
Auch jetzt nach Karls Tode nahm er gleich den Titel des Grafen
von Flandern an, wobei er jedoch viel Mitbewerber fand, unter denen es hier genüge zu nennen: den König von England,
seinen Neffen Wilhelm, Beide wegen ihrer Abstammung von
der flandrischen Gräfin Mathilde, der Gemahlin des Eroberers,

1) Chron. Saxon. a. 1128. Bullen der Päpfte Calixtus II. und
Honorius II. in dieser Sache f. in d'Achéry Spicileg. T. III. p. 149.

2) Suger. l. l. p. 53.

3) Orderic. p. 884.

und Dietrich, Graf von Elsaß, welcher ein Schwestersohn von des letzten Grafen Mutter und unbezweifelt der Nächstberechtigte war [1]. Der rasche Entschluß des Königs von Frankreich, des Lehnsherrn des größeren Theiles von Flandern, welcher sogleich nach Arras vorrückte, bewog indessen die flandrischen Burggrafen und Städte sich für den normannischen Wilhelm zu erklären; ein Vorfall, welcher Henry in große Sorgen stürzte, da er den Gedanken nicht ertragen konnte, daß jener der Erbe seiner Reiche werden möchte. Der Versuch, durch Absendung von Kriegern unter dem Grafen Stephan von Blois und Mortain, welcher durch seine Heirath auch Graf von Boulogne, einem flandrischen Lehne, geworden war, mislang, obgleich Henry für seine Person auf Flandern willigst verzichtete, wenn er nur seinen Neffen entfernte [2]. Er vollendete daher die bald näher zu erwähnenden Vorkehrungen zur Sicherstellung seiner Nach- und Erbfolge; doch der Tod, welcher ihm so unerbittlich seine größte Freude geraubt hatte, befreite ihn jetzt eben so unerwartet von seinem gefürchteten jugendlichen Gegner [3]. Wilhelm, der durch die Strenge, mit welcher er die Mörder Karls und deren Anhänger verfolgte, so wie durch die Festigkeit, mit welcher er, hierin seinem Oheim gleich, den Landfrieden zu erhalten sich beeiferte, viele Feinde unter seinen neuen Unterthanen sich erworben hatte, wurde von einer großen Anzahl derselben verlassen, während Graf Stephan die Huldigung für die Grafschaft Boulogne stets verweigerte.- Graf Dietrich wurde, von den Flämingern herbeigerufen, vom Könige Henry unterstützt, welcher selbst in Frankreich einbrang und bei Epernon (Departement Eure und Loire) den König Louis einige Zeit aufhielt; und Wilhelm, obgleich im Kampfe gegen denselben siegreich, starb an den Folgen einer kleinen bei Alost, welches er mit seinem neuen Verbündeten, dem Herzoge

1) Warnkönig flandrische Rechts- und Staatsgeschichte Th. I. S. 158.

2) Helinand im Chronic. Alberici a. 1127. Gualteri vita Caroli c. 66.

3) Henr. Huntingdon a. 1128. Guil. de Nangis a. 1127 et 1128. Chronica c. 52. in Flandria Generosa.

18 *

Gottfried von Löwen, belagerte, erhaltenen Wunde [1]). Sterbend
1128 sandte er seinem Oheim freundliche Worte der Versöhnung,
24. Juli welcher auch den Wilhelm begleitenden Normannen, die in
ihr Vaterland zurückkehren wollten, Verzeihung angedeihen ließ.
Den Grafen Dietrich unterstützte er aber mit Rath und That [2]),
unterwarf ihm seinen eigenen Neffen, den Grafen Stephan von
Boulogne, und andere Normannen, welche Besitzungen in Flan=
dern hatten, bewog ihn Sibylla von Anjou, die frühere Ver=
lobte seines Vorgängers Wilhelm, zu heirathen, und unterließ
nichts um ihn mit den festesten Banden an sein eigenes In=
teresse zu knüpfen. Dieser, ob er gleich, um die Belehnung
Flanderns zu erhalten, sich Frankreich unterwerfen mußte, ging
zugleich ein geheimes Bündniß mit Henry ein [3]).

Der König war lange fest entschlossen gewesen, daß sein
Neffe ihn nicht beerben solle; eine Ansicht, in welcher wir nur
den Eigensinn des erbitterten Verwandten, gestählt durch das
Bewußtsein der Unrechtmäßigkeit seines eigenen Besitzes, erken=
nen können, wenn wir auch dem Lobe, welches Mitleid für
sein Unglück Wilhelmen, wie früher dem jetzigen Könige, als
dieser von seinem Bruder verfolgt wurde, vielleicht zu bereit=
willig zollte, nicht ganz vertrauen [4]). Seine Tochter, die Kai=
serin, hatte das Trauerjahr in Deutschland zugebracht und war
dann auf sein Verlangen nach der Normandie, wo er damals
1126 verweilte, gekommen. Die Vermählung Wilhelms machte eine
schnelle Ausführung der gefaßten Pläne dringend. Er ging
daher im Herbste mit seiner Tochter nach England, wohin auch
der König von Schottland eingeladen war. Zum Weihnachts=
feste fand eine zahlreiche Zusammenkunft von Geistlichen und

---

1) Orderic. p. 886. Chron. Saxon. Simeon. Anselm.
Gemblac. Alberic. a. 1128. Der Herzog von Löwen hatte früher
für seinen königlichen Schwiegersohn gewirkt, doch hernach wegen eines
Zwistes über das Heirathsgut seiner Mutter sich gegen Dietrich und für
Wilhelm erklärt. Galberti vita Caroli No. 189.

2) Simeon von Durham behauptet, daß Henry vom Könige
von Frankreich Flandern erhalten und diese Grafschaft an Dietrich er=
theilt hatte.

3) Orderic. L. L.

4) Huntingdon Epistola l. l.

Laien an des Königs Hoflager zu Windfor ſtatt. Er bewog
dieſe, nach langem Widerſtande gegen die vorgeſchlagene Ab=
weichung von der alten Gewohnheit des Landes, beſonders
durch die von ihm ſtark hervorgehobene Rückſicht auf die Ab=
ſtammung ſeiner Tochter Athelic, — dieſer war der urſprüng=
liche Name der Kaiſerin Mathilde, — von dem alten Herr=
ſcherſtamme der Inſel und durch das Verſprechen, daß ſie
keinem Fremden wieder vermählt werden ſolle, zu geloben, daß,
falls er ohne männliche Nachkommenſchaft verſterben ſollte, ſie
jene als die Königin von England und als Herzogin von der
Normandie anerkennen würden. Wilhelm, der Erzbiſchof von
Canterbury und nach ihm alle anweſende Prälaten bis zum
geringſten Abte herab ſchwuren; eben ſo die Laien, an deren
Spitze der König von Schottland ſtand; Stephan von Mor=
tain, des Königs Neffe, folgte dieſem, nachdem er mit Robert
von Gloceſter, dem natürlichen Sohne des Königs, um den
Vorrang geſtritten. Dieſer und manche Andere ließen ſich zu
dieſem Eide bereit finden, da ſie an deſſen Erfüllung nicht
glaubten. Noch mehr ward aber das Vertrauen auf das ab=
gelegte Gelübde erſchüttert, als Mathilde, vom Grafen Robert
und Brian Fiz Count, dem Sohne des Grafen von Bretagne,
Alan Fergan, begleitet, nach der Normandie ſchiffte, wohin ihr **1127**
Vater ihr bald folgte, und dem jungen Grafen Geoffroy Mar= **26. Aug.**
tel ſich verlobte, dem Sohne Fulcos von Anjou, und, da der
Vater mit der Königin Balduins II. Tochter ſich zu vermählen
im Begriff ſtand und für die Ausſicht auf deſſen Krone ſeinen
Erblanden entſagte, auch deren Beherrſcher [1]). So war des
Königs alter Lieblingswunſch erreicht, Anjou mit England ver=
einigt zu ſehen; ein Gedanke, welcher damals allgemein getadelt
wurde, da die Kaiſerin von ihrem Range etwas zu vergeben
ſchien, indem ſie dem vierzehnjährigen, eiligſt zum Ritter ge=
ſchlagenen Grafen ſich verlobte, vor Allem jedoch, weil

1) Chron. Saxon. a. 1127. Simeon h. a. Orderic. a. 1129.
über die Bewerbung, den Ritterſchlag und die Verlobung finden ſich
manche Nebenumſtände in Johannis monachi majoris monasterii historia Gaufredi ducis Normannorum l. I. Die Chronologie ergibt ſich
aus dem Geburtstage Geoffroys, dem 24. Aug. 1113, und der Angabe
über ſein ſechszehnjähriges Alter bei der Verheirathung.

diese Verbindung schwer, wo nicht unmöglich lange zu erhalten schien. Gewiß aber erkannten nicht nur Henry und seine
Minister, sondern auch manche seiner Zeitgenossen, daß diese
Verbindung mit Anjou der englischen Krone nicht blos den
Besitz gewisser Provinzen sicherte, statt dessen die Eroberung
einiger fernen Inseln ebenso wohl genügt hätte, sondern sie
begriffen sehr wohl, welche einflußreiche Stellung England durch
jene zu Frankreich und dadurch in dem ganzen damaligen Staa-
tensysteme erwerben konnte. Henry mußte aber sehr bald auch
hier wahrnehmen, daß die Ausführung großer Ideen nur zu
leicht an der Persönlichkeit derer, welche sie auszuführen bestimmt sind, scheitern kann. Kaum war, nach Beendigung
der flandrischen Händel und Anordnung der mit denselben verknüpften normannischen Angelegenheiten, Henry nach England
1129 gegangen, als ihn bald nach der um Pfingsten geschlossenen
15. Juli Vermählung die Botschaft erreichte, daß seine Tochter von ihrem jungen Grafen schmählich verstoßen nach Rouen zurückgekehrt sei [1]. Die durch die öffentliche Meinung anerkannte Unsicherheit der Thronfolge Mathildes muß auf das Misverhältniß
beider Ehegatten bedeutend eingewirkt haben. Im folgenden
1130 Jahre berief Henry eine zahlreiche Versammlung der Magna-
8. Sept. ten nach Northampton, um mit diesen über das vom Grafen
Geoffroy auf die Rückkehr seiner Gemahlin gerichtete Gesuch
zu verhandeln. Dieses wurde bewilligt. Zugleich wurde der
Eid, welcher der Mathilde die Thronfolge sichern sollte, erneuert und auch von solchen, welche ihn früher nicht geleistet
hatten, geschworen. Henry ging darauf mit seiner Tochter nach
der Normandie, wo Graf Geoffroy seine Gemahlin ehrenvoll
empfing [2]. Die in den nächsten Jahren erfolgte Geburt zweier
Kinder Mathildes hatte für einige Zeit angenehme Familien-
verhältnisse im Gefolge und brachte Henry wiederholt und zuletzt auf mehrere Jahre in die Normandie zurück. Doch Geoffroys Ansprüche auf einige ihm bei seiner Verheirathung zuge-
sicherte normannische Schlösser, welche der König ihm zuzu-
stellen sich weigerte, dessen Fehden gegen Verwandte des Königs,

1) Simeon a. 1129.
2) Henr. Huntingd. Malmesbur. l. l. l. l.

zuletzt sogar sein Verlangen Namens seiner Kinder, als Erben Henrys, sichere Bürgschaft für den Besitz der Burgen in England und in der Normandie zu erhalten, erzeugten später wiederum so heftigen Zwist, welchen die Herrschsucht seiner Tochter nährte, daß der König diese nach England zurückzuführen beschlossen hatte, als ihn der Tod überraschte [1]).

Die Verbindung mit dem Grafen Fulco führte die Engländer sehr bald zu einem näheren Verkehr mit den Niederlassungen der Kreuzfahrer im Oriente. Seit der Rückkehr seines Bruders aus diesem Lande hatte Henry sich bemüht die Fahrten seiner Ritter dahin zu verhindern, um nicht die Kräfte zu verlieren, deren er zur Stütze seiner eigenen Macht bedurfte. Deshalb hatte er in früheren Jahren den Fürsten Boemund von Antiochien, welcher nach seiner Befreiung aus der Gefangenschaft der Sarazenen den König in England besuchen wollte, von diesem Lande fern gehalten und war sogar ihm nach der Normandie entgegengegangen. Aber nur einzelne Ritter ließen sich nicht zurückhalten oder wurden wegen ihres anstrebenden Geistes gern entlassen. Jährliche Sendungen an Waffen und anderer Habe bewilligte er freigebig und verlieh den Templern Ländereien in Avrenches mit vielen Vorrechten [2]). Nachdem jedoch die Ruhe in der Normandie und der Friede mit den Nachbarstaaten hergestellt waren, schien Henry die Ankunft des Ordensmeisters der Templer, Hugo von Payens, gern zu sehen. Er überhäufte ihn in der Normandie mit reichen Geschenken und ließ ihn nach England ziehen, wo er gleichfalls viele Gaben einsammelte. Einer großen Anzahl kriegerischer Männer wurde gestattet den Ordensmeister nach Jerusalem zu begleiten [3]), deren unruhige Gemüther und Waffenfertigkeit in den Tagen des Friedens dem Könige bedrohlich erscheinen mußten.

---

1) Orderic. p. 900. Huntingd. R. de Monte a. 1135.

2) Gemmet. l. VIII. c. 52. Die Sage, daß die Templer unter Henry I. bereits eine Kirche in England erbauet, in welcher dieser begraben zu sein wünschte, ist ein Mißverständniß. Siehe Wilkens Geschichte der Kreuzzüge Th. II. Beilage VIII., wo jedoch irrig der Bischof von Chichester für den von Chester gehalten ist.

3) Chron. Saxon. a. 1128. Huntingdon, a. 1128. 1129.

Der damals erfolgte Tod des Papstes Honorius II. stürzte das geistliche und zugleich das mit demselben unzertrennlich verschwisterte weltliche Europa in eine neue Aufregung. Die meisten Cardinäle, mit ihnen die Römer und die Normannen in Italien, erklärten sich für Petrus Leonis, welcher die päpstliche Tiara unter dem Namen Anaclet annahm; für Gregor, der als Papst sich Innocenz II. nannte, erklärte sich die Geistlichkeit Frankreichs, welcher der König Louis die Entscheidung in dieser Sache überließ. Diese hatte der vielverehrte, heilige Bernhard, Abt von Clairvaux, geleitet. Dieser mächtige Freund des Innocenz ging auch nach der Normandie, wo Henry verweilte, welchen die englischen Prälaten, deren viele für Petrus Leonis bei seiner früheren Anwesenheit in England gewonnen waren, gestimmt hatten. Bernhards Beredsamkeit siegte bei Henry, und dieser ließ sich von dem Abte nach Chartres führen, wo er dem Innocenz, als dem Oberhaupte der Christenheit, sich zu Füßen warf und ihn mit königlicher Freigebigkeit beschenkte [1]. Nach einigen Monaten besuchte der Papst den König in seiner Hauptstadt Rouen, wo er den würdigsten Empfang erhielt [2], und nicht vergeblich waren vermuthlich die Bitten um Hülfe, welche der Abt Bernhard an den König richtete, als Kaiser Lothar die Anerkennung des Innocenz in Rom nicht zu bewirken vermochte [3].

1131
13. Jan.

Es liegt uns noch ob einen Blick auf die Verhältnisse der Waliser während Henrys Regierung zu werfen. Von einer so lebhaften als zähen Nationalität, als dieses Volk noch heute besitzt, war zu erwarten, daß, so geschwächt es auch durch die Ansiedelung normannischer Barone mitten in seinem Lande war, dasselbe in einer so langen Regierung weder ruhiger Unterthan noch Nachbar bleiben würde. Schon in dem Auf-

---

1) Orderic. p. 895. Suger. l. l. p. 58. Guillelmi Vita Bernardi in opp. S. Bernardi Claarvall. ed. Mabillon. T. II. Neander der h. Bernhard S. 72. Arnulf Sagiens. de schismate c. 6. apud Muratori Script. T. III. p. 450.

2) Gemmet. l. VIII. c. 30. bestätigt durch eine von Innocenz zu Rouen 9. Mai 1131 ausgestellte Urkunde in Félibien Histoire de S. Denys.

3) S. Bernhardi epist. 138.

stande des Robert von Belesme hatten sie sich den Aufrührern angeschlossen. Henry benutzte daher eines der fehdelosen Regierungsjahre, um durch ein anscheinend friedliches, doch in der Ausführung wahrscheinlich hartes Mittel die Unterwürfigkeit der Waliser zu befestigen, zu gleicher Zeit aber um einen Feind der öffentlichen Ruhe, welchen er mitten in seinen Staaten beherbergte, unschädlich zu machen. Es waren seinem Vater, dem Eroberer, viele Fläminger nach England gefolgt, welche meistens im Norden desselben, welcher ihrer Landessitte und ihrem Klima am besten zusagte, weilten. Manche derselben wohnten auch in ganz England zerstreut und wurden den Einwohnern sehr lästig [1]. Andere Schaaren von Flämingern waren durch die Überschwemmungen ihres Vaterlandes vertrieben **1106** und es hatte sich die Mehrzahl derselben nach Deutschland, einige aber auch nach England gewandt [2]. Henry wies ihnen anfänglich die veröbeten Gegenden am Tweed in Durhamshire und jenseits an. Wahrscheinlich war es seine damalige Verbindung mit dem Kaiser Heinrich, welche Henry den Gedanken eingab, das in Deutschland damals vorzüglich zur Bezähmung der Slaven und zum Anbau ihrer Länder gebrauchte Verfahren anzuwenden, flämische Colonien unter die Waliser zu versetzen [3]. Er vereinigte alle verschiedenen in seinem Lande angesiedelten Flamländer, welche nicht größere Besitzungen bereits erworben hatten, und sandte sie nach dem west= **1111** lichen Wales in das Land Rhos und die Umgegend der Städte Haverford und Tanby in Pembrokeshire [4]. Alterthumsforscher haben ihre Nachkommen dort an Sprache und Sitten noch in den neuesten Zeiten erkennen wollen [5]. Sie wurden dem

1) Malmesbur. p. 158.

2) Die Nachricht von dieser zweiten Classe von Flämingern haben Bromton z. J. 1106 und nach ihm Knighton S. 2377. und Powell history of Wales p. 128.

3) Vom Jahre 1106 ist das Privilegium der flämischen Colonisten vom hamburgischen Erzbischofe Adelbero ertheilt. Siehe Lindenbrog Script. rer. septentrion.

4) Florent. a. 1111. Malmesbur. Bromton.

5) Giraldi Cambr. Itiner. l. I. c. 11. und daselbst H.Eluyd in

Lande, wenn hier auch nicht wie in anderen Gegenden durch
Deichbau, doch durch Wollenweberei und Ackerbau nützlich;
jedoch in den ersten Zeiten vorzüglich durch ihre Waffen. Das
Land welches ihnen eingeräumt wurde, war die westliche Spitze
des englischen Reiches; der dort belegene Milfordhafen war der
beste Einschiffungsort nach England und schon Arnulf von
Shrewsbury hatte seine dortigen Erwerbungen zu einem Versuche auf die irländische Königskrone benutzt. Nach seiner
Vertreibung aus England hatte sein Connetable Girald von
Windsor die Burg zu Pembroke, welche von den Walisern angegriffen wurde, mit eben so viel List als Tapferkeit vertheidigt und diese in dem Augenblicke, wo ihm aller Proviant
fehlte, zum Rückzuge gebracht, weil er am vorhergehenden Tage
mit ruhmredigen Worten was er an Proviant besaß seinen Feinden als ein Geschenk über den Wall hingeworfen und einen
Brief mit der Angabe, daß er sich noch vier Monate füglich
halten könne, in die Hände gespielt hatte. Später heirathete
er Nesta, die Tochter des letzten südwalisischen Königs Rhys ap
Theodor und Schwester des Fürsten Gryffith, welche, eine der
zahlreichen Geliebten des Königs Henry, diesem einen Sohn
geboren hatte, welcher des Vaters Namen trug [1]. Ein dieser
Ehe des Girald entstammter Enkel war der treffliche Girald,
dessen zahlreichen Schriften wir unsere besten Nachrichten über
das ältere Wales verdanken.

Ungeachtet seiner tapferen Lehnsleute und Ansiedler in
Wales konnte Henry Ruhe und Frieden diesem Lande nicht
sichern. Die Streitigkeiten der verschiedenen Stammgenossen
unter einander hörten nie auf, durch deren gegenseitige Unter-
stützungen starke Fehden häufig ausbrachen, welche die gewaff-
nete Dazwischenkunft des Königs oft erfoderten. Kurz vor
der Gründung der flämischen Colonie in Rhos hatte jene schon
eintreten müssen, wobei selbst die Hülfe des Königs Alexander
1111 von Schottland in Anspruch genommen sein soll [2]. Bedenkt

Powells Note. Auch der Rotulus Magnus pipae 31. Henr. I. enthält S. 136 fg. Erwähnung von Flämingern in Pembrokeshire.

　　1) Giraldi L. l. Itinerar. l. II. c. 7.
　　2) Powell p. 139 sq. Die englischen Chronisten wissen jedoch
nichts von der Anwesenheit des Königs in Wales in jenem Jahre.

licher wurde bald darauf die Erscheinung des Gryffith, des Sohnes des vor zwanzig Jahren getödteten Rhys, welcher, in Irland erzogen, bei seiner Rückkehr in sein Vaterland, die Gemüther aller Südwaliser aufregte. Es gelang ihm Caermarthyn den Normannen abzunehmen; besonders fand er Unterstützung in Cardigan, dessen Burg Gilbert Strongbow, Graf von Strigul, besaß. Girald von Windsor und die Fläminger wurden dadurch von den übrigen Engländern ganz abgeschnitten und Henry sah sich genöthigt, zur Rettung seiner dortigen Barone, selbst seine Krieger nach Wales zu führen. Unter seiner Leitung unterdrückte sein tapferer Sohn Robert von Glocester den Aufstand, und eine Anzahl neuer Burgen und Zwinger wurde angelegt und an Normannen und Fläminger, von welchen Letztern viele nach Cardigan, das Richard von Clare erhielt [1], gesandt wurden, vertheilt [2]. Ein neuer Aufstand erhob sich schon nach zwei Jahren [3]. Der hochherzige Gryffith behielt nur einen sehr kleinen Theil des Cantref Mawr (in Caermarthyn) als Eigenthum, doch zollten die Eingebornen des alten Deheubarth ihm stets die von Henry selbst genehmigte Verehrung des alten Landesfürsten. In dem Sommer nach Henrys zweiter Vermählung wurde ein neuer Feldzug gegen Wales erforderlich, wo ihn in Powis ein Pfeil traf, der jedoch glücklich in seiner Kettenrüstung aufgehalten wurde [4]. Eine Reihe von Jahren vernehmen wir von keinen ferneren bedeutenden Unruhen; mit eiserner Faust wurden die Eingebornen von den Fremden niedergehalten, welchen, gleichwie den Flämingern in Deutschland, viele der wander- und abenteuerlustigen Landsleute nachgefolgt sein mögen. Diese verdrängten die Waliser aus einer Besitzung nach der anderen und stießen die Widerstrebenden gleich Hunden nieder. Das zu sehr gereizte Volk

1114

1122

1) Girald. l. l. c. 4.

2) Chron. Saxon. h. a. Powell. l. l., welcher jedoch des Königs Gegenwart verschweigt.

3) Florent. a. 1116.

4) Chron. Saxon. h. a. Girald. l. l. c. 2. Malmesbur. p. 158. Eadmer p. 138. Powell S. 152. setzt diesen Feldzug irrig in das Jahr 1113.

1134 erhob sich in dem letzten Jahre der Regierung Henrys, verbrannte Cans, eine Burg des Paganus, Sohns des Johannes, Vicomte von Hereford und Shrewsbury, eines der angesehensten Räthe und Schriftführer des Königs, und übte unbarmherzige Rache an den Gefangenen. Henry beschloß seine
geliebte Normandie zu verlassen, um noch einmal wider die
nie ganz besiegten Alt-Briten zu ziehen, doch dreimal trieb der
Wind ihn an die Küsten seiner Heimat zurück, die zu verlassen
der bald erfolgte Tod ihm nicht wieder gestattete [1]).

Henry ließ sich durch die Zwistigkeiten mit seinem Schwiegersohne noch einige Monate in der Normandie fesseln. Er
wollte sich zu Lions bei Rouen der gewohnten Jagdlust erfreuen, als eine plötzliche, durch Unmäßigkeit im Genusse der
Speisen entstandene Krankheit in wenigen Tagen dem Leben
1135 des noch rüstigen Mannes zu Rouen ein Ende setzte. Es blieb
1. Dec. ihm Zeit und Ruhe, um manche Maßregeln der Milde und
Wohlthätigkeit zu treffen. Er rief die Verbannten zurück, erließ Strafgelder, ertheilte den des väterlichen Erbes Entsetzten
dasselbe wieder; sechszigtausend Pfund Silber ließ er an seine
Diener, Söldner und Arme spenden. Der Leichnam wurde,
seinem Willen gemäß, nach England hinübergeschifft und in
der von ihm gegründeten Abtei zu Reading an der Themse
ehrenvoll beigesetzt.

Seine Tochter Mathilde sah ihn nicht mehr vor seinem
Ende. Von seinen vielen natürlichen Kindern war Robert von
Glocester zugegen, den er mit Mabilia, Tochter des angesehenen
Ritters Robert Fitzhaimon, vermählt hatte. Von den übrigen
Kindern kennen wir: Richard, Sohn der Amicia, des Ralfs
von Guader Tochter, dessen frühzeitiger Tod durch Schiffbruch,
so wie der seiner Schwester Mathilde, Gemahlin des Grafen
Rotrou von Perche, oben erwähnt ist; Rainald von Dunstanville, später Graf von Cornwales; ein anderer Robert, mit
Eda erzeugt [2]); Giselbert; Wilhelm von Tracy, welcher bald
nach seinem Vater verstarb; ferner eine andere Mathilde, dem

---

1) Ordaric. l. XIII. p. 900. Gesta Stephani p. 932. Girald. l. l. Paganus besaß Ewyas.

2) Joh. Hagustald. a. 1122.

Grafen Conan III. von Bretagne vermählt [1]); Juliane, die bereits erwähnte Gattin des Eustache von Pacey; vier andere Töchter waren vermählt, die erste an den König von Schottland, Alexander [2]), die andere an Roscelin, den Vicegrafen von Beaumont in Maine, die dritte, Aline genannt, an Matthieu, Sohn des Burchard von Montmorency, die letzte an Wilhelm Goiet; Hedwig, welche Elisabeth, Tochter des Grafen von Meulan, ihm geboren, starb unvermählt. Henry, Sohn der Nesta, der walisischen Königstochter, ist bereits oben genannt.

Henry war von nicht großer Statur, von starker Brust und voller Muskelkraft; schwarzes Haar bedeckte die Stirn, unter der ruhig heitere Augen ruhten. Man fand ihn stets, selbst wenn viele Geschäfte ihn in Anspruch genommen hatten, gesellig froh. Sein Anblick erinnerte die Zeitgenossen an die Rede des Scipio Africanus: „Meine Mutter hat mich zum Feldherrn, nicht zum Krieger geboren.‟ Seine Mäßigkeit in allen Genüssen, ausser in der leidenschaftlichsten Jagdlust, wird von den Zeitgenossen gerühmt; wohl nicht strenge Wahrheit, wie die Schaar seiner Kinder nachweiset. Doch haßte er unnatürliche Laster und zeichnete sich durch äusseren Anstand und Sittsamkeit der Rede aus [3]).

Die Dauer der Regierung Henrys so wie seine eigenen Bestrebungen gestatten es uns einige abgesonderte Blicke auf den Zustand des Volkes zu werfen, wenngleich jene, wie dieser durch die Person des Herrschers bedingt ist, gleich der Geschichte der Fehden und Verträge zunächst von Henry ausgehen müssen. Die vielen Bedrängnisse seiner früheren Jahre hatten ihn wohl kennen gelehrt, welcher Geist, welche Wünsche die Menge belebten, was zu erstreben, was erreichbar sein dürfte.

---

1) Orderic. l. IV. p. 544 C.

2) Orderic. l. VIII. p. 702.

3) Das Bild, welches Wilhelm von Malmesbury zeichnete, muß uns an den Kaiser Napoleon erinnern. Sein Lob findet sich nirgends volltönender als in den Actis Cenoman. l. l. p. 845. Des Abtes Suger kürzeres Zeugniß ist uns wichtiger: prudentissimus Henricus, cujus tam admiranda quam praedicanda animi, corporis strenuitas quam scientia etc. Vgl. auch Huntingdon l. VIII. init. Ejusdem epistola de contemptu mundi. Simeon a. 1135. Ricard. p. 310.

Henrys Geschichte ist voll von Belegen, welche zeigen, wie irrig es wäre anzunehmen, daß ihm das Wohl seines Staates, die Erhaltung des Friedens und des Rechtes, die Bändigung einer in roher Naturkraft sich überhebenden kriegerischen Aristokratie, Verbesserungen der Verwaltung, Beförderung der Industrie, des Handels und des Landbaues, Achtung der Wissenschaft und Kunst, Förderung milder und seiner Sitte gleichgültig gewesen sei. Freilich hat jedes Zeitalter eigenthümliche Gebrechen oder vielmehr solche, für welche es besonders empfindlich geworden ist, deren Bekämpfung alle seine Leidenschaft aufregt und alle Kräfte in Anspruch nimmt, und andere Bedürfnisse, obgleich sie ihm nicht unbewußt sind, doch nicht zur Klarheit, geschweige denn zur Abhülfe gelangen läßt; gleichwie dem lebhaften Knaben, welcher einen Berg zu besteigen hat, bald diese bald jene Höhe als Ziel erscheint, er aber nach deren Besteigung erkennt, daß er sich nur wenig über den Boden, von dem er ausging, erhoben hat und wenn er je den Gipfel erreichen sollte, doch nur in tausendfacher Täuschung und unbewußter Langsamkeit fortschreitet. Die Wahlcapitulation Henrys beweiset, daß ihm bewußt war, welche Bedürfnisse seine Unterthanen erkannt hatten; wer daher seine Regierung richten will, muß jene zum Maßstabe nehmen, und da wir nicht vernehmen, daß er jene verletzt habe, untersuchen, ob er in ihrem Geiste fortgewirkt habe. Die Hauptaufgabe für ihn war, die Aufregung des Siegertaumels und des Übermuths zu dämpfen, welche die Eroberung Englands in den Gemüthern der normannischen Barone entzündet hatte, sowohl der älteren Zelt- und Hofgenossen seines Vaters, als der großen Zahl derjenigen, welche aus kleinen Hofbesitzern und knappenlosen Rittern in England zu reichen und mächtigen Baronen emporgewachsen waren. Indem er die königliche Macht ausdehnte und die unterdrückte Volksmasse, selbst die Angelsachsen zuweilen begünstigte, sogar aus den untersten Classen Günstlinge und Freunde zu sich heraufhob [1]), vor Allem aber durch strenge Gerechtigkeit gegen die Vornehmsten wie die Niedern, überwältigte er eine Zeit, in welcher England die Gefahr drohte

1) Orderic. p. 805.

auf immer sich in ähnliche kleine Landeshoheiten zu zersplittern, als deren die großen Staaten des Festlandes zu zertheilen begonnen hatten und vielfache Hemmnisse und Schwäche herbeigeführt haben. Wären die Entwürfe des Robert von Belesme und ähnlich gesinnter Barone (und wie viele deren waren, zeigt die Geschichte der nächsten Jahrzehnte nach Henrys Tode) gelungen, so würde sich eine Classe hochberechtigter Lehnsleute gebildet haben, welche bald den Fürstenmantel sich angemaßt hätte und um so gefährlicher geworden wäre, da sie nicht durch Erbtheilungen, gleich dem deutschen Adel, sich selbst wieder geschwächt, und dem mächtigeren Nachbaren zu dessen Erhebung sich hätten anschließen müssen. Wenn Englands Herrscher durch richtige Einsicht und die Begünstigung der Verhältnisse ihrer Staaten das zu große Anschwellen erblicher Vorrechte des hohen Adels verhinderten, so verlor dieser, der bekanntlich noch heute mit der Krone Grundbesitzer des ganzen Landes, selbst des Bodens der auf demselben errichteten großen Städte ist, nicht an Gesammteinfluß, sondern hat bisher unter allen seinen Standesgenossen die für die Weltgeschichte bedeutsamste Rolle gespielt. An der Geschichte der Kämpfe um seine Rechte und der Verwaltung seiner Besitzungen ließe sich die ganze Geschichte Englands entwickeln, und wenn daher der Geschichtschreiber Englands den Blick auf Individuen und Rechts- und Verwaltungs-Gegenstände gelegentlich zu richten hat, welche in der staatenreichen Geschichte des Festlandes kleinartig erscheinen, so bedenke man, daß diese Personen und Verhältnisse, in continentale Begriffe und Geschichte — denn diese ist der richtigste und erhabenste Ausdruck des menschlichen Gedankens — übersetzt, Habsburg, Hohenzollern, Guelfen, Zähringer, Burgund oder Lothringen, Kurwürden, Herzogthümer, Fürstbisthümer, Reichsunmittelbarkeit u. a. lauten würden, daß England solche bei seinem beschränkteren Umfange die in die Reichseinheit desto verderblicher eingreifende Erscheinungen schon im Keime überwunden hatte, und daß daher das unbefangene Auge der Nachwelt in jenen bleibenden großartigen Erscheinungen nur das durch Verhältnisse des Festlandes hervorgerufene Werk roherer Massen und dunklerer Begriffe erblickt, gleichwie die finstere Nacht uns unzählbare Sonnen mehr als der lichtvolle

Tag zeigt, in der Geschichte des englischen Adels aber eine höhere Stufe staatsrechtlicher und staatswirthschaftlicher Entwickelung erkennt, die Entdeckung und erste Verarbeitung neuentdeckter Elemente und verborgener Kräfte.

Auſſer den Anstrengungen, welche Henry machte um offenbare Empörungen der Barone zu unterdrücken, finden wir ihn unabläſſig bemüht ihre Macht zu brechen. Während er alle alten königlichen Burgen in baulichem und festem Stande und zuverläſſige Besatzungen in denselben erhielt, ließ er die Burgen seiner Barone, welche bei deren Tode oder anderen Ereigniſſen in seine Hand geriethen, verfallen [1]). Seine strenge Rechtspflege, welche ihm den Beinamen des Löwen der Gerechtigkeit verschaffte, und deren leiser Tadel das Erwachen eines milderen Geistes uns bestätigt, wurde deßhalb vorzüglich beachtet, weil sie schonungslos auch gegen den Adel gerichtet war [2]). Alle Strenge der Gesetze übte er gegen die Falschmünzer [3]), deren Menge uns auf die Mängel des damaligen Münzweſens aufmerkſam macht, indem die häufigen Erneuerungen und koſtbaren Umschmelzungen des Geldes zu jenem Verbrechen reizten, aber auch die zunehmende Geldcirculation erkennen laſſen. Da er bei den Verkäufern die Elle zu kurz fand, so setzte er die Länge seines Armes als das Normalmaß fest, — vielleicht dasjenige der englischen Yard, welches noch üblich iſt [4]). Eine große Wohlthat erwies er den hart gedrückten Landleuten durch eine Verfügung, in welcher er der Habsucht und dem oft zu den unerhörteſten Freveln führenden Übermuthe des Hofgesindes Grenzen setzte, welches bei seinen Reisen alle Bedürfnisse des Hofes umsonst geliefert verlangte, indem er feſtsetzte, was ohne Entschädigung zu verabfolgen und welche Preise für andere Gegenstände vergütet werden sollten [5]). Zuweilen fand man sogar, daß sein Eifer

1) Gemmet. l. VIII. c. 31.

2) Johann Sarisber. Policrat. l. VI. Galfrid Monmuth. Orderic. l. XII. p. 888.

3) Eadmer a. 1007. p. 94. Chron. Saxon. a. 1125. Malmesbur. p. 164. Simeon h. a. Gemmet. l. VIII. c. 23.

4) Malmesbur. l. l.

5) Eadmer a. 1107. p. 94.

für Gesetzlichkeit zu weit ging, wie es mit jenen Münzern der Fall war, deren einige unschuldig mit den Schuldigen bestraft wurden; hernach mit funfzig Dieben in Lancastershire, deren der Justitiar Radulf Basset 44 zum Tode, die übrigen zu harten Verstümmelungen verurtheilte [1]. Doch erreichte er seinen großen Zweck der Beruhigung und Sicherheit des Landes. Selbst die Angelsachsen mussten es preisen, daß ein Reisender mit Gold und Silber beladen ungekränkt durch das Land ziehen könne. Indessen darf man nicht glauben, daß es die Härte der Strafe und die Unerbittlichkeit des Richters allein war, welche in jenen Tagen dieses Wunder des goldenen Zeitalters wirkte, sondern es war die strenge Polizei, welche von den Normannen auf angelsächsische Institutionen gepfropft wurde, von denen unten ausführlicher zu handeln ist.

Weniger zufrieden konnten die Unterthanen mit dem Abgabensystem sein. Die vielen Fehden erfoderten vieles Geld, doch es fehlt uns, da die auf uns gekommenen Klagen zu alltäglich lauten, an zuverlässigen Angaben, um ihren Werth zu beurtheilen [2]. Von dem Bestreben nach Ordnung in dem Rechnungswesen liefert ein noch vorhandenes Einnahme= und Restantenbuch der königlichen Schatzkammer aus seiner Zeit ein nicht verdächtliches Beispiel [3]. Auch die vorhandenen Spuren von Erneuerungen und Ergänzungen des Domesdaybook beweisen jenes Bestreben. Wenn wir auch das Rechtsbuch berücksichtigen, welches den Namen der Gesetze Henrys I. trägt und seiner Zeit angehört, so möchten wir wohl anerkennen, daß England schon damals den Vortheil seiner insularischen Lage und die eigenthümlichen Verhältnisse der Eroberer gegen die Besiegten zu einer geregelteren Verwaltung und Gerechtigkeitspflege benutzte, als solche irgend ein seit der Völkerwanderung entstandener Staat besaß.

Daß Henry viele Klöster und Kirchen nicht nur reichlich zu beschenken pflegte, sondern viele derselben neu stiftete, ist um so beachtungswerther, da diese Richtung bei ihm nicht aus sclavischer Unterwürfigkeit gegen die Geistlichkeit, sondern aus

1) Chron. Saxon. a. 1124.
2) Chron. Saxon. a. 1124. Eadmer p. 83.
3) Vgl. oben S. 211.

Lappenberg Geschichte Englands. II.   19

wohlverstandener Einsicht ihrer Stellung zum Staate und der Achtung höherer, geistiger Interessen hervorging. Eine herrliche Abtei zu Reading an der Themse erbaute er den Cluniacenser-Mönchen schon in den ersten Jahren seiner Regierung[1]). Die regulirten Chorherren vom Augustiner-Orden erhielten ein Kloster zu Cirencester[2]) und später Dunstaple[3]). Priorien erhielten die Augustiner noch zu St. Denys bei Southampton (1124), Porchester (1133), Anglesey in Cambridgeshire, Grimsby; ein College zu Launceston vor 1126, welches später auch ein Priorat wurde. Den Mönchen zu Bec gab er eine Fremden-Priory (Alien-priory) zu Steventon bei Abingdon; denen der Abtei zu St. Valery eine zu Takeley in Essex. Er erscheint ferner als Mitstifter der Priory der Augustiner-Domherren zu Catlisle, zu Merton (Surrey), als Stifter endlich mehrerer großer Hospitäler[4]). Die Stiftung der meisten derselben scheint jedoch in die letzten funfzehn Lebensjahre des Königs, nach dem Verluste seines Sohnes, zu fallen. Daß die Normandie in dieser Beziehung von ihm nicht vergessen wurde, braucht kaum erwähnt zu werden. Wir nennen hier nur das schöne Kirchengebäude zu Evreux als seine Stiftung. Selbst für fremde Kirchen und Hospitäler that er oft nicht minder. Die Kirche zu Clugny erbaute er beinahe ganz und verlieh derselben große Besitzungen in England; eben so die Kirche des heiligen Martin zu Pré bei Paris. Die reichen Besitzungen der Mönche der Abtei St. Remy zu Rheims wurden von ihm nicht nur sorgfältig beschützt, sondern auch vermehrt[5]). Das Siechenhaus zu Chartres, damals durch Umfang und Kunst ausgezeichnet, wurde durch seine Freigebigkeit vollendet.

---

1) Die Dotation ist erst vom Jahre 1121. Monast. Anglic. T. IV. p. 28.

2) Gemmet. l. VIII. c. 32. Malmesbur. p. 163. Die Stiftungsurkunde v. J. 1117 siehe im Monast. T. VI. p. 175.

3) Nach 1151. Monast. T. VI. p. 238.

4) Monast. Angl. T. VI. passim.

5) Monast. Angl. T. VI. p. 1099. Domesday. Rotul. magn. pipae 81. Henr. l. p. 74. Gemmet. l. VIII. c. 32. über einige Schenkungen der ersten normannischen Könige an das Kloster zu Clugny f. C. G. Hoffmann Nova Scriptorum Monumentorum Collectio T. I. p. 840. sq.

Seine vielen Schenkungen an die auf der Pilgerstraße nach Rom belegenen Klöster bahnten den Weg über die Alpen und den Apennin nach der Weltstadt.

Wer die Klöster so sehr begünstigte, wirkte dadurch mittelbar auf die Förderung der Wissenschaft und Cultur, doch läßt sich bei Henry Beauclerc eine nähere Einwirkung auf dieselben annehmen. War es seine Gemahlin, welche Minstrels und melodische Sänger belohnte, so vertheilte er Spenden an Männer wie den Benedictiner Athelhard von Bath [1]), einen ausgezeichneten Philosophen und Naturkundigen seiner Zeit, welcher die Elemente des Euklides aus der arabischen Übersetzung in das Lateinische übertragen hat. Die mittelalterlich-lateinische Darstellung, sowohl in Prosa als in Versen, so wie die Kenntniß römischer Classiker erreichte zu seiner Zeit einen Höhepunct, welchen sie in seinen Staaten bald wieder verließ. Unter seiner Regierung schrieben Eadmer, Ingulf, Galfrid von Monmouth, Wilhelm von Malmesbury, Wilhelm von Jumièges, Florenz von Worcester, Simeon von Durham. Auch Heinrichs von Huntingdon Bildungsjahre fallen noch in diese Zeiten. Von den Epigrammen des vielgepriesenen Godfroy, Priors zu St. Swithin in Wincester, haben sich manche erhalten [2]). Die Dichtungen des Radulf Tortarius [3]) und des Serlo, Bischofs von Séez, welche uns bekannt sind, erwecken den Wunsch nach Bekanntschaft mit dem uns bisher Verborgenen. Die strenge Bestrafung des Satyrikers Lucas de Barre beweist die Empfänglichkeit des Volkes so wie des Königes für dessen Art poetischer Auffassung. Die ersten Spuren dramatischer Vorstellungen im nördlichen Europa begegnen uns unter Henrys Regierung in der Klosterschule zu Dunstaple [4]), wo er um jene Zeit bisweilen seinen Hof hielt [5]). Geoffroy, der

---

1) Rot. magnae pipae p. 22. Seine Quaestiones naturales perdifficiles sind in Cottons Bibliothek. M. S. Galba. E. 4.

2) Er starb 1107. Siehe Malmesb. l. V. p. 178. Camden Remains 421 sq. Warton hist. of English poetry (ed. Price) T. I. p. CXLII.

3) Histoire de l'académie des Inscriptions. T. XXI. p. 511 sq.

4) Matthaei Paris. hist. Abbat. p. 56. Warton l. l. T. II. p. 68.

5) Chron. Saxon. a. 1122.

19 *

dortige Magister der Schule, leitete diese geistlichen Spiele (mi-
racles), deren Muster er aus seinem früheren Wohnorte zu
Paris entlehnte, die uns jedoch schon in den lateinischen Dichtungen der deutschen Nonne Roswithe mehrere Jahrhunderte
früher bekannt sind.

Eine eigenthümliche Freude zeigte Henry an Menagerien,
welche wir nicht als eine gesteigerte Jägerlust, sondern als auf
einem höheren wissenschaftlich-poetischen Streben beruhend betrachten möchten. Er besaß deren zu Woodstok, wo er vorzüglich zu verweilen liebte [1]), und zu Caen, wo er alle Thiere
fremder Länder und Welttheile, deren er habhaft werden konnte,
unterhielt [2]).

Die angelsächsische Sprache begann jedoch jetzt sich immer
mehr zu verlieren, aus dem Kreise der Vornehmen verdrängt,
im Volke durch Einmischungen normannischer Sprache getrübt.
Letztere wurde vielfältig angewandt; sie war die Sprache der
gerichtlichen Verhandlungen, wie des Hofes, und wurde durch
Dichter vielfach ausgebildet. Von diesen nennen wir hier nur
wegen ihrer besonderen Beziehungen zu England, Philippe von
Thaun [3]), und Geoffroy Gaimar [4]).

Es fehlte den Engländern nicht an Bildungsanstalten in
der Normandie so wie in England. Die Klosterschule zu Bec
wurde aus allen Gegenden Europas besucht [5]). Die Schulen
zu Canterbury, York, Oxford, Abingdon, wo König Henry

1) Wdestoc, regia Henrici familiaris privati secreti recessus.
Gesta Stephani l. II. init.

2) Malmesb. p. 161. Radulf. Tortarius. Ein Vivarium
Regis zu Bricheftoc wird im Rotul. magn. pipae p. 88. angeführt; vielleicht zu Briftol.

5) Eine Handschrift seiner Gedichte liegt auf dem britischen Mu-
seum. M. S. Nero A. 5.

4) Siehe oben Thl. I. und den Epilog zu seiner histoire des
Engleix, wo er von Robert, dem Grafen von Glocefter, Walter
Espec und anderen Zeitgenossen spricht. Vgl. (F. Wolf) Wiener Jahr-
bücher 1836.

5) Daß viele Deutsche schon zu Lanfranks Zeiten dort hinströmten,
bezeugt Wiliram praefatio in Cantic. Canticorum.

selbst erzogen sein soll, Winchester, Peterborough und andere genossen großes Ansehen. Doch reisten Engländer schon häufig auf die Lehranstalten des Auslandes und wir finden sie zu Paris, Pavia, Salerno, wie vor den Lehrstühlen der Araber zu Cordova und Salamanca, den Schatz gesammelter Erfahrungen so wie gleichfalls die Verirrungen scholastischer Logik sich aneignend. Wenn die Angelsachsen zu jenen sich neigten, wie schon aus der großen Vorliebe derselben für Geschichtschreibung hervorgeht, so waren die Normannen, zu deren Charakterzügen dialektische Fertigkeit und Streitsucht gehörten, in diesen leicht befangen. Die Musterbilder der Fremde fanden auch im Schulwesen in England Eingang, und nach demjenigen des Studiums zu Orleans wurde auch durch den Abt Joffrid, früher Prior, zu St. Evrauld in der Normandie, ein Studium zu Cambridge eingerichtet, aus welchem die berühmte Universität sich später entwickelte. Priscians Grammatik mit dem Commentare des Remigius, die Logik des Aristoteles, die Rhetoriken des Cicero und Quinctilian und theologischer Unterricht beschäftigten die Scholaren damals, wie viele Jahrhunderte später [1]). Man ahnete nicht in dem Jubel ob der neuen Gelahrtheit, daß man nur neue Fesseln dem Geiste anlegte, welche einem nicht romanischen Volke doppelt lästig waren, den Sinn für heitere Auffassung trübten, die vaterländische Sprache unentwickelt zurückhielten, Phantasie und eigene Urtheilskraft lähmten. Als ein besonderes Glück Englands ist es zu betrachten, daß es das Eindringen des römischen Rechtes, welches damals in den Gerichtshöfen Europas sich neu zu verbreiten anfing, verhinderte, und dadurch ein neues störendes Element von sich ferne hielt. Doch war ein fester, mit dem Zustande der politischen Herrschaft eng verknüpfter Grund fremdartiger Bildung gelegt, und es war erst nach geraumer Frist, daß das Emporkommen der Gemeinen Englands diesem Lande mit ihrer Sprache neue Denk- und Dichterkräfte verlieh.

---

1) **Petrus Blesens. Continuat.** p. 114. Die Erwähnung des Averroes († 1205) zeigt jedoch, daß diese Stelle nicht frei von Interpolation ist.

Stephan.
1135 — 1154.

Über die Regierungszeit des Königes Stephan besitzen wir, im Verhältnisse zu ihrem Werthe, sehr viele Nachrichten von Zeitgenossen. Mehrere Chroniken enden in oder mit derselben; einige Darstellungen sind ihr ausschließlich gewidmet. Bei vielen Angaben über Stephan ist wohl zu berücksichtigen, daß sie vor den Augen und im Interesse des Nachfolgers auf dem Throne oder anderer früheren Gegner des Königes Stephan niedergeschrieben sind.

Das lehrreichste Werk über ihn wurde von einem ihm geneigten Geistlichen, dessen Name uns unbekannt ist, abgefasst. Die Gesta Stephani sind jedoch nur in einer einzigen, sehr verstümmelten Handschrift auf uns gelangt. Der Fremde verräth sich in der Schreibung der Namen so wie in den interessanten Schilderungen einzelner Städte und Gegenden von England [1]).

Über die ersten fünf Regierungsjahre Stephans handelt das Werkchen Richards, des Priors zu Herham, de gestis regis Stephani et de bello Standardii [2]).

Johannes, Prior von Herham, führte die Chronik des Simeon von Durham von 1130 bis zum letzten Jahre Stephans fort. Einige interessante Notizen dieser Chronik scheinen bisher übersehen, weil die Jahrszahlen seit 1140 ein Jahr zu viel angeben. Dieses ist jedoch lediglich aus dem Irrthume eines Abschreibers zu erklären, welcher in einer zum Jahre 1140 eingeschalteten Nachricht über das Concilium zu Rheims die Zahl 1119 in 1141 veränderte und demnächst anstatt dieser Jahrszahl 1142 und so fort folgen ließ.

Wichtiger als die letztgenannte ist die Chronik des Fortsetzers des Florenz, vermuthlich des Johannes, Mönches zu Worcester, welche für uns jedoch in einer unvollkommenen Handschrift mit dem Jahre 1141 schliesst. Er scheint die Re-

1) In Duchesne Scriptores rerum Normannicarum p. 927—975.

2) Bei Twysden Historiae Anglicanae Scriptores X. col. 309—330.

gierungsjahre Stephans bis 1145 geschildert zu haben, wie aus den Worten des gleich zu erwähnenden Gervasius hervorgeht, aus welchen wir auch erfahren, daß diese Chronik des Florentius und seines Fortsetzers nach dem Namen ihres längst verstorbenen Begründers Marianus genannt zu werden pflegte [1]).

Was in der Handschrift des Johannes uns fehlt, hat sich jedoch vermuthlich in der Chronik des Gervasius größtentheils erhalten, welcher für die ersten sechs Jahre des Stephanus jenen oft wörtlich abschreibt. Gervasius von Dover, ein Mönch zu Canterbury, schrieb zu Anfang des dreizehnten Jahrhunderts eine bis zum Jahre 1199 fortgesetzte Chronik, dessen uns hier angehender Theil aus den Werken des Johannes und des Heinrich von Huntingdon, aber auch aus eigenthümlichen Acten der Kirche von Canterbury zusammengesetzt ist.

Die letzte Hälfte des ersten und das andere Buch der Memoiren (historia Novella) des Wilhelm von Malmesbury, welche dem Gegner Stephans, Robert Grafen von Glocester, gewidmet sind, handeln von der Regierung dieses Königes bis zum Jahre 1142.

Das Geschichtswerk des Heinrich von Huntingdon schließt mit dem Tode Stephans oder dem Regierungsantritte des Königes Henry II. Auch bei diesem ist zu beachten, daß es dem von Stephan feindselig behandelten Bischofe von Lincoln, Alexander, gewidmet ist.

Die Annalen des Cistercienserklosters Waverley in Surrey, gedruckt bei Gale Histor. Anglican. Scriptores V., sind vom Jahre 1066—1154 an beinahe nur ein wörtlicher Auszug aus Heinrichs von Huntingdon Werke; doch finden sich auch Stellen aus der Überarbeitung des Robert du Mont, z. B. bei den Jahren 1137, 1149, 1152, so wie einige andere Notizen.

Ähnlich verhält es sich mit der Historia des Walter Hemmingford, ebendaselbst abgedruckt, welche in der angegebenen Zeit aus den Geschichtswerken des Heinrich von Huntingdon und des Simeon von Durham, oft mit vielen Entstellungen, zusammengetragen ist.

1) Gervasii Chronica apud Twysden col. 1337. Vgl. oben S. 210. N. 3.

Auch **Wilhelm von Newbury** folgt in den Capiteln seines Werkes (Historiarum Anglicarum libri quinque), welche vom Könige Stephan handeln, meistens wörtlich dem Heinrich von Huntingdon, doch hat er einige eigenthümliche Zusätze.

Mit dem Jahre 1141 endigte seine normannische Kirchengeschichte **Ordericus Vitalis**, deren letztes Buch ausführlich über König Stephan handelt.

Mit dem Jahre 1154 schliesst auch die **angelsächsische Chronik**, welche jedoch vor diesem Jahre bereits von den letzten dreizehn Jahren nur sehr kurze Andeutungen gibt.

So werden wir denn mit der Regierung dieses Königs von den wichtigsten Führern durch das bisher durchwanderte Gebiet der angelsächsischen und älteren normannisch=englischen Geschichte verlassen, welche nach ihnen keine eigenthümliche Bearbeitungen wieder fanden; eine Bemerkung, welche uns mit Einem Blicke das schnelle Ablösen der neuen normannischen Zeit von der alten Vergangenheit der Angelsachsen darstellt [1]).

Die ausführlichste Darstellung der Regierung Stephans gibt Lord George Lyttelton in dem ersten Buche seiner History of the life of king Henry II., einem Werke, welches zuerst im Jahre 1755 erschien. Dieses Werk ist sehr fleissig, mit steter Rücksicht auf die bekannteren Quellen gearbeitet, enthält auch manche sehr richtige Blicke in die Verfassungsgeschichte Englands; doch fehlt ein strenger kritischer Geist so sehr, daß vielmehr der weitschweifigste Pragmatismus die wirklichen Vorzüge des Werkes dem seltenen Leser verdecket und verleidet.

Henrys Tod brachte in seinen Staaten große Verwirrung hervor. Es war eine fast allgemeine Ansicht, daß die Eide, welche der verstorbene König hatte ablegen lassen, um seiner Tochter Mathilde den Thron zu sichern, nicht bindend seien. Das Königthum war seiner Entstehung noch immer zu nahe um vergessen zu lassen, daß es vorzüglich den Oberbefehl im Kriege bedeute, den eine Frau nicht führen kann; weder hatten bei den Angelsachsen, mit einer einzigen, sehr ungünstigen Ausnahme, Königinnen, noch bei den Normannen Gräfinnen oder Herzoginnen das Land regiert. Durch den Bruch der an jene

---

1) Von Benoit de Ste More vgl. die Beilage.

Eide geknüpften Zusicherung des Königs, seiner Tochter keinen Franzosen zu vermählen, war auch die jenseitige Verpflichtung aufgehoben. Graf Geoffroy war bei den Normannen sehr unbeliebt, und die vielen heftigen Streitigkeiten mit seinem Schwiegervater konnten die Abneigung derselben gegen ihn nicht heben. Es ist durchaus nicht unwahrscheinlich, daß dieser selbst in seinem Zorne gedacht habe seine Tochter von der ihr verheissenen Thronfolge auszuschliessen, und Hugo Bigod betheuerte mit seinem Eide, daß Henry in seinen letzten Stunden, in seiner Gegenwart, den Großen des Reiches den zu Gunsten der Mathilde geleisteten Eid erlassen; Andere bestätigten wenigstens, daß er denselben sehr bereuet habe [1]. Mathildens Sohn war nicht viel über zwei Jahre alt, und ihn als Nachfolger anzuerkennen hätte gehiessen, den Eltern die Krone unter dem Namen der Regentschaft übertragen. Der nächste männliche Erbe war Theobald, Sohn des Grafen Stephan von Blois und Chartres, und der Adele, einer Tochter Wilhelms des Eroberers, ein tapferer Herr, welcher stets sich als Verbündeter Henrys gegen den König von Frankreich bewährt, und durch Frömmigkeit und Wohlthätigkeit viele Verehrung erworben hatte [2]. Viele Normannen strömten daher bei Neubourg zusammen, um ihn zum Herrscher zu erheben; doch während sie deshalb verhandelten, langte ein Bote aus England an, um zu verkünden, daß dort Theobalds jüngerer Bruder Stephan zum Könige erwählt und bereits gekrönt sei. Dieser war stets von Henry besonders begünstigt, von ihm erzogen und vor etwa dreissig Jahren zum Ritter geschlagen, hernach mit der Grafschaft Mortain belehnt. Seine Vermählung mit der Erbtochter des Grafen Eustache von Boulogne hatte ihn seit dessen Tode zum Herrn der Grafschaft so wie der großen Be-

---

1) Gesta Stephani p. 929. Supremo eum agitante mortis articulo, cum et plurimi astarent . . . de iureiurando violenter baronibus suis iniuncto apertissime poenituit. Huntend. a. 1141., wo jedoch die Behauptung des Widerrufs von den Gegnern für unwahr erklärt wird. Gervasius a. 1135. Radulf de Diceto Abbreviat. Chronic.

2) Gemmet. l. VIII. c. 34. Orderic. l. XIII. p. 902—905. Girald. Cambrens. de instruct. principis im Récueil des historiens T. XVIII. Anselmi Gemblac. Chronic. a. 1134.

fitzungen deſſelben in England gemacht [1]). Von Boulogne aus
hatte er häufig in die flandriſchen Händel eingegriffen, da er
nie eine Gelegenheit unbenutzt ließ der Waffenluſt ſich zu er=
freuen und ſeinen Kriegesruhm zu mehren. Mehr noch jedoch
zeichnete er ſich durch Milde, gewandte Hoffitte, liebenswür=
dige Heiterkeit und Herablaſſung aus, welche viele Herzen in
allen Ständen ſeit langer Zeit ihm gewonnen hatten [2]). Doch
zeigte er ſich oft unbeſonnen, tollkühn, unzuverläſſig bei den
ſchönſten Verheißungen und gab ein in allen Zügen vollendetes
Bild des damaligen franzöſiſchen Ritters, der gar manche
Rollen trefflich zu ſpielen, doch nicht einem Königreiche vorzu=
ſtehen vermochte. Seine Anſprüche auf die engliſche Krone
wurden durch die allgemeine Abneigung der Engländer gegen
Anjou, beſonders aber auch durch den Einfluß ſeines Bruders
Henry, welcher Biſchof von Wincheſter und des Papſtes Legat
in England war, unterſtützt. Roger, der Biſchof von Salis=
bury, und Wilhelm von Pont Archis [3]), welche das bei den
Regierungswechſeln wichtige Amt der königlichen Schatzmeiſter
bekleideten, erklärten ſich für ihn und überlieferten ihm die
großen, unter Henrys wohl abgemeſſener Verwaltung ange=
häuften Gelder (an 100,000 Pfund Silber) und zahlloſe Koſt=
barkeiten zu ungezügelter Vergeudung [4]). Die Bedenklichkeiten
Wilhelms, des Erzbiſchofs von Canterbury, wurden durch die
gedachte Erklärung des Seneſchalls des verſtorbenen Königs, Hugo
Bigod, beſiegt. Der geringe Widerſtand, welchen einige treue
Diener Henrys der Anmaßung Stephans entgegenzuſetzen ver=
ſuchten, wurde bald unterdrückt; auch die reichen Bürger in
London und Wincheſter erklärten ſich für den liebenswürdigen
Ritter. Kaum drei Wochen nach Henrys Tode und ehe noch

1) Gemmet. l. L. Orderic. l. XI. p. 811. Guil. Neubrig.
l. I. c. 4.

2) Selbſt ſeine Gegner beſtätigen dieſe Schilderung. Malmesbur.
p. 180. homo mansuetissimus . . . . . . qui si legitime regnum fuis-
set ingressus et in eo administrando credulas aures malevolorum su-
surris non exhibuisset, parum ei profecto ad regiae personae decorem
defuisset. Ricard. a. 1136. Chron. Saxon. a. 1137.

3) Sehr oft genannt in Rotul. pipae Henr. I.

4) Malmesbur. p. 173. Gesta Stephani p. 928.

seines Oheims Leiche nach England hinübergeschifft war, wurde
Stephan am 22sten December[1]) durch Wilhelm Corboil, den
Erzbischof von Canterbury, gekrönt, in Anwesenheit weniger
angesehener Geistlichen und Laien, deren aber jetzt sofort viele
herbeieilten, um das Weihnachtsfest an des Neugekrönten Hofe
zu London zu feiern. Er erließ von hier ein Sendschreiben an
die Landesrichter, Vicegrafen, Barone und Vasallen, Franken
so wie Engländer, durch welches er seinen englischen Unter=
thanen alle Befreiungen und guten Gesetze, welche sein Oheim,
König Henry, ihnen gegeben, so wie die guten Gesetze und
guten Gewohnheiten, welche sie zu König Eadwards Zeiten
gehabt, bestätigte und demnach jede Beeinträchtigung derselben
strenge untersagte[2]). Noch immer war die sterbliche Hülle des
verstorbenen Königs, welcher deren Beisetzung in der von ihm
gestifteten Abtei zu Reading verlangt hatte, in England nicht
eingetroffen. Sie verweilte zu Rouen und Caen, wo sie mit
roher Kunst einbalsamirt oder vielmehr eingesalzen wurde, zur
Belästigung und selbst zum tödtlichen Verderben derer, welche
sich ihr nahten[3]). Ob der Wunsch sie in dem Erblande zu
behalten, dem Wohnsitze der meisten Anhänger der königlichen
Tochter, nicht diesen Verzug mehr verschuldete als die einge=
tretene kalte Witterung, ist, so wahrscheinlich es uns dünkt,
nicht zu behaupten. In den ersten Tagen des folgenden Jah=
res empfing König Stephan, mit geistlichen und weltlichen

1) Das Datum geben Malmesb. und Gervasius bestimmt an.
Das Chron. Saxon., on mide wintra dæi, scheint denselben kürzesten Tag
zu bezeichnen. Ann. Waverleienses geben St. Thomastag, den 21. De=
cember, an, Johannes von Herham den 1. Januar, vermuthlich ein
Fehler der Handschrift; Richard von Herham den Weihnachtstag;
Orderich den 15. December. Sir Harris Nicolas irrt also in
seinen Berechnungen über die Regierungsjahre der englischen Könige, wenn
er, auf die gleichzeitigen (?) Hoveden und Bromton gestützt, den
26. December oder den St. Stephanstag als den Krönungstag annimmt.
S. dessen Chronology of history p. 281.

2) Gedruckt in den Charters of Liberties p. 4. ohne Jahrszahl
und Tag, doch ohne Zweifel älter als die später zu Oxford ertheilten,
dort vorangestellten, ausführlicheren Freibriefe.

3) An der Darstellung dieser Vorfälle erkennen wir in H. v. Hun=
tingdon den Verfasser des Schreibens de contemptu mundi.

Großen des Reiches, die Leiche seines Oheims am englischen
Gestade mit allen Zeichen äusserer Verehrung, und er soll selbst
die Bahre nach Reading getragen haben.

Von dieser Scene eilte Stephan an die nördliche Grenze
seines Reiches, wo die Schotten feindlich eingefallen waren,
von welchen er jedoch, wie bald näher zu erwähnen sein wird,
durch bedeutende Abtretungen an deren König David seine
Anerkennung und Huldigung erkaufte. Diese schien ihm jedoch
nicht zu theuer erstanden, da seine Verhältnisse zu den eigenen
Unterthanen noch nicht geordnet waren. Er eilte deßhalb,
nachdem er das Osterfest zu London mit ungewohnter Pracht
begangen hatte, nach Orford, wo mittlerweile englische und normannische Bischöfe und Barone sich zahlreich eingestellt hatten.
Hier hatte er den Vortheil, daß ein Schreiben des Papstes
Innocenz II. verlesen werden konnte, in welchem dieser die
Wahl Stephans genehmigte, indem er sich auf die Erklärung
und Verwendung der englischen Prälaten, des Königes von
Frankreich und des Grafen Thibaut von Blois berief [1]. Gewiß konnte dem Könige Louis VI. nichts unwillkommener sein,
als seinen Lehnsmann von Anjou zugleich zum Herrn der Normandie und Englands erhoben zu sehen. Nach manchen Verhandlungen [2] vereinbarte man sich hier über die Wahlcapitulation oder den königlichen Freibrief, welcher die alten Rechte
der Geistlichen, der Barone und des Volkes bestätigte und in
einigen Verfügungen gewisse uns nicht immer deutliche Beschwerden gegen die Verwaltung Henrys beseitigte [3]. Der
König der Engländer, von Gottes Gnaden, mit Beistimmung
des Klerus und des Volkes erwählt, vom Erzbischofe von Canterbury, dem Legaten der h. römischen Kirche, geweihet und
von Innocenz, dem Bischofe des römischen Stuhles, bestätigt,

1) S. dasselbe bei Ricard. Hagust. p. 313.

2) Angli, diu habita deliberatione, quem sublimarent regis nomine et honore etc. Auctarium Gemblac. a. 1136.

3) Da Robert von Glocester unter den Zeugen der Urkunde genannt
wird, wie auch Gesta Stephani seine Gegenwart bestätigen, derselbe
aber erst nach Ostern nach England hinüber kam (Malmesb. p. 179.),
so erkennt man in dem Aufschube das Gewicht, welches auf diese Verhandlung gelegt wurde.

ließ es zuvörderst nicht an vielen Verheissungen für die Kirche fehlen. Was sie beim Tode Wilhelms I., also vor beinahe funfzig Jahren, besaß, sollte von ihr als Eigenthum in Anspruch genommen werden dürfen; selbst wenn sie etwas vor dessen Tode besessen und hernach verloren hatte, wollte der königliche Enkel ihr Wiedererstattung oder Vermittelung sichern. Alle späteren Erwerbungen der Kirche wurden bestätigt, des Königs Friede und Gerechtigkeit wurde den Bischöfen besonders zugesichert. Die Forste Wilhelms I. und Wilhelms II. behielt der König für sich, die von Henry angelegten aber gab er der Kirche und seinem Reiche zurück. Das Misvergnügen über die vielen Einhegungen und die strengen Gesetze gegen Wildfrevel war sehr allgemein in England verbreitet und hatte sich sogleich, bei der Nachricht von Henrys Tode, in der gewaltsamen Zerstörung der Gehege und Niedermetzelung des verhaßten Wildes kund gegeben [1]). Die erledigten Bisthümer und Abteien versprach Stephan ferner durch die Mönche oder Ministerialen des Stiftes verwalten zu lassen, bis der Nachfolger canonisch ernannt sei. Dabei wurde im Allgemeinen verheissen, alle Bedrückungen und Ungerechtigkeit abzustellen, und alle guten und alten Rechte und rechtlichen Gewohnheiten bei Todtschlägen und in den Landesgerichten wurden bestätiget [2]). Die vielen angesehenen Zeugen gestatten uns keinen Zweifel, daß dieses Document wirklich den Hauptinhalt der von Stephan geforderten und zugestandenen Bewilligungen enthielt; die vielen vorhandenen gleichlautenden Abschriften geben uns die Gewißheit, daß wir es in seiner ächten Abfassung kennen. Unter jenen Zeugen finden wir die Erzbischöfe von Canterbury und Rouen; die Bischöfe von Winchester, Salisbury, Lincoln, Evreux, Avranches, Hereford und Rochester; den Kanzler Roger, Heinrich, des Königs Neffen [3]), die Grafen Robert von

1) Gesta Stephani.

2) Charters p. 3. Malmesb. Ricard. Hagust.

3) Vermuthlich der älteste Sohn Thibauts, dessen Erbe in den Grafschaften Champagne und Brie er wurde, während der jüngere Thibaut V. Blois und Chartres erhielt. Seine Gegenwart war wichtig, da sie das gute Vernehmen des Königs mit seinem älteren Bruder bewies. Jener

Glocester, Wilhelm von Warrenne, Ranulf von Chester, Robert von Warwik, die Connetables Robert be Bert, Milo von
Glocester, Brian Fitz Count und Robert von Oily; die Truchsessen Wilhelm Martel, Hugo Bigod, Humfrid von Bohun
und Simon von Beauchamp; die Schenken Wilhelm von Aubigny und Eudo Martel; ferner die angesehenen Barone Robert von Ferreres, Wilhelm Peveril von Nottingham, Simon
von Senlis, Paganus, des Johannes Sohn, Haimo von St.
Clair, Wilhelm von Albamar, Jlbert von Lacy [1] — lauter
Namen, welche schon unter dem vorigen Könige berühmt gewesen, oder es in der jetzigen Zeit zu werden berufen waren.
Desto auffallender und unglaubwürdiger ist es, wenn unter
den gegen Stephan feindselig gesinnten Schriftstellern einer
(der Archidiaconus von Huntingdon) behauptet, daß er auch das
Danegeld auf immer aufzuheben verheissen habe [2].

war auch Ostern zu Westminster, bei der Verleihung des Bisthums Bath
an Robert, welche ohne Jahreszahl hinter dem Jahre 1153 bei Rymer
S. 16. steht. Der Abdruck dieser Urkunde wimmelt von Schnitzern, wodurch dieses Werk nicht minder ein Denkmal der Unwissenheit seiner Herausgeber als der englischen Geschichte geworden ist: z. B. Safarus für
Sefridus, Adelardus für Adolulfus, Willelmus de Pont, camerarius für
W. de Pontarci; R. de Fered für R. de Ferrariis; Albert de Laci
für Jlbert de Laci: alle bekannte Bischöfe und Barone. Freilich gibt es
noch ärgere Misgriffe daselbst; wie S. 9., wo mehrere Urkunden von
Henricus II. mit dessen Titel dux Aquitanie et Comes Andegavie in
die Regierung Henrys I. gesetzt sind. Vgl. auch oben S. 259. N. 5.
Nach diesem mag man sich kaum darüber wundern, wenn S. 91. eine
Urkunde, in welcher der Dominicaner und Franziskaner gedacht wird,
dem Jahre 1204 und dem Papste Innocenz III. (zu Lyon!) zugeschrieben wird.

1) Jlbert erhielt von dem neuen Regenten sogleich die Güter
wieder, welche Henry seinem Vater Robert genommen hatte. Ricard.
Hagust. a. 1155. Daß aber schon der alte Jlbert be Lacy zur Zeit
des Domesbay Pontefract besessen, wie Ellis a. a. O. B. I. S. 221.
und Hunter a. a. O. p. XXII. annehmen, erscheint nach jenem Chronisten a. a. O. sehr zweifelhaft, nach welchen es dem Wilhelm voh Tra-
vers (Transversus) gehörte.

2) Dagegen weiß Malmesbury, welchen Hume für diese Angabe
anführt, nichts von derselben. Lingard spricht von zwei damals zu
Orford gehaltenen Versammlungen, in deren letzterer das Schreiben des

Die Namen der Zeugen bei der Wahlcapitulation sind so eben auch deshalb aufgeführt worden, um auf die unter denselben befindlichen Geistlichen und Lehnsleute der Normandie aufmerksam zu machen. Gleich auf die Nachricht von Henrys Tode hatten Graf Geoffroy und seine Gemahlin, die Kaiserin, mehrere der in den südlichen Grenzen der Normandie gelegenen Burgen mit leichter Mühe, durch Hülfe des dortigen Vicegrafen Wiganalgaso, der aus niederem Stande zu großem Ansehen sich emporgeschwungen hatte, eingenommen, Domfront, Argentome, Hiesmes, Ambrère u. a., von welchen er jedoch einige an Joel von Mayenne überließ; auch wurden alle festen Plätze ihm geöffnet, welche der vom verstorbenen Könige verbannte Graf von Ponthieu, Wilhelm Talevaz, wieder gewann. Doch hatte sich in dem größeren Theile der Normandie keine Geneigtheit für Mathildens Ansprüche gezeigt, selbst Robert von Glocester übergab bei einer Zusammenkunft mit dem Grafen Theobald, Stephans Bruder, Falaise dessen Freunden, nachdem er jedoch den größten Theil eines von Henry aus England kürzlich dorthin gebrachten Schatzes weggenommen hatte [1]. Einen der angesehensten normannischen Adeligen, Waleram, den Grafen von Meulan, hatte Stephan durch die Verlobung seiner zweijährigen Tochter an sein Geschick zu fesseln gesucht. Als daher die normannischen Barone, vermuthlich auf die Nachricht von der Huldigung des Königes David und der vom Papste so wie vom

Papstes verlesen sei, wobei er übersieht, daß selbst Malmesbury, welchen er als Zeugen für die erste derselben anführt, in seiner Abschrift der vom Könige daselbst beschworenen Urkunde gleichfalls schon der päpstlichen Bestätigung gedenkt. H. von Huntingdon dagegen erzählt von der Urkunde nach trügerischer Erinnerung und während er ihre Ausfertigung in die ersten Tage des Januars setzt, schweigt er gänzlich von der urkundlich erwiesenen Ausfertigung nach Ostern.

1) **Robert de Monte** a. 1135. **Orderic.** p. 905. Im Rotul. magn. pipae 31. Henr. I. kommen zwei Männer dieses Namens häufig vor, deren einer als Brito bezeichnet wird. Auch der obgedachte Schenke wird daselbst genannt, woraus wir ersehen, daß sogar Hofwürden bei dem ruhigen Anfange dieser Regierung ihren alten Inhabern verblieben. Martel, Henrys Schenke, war jetzt zum Truchsessen befördert.

Könige von Frankreich ergriffenen Partei, den Entschluß zur Anerkennung Stephans gefaßt hatten, so mochte, so sehr auch dieses Land nach Henrys Tode durch die unablässigen Aus-übungen des Fehderechtes und der Selbstrache litt, keine drin-gende persönliche Veranlassung für Stephan obwalten, nach der Normandie selbst hinüber zu schiffen. Jedoch bei dem anarchischen Zustande des Landes seit Henrys Tode, welcher die überzeugendste Lobrede auf die Regierung seines Vorgängers war, glaubte Stephan wenigstens den Wunsch an den Tag legen zu müssen, den von dorther ergangenen Auffoberungen zu folgen. Er eilte im Mittsommer nach einem der südlichen Seehäfen, doch fand er nie den Wind günstig um die gefähr-liche Sommerfahrt nach Frankreich zu wagen. Nachdem er eine Weile so gezögert hatte, langte ein Bote mit der Nach-richt an, daß Roger, der Bischof von Salisbury, welchem er die Verwaltung des Reiches übertragen hatte, gestorben sei. Roger war freilich gesund und wohlauf, doch dem Könige ge-nügte die Verbreitung dieser Nachricht um die Meerfahrt ab-zubestellen und sie bis zu nächstem Frühling zu verschieben. Die mannichfachen in England ausgebrochenen Unruhen mach-ten in diesem Lande seine Anwesenheit an verschiedenen Orten nothwendig, und wahrscheinlich verbreitete er absichtlich ein Dunkel über seinen Aufenthaltsort, da im nördlichen England geglaubt wurde, er sei im Monate August wirklich nach der Normandie abgegangen [1].

Die fast zwanzigjährige Regierung Stephans ist kaum mehr als ein sich stets wiederholendes Bild kleiner Grenzkriege, innerer Fehden und Gewaltthaten. Doch darf ein Zustand, welcher so lange währen konnte, der Geschichtskunde nicht als gleichgültig erscheinen, und verlangt, wenn gleich eine Aufzäh-lung aller einzelnen Begebenheiten für die Landesgeschichte von keinem Werthe sein kann, doch eine schärfere Beachtung als ihr bisher gegönnt ist, um deren Zusammenhang unter sich zu

---

1) Johann. Hagust. Ricard. Alle übrigen Chronisten stim-men darin überein, daß Stephan erst im Jahre 1137 nach der Norman-die gegangen. Die obige Erklärung beruht auf den von Orderic Vi-talis S. 904. berichteten Umständen.

erklären, zu begreifen, wie ein solcher Zustand sich so lange erhalten konnte, zu beurtheilen, wie weit er mit ähnlichen Erscheinungen in der Geschichte Europas übereinstimmte oder sich eigenthümlich darstellte, um endlich dasjenige, was in einzelnen Begebenheiten die Vergangenheit erläuternd oder zukünftige Ereignisse und Grundsätze entwickelnd sich darstellen mag, hervorheben zu können.

Das Mittel, dessen Stephan sich vorzüglich bediente um seine Macht in England zu erhalten, durch welches er aber zugleich den Grund zu seinem Verderben legte, war das von seinem Vorgänger schon benutzte, doch mit mehr Umsicht angewandte, ausländische Ritter in seinen Sold zu nehmen. So lange die von Henry aufgehäuften Schätze hinreichten, verschaffte er sich durch dieselben ein stehendes Heer, welches seinen Baronen die Last der Kriegführung theilweise abnahm und kein Interesse als Stephans Gold kannte. Die zahlreichsten waren Fläminger, größtentheils unruhige und verarmte Ritter, welche durch das Emporkommen der Bürger oder auch die Gewalt zerstörender Fluthen aus ihrem alten Besitze vertrieben, im Kriegsspiel das Glück zu begründen suchten, welches ihre bescheideneren Bauern und Bürger, nach dem östlichen Europa auswandernd, durch die Kunst der Bedeichung, des Landbaues und des Handels fanden. Der einflußreichste dieser Fläminger war Wilhelm von Ypern, welcher einst auf die flandrische Grafenkrone Anspruch gemacht hatte und aus dem Hafen von Sluys, welchen er bis dahin behauptet hatte, vom Grafen Dietrich von Flandern kürzlich vertrieben war [1]). Um diesen und ähnliche Männer sammelten sich viele Krieger niederen Standes, Bürger, Handwerker, welchen, da ihr Weberstuhl ihnen zu mühsam war, der Condottiere für Sold oder anderwei-

---

1) Von ihm siehe oben S. 274. Warnkönig flandrische Geschichte Th. I. S. 144. Daß er schon zu Henrys Zeiten in England war, ist ungewiß, ob er gleich im Rotul. magn. pipae pag. 85. unter Willelmus Flandrensis könnte gemeint sein. Daß er aber schon damals oder später die Grafenwürde in England erhalten habe, ist unerwiesen. Er verwaltete die Grafschaft Kent (s. das alte Document bei Palgrave English Commonwealth T. II. p. 65.), doch führt er in keiner ächten Urkunde den Grafentitel.

tigen Unterhalt bürgte. Neben diesen fanden sich in derselben willfährigen Absicht manche Bretons ein, deren viele schon dem Eroberer nach England gefolgt waren[1]) und deren vorzüglich Henry sich häufig zu Söldnern bedient hatte, da ihre Armuth sie zwang jeder Fahne und jedem Befehle des ernährenden Schutzherrn zu folgen[2]). Unter den Bretons, welche wir in Stephans Reihen finden, sind manche, deren Rang und Stellung in England nicht füglich gestattet sie den flämischen Condottieri durchaus gleich zu stellen, doch waren es ihre Herkunft und ihre Verbindungen im Vaterlande, welche ihre dürftigen Landsleute zu ihnen heranzogen. Zu jenen gehörte Graf Stephan von Penthievre, vermuthlich der jüngere Sohn des Alain Fergant (des Rothen) und demnach ein Enkel des Eroberers. Er besaß die großen Besitzungen seines Vaters in England, die Baronie Richmond in Yorkshire und viele Güter in Lincolnshire und anderen Grafschaften, welche nach seinem in den ersten Jahren der Regierung Stephans erfolgten Tode auf seinen zweiten Sohn Alain II, mit dem Beinamen der Schwarze, fielen[3]). Seine Jugendjahre hatten ihm den Ruf eines kühnen, aber rohen und grausamen Kriegsmannes gebracht; später zeichnete er sich durch den ehrgeizigen Plan aus, die Bretagne wieder zu einem Königthume erheben zu wollen. Nicht weit stand hinter diesem zurück an vornehmer Geburt, noch weniger aber an stolzem Dünkel, Hervé, Vicomte von Leon[4]) in Bretagne, welcher sich nie hatte herablassen wollen

---

1) Currebatur ad eum (Stephanum) ab omnium generum militibus et a levis armaturae militibus, maximoque ex Flandria et Britannia. Erat genus hominum rapacissimum et violentissimum etc. Flandrenses catervatim in Angliam confluunt et famelicorum more luporum foecunditatem terrae Anglicanae ad nihilum redigere studuerant. Malmesb. Hist. Novella l. I. p. 179.

2) Zufolge Malmesbur. de gestis regum l. V. p. 159.

3) Domesday. Im Rotul. magn. pipae 31. Henrici I. heißt Letterer stets Stephanus comes de Britannia. Chron. Britan. a. 1146. Obiit Alanus comes in Anglia atque in Britannia strenuissimus.

4) Herveius de Leiona, tantae nobilitatis, tanti superbii. Malmesbur. Histor. Novellae l. II. Leon, pagus Lohonensis. Über ihn und sein Geschlecht vergl. Daru Geschichte der Bretagne Th. I. S. 109.

auf Henrys Bitte England zu besuchen, jedoch bei Stephan, welcher ihm seine Tochter vermählt hatte, mehrere Jahre, nicht zu dessen wahrem Vortheile, verweilte. Zu einem angesehenen bretagnischen Geschlechte gehörte gleichfalls Alain von Dinan; Olivers Sohn, welcher schon unter Henry in England reich begütert war und dem Könige Stephan diesseits und jenseits des Canals diente[1]), so wie auch Galfrid Boterel, Graf von Lamballe und Penthievre, der ältere Bruder des obengenannten Grafen Alain[2]).

Es darf wohl erwartet werden, daß die Zahl der Fremden in England sich nicht lediglich auf Bretons und Fläminger beschränkte, doch lassen sich andere mehr muthmaßen als nachweisen, und hier dürfte nur noch ein Neffe der Königin, der Tochter Eustache III., Grafen von Boulogne, Faramus, Sohn Wilhelms von Boulogne, zu nennen sein, da er es war, welcher mit Wilhelm von Ypern den königlichen Hof einige Zeit beherrschte[3]).

Große Aufregung hatte Henrys Tod in Wales, welches zu befehden er hatte hinüberkommen wollen, verursacht. Die vereinten Heerschaaren der Eingebornen fielen in die wohlangebaute Landschaft Goher, an der südlichen Meeresküste und den

---

111. 115. 129. Daß er der Schwiegersohn des Stephan sei, kann ich nur als meine Muthmaßung ausgeben. Ihn nennen Gesta Stephani Hervelus Brito, vir illustri·····t militaris p. 951. Comes Hervelus, gener regis. p. 953.

1) Im Rotul. magn. pipae wird sein Name Dinam geschrieben. Des Vaters Tod wird im Chron. Britannico beim Jahre 1150, der des Sohnes 1157 bemerkt.

2) Boterellus, comes quidam Britanniae. Gesta Stephani p. 956. vergl. Joh. Hagust. a. 1146. Vielleicht ist es der Gaufridus Bucherel des Rotul. magn. pipae; wo auch ein Willelmus Boterel und Bucherel, so wie Thomas filius Odonis Bucherel vorkommen. Man kennt einen älteren Bretagner, Galfrid Botherel, Odos von Penthievre Sohn, welcher im Jahre 1092 starb.

3) Pharamus, nepos reginae Mathildae et iste Bononiensis. Joh. Hagust. a. 1142. Faramus, filius Willelmi de Bolonia ... ut haberet terram suam (in Sudreia), quam soneret sua tenet. Rotul. magn. pip. laud. p. 50. Vgl. unten b. J. 1158.

20 *

1136 Ufern des **Tawe** (Glanmorgan) belegen, ein, zerstörten biefelbe
1. Jan. und metzelten eine von ihnen umzingelte Schaar von 516 Normannen nieder [1]). Die vom Könige gegen sie geschickten Söldner vermochten keine bleibenden Vortheile zu erringen und
mussten sich ruhmlos zurückziehen. Der von den Walisern
sehr gefürchtete Richard von Clare, Giselberts Sohn, welcher
im südlichen Wales beinahe einen eben so großen Einfluß übte
als seiner Frauen Bruder Ranulf, Graf von Chester, im Norden dieses Landes, ein von seinem Volke sehr verehrter und
geliebter Mann, eilte jetzt, durch Bündnisse und Geiseln gegen
seine Nachbarn geschützt, aus England zurück. Er scheint, unwillig über die vom Könige erlittene Verweigerung einiger seiner Wünsche, die Absicht gehabt zu haben gegen denselben Auf-
ruhr zu beginnen und sich mit den Walisern gegen ihn zu vereinigen, als er sorglos den Begleiter seiner Reise, den Freund
der Kaiserin, Brian, Sohn des Grafen Alain Fergant, Baron
von Wallingford, gewöhnlich Fitz=Count genannt [2]), mit dessen
zahlreichen Kriegern zurücksandte und bei der Musik seines
Sackpfeifers und des Sängers durch den dichten Wald ritt.
Der Schall des Instrumentes weckte bald die Aufmerksamkeit
der Waliser, von denen Jorwerth von Carleon den Norman-
15. April nen meuchelmörderisch überfiel und mit dessen Begleitung nie-
dermetzelte [3]). Diese Katastrophe entzündete die Gemüther der
October Waliser mit neuen Hoffnungen. Ihrer 3000 zogen nach Carbigan, keinen Fremden, nicht der Frauen und Kinder ver-
schonend, und belagerten die dortige Feste, wo des erschlagenen Richard Gattin verweilte. Nach langem Widerstande
wurde die Burg durch Milo von Glocester entsetzt. Balduin,
Richards Bruder, obgleich mit des Königs Schätzen unterstützt,
brang nicht über Brecknok vor und vergeudete hier die Zeit
und das ihm anvertraute Gold. Robert, Harolds Sohn, war

1) Sogar in dieser Zahl stimmen **Gesta Stephani** und **Cont. Florent.** überein.

2) Den Vater des oftgenannten **Brian Fitz=Count** erfahren wir aus
Chron. Saxon. a. 1127.

3) **Gesta Stephani. Florent. Cont. a. 1136.** Giraldi Ibi-
nerar. Cambriae l. I. c. 4.

nicht glücklicher, wenn er gleich hinlängliche Energie bewährte, und Stephan erkannte, daß gegen die zähe Vaterlandsliebe dieses aufgeregten Volkes der Unterdrücker keine besseren Waffen finden könne als Geduld, um zu sehen, wie innere Uneinigkeiten und Hunger es aufrieben. Doch litten besonders die 1137 Fläminger in Pembrokeshire unter ihren Waffen, und einer der tapfersten Barone, Paganus, des Johannes Sohn, fiel bei der Verfolgung einiger Waliser, von einem feindlichen Speere getroffen [1]).

Stephan hatte, gleich nach der Huldigung von Orford, die hohe Geistlichkeit und vornehme Laien nach London berufen, um die Beschwerden der ersteren über die unter seinem Vorgänger eingerissenen Misbräuche zu vernehmen. Sie klagten über Simonie, über die ihnen zugemutheten freiwilligen Gaben, welche allmälig in pflichtmäßige Steuern sich zu verwandeln drohten; über Verletzung der geistlichen Immunitäten, kurz, über Alles um was die damalige Clerisei stets mit Fürsten, welche die Interessen ihres Regimentes zu schützen hatten, zu habern pflegte; sodann auch noch über die eingerissene Leichtigkeit der Auflösung der Ehen, wobei es nicht schwer wurde den Lebenswandel des verstorbenen, vor einigen Monaten noch hochgepriesenen Monarchen bitter zu tadeln. Stephan verhieß bereitwilligst die Rechte der Kirche aufrecht zu erhalten und den eingerissenen Misbräuchen abzuhelfen, doch gestatteten die Wechselfälle seiner Regierung ihm weder diesen Verheissungen nachzukommen, noch auch eine entgegengesetzte Gesinnung in einem Streite über den Inhalt und Umfang seiner Rechte mit Ernst und Kraft darzulegen [2]).

Stephan mußte wenigstens die Geistlichkeit sich zu Freunden erhalten, da schon früh sich zeigte, daß er durch seine Nachgiebigkeit und freigebige Verschwendung die Achtung seiner normannischen Barone verloren hatte, ohne ihren unersättlichen Wünschen genügen zu können. Hugo Bigod machte

---

1) Florent. Cont. a. 1137. Gesta Stephani. Vgl. oben S. 284. Johannes et Ricardus Hagust., welcher den Richard irrig den Sohn Rogers nennt.

2) Nur Gesta Stephani berichten von diesem Concilium.

Ansprüche, vermuthlich auf die Grafschaft Ostanglien, welche dem Könige um so übertriebener erscheinen mußten, je mehr er selbst an die Wahrheit des von jenem zu seinem Vortheile abgelegten Zeugnisses glaubte. Hugo bemächtigte sich heimlich der Feste zu Norwich, unter dem Vorwande eines über den plötzlichen Tod des Königs verbreiteten Gerüchtes, und lieferte erst, nachdem der König selbst vor den Thoren der Burg erschien, ihm dieselbe mit vielem Widerstreben aus. Wahrscheinlich erreichte er jedoch seine Wünsche, da wir ihn später als Grafen von Norwich und von Ostanglien wiederfinden [1]).

Glücklicher wurde der Aufstand des Robert von Batthentone [2]) gedämpft. Dieser Ritter aus edlem Stamme hatte unter dem vorigen Könige friedlich auf seinem Schlosse gelebt, nur der Vorwurf großer Unmäßigkeit wurde ihm gemacht. Nach Henrys Tode füllte sich seine Burg mit Rittern und Schützen; die benachbarten Gegenden wurden häufig von denselben verheert. Obgleich er endlich dem Könige Stephan den Lehnseid abgelegt hatte, nahmen dennoch die Raubfehden des Ritters von Batthentone kein Ende, und vor das königliche Hofgericht geladen wurde er dort schuldig erkannt seine Burg den Händen und der Gnade des Königes zu überliefern. Zur Vollführung dieses Spruches ritt er mit den königlichen Dienern in seine Heimat, wußte diesen aber im Taumel der von ihm erweckten Fröhlichkeit zu entfliehen und seine Burg zu erreichen. Bald indessen war der König mit seinen Kriegern ihm gefolgt. Robert wurde, als er sich fliehend von der Mauer herabließ, von den Belagerern aufgefangen und nach kürzestem Standrechte vor den Augen der Seinigen an den hohen Galgen gehängt. Die Belagerten lieferten bald die Burg aus und da ihnen das Leben gegönnt wurde, so flohen sie zu der Frei- und Schutzstätte aller Empörer in England, dem Hofe des

---

1) Hugo Consul de Estangle. Huntend. a. 1141. Norwic.. tertium denarium, unde Hugo Bygotus comes est. Urkunde v. J. 1153 bei Rymer.

2) Badentone oder Baentone, Beide in Devonshire, zur Zeit des Domesday. Robertus de Baentone in jener Grafschaft erscheint in Rotul. magn. pipae 31. Henr. I.

Königes von Schottland [1]). Wie enge Roberts Aufstand mit des Letzteren Plänen oder mit denen des Hofes von Anjou verknüpft war, läßt sich nicht bestimmen, doch können wir eine politische Absicht in jenem nicht verkennen, wenn wir denselben als den Anfangspunkt zahlreicher Aufstände gegen Stephan entdecken, welche in den Grafschaften Devon und Somerset und deren Nachbarschaft ausbrachen.

Nicht so leicht war die Bezwingung des Balduin von Redvers, welcher die feste, alte Burg zu Exeter besetzt hielt. Selbst nachdem diesen andere Anhänger bis auf Alvred, Jo-hels Sohn [2]), verlassen hatten, und Stephan bei der Bela-gerung in drei Monaten 15,000 Mark verausgabt hatte, wurde die Burg behauptet, bis das Versiegen der Brunnen auf der-selben zu deren Übergabe zwang. Balduin floh nach der Insel Wight, wo er eine Burg besaß, von welcher aus er den Ver-kehr und Handel zwischen England und der Normandie be-lästigte. Doch ein ähnlicher Unfall begegnete ihm hier wie zu Exeter, und er unterwarf sich dem in Southampton angelang-ten Könige. Da dieser ihm jedoch kein Vertrauen wieder schenken wollte und ihn aus England verbannte, so ging er zum Grafen Geoffroy von Anjou, um in dessen Gesellschaft gegen Stephan zu wirken [3]).

Die Herbstmonate dieses Jahres, welche er auf dem Kö-nigshause zu Brampton (Huntingdon), um sich gleich seinen Vorgängern der Waidlust zu ergeben, zubrächte, und das fol-gende Jahr, welches er auf dem zu Dunstaple [4]) begann, und nach einem neunmonatlichen Aufenthalte in Frankreich be-schloß [5]), waren, außer den letzten Zeiten derselben, für Eng-

---

1) Gesta Stephani p. 935. Huntend. a. 1136.

2) Unter Devonshire wiederholt erwähnt im Rotul. magn. pip. 31. Henr. I.

3) Gesta Stephani p. 935 sq. Florent. Contin. a. 1135. Johannes et Ricardus Hagust. a. 1136.

4) Huntend. a. 1136. 1121. Rotul. magn. pip. 31. Henr. I. erwähnt diese domus regis in Bedfordshire, so wie die zu Hallingbury (Essex), Woodstock und Windsor.

5) Florent. Cont. a. 1137 et 1138.

1137 land die einzige Ruhe dieser unseligen Regierung. Im März
wurde die bisher verzögerte Fahrt nach der Normandie ausgeführt, welche durch den unter Stephan stattfindenden Zwiespalt zum Nachtheile des regierenden Königs den Charakter
des Haupt= und Erblandes gänzlich verlor, welchen sie auch
später, unläugbar zu Englands großem Gewinne, nicht wieder
erhielt. Graf Geoffroy von Anjou hatte im vergangenen
Jahre, in Verbindung mit den Grafen von Poitiers, Ponthieu u. A., einen Einfall in die Normandie gemacht;
keine ihm günstige Stimmung gefunden. Die Grausamkeit, welche sein Heer, welchem die verhöhnende Bezeichnung Hilibecs oder Guiribecs ertheilt wurde, ausübte, erzeugte bald den größten Haß gegen dasselbe und einen so allgemeinen Aufstand der Normannen gegen die Eindringlinge,
daß diese bald gezwungen waren jenes Land wieder zu verlassen [1]).
Noch im Mai wurde eine Zusammenkunft mit König
Louis von Frankreich veranstaltet, welcher Stephan mit dem
Herzogthume der Normandie, unter den Bedingungen wie
Henry dasselbe besessen, belehnte, und sich mit der Huldigung
des Sohnes Stephans, Eustache, begnügte [2]). Jedoch hat
Stephan nie den Titel eines Herzogs der Normandie in den
Urkunden geführt, ein Umstand, der bei der unzweifelhaften
Belehnung uns unerklärbar erscheint [3]). Einige aufrührerische
Barone in diesem Lande wurden durch Stephans tapferem
Arm bezwungen, neue Belehnungen wurden ertheilt, doch ge-

1) **Orderic.** l. XIII. p. 905 sq. Jener Beiname verblieb den
Truppen von Anjou noch später. Vita b. Ulfrici apud **Bollandi** Acta
Sanctor. Febr. 20. Ingressus est Angliam Henricus, Normanniae dux,
cum exercitu hominum, quos vulgus appellat Hirebellos.

2) **Orderic.** p. 909. **Huntend.** a. 1137.

3) Der Mangel dieses Titels scheint bisher nicht beachtet zu sein,
und Sir N. **Harris Nicolas** Notitia historica (1824) führt sogar
bestimmt an: Stephanus, dei gratia dux Normannorum; doch ist weder
in **Rymer** Foedera noch in dem Monasticon Anglicanum eine solche Bezeichnung zu finden. Übrigens scheint auch Henry I. den Titel dux Normannorum nur in einigen für die Normandie ausgestellten Urkunden zu
führen, wie Monast. T. VI. p. 1071.

lang es ihm nicht Geoffroy von Anjou völlig zu bemüthigen; die Anmaßungen und Gewaltthätigkeiten der Fläminger von des Königs Gefolge, vorzüglich des Wilhelm von Ypern, welcher einen Versuch wagte sich der Person des dem Könige in die Normandie bald nachgefolgten Grafen Robert von Glocester zu bemächtigen [1], erbitterten die Normannen und führten zu den bedenklichsten Spaltungen in Stephans Umgebungen und Heere. Von einem Theile seiner Truppen verlassen, als er voll Begierde, ihm ein Treffen zu liefern, brannte, mußte er sich begnügen im Juni mit seinem Feinde einen dreijährigen Waffenstillstand, unter jährlicher Zahlung von zweitausend Marken, zu schließen [2].

Kaum hatte Stephan in England das Weihnachtsfest in heiterer Pracht begangen, als ein schon lange sich zusammenziehender Sturm ausbrach, welcher ihn hätte zu Grunde richten müssen, wenn in den Plänen seiner verschiedenen Gegner Einheit gewesen wäre. Der erste dieser Aufstände war namentlich in seiner Veranlassung local und in seiner Ausführung unverbunden mit den bald erfolgten Fehden. Stephans Vorgänger waren sehr sparsam in Ertheilung des Grafenthums gewesen, und besonders Henry hatte sich bemühet die mit demselben verknüpften Einkünfte und den Heeresbefehl in die königliche Hand zu bringen. An die Stelle der verstorbenen, von seinem Vater und Bruder in England ernannten Grafen setzte er selten neue ein, so daß wir außer seinem Sohne Robert, dem Grafen von Glocester, nur noch die Grafen von Chester, Warwick und Leicester im Jahre 1131 finden, von denen der Letztere auch bald darauf verstorben zu sein scheint. Diese weise Politik, welcher England so viel von seiner Eigenthümlichkeit und seinem Glücke verdankte, wurde von Stephan nicht befolgt, und er benutzte die Ertheilung der Grafenrechte gleich anderen Belohnungen an seine Anhänger. Wenn er für Giselbert de Clare die Grafschaft Pembroke schuf, so läßt sich der

1) Orderic. l. l. Malmesbur. a. 1137.

2) So Robert du Mont. Orderic S. 910., Richard und Johannes von Hexham sagen, der Waffenstillstand sei nur auf zwei Jahre geschlossen.

Gedanke unterlegen, daß die Verhältnisse dort jene militairische Würde erheischten, welche zugleich als ein Gegengewicht gegen die Grafen von Chester im Norden und Osten von Wales dienen konnte. Die später ertheilte Würde des Grafen von Derby an Robert von Ferreres oder Stotesbury war die Belohnung der wichtigsten Kriegsdienste. Dunkler ist es aber, was Stephan vermochte die seltene Würde unter dem Titel eines Grafen von Bedford dem Hugo, mit dem Beinamen der Arme (pauper), zu ertheilen, von welchem wir nur wissen, daß er ein jüngerer Sohn des einst mächtigen Robert von Beaumont, Grafen von Meulan, war[1]. Diesem verlieh er zugleich die Hand der Tochter des verstorbenen Simon von Beauchamp. Milo und sein Bruder, die Söhne des verstorbenen Robert von Beauchamp, welche die Burg zu Bedford inne hatten, welche sie dem neuen Grafen übergeben sollten, besorgten alle ihre Erbgüter zu verlieren und lehnten sich gegen die Befehle des Königs auf. Gegen Heinrichs, des Bischofes von Winchester, Rath begann Stephan eine Belagerung von Bedford, welche ihn lange beschäftigte, bis durch des Bischofs Vermittelung die Herren von Beauchamp die Feste dem Könige überlieferten. Hugo der Arme erhielt die Grafschaft, doch nur für kurze Frist und um dann auf sich die Worte parodirt zu hören, welche der h. Bernhard von dem ältern Grafen Theobald von Blois, welcher das Kreuz gegen die Ungläubigen nahm und hernach Tempelherr wurde, schrieb: es sei aus einem Grafen ein Ritter, aus einem Ritter ein Armer geworden[2].

Stephan selbst war nicht bis zur Beendigung der Belagerung geblieben, sondern hatte wiederum seine Aufmerksamkeit auf die Schotten richten müssen. Deren König David, Sohn des Malcolm Ceanmore und Bruder Mathildens, der ersten Gemahlin Henrys, und Marias, der Gemahlin des Grafen Eustache von Boulogne, war der Oheim der Kaiserin, so wie

---

1) Orderic. l. XI. p. 806.

2) Gesta Stephani p. 938. 953. Orderic. p. 915. Florent. a. 1138. Huntend. Meine Erklärung jenes Scherzes setzt voraus, daß man mit mir in den Gestis l. l. für das sinnlose Rogerium de comite etc. lese Hugonem de comite.

der jetzigen Königin. Durch seine Mutter Margarethe, die Tochter des Prinzen Eadward und Enkelin des Königs Eadmund, repräsentirte er jedoch selbst die älteste Linie der angelsächsischen Dynastie. Wenn man also annehmen wollte, daß die Kaiserin durch ihr Ehebündniß mit dem Franzosen ihres Rechtes auf die Krone Englands verlustig gegangen sei, so fiel diese auf König David; eine Ansicht, welcher es nicht an Vertheidigern gefehlt hat [1]). David erklärte sich jedoch dem zu Gunsten der Erbfolge seiner Nichte, der Kaiserin, ihrem Vater einst abgelegten Eide getreu und verlangte für seinen Sohn Heinrich nur die Erneuerung der altherkömmlichen Belehnung des schottischen Erbprinzen mit Cumbrien [2]) und für sich das Erbe seiner Gemahlin, der Tochter des Grafen Waltheov in den Grafschaften Northumberland und Huntingdon. Er überfiel mit einem zwiefachen Heere Carlisle und die Städte an der Grenze Northumberlands, Carham und Norham, und bemächtigte sich, nach einem vergeblichen Versuche Bamborough zu nehmen, zu Anfang des Jahres 1136 der Städte Alnwyk und Newcastle. Von den vornehmeren Eingesessenen ließ er sich Eidschwüre und Geiseln für ihre Mathilden gelobte Treue darbringen. Ehe er jedoch auf Durham vordringen konnte, war Stephan daselbst mit einem starken Heere angelangt [3]), 5. Febr. und David betrachtete den wahrscheinlichen Ausgang einer Schlacht als so mißlich, und Stephans Willfährigkeit die eigenthümlich schottischen Interessen anzuerkennen war so groß, daß nach wenigen Wochen ein Vertrag zwischen beiden Königen zu Stande kam, wornach Heinrich, Davids Sohn, dem

1) Palgrave English Commonwealth T. I. p. 611.

2) Cum consulatu patris sui. Ricardus Hagust. a. 1186. Dieser Chronist setzt Carlisle nach Northumberland. Das schottische Lehn Cumbrien, das Bisthum Glasgow umfassend, lag also nördlich von dem jetzt ausschließlich so benannten Cumberland. Im Rotul. magn. pipae 31. Henr. I. fehlt der Name Cumbrien daher gänzlich.

3) Ingram läßt die Schotten bis Wessington in Derbyshire vorrücken. Die Worte des Chron. Saxon. a. 1136: David toc to wessien him heißen aber: David begann ihn zu beunruhigen. Wessien ist Schreibfehler oder normannsächsisch (somiaxon wie die Engländer sagen) für wessian, vexare, das schottische to fash.

Könige Stephan für die Grafschaft Cumberland huldigte und ihm die Städte Carlisle, Doncaster (York) und Huntingdon mit allen ihren Rechten überlassen wurden [1]. Northumberland wollte Stephan ihm nicht bewilligen, soll jedoch verheißen haben es keinem Anderen zu verleihen, ohne Heinrichs Ansprüche in seinem Hofgerichte prüfen zu lassen. Der schottische Kronprinz begleitete den König von England nach London, wo wir seine Gegenwart bei den Osterfestlichkeiten bemerken. Die ihm erwiesenen Auszeichnungen erregten jedoch den Unwillen des Erzbischofes von Canterbury und anderer englischen Großen, wodurch Stephans Wunsch freundschaftlicher Verhältnisse so sehr vereitelt wurde, daß David tief gekränkt seinen Sohn von Stephans Hofe zurückrief. Sobald dieser im folgenden Jahre nach der Normandie geschifft war, versuchten die Schotten wiederum sich in den Besitz Northumberlands zu setzen, doch erschienen auf ihres Königs Aufgebot die normannischen Barone so zahlreich bei Newcastle, daß, als der hochbejahrte Thurstin, der Erzbischof von York, zu Roxborough beim König David als Vermittler erschien, die Schotten einen Waffenstillstand bis zu der Adventzeit, zu welcher Stephan nach England heimkehrte, eingingen.

Die Schotten hegten bei diesem Aufschube vielleicht eine tieferliegende List. Die Partei der alten Patrioten, der unterjochten angelsächsischen Bevölkerung, hatte während des Familienzwistes unter den Normannen und bei der jetzigen Abwesenheit Stephans sehr an Muth und Kraft gewonnen. Es bildete sich unter ihr eine Verschwörung, die Normannen alle zu ermorden und die Krone Englands an das schottische Königshaus zu bringen. Die Geistlichkeit, welche den gefahrvollen Boden, auf welchem die Dynastie der Eroberer noch immer stand, durch ihre täglichen Berührungen mit allen Volksclassen besser kannte als die normannischen Barone, bei denen die kalte Verachtung und schroffe Abstoßung ihrer Unterthanen, welche das ältere Geschlecht verhasst gemacht, durch den Leichtsinn, die Schwelgerei und die Verschwendung des gegenwär

1) Ricard. Haguat. a. 1136. Johannes Hag. ibid. Huntend. a. 1136.

tigen ſchlecht übertüncht waren, erhielt Kenntniß von den ge-
heimen Wünſchen und dem verſteckten Treiben jener trübſinni-
gen, fremdzüngigen Sachſen. Der Biſchof, oder nach deut-
ſchem Ausdrucke der Fürſtbiſchof von Ely, welcher auch das
weltliche Regiment ſeiner Bisthümer führte, durfte nicht an-
ſtehen das ihm angezeigte Complott den übrigen geiſtlichen und
weltlichen Herren des Landes ſogleich mitzutheilen. Man bemächtigte ſich der für uns namenloſen Verſchwörer, ſo viele ihrer
entdeckt und ergriffen werden konnten, und überlieferte ſie dem
Henker zu entehrenden und peinvollen Lebensſtrafen. Viele
von den übrigen Bundesbrüdern, nicht gekannt oder nicht verrathen, verließen heimlich ihre Güter und Habe, um im ger-
maniſchen Auslande Zufluchtsſtätten oder in Schottland, Wales, vielleicht auch in Dänemark Hülfe zur Herſtellung der
goldenen angelſächſiſchen Freiheit oder König Eadwards Recht
zu ſuchen [1]).

Stephan war ſo eben nach England zurückgekehrt, als
Davids Geſandte vor ihm erſchienen, um Northumbrien für
deſſen Sohn Heinrich wieder zu verlangen, falls der Waffenſtillſtand nicht aufgehoben ſein ſolle. Kaum waren ſie mit
dieſem Anliegen abgewieſen, als Wilhelm, Duncans Sohn,
Davids Neffe, in England eindrang, um Carham an der
Nordgrenze von Durhamſhire zu belagern, wo König David und
ſein Sohn ſich ihm anſchloſſen. Sein Heer war aus Schotten,
Picten oder Einwohnern von Galloway, denen aus Lothian
und Teviotdale, aus Cumbern, übergegangenen Northumbriern,
geflüchteten Angelſachſen, misvergnügten Normannen, ſelbſt aus
Deutſchen (worunter vermuthlich Holländer und Fläminger zu
verſtehen ſind) zuſammengeſetzt. Die kleine Grenzfeſtung, unter dem Befehle des tapfern Jordan de Buisli, Neffen des
berühmten Heerführers Walter Espec, vertheidigte ſich gegen
die ſtarke aber undiſciplinirte Heeresmaſſe und alles Bela-
gerungsgeſchütz ſo wohl, daß David ſich genöthigt ſah, nach
dem Verluſte ſeines Bannerherrn und vieler Krieger, jene

1) Es kann auffallen, daß nur der in der Normandie lebende Mönch
uns über dieſe wichtigen Vorfälle unterrichtet, doch war unter ſeinen
ſchriftſtellernden Zeitgenoſſen kein beſſerer Angelſachſe. Orderic. p.
912—915.

zu verlassen und mit Zurücklassung eines Theiles seiner Truppen nach Northumberland zu ziehen. Die Grausamkeiten,
welche sein Heer hier gegen Frauen, Greise, Kinder verübte,
gleichen dem Abscheulichsten und Verächtlichsten, was die Geschichte von rohen Barbaren je berichtet hat [1]), und sind fast unglaublich, wenn Prinz Heinrich wirklich die Belehnung mit
dieser Provinz bezweckte und David Hoffnungen auf die Krone
Englands nährte. Schon hatten die Schotten die Tyne über-
schritten, als König Stephan mit zahlreicher Mannschaft heran-
eilte. Jene zogen sich schnell zurück und verliessen England,
bei Carham wieder vorbeigehend, um bei Roxborough den König Stephan in einem Hinterhalte, wobei sie auf die Verrätherei einiger vornehmen Normannen rechneten, zu erwarten.
Dieser überschritt die Tweed, doch nahm er seinen Marsch in
anderer Richtung, verheerte einen Theil der schottischen Nieder-
lande und zog sich, da der König David kein Treffen annehmen wollte, dem englischen Heere in dem verwüsteten Lande
aber Proviant fehlte, viele in demselben auch bei dem heran-
genahten Osterfeste nicht Krieg führen wollten, nach dem südlichen England zurück. Vermuthlich wurde er zu diesem Entschlusse durch die ungünstigen Nachrichten bestimmt, welche er
von dorther erhielt und welche ihn auch bewogen den ferneren
Kampf in diesen Gegenden seinen tapferen und treuen Baronen zu überlassen.

　　Kaum hatte König David das Osterfest begangen, als
er den Zug nach England erneuerte und diesesmal längs
der früher nicht berührten Meeresküste bis nach Newcastle
herunterzog. Abtheilungen seiner Krieger wurden abgeordnet, um Norham, eine Burg des Bischofes von Durham,
einzunehmen, so wie die Gegend um dessen Bischofssitz herum
zu verheeren. Eine ansehnliche Heeresabtheilung war unter
dem Prinzen Wilhelm Mac Duncan bis in die Mitte von
Lantashire vorgerückt, wo sie der ersten Abtheilung des englischen Heeres in vier Schaaren bei Clitheroe am Ribble begeg-
10. Juni nete. Wilhelm griff diese mit so vieler Festigkeit an, daß er

____

1) **Ricard. et Johann. Hagust. Hunted. Florent.
contin. a. 1138.**

ihre Reihen bald durchbrach, sie in die Flucht schlug, viele derselben tödtete und zu Gefangenen machte, so wie eine reiche Beute gewann [1]).

Der König der Schotten war unterdessen an die Grenze von Yorkshire vorgerückt. Einen wichtigen Kriegsgenossen hatte er an Eustache, Johannes Sohn, gewonnen, welcher unter König Henry eine bedeutende Stellung behauptet hatte und neuerlich von Stephan durch die Wegnahme von Bamborough gereizt war, jedoch Alnwik und Malton (East Riding) noch besaß [2]). Auch Bamborough erhielten jetzt die Schotten, als es durch den leichtsinnigen Übermuth seiner jugendlichen Vertheidiger ihnen in die Hände gespielt wurde. Die dringende Gefahr erweckte unterdessen alle die Normannen in Yorkshire zu vereinter, tapferer Gegenwehr. Der hochbejahrte, gebrechliche Erzbischof von York, Thurstin, ließ sich auf einer Bahre herumtragen um durch seine Reden Aller Muth und Nachgefühl zu entzünden und zu der wesentlichen Ordnung, ohne welche so viele Kräfte sich nur nutzlos aufrieben, zu wirken. Es waren hier zusammengekommen: Graf Wilhelm von Albemarle, Walter von Gent [3]), ein frommer dem Tode schon naher Greis, der jugendliche Roger von Mulbrai [4]), der hochbetagte Walter Espec, welcher einst nach dem Verluste seines einzigen Sohnes Kirkham Priory und später die herrliche Cistercienser-Abtei zu Rivaur so wie die zu Warden (Yorkshire) gestiftet hatte [5]), Wilhelm von Perci, Richard von Curci, Wilhelm

1) Johannes Hagust. a. 1138.

2) Id. Ethelred de bello standardi pag. 345.

3) Comes bei Ricard. Hagust. ist nicht mit den Herausgebern auf W. v. Gent, sondern auf den vorstehenden W. v. Albemarle zu beziehen.

4) Dieser sehr reiche Baron war ein Sohn des Nel von Albigny, welcher von Henry I. die großen Besitzungen des abgesetzten und im Kerker verstorbenen Robert von Mulbrai, Grafen von Northumberland, erhalten hatte. Guil. Gemmet. l. VIII. c. 8. Zu seinen Burgen gehörte Thyrsk (Yorkshire), Burton in Kendal (Lonsdale, Westmoreland), Brikhlawe (Brughlaw, Northumberland), Malessart. S. Rotul. magn. pip. laud.

5) Monast. Anglic. T. V. p. 274. 869. T. VI. p. 207.

Fossard, Albert von Laci, in langjähriger Verbannung an Körperkraft und Witz gestählt, Robert von Brus, Bernhard von Baliol, lauter erlauchte Namen, deren Klang uns aber lehrt, wie die Herren selbst in diesen nördlichen Provinzen, deren Bevölkerung bis auf diesen Tag viele Spuren angelsächsischer Herkunft verräth, nur Franzosen waren. Zu ihnen stießen noch aus Nottinghamshire Wilhelm Peverel, aus Derbyshire Robert von Ferreres und Galfrid Halselin. Eine allgemeine Waffenschau und Berathung befestigte Aller Zutrauen und gegenseitig wurden theure Eide in des Anderen Hände gelegt zu unwandelbarer Standhaftigkeit und unverbrüchlicher Treue. Ein jeder beichtete den heiligen Vätern, das h. Abendmahl wurde ausgetheilt und nach dreitägigem Fasten und manchen frommen Werken kräftigte der Erzbischof alle Gemüther durch Ertheilung seiner Entsühnung und seines Segens. Darauf rückten unter dem Schutze des Herrn, welchem sie sich ganz zu weihen gestrebt hatten, die normannischen Ritter bis zur Burg Thyrsk vor. Hier wurden die edlen Herren Robert von Brus und Bernhard von Baliol, beide durch Lehnsverbande mit dem Könige von Schottland demselben verknüpft, an denselben abgeordnet um ihn durch ehrerbietige aber feste Vorstellungen zu bewegen von diesem ruchlosen Kriege abzustehen, für welchen Fall sie seinem Sohne die Grafschaft Northumberland, welche der Vorwand des begonnenen Krieges war, in des Königs Stephan Namen verhießen. Als aber die Schotten alle Gründe und Anerbietungen[1]) mit schnödem Hohne von sich wiesen, so entsagte Robert von Brus seinem dem Schottenkönige für eine in Galloway belegene Baronie geleisteten Lehnseide, so wie Bernhard von Baliol einer ähnlichen Verpflichtung feierlichst, und kehrten, als freie Herren ihres Schwertes, zu den Ihrigen zurück. Diese zogen nunmehr zu dem Cuteenmoor[2]) bei North Allerton, wo sie einen großen Mast auf einem beweglichen mit vier Rädern versehenen Gestelle errichteten, auf welchem die Banner der Abtei St. Petri zu York, St. Johannis zu Be-

1) Roberts Rede findet sich in Ethelred, des Abtes von Rievaur, Bellum Standardii apud Twysden p. 343.

2) Chronica Mailros.

verley und St. Wilfrid zu Rippon aufgezogen und auf dessen Gipfel eine silberne Büchse mit der geweihten Oblate, dem persönlich gegenwärtigen Leibe Christi, welcher die Schlacht zum Siege leiten sollte, gesetzt wurde. Dieser Bannerkarren, der carroccio der Italiener, carros der Franzosen, war es, welcher auf den Erfolg der Schlacht mächtig einwirkte, und dieser daher für immer den Namen der Bannerschlacht (bellum Standardii) verliehen hat. Als die Schotten dem englischen Lager nahten, erhob, da der Erzbischof Thurstin zu schwächlich war, Radulf Novellus, der Bischof der Orkaden, von einem Gerüste 22. Aug. herab seine Stimme zu einer begeisternden Anrede an die sich um ihn drängenden Krieger [1]. Noch eindrucksvoller waren die Worte, welche der alte Feldherr Walter Espec sprach, der Mann von Riesengröße, mit langherabwallendem schwarzen Haupthaare und Barte, breiter, hochanstrebender Stirne, mit den Alles erspähenden, klug durchbringenden, von freundlichem Glanze gemilderten Augen, mit leichtbeweglicher aber von dem Klange einer Posaunenstimme getragener Rede.

Bei der großen Überlegenheit der schottischen Heereszahl kam es vorzüglich darauf an, den ersten kräftig wilden Angriff der Schotten zu ertragen. Die Normannen verliessen daher größtentheils ihre Rosse, welche leicht durch das sturmartige Geheul der Schotten scheu werden konnten, und die muthvollsten Männer vereinten sich zu Fuße mit den Bogenschützen zur ersten Abtheilung, die übrigen sammelten sich um das heilige Banner herum. Die Picten von Galloway rückten jetzt mit furchtbarem Geheule, die Loosung „Albaneigh!" dreimal rufend, heran, und ihren wohlgezielten zahllosen Pfeilen gelang es die erste Reihe der mit Speeren bewaffneten Engländer zu werfen [2]. Doch bald sammelten sich diese, die schwachen Pfeile der beinahe nackten Picten brachen sich an den festen Rüstungen der Normannen, und als diese nunmehr mit den Schwertern auf sie einhieben, fielen ihrer unzählige und die englischen Bogenschützen nahmen sie, zum sicheren Ziel ihrer Pfeile. Bald aber vereinte der tapfere Prinz Heinrich sie wieder und mit

1) S. dieselbe bei Huntendon. a. 1138. Ethelred. l. l.
2) Ethelred.

Löwenmuthe stürzte er sich durch die erschrockene Schaar der
Engländer bis zu der Gegend hinter der Schlachtordnung, wo
deren Pferde aufgestellt waren. Diese mußten daher eine bedeutende Strecke vom Heere geflüchtet werden, und schon begann eine entmuthigende Stimmung sich bei den Normannen
zu verbreiten, als einer derselben, das Haupt eines Erschlagenen emporhebend, es für dasjenige des Königs der Schotten
ausgab und die Seinigen durch diese Kriegslist neu begeistert
gegen die Picten führte, welche nunmehr bald unterlagen.
Auch die Schaar der Männer von Lothian, welche schon bei
dem ersten Angriffe ihren von einem Pfeile getroffenen Anführer verlor, floh bestürzt. König David versuchte jetzt vorzurücken, doch gelang es ihm nur so viele von den Seinigen
zu sammeln, um in fester Ordnung und gegen die verfolgenden Engländer sich vertheidigend nach Carlisle zurückzuziehen.
Prinz Heinrich, welcher durch seinen heftigen Angriff mitten
unter die Engländer gerathen war, mischte sich mit großer Besonnenheit unter die Schaar der verfolgenden Sieger und wußte
so denselben unbemerkt zu entfliehen. Eilftausend Schotten
sollen auf der Wahlstatt geblieben sein, außer denjenigen,
welche hernach auf der Flucht, im Streite mit Picten und
Landsleuten¹) und durch andere Mißverständnisse von ihren eigenen Genossen oder in Wäldern und Feldern von den Engländern niedergemacht wurden. Die Normannen verloren keinen
angesehenen Ritter, außer dem Bruder des Ilbert von Lacy.
Einige derselben nahmen noch Malton, die Burg des Verrä-
thers Eustache; darauf löste sich schnell das ganze Heer auf,
die große Beute an Rüstungen, Waffengeschmeide, Hofkleidern
u. a. ward von den Einzelnen in ihre Heimat gebracht; die
eroberten Fahnen wurden in den Kirchen den Heiligen geweiht. König Stephan, durch die Botschaft hoch erfreut, ernannte Wilhelm von Albemarle zum Grafen in Yorkshire, Robert von Ferreres zum Grafen in Derbyshire. König David,
des Kampfes nicht müde, begann wiederum doch vergeblich
die Belagerung von Carham. Der päpstliche Legat Alberich
von Ostia versuchte den Frieden zwischen beiden Königen zu

---

1) Ricard. Hagust.

vermitteln; doch David, welcher sehr wohl erkannte, wie seine Sache, trotz der erlittenen Niederlage, noch immer stärker als die des gegenwärtig von allen Seiten her bedrängten Stephans sei, war nur zu einem Waffenstillstande von zwei Monaten zu bewegen. Nach der Abreise des Legaten im folgenden Jahre kam endlich ein Friedensschluß zu Durham zu Stande, doch unter Bedingungen, welche für Stephan so ungünstig waren, daß die Standartenschlacht vergebens gewonnen scheint. Prinz Heinrich erhielt Northumberland, und die Barone der Grafschaft leisteten ihm den Lehnseid; für die Städte Bamborough und Newcastle, welche König Stephan behielt, wurde dem schottischen Prinzen reichlicher Ersatz in einer südlichen Grafschaft zugesichert. Die vom Könige Henry gegebenen Gesetze für Northumberland und getroffenen Einrichtungen mußten aufrecht erhalten werden, und fünf Söhne schottischer Grafen wurden dem Könige Stephan als Geiseln für den lebenslänglichen Frieden und die Treue des Königs David und des Prinzen Heinrich zugestellt. Letzterer zog jetzt auch an Stephans Hoflager, wo er den Sommer mit allem ihm erschwingbaren Glanze verlebte.

1138
9. April

Zu Anfange des Krieges mit den Schotten hatte Stephan noch einen anderen Feind zu bekämpfen, welchen vermuthlich die kurz vorher landesflüchtig gewordenen Nachkommen der Angelsachsen und Dänen in Ely ihm erweckt hatten. Der König Erik Lamb von Dänemark war veranlaßt zu glauben, daß er nähere Ansprüche auf die Krone, welche einst Knut und dessen Sohn getragen, besäße als jene französischen Normannen; Ansprüche, welche er selbst wohl für schwach hielt, wenn er glaubte sie noch durch die vom ältesten bis zum neuesten Völkerrechte unerhörte Behauptung unterstützen zu müssen, daß die gemeinschaftliche Bespülung seiner und der englischen Küsten durch die Nordsee ihm ein Näherrecht an England verleihe. Stephan griff die gelandeten Dänen nicht sogleich an, ließ sie aber nach Beute suchend sich zerstreuen und dann einzeln überfallen, wodurch es ihm gelang ihre Macht gänzlich zu brechen und den Angriff zurückzutreiben [1]).

1) Auctarium Gemblac. a. 1138. Es ist auffallend, daß kein eng-

21*

König Stephan hatte unterdessen viele kleinere Kämpfe gegen rebellische Unterthanen im Süden und Westen seines Reiches zu fechten gehabt. Von einem zu Northampton gehaltenen Concilium zog er nach Glocester, wo die Bürger ihm voll Ergebenheit fünf Meilen entgegenkamen und sein Connetable Milo, gegen welchen der König gerechtes Mistrauen hegen musste, an ihrer Spitze ihm am folgenden Tage in der königlichen Halle den Eid der Treue ablegte. Hier beruhigt wandte Stephan sich gegen Galfrid Talbot, welcher mit großem Hasse wider ihn den Aufstand vieler Barone in dortiger Gegend leitete [1]. Dieser hatte die Burg zu Hereford stark befestigt, welche der König erst nach langem Zeitverluste einnahm. Hierauf griff er den Galfrid selbst in seiner Burg zu Webley (Glamorgan) an, und obgleich jener entfloh, wurde diese genommen und so wie Hereford mit königlichen Kriegern stark besetzt [2]. Während der König mit diesen Belagerungen beschäftigt war, erschien ein normannischer Herold in seinem Lager, welcher ihm entbot, wie Graf Robert von Glocester ihm Freundschaft und Treue aufkündige, auch seinem Lehnseid entsage, sintemal Stephan allen seinen früheren Schwüren zu Gunsten seiner Schwester, der verwittweten Kaiserin, entgegengehandelt habe. Stephan konnte freilich über diese Gesinnung Roberts, welchen er als einen seiner gefährlichsten Feinde schon durch des Wilhelm von Ypern meuchelmörderische Hand aus dem Wege zu räumen versucht haben soll, nicht überrascht sein, doch erzürnte sie ihn sehr und er erklärte jenen aller seiner Besitzungen in England verlustig. Mehrere seiner Burgen wurden geschleift, nur Bristol wurde dem Grafen gelassen oder konnte nicht sofort genommen werden [3]. Die rebellischen Barone

---

lischer noch dänischer Chronist von diesem Zuge spricht, doch sind wir nicht berechtigt, den sehr bestimmten Bericht des flandrischen Zeitgenossen zu verwerfen.

1) Florent. Cont. a. 1138. Orderic. p. 917.

2) Ibid.

3) Malmesb. hist. Novellae l. I. fin. Es führt zu einer sehr irrigen Darstellung der Begebenheiten, wenn Lingard b. J. 1140 Glocester, Canterbury, Dover als Plätze nennt, in welchen das Panier des Grafen damals erhoben wurde.

hatten viele Burgen besetzt und befestigt. Walkelin Maminot war zu Dover, welches bald von der Königin genommen wurde[1]); Robert, Sohn des Alvred von Lincoln, hatte die Burgen Werham (Dorset) und Morgan inne[2]); Walkelin von Moiun, Obham (Surrey)[3]); Wilhelm von Moiun Dunster 'm Bristol Channel (Somerset)[4]); Wilhelm Peveril die Burgen Brunam, Elesmer (Shropshire), Obreton und Winten-ton[5]); Radulf Louvel, Carey (Dorset)[6]); Wilhelm, des Johannes Sohn, Harpetrew (Somerset)[7]); Wilhelm, Sohn des Alanus, hatte die Burg zu Shrewsbury[8]) besetzt.

Der Hauptsammelplatz der Feinde Stephans blieb jedoch Bristol, welches Robert von Glocester hatte stark befestigen und verproviantiren lassen. Von hier aus machten die normannischen Ritter Streifzüge, überfielen die friedlich und harmlos Gesinnten und preßten ihnen mit roher Gewalt und durch schreckliche Marterwerkzeuge ihr Geld und die übrige Habe ab. Ein Verwandter des Grafen von Glocester, Namens Philipp Gai, ward als der Erfinder jener Instrumente bezeichnet, welche bald auf keiner Burg eines Raubritters fehlten[9]). Einige wurden, so sagt ein gleichzeitiger Bericht, an den Füßen aufgehängt und mit Rauch erstickt, Andere bei den Daumen oder mit dem Kopfe, während die Füße mit schweren Rüstungen belastet waren. Stricke wurden um den Kopf geschnürt, bis das Gehirn zusammengedrückt wurde. Andere wurden in dumpfe Keller, voll Nattern, Schlangen und Kröten, geworfen. Sodann hatte man enge und kurze Kisten, voll scharfer Steine

---

1) Huntend. a. 1138. Orderic. p. 917.

2) Orderic. l. l. Huntend. a. 1138.

3) Orderic. l. l.

4) Orderic. l. l. Malmesb. hist. Novellae l. II. a. 1139. Will. de Moiont. Rotul. magn. pip. laud. p. 108. Der gleichbenannte Großvater focht zu Hastings. Roman de Rou v. 13620. Ellis a. a. O.

5) Orderic. l. l.

6) Florent. cont. a. 1138. Orderic. l. l.

7) Florent. Orderic. l. l. Gesta Stephani p. 942. Rotul. magn. pip. laud.

8) Huntend. a. 1138.

9) Florent. cont. a. 1138. Chron. Saxon. a. 1137.

(crucet-hus), in welche die unglücklichen Schlachtopfer hinein-
gezwängt wurden, bis alle ihre Gliedmaßen zerbrochen waren.
Noch andere Marterinstrumente, genannt „Sachenteges," bestanden in sehr schweren eisernen Ringen, welche, inwendig
scharf, um den Hals gelegt wurden, so daß der an einen Pfahl
befestigte Mann weder sitzen noch liegen konnte, ohne jenes
schwere Gewicht zu tragen. Tausende sollen durch Hunger
getödtet sein [1]). Die Errichtung so vieler Burgen war eine
große Last für die Landleute, welche der ländlichen Arbeit und
ihrem Erwerbe entzogen und über ihre Kräfte angestrengt wurden, um jene Schlösser zu bauen, worin, wie sie sich ausdrück-
ten, nur Teufel und Übelthäter hausten. Die Bürger waren
nicht besser daran, nicht nur die Einzelnen wurden beraubt
und gepeinigt, sondern die Städte wurden, so oft sich dort einige Habe zeigte, gebrandschatzt, und es kam dahin, daß man
in einigen Gegenden Englands Tage lang reisen konnte, ohne
einen Mann in einer Stadt sitzend oder auf dem Felde beim
Pfluge zu finden. Theurung und Hungersnoth konnten bei
diesem Zustande des Landes nicht lange ausbleiben und Elend
und Schrecken verbreiteten sich über das Land, wie man sie
kaum zur Zeit der heidnischen Seeräuber, welche doch nicht
stets dieselbe Nachbarschaft neu verheerten, gekannt hatte. Das
Land zu ackern war so nutzlos als wollte man das Meer be-
säen, keine Kirche bot mehr ein Asyl. Selbst diese geweihten
Gebäude wurden aller ihrer Schätze beraubt und oft verbrannt.
Christus, so klagte man, und seine Heiligen schliefen [2])!

Ein günstiges Ereigniß war es, daß Robert, Bischof von
Bath, den Galfrid Talboth, welcher mit Giselbert von Lacy
und Wilhelm Hoset seinen Bischofssitz bei Nacht besetzen
wollte und sich der Stadt sehr genähert hatte, gefangen nahm.
Je mehr indessen Stephan durch diese Nachricht erfreut war,
desto mehr entbrannte sein Zorn, als bald darauf Bischof Robert, durch die Drohungen der Raubritterschaft von Bristol
eingeschüchtert, dieser seinen Gefangenen auslieferte [3]). Stephan

1) Chron. Saxon. l. l.   Gesta Stephani p. 941.

2) Chron. Saxon. l. l.

3) Gesta Stephani p. 940.   Florent. cont. a. 1138.

zog mit starker Heeresmacht nach Bath, wo er sich mit dem
Bischofe bald versöhnte und den durch seine Lage und alte
Befestigung gesicherten Ort durch neue, höhere Mauern verstärkte. Ein Versuch des Königs, Bristol zu nehmen, mislang;
doch Carey und Harpetrew, nachdem Burgen gegenüber errichtet und stark besetzt waren, fielen endlich in seine Hände.
Der König selbst nahm Dudley (Staffordshire), in welchem
Rauol Paganel sich gegen ihn stark verschanzt hatte [1]. Nachdem hier alle Beute gesammelt und das Übrige verbrannt war,
zog Stephan vor Shrewsbury. Der dortige Vicomte Wilhelm, Alains Sohn, war mit den Seinigen entflohen, und
durch große Maffen Holz, welche in den Burggraben geworfen
und angezündet wurden, gelang es bei der durch diesen Brand
verursachten Verwirrung in der Woche der glücklichen Bannerschlacht das Burgthor zu sprengen. Arnulf von Hasding, des
Vicomte Oheim, und vier angesehene Ritter wurden hier sogleich gefangen, mit ihnen fast neunzig andere Krieger; ein
Verfahren, welches im Lande, in welchem immer auf die Nachsicht und gutmüthige Schwäche des Königs gerechnet wurde,
einen sehr vortheilhaften Eindruck machte [2]. Waltelin Maminot, welchen die Königin mit einem Heere zu Dover von
der Landseite bisher vergeblich belagert hatte, während ihre
Freunde von Boulogne von der Seeseite her alle Zufuhr abzuhalten suchten, entschloß sich auf jene Nachricht diesen Schlüf-
sel Englands zu überliefern [3].

Diese glücklichen Erfolge und die noch glücklicheren Berichte aus Northumberland ließen den Eifer Stephans in dem
Rebellenkriege erschlaffen, doch hören wir noch von der Belagerung von Werham und auf Weihnachten von der Einnahme
der Burg zu Slebe [4]. Nach dem Friedensschluffe zu Durham zog er, in Begleitung des schottischen Prinzen Heinrich,
vor Ludlow (Shropshire). Dieser wurde von den Feinden

---

1) Florent. cont. l. l.

2) Florent. cont. Huntend. l. l. Orderic. p. 917. Ern.
de Esding besaß Chivelai in Berkshire. Rotul. magn. pip. laud.

3) Orderic. Huntend. l. l.

4) Huntend. a. 1139.

mit einem eisernen Haken vom Pferde gerissen und war fast
schon deren Opfer geworden, als Stephan selbst mit dem schon
oft bewährten Muthe den kühnen Gastfreund befreite. Gegen
Ludlow wurden zwei Festen aufgeworfen, doch gelang die Er=
oberung nicht und der König bedurfte sogar alles seines An=
sehens, um blutigen Fehden unter den Belagerern zu wehren[1]).

1139   Ein schlimmeres Anzeichen für die Sicherheit der Regie=
rung Stephans als die Widersetzlichkeit jener Barone, denen
in Ermangelung eines Krieges eine solche Gährung zum na=
turgemäßen Dasein unentbehrlich schien, während deren Be=
schwichtigung dem Könige kriegerischen Ruhm und gleichsam
ein neues Eroberungsrecht an seine Krone verlieh, war die
Nachricht, daß Roger, der Bischof von Salisbury, welcher
einst als Henrys Kanzler ungeheure Reichthümer erworben
hatte, seine Burg Devizes stark befestige, mit so großem Auf=
wande, daß man sie zu den festesten und schönsten Burgen
in ganz Europa rechnen könne. Bischof Roger war, auf die
ergangene Einladung des Königs, von Malmesbury mit seinen
Neffen, Alexander, dem Bischofe von Lincoln, und Nigel, dem
Bischofe von Ely, von einem sehr zahlreichen, glänzenden Ge=
folge von Rittern, Hofleuten und anderen Söldnern umgeben,
am königlichen Hoflager zu Oxford erschienen. Er war un=
gern gekommen, denn es konnte ihm nicht entgehen, daß, so
richtig von dem Standpuncte des reichen Prälaten aus betrach=
tet es war, gegen den entarteten Landadel und die Willkür
der königlichen Gewalt, nach dem Muster der mächtigen Kir=
chenfürsten auf dem Festlande sich Schutzwehren und Bollwerke
zu errichten, dennoch diese Verwendung des Kirchengutes weder
von einer einsichtsvollen weltlichen Staatskunst, noch von einer
consequenten Kirchenlehre, am wenigsten aber von den jetzigen
Machthabern, denen jene höheren Rücksichten nur als Deck=
mantel ihres Neides und ihrer Raublust dienten, gebilligt wer=
den konnte. Bei dieser Stimmung war ein Ausbruch des
Haders, auch unvorbereitet, leicht bewirkt; das Gefolge der
Grafen Waleram und Robert von Meulan und des Alain von
Richmond gerieth wegen seiner Quartiere in Fehde mit den

---

1) **Florent. cont. h. a.**

des Bischofs Roger, und in dem entstandenen Tumulte, wo Worte bald gegen Schwerter vertauscht wurden, fanden sich dieser und Bischof Alexander plötzlich verhaftet, so wie auch Stephans Kanzler Roger der Zinsarme (de paupere censu), ein natürlicher Sohn des Bischofs von Salisbury. Die Mutter des Letzteren, Mathilde von Ramesbury, welche die Burg zu Devizes bewohnte, wohin auch der Bischof von Ely geflüchtet war, wurde durch die Drohung des Königs, daß er ihren Sohn aufknüpfen lassen werde, wenn sie ihm die Burg nicht überliefere, geschreckt; auch der Vater drohte verhungern zu wollen, falls Bischof Nigel Mathilden hieran verhindere [1]). Nach drei Tagen übergab dieser die Schlüssel der Burg, auch Salisbury, Malmesbury und Sherburn, wo die Anlagen Rogers denen zu Devizes kaum nachstanden [2]), und des Bischofs reiche Schätze fielen in die Hände des Königs. Dieser befreite jetzt auch den Bischof Alexander von seiner Haft, verlangte von demselben jedoch die Übergabe der von ihm am Flusse Trent neuerbauten Burg Newark, so wie einer anderen, Namens Sleaford [3]) (Lincolnshire, in Kesteven, Aswardhun Hunbred). Der König soll auch diesen Bischof durch unfreiwilliges Fasten zur Nachgiebigkeit haben zwingen wollen; doch bewilligte jener selbst, daß Newark einem andern Ritter übertragen werde [4]).

Dieser Kampf mit den Prälaten, in welchen der König sich plötzlich verwickelt fand, wurde ein ihm sehr gefährlicher. Sehr angesehene Geistliche, Hugo von Amiens, der Erzbischof von Rouen, an deren Spitze, erkannten und vertheidigten die

---

1) Orderic. p. 919. Florent. Cont. a. 1139. Vgl. mit 1138, wo er diese Begebenheiten irrig bereits erzählt. Gesta Stephani p. 943. Huntend. a. 1139. Malmesb. hist. Novell. l. II. init. Die Berichte der Schriftsteller sind in den Nebenumständen sehr verschieden. Florent. Cont. und Malmesb. stimmen darin überein, daß Bischof Roger freiwillig gefastet. Selbst Letzterer tadelt die ehrsüchtigen Bauten desselben, ad ecclesiae detrimentum.

2) Malmesb. Huntend. l. l.

3) Huntend. Robert de Monte h. a. Eslaford. Eben so in der Urkunde des K. Wilhelm Rufus in Monast. T. VI. p. 1270.

4) Huntend. l. l. Malmesb. l. l.

Richtigkeit der Politik des Hofes. „Die Erbauung der Burgen,"
sagten sie, „zieme sich nicht für Bischöfe, welche die frohe Bot=
schaft des Friedens verkünden, nicht aber Baumeister und Waffen=
schmiede sein sollen. Ein Blick auf die Bischöfe in vielen Staaten
zeige, wie diese, zu ihrem eigenen Nachtheile noch mehr als zu
dem des übrigen Landes, in alle Amtsverrichtungen und Sor=
gen der Laienfürsten verwickelt seien, im schreienden Wider=
spruche mit Geist und Lehre des Evangeliums und in grober Ver=
letzung des canonischen Rechtes. Für die Sicherheit der eng=
lischen Bischöfe sei genügend durch die Verlegung ihrer Sitze
in größere, wohlbefestigte Städte gesorgt; die Ausnahmen,
welche die Staatsklugheit der normannischen Fürsten zur besse=
ren Sicherstellung ihrer Grenzen und ähnlicher Verhältnisse
durch Übertragung weltlicher Pflichten und Rechte an einzelne
Geistliche nöthig erachtet haben, dürften zum Besten der Kirche
nicht ausgedehnt werden." Der eifrigste Gegner des Hofes
war hier jedoch des Königs Bruder Heinrich, der Bischof von
Winchester, dessen Einfluß kürzlich dadurch sehr vermehrt war,
daß Papst Innocenz II. ihn zum Legaten des apostolischen
Stuhles in England ernannt hatte. „Etwaige Vergehungen
der Bischöfe," sagte dieser, „dürfe nicht der König, sondern
müsse die geistliche Gerichtsbarkeit nach Maßgabe der Canones
richten. Nur ein Concilium hätte die Bischöfe ihres Besitzes
der Burgen berauben können, welche, da sie auf dem Gute
der Kirche erbauet seien, dieser hätten zurückerstattet werden
müssen. Der König habe aber in dieser Angelegenheit keine
Rechtsgrundsätze und höhere Weisheit vor Augen gehabt, son=
dern, lediglich seinem Vortheile und seiner Laune folgend, habe
er die Burgen an sehr unfromme Laien vertheilt." Zu Erör=
terung dieser Sache schrieb der Legat ein zu Winchester zu
haltendes Concilium auf den 29. August aus, vor welches er
auch den König lud. Dieser erschien auch wirklich durch einige
seiner Grafen, welchen er den Alberich de Vere, einen schon
unter der vorigen Regierung ausgezeichneten, höchst gewandten
Kämmerer und Justiziar als Vorredner mitgegeben hatte [1]).

---

1) Rotul. magn. pip. laud. Ums Jahr 1185 hatte er das Priorat
Hatfield Regis in Essex gestiftet. Monast. Anglie. T. IV. p. 432. Als

Dieser brachte viele Beschuldigungen, besonders wider Bischof Roger, vor, selbst die des Einverständnisses mit der verwittweten Kaiserin, in deren Hände er, wie in Aller Munde sei, bei ihrer bald erwarteten Ankunft sich, seine Neffen und Burgen übergeben wolle. Jene Schätze, welche von Roger theils verbauet, theils aufgehäuft seien, habe er als Diener des Königs in dessen Auftrage eingesammelt und für ihn verwenden sollen[1]. Auch behauptete er, daß die Bischöfe heimlich nach Rom hätten gehen wollen, um den König in unwürdige Händel zu verwickeln. Der Erzbischof Hugo erinnerte noch, daß die Bischöfe, selbst wenn sie gegen das Kirchenrecht die Burgen wieder besitzen wollten, sie dennoch, nach dem Beispiele der Burgherren in anderen Ländern, dem Könige die Schlüssel derselben übergeben und dessen Recht zu jeder Zeit mit seinen Mannen jene zu besetzen (jus aperturae) anerkennen müßten. Das Concilium wurde ohne geschehene Entscheidung, in schwankender Stimmung der Bischöfe, welche ohne Auftrag des Papstes in einer so schlecht begründeten Sache nicht weiter verfahren wollten, aufgehoben, und Stephan selbst drohte die Bischöfe selbst bei der päpstlichen Curie verklagen zu wollen.

Die Aufstände im Westen des Reichs wurden durch den Haber der Geistlichkeit mit den Baronen neu belebt. Wilhelm von Moium verheerte das Land in der Umgegend seines festen Schlosses zu Dunster und wagte selbst sehr weite Raubzüge, welche durch die schlimmsten jener oben geschilderten Grausamkeiten den größten Schrecken verbreiteten. Stephan rückte mit einem starken Aufgebote mitten nach Somersetshire vor jene Burg, doch fand er, daß es unmöglich war, diese sehr wohl angelegte, an einer Seite durch eine Meeresbucht geschützte Feste zu nehmen[2]. Die damalige Kriegskunst kannte hier kein Mittel als eine Burg den Belagerten gegenüber aufzuwerfen, um

camerarius erscheint er in der Urkunde (v. J. 1136) bei Rymer T. I. p. 16. Er ward zu London in einem Aufstande der Bürger getödtet. S. Chronic. Johannis de Burgo 1141 apud Sparke Hist. Anglic. Scriptores.

1) Ut regis serviens, qui et procurationes ejus administraret et solidatas acciperet. Malmesb. l. l.

2) Gesta Stephani p. 945.

diese auszuhungern. Stephan ließ eine solche errichten und übertrug die Leitung der Kriegsoperationen dem Heinrich von Tracy,
welcher, von seiner benachbarten Burg Barnstaple aus, die
Belagerung bald zur vollkommenen Demüthigung des Ritters
von Moiun beendete. Auch das benachbarte Land beschwich-
tigte er, wo selbst Ritter, welche bisher im ruhigen Genusse
ihrer reichen, fruchtbaren Besitzungen in jenen gesegneten Grafschaften Englands friedlich gelebt hatten, wie Wilhelm, Odos
Sohn, in die allgemeine Verwilderung hineingerissen waren.

Zu dieser für die Pläne einer Contrerevolution höchst geeigneten Zeit erfolgte die längst erwartete Landung des Grafen
Robert von Glocester mit seiner Schwester, der Kaiserin Mathilde. Robert hatte seit längerer Zeit sehr thätig für die Partei seiner Schwester gewirkt, in Bretagne, Frankreich, Deutschland und dem fernen aber einflußreichen Rom ihr durch die
Künste der Rede und die Macht des Goldes viele Anhänger
verschafft[1]. Ein Gerücht hatte sie schon am ersten August zu
Portsmouth landen lassen, worauf Stephan die Aufsicht in allen
Seehäfen verdoppelte. Dennoch landeten sie am letzten Tage
des folgenden Septembers[2], von Guido von Sableuil und
einigen andern französischen Rittern begleitet zu Arundel, wohin Wilhelm von Aubigny (Albineio), welchem die verwittwete
Königin Adelize vermählt war, sie eingeladen hatte[3]. Robert
eilte sogleich nach Bristol, um sich dort an die Spitze von
10,000 Walisern und der übrigen Gegner des Königs zu stellen[4]. Auf dem Wege soll ihm der Bischof von Winchester,
der Sache seines Bruders treulos, entgegengekommen sein, um,
anstatt den Grafen Robert gefangen zu nehmen, sich mit Ma-

1) Malmesbur. l. l.

2) Florent. Cont. behauptet, sie seien am ersten August zu Portsmouth gelandet, als der König Marlborough belagerte. Auch Robert
de Monte sagt: mense Augusto transierunt in Angliam. Wilhelm
von Malmesbury dagegen sagt, die Landung Beider sei am letzten
September und zwar zu Arundel geschehen. Auch Huntingdon sagt:
in autumno, und Johannes von Hexham berichtet von der Landung
erst am Schlusse des Jahres 1139.

3) Robert de Monte. Orderic. p. 920.

4) Orderic. l. l.

thildens Anhängern enger zu verbinden [1]). Unter Vielen, welche zu derselben übertraten, zeichnete sich besonders aus Brian, des Grafen Alain Sohn, ein persönlicher Freund der Kaiserin, welcher in seiner festen Burg zu Wallingford an der Themse sofort die Fahne des Aufstandes erhob, und der Connetable Milo, welcher, ein Lehnsmann des Grafen Robert, von diesem einst die Burg zu Glocester erhalten hatte. Der König, unter allen den Seinigen der Unerschrockenste, war mit einem Heere vor Arundel geeilt, ließ sich jedoch vom Bischofe Heinrich, welcher beklagte, daß ihm Graf Robert entflohen sei, bereden, die Kaiserin unter freiem Geleite nach Bristol ziehen zu lassen, um dann, wie er wähnte, mit ungetheilten Kräften die vereinigten Feinde, deren Macht jene Frau nicht verstärken würde, zu vernichten [2]). Der König war kurzsichtig genug, seinem Bruder Heinrich die Begleitung der Kaiserin anzuvertrauen, welche dieser, nach der Entfernung Walerams, Grafen von Meulan, der diesen Auftrag mit ihm übernommen hatte, mit mehr Ergebenheit für Jene als Treue für seinen Herrn und Bruder bis Bristol leistete.

Die Wechselfälle des kleinen Krieges, welcher von jetzt an nie ruhte, alle zu erzählen, so weit sich ein Andenken derselben erhalten hat, ist weder anziehend noch sehr lehrreich, wenn wir gleich in diesen Fehden der Barone das Vorspiel und oft die Veranlassung der späteren constitutionellen Streitigkeiten nicht verkennen, und ist daher nur der Gang der Angelegenheiten kurz anzudeuten. Humphrey von Bohun, des verstorbenen Königes Truchseß, hatte, auf Milos Anreizung, in seiner Burg zu Trowbridge (Wilts) Mathildens Banner aufgezogen. Stephan eilte diesen neuen Feind zu bezwingen, als es ihm gelang auf dem Wege die Burg zu Cernei (Glocester), welche Milo gegen ihn rebellirt hatte, zu nehmen und den Robert, Huberts Sohn, einen durch unmenschliche Grausamkeit verrufenen Fläminger, welcher mit seiner Horde Malmesbury besetzt hatte, gefangen zu nehmen [3]). Während er sich von hier nach

1) Gesta Stephani p. 947.

2) Ibid.

3) Gesta Stephani p. 948. Florent. Cont. a. 1139.

Trowbridge wandte, war indeſſen der Connetable Milo ſo ge-
ſchickt und glücklich Wallingford, welches Stephan mittelſt zwei
neuerrichteter ſtarker Feſten, deren eine aus einer Kirche errichtet war, und mit vieler Mannſchaft belagerte, zu entſetzen. Milo
wandte ſich darauf weſtwärts, vertrieb die Königlichen aus
Winchelcomb, zwang die zu Cernei und Hereford zur Übergabe
und nahm mehrere Schlöſſer in den Grafſchaften Glocefter und
Hereford ein, wenngleich in anderen, wie in Sudley Caftle
(Glocefter), Klein-Hereford und Thewksbury die Königlichen
ſich behaupteten und Stephan ſelbſt, vereint mit dem Grafen
von Worcefter, Vortheile über jenen errang [1]). Trowbridge dagegen muſſte Stephan unerobert wieder verlaſſen und, mit Hin-
terlaſſung einer Mannſchaft zu Devizes, um nicht vom Grafen
Robert angegriffen und überwältigt zu werden, nach London
ziehen. Den Milo erklärte er der Connetableſchaft verluſtig,
welche er dem Wilhelm, Sohne des Walter von Beauchamp,
Vicomte von Worcefter, übertrug. Ein glückliches Ereigniß für
den König ſchien der Tod des Biſchofs Roger von Salisbury
zu ſein [2]), da durch denſelben mancher Anlaß des Haders leichter aus dem Wege geräumt und die im Ganzen dem Könige
nicht abgeneigte Stimmung der Geiſtlichkeit für denſelben beſſer benutzt werden konnte. Ein Waffenſtillſtand wurde beider-
ſeits für einige Zeit geſchloſſen, und König Stephan hielt, nachdem die hohen Feſte ſchon oft nicht hatten nach Königsbrauch
gefeiert werden können [3]), den Hoftag auf Weihnachten zu
Salisbury. Auffallend iſt es, zu bemerken, wie Stephan, welcher in dem Kampfe über die Anmaßungen des Biſchofs von
Salisbury ſeine Krone beinahe auf das Spiel ſetzte, dem dortigen Domcapitel für ein nach hergeſtelltem Frieden wieder zu
zahlendes Anleihen von 2000 Pfund Silber alle und jede Befreiung von allen Abgiften von ihren großen Ländereien und
auſſerdem bedeutende Befreiungen verlieh. Die engliſchen Könige haben bald aus religiöſen Antrieben, bald in ſchlechten

1) Gesta Stephani ibid. Florent. Contin. h. a.

2) Eine intereſſante biographiſche Skizze über dieſen Mann gibt
Malmesb. hist. Novellae I. II.

3) Huntend. h. a.

Wuchergeschäften der Kirche zahllose Domainen und Renten übertragen, worüber eine faßliche Zusammenstellung zu den vielen Wünschen für die Aufklärung der älteren Geschichte Englands gehört, die aber, wie ähnliche Versuche für die Geschichte Deutschlands bereits bewährt haben, vielseitigen Nutzen leisten würde.

Des Bischofs Roger Tod war besonders wichtig für seinen Neffen, den Bischof von Ely, welcher, jenes Schutzes und Rathgebers beraubt, nunmehr für die Kinder König Henrys sich offen erklärte. Er brachte bald viele Söldner zusammen, mit denen er seine Burg zu Ely besetzte, welche, inmitten von Sümpfen und Seen gelegen, für uneinnehmbar gehalten wurde. Stephan brach jedoch eilig auf, legte eine Schiffbrücke an, welche ihn bis zu einem Sumpfe nahe vor der Burg brachte, über welchen ein Mönch, vermuthlich David, welchem zur Belohnung die Abtei zu Ramsey verliehen wurde[1]), den sicheren Weg zeigte, worauf diese mit den aufgehäuften Schätzen des Königs leichte Beute wurde. Der Bischof war mit wenigen Begleitern nach Gloucester entflohen; die Mönche aber wurden von Stephan mit seiner in allen Wirren und Unfällen unerschütterlichen Freundlichkeit behandelt, welche in allen, von rohem Übermuthe und ungemessener Herrschbegierde nicht trunkenen Herzen den Anklang heiteren Wohlwollens erweckte[2]). Die Zeitgenossen und selbst die Sage[3]) haben daher auch die Persönlichkeit Stephans von den Greueln seiner Regierung, welche größtentheils von seinen Gegnern ausgingen, sehr wohl unterschieden, und es war noch in dieser für Stephans Sicherheit bedrohlichen Zeit, daß der junge Kö-

1) Gesta Stephani p. 949. benennt ihn nicht, doch stimmt, was sie über seine Eindringung in die Abtswürde und seine dadurch veranlaßten Leiden sagen, mit dem, was wir über Abt David wissen. Monast. Angl. T. II. p. 548.

2) Gesta Stephani. Ricardi Historia Elieusis apud Wharton Anglia sacra T. II. p. 620.

3) Das: King Stephen was a worthy peere, wird auch uns Deutschen aus der in Percy's Reliques of ancient English poetry abgedruckten, von Shakspeare im Othello erwähnten, und von J. H. Voß in unsere Sprache übersetzten alten Ballade wohl erinnerlich sein.

nig von Frankreich, Louis VII., welcher die Fortschritte der Par-
tei von Anjou ungern sehen musste, nicht anstand seine Schwester Constanze dem Sohne Stephans, Eustache, zu verloben [1]).
Während die Königin Mathilde mit einigen der vornehmsten
Reichsbarone den Festlichkeiten in Frankreich beiwohnte, war
Stephan unerwartet in Cornwales erschienen. Hier hatte Wil-
helm, Richards Sohn, welcher von Stephan die Rechte der
Grafschaft erhalten, dessen Vertrauen schnöde gemisbraucht und
den Rainald von Dunstanville, König Henrys unehelichen
Sohn, aufgenommen, welchem die Kaiserin die Grafschaft Cornwales verlieh. Stephan nahm rasch die von Rainald besetzten
Castelle wieder ein und übertrug, mit großer Unvorsichtigkeit,
Cornwales dem Grafen Alain, einem durch seine Unzuverläf-
sigkeit und Grausamkeit sehr verhafsten Manne. Stephans
Wagniß, sich sogar in jene westliche Erbzunge Englands zu
begeben, wo den tollkühnen Krieger der Feind sehr leicht ab-
schneiden und umzingeln konnte, hatte in dem Hauptquartiere
seiner Gegner zu Bristol großen Jubel erregt. Graf Robert
sammelte alle Truppen, über welche er gebieten konnte, und
rückte mit diesem sehr beträchtlichen Heere dem Könige entgegen. Dieser hatte jedoch so viele cornische Barone gewonnen
und seine Truppen mit so vieler Klugheit vertheilt, daß der
Graf von Glocester bald erkannte, wie eine entscheidende Schlacht
nur ihn selbst verderben könne; und er daher eiligst sich zurückzog, um bald zu vernehmen, wie dem Könige die Schlüssel
einer Burg nach der andern überreicht waren [2]).

Doch wenig halfen jetzt einzelne Heldenthaten und glücklich durchgeführte Kriegslisten, da sich eine Anarchie kund gab,
welche die Führer beider Parteien verachtete und zu vernichten
drohte. Zu welcher Unsicherheit des Rechtes, zu welchen aus-
schweifenden Entwürfen und widersinnigen Handlungen der gegenwärtige revolutionaire Zustand bereits führte, zeigt das fol-

1) **Florent. Cont. a. 1140. Huntend. a. 1139.** Nach des
Eustache Tode gab sie ihre Hand dem Grafen Raimund V. von Toulouse.
Eustache war in früheren Jahren mit einer Tochter des Grafen Dietrich
von Flandern verlobt. So wenigstens berichtet **Orderic** B. XIII.
J. 1138 S. 916.

2) **Gesta Stephani p. 950.**

gende Beispiel. Ein fremder Söldner des Grafen von Glo=
cester, der oben schon genannte Fläminger Robert, Huberts
Sohn, ein Blutsverwandter des Wilhelm von Ypern, entwich
mit einigen Landsleuten und erklomm in dunkler Nacht, auf
künstlich verfertigten starken Leitern von Leder, die Mauern der
von des Königs Mannen besetzten Burg Devizes. Die Wäch= **1140**
ter wurden schlafend überrascht und niedergemacht, Andere flo= **26. März**
hen auf den höchsten Thurm, wo sie sich jedoch nach einigen
Tagen, da ihnen Proviant fehlte und Entsatz nicht kam, dem
kecken Fläminger unterwerfen mussten. Als der Graf von Glo=
cester die kühne That vernahm, sandte er seinen Sohn mit
starker Mannschaft nach Devizes, um die That Roberts zu
beloben und mit ihm die Feste zu besetzen. Doch dieser wies
ihn mit schimpflichen und dräuenden Worten ab und erklärte,
daß er, was er besitze und seinem Schwerte verdanke, mit die=
sem auch behaupten wolle. Wirklich machte er, wie er früher,
dem Könige noch dienend, schon mit Malmesbury vergeblich
unternommen hatte, nicht nur den Versuch sich dort zu be=
haupten, sondern von seiner Feste aus mehr und mehr des be=
nachbarten Landes unter seine Gewalt zu bringen, zu welchem
Zwecke er Krieger aus Flandern kommen lassen wollte. Er
bemühte sich darauf, einen gleichgesinnten Ritter, Johannes,
welcher Marlborough vom König inne, doch diesen verlassen
hatte, mit sich zu verbinden. Dieser ging scheinbar auf die
Vorschläge ein und lud Robert zu sich. Kaum war dieser
über die Fallbrücke geritten, als diese aufgezogen und Jener
mit einigen Begleitern zu Hunger und Marter in einen Keller
geworfen wurde, während seine übrigen draussen gebliebenen
Gefährten nach Devizes zurückfliehen mussten. Der Graf von
Glocester eilte herbei, um die Person des Robert für 500 Mark
und durch dieselbe den Besitz von Devizes zu erkaufen, und
ließ ihn, da Jener selbst die Seinigen von der Übergabe ab=
mahnte, mit zwei seiner Neffen vor den Thoren der Burg auf=
hängen. Diese aber ward gegen vieles Geld hernach dem Schwie=
ersohne des Königs, Hervé dem Breton, verrathen [1]).

---

1) Gesta Stephani p. 951. Malmesb. l. l. Florent. Cont.
1140.

Wenn durch Fehden gleich diesen unmittelbar wenigstens
nur die Krieger selbst litten, so lasteten andere Vorfälle schwer
auf dem eben aufkeimenden Bürgerstande. Das reiche, in
allen inneren Fehden seit der Eroberung verschonte Nottingham, worin städtisches Gewerbe und Handel vorzüglich blühte,
wurde auf den Rath des Ranulf Paganel von Robert, einem
der Söhne des Königs Henry, überfallen und, da es unverthei-
digt war, geplündert. Einer der reichsten Handelsleute, bei
welchem mehr Schätze vermuthet wurden, ward gezwungen
das unterirdische Gewölbe, in welchem diese verborgen waren,
aufzuschliessen. Während dreissig der Krieger dort plünderten,
schloß der erbitterte Bürger sie daselbst ein und zündete sein
Haus an. Dieser Brand ergriff die ganze Stadt, und selbst
viele der in die Kirche geflüchteten Städter kamen in den Flammen um.

So wenig Achtung und Geneigtheit die Partei der Kaiserin sich zu erwerben wusste, und diese beinahe nur durch die
vom Könige wegen ihrer Räubereien geächteten Ritter anwuchs,
so offenbarten sich doch an Stephans Hofe immer mehr gefährliche Spaltungen, bei denen er selbst sich mehr von persönlichem
Wohlwollen und der Laune des Augenblickes als höheren Rücksichten für die Einheit und Ruhe seines Landes leiten ließ.
Die Wahl eines neuen Bischofs gab zu heftigen Streitigkeiten
Anlaß. Der Legat, Bischof von Winchester, bestand darauf,
daß das erledigte Bisthum seinem jungen Neffen Heinrich de
Sully ertheilt werde, und verließ, da er diesen Wunsch nicht
durchsetzen konnte, höchst erbittert den Hof. Stephan suchte
ihn dadurch zu beschwichtigen, daß er jenem die reiche Abtei
zu Fécamp verlieh. Das Bisthum verlangte er jedoch, auf
Antrieb des Grafen Waleram von Meulan, für seinen Kanzler
Philipp von Harulscour, Archidiakonus von Evreux, welcher
Ernennung sich der Legat und der übrige Klerus so standhaft
widersetzten, daß Philipp das Bisthum zu Bayeux erhielt, das
von Salisbury aber mehrere Jahre unbesetzt blieb, bis es dem
Joscelin von Baliol ertheilt wurde [1]).

Diese Verhandlung hatte bei der Geistlichkeit einen für St-

1) Orderic. p. 920. Florent. Cont. a. 1140.

phan so ungünstigen Eindruck hervorgebracht, daß, als er das Pfingstfest auf dem Tower zu London beging, nur ein einziger Bischof, der von Séez, sich an seinem Hofe einfand. Eine Friedensverhandlung wurde zu Bath angeknüpft, welche für die Kaiserin Robert von Glocester führte, während Stephan durch den für ihn unzuverlässigen Legaten und die demselben vermuthlich zur Beaufsichtigung beigegebene Königin vertreten wurde. Vielleicht war es eine List Stephans, der keinen Frieden wünschen konnte, seinen Bruder dorthin zu senden, um gewiß keine Bedingungen zu erhalten, welche seine Barone für annehmbar halten durften. Der Legat ging darauf nach Frankreich, wo er die Monate October und November zubrachte, um den König Louis, den Grafen Theobald von Blois und viele Geistliche für seine Ansichten zu gewinnen. Die Vorschläge welche er zurückbrachte, waren jedoch, wie zu erwarten, solche, daß die Kaiserin sie bereitwillig annahm, König Stephan aber durchaus verwerfen mußte.

Dieser verkannte nicht länger die Schwierigkeiten seiner Lage und sparte keine Mittel, die Anhänglichkeit der ihm treu gebliebenen Barone zu befestigen. Besondere Aufmerksamkeit bewies er dem Grafen Ranulf von Chester, welcher mit einer Tochter des Grafen Robert von Glocester vermählt war, und dem Bruder desselben, Wilhelm von Roumara[1]). Jener hatte schon die Bedrängnisse des Königs misbrauchen wollen, um Ansprüche auf Carlisle und das südliche Cumberland geltend zu machen, und dadurch den Zorn des freundlich gesinnten Mannes so sehr gereizt, daß nur die Verwendung der Königin sein Leben rettete[2]). Stephan vergab leicht und hatte auf Weihnachten diesen ihm vielfach verpflichteten und, wie er wähnte, wohlgesinnten Vasallen zu Lincoln ruhig verlassen[3]). Nach wenigen Tagen aber, als die Besatzung der Burg sich außerhalb derselben ergötzte, gingen die Gemahlinnen beider Grafen, um einer in derselben lebenden Dame einen Besuch abzu-

1) Orderic S. 922. Raumara; die Berichtigung entnehme ich dem stul. magn. pip. land.

2) Johann. Hagust. a. 1140.

3) Malmesbur. l. l.

statten. Der Graf von Chester erschien nach einiger Zeit ohne Waffen und Rüstung, unter dem Vorwande jene wieder nach Hause zu holen. Drei seiner Krieger schlichen sich nach ihm gleichfalls in die Burg. Hier bemächtigten sie sich hurtig einiger Waffen, trieben die königlichen Wächter fort, ließen Wilhelm von Roumara und ihre übrigen Genossen herein und bemeisterten sich von diesem Thurme aus leicht der ganzen Stadt. Der Bischof und die Stadtbewohner von Lincoln, höchst erschrocken ob des neuen Burgherrn, brachten die Mähre sogleich an den König [1]), welcher mit gewohnter, aber von dem Grafen nicht erwarteter Eile in Lincoln erschien und siebenzehn der sorglosen feindlichen Ritter gefangen nahm. Die Burg war jedoch zu fest um schnell genommen zu werden, so viele Mannschaft der König auch herbeizog, und Graf Ranulf mit einigen Gefährten entfloh sogar im Dunkel der Nacht, um Hülfe aus Chester zu entbieten und bei seinem Schwiegervater, dem Grafen Robert, anzusprechen. Dieser lieh dem Grafen Ranulf, welcher der Kaiserin Treue schwur, nicht nur bereitwilliges Gehör, sondern faßte auch den Entschluß, bei diesem Anlasse eine Entscheidung des Streites herbeizuführen und dem beklagenswerthen Zustande des Landes ein Ende zu machen [2]). Ohne diese Absicht kund zu geben, ließ er die Waliser und von allen Seiten die Geächteten und Misvergnügten an dem Trentflusse hinziehen und stand plötzlich, zu Anfang des Februars, mit einer bedeutenden Heerschaar vor Lincoln dem Könige gegenüber. Diesem wurde von seinen Baronen der Rath ertheilt in das Innere des Landes zu gehen, um sein Heer zu vergrößern, doch er, selbst den h. Marientag nicht achtend, bestand auf raschen Kampf. Er theilte sein Heer in drei Schaaren, deren erste die Fläminger unter Wilhelm von Ypern und die Bretons unter dem Grafen Alain bildeten. Ihnen gegenüber standen die Waliser, unter zwei fürstlichen Brüdern, Meredith und Cadwalador, mit dem eigentlichen ersten Treffen der

1141
2. Febr.

---

1) **Orderic.** p. 921. **W. v. Malmesbury** ist so wenig aufrichtig, daß er die Verrätherei der Grafen ganz verschweigt und die Bürger beschuldigt, diese verrathen zu haben.

2) **Malmesbur.**

Gegner unter Graf Ranulf. Es sind uns Reden aufbehalten, welche auf beiden Seiten vor der Schlacht gehalten sein sollen. Die des Grafen Ranulf und Robert sind voll von Ruhmredigkeit und derben, wenn nicht rohen Ausfällen gegen die Vornehmsten unter ihren Gegnern, welche auf sie selbst und ihre Anhänger mit eben so viel Recht hätten angewendet werden können [1]). Die des Balduin, Giselberts Sohn, welcher es übernommen hatte anstatt des an Heiserkeit leidenden Königs zu sprechen, verbreitete sich dagegen verständig und würdevoll über die Gerechtigkeit der königlichen Sache, die Zulänglichkeit ihrer Streitkräfte und die Tapferkeit seiner Mitkämpfer [2]).

Der erste Angriff der Königlichen sollte mit Speeren geschehen, doch die Schaar der Geächteten drang so heftig auf die erste Schlachtordnung mit ihren Schwertern ein, daß jene schnell absaßen und zu ihren Schwertern griffen. Doch fast augenblicklich war ihre erste Linie an mehreren Puncten durchbrochen und die angesehensten Männer, deren zu viele hier zusammengedrängt waren, mußten fliehen. Unter ihnen auch, nach tapferer aber kurzer Gegenwehr, Graf Alain und Wilhelm von Ypern, mit schmählicher Eile und Feigheit Waleram von Meulan, und sein Bruder Wilhelm von Warenne, Wilhelm Graf von York, Giselbert von Clare. Graf Alain von Richmont, welcher in den letzten Zeiten durch Räubereien in den Besitzungen des Bischofes von Durham und des eben verstorbenen Erzbischofes Turstin von York sich als den zügellosesten Gegner der Ordnung und des Gesetzes gezeigt hatte, entsagte mit den Seinigen vor Anbeginn des Treffens dem Könige und dem Kampfe [3]). Nur wenige tapfere Ritter, Balduin von Clare, Richard Fitz Urse [4]), Engelram von Sai und der dankbare Ilbert

1) Von allen sagt Johannes Sarisbur. Polycraticon l. VIII. c. 21. Gaufridus (de Magnaville), Milo, Ranulphus, Alanus, Simon (de Senlis), Gillebertus (de Clara), non tam comites regni quam hostes publici.

2) Huntend. a. 1141.

3) Johann. Hagust. a. 1141. Ich citire diese Schriftstelle nach der oben S. 294. angegebenen Berichtigung.

4) Ricardus fil. Ursonis. Rotul. magn. plp. laud.

von Lacy wichen nicht von des Königs Seite. Stephan selbst focht mit Löwenmuthe; mit einer norwegischen Streitaxt, welche ihm ein Jüngling von Lincoln gereicht hatte, erlegte er jeden Feind, der sich ihm nahte [1]). Dem Grafen Ranulf zerschmetterte er den Helm, ohne ihn zu tödten. Endlich traf ihn ein Stein am Kopfe, welcher ihn augenblicklich betäubte [2]). Nur mit drei Gefährten an seiner Seite sah er sich gezwungen dem eindringenden Feinde zu weichen. Ein muthiger Ritter, Wilhelm von Cahaines [3]), ergriff seinen Helm und verkündete laut seine große Beute. Stephan blieb nichts übrig als sich dem Grafen Robert zu ergeben. Dieser brachte seinen königlichen Gefangenen zur Kaiserin, worauf jener anfänglich in ein leichteres, bald aber in ein strengeres Gefängniß zu Bristol gebracht und selbst in Fesseln geschlagen wurde [4]). In der rasch entschiedenen Schlacht waren Wenige geblieben: es wurden nicht mehr als hundert Leichen gefunden. Seine größere Beute fand der Todesengel bei den unglücklichen Bürgern der Stadt Lincoln. Bei der nachtheiligen Wendung des Treffens hatten sie zu erwarten, daß die Rachbegierde des Grafen von Chester und die Beutelust seiner Partei gegen sie ausrasen würde. Viele derselben flohen auf die kleinen Schiffe des nahen Flusses, um durch freiwillige Verbannung der Ermordung zuvorzukommen. Bei dem starken Andrange wurden aber die Kähne zu schwer beladen, versanken mit ihrer Last und beinahe 500 edle Bürger kamen um. Diejenigen welche in der Stadt geblieben waren und gefangen wurden, fielen als Opfer der Grausamkeit des Grafen Ranulf und seiner in den bristoler Henkerkünsten wohlgeübten Schaaren [5]).

Die Folgen der Gefangennehmung des Königs waren jedoch nicht so bedeutend, als sie bei allgemein günstiger Stimmung für die Kaiserin sich hätten offenbaren müssen. Die

---

1) Orderic. l. l.

2) Malmesbur.

3) Dekains schreibt H. v. Huntingdon. Dies Geschlecht heißt de Cahaines im Rot. magn. pip. laud. und de Cahainges im Domesday.

4) Malmesbur. Huntend. h. e.

5) Orderic. Malmesbur. l. l.

Grafen Waleram von Meulan, Wilhelm von Warenne, Simon von Northampton eilten, gleich Wilhelm von Ypern, zur Königin, welche bei den getreuen Männern von Kent sicheren Schutz fand. Graf Ranulf setzte sich in den Besitz einiger ihm nicht zuständigen Burgen und Schätze, theilweise durch den Verrath, mit welchem er sich des Grafen Alain von Richmont bemächtigte und denselben durch Hunger und andere Gewaltthätigkeiten zwang ihm einen Lehnseid abzulegen[1]). Die Burg Nottingham nahm die Kaiserin dem Wilhelm Peveril, um sie dem Wilhelm Painel zu ertheilen. Von den gefangenen Rittern wurden starke Lösegelder erpresst, und nichts geschah um den Siegern Achtung und Wohlwollen zu erwerben[2]). Wichtig aber war ihnen, daß der Legat Heinrich jetzt die Heuchlermaske ablegte und sich unverholen für die Partei Anjou erklärte. Mit ihm war die größte Anzahl der Prälaten gewonnen; aber bald zeigte sich, daß seine anmaßende Herrschsucht oder Partei, welche er begünstigte, gleich lästig und gefährlich wurde. Indeß noch nachtheiliger wurde ihren Anhängern und ihrem eigenen Interesse der rücksichtslose Jubel und ungezähmte Hochmuth der Kaiserin. Von Glocester, wo Milo sie so lange beherbergt hatte, eilte sie, nachdem sie sich an dem Anblicke des gefangenen königlichen Vetters geweidet hatte, in Begleitung des Bischofs Nigel von Ely und anderer Prälaten und vieler Barone, nach Winchester, wo die meisten bedeutenden Geistlichen, der Adel ihrer Partei, die Söldner und die übrige dienstwillige Masse sich versammelt hatten. Mit eiserner Stirne trug der Legat den Versammelten ein Gewebe schaler Sophismen und grenzenloser Treulosigkeit vor, wie die Kaiserin die rechtmäßige Erbin deß Reiches sei, wie nur, weil sie nicht so schnell habe aus der Normandie herüberschiffen können, zur Erhaltung der öffentlichen Ruhe sein Bruder Stephan die Erlaubniß erhalten das Reich zu verwalten, und wie er, der bitter getäuschte Legat, sich vor Gott zum Bürgen für seinen Bruder gestellt habe; daß jedoch jener, ungeachtet aller Ermahnungen, ihm nicht gefolgt sei, nach der letzten Katastrophe aber

---

1) Joh. Hagust. Gesta Stephani p. 963.

2) Joh. Hagust.

nunmehr der versammelte Klerus die Tochter Henrys zur Herr rin Englands und der Normandie erwählt habe. Die alte Königsstadt wurde hierauf in ihre Hände gegeben, die Krone ihr als der Herrin von England dargereicht. Sie leistete ihren neuen Vasallen die herkömmlichen Krönungseide, welche durch den Grafen Robert, Milo von Glocester, Brian Fitz Count, Markgrafen von Wallingford und einige weniger bekannte Barone verbürgt wurden. Was der Legat an Ablaß und Segnungen für die Anhänger, was er an Verwünschungen und Bann für die Gegner seiner heutigen Partei aufzubieten wußte, wurde in reichstem Maße gespendet.

Unter den Ausgebliebenen wurde zu Winchester Niemand schmerzlicher vermißt als die mächtigen Bürger der Commune von London [1]), welche sofort, unter Gelobung sicheren Geleites, die Auffoderung erhalten hatten, Deputirte zur Huldigung zu senden. Diese erschienen bald vor den Räthen der Kaiserin, doch zunächst um sich für die Freilassung des Königs zu verwenden. Der Legat antwortete mit der neulich abgehaltenen Rede und stellte ihnen vor, daß hochgestellte Männer, wie sie, nicht zu denjenigen sich halten dürften, welche ihren König in der Schlacht verlassen hätten, einen König, der die Londoner nur zuweilen scheinbar begünstige, um ihre Geldbeutel ungestörter auszusaugen. Nach ihnen erschien auch, mit ähnlichem Gesuche an den Legaten und die übrige Geistlichkeit, ein Abgeordneter der Königin, mit der Bitte dem Könige das Reich wiederzugeben, welches böse und rebellische Unterthanen ihm entrissen hätten. Der Legat, nachdem er durch die nichtigsten Vorwände versucht hatte das übersandte Schreiben der Königin nicht zum Vortrage zu bringen, ließ sich die Zeit seine früher zusammengefügten Reden noch einmal zu wiederholen [2]). Die Verhandlungen mit den Londonern rückten nur langsam vor, und die Kaiserin zog unterdessen nach Wilton, um mit dem Erzbischofe von Canterbury

---

1) Londinienses, qui sunt quasi optimates pro magnitudine civitatis in Anglia . . . Missi a communione quam vocant Londoniarum . . . Omnes barones, qui in eorum communionem iam dudum recepti fuerant. Londinienses, qui praecipui habentur in Anglia, sicut proceres — sind Ausdrücke des W. v. Malmesbury bei diesem Anlasse.

2) Malmesbur. l. l.

zusammenzutreffen und daselbst das Osterfest zu feiern, ging dann nach Reading, ihres Vaters Grabstätte, wo Robert von Dilli, Stephans Commandant der Feste zu Orford, ihr diese überlieferte. Graf Hervé, Stephans Schwiegersohn, ward durch einen Aufstand der dortigen Landleute gezwungen die Burg Devizes der Kaiserin zu überliefern, worauf er voll Ingrimm, zu stolz seiner Schwiegermutter sich anzuschliessen, England verließ. Noch jämmerlicher zeigte sich Hugo, mit dem Beinamen der Arme, welcher die von Stephan ihm verliehene Grafschaft Bedford verließ und die Burg dem Milo, ohne zu fragen ob er sie begehrte, aufdrängte. Selbst der Graf von Warwick, bei dem die Verweichlichung des Luxus und des Hoflebens die Kraft des alten Heldengeschlechtes gebrochen hatte, fand es bequem jetzt der Gräfin von Anjou zu huldigen. Zum Himmelfahrtstage war auch der getreuste, wenngleich nicht der glücklichste ihrer Anhänger, David, der König der Schotten, bei derselben eingetroffen, und so allmälig verstärkt gelang es ihr gegen St. Johannistag mit den Bürgern von London sich dahin zu vergleichen, daß sie es wagen konnte in deren Stadt einzuziehen.

Nachdem die Gewalt der Kaiserin dergestalt befestigt war, schien der Augenblick gekommen durch Milde und solche Nachgiebigkeit, mit welcher das Gefühl der selbstbewußten Kraft gern spielt, die Herzen der Nation zu gewinnen und jeden Keim einer gegen die Restauration feindseligen Gesinnung zu ertödten. Der von ihr begünstigte, so eben ernannte Bischof von London, Robert, brachte daher an sie das Gesuch, den König Stephan seiner Haft zu entlassen. Die vornehmsten Männer Englands boten Geiseln, Burgen und große Schätze, wenn Stephan nicht seinem Reiche, sondern nur der Freiheit wiedergegeben würde, um sein Leben als Mönch oder Pilger zu enden. Die Königin Mathilde und der Bischof von Winchester baten inständigst, aber vergeblich, daß die Grafschaften Stephans, Boulogne und Mortain, dessen Sohne Eustache übertragen werden möchten. Die Bürger von London flehten umsonst, daß ihnen die Gesetze des Königs Eadward wiedergegeben werden möchten, da die ihres Vaters Henry zu drückend seien [1]). Mit wahn-

1) Florent. Cont. a. 1141.

finniger Hartnäckigkeit verschloß die verblendete Königstochter ihr Ohr jedem besseren Rathe und verkannte die stürmischen Wolken, welche sich auf allen Seiten um sie herumlagerten. In Frankreich hatte ihr Gemahl Geoffroy, auf die Nachricht von dem Siege bei Lincoln, sich nach der Normandie begeben und die Inhaber der königlichen Burgen zur Übergabe dersel= ben auffodern lassen. Diese, unter welchen die Grafen von Meulan und von Leicester so wie andere anglo=normannische Große waren, hatten jedoch, mit des Königs altem Freunde, Hugo, dem Erzbischofe von Rouen, an der Spitze, sich zu Stephans Bruder, Thibault, Grafen von Blois, begeben, um ihm nicht nur das Herzogthum Normandie, sondern auch das Königreich England anzubieten. Dieser weise und fromme Fürst lehnte diese zum zweiten Male ihm angetragenen Reiche wieder ab, rieth aber dieselben dem Grafen Geoffroy zu übertragen, wenn dieser seinem Bruder Stephan die Freiheit und dessen früher besessene Grafschaften, ihm selbst aber die zu seinem Lehen ge= hörige Stadt Tours zurückerstatte [1]).

In London selbst verschlimmerte sich die Lage der Kaiserin sehr rasch. Die hochgesinnte Königin, da ihre Boten unbe= rücksichtigt abgewiesen waren, schnitt den Londonern alle Zu= fuhr von Süden her ab und verheerte das dortige Land. Der= gestalt bedrängt, durch die Zumuthungen und schnöden Erwie= derungen der Kaiserin erbittert und durch den gegen dieselbe höchst aufgebrachten Legaten angereizt, liessen sie die Lärm= glocken erschallen und stürmten den königlichen Palast. Kurz vor ihrer Ankunft gewarnt, war die Kaiserin von der Tafel aufgesprungen, zu Fuße davongeeilt und bestieg in der Vor= stadt mit ihrer Umgebung Rosse, welche sie eiligst nach Orford trugen. Die Königin zog bald unter lautem Jubel der Bür= ger in London ein, viele Geistliche und Ritter flohen, unter jenen auch der Bischof von Winchester. Es währte jedoch nicht lange, bis dieser sich der Königin näherte und heimlich eine Zusammen= kunft mit ihr zu Guilford hatte. Die Kaiserin, welche unver= zagten Muthes bei Robert von Dilli weilte und den Excome= table Milo von Glocester hier zum Grafen von Hereford er=

_____

1) Orderic. p. 928.

nannt hatte¹), erhielt Nachricht von dem neuesten Verrathe des Legaten und eilte mit ihren besten Rittern ihn in Winchester gefangen zu nehmen. Während sie sich heimlich der Burg bemächtigten, entfloh er von der entgegengesetzten Seite zur Stadt, und jene fand sich von den Städtern und den eiligst herbeigezogenen Kriegern der Königin belagert. Die Parteien verfuhren mit großer Erbitterung gegen einander. Die Häuser der Bürger, welche ihrem Bischofe abgeneigt waren, wurden von seinem Palaste aus angezündet und der verheerende Brand griff so sehr um sich, daß über vierzig Kirchen **2. August** und Capellen in Asche gelegt wurden²). Nach sieben Wochen verkündete der Bischof, angeblich der Fehde müde, den Frieden **14. Sept.** und ließ die Thore der Stadt öffnen. Schon hatte die Kaiserin mit ihrem Bruder, Rainald von Dunstanville, Grafen von Cornwales, die Pferde bestiegen, als der stets treulose Bischof durch seine Leute die Mannschaft der Kaiserin überfallen ließ. Diese floh bestürzt nach Ludgershall und von dort, in männlicher Kleidung, mit ihrem vielgeliebten Brian nach Devizes. Von hier aus soll sie zuletzt, zu mehrerer Sicherheit und in einem vor Furcht fast entseelten Zustande, einer Leiche gleich mit Stricken umwunden auf einer Bahre nach Glocester gebracht sein; eine Sage, welche dieser gleich anderen Prätendenten vorzüglich durch ihre Fluchtabenteuer ausgezeichneten Fürstin von Verehrern zur Verherrlichung oder von Feinden zum Spotte angedichtet sein mag³). Man wußte von dieser Flucht desto mehr zu erzählen, je bedeutender dieser Tag durch seine Folgen wurde. Milo soll beinahe nackt zu Devizes angelangt, der König von Schottland, nachdem er zu Winchester einige Zeit verborgen gehalten, dreimal gefangen sein, aber sich stets losgekauft haben⁴). Graf Robert von Glocester, welcher anfänglich auf der Burg mit der Besatzung hatte bleiben wollen, jetzt aber mit dem Grafen von Warenne fliehen mußte, wurde von Wilhelm von Ypern und den Flä-

1) Die Urkunde v. 23. Juli 1141 s. bei Rymer Foedera.
2) Florent. Cont. Gesta Stephani. p. 956.
3) Nur Florent. Contin. h. a. gedenkt dieses Umstandes.
4) Gesta Stephani. p. 957. Joh. Hagust.

mingern verfolgt. Zu Stockbridge wurde er von demselben er=
griffen, vor die Königin als Gefangener geführt und nach
Rochester gebracht, wo ihm, ungeachtet der schlechten Behand=
lung des Königs, mit größter Schonung begegnet wurde.

So waren die beiden Häupter ihrer Parteien in der Ge=
walt ihrer Gegner, und der Gedanke sie auszutauschen ward
von vielen Gemüthern lebhaft ergriffen. Die Kaiserin weigerte
sich lange dem Vorschlage der Auswechselung beizutreten, doch
mußte sie zuletzt erkennen, daß ihre wenig günstige Lage der
Freiheit Glocesters für sie die größte Wichtigkeit verlieh. Zu
Anfang November wurde daher der König seiner Haft entlas=
sen [1]), die Königin und Prinz Eustache stellten sich als Bür=
gen, bis Robert von Glocester frei anlangte.

Es kam jetzt zuerst darauf an, welchen Entschluß die
7. Nov. Geistlichkeit fassen würde. Der Legat hatte deshalb eine Sy=
node zusammenberufen, wo es ihm nicht an Dreistigkeit fehlte,
auch sich gegen die verschiedenen Parteien zu rechtfertigen. Er
verlas ein Schreiben des Papstes, in welchem dieser ihm leise
Vorwürfe machte, daß er ihm seine Versuche, den Bruder zu
befreien, verheimlicht habe, doch dieses verzieh und dringend
ihn auffoderte mit allen geistlichen und weltlichen Mitteln dessen
Befreiung zu erstreben. Der König erschien selbst in der Ver=
sammlung, um sich über das Unrecht seiner Vasallen zu be=
schweren, denen er nie ihr Recht verweigert habe. Mit alter
List suchte jetzt der Legat jede Beschuldigung von sich abzu=
wälzen. Da alle Grafen geflohen seien oder doch sich ängstlich
zurückgezogen hätten, habe er die Kaiserin in Winchester auf=
zunehmen nicht verweigern können, sie habe aber Alles was sie
der Kirche verheißen nicht beachtet, ihn, was er mit Gewiß=
heit erfahren, nicht nur seiner Würde, sondern selbst des Lebens
berauben wollen. Übrigens habe Gott in seiner Gnade die
Begebenheiten jetzt dahin geleitet, daß er dem Verderben ent=
ronnen sei und seinen Bruder aus den Fesseln befreiet habe.
Er gebot also, im Namen Gottes und des Papstes, den Kö=
nig mit allen Kräften zu unterstützen, die Störer des Friedens
aber und Anhänger der Gräfin von Anjou zu excommuniciren.

---

1) **Malmesb.** Auf Martini sagt Joh. **Hagust.**

Der anwesende Klerus konnte diesem hohlen, lügenhaften Geschwätze nicht beistimmen, aber die Verehrung päpstlicher Autorität und die Furcht vor der Rache des intriganten Legaten lähmte ihre feigen Zungen. Nur ein Laie, welchen die Gräfin von Anjou dahin abgeordnet hatte, trat auf und rief dem Legaten ins Gedächtniß zurück, wie auf seine vielen schriftlichen Einladungen die Kaiserin nach England gegangen sei, wie er es gewesen, welcher die Begebenheiten bei Lincoln veranlaßt, wie er die Gefangenhaltung des Königs betrieben, daß er noch kürzlich der Kaiserin verheissen, seinen Bruder nicht unterstützen zu wollen, es sei denn durch eine Zahl von nicht mehr als zwanzig Kriegern. Der Legat blieb bei allen diesen Vorwürfen in seinem unerschütterlichen Gleichmuthe, verzog keine Miene, und die Versammlung brach auf, um den ferneren Gang der Begebenheiten zu beobachten.

Es währte mehrere Jahre, bis diese eine festere Richtung nahmen und das Gleichgewicht der Kräfte oder vielmehr der Ohnmacht sich etwas verlor. Der König war mit seiner Gemahlin nach York gegangen [1]), um die Fehden zwischen seinen Vasallen beizulegen und die Gemüther im Norden Englands in der früheren günstigen Stimmung sich zu erhalten, als eine heftige Krankheit, welche ihn bald nach Ostern zu Northampton befiel, der neuerworbenen Herrschaft und seinem Leben ein schnelles Ende zu bringen drohte [2]). Nach seiner Herstellung wandte er sich wieder gegen seine Feinde im Süden, wo es ihm gelang Cirencester und andere von den Gegnern befestigte Orte zu nehmen [3]). Bei diesen war ein Zwist über die Frage entstanden, ob es nicht zweckmäßiger sei, den Grafen Geoffroy nach England herüber zu rufen, für welche Ansicht die von ihm kürzlich in der Normandie, wo seit Thibauts Verweigerung der Krone, sich viele Magnaten zu ihm gewandt hatten [4]), errungenen Erfolge sprechen konnten. Aber die Abgeneigtheit gegen die Person des französischen Grafen siegte hier wiederum,

1) Joh. Hagust.
2) Ibid. Malmesb.
3) Gesta Stephani l. II. init.
4) Robert de Monte a. 1140 (1141).

und der Graf von Glocester, von seiner Partei bei einer zu
Devizes auf Pfingsten gehaltenen Versammlung beauftragt, die
Leitung derselben zu übernehmen, schiffte selbst gleich nach Johannis nach der Normandie, um theils jenen dort zurückzuhalten und durch Stellung von Geiseln zu beruhigen, theils ihn
in der Eroberung einiger noch widerspenstiger Burgen zu unterstützen [1]. Noch zu Anfange des Winters riefen ihn jedoch
ungünstige Nachrichten zu der Partei, deren eigentliches Haupt
er stets gewesen, nach England zurück. Der König hatte die
durch den Isisfluß und starke Mauern beschützte Stadt Orford,
wohin die Kaiserin mit zahlreicher Ritterschaft sich zu Anfang
des Herbstes begeben, belagert, war in die Stadt selbst ein-
26. Sept. gedrungen und hatte die Kaiserin in die Burg eingeschlossen.
Als in dieser die Lebensmittel sparsamer wurden, beschloß die
Kaiserin wieder zu fliehen, worauf sie, in der Kälte des strengen Decembers, bei Nacht durch den Widerschein weißer Kleider auf den eis- und schneebedeckten Feldern die Wächter täuschend, zu Fuße nach Abingdon und dort zu Pferde steigend
nach Wallingford entkam [2].

Die Flucht der Kaiserin, so sehr ein solches romantisches
Abenteuer, mit Farben poetischer, ritterlicher und religiöser Gefühle ausgeschmückt werden kann, war eine große Übereilung.
Sie wurde nicht durch Hunger gezwungen die Burg zu verlassen, da die Besatzung dieselbe nicht gleich übergeben mußte,
sondern vom Könige günstige Bedingungen erwirkte [3]; auch
war bereits Robert von Glocester zur Hülfe und Rache gelandet und hatte nach dreiwöchentlicher, unter seinen Verhältnissen
zu langer Belagerung von Warham, seine Anhänger nach Cirencester berufen, um mit starker Heeresmacht Orford zu entsetzen.

Robert brachte nunmehr den jungen Prinzen Henry von
Anjou zu seiner Mutter, welche ihn noch vier Jahre zu Bristol

1) Malmesb. Gervas. a. 1142.
2) Gesta Stephani l. II. init. Malmesb. Hist. Novellae in
fine. Durch einen Irrthum, vielleicht des Abschreibers, berichtet die
Chronik des Johannes von Herham über diese Begebenheit am
Schlusse des Jahres 1145.
3) Gesta Stephani p. 959.

rziehen zu laſſen beſchloß. Der Graf begann neue Streifzüge
n die königlichgeſinnten Provinzen und hatte die Freude zu
ehen, wie Stephan die Belagerung von Warham vergeblich
unternahm. Doch ein härterer Schlag bedrohte den König.
Er hatte, um von dort aus Wilhelm den Grafen [1]) und die
Burgmannen von Saliäbury im Zaum zu halten, viele Truppen zuſammengezogen, wobei viele Barone und auch der Biſchof von Wincheſter ihn mit ſtarker Mannſchaft unterſtützten.
Dem Grafen von Glocefter ſchien hier eine Gelegenheit, wie
inſt bei Lincoln, zu einem entſcheidenden Tage ſich darzubie-
en. Schon ſenkte ſich die Sonne am erſten Juli, als er
den ſorgloſen König plötzlich überfiel, welcher, ob er gleich
eine Schaaren ſchnell aufgeſtellt hatte, doch der beſſer geord-
neten Schlachtordnung der Kaiſerlichen bald weichen muſſte.
Stephan, deſſen Muth nach trüben Erfahrungen die frühere
tollkühnheit verloren hatte und durch Vorſicht gedämpft war,
muſſte mit ſeinem Bruder, dem Legaten, fliehen [2]). Einer ſei-
er getreueſten Vaſallen aber, Wilhelm Martel, ſein Truchſeß,
wurde gefangen und muſſte ſich mit 300 Mark und der Über-
abe der wichtigen, die Grafſchaft Dorſet beherrſchenden Burg
Sherburn auslöſen. Dennoch vermochte Graf Robert ſeinen
Sieg nicht weiter zu verfolgen, ſicherte jedoch ſeiner Herrin die
Normandie und für einige Jahre den faſt unbeſtrittenen Beſitz
er weſtlichen Hälfte Englands, mit Ausnahme eines Theiles
on Cornwales, welches Henry de Traci bald durch Fehden bald
urch günſtigen Waffenſtillſtand ſeinem Herrn ganz zu erhalten
wuſſte. Graf Robert erkannte, daß in ſeinen Diſtricten der
ngeriſſenen Zügelloſigkeit Einhalt zu thun ſei, und er ſcheint
lücklicher in der Erhaltung der Einheit und Ruhe geweſen zu
in als der Beherrſcher des öſtlichen Englands. Hungers-
oth und Elend waren jedoch allgemein [3]). Die Kaiſerin erlitt

1143
1. Juli

---

1) Civitatis Saresbiriae praecepter et municeps. Gesta Stephani
960.

2) Gesta Stephani. Gervas. a. 1143. H. von Huntingdon
ſt dieſe Begebenheit trig ins Jahr 1142.

3) Gesta Stephani p. 961 sq. ſtimmt in der Schilderung des damaligen Elends ſehr mit der oben benutzten Stelle der angelſächſiſchen
ronik überein.

einen empfindlichen Verluſt durch ben Tob ihres Freundes, de Grafen Milo von Hereforb, welcher am Weihnachtsabend au der Jagb umkam [1]). Der plötzliche Tod des Wilhelm von Sa lisbury war ihren Gegnern nicht minder willkommen. Abn auch der älteſte Sohn Roberts, welcher ſchönen Erwartungen zu entſprechen begonnen hatte, ſtarb in der Blüthe der Jahn und erinnerte den Vater ſchmerzlich an die Nichtigkeit und den Frevel aller der Kämpfe und Beſtrebungen, für welche die herrliche Gabe des Lebens verſchleubert wurde.

Die gefährlichſten Gegner hatte Stephan in ſeinen Um= gebungen, benen ſein leichter Sinn zu viel Vertrauen ſchenkte. Sein Bruder, ber Legat, nachbem er zu London das oben er= wähnte Concilium gehalten, in welchem die Unverletzlichteit geiſtlicher Perſonen eingeſchärft und baburch mittelbar ihre An= ſchlieſſung an den König beförbert ſchien [2]), begab ſich, ſei es um den Cöleſtinus, Nachfolger des verſtorbenen Papſtes In= nocenz, ſich gewogener zu machen, ſei es um von dem Lande, in welchem er alle Achtung und allen Einfluß verſcherzt hatte, für einige Zeit ſich ferne zu halten, mit Theobald, dem Erzbi= ſchofe von Canterbury, nach Rom und konnte alſo für den Augenblick weder den engliſchen Freunden noch Feinden ſcha= ben. Stephan ließ ſich gegenwärtig vorzüglich von Galfrid von Manneville [3]) leiten, ben er kürzlich zum Grafen von Eſ= ſex erhoben hatte [4]); einem Manne, welcher burch Reichthümer,

---

1) Gesta Stephani p. 965. Joh. Haguat. a. 1144 (1145). So auch die Chronit ber von ihm ſehr begünſtigten Abtei zu Lanthony bei Glocefter im Monast. Anglic. T. VI. p. 134.

2) Huntend. a. 1143.

3) So nennt ſeinen ſo wie ſeines Sohnes Stephan Geſchlechtsnamen Rotul. magn. pip. laud. und ſo ſeine Vorfahren Domesbay. Wenn dieſer Name auch berſelbe iſt als Mainville und baher von den lateiniſch ſchreibenden Chroniſten Magna villa wiebergegeben werben kann, ſo barf er doch nicht mit Lingarb in Granville übertragen werben. Das Ge= ſchlecht Greinville war auch ſchon zu Henrys I. Zeiten vorhanden.

4) S. die Ernennungsurkunbe in Rymer Foedera T. I. p. 18. Im Jahre 1136 hatte er das Benedictiner=Priorat, ſpäter zur Abtei er= hoben, zu Walden in Eſſex geſtiftet. S. Monast. Angl. T. IV. p. 133 sq., wo ausführliche genealogiſche Rachrichten über ihn und ſein Geſchlecht

Tapferkeit, scharfen Verstand und Anhänglichkeit an die Person des Königs gleich ausgezeichnet erschien. Sein Einfluß am Hofe und in den Grafschaften war zu solcher Höhe gestiegen, seine Macht durch den Besitz des Thurmes zu London und anderer festen Burgen so groß, daß seinem Rathe aufmerksamer gelauscht und seinem Befehle folgsamer gehorcht wurde als denen des Königs. Gegen diesen Mann erhob sich jetzt eine dumpfe, zwar allgemeine aber unsichere Anklage, daß er das Reich und den König in die Hände der Kaiserin zu bringen beabsichtige. Stephan schenkte dem Gerüchte keinen Glauben und fürchtete gewaltsame Schritte gegen Den zu unternehmen, welchen er für seiner Barone Besten gehalten hatte [1]). Da er jedoch bei St. Albans in einem Streite mit anderen Baronen, welche ihm seinen beabsichtigten Verrath unverholen vorwarfen, denselben spottend eingestand, so wurde er verhaftet. Gegen die durch angedrohten Tod am Galgen von ihm erpreßte Über= gabe des Thurmes von London und der Burgen Walden und Plashet (Essex) erhielt er die Freiheit [2]), welche er jetzt nur zur Rache verwandte. Während der König mit einer erfolg= losen Belagerung Lincolns, welches Graf Ranulf von Chester noch behauptete, beschäftigt war, regte Galfrid den leicht un= zufriedenen Hugo Bigod, Robert Marmion, welcher einst in der Normandie gegen Anjou tapfer gefochten hatte, und andere Ritter gegen den König auf [3]). Galfrid jedoch, welcher das Klo= ster zu Ramsey zu einer Burg umgewandelt, und Marmion, welcher desselben Frevels bei der Kathedrale zu Coventry sich

zu finden. Auch um Hurley Priory in Berks, von seinem Vater gestif= tet, machten er und seine Gemahlin Roheisa sich verdient, so wie Letztere auch um Priory Chiksand in Bedfordshire. S. deren Urkunden ebenda= selbst T. III. p. 484. T. VI. p. 950.

1) Nach der von einem etwas späteren Schriftsteller, dem Wil= helm von Newbury, Rer. Anglic. l. I. c. 2. mitgetheilten Nachricht hatte jedoch Galfrid einst die Prinzessin Constanze, Eustaches Verlobte, welche mit der Königin London verlassen wollte, daselbst mit Gewalt zu= rückgehalten und erst dem königlichen Schwiegervater auf dessen Befehl ausgeliefert.

2) Huntend. a. 1143. GestaStephani p. 965.

3) Robert de Monte a. 1139.

1144 schuldig gemacht hatte, fielen durch die fernhintreffenden Pfeile
August unbekannter Schützen; ein Umstand, welcher der politischen
Bedeutung ihres Todes zugleich eine nicht unbedeutende mora-
lisch=religiöse Wirkung verlieh [1]).

Diese feindselige Bewegung unter Stephans Anhängern
verfehlte nicht die Hoffnungen und Kräfte der Gegenpartei neu
zu beleben. Stephan von Manneville, vielleicht ein Bruder
jenes Galfrid, hatte schon früher in Cornwales verfallene, in
der Vorzeit errichtete Burgen wiederhergestellt und diese zur
Befehdung der Königlichen benutzt. Die Söhne Roberts von
Glocester verheerten die südlichen, Ranulf von Chester die nördlichen Provinzen; Johannes, auf der Burg zu Marlborough,
hatte in der Umgegend beinahe die Gewalt erreicht, deren Er-
strebung er selbst einst an Robert, Huberts Sohn, zur Bestrafung brachte, und mittels seiner mit großer Geschicklichkeit
angelegten Burgen, von einer unerschütterlichen Gleichgültigkeit gegen geistliche Bannstrahle unterstützt, zahlreiche Güter
der Klöster und Kirchen an sich gebracht [2]). Dem Könige selbst
wurde Wilhelm von Dover [3]) besonders unbequem, der zu Crikelade (Wilts) eine durch Wasser und Mauern wohlverwahrte
Ritterburg in einer reizenden und fruchtbaren Gegend angelegt
hatte, von welcher aus er, beide Ufer der Isis oder Themse
bewachend und beherrschend, der Besatzung zu Oxford die Zufuhr abschnitt. Um der dortigen Gegend und seinen Burgmannen zu Malmesbury, gegen welche der Graf von Glocester
drei Castelle errichtet hatte, Hülfe zu bringen, zog Stephan
eine nicht geringe Heeresmacht zusammen, und ließ dieselbe
gegen sein eigenes Land mit Feuer und Schwert wüthen. Als
er bei Tilbury (Glocester) gelagert war, erschien plötzlich der
Graf von Glocester mit einem großen Heere, aus Walisern,
der im benachbarten Bristol gelagerten Ritterschaft und vielen
benachbarten Burgen zusammengezogen, mit welchem Roger,

---

1) Huntend. a. 1144. Gesta Stephani p. 964. Guil. Neubrig. l. I. c. 12.

2) Gesta Stephani p. 965. vgl. p. 951.

3) Vermuthlich der Wilhelm Peveril de Donora im Rot. magn.
pip. laud.

der neue Graf von Hereford, Milos Sohn, zusammenstieß. Des Königs Umgebungen hatten viele Mühe ihn zu bewegen seinen Wunsch, einen ungleichen Kampf zu wagen, aufzugeben. Mit großem Geschicke wandte er sich schnell nordwärts, nahm eine bedeutende, vom Grafen Hereford neu angelegte Burg zu Winchelcomb (Glocester) und rückte, ermuthigt durch diesen Erfolg, mit gleichem Glücke gegen Hugo Bigod, um dessen Räubereien mit kräftiger Hand ein Ziel zu setzen [1]). Mit besonderem Glücke erhielt er auch die Burg zu Walden wieder, welche er einem durch ihn aus dem Bürgerstande und großer Dürftigkeit zum vertrautesten seiner Räthe emporgehobenen Manne, Turgisius, zur Bewachung übertragen hatte, der jetzt aber die Zurücklieferung derselben zu verweigern sich erfrechte. Als er in der Nähe von Walden den Jagdhunden auf der Fährte folgte und von Waidlust frohbewegt in das Horn blies, erschien plötzlich, von seinem guten Sterne geleitet, der König, dessen Gefolge den treulosen Emporkömmling ergriff und ihn durch Androhung des Galgens zur Übergabe der stattlichen Burg bald bewog [2]).

Unterdessen hatte Philipp, des Robert von Glocester Sohn, aus der ihm übertragenen Burg zu Crikelade Orford sehr bedrängt, und seinen Vater leicht bewogen mit einem Heere in die Nähe Orfords zu ziehen, um von einer zu Faringdon neu errichteten Burg aus den Commandanten jener Stadt, Wilhelm von Chamai, zur Übergabe zu zwingen. Die dringende Gefahr rief jetzt den König herbei, so sehr andere Gegenden des Reichs ihn in Anspruch nahmen. Eine bedeutende Truppenzahl ward zusammengebracht, unter denen vorzüglich die Bürger von London sich auszeichneten. Mit großer Kunst wurde jetzt Faringdon belagert, ungeheure Wurfmaschinen wurden errichtet, bewegliche Thürme, von welchen aus die Bogenschützen sicher bedeckt die Feinde auf den Wällen mit ihren Pfeilen erreichen konnten. Die muthvollsten Schaaren erklommen selbst die steilsten Theile des Walles und wechselten, nur durch Gitter getrennt, die Pfeile mit den Belagerten. Diese,

1) Gesta Stephani p. 965 sq. Huntend. a. 1145.
2) Gesta Stephani p. 966.

23*

aus einer angesehenen Ritterschaft und ihren Mannen bestehend, auf eine zahlreiche Hülfe, welche der Graf von Glocester ihnen bringen wollte, vergeblich harrend, sahen sich bald zur Übergabe genöthigt. Der Eindruck dieser Begebenheit war in England sehr groß und Stephans Geschick begann, nach zehnjäh1146 rigen Kämpfen, sich zu erheitern. Graf Ranulf von Chester, welcher durch viele Eroberungen jetzt beinahe ein Drittheil von England besaß, verließ Mathilbens Partei, um sich dem Könige wieder zu unterwerfen, und legte Beweise seiner Gesinnung dar, indem er für jenen das durch des Grafen Hugo Verrath einst verlorene Bedford eroberte, mit 300 auserlesenen Kriegern dem Könige stets folgte und den Feinden durch die Errichtung eines Thurmes, von welchem aus er die Bewegungen der Mannschaft zu Wallingford lähmte, großen Nachtheil zufügte [1]).

Auffallender als Ranulfs Rückkehr zum Könige ist es, daß Philipp, der jüngere Sohn des Grafen von Glocester, ihm sich unterwarf, nach Feststellung eines zu Stamford abgeschlossenen Vertrages [2]), durch welchen der Herrsch- und Verschwendungssucht des Jünglings mehr genügt wurde, als unter der Leitung des mit den Jahren strenger und karger gewordenen Vaters geschehen war. Schonungslos verheerte der junge politische Renegat die Besitzungen seiner frühern Partei und selbst die seines Vaters, wurde jedoch auch durch rücksichtslose Anmaßung und Gewaltthaten seinen neuen Freunden sehr lästig.

Nach dem Verluste so vieler Männer und zugleich vieler Burgen und anderer materiellen Mittel, sannen auch die Häupter der Partei von Anjou auf die Abschließung eines Friedens, durch welchen sie mehr zu erreichen hofften, als die Waffen ihnen gegenwärtig gewährten. Rainald von Dunstanville wurde beauftragt eine Friedensunterhandlung einzuleiten. Doch zeigten sich bald beiderseits Gesinnungen, welche keine Vermittelung zu einer Übereinstimmung führen konnte. Philipp von Glocester hatte sich sogar erfrecht seinen Oheim Rainald, das vom Könige demselben verliehene freie Geleit nicht achtend, auf

1) Gesta Stephani p. 968. Huntend. a. 1146.
2) Chron. Saxon.

seiner Reise zu demselben gefangen zu nehmen; und die Kai=
serin andererseits wollte auf die königliche Würde in England
nicht verzichten. Die während der Verhandlungen schwer zu=
rückgehaltene Kampflust brach bald wieder kräftig hervor, und
es half wenig, daß der neue Kreuzzug, zu welchem das begei=
sternde Wort des Bernhard von Clairvaur das Abendland neu
erweckt hatte, die Grafen Wilhelm von Warenne, Waleram
und Geoffroy von Meulan, Philipp von Glocester und viele
jugendliche Ritter in diesem und den nächstfolgenden Jahren
aus England entfernte [1]). Ihrer Thaten im Oriente läßt sich
hier nicht gedenken, jedoch muß der von den anglo=nor=
mannischen Rittern mit den Deutschen vollbrachte glorreiche
Kriegszug gegen die Saracenen in Portugal kurz erwähnt
werden.

Die flandrische Flotte unter dem Grafen Arnulf von Ar=
schot, war zu Dartmouth [2]) gelandet. Hier scheint sie sich zu= 1147
fällig mit der englischen Flotte zu der Fahrt nach Syrien ver=
eint zu haben und erreichte mit dieser, jedoch durch einen star=
ken Sturm vereinzelt, die Küsten von Galizien und Portugal.
Die Pilger gaben den dringenden Vorstellungen des Königs
Alfons Gehör, ihren Kampf gegen die Saracenen in diesem
Lande zu beginnen. Nach vier Monaten gelang es ihrem ta=
pfern und frommen Eifer den Ungläubigen die schon damals
große Stadt Lissabon zu entreißen. Lange schwelgten sie in
der reichen saracenischen Beute und setzten erst im folgenden
Jahre die Reise fort [3]).

1) Gesta Stephani p. 970. Huntend. Johannes Hagust.
a. 1147. Robert de Monte a. 1145.

2) So läßt sich wohl dreist das Derchimede des Dedekin und das
Tredemunde des Arnulf deuten. S. deren Berichte in P. W. Gerken
Reisen durch Schwaben Th. IV. S. 386 fg. Martene et Durand
Collectio ampliss. T. I. p. 800 sq.

3) Wilken Geschichte der Kreuzzüge B. III. S. 12. Chron. Saxon. Chron. reg. S. Pantaléonis. Henr. Huntingdon. a. 1148.
Joh. Hagust. a. 1149, was jedoch nach dem oben bemerkten Irrthum
in 1148 zu berichtigen, so wie Robert de Monte, wo 1147 durch=
gängig für 1148 zu verstehen ist. Das Auct. Gemblac. hat die richtige
Jahreszahl 1147. Ein M. S. Expeditio Francorum, Anglorum et va-

Der schlimmste Feind für Stephan war jedoch der Graf von Chester. Es fiel den Rathgebern des Königs sehr auf, daß dieser stets zögerte die königlichen Burgen und Einkünfte, deren er sich bemächtiget hatte, zurückzuliefern so wie die Geiseln und Bürgschaften zu stellen, welche in solchen Verhältnissen zu verlangen die damalige Sitte gestattete und die Unstätigkeit seines Charakters unabweislich foderte. Als er nun aber den Versuch machte, den arglosen König zu einem Zuge nach Wales zu verlocken, vermuthlich in der Absicht in den abgelegenen Thälern und Schluchten dieses wenig fernen, aber gar fremden und gefahrvollen Landes des Königs Verderben zu bereiten, so reifte der Entschluß sich Ranulfs, wie einst des Galfrid von Manneville, zur gelegenen Stunde sicher zu bemächtigen. Diese fand sich bald zu Northampton; Ranulf wurde vor das Hofgericht gestellt, übergab Lincoln, die übrigen Reichsfesten und Einkünfte und gelobte, nach gestellten Geiseln, dem Könige treu zu verbleiben und an seiner Grafschaft und seinen rechtmäßigen Lehen sich genügen zu lassen.

Stephan beging das Weihnachtsfest zu Lincoln, wo bisher nimmer ein König von England verweilt haben soll und nach dem Volksglauben nicht verweilen durfte [1]), ein Beweis seines Muthes, welcher in den Herzen der einheimischen Zeitgenossen mehr galt als eine gewonnene Schlacht. Nicht lange hatte er jedoch jene Stadt verlassen, als Ranulf wuthentbrannt mit seinen Schaaren sich Lincolns, Coventrys und anderer königlichen Städte zu bemächtigen versuchte, doch bei einem Angriff auf den erstgenannten Ort manche seiner besten Leute verlor und selbst schmählichem Tode nur mit Mühe entrann.

Die Kaiserin, der endlosen Fehden und des unbehaglichsten Lebens müde, ging zu Anfange des Jahres 1147 nach Frank-

riarum nationum ad obsidendum Ulissipona in Portugallia tempore Hildefonsi regis (1147) per Osbernum wird angeführt von Cooper on public records T. II. p. 166.

1) Huntend. a. 1147. Es ist auffallend, daß keine der zahlreichen Urkunden Henrys I. und früherer Könige für die Kirche zu Lincoln in dieser Stadt gegeben ist. Bei Johannes von Herham finden sich diese Begebenheiten irrig, wenngleich mit den unbestimmten Ausdrücken: circa haec tempora, erst zum Jahre 1151 eingeschaltet.

reich zurück[1]), doch hoffte sie jetzt ihre Partei mit frischer Begeisterung zu erfüllen, wenn sie ihren nunmehr herangewachsenen Sohn Henry hervortreten ließe, um die für ihn in Anspruch genommene Krone selbst sich zu erfechten. Gilbert von Clare, Richards Sohn, ein Verwandter des Grafen von Chester und für denselben zur Geisel gestellt, erbittert über den in Folge der letzten Empörung desselben erlittenen Verlust seiner der Krone verfallenen Burgen, war es, der mit seinem Oheim Gilbert, dem Grafen von Pembroke, die Hinüberkunft des jungen Prinzen, welcher seit dem vorigen Jahre bei seinem Vater lebte, bewirkte[2]). Aber die Erscheinung Henrys verfehlte den gehofften Eindruck, da er nicht, wie man wünschte, mit zahlreichen französischen Völkern auftrat, und seine ersten Kriegszüge gegen Criklade und Burton ihren Zweck nicht erreichten. Die Geldverlegenheit war an dem Hofe der Kaiserin so sehr gestiegen, daß sie von der Gutmüthigkeit ihres edelgesinnten königlichen Gegners für sich und ihren Sohn die erforderliche Unterstützung bisweilen nachsuchte und erhielt.

Dieser ließ zu gleicher Zeit auch seinen Sohn Eustache auf dem Kriegsschauplatze erscheinen. Dieser Jüngling war an Tapferkeit, freundlicher Herablassung und Freigebigkeit das Ebenbild des Vaters. Glücklicher als sein jugendlicher Nebenbuhler, gelang es ihm Libley und andere von dem Feinde besetzte Burgen[3]) zu nehmen. Um die Verlegenheit der Partei der Kaiserin noch mehr zu steigern, mußte plötzlich der Graf von Glocester sterben, mitten in seinen Bestrebungen eine feste Vereinigung aller Kräfte seiner Partei gegen den König zu Stande zu bringen, von Kummer über das Mißlingen so vieler Pläne und den Abfall treuloser und pflichtvergessener Freunde und Verwandten tief gebeugt[4]).

---

1) Gervasius a. 1147.

2) Gesta Steph. p. 972. Joh. Hagust. a. 1151 (anstatt 1147). Gervasius a. 1146.

3) Castrum quod dicebatur de Silva. Gesta Stephani p. 974. Ist Woodstok gemeint?

4) Gesta Stephani ibid. Joh. Hagust. a. 1147. Um ihn von der vortheilhaftesten Seite kennen zu lernen, lese man Will. Malmes-

Es liefert uns jetzt und lieferte wohl schon seinen Zeitgenossen den schlagendsten Beweis für die Unfähigkeit Stephans seiner schwierigen Lebens- und Regenten-Aufgabe zu genügen, daß er unter den eingetretenen günstigen Verhältnissen nicht im Stande war sich die Herrschaft von ganz England wieder zu verschaffen. Merkwürdig ist es, daß wir für das folgende Jahr, ausser einigen Nachrichten über geistliche Angelegenheiten, keine andere über dasjenige besitzen, was sich in England ereignete.

Die Blicke der Gegner Stephans richteten sich jetzt wieder nach Schottland, und der sechszehnjährige Henry wurde abgesandt die Gunst seines Oheims, des Königs David, zu gewinnen. Er besuchte diesen zu Carlisle, der dort das frohe Pfingstfest beging, und wurde von ihm mit aller Ehrerbietung und allem Aufwande, worin die Anerkennung seiner Ansprüche sich ausdrückte, aufgenommen und von demselben zum Ritter geschlagen. Sein Sohn, Graf Heinrich, so wie Graf Ranulf von Chester, welche Beide sich vom Könige losgesagt hatten, unterstützten jenen bei dieser feierlichen Handlung. Ranulf hatte seine früheren Ansprüche auf Carlisle fahren lassen und dafür Lancaster erhalten, so wie das Versprechen, daß sein Sohn eine der Töchter des Grafen Heinrich zur Ehe erhalten solle. Stephan wurde durch diese Zusammenkunft seiner Feinde an der Reichsgrenze im Monate August nach dem Norden gerufen, vorzüglich durch die Bitten und Geschenke der vor feindlichen Überfällen sehr besorgten Bürger von York. Auch Eustache erhielt den Rittergürtel von seinem Vater, wobei Bischof Heinrich die Kosten des Festes bezahlte. Die beiden jugendlichen Prinzen, voll Kriegslust und Ehrgeiz, machten jeder häufige Streifzüge in das Gebiet des Nebenbuhlers; David mußte jedoch seinen Plan, den englischen König anzugreifen, wieder aufgeben, weil Ranulf sich nicht mit den versprochenen Hülfstruppen zu Lancaster stellte [1]. Beide Heere lösten sich, da auch

bur. Hist. Novella l. II. Es ist wohl ein Irrthum der Chronik des Gervasius, daß er zu Anfang November 1146 gestorben; auch Chronica de Tewkesbury (Monast. Anglic. T. II. p. 61.) hat 31. October 1147.

1) Joh. Hagust. a. 1150 (1149). Huntend. a. 1149.

Stephan zum Angriffe nicht stark genug war, vor dem Winter auf, und Henry kehrte in die Normandie zurück. Bei den erschöpften Finanzen wurde der Krieg in den folgenden Jahren nur sehr lässig fortgeführt. Die Stadt Worcester wurde im nächsten Sommer genommen, wo die königlichen Truppen willkommene Beute und den Standpunct für ergiebige Streifzüge in die naheliegenden reichen Landschaften fanden. Die dortige Burg, mit welcher Stephan einst den Waleram von Meulan belehnt hatte, wurde von dessen Bruder Robert, Grafen von Leicester, vertheidigt, der bei der Wiederholung des Angriffs im folgenden Jahre diesen vereitelte und die von den Belagerern aufgeworfenen Verschanzungen vernichtete.[1]

Wichtiger für England war was sich während dieser Zeit in der Normandie begab. Kaum war König Louis VII. von dem Kreuzzuge zurückgekehrt, als Graf Geoffroi zu ihm eilte, um seine Beschwerden über König Stephan zu erneuern. Er selbst verzichtete auf die fernere Verwaltung der Normandie, und der König von Frankreich übertrug dieses Herzogthum, als rechtmäßigem Erben, dessen Sohn Henry, während er jedoch das normannische Verin, zwischen der Epte und Andele, der französischen Krone vorbehielt, eine Bedingung, welche bald zu Fehden zwischen dem Könige und dem neuen Herzoge führte, durch welche Graf Eustache die Gelegenheit erhielt sich jenem, seinem Schwager, wieder näher anzuschließen und demselben sogar bei der Belagerung von Pont de l'Arche thätige Hülfe zu verleihen.[2] Kaum war der Friede hier auf einer Zusammenkunft der Fürsten, in welcher Bernhard von Clairvaux eine Vermittlerrolle übernahm, zu nicht geringem Vortheile des scheinbar nachgiebigen, staatsklugen Henry hergestellt, als eine Krankheit seinen Vater, den rüstigen und gewandten Streiter, dahinraffte. Durch diesen Todesfall fielen auch die Grafschaft Anjou auf Geoffrois ältesten Sohn, so wie seine Ansprüche auf die englische Krone. Bald darauf brachte die Gunst des Schicksals dem Herzoge Henry eine neue, große Erweiterung seiner Macht. Eleonore, die Erb-

1150

1151

26. Aug.

---

1) Huntend. a. 1150. 1151.

2) Historia regis Ludovici VII. ap. Bouquet T. XII. p. 127.
Robert de Monte a. 1150. 1151.

tochter Wilhelms X., Grafen von Poitiers und Herzogs von
Guienne, seit dem Jahre 1137 dem Könige Louis VII. ver=
mählt, dem sie zwei Töchter geboren, hatte denselben auf dem
Kreuzzuge begleitet, wo ihre Ausschweifungen den Grund zu
einer Mishelligkeit mit ihrem Gemahl legten, welche zu einer
auf dem Concilium zu Baugenci, unter dem Vorwande zu na=
her Verwandtschaft, ausgesprochenen Scheidung der bereits,
funfzehn Jahre bestandenen Ehe führte. Kaum war Eleonore
welche Guienne und Poitiers zurückerhielt, vom Könige geschie=
den, als ihre Hand von den angesehensten Franzosen begehrt
wurde. Der zudringlichen Bewerbung des jungen Grafen
Thibault V. von Blois musste sie sich durch nächtliche Flucht
entziehen, und durch ähnliche List einem Entführungsversuche
des Geoffroi Plantagenet, zweiten Sohnes des kürzlich verstor=
benen Grafen von Anjou[1]). Glücklicher war sein älterer Bru=
der Henry, welchem Eleonore, kaum sechs Wochen nach der
Scheidung, ihre Hand und reichen Besitzungen verlieh, und
ihn dadurch zum Gebieter einer Hälfte von Frankreich machte.
Groß war die Bestürzung und der Zorn des Königs von Frank=
reich, welcher jetzt die Unbesonnenheit seiner Scheidung begriff.
Nicht geringer war der Schrecken, welcher sich an Stephans
Hofe verbreitete, als man vernahm, wie jener, vor Kurzem der
jüngste und dürftigste Ritter, dessen größter Stolz eine glück=
lich beendigte Jagd oder eine nicht viel bedeutendere Grenz=
fehde waren, einer der angesehensten und mächtigsten Fürsten
Europas geworden war. König Louis und Eustache fielen mit
einer sehr starken französischen Heeresmacht in die Normandie
ein. Henry setzte dieser den kräftigsten Widerstand entgegen,
doch verlor er die für uneinnehmbar gehaltene Burg Neuf
Marché, welche König Louis dem Grafen Eustache übergab[2]).

Während diese jugendlichen Gestalten jetzt auf die Welt=
bühne getreten und Aller Augen auf sie gerichtet waren, traten
immer mehr von denjenigen Personen, welche den historischen
Inhalt der Regierung Stephans bildeten, von jener ab. Sein

---

1) Chron. Turon. a. 1152.

2) Huntend. a. 1151 (1152). Ausführliches über diesen Feldzug
giebt Robert de Monte a. 1152.

Bruder, der treffliche Graf Thibaut von Blois, deſſen Weisheit
wenigſtens manches Übel verhindert hatte, wo Beſſeres nicht
gewirkt werden konnte, war im Anfange dieſes Jahres geſtorben;
einige Monate ſpäter die Königin Mathilde, welcher nur eine 8. März
glücklichere Nachkommenſchaft gefehlt hat, um in einem nie
verhallenden Lobe der heldenmüthigſten und verſtändigſten Frau
fortzuleben. Aber auch von Stephans Gegnern ſtarben gleichzeitig Graf Heinrich, König Davids Sohn, ein tapferer, ſo
wie in milderen Tugenden wohlbewährter Fürſt, welchem im
folgenden Jahre ſein königlicher Vater ins Grab folgte [1]), und
nicht viel ſpäter mehrere der rebelliſchen Grafen.

Eine innere Fehde, welche in jenen Jahrhunderten nie
ruhte, war der Kampf des weltlichen und des kirchlichen Regimentes. Die Einführung der Appellationen an den Papſt,
welche bisher in England unbekannt waren, bis der Biſchof
Heinrich von Wincheſter, als päpſtlicher Legat, die Geiſtlichkeit
dieſes Landes an dieſelben gewöhnte, gab zu vielen Mishelligkeiten Anlaß [2]). Nach dem Tode der Päpſte Innocenz II. und
ſeiner kurz regierenden Nachfolger hatte Eugen III. eine gegen
Stephan und den Biſchof Heinrich gerichtete Politik befolgt.
Ein neuer Legat, der Presbyter Cardinal Johannes, war nach
Irland geſandt (1150), welchem Stephan das freie Geleit in
England verſagte, wenn er nicht verſpräche, daß ſeine Sendung nichts Nachtheiliges für das Königreich England be-
zwecke. Nach einigen Jahren, bei der Rückkehr des Legaten,
verſuchte der König die früheren übereilten Schritte wieder gut
zu machen [3]). Er hatte unterdeſſen auch mit dem wider ſeinen Willen von der engliſchen Geiſtlichkeit erwählten und vom
Papſte Eugen geweihten Erzbiſchofe von York, Heinrich Mur-
dac, mit welchem auch Euſtache in viele Händel gerathen war,
gleich dieſem ſich verſöhnt [4]). Der Erzbiſchof übernahm jetzt
den Auftrag nach Rom zu gehen, um Eugen zu bewegen dem
Prinzen Euſtache die Krone Englands zu beſtätigen. So will-

---

1) Joh. Hagust. a. 1152 (1153). Robert de Monte h. a.
2) Huntend. a. 1151. Malmesbur. hist. Novella a. 1139.
3) Joh. Hagust. a. 1151 (1152) et 1152 (1153).
4) Joh. Hagust. a. 1147, 1150, 1151.

kommen diese Auffoderung dem Papste war, so zog er es doch
vor sich nicht gegen das Haus Anjou auszusprechen, und als
Stephan im folgenden Jahre den Erzbischof von Canterbury
und die übrigen Prälaten seines Reiches hatte zusammenberufen lassen, um Eustache zu krönen, weigerten sie sich dieses
Schrittes, indem sie ein Schreiben des Papstes vorwiesen, welches ihnen untersagte den Sohn des Königs, welcher wider
seinen Eid die Herrschaft Englands erlangt zu haben schiene,
zu dessen Nachfolger zu weihen [1]). Dieses für Herzog Henry
ungünstige Schreiben soll ein Geistlicher aus London gebürtig,
Thomas, des Gilbert Becket Sohn, der nachherige, durch seine
Streitigkeiten mit König Henry II. berühmte Erzbischof von
Canterbury, als deren Opfer er nach weniger als zwanzig Jahren fiel, bei dem Papste bewirkt und nach England gebracht
haben. Da der König versuchte sie durch Einsperrung in einem Hause zur Nachgiebigkeit zu bewegen, begannen schon meh-
rete Bischöfe zu schwanken; doch Erzbischof Theobald wusste
zu entfliehen, entkam über die Themse und bald bei Dover
über den Canal nach der Normandie. Stephan sprach dem
Flüchtigen seine Besitzungen ab, aber Herzog Henry hatte den
Primas von England zum erklärten Bundesgenossen gewonnen.

　　Während dieser Zeit machte Stephan noch eine Eroberung,
Newbury (Berks), und darauf einen neuen Versuch sich Wal-
lingfords zu bemächtigen. Ungeachtet der sehr geschickt angelegten Befestigung am anderen Themseufer zu Crowmarsh war
die tapfere Mannschaft des Brian Fitz Count nicht zu bewegen, die Burg zu übergeben und auf die Hoffnung baldigen
Entsatzes zu verzichten.

1153　　Dieser ward ihnen zu Anfange des folgenden Jahres.
Henry hatte, nach langer Fehde mit König Louis, einen Waffenstillstand mit demselben geschlossen und war, obgleich dieser
ihn wieder aufkündigen wollte, furchtlos in den ersten Tagen
des Januars nach England mit 36 Schiffen gesegelt. Bereits
einige Tage nach seiner Abfahrt nahm er hier die Stadt Malmesbury; nur der vom Könige dem Jordanus anvertraute

1) Huntend. a. 1152.

2) Gervasii Chron. h. a.

Thurm widerstand. Jener eilte herbei den Herzog anzugreifen und zu vertreiben; doch die ungünstige Stellung der königlichen Truppen, welchen bei der sehr kalten Jahreszeit Schnee und Regen entgegenstürmten, während die Krieger des Herzogs diese im Rücken hatten, entschied den Sieg Henrys[1]. Stephan eilte nach London zurück, und bald begannen manche englische Magnaten sich für Henry zu entscheiden. Gundrede, die Gräfin von Warwik, vertrieb die vom Könige in ihre Burg gelegte Besatzung und überlieferte jene dem Herzoge[2]. Graf Robert von Leicester lieferte ihm Alles dessen er damals bedurfte, und bewog durch seine Vorstellungen beinahe dreissig Inhaber von Burgen sich jenem freiwillig anzuschliessen[3]. Der Entsatz von Wallingford gelang jedoch nur theilweise; den Kriegern auf Crowmarsh wurde der Ausfall abgeschnitten und dadurch den Wallingfordern gestattet ihre Thore zu öffnen. Stephan erschien um jene zu befreien. Muthvoll standen beide Fürsten sich gegenüber, doch mehrere der angesehensten Männer, sei es weil sie das allgemeine Bedürfniß des Friedens richtig erkannten, sei es, wie man damals vermuthete, weil sie einen Sieg des Königs fürchteten, veranlaßten die Anknüpfung von Friedensunterhandlungen[4]. Die Herrscher selbst besprachen sich mit einander, auf den entgegengesetzten Ufern der Themse, entfernt von allem Gefolge, stehend. Es kam nicht sogleich zum Schlusse, doch verließ Eustache höchst erzürnt den Hof des Vaters. Voll Ingrimm verheerte er die Gegend von Cambridge und daselbst das Kloster des h. Eadmund, als ihn in Folge der leidenschaftlichsten Aufregung ein plötzlicher Tod 10. Aug. dahinraffte. In diesen Tagen starb auf ähnliche Weise auch Simon von Senliß, der junge Graf von Northampton. Graf Ranulf von Chester verschied gleichfalls plötzlich, wie man sagte an Gift, welches Wilhelm Peverel ihm beigebracht hatte[5].

1) Huntend. a. 1153.

2) Robert de Monte h. a.

3) Gervasius h. a.

4) Der vorragenden Rolle, welche Lyttelton hier den Grafen von Arundel spielen läßt, fehlt alle historische Begründung.

5) Huntend. Gervasius a. 1153. Polycraticon l. VI. c. 18.

Ranulf hatte deſſen Beſitzungen vom Herzoge Heinrich ſich ſchenken laſſen in einer zu Devizes ausgeſtellten Urkunde, aus welcher wir erſehen, welchen hohen Preis dieſer zu zahlen bereit war, um das Intereſſe des treuloſen Grafen feſt an das ſeinige zu knüpfen[1]). Er hatte ihm alle Beſitzungen in der Normandie beſtätigt, viele neu hinzugefügt, ſtatt zum Vicegrafen ihn zum Grafen von Avrenches gemacht, ihm das ganze Erbe des Grafen Roger von Poitiers gegeben; in England Ely, die Grafſchaft und die Stadt Stafford, die Burg Nottingham und Beſitzungen angeſehener, in den Urkunden aufgeführter Ritter; auſſerdem verhieß er ſechs ſeiner Barone, welche Ranulf beſtimmen würde, jedem eine bedeutende Strecke Landes (centum libratas terrae) aus den dem Feinde abzunehmenden Ländereien, unmittelbar von ihm als Könige zur Belehnung. Ein Vaſall wie dieſer war beinahe nicht minder mächtig als ſein Herr, gefährlicher als ein benachbarter Fürſt, und ſein Tod konnte gewiß als ein dem Lande günſtiges Geſchick betrachtet werden.

Wenngleich Stephan und Henry nicht unmittelbar gegen einander ſtanden, ſo blieb doch jener mit einer Fehde gegen Hugo Bigod beſchäftigt, welchem er Ipswich abnahm; Henry eroberte Stamford und hernach Nottingham, wobei letztere Stadt von den Flammen verzehrt wurde. Es fehlte daher den Vermittlern der höheren Intereſſen der Nation nicht an Auffoderung, das durch den frühzeitigen Tod des Euſtache ſehr erleichterte Geſchäft zu übernehmen, den Frieden zwiſchen beiden Monarchen herzuſtellen und die Ruhe der Nation in der Einheit und Feſtigkeit des Oberhauptes zu begründen. Dieſe Vermittler wurden, da auch Erzbiſchof Heinrich das Opfer dieſer jedes Glück zerſtörenden wie die Lebenskräfte untergrabenden Zeiten geworden war, nunmehr Erzbiſchof Theobald

---

I. VIII. c. 21., wo Euſtache von Johannes von Salisbury zu hart beurtheilt wird, deſſen Vaterſtadt auf ſeine ganze Anſicht von Stephans Regierung zu viel Einfluß gehabt haben mag.

1) Der Urkunde iſt bei Rymer irrig das Jahr 1152 anſtatt 1153 gegeben. Adrinchin daſelbſt ſoll heiſſen Abrincensi. Eine andere, gleichfalls durch deren Zeugen intereſſante Urkunde des Herzogs aus dieſer Zeit, für die Abtei zu Trouarn ſ. Monast. Anglic. T. VI. p. 1105.

und der Bischof von Winchester. Es gelang ihnen, am 7. 7. Nov. November, einen Friedensvertrag zu Stande zu bringen, dessen Hauptbedingungen in Folgendem bestanden.

Stephan blieb für seine ganze Lebenszeit von Henry und dessen Baronen als Regent von England anerkannt, während dieser von jenem und seinen Unterthanen als dessen Sohn und Erbe angenommen wurde. Stephans Sohn Wilhelm leistete dem Herzoge den Lehnseid und behielt alle Besitzungen in England, in der Normandie oder anderen Ländern, welche Stephan vor seiner Thronbesteigung besessen, so wie Alles was Wilhelm mit seiner Gemahlin, einer Tochter des Grafen von Warenne, erheirathet hatte, auch die ihm vom Vater geschenkte Grafschaft Norwich, so wie die ihm von Henry verehrten Burgen, Städte und Landbesitzungen von Pevensey mit der Lehnsherrschaft über Faramus von Boulogne[1]) und Dover u. a. m. Gegenseitige Eide wurden von den Baronen und Bürgern beider Parteien den Fürsten geleistet. Über die vielen Burgen wurden einzelne Bestimmungen getroffen, um nach dem Ableben Stephans sie in Henrys Hand zu bringen. Die Besatzung des nie eingenommenen Wallingford musste dem Könige Treue schwören. Der Thurm zu London und die Burg (mota) zu Windsor wurden dem Richard de Lucy, die Burg zu Orford dem Roger de Lucy, die Feste (firmitas) zu Lincoln dem Jordan de Busfy übertragen. Alle mussten dem Herzoge oder dem Erzbischofe schwören und dem Letzteren Geiseln für die dereinstige Übergabe der Festungen an Henry geben. Auch der Bischof von Winchester gab eine genügende desfalsige Zusicherung an den Erzbischof Theobald. Die Erzbischöfe, Bischöfe und Äbte Englands legten, auf Befehl des Königs, dem Herzoge den Eid der Treue ab. Den Erzbischöfen und Bischöfen war es beiderseits übertragen, denjenigen der contrahirenden Fürsten, welcher den Vertrag etwa verletzte, durch geistliche Strafen zu dessen Beobachtung anzuhalten. Die Mutter, Gemahlin und andere Verwandte des Herzogs verbürgten die

---

1) **Rymer** T. I. p. 18. villam Pevenselli et servitium Faramosi. Letzteres hat schon der Abdruck von Bromtons Chronik richtig Faramusi. Vergl. oben S. 807. Das Datum der Urkunde ergibt sich aus **Robert de Monte.**

Haltung des Vertrages. Auch versprach Stephan in den Reichsangelegenheiten mit dem Rathe des Herzogs zu handeln, vorbehältlich der königlichen Rechte in allen Theilen Englands.

Außer diesen Bestimmungen des Vertrages, welche wir nur aus einer desfalsigen Proclamation Stephans kennen, sollen noch andere in demselben befindlich gewesen sein, welche er nicht ausführte oder nicht auszuführen vermochte. Er soll nämlich verheißen haben die vielen Burgen, welche seit seines Vorgängers Zeiten an unrechtmäßige Inhaber gelangt waren, an die Berechtigten zurückzubringen; die vielen seit seinem Regierungsantritte errichteten Burgen, deren Zahl auf 375, von Andern auf 1115 angegeben wird, niederreißen zu lassen [1]).

Zu Ende des Novembers war der festliche Tag, an welchem der König mit dem Herzoge zum Friedensfeste in Winchester zusammentraf, und dieser jenen vor den versammelten Großen und Völkern zu seinem Sohne annahm und zum Thronerben erklärte. Von hier gingen Beide zusammen nach London, wo unter neuen Festlichkeiten eine neue feierliche Bestätigung ertheilt wurde. Bald nach Anfang des folgenden **1154** Jahres war eine zahlreiche Versammlung aus allen Gegenden **13. Jan.** des Reiches nach Orford ausgeschrieben, wo dieselbe die festgesetzten Eide dem Herzoge ablegte. Bei einer späteren Zusammenkunft beider Fürsten zu Dunstaple erhoben sich bereits Streitigkeiten wegen säumiger Schleifung der Burgen. Doch erkannte Henry die Unmöglichkeit der schnelleren Ausführung eines Beschlusses, wogegen so viele Interessen sich auflehnten. Die Befestigung seiner Gewalt in der Normandie, wo viele königliche Besitzungen der Krone verloren gegangen und jetzt wieder zu erwerben waren, riefen ihn noch auf Ostern nach diesem Lande zurück, und von dort bald die Dämpfung eines Aufstandes nach Guienne. Graf Wilhelm von Boulogne wollte ihn begleiten, stürzte jedoch vor den Augen des Vaters vom sich bäumenden Pferde und mußte, schwer verwundet, nach Canterbury gebracht und den Ärzten zur Heilung übergeben werden [2]).

1) Robert de Monte. Radulf de Diceto.
2) Chron. Bromton. p. 1040.

e.

Stephan bereiste jetzt die nördlichen Provinzen, um die Ruhe derselben herzustellen, die unerlaubten Festungen zu zerstören und für die Besetzung des durch Heinrichs Tod erledigten Erzbisthumes von York Sorge zu tragen. Letzteres wurde jetzt einem seiner Verwandten, welchen er schon bei der letzten Vacanz dazu bestimmt hatte, Wilhelm, Sohne des Grafen Herbert, zu Theil [1]). In der Nähe von York hatte er den Widerstand des Philipp von Colville zu besiegen, welcher die Burg Drake ihm nicht überliefern wollte. Doch führte er hier die beschlossenen Maßregeln aus und eilte darauf zu einem auf St. Michaelis nach London entbotenem Concilium. Hier wurden die ferneren Einrichtungen für den neuernannten Erzbischof getroffen. Er wollte von hier nach Canterbury gehen, um mit dem Grafen Philipp von Flandern sich zu bereden, vermuthlich wegen der vielen Fläminger, welche nicht in seinem Solde bleiben konnten, da ihre Entlassung bereits durch einen Reichsschluß angeordnet war [2]), und sie selbst bei hergestelltem Frieden die Rückkehr in ihr Vaterland wünschen mußten, wie namentlich der bedeutendste unter ihnen, Wilhelm von Ypern, bereits im vergangenen Jahre hoch betagt und erblindet nach wo zurückgekehrt war, wo er die Abtei mit englischem Raube beschenkte [3]). Stephan erkrankte hier plötzlich und starb nach einigen Tagen, nach neunzehn Jahren einer von beinahe unaufhörlichen Stürmen und den mannichfachsten Unfällen bewegten Regierung. Sein Leichnam wurde neben denen seiner Gemahlin und seines Sohnes Eustache in der von ihm gestifteten Abtei zu Feversham [4]) beigesetzt.   25. Oct.

Wilhelm, der zweite Sohn Stephans, verblieb bis zu seinem im Jahre 1160 erfolgten Tode im Besitze der Grafschaft

---

1) Sehr ausführlich über ihn, unter Benutzung der bekannten Quellen, der Briefe St. Bernhards u. X., ist Alford. Ann. eccl. Angliæ. IV. a. 1143 sq. und nach ihm Lyttelton a. a. O.

2) Joh. Hagust. a. 1154 (1153). Vgl. auch die aus einer Erläuterung der Prophezeiungen des Merlin entlehnte Stelle des Radulfi Diceto a. 1153. Matth. Paris. ibid.

3) Warnkönig a. a. O. S. 145.

4) Monast. Anglic. T. IV. p. 568 sq.

Froboard endete, sind die fränkischen Chronisten nicht länger als die Grundlage der normannischen Geschichte zu betrachten, sondern tragen sie mehr den Charakter von Hülfsmitteln, gleich den nordischen, englischen, flandrischen Chroniken, so wie den Geschichtsquellen der Bretagne, Maine und anderer Nachbarstaaten der Normandie, welche wir gelegentlich anzuführen uns haben begnügen müssen.

Die eigenthümlichen Quellen über die Geschichte der Normandie verdienen hier eine etwas genauere Berücksichtigung, theils weil einige derselben bisher sehr wenig gekannt und unrichtig gewürdigt waren, theils weil sie größtentheils zugleich für die Geschichte Englands sehr lehrreich, doch für dieselbe nur mit unverantwortlicher Flüchtigkeit benutzt sind. Man möge mir daher einige Ausführlichkeit in den folgenden Notizen nachsehen, wenn man sie nicht für nothwendig erkennen sollte.

Dudo, Domherr und Dechant des Capitels zu St. Quentin, muß schon früh in Beziehungen zu dem Hofe von Rouen gestanden haben. Ums Jahr 986 sandte Adelbert, Graf von Vermandois ihn, der damals noch Domherr war, mit wichtigen diplomatischen Aufträgen an den Grafen der Normannen, Richard I., welche er glücklich ausführte. Er war oder verblieb in vertrauten Verhältnissen zum Grafen Richard, so wie dessen jüngerem Stiefbruder Raoul, Grafen von Ivry. Zwei Jahre vor Richards Tode foderte dieser den Dudo auf, ein Werk über die Geschichte der Normandie und seines Großvaters Rollo abzufassen. Nach seinem Tode erneuerte dessen Sohn Richard II. dieselbe Bitte, und Graf Raoul lieferte ihm durch seine Erzählungen den Stoff[1]). Das Werk wurde dem

---

1) Dudonis versus ad Comitem Rodalfum, huius operis relatorem:
Cuius quae constant libro hoc conscripta relatu
Digessi . . .

Guil. Gemmet. l. I. Epistola ad Willelmum regem: —e Dudonis periti viri historia collegi, qui quod posteris propagandum chartae commendauit a Rodulpho comite, primi Richardi fratre, diligenter exquisivit. Derselbe sagt beim Tode Richards I.: Hucusque digesta, prout a Rodulpho comite, huius ducis fratre, magno et honesto viro, narrata sunt, collegi. Auch in letzterer Stelle sind Raouls Mitthei-

Adalbero, Erzbischof von Laon (977—1030), gewidmet, mit besonderen Zuschriften an den Grafen Richard II., dessen Bruder
Robert, Erzbischof von Rouen, und den Grafen Raoul. Das mit
vielen malerischen Ausschmückungen unterbrochene, von dialekt-
ischer und anderer damaliger Gelehrsamkeit strotzende Werk ist
in drei Bücher getheilt, deren erstes von den Normannen vor
Rollos Zeit, besonders von Aestigns (Halsting) Zuge nach Luna
und dessen Rückkehr nach Frankreich handelt. Die Begebenhei-
en, von denen hier Dudo ohne Angabe des Jahres spricht,
sind größtentheils durch glaubwürdige Annalen zu bestätigen;
die Verbrennung der Kirche Ste Geneviève fällt ins Jahr 857;
das Kloster St. Denys wurde damals freilich nicht verbrannt,
kaufte sich aber durch ein großes Lösegeld von der durch die
Normannen gedrohten Einäscherung los. Die Ermordung des
Bischofs von Nymwegen, Immo, fällt in das Jahr 859; von
der Somme aus wurde in diesem und dem folgenden Jahre
die ganze Umgegend, also auch das Vermandois, verwüstet, und
im Jahre 860 gingen die Normannen zuerst von der Rhone nach
Pisa und den benachbarten Städten [1]) (also vermuthlich damals
nach Luna), von wo sie nach Frankreich zurückkehrten. Beim
Jahre 882 nennen die fränkischen Annalen [2]) den Hasting freilich zuerst, aber als den längst bekannten, mit welchem König
Louis III. Freundschaft zu schließen für rathsam befand, wie
auch Dudo solches nach seiner Weise berichtet. Schon aus
Vorstehendem ergibt sich, daß Dudos Werk nicht die Verachtung verdient, welche die gelehrten Benedictiner auf dasselbe haben
häufen wollen, sondern daß es vielmehr Sagen folgte, welche
im Allgemeinen glaubwürdig, wenngleich zuweilen ungenau
berichtet und mit vieler Schönrednerei aufgeschmückt sind.

Das zweite Buch Dudos ist ganz dem Leben Rollos gewidmet. Ich habe schon Gelegenheit gehabt auszuführen, daß

ungen an Dudo, nicht, wie man geglaubt hat, an den viel jüngeren
Wilhelm von Jumièges, bezeichnet.

1) **Prudent. Trecens.** a. 857. 859. 860.

2) **Ann. Vedast.** a. 882. Also nicht unter Karl dem Kahlen im
Jahre 862, wie Depping meint. Über Alsting vgl. oben Bd. I. S.
21 fg. und 341—7.

es hier nur der richtigen Deutung bedarf, um Dubo zu recht=
fertigen. So war in Athelstan der König des dänischen Oft=
anglien verkannt [1]); Anderes habe ich in dem obigen Abriffe von
Rollos Geschichte richtig erläutert hinzustellen mich bemüht.

Das dritte Buch umfaßt die Biographien der Grafen
Wilhelm I. und Richard I., deren Glaubwürdigkeit schon frü=
her weniger bezweifelt ist. Unleugbar gewinnt aber das ganze
Werk ungemein an Interesse, wenn die Hauptangaben als
authentisch und die Nebenumstände gleichfalls als die Haus=
sage aus der gräflichen Burg zu Rouen betrachtet werden dür=
fen. Chronologische Aufzeichnungen fand Dubo vermuthlich
keine oder doch nur sehr unbedeutende vor, eher vielleicht ei=
nige historische Lieder, z. B. von Rollos Traum.

Die Weitschweifigkeit Dubos und das Dunkel, in welches
seine Helden bald vor ihrem berühmteren Enkel, Wilhelm dem
Eroberer, zurücktraten, sind die Hauptursachen, weshalb sein
Werk nicht viel abgeschrieben wurde. Wilhelm von Jumièges
ercerpirt ihn ausführlich. Ordericus Vitalis nennt ihn wieder=
holt [2]). Der Verfasser des Roman de Rou hat ihn vermuth=
lich nicht benutzt. Doch hat Benoit de Ste=More ihn augen=
scheinlich vor sich gehabt, wenngleich nicht zum Überfetzen, son=
dern als Thema zur Ausführung. Mehr kann es auffallen
unseren Dubo, wenngleich als Aquitanicarum rerum scriptor,
beim Saxo Grammaticus angeführt zu finden [3]).

Dubos Werk ist nur in den Historiae Normannorum Scri=
ptoribus Antiquis von Duchesne vollständig herausgegeben.

Eine Epitome von Dubos Werk verfertigte Wilhelm,
mit dem Beinamen Calculus, Mönch zu Jumièges, in vier
Büchern, denen er eine Geschichte der Nachfolger Richards I.
bis zur Schlacht bei Senlac in drei folgenden Büchern [4]) an=
fügte. Er widmete dieses Werk dem Könige Wilhelm dem
Eroberer. Der erste Abdruck deffelben durch Camden (Anglica, Normannica etc.) enthält noch ein achtes Buch, wel=

1) S. oben Bd. I. S. 326.
2) Lib. III. prol. l. VI. fin.
3) Lib. I. init. Guienne und Normandie standen zu Saxos Zeit
unter demselben Herrscher.
4) Orderic. l. III. prol.

ches die normannisch-englische Geschichte bis zum Jahre 1137
fortführt. Duchesne, ob er gleich bemerkte, daß das achte
Buch nicht zu dem ursprünglichen Werke gehörte, ließ in seinem Abbrucke keine Veränderung der äusseren Gestalt eintreten.
Die Herausgeber des Récueil des historiens de la France [1])
haben jedoch, durch Vergleichung älterer Handschriften, nachgewiesen, daß das erste, übrigens größtentheils aus Dudo ge-
schöpfte Buch und das achte in diesen fehlen, so wie auch
B. VII. Cap. 43. und 44. Ausser anderen Berichtigungen ist
daselbst das Schlußcapitel. B. VI. (gewöhnlich VII.) C. 42. in
seiner unverfälschten Gestalt gegeben, woraus sich denn ergibt,
daß die ursprüngliche Chronik mit dem Jahre 1069 schliesst.
Auch B. II. Cap. 1—8. sollen in den ältesten Handschriften
fehlen, und ein Mönch des Klosters Bec soll B. VI. Cap. 9.,
ferner B. VII. Cap. 3, 4, 12—16, 19, 20, 22, 23, 25, 26,
29, 30, 32, 43 und 44 so wie mehr als die Hälfte der Cap.
2, 9, 10, 11 und 38 hinzugefügt haben. Doch scheinen mir
die Benedictiner in dieser Ansicht zu weit zu gehen, da z. B.
im Cap. 4. eine Äusserung sich findet, welche den Zeitgenossen
verräth. Das Werk des Wilhelm von Jumièges ist viel benutzt. Der Roman de Ron besteht zum großen Theile aus
einer freien Übersetzung desselben in französische Verse. Ihn
benutzten Orderik Vitalis, Radulf de Diceto in den Abbreviationes Chronicorum, z. B. a. 992—5. aus l. III. c. 10.;
a. 968. aus l. IV. c. 18.; a. 1054. aus l. VII. c. 24.; John
Wallingford; Matthäus von Westminster, z. B. a. 887. aus
l. I. c. 6—10.; a. 897. aus l. II. c. 1 sq. c. 9.; a. 912. aus
l. II. c. 12, 14, 18, 22, l. I. c. 3, 4. Die Chroniques de S.
Denys haben sehr Vieles aus demselben übersetzt. Siehe Bouquet T. X. p. 306. T. XI. p. 398.

Jener Mönch des Klosters Bec, welcher zugleich das achte
Buch, eigentlich eine Biographie des Königs Henry I., ver-
faßte, ist ohne Zweifel Robert von Thorigny, 1128
Mönch zu Bec, hernach bis 1154 Prior daselbst, bekannt un-
ter dem Namen Robert de Monte, weil er später Abt des
Klosters Mont St. Michel wurde. Er starb im Jahre 1186.

---

[1]) T. XI. praefat. sub Nro. XII. pag. 34 sq. et pag. 620 sq.

Zur Chronik des Sigebert von Gemblours verfertigte er ähnliche Interpolationen und Zusätze bis zum Jahre 1182, in welchen er von seiner der Chronik der Herzöge der Normandie angehängten Geschichte des Königs Henry I. spricht [1]). Seine Zusätze zum Sigebert sind größtentheils aus des Henry von Huntingdon Chronik entlehnt. Seine werthvolleren Nachrichten hat wiederum Matthäus von Paris excerpirt.

Die Chronica Normanniae bei Duchesne SS. rerum Normannicarum ist nur eine schlechte, etwas verkürzte Abschrift von Roberts Appendix ad Sigebertum vom Jahre 1139 bis zum Jahre 1168.

Des Encomium Emmae, der Tochter des Grafen Richard I. und Gemahlin der angelsächsischen Könige Äthelred und Kanut des Großen, von einem uns unbekannten doch gleichzeitigen Verfasser, kann hier nur kurz gedacht werden. Daß der Verfasser in König Kanuts Zeiten in den Klöstern St. Omer und St. Bertin gelebt hatte, sagt er selbst S. 173.; daß seine Muttersprache eine romanische war, wird wahrscheinlich aus den Übersetzungen, welche er von teutonischen Eigen- und Ortsnamen zu geben liebt, wenn wir gleich nicht aus seinem Ausdrucke quod nos Latini (latine?) possimus interpretari (S. 170.) folgern wollen, daß er ein Italiener gewesen sei. Der erste Abdruck des Encomium Emmae befindet sich in Duchesne SS. rerum Normannicarum; nach diesem erschien ein anderer, mit trefflichen Anmerkungen versehener, im zweiten Bande von Langebek Scriptores rerum Danicarum, 1773, und ein dritter gleichfalls mit Anmerkungen von Baron Maseres, London 1783. 4.

Das Werk des Wilhelm von Poitiers, Archidiaconus von Lisieux, Capellan des Königs Wilhelm, über seinen Herrn, ist für die Geschichte der Normannen, so wie für die des Unterganges der angelsächsischen Dynastie lehrreich. Wenn wir in Dudos wortschwelgerischer Prosa und eingeschalteten Hymnen noch die Weise altgermanischer und scandinavischer Darstellung, — gleich wie in der angelsächsischen Chronik und

1) Historia, quam de ipso rege nouiter defuncto edidi et gesta ducum Normanniae adieci. Prolog. appendicis ad Sigebertum coll. ibid. a. 1135. Vgl. auch Récueil des historiens de la France T. XIII. praef. Nro. XVI.

päter im Saxo Grammaticus und Snorro Sturleson — er=
kennen: so finden wir dagegen in des Wilhelm von Poitiers
Anschliessung an die römischen Classiker, namentlich an den
Sallust, eine neue Quelle der Entartung geschichtlichen Vor=
rags, in welchem „nach erhabener Römer Sitte" viele vom
Schriftsteller ersonnene Reden eingeschaltet sind und die halbe
Wahrheit, wenn anders die Wahrheit je einem Abzug verträgt,
gleissenden Antithesen und anderem unlauteren Redegepränge auf=
geopfert wird. Robert de Monte kannte es [1]), und Orderic Bi=
talis hat es so stark excerpirt, daß die Lücke über die Jahre
1067—70 am Schlusse unserer Handschrift des W. von Poitiers
aus dessen drittem Buche mit ziemlicher Sicherheit ergänzt werden
kann. Auch Wilhelm von Malmesbury folgt diesem Werke in
dem dritten Buche von den Thaten der Könige, zuweilen selbst
in einzelnen Ausdrücken. Ein ähnliches Verhältniß findet sogar
rücksichtlich einiger von Benoit de Ste=More in französische Verse
übertragener Stellen statt. Auch scheint ihn und zwar zuerst
Wilhelm von Jumiéges, so auffallend es auch bei der Gleich=
zeitigkeit beider Werke ist, benutzt zu haben. Wenigstens ist
die Einwirkung Eines derselben auf den Andern sogar in glei=
chen Worten zu erkennen. Vergl. Guil. Gemmet. l. VII. c. 8,
39. mit Guil. Pictav. p. 178. 212.

Ein erzählendes Gedicht über die Schlacht bei Senlac, in
335 lateinischen Hexametern, sehr zum Preise des Eroberers,
schrieb Wido, Bischof von Amiens, früher Domherr und De=
chant († 1075) [2]), welches er dem Erzbischofe Landfrank widmete.
Dieses Gedicht hat Pertz vor einigen Jahren zu Brüssel wie=
der aufgefunden. Man hatte aus den ersten Zeilen desselben:

„Quem probitas celebrat, sapientia munit et ornat,
Erigit et decorat, L... W... salutat."

gefolgert, daß der Verfasser Landfrank das Gedicht dem Kö=
nige Wilhelm gewidmet. Doch die Angaben des Robert de Monte
und des Orderic Vitalis über das Gedicht des Guido von

1) Orderic. l. IV. p. 503. l. IV. p. 521. Guil. Gemmet.
. VII. c. 44.

2) Chron. Centulense S. Richarii ap. d'Achéry Spicileg. T. II.
Bouquet T. XI. p. 155. T. XII. p. 272.

ι

Amiens über das bellum Senlacium [1]) haben mir die obige Erklärung geliefert.

Orderich (Hartericf), später genannt Vitalis, Sohn
des Odelerius (Atheler)[2], im Jahre 1075 zu Attingesham an
dem Severnflusse oder dem jetzt Tern River genannten Neben-
flusse desselben geboren, lebte als Mönch im Kloster St. Evroul
in Ouche (Uticum) in der Normandie. Er gab unter dem
Titel der Historia ecclesiastica in 13 Büchern ein Geschichtswerk heraus, welches vorzüglich von den Thaten der Normannen seit ihrer Niederlassung zu Rouen, sowohl in Frankreich
und England als auch in Italien und Palästina, handelt.
Orderich ward zu dieser umfassenden Aufgabe, welche ein tief
empfundenes Interesse an diesen Ländern voraussetzt, dadurch
veranlasst, daß die Normandie, zu welcher er schon im zehnten
Jahre herübergeschifft ward, sein zweites Vaterland wurde[3]),
während sein ganzes Leben ihn an die Kirche und deren Schicksale, schon seit seinem fünften Jahre, in welchem er zu Shrewsbury in der St. Peters- und Pauls-Kirche dem Dienste Gottes geweiht war, fesselte. Seinen angelsächsischen Landsleuten,
deren Sprache er bis zu seiner Überfahrt nach Frankreich allein
erlernt hat, bewährte er stets ein vielfältig sich aussprechendes
treues Herz. Er führte sein Werk bis zum Jahre 1141, seinem 67sten Lebensjahre, und ist für die Geschichte seiner Zeit,
sowohl durch Umfang seines Gesichtskreises als auch sein Streben nach genauen, besonders auch genealogischen Nachrichten,
eine sehr wichtige Geschichtsquelle für die Nachwelt geworden.
Auch für die ältere Geschichte der Normandie, so wie besonders
einzelner Klöster in derselben, ist sein Werk inhaltsreich und
verdient genauere Untersuchung als ihm bisher geschenkt ist,

1) Gemmet. l. VII. c. 44. Orderic. l. III. p. 504. Vgl.
auch oben S. 81.

2) Der Vater war aus Orleans (Aurelianensis), Sohn des Con-
stantius und Lehnsmann des Grafen Roger von Shrewsbury, vir inge-
nio et facundia et literarum eruditione praepollens, amator aequitatis
fervidus utilisque Comitis (Rogerii Scrobesburiensis) erat auricula-
rius. Er wurde nach dem Jahre 1094 Mönch und starb sieben Jahre
später. S. Orderic. l. V. p. 579—81.

3) S. die Einleitung zum Buche V. und das Ende seines Werks.

eine Untersuchung, welche in dem Maße wie sie durch Orde=
richs nachlässige Anordnung seines Stoffes erschwert worden,
desto nothwendiger erscheint, und zu welcher die folgenden Be=
merkungen die Bahn ebnen mögen.

Orderich selbst theilt sein Werk in drei Abtheilungen, be=
ren erste die Bücher I. und II., die zweite die Bücher III—VI,
die dritte die übrigen sieben Bücher umfaßt. Er benannte es
Historia ecclesiastica, da er nach seinen Äusserungen im Pro=
logus es vorzüglich auf Kirchengeschichte beschränken wollte,
welcher Zweck jedoch häufig aus den Augen verloren ist. Dieses
Werk wurde in sehr verschiedenen Lebenszeiten geschrieben. Als
es begonnen wurde, lebte noch Roger, seit 1091 Abt von
St. Evroul, dessen Zureden unsern Orderich zum Beginne seiner
verdienstlichen Arbeit bewogen hatte. Roger dankte wegen
Kränklichkeit im Jahre 1125 ab und starb nach drei Jahren.
Dessen Nachfolger Guarin widmete Orderich seine Kirchenge=
schichte. Als er aber das letzte Buch seines Werkes schloß,
waren auf Guarin schon im Jahre 1137 Richard von Leicester
und im Jahre 1140 Ranulf gefolgt [1]).

Die erste Abtheilung enthält laut der Überschrift: quae
res ab incarnatione Salvatoris usque ad annum MCXL gestae,
per seriem imperatorum, regum atque pontificum romanorum
breviter describuntur. Schon die Jahrszahl 1140 lehrt uns,
daß wir hier eine revidirte Recension des Werkes vor uns
haben.

Das erste Buch beginnt (S. 323—352) mit der evan=
gelischen Geschichte, nach den Evangelisten, doch unter mittel=
barer oder unmittelbarer Benutzung des Josephus, Eusebius
(S. 325 d.), Augustinus de concordia evangeliorum (S. 348
d.). Hierauf folgt, bis zum Schlusse des ersten Buches (S.
374), eine bis zum Jahre 1138 fortgeführte Chronographie.
Bis zum Jahre 734 (S. 366) ist diese beinahe lediglich ein
Auszug des von Orderich auch angeführten Werkes des Beda
von den sechs Lebensaltern der Welt, oder wie jener es nennt
de temporibus. Seit S. 360 finden sich Einschaltungen über
die Geschichte der Franken und einzelner fränkischen Geistlichen,

---

1) Orderic. T. XIII. p. 875 sq. 910 et 921.

welche jedoch zu unbedeutend sind, um hier näher untersucht werden zu dürfen.

Beim Jahr 734, wo Orderich von seinem bisherigen Führer Beda Abschied nimmt, gibt er die Zeit an, in welcher er schreibt, eine Angabe, welche aus einer früheren Redaction des Textes sich erhalten haben muß, da sie nur auf das Jahr 1136 paßt. Sie lautet: nostra tempora — dum duo 'praesules de romano pontificatu iam per sex annos ambitiose contenderunt, et post mortem Henrici, regis Anglorum, de regno eius Stephanus nepos et Joffredus ad multorum detrimenta minis et armis inimicitias exercuerunt. Unter den beiden streitenden Päpsten sind hier die nach dem im Jahre 1130 erfolgten Tode des Honorius II. erwählten Innocenz II. und Anaclet zu verstehen. Nach dem Tode König Henrys I. († 1135 December) wurde die Normandie durch Geoffroy von Anjou sogleich und wiederholt in den folgenden Jahren verheert. Da nun im Juni des Jahres 1137 der Abt Guarinus starb, so dürfen wir das Jahr 1136 zugleich als dasjenige der an diesen gerichteten Dedication annehmen und erkennen, daß Orderich wohl zweimal neun Jahre auf die ersten Bearbeitungen seines mühevollen Werkes verwandt hat.

In der Fortsetzung, bei welcher Orderich die Schriften mehrerer Chronisten benutzte, fällt es etwas auf, daß er nach Bedas Weise fortfuhr, ob ihm gleich genaue Chroniken zu Gebote standen, die Begebenheiten gewöhnlich nur nach den Regierungen der griechischen Kaiser, später der fränkischen Könige zu verzeichnen. Die gegebenen Notizen, so dürftig sie sind, erweisen doch die genaueste Verwandtschaft mit den Chroniken von Sens [1]), Rouen [2]) und besonders denen des Hugo, Mönches von Fleury [3]), welcher ums Jahr 1120 schrieb. Die Erzählung b. J. 900 von der Beschützung der Stadt Chartres vor den Normannen durch ein Gewand der h. Maria

---

1) SS. rer. franc. T. IX. p. 83. 40. T. X. p. 272. T. XI. p. 292 sq. T. XII. p. 287. Pertz Monum. hist. Germ. T. I. p. 102 sq.

2) SS. rer. franc. T. VIII. p. 521 sq.

3) Labbaei Bibliotheca T. I. und SS. rer. franc. T. IX. p. 87.

findet sich, fast wörtlich übereinstimmend, in der Chronik von
Rouen. Aus letzterer könnte auch die Nachricht von der Plünderung dieser Stadt im Jahre 941 entlehnt sein.

Wir müssen hier noch bemerken, ehe wir uns zu weit entfernen, daß Orderich auch die historischen Gedichte, welche
seine Zeit sehr liebte und ausbildete, kannte und beachtete. Er
legt uns schon bei Erwähnung Karls des Großen ein Zeugniß
über die denselben feiernden epischen Gedichte ab: Multorum
ora ipsius acta cum admiratione referunt avidisque auditoribus
cum favore summo concinunt. S. 366. Letzteren Ausdruck
könnte man auch als Beleg für die bestrittene Ansicht anführen, daß jene größeren historischen Gedichte wirklich gesungen
wurden.

Was Hugo von Fleury vom Jahre 954 bis 993 berichtet, findet sich bei Orderich S. 369 und 370 excerpirt. Das
Folgende bis zum Jahre 993 steht gleichfalls in demselben Verhältnisse zum Hugo Floriacensis, mit Ausnahme des in des
Letzteren Werke nicht vorhandenen Satzes über Ascelin, Bischof
von Laon: Porro ille ordinis sui et aetatis contiguaeque sibi
mortis immemor, Achitophel et Judam imitatus non erubuit
fieri traditor.

Die Erzählung, wie der h. Gualerius dem Hugo Capet
erschien, findet sich auch in anderen Chroniken, z. B. dem
Chronicon Centulense s. S. Richarii, doch nicht bei dem Floriacensis [1]. Aus Letzterem ist vielleicht auch was Orderich
S. 370. von Gerbert, dem nachherigen Papste Sylvester, und
dessen Schreiben berichtet.

In den folgenden Nachrichten über Athelreds Flucht nach
der Normandie, Svends Einfall und Tod in England so wie
die Hülfsleistung durch Lacman und Olav, möchte Wilhelm
von Jumièges B. V. C. 8, 9, 11, als Quelle zu betrachten sein, obgleich sich selten wörtliche Übereinstimmung, wie im
„corpus aromatibus conditum", nachweisen läßt.

In der Angabe, daß König Eadmund erst sieben Jahre
nach Athelred ermordet sei, ist eine auffallende und im Übrigen
nicht weiter bewährte chronologisch irrige Übereinstimmung mit

1) SS. rer. franc. T. X. p. 220.

Saxo Grammaticus zu bemerken, die auch nicht bei
Snorro, noch Heinrich von Huntingdon, welcher mit Saxo in
der Nachricht übereinstimmt, wie Canut plötzlich durch die Be=
grüßung als alleiniger König von ganz England jene Todes=
nachricht erfahren, noch bei anderen uns bekannten Schrift=
stellern sich findet. Daß Saxo so wie den Dudo auch den
Orderich gekannt habe, ist nicht unmöglich, doch könnte dieses
durch die eine eben angeführte Übereinstimmung nicht erwiesen
werden, so wenig wie anzunehmen ist, daß Saxo den Heinrich
von Huntingdon vor sich gehabt habe. Allen drei genannten
Schriftstellern können dieselben angelsächsischen oder normanni=
schen Sagen und Lieder verständlich und bekannt gewesen sein,
welche sie mit verschiedenem Maße kritischer Einsicht benutzten.

Nach einigen kurzen bekannten Angaben über die Herzöge
von der Normandie folgt eine Darstellung der von König Hein=
rich von Frankreich dem jungen Herzoge Wilhelm II. gegen
seine unruhigen Vasallen geleisteten Hülfe, für welche weder
rücksichtlich der früheren Zeit — vor 1039 — noch für die
Flucht Wilhelms nach Poissy ein Gewährsmann sich anführen
läßt. Die ganze Darstellung, das Lob des Königs, selbst der
Ausdruck Neustrien verrathen aber die französische Quelle. Eben
so verhält es sich ohne Zweifel mit der Erzählung von den
Begebenheiten, welche die Schlacht bei Mortemer im Jahre
1054 betreffen, wo wir von Orderich hören, daß die Absetzung
des Erzbischofs von Rouen, Malgerius, den Einfall des Kö=
nigs veranlaßte und auch des großen Verlustes der Norman=
nen gedacht wird.

B. J. 1136 findet sich bereits die Nachricht über die im
Jahre 1141 2. Febr. bei Lincoln erfolgte Gefangenschaft des
Königs Stephan, ohne daß seiner in den letzten Monaten die=
ses Jahres erfolgten Freilassung erwähnt wird.

Das zweite Buch ist ganz der Kirchengeschichte gewidmet.
Es enthält die Geschichte der Apostel, einzelner Märtyrer und
der Päpste, ausführlich bis zu Leo IV. († 855). Damasus
und die Gesta pontificum nennt Orderich, außer der Apostel=
geschichte des Lucas, als seine Quellen (S. 374. 428. 455.).
Für die Geschichte der Päpste ist weder Anastasius noch Liut=
prand allein benutzt. Ausführliche Erzählungen sind einge=

schaltet aus bem Werke des Aurelianus über Martialis von Limoges (S. 428—436). Bei Erwähnung des Papstes Cletus (S. 436) gedenkt Orderich auch der Geschichte des Papstes Clemens von Rufinus von Aquileja, womit vermuthlich bessen lateinische Übersetzung der Kirchengeschichte des Eusebius gemeint ist. Den Schluß dieses zweiten Buches und der ersten Abtheilung macht ein kurzer Katalog der Päpste seit Leo IV. bis auf Innocenz II., welcher im Jahre 1141 im zwölften Jahre seiner Würde sich befand.

Die zweite Abtheilung, oder Buch III., IV. und V., soll die Kriege der Normannen in Frankreich, England und Apulien, so wie die Geschichte der meisten normannischen Bisthümer und Klöster bis zum Tode Herzog Wilhelms II. schildern. Es ist berselben ein besonderer Prologus vorgesetzt, in welchem der Verfasser sich auf die bekannten Werke des Dudo und des Wilhelm von Jumièges bezieht.

Das dritte Buch (S. 458—504) beginnt von der Gründung der Klöster des h. Audoin zu Fécamp und Rouen und st bis zum Jahre 1067 fortgeführt. Die im Anfange dieses Buches über die älteren Herzöge der Normandie gegebenen Nachrichten sind aus Dudo oder W. von Jumièges entlehnt und für uns werthlos. Die Nachricht über die von den normannischen Baronen gestifteten Klöster ist weniger vollständig, boch im Einzelnen ausführlicher als eine andere durch den Abbruck im Monasticon Anglicanum T. VI. p. 1061—65 bekannte ober diejenige in Roberti de Monte tractatus de abbatibus et abbatiis cap. 8. — S. 461—480 folgt ausführliche Nachricht iber die Wiederherstellung des Klosters unsers Orderich, St. Evroul in Duche, im Jahre 1050 und von dem Geschlechte des Herstellers Wilhelm des Gero Sohn. Hier wird, wie es Orderichs Gewohnheit ist, Manches eingemischt, was nicht hierer gehört, wenn es gleich für uns zu dem werthvollsten Inhalte seines Werkes zu rechnen ist. So ist hier S. 472 die Erzählung über die erste Einwanderung der Normannen in Apulien eingeschaltet. Diese entspricht im Allgemeinen dem Berichte des Wilhelm von Jumièges (Robert du Mont) B. II. Cap. 30, enthält aber mehrere von diesem nicht gegebene Notizen. Eben so wird die Erwähnung der Kriege zwischen

König Heinrich von Frankreich und dem Grafen von Anjou gegen Herzog Wilhelm eingeschaltet. Es wird hier auf das Werk
des Wilhelm von Poitiers von den Thaten Wilhelms lobend verwiesen. S. 480 kehrt der Verfasser zur allgemeinen
Geschichte b. J. 1059 zurück, doch nur um sich bald darauf
wieder in diejenige seines Klosters und der normannischen Niederlassungen in Apulien und Sicilien zu verlieren. Bei dieser
Gelegenheit wird auch des Werkes des Mönches Goisfred
oder Saufred, mit dem Beinamen Mala Terra, gedacht,
welches von den Thaten des Robert Guiscard und seiner Brüder handelt und für uns eine der schätzbarsten Kunden jener
Begebenheiten ist.

Ausführlich für die Geschichte Wilhelms des Eroberers
wird Orderich erst, wenn er von der Erwerbung Englands zu
sprechen beginnt. Er verfällt hier sogleich in den Irrthum, den
König Harald Hardrada von Norwegen Harald Harfager zu
nennen, wodurch er seine Abhängigkeit von englischen Chroniken, in welchen sich stets derselbe Fehler findet, zu erkennen
zu geben scheint. S. 496—99 folgt ein Bericht über den h.
Jodocus und dessen Wunder, als dessen Quelle Orderich dessen
Lebensbeschreibung durch den Isembard von Fleury nennt,
auch der Schrift des Wilhelmus Merulensis über die
Wunder jenes Heiligen gedenkt.

In der Beschreibung der Schlacht bei Senlac finden wir
einige Züge, welche Wilhelm von Malmesbury, der einige
Jahre später als Orderich schrieb, auf ähnliche Weise gibt und
die auch im Roman de Rou nicht fehlen; andere, die dieser
mit Orderich allein gemein hat. Hierher gehört auch die Erwähnung des Bannerträgers der Normannen bei Orderic p.
501 A. und Roman de Rou v. 12770. Zu den mit Malmesbury gemeinschaftlichen Notizen, wo wir unseren Geschichtschreiber als die älteste Quelle betrachten müssen, gehört der
Rath, den Worth oder Gurth seinem Bruder Harold gab, ihm
die Gefahr der Schlacht zu überlassen und nicht durch seine,
des Eidbrüchigen, Gegenwart den Zorn Gottes auf die Engländer herabzuziehen [1]. Gleich darauf folgt die Schilderung

---

1) Orderic. p. 500 c. Malmesbur. l. III. p. 100. Roman
de Rou v. 12150 sq.

der Schlacht selbst, welche Orderich fast buchstäblich, nur mit Auslassung einiger Rhetorik des Wilhelm von Poitiers oder Einschaltung einiger kleinen Notizen, demselben nachgeschrieben hat, von den Worten an: Nocturno siquidem seu repentino incursu. S. 500 d. bis S. 502 d. obsides dant, verglichen mit Wilhelm S. 201 a. Nocturno etiam incursu aut repentino bis zur letzten Zeile S. 204.

Am Schlusse des dritten Buches nennt Orderich uns einige ihm bekannte Geschichtswerke, welche wir sämmtlich noch zu besitzen uns freuen dürfen. Die ersten derselben sind die des Guido, Bischofs von Amiens, und des Johannes von Worcester, von welchen bereits oben gehandelt ist [1]. Zuletzt erwähnt Orderich hier noch die Chronik des Sigebert von Gemblours, welche er bei dem Abte Fulbert zu Cambray (vor 1132) gesehen habe, als einen mit lehrreichen Zusätzen versehenen, aber seltenen Auszug älterer Chroniken, und empfiehlt seinen Lesern dieselbe so wie die Chronik des Johannes von Worcester aufzusuchen. Daß die letztere, besonders so weit sie dem Florenz zugeschrieben wird, den größten Einfluß auf die nächstfolgenden Chronisten Englands ausgeübt hat, ist leicht zu ersehen; aber auch Sigebert wird, so wie auf dem Festlande schon früh der sächsische Annalist, Alberich von Trois Fontaines, der alte Scholiast des Adam von Bremen u. a. ihn benutzten, auch in England in den Abbreviationes Chronicorum des Radulf de Diceto wörtlich wiedergefunden, z. B. b. J. 970 von den Wundern des Poppo bei den Dänen; b. J. 996 von der Olla Vulcani in Sicilien; b. J. 1001 und 1002 vom Kaiser Otto III.; b. J. 1033 von den Eroberungen der Normannen in Italien, aus Sigebert z. J. 966, 998, 1001, 1002 und 1032.

Im vierten Buche fährt Orderich in seinem eigentlichen Geschichtsstoffe fort vom Jahre 1067 bis 1075, S. 505—546. S. 513 finden sich die letzten Spuren des Wilhelm von Jumièges aus dessen B. VII. Cap. 41. An Einschaltungen entfernt liegender Gegenstände fehlt es jedoch nicht, wie b. J. 1069 eine kurze Geschichte der Mönche eingerückt ist, in welcher die zu Fleury gebildeten Mönche Oswald und Abbo eine vorzüg-

---

[1] S. oben S. 377, 210 und 294.

liche Rolle spielen. In der Geschichte des Königes Wilhelm
fährt Orderich fort das Werk des Wilhelm von Poitiers in
der vorher angegebenen Weise auszuschreiben. Man sehe S.
505 d. Guilielmus rex multa Londoniae etc. verglichen mit S.
207 c. Multa Londoniae etc. Doch verläßt Orderich jenes
Vorbild, um seine Landsleute, für welche er seine Vorliebe
unverkennbar äussert, zu rechtfertigen und den Übermuth
der Normannen, so sehr er auch deren Tapferkeit und andere glänzende Eigenschaften anerkennt, zu tadeln. Diese
Gesinnung zeigt sich sehr bemerklich bei der Erzählung des
von den Angelsachsen veranlaßten Überfalles von Dover durch
den Grafen Eustache von Boulogne, wo Orderich einen Theil
des Historischen mit Wilhelms Worten gibt, doch die Motive
sehr verschieden schildert. Selbst König Wilhelms Grausamkeit wird sehr getadelt, b. J. 1069. S. 514—519 fg. ist
beinahe Alles, was über das Leben des Landfrank vor seiner
Erhebung zum Erzbisthume zu Canterbury gesagt wird, aus
der dem Milo Crispinus zugeschriebenen Biographie desselben wörtlich entlehnt; doch könnten diese Stellen auch aus der
Biographie des Herluin, ersten Abtes des Klosters Bec, unmittelbar entnommen sein, welche Milo Crispinus für sein
Werk über Landfrank an Stellen excerpirt, die der Herausgeber beider Werke, d'Achery, in seiner Ausgabe der Werke
Landfranks sehr unverständig, ohne genügende Bezeichnung, in
dem Leben des Herluin weggelassen hat. Wir sind durch dieses Verfahren über den Werth einiger Angaben in dem Leben
Landfranks in Ungewißheit, welche als erwiesene Auszüge der
älteren Biographie Herluins sehr an Glaubwürdigkeit gewinnen müßten, z. B. die Nachricht über die Krönung Wilhelms
durch die päpstlichen Legaten im Jahre 1070. B. J. 1072
erhalten wir die Beschlüsse des in diesem Jahre zu Rouen
gehaltenen Conciliums, worauf eine Übersicht der normannischen
Klöster und ihrer Äbte gegeben wird.

B. J. 1073 ist ein ausführlicher Auszug aus der bekannten, von dem ostanglischen Bischof Felix ((Felix Gerwensis s.
Croilandensis) abgefaßten Biographie des h. Guthlac eingerückt (S. 537—540 d.). Hierauf folgen noch einige Nachrichten über die Erbauung des Klosters Cropland, aus der

Erzählung des Subprior Asgot und anderer glaubwürdiger alter Männer. Orderich schliesst dieses Buch mit der Bemerkung, daß er bei der Kälte des Winters andere Beschäftigungen vornehmen und im nächsten milden Frühling sein Werk weiter schreiben werde.

Das fünfte Buch beginnt wieder mit einer Zuschrift an den Abt Guarin, in welcher der Verfasser seiner vorzüglichsten Lebensumstände gedenkt. Da er hier sagt, daß er dieses Buch beginne, nachdem er 42 Jahre vorher vom Abte Mainerius zum Mönche aufgenommen sei (S. 548 und 581), was im Jahre 1085 geschehen war, so muß er im Jahre 1127 den Anfang dieses Buches gemacht haben. Daß bei dieser Angabe kein Irrthum zum Grunde liegt, wird später (S. 569 a.) bestätigt, wo Orderich sagt, daß, als er dieses schrieb, Honorius II. († 1130 Febr.) auf dem päpstlichen Stuhle sitze. Auch weiter unten (S. 581) gedenkt er noch dieses 42sten Jahres seines Mönchthums. B. J. 1080 folgen die Statuten des zu Lillebonne gehaltenen Conciliums; hierauf S. 552—569 eine ausführliche Erzählung von der ersten Verbreitung des Christenthums in Neustrien, so wie Denkverse auf die 47 Bischöfe von Rouen, nebst historischen Notizen über dieselben bis zum Anfange des zwölften Jahrhunderts. Unter letzteren sind jedoch viele über allgemeine Geschichte, so wie besonders über die der normannischen Fürsten, welche Orderich zum Theil schon an anderen Stellen seines Werkes berichtet hat. Wir sehen also vermuthlich in denselben nur einen Auszug einer Chronik von Rouen. Man findet hier auch Nachrichten aus Bedas Historia Anglorum, welche bei No. 24 angeführt wird, longobardische aus Paul Diaconus, mit französischen und normannischen untermischt. Schon aus der bedeutenden Einmischung englischer in die französische Geschichte läßt sich vermuthen, daß die Quelle dieser Chronik erst nach der Eroberung Englands durch die Normannen in dem Lande der Letzteren zusammengetragen ist, welche Ansicht durch die Erwähnung des englischen Königs Henry I. und des schottischen Alexander (bei No. 22) eine Bestätigung findet.

Nach dem Schlusse der Chronik von Rouen fährt Orderich in der normannischen Fürstengeschichte im Jahre 1080 und

25 *

1081 fort (S. 569—574). Hierauf, bei Erwähnung eines im letzteren Jahre neugewählten Abtes zu St. Evroul, Mainerius, geht der Verfasser wieder auf die Besitzungen seines Klosters über. Auch hier hat er, wie bei anderen ähnlichen Ausführungen, nicht nur Urkunden, sondern auch die schätzbarsten Nachrichten über die Geschenkgeber eingeflochten. Hiedurch wird er wieder zu Nachrichten über Roger von Montgomery, Grafen von Shrewsbury, und dessen Frauen und Kinder geführt, und dadurch zu Erzählungen eines von jenem zu Shrewsbury an dem Einflusse des Flusses Mole in die Savern erbauten Klosters. Der Grund dieses Gebäudes gehörte, durch Verlehung des gedachten Grafen Roger, dem Obelerius, Vater unseres Orderich, dessen Verwandter, Siward, einst eine hölzerne Capelle auf demselben errichtete. Obelerius hatte im Jahre 1081 zu Rom am Altare des h. Petrus die Gründung eines neuen Klosters gelobt und begann den Bau, nachdem er seinen ältesten Sohn, unsern Geschichtschreiber, dem Kloster zu St. Evroul geweiht hatte. Dieser neuen Anlage weihte er sich, seine beiden jüngeren Söhne und sein ganzes Vermögen und wußte den Grafen Roger zu bereden, sich des von ihm beabsichtigten Benedictinerklosters wie seiner eigenen Schöpfung anzunehmen. Dieses vollführte der Graf mit solcher Freigebigkeit, daß die Nachwelt darüber die bescheidenen Verdienste des eigentlichen Urhebers desselben, so sehr sein Sohn, der Geschichtschreiber, sie geltend machte, und so sehr sie uns um des Sohnes willen anziehen, vergessen hat [1]). S. 586 finden wir ein längeres Gedicht, wie früher schon einige kürzere, auf einen Mönch seines Klosters, Johannes. S. 587 wird von zwei von Peter von Maule in dem gleichbenannten Dorfe an das Kloster St. Evroul geschenkten Kirchen, so wie von dem Ansold von Maule, seinem Geschlechte und späteren Donatarien an die zu Maule errichtete Mönchszelle gehandelt.

Gleich am Anfange des sechsten Buches rückt Orderich die Geschichte vom h. Wilhelm, Herzoge von Guienne, ein, welche ein Mönch von Winchester, Antonius, ihm kürzlich mit-

---

1) Sogar im Monast. Anglican. T. III. p. 513 sq. wird derselben nicht gedacht. S. Orderic. l. l. p. 579—81.

gebracht' hatte (S. 598—600), um darüber etwas Besseres zu
geben, als ein damals verbreitetes, von den Gauklern (Jongleurs)
abgesungenes Lied [1]). S. 604 spricht Orderich ausführlich über die
seinem Kloster gehörigen Mönchszellen zu Alfaye. S. 609—618
folgt das Leben des h. Ebrulfus, des Schutzpatrons von
Orderichs Kloster; vermuthlich nach der Historia sancti patris
Ebrulfi, welche der Mönch Witmund in dem gedachten Kloster abgefasst hatte und deren Orderich früher (S. 485 c.) ge-
benkt. Durch diese Biographie wird der Geschichtschreiber auf
die verlorengegangene Geschichte des ältesten Klosters des h.
Ebrulf und auf dessen Zerstörer, die Normannen, geleitet. Wegen Letzterer wird wieder auf Dudo und Wilhelm von Jumièges verwiesen. Eine von einem unwissenden Mönche zu
Resbach aufgesetzte lectiuncula wird getadelt, und dagegen berichtet, was Orderich von den ältesten Eingebornen über die
Begebenheiten vernommen hatte, welche Duche in den Kriegen
zwischen Normannen und Franken in der Mitte des zehnten
Jahrhunderts, in der Jugendzeit Richards I., betrafen und durch
welche die Entfernung des Leichnams des h. Ebrulfus nach
Orleans veranlasst wurde. Hierauf geht Orderich zu der ein
Jahrhundert nach diesem jenes Kloster vernichtenden Unfalle
erfolgten Wiederherstellung desselben über und ergänzt, was
über diesen Gegenstand von ihm selbst nicht bereits im dritten
Buche seines Werkes berichtet ist. Gegen Ende des Buches
ist noch ein Schreiben, welches der Abt Guarin, unter dem
Namen des Mönches Herveus von Ely, über ein in England
erfolgtes Wunder des h. Benedict abgefasst hatte, eingelegt,
S. 628—632.

Aus dem Schlusse dieses Buches ersieht man, daß Orderich, als er jene Zeilen schrieb, schon die dritte Abtheilung,
oder die sieben letzten Bücher, welche vom Tode des Königs
Wilhelm und dessen drei Söhnen berichten, verfasst hatte.
Wenn wir nun auch annehmen dürfen, daß der größere Theil
des dreizehnten Buches, welches vom Könige Stephan han-

---

1) Vulgo canitur a ioculatoribus de illo cantilena. Orderic.
l. VI. p. 598 c. Ein merkwürdiges Zeugniß für das Alter des Gedichtes über Wilhelm den Heiligen von Oranse.

delt, erst später hinzugefügt ist, so muß der Schluß dieses sechsten Buches doch bei oder kurz vor dem Tode König Henrys I. († 1135) und also viele Jahre nach dem Anfange desselben geschrieben sein. Die Unregelmäßigkeit in der Abfassungszeit seines Werkes erklärt uns die Unordnung und mannichfachen Wiederholungen.

Die dritte Abtheilung, in sieben Büchern, enthält, laut ihres Titels, die Erzählung vom Tode des Königes Wilhelm und von dessen drei Söhnen, so wie von verschiedenen in deren Zeiten vorgefallenen Ereignissen, namentlich dem ersten Kreuzzuge, an welchem Herzog Robert, des Eroberers Sohn, Theil nahm. Man muß also auch hier annehmen, daß die größere Hälfte des letzten Buches, welche vom Könige Stephan handelt, erst später vom Verfasser nachgetragen ist.

Das siebente Buch beginnt wieder mit einer Chronik Frankreichs, vom Könige Pipin bis zu dem Todesjahre des Königs Wilhelm 1087. Diese Chronik stimmt wörtlich mit dem Fragmente der Chronik des Hugo von Fleury überein, so weit sich diese erhalten hat, nämlich S. 634 c. Post haec defunctus sq. bis S. 636 d. Hic deficit regnum Karoli Magni, verglichen mit jener Chronik bei Bouquet Th. VIII. S. 321—324 und das Folgende bei Orderich bis S. 638 b. J. 1031 Rex Robertus obiit mit der Fortsetzung jener Chronik ebendaselbst Th. X. S. 219—222. Zweier auffallenden Entstellungen des Textes bei Orderich muß jedoch gedacht werden, welche ein ungünstiges Licht auf ihn werfen. Gleich im Anfange b. J. 877 hat er in den Worten gens incredula Normannorum anstatt der Letzteren Hunnorum gesetzt. Später wird der Eitelkeit jenes Volkes wiederum dadurch geschmeichelt, daß er in der Erzählung von der Rückkehr des jungen Königs Ludwig aus England, welchen der Erzbischof Wilhelm zurückholte, anstatt des Letztern den Herzog Wilhelm Langschwert nennt. Die nach dem Jahre 1031 zunächst folgenden wenigen Nachrichten beziehen sich größtentheils auf die Normandie und bedürfen keiner weiteren Untersuchung. Zwischen den Jahren 1054 und 1083 hat unser Text eine Lücke, welche jedoch vermuthlich nur Begebenheiten enthielt, welche Orderich früher schon ausführlicher geschildert hatte.

In dem siebenten Buche findet sich noch S. 650—654 eine größere Episode, die letzte dieser Art, ein Auszug aus des Archidiakonus von Bari, Johannes, Buche von der Wanderung der Reliquien des h. Nicolaus von Myrea in Lycien nach Bari.

Das achte Buch führt die normannischen und englischen Begebenheiten vom Jahre 1087 bis zum Jahre 1094 fort. Die auffallende Übereinstimmung der Erzählung von dem Tode des Eroberers bei Orderich mit Benoit von Ste-More, so wie mit Wace, welcher Letztere sonst keine entschiedene Spur einer Benutzung des Orderich an den Tag legt, deutet vielleicht auf einen allen drei Chronisten vorliegenden älteren Bericht eines normannischen Geistlichen als gemeinschaftliche Quelle hin, oder eher noch auf einen gleich dem von Camden herausgegebenen und unten zu erwähnenden Auszug.

Das neunte Buch handelt von dem Jahre 1094 bis 1099 vorzüglich von dem Antheile der Normannen an dem ersten Kreuzzuge. Orderich kannte zwei Schriften über Letzteren, diejenige des Fulcher von Chartres, Capellans des Herzogs Gottfried von Lothringen, und das in vier Büchern verfaßte Werk des Balderich, Erzbischofs von Dole, s. S. 718. Den letzteren Schriftsteller hat Orderich, wie er auch S. 760 selbst angibt, viel wörtlich ausgeschrieben, jedoch mit manchen von Theilnehmern des Kreuzzuges vernommenen Zusätzen. Dieses Buch scheint im Jahre 1129 geschrieben zu sein, da der Verfasser am Schlusse desselben verheißt, in dem folgenden Buche die Geschichte der folgenden dreißig Jahre geben zu wollen, vielleicht etwas später, da er sich S. 718 sexagenarius nennt, welcher Ausdruck jedoch nicht allzugenau zu nehmen sein dürfte.

Das zehnte Buch S. 761—802 schließt jedoch schon mit dem J. 1101. Die Erwähnung der im J. 1133 erfolgten Geburt des Heinrich von Anjou, nachherigen Königs von England, zeigt uns, daß es später geschrieben sei. S. 764—774 so wie später B. XI. S. 839 führt er das wohlbekannte Werk des Eadmer über das Leben des Erzbischofs Anselm an. Auch wird S. 763 der Schrift eines Scolasticus Irensis über die Romfahrt des deutschen Königs Heinrich V. im Jahre 1110 gedacht. Es ist nicht zu bezweifeln, daß hier die dem Wilhelm von Malmesbury [1] bekannte, so wie von dem Verfasser der auersberger Chronik benutzte, von deutschen Geschichtsfreunden schmerzlich vermißte Schrift des Irländers David, früher Scholasticus zu Würzburg, hernach Bischofs zu Bangor, gemeint ist. S. 774 D. 775 und 773 vom Grafen Helias von Maine ist eine auffallende Übereinstimmung mit Geoffroi Gaimar zu bemerken, welche eine gemeinschaftliche, uns unbekannte Quelle andeutet.

Das eilfte Buch S. 802—842 endet beim Jahre 1113. Beim J. 1106 (S. 831 d.) gibt Orderich die Versicherung, daß er Dasjenige, was er hier von den Angelegenheiten der Christen im Abenblande berichtet, alles von Augenzeugen vernommen habe. Dennoch haben die neuern Geschichtschreiber der Kreuzzüge die vielen interessanten Umstände, welche er uns aufbewahrt hat, gänzlich übersehen.

Das zwölfte Buch beginnt nicht, wie man erwarten durfte, mit dem Jahre 1114, sondern 1118 und ist bis 1131 fortgeführt, S. 842—889. Dieses Buch ist im Jahre 1138 geschrieben, da Ordericus sagt, daß damals Hugo von Montfort bereits vierzehn Jahre eingekerkert gewesen, dieser aber im Jahre 1124 gefangen genommen wurde (s. S. 881). Auffallend darin ist S. 887 und 888 ein Theil der Prophezeiungen des Merlin in den Worten des Galfrid von Monmouth B. VII. Cap. 3, dessen Name jedoch von Orderich nicht genannt wird. Dieser führt vielmehr libellus de Merlino an und verweist wegen mehrerer Nachrichten über die Briten auf die Werke des Gildas und des Beda.

Das dreizehnte und letzte Buch enthält die Geschichte der letzten Regierungsjahre König Henrys I., bis wohin zu führen, wie früher erwähnt, dieses Werk ursprünglich beabsichtigt scheint; und ferner noch diejenige des Königs Stephan bis zum Jahre 1141, wo das ganze Werk mit den schon oben erwähnten Nachrichten über den Verfasser beschlossen wird.

Das Werk des Orderich Bitalis scheint im Mittelalter wenig bekannt gewesen zu sein. Ausgeschrieben hat es ein Un-

---

1) Malmesbur. l. V. p. 166.

genannter in einer Schrift, welche Camden in den Anglica, Normannica p. 29—35. herausgab aus einer alten Handschrift des Klosters St. Etienne zu Caen unter dem Titel de Willelmo Conquestore fragmentum. Es ist nichts Anderes als des Orderich Vitalis l. VII. pag. 646, 7 und 656—663, von Wilhelm des Eroberers Tod und Beerdigung, das von Wace und Benoit de Ste-More benutzte Fragment. Auch Wilhelm, der Verfasser einer zu Douay handschriftlich vorhandenen Vita S. Waltheofi, comitis Northamptoniensis et Huntingdoniensis, schrieb Stellen unseres Orderich (l. IV. p. 534 sq.), so wie des Florenz und Wilhelm von Malmesbury, wörtlich aus.

Der Roman de Rou des Magister Wace oder Gasse, aus der Insel Jersey gebürtig, Canonicus zu Bayeux [1]), welcher im Jahre 1184 starb, ist in seiner ersten Hälfte eine freie metrische Übertragung des Werkes des Wilhelm von Jumièges. Doch ist er reich an eigenthümlichen Sagen und Nachrichten. V. 2108. führt er historische Lieder der Jongleurs an, welche er in seiner Kindheit hörte; kurz vorher auch die langen schwer zu übersetzenden Gesta des von Fécamp, ein uns unbekanntes Werk. Seiner mit dem Orderich Vitalis genau übereinstimmenden Erzählung von den letzten Tagen und der Beerdigung König Wilhelms I. ist oben bereits gedacht worden.

Eine Umschreibung des Roman de Rou in französischer Prosa wurde im 13ten Jahrhunderte in den Chroniques de Normandie gegeben, aus welcher sich Auszüge finden im Récueil des historiens de la France T. XI. p. 320 sq. T. XII. p. 220 sq.

Von englischen lateinischen Chronisten hat ihn Bromton häufig benutzt. Vergleiche denselben

Col. 856.	mit Wace V. 5430—5661.
857.	5661 fg.
—	5883 fg.
880 fg.	7023—7265.
910.	7473—7590.

1) Über seine Lebensumstände spricht er selbst im Roman de Rou v. 10441—60. Man pflegt ihm den Vornamen Robert zu geben, welcher jedoch in den Handschriften sich nirgends findet. Vgl. auch oben Bd. I. S. LXVII.

Col. 910. mit Wace B. 7991 fg.
= 911. = = = 8150 — 8372.

Die Geschichte der Herzoge von der Normandie in etwa
48,000 französischen gereimten Versen, welche Benoit be
Sainte-More oder Maistre Beneit, wie Maistre Wace[1]) ihn
nennt, bis zu den früheren Jahren der Regierung des Königes
Henry II. in dessen Auftrag fortführend ums Jahr 1170 ver=
faßte, ist aus deren einziger bekannter Handschrift zu London auf
Veranlassung des damaligen Ministers des öffentlichen Unterrichts
in Frankreich, Herrn Guizot, neuerlich durch Herrn Francisque
Michel abgeschrieben und wird demnächst ein Abdruck derselben
in drei oder vier Bänden in Quarto erwartet. Nach Angabe
des Herrn Michel[2]) ist Benoits Werk bis auf die Abschnitte
über die Könige Stephan und Henry II. nur eine Nachbildung
des Dudo und des Wilhelm von Jumièges (und vermuthlich
also des Robert du Mont). Diese Angabe erscheint jedoch
schon nach unserer Kenntniß des Wenigen, was von Benoit
von Ste-More bisher gedruckt ist, als unvollständig. Das
von Herrn von Broendsted dem Herrn Depping mitgetheilte
und von diesem in seiner Histoire des expéditions maritimes
des Normands T. II. p. 273 — 316 abgedruckte Fragment ist
freilich beinahe nur eine Erweiterung des Wilhelm von Ju=
mièges B. I. C. 6 — 11 und Dudos B. I. S. 63 — 66.
Doch findet sich in beiden Schriftstellern nicht die Erzählung
von dem Geistlichen zu Luna, welcher unbewußt die Ankunft
der Seeräuber in Porto Venere verkündet, gleichwie auch Ro=
man de Rou B. 498 fg. sie berichtet. In dem größeren von
Herrn Michel selbst in seinen Chroniques Anglo-Normandes
T. I. p. 168—303 abgedruckten Fragmente des Benoit be Ste-
More ist ferner nicht zu verkennen, daß Wilhelm von Poitiers
dort die wichtigste Grundlage bildet, so wie wir ihn aus der
mangelhaften Handschrift und den ferneren Auszügen in dem
vierten Buche des Orderich Vitalis kennen; so wie daß später

---

1) Roman de Rou V. 16527.

2) Rapport sur les anciens monumens de l'histoire et de la lit-
térature de la France, qui se trouvent dans les bibliothèques de
l'Angleterre. Paris et Londres 1835. 8.

S. 271—303 die Erzählung von dem Ende Königs Wilhelm I. so wie seiner Bestattung, nebst mehreren eingeschalteten Betrachtungen meistentheils nur wörtliche Übersetzungen aus des Orderich Vitalis B. VII. S. 654—663 sind. Eine Stelle über des Taillefer bei Hastings erprobte Tapferkeit und dessen dort gefundenen Tod (bei Michel a. a. O. S. 208) findet sich nicht in den gewöhnlichen Quellen des Benoit, wohl aber bei G. Gaimar, Henry von Huntingdon und Wace.

Zuſätze und Berichtigungen zum erſten Bande[1].

Zu der literariſchen Einleitung.

S. XXXVIII. Gildas. Das Todesjahr des Königes Maglocun 547 geben uns die Annales Cambriae h. a. Der von Gildas gleichfalls angeführte König Conſtantinus lebte noch im Jahre 589. S. Ann. Cambr. h. a.

S. XXXIX. Nennius. Z. 9 fg. lies: Die gewöhnlichen Handſchriften in der Vorrede, im Cap. XI. und am Schluſſe ſetzen die Abfaſſung in das Jahr 858, eine Angabe, welche mit dem Todesjahre des Elbob, nämlich 809, ſo wie der Erwähnung des Königes Theububr von Buelt als eines Zeitgenoſſen im Cap. LIV. (vgl. Asser Vita Aelfredi a. 885) vereinbar iſt.

S. XLI. Jeffrei von Monmouth. Der Abdruck ſeiner Historia regum Britanniae in Parkers Sammlung iſt ſehr fehlerhaft und kann die Berichtigung nach einer ſo ausgezeichneten Handſchrift derſelben, wie diejenige, welche ſich in der Bibliothek des Fürſten von Schaumburg-Lippe zu Bücke-

---

1) Für deutſche Geſchichtsfreunde werden dieſe Zuſätze wohl keiner Entſchuldigung bedürfen. Sie ſind ein kleiner Theil deſſen, was fortgeſetzte Forſchungen auf einem bisher ſehr dunkeln Gebiete der Geſchichte den Verfaſſer gelehrt haben, unterſtützt durch einen neulichen Aufenthalt in England und manche bisher unbekannte Geſchichtsquellen.

burg findet und mir zur Benutzung geneigteſt verſtattet worden
iſt, manchen kritiſchen Zweifel heben. — Die von Jeffrey angegebenen Nachfolger des Königes Arthur: Conſtantinus, Au-
relius Conan, Wortipor und Malgo ſind die Namen der in
der Epiſtel des Gildas als der damals vor dem Jahre 547
gleichzeitig lebend angeführten Fürſten von Wales. Dagegen
ſtarb des Malger oder Maglocunus angeblicher Nachfolger, Ca-
reticus, im Jahre 616 nach Angabe der Annales Cambriae,
durch welche ſich auch einige der Nachrichten über die Biſchöfe
bei Galfrid B. XI. C. 3 rechtfertigen. — Vergleiche ferner
Galfrid B. XII. C. 6. mit Gildas Cap. XIX. Bei Galfrid
B. XII. C. 13 von Oswinus (Oswiu) und Peanda ſind ſechs
Zeilen zwiſchen At Oswinus und victoriam adeptus est aus
Bedae histor. eccl. l. III. c. 24., ſo wie Galfrid B. XI. C. 12
von Bangor aus Beda a. a. O. B. II. C. 2. Über Galfrids
Africaner Gormund ſ. unten zu S. 324 bei König Aelfred
und Guthrum. Der älteſte Epitomator des Jeffrey war vermuthlich Orderich Vitalis, welcher in ſeinem zwölften Buche,
doch ohne Jeffrey zu nennen, die Prophezeiung Merlins aus
deſſen B. VII. C. 3. abſchrieb.

S. XLII. Vom Roman de Brut iſt nunmehr durch Herrn
Le Roux de Lincy ein Abdruck veranſtaltet mit Erläuterungen.
Der erſte Theil erſchien zu Rouen 1836. 8.

S. XLIV. Z. 3. Die älteren iriſchen Chroniken,
theils in der Landesſprache, theils in lateiniſcher, enthalten nicht
viele Nachrichten, welche der ältern engliſchen Geſchichte dienen
können. Doch ſtehen ſie in erſichtlichem Zuſammenhange mit
den älteſten waliſiſchen Jahrbüchern und berichten einige die
Kämpfe der Einwohner von Schottland und Wales mit den
Angelſachſen betreffende Umſtände mit kleinen und neuen Notizen und Abweichungen, welche, wenn ſie auch unſer Vertrauen
auf Beda und andere alte angelſächſiſche Berichterſtatter nicht
erſchüttern dürfen, doch als einer andern Geſchichtsquelle ent-
ſtammend Beachtung verdienen. Der um die Geſchichtsfor-
ſchung ſeines Vaterlandes hochverdiente Dr. Charles O'Connor hat eine Sammlung dieſer Annalen mit Unterſtützung und
größtentheils aus der zu Stowe vorhandenen Bibliothek des
Herzoges von Buckingham und Chandos herausgegeben, unter

dem Titel: Rerum Hibernicarum Scriptores veteres edidit Carolus O'Connor S. T. D. IV. T. Buckingham 1814—1826. 4. Der erste Band enthält nur Einleitungen, in welchen sehr lehrreiche Nachrichten über die älteren irländischen Handschriften, die Chronologie der Könige, die ältesten Zeugnisse über die Geschichte Irlands, sowohl der Griechen und Römer als einheimischer Historiker und Dichter mitgetheilt sind. Der zweite Band enthält: 1) Annales Tigernachi ab a. 305 a. Ch. — 1088 p. Ch.; 2) Annales Inisfalenses ab a. 428 — 1088; 3) Annales Bueltiani ab a. 420—1245. Der dritte Band umfaßt die Quatuor Magistrorum Annales Hibernici usque ad annum 1172, welche im Jahre 1634 von dem Franciscaner Michael O'Clery und anderen gelehrten Irländern zusammengestellt sind. Der vierte Band gibt einen vollständigen Abdruck der früher nur mangelhaft bekannten Annales Ultonienses ab a. 543—1131, mit einem dem auf das übrige Werk verwandten Fleisse jedoch keineswegs entsprechenden Generalregister.

S. L. Die angelsächsische Chronik. Wörtliche Übertragungen aus Laubs Handschrift in die lateinische Sprache enthalten die Annales Waverleienses, welche wir jedoch nur seit dem Jahre 1066 (bei Gale Th. II.) kennen; minder genau, doch unverkennbar ist ihre Benutzung durch Heinrich von Huntingdon.

S. LII. Nr. 1. Lies: Unter anno 616 ist statt 5618 zu lesen 5814.

S. LIX. Z. 5. Florenz. Vgl. auch Florenz z. J. 1070 mit Historia Eliensis l. II. c. 44.

— Simeon von Durham. Die normannischen Notizen b. J. 898 u. 906 stimmen, was der Chronologie wegen zu beobachten ist, wörtlich mit dem Chronicon Rothomagense.

S. LXI. Heinrich von Huntingdon ist wörtlich befolgt von Robert du Mont, Johannes Wallingford, Roger von Hoveden, den Annales Waverleienses (welche jedoch auch Laubs Handschrift der angelsächsischen Chronik direct benutzten, z. B. b. J. 1080. 1087. s. oben S. 136 Nr. 1. und 2.); Radulf de Diceto, Matthäus von Paris, Bromton, Gervasius; ferner Robert von Glocester u. A.

S. LXVI. Über die normannischen Historiker vgl. oben die Beilage zu diesem Bande.

S. LXVII. Die Histoire des Rois Anglosaxons des Magister **Geoffroy Gaimar** ist nach dessen eigener Angabe vor dem Tode des Grafen Robert von Glocester († 1147), vermuthlich wenige Jahre vorher, geschrieben. In Michels Chroniques Anglo-Normandes T. I. ist nunmehr der Theil derselben gedruckt, welcher von dem Tode des Königes Eadward des Bekenners bis zum Tode des Wilhelm Rufus handelt, wobei jedoch zu bedauern ist, daß der Herausgeber eine sehr fehlerhafte Handschrift zum Grunde gelegt und eine viel bessere nur zur Angabe der Varianten gebraucht hat. Unter den verschiedenen von ihm benutzten Quellen führt Gaimar an: das Buch des St. Jean de Beverley, vielleicht die lateinische Bearbeitung der angelsächsischen Chronik durch Alfred, den Thesaurarius des Klosters zu Beverley, aus welchem jener Einiges entlehnt haben könnte, worin beide mit der Chronik des Simeon von Durham übereinstimmen. Zu seinen eigenthümlichen interessanten Nachrichten gehören diejenigen über Hereward, den Grafen Hugo von Chester, Giffard, die Verschwörung des Robert von Molbrai, den Tod und die Beerdigung des Wilhelm Rufus. Die Erzählung vom Grafen Helias von Maine und dessen Gefangennehmung stimmt im Allgemeinen sehr mit Orderich Vitalis B. X. S. 774 D. 775 und S. 773 überein. Dem Gaimar scheint hier, sogar in seiner Orts- und Zeitverwirrung, Wace gefolgt zu sein. Sein Werk ist von späteren Chronisten wenig beachtet, bisweilen vielleicht von Bromton, und verdiente um so mehr jetzt eine historisch-kritische Bearbeitung.

Eine gereimte anglo-normannische Chronik, welche die Geschichte Englands bis zum Jahre 1241 erzählt, möge hier noch angeführt werden, da aus ihr das oben Bd. II. S. 81. N. 1. benutzte Fragment bei Ellis entlehnt ist. Sie ist von dem Werke, welchem sie sich angefügt findet, von ihrem ersten Herausgeber, Hrn. Michel (a. a. O. S. 65 bis 117), La Continuation du Brut betitelt. Robert von Glocester in seiner englischen Reimchronik hat diesen Ungenannten vermuthlich Mönch zu Tewkesbury [1], benutzt.

In die Classe der normännischen Schriftsteller mag auch

1) Vergl. F. Wolf in den Wiener Jahrbüchern Bd. 77. 1837.

der Verfasser der Chronica Danorum in Anglia regnantium ve-
tustissima gehört haben, dessen Thomas Rudborne in der Historia maior Wintoniensis (bei Warton Anglia Sacra T. I.
p. 246) gedenkt, um eine Sage über die Geburt Wilhelm des
Eroberers aus ihm anzuführen.

S. LXVIII. Von dem französischen Originale der Chronik des Pierre de Langtoft ist die Abtheilung, welche von
Wilhelm dem Eroberer bis zum Regierungsantritte des Stephan
handelt, von Hrn. F. Michel abgedruckt in den Chroniques Anglo-Normandes T. I. p. 127—165. Jenes Werk enthält nur
sehr wenige und höchst unbedeutende Notizen, welche nicht aus
den bekannten älteren Chronisten entlehnt sind.

S. LXXII. Die römischen Münzen, welche sich auf Britannien beziehen, sind zweckmäßig zusammengestellt in einem
kleinen Werke: Coins of the Romans relating to Great Britain
described and illustrated by J. Y. Ackerman. London 1836. 8

Zur ersten Abtheilung.

S. 21. In den Streifzügen Cäsars gegen Cassivellaun
fiel auch der römische Kriegstribun Q. Laberius Durus (Caesar de bello Gall. l. V. c. 15.), welcher von Orosius und dessen Nachschreibern mit dem Legaten Labienus verwechselt ist.

S. 22. Die gebildeten Römer ließen sich durch Cäsars
Bulletins nicht täuschen. Cicero schrieb an Atticus (Epist.
l. IV. 16.): Britannici belli exitus exspectatur. Constat enim
aditus insulae esse munitos mirificis molibus. Illud etiam co-
gnitum est, neque argenti scripulum ullum esse in illa insula,
neque ullam spem praedae nisi ex mancipiis.

S. 30. N. 1. Als Präfect für Britannien ist einige
Jahrzehnte nach Clodius Albinus (190—197) noch zu bemerken: Cl. Paulinus, laut einer Inschrift im Histoire de
l'Académie des Inscriptions T. XXI. p. 498.

S. 60. N. 1. Landung der Sachsen in England
428 oder 429. Nennius Cap. XI. berechnet, daß bis zu dem
4ten (24sten) Jahre des Königes Mervin, in welchem er schrieb,
nämlich 858 n. Ch. Geb., 429 Jahre vergangen seien, seitdem
die Sachsen zuerst in Britannien gelandet, woraus sich also

die Hälfte der Zahl 858 oder das Jahr 429 n Chr. Geb.
ergibt.

Zur zweiten Abtheilung.

S. 65. Z. 4. Vortigern war ein Sohn des Urenkels
des Glovi, welcher nach der Tradition der Briten Cair Glovi,
Glocester, erbaute. So Nennius Cap. 54. Eine spätere Sage
nennt den Kaiser Claudius als den Erbauer jener Stadt, welcher mit einer Britin, Gewissa, den Glovi erzeugt habe. S.
Galfrid. Monmuth. l. IV. c. 15. Guil. Malmesb. de Gestis pontific. l. IV. p. 283.

S. 67. Z. 16. Aylesford am Medway. Nicht hier,
sondern zu Episford, in britischer Sprache Sathenegabail,
ward nach Nennius Cap. 47. diese Schlacht gefochten; zu
Aylesford aber die Th. I. S. 71 Z. 19 erwähnte Schlacht bei
Agelesthrep.

S. 70. Z. 6. Auf drei Schiffen wanderten auch die Go-
then aus (Jornandes p. 98), die Winiler oder Longobarden in
drei Haufen (Paul. Warnefrid. l. I. c. 3), die Waräger unter
drei Heerführern (Nestor).

S. 71. Die Schlacht zwischen Aurelianus und Hengist
wird, jedoch ohne die weiteren von H. v. Huntingdon angeführten Umstände, schon von Gildas erwähnt.

S. 76. Z. 15. Irländern l. Isländern. — Auch die
Bergleute theilen den Tag in dreimal acht Stunden (Schich-
ten). Vergl. Philipps in den Berliner Jahrbüchern für wis-
sensch. Kritik in seiner Recension des ersten Bandes dieses Werkes. 1835, Mai. Kemble (Stammtafeln der Westsachsen.
München. 1836. 8.) hat meine Ansicht, daß Acht die mytholo-
gische Zahl der Angelsachsen sei, angenommen und sehr glücklich auf die Stammtafeln ihrer Götter und Heroen angewandt.

S. 77. Hengist und Horsa. Sollten Beider Namen,
deren Alliteration an Romulus und Remus erinnert, vielleicht
die Dialektverschiedenheit der beiden Stämme andeuten?

S. 78. Occa Scharlensis. Aus der kürzlich zu meinen Händen gelangten Überarbeitung des Occa durch Joh.
Vlitarp und Andreas Cornelisz (Leuwarden 1597 fol.) ersehe

ich, daß diese Chronik über ben im Jahre 385 in Britannien
gelandeten Hengist (geb. 361) und Horsus, welcher vorher
Kriegsdienste beim Kaiser Valentinian gethan, meistens dem
Galfrid von Monmouth folgte. Doch läßt der friesische Ge=
schichtschreiber diesen Hengist im J. 389 durch Elbol hängen
(vgl. Galfrid Monmuth l. VIII. c. 6.) und die Eroberung Bri=
tanniens später durch die Begleiter der im J. 441 gebornen
Söhne des zweiten friesischen Königes Odilbald, gleichfalls
Hengist und Horsa genannt, welche nach einer Kriegsschule bei
den nordischen Königen von Gorumunt und seinen Irländern
erschlagen werden, vollführen. Es fehlt hier übrigens die bei
Suffribus Petri geschehene Erwähnung der Suana, ihres Va=
ters Withgist (Withgisl) und ihrer Brüder.

S. 80. N. 1. Runen. S. auch Duncan & Repp ac-
count of the monument in Ruthwell garden. Edinburgh 1833. 4.

S. 88. N. 2. Rückwanderungen der Sachsen aus Eng=
land, s. Gildae histor. c. 25.

S. 89. N. 1. Auch Nestor gedenkt der Angeln.

S. 89. N. 3. Die Hecken Südenglands. — Ich
habe neuerlich erfahren, was auch P. v. Kobbe schleswig=hol=
steinsche Geschichte S. 252 bestätigt, daß die Einführung der
Laubhecken im Lande Angeln innerhalb Menschengedenken Statt
gefunden hat.

S. 90. N. 3. Die Ausgabe des Beowulf durch J. M.
Kemble ist 1833 zu London bei Pickering 12. erschienen und
ist nächstens dessen Übersetzung dieses Gedichtes zu erwarten.

S. 98. N. 4. Lindenbrogische L pithoeische Hand=
schriften.

S. 107. Viele eingeborne Briten flüchteten nach Ar=
morica (s. Einhardi Annales a. 786.), dem alten Sitze der Ve=
neten und Coriosolytanen, wo ihre Nachkommen noch heute
die Stammverwandtschaft mit den Walisern in Sprache und
Sitten bewähren.

S. 109. Cissas Andenken ist in der Stadt Cisseceastre
(Chichester) erhalten.

S. 110. Daß Cerdics Heimat Deutschland war, wie
W. v. Malmesbury behauptet, dürfte zweifelhaft erscheinen.
Cerdic ist ein Name, welcher bei anderen deutschen Stämmen

noch nicht nachzuweisen und aus deutschen Sprachwurzeln
schwer zu erklären ist. Wohl aber erscheint derselbe Name bei
den Briten in Caractacus, Carabog, Ceretic, dem Lande Cere-
ticaun (Cardigan), sogar in der Form Cerdic bei Beda (l. IV.
. 23.). Wir dürfen also vielleicht annehmen, daß jener Cerdic aus einer Provinz kam, wo Sachsen bereits mit Briten
Ehen schlossen und britische Namen auf ihre Kinder übertrugen. Doch ist von Letzterem kein anderes Beispiel uns bei den
alten Angelsachsen bekannt. Will man die ganze Sage von
Cerdic nicht als unhistorisch verwerfen, so dürfte es am wahr-
scheinlichsten dünken, daß die britischen Geschichtsquellen, welchen wir unsere Nachrichten von der Stiftung von Wessex
verdanken, den deutschen Namen, etwa Hartwich mit dem ihnen geläufigeren Cerdic vertauschten, so wie Withgarsburg dort
in Carisbrook umgeschaffen wurde.

S. 114. N. 2. Neuerlich hat Jacob Grimm in der
deutschen Mythologie eine sehr lehrreiche Abhandlung über
angelsächsische Stammtafeln gegeben, und J. M.
Kemble in der oben gedachten Schrift erwiesen, daß
eine gleichfalls auf der von mir in der angeblichen ältesten Geschichte nachgewiesenen Achtzahl und auf Alliteration beruhen. Vgl. über letztere Schrift auch J. Grimm
a den göttinger gelehrten Anzeigen 1836 Stück 66 und 67.
Beide Forscher haben die Identität mancher dieser Namen mit
denen der deutsch-skandinavischen Götterlehre nachgewiesen, in
anderen Epitheta erkannt. Grimm hat auch auf die Beziehung
der vorgeblichen Wappen zu den Stammtafeln hingedeutet.

S. 115. Mercia. Bei der Ungewißheit der Herleitung
dieses Namens, ob von Mark oder Grenze (litus Saxonicum),
mearc, Feld, oder den Marschen, ist die älteste Schreibung desselben doppelt beachtungswerth. Diese ist in einem Documente
vom J. 680 bei Beda B. IV. C. 17. Mercinenses. Um dieselbe Zeit: Merciani. Monast. T. I. p. 426. Marcenses in einer
Urkunde v. J. 736 in Smiths Beda S. 786, wo jedoch Monast. T. I. p. 585. liest: Mercenses. Letztere Form in den
Jahren 692 und 780 s. daselbst T. I. p. 584. 587. Mercio-
es im J. 799. Daselbst S. 592. Beda schreibt gewöhnlich
Mercii, doch B. I. C. 15. Merci; Asser aber Marci und das

26 *

Land Marcia; Alfreds Beda: Myrce; die angelsächsische Chronik Mierce, Myrcas.

S. 119. N. 2. Von einem ungenannten anglo-normannischen Trouveur ist eine Bearbeitung der Sage von Atla in 22,000 Versen auf unsere Zeiten gelangt. Daß früher eine englische metrische Darstellung derselben vorhanden war, bestätigt John Bramis, ein Mönch zu Thetford, zu Anfange des funfzehnten Jahrhunderts, in seiner lateinischen Bearbeitung derselben. Vgl. Thomas Wright im (Cochranes) Foreign Quarterly Review 1835 no. XXXI.

S. 120. N. 1. Nach Galfrid (B. VIII. C. 6. 8. 18. 21. 23.) erhält Octa, der Sohn des Hengist, York und dessen Verwandter, Eosa, Alcluid und das übrige Land neben Schottland. Abisa, Ebusa, Eowis, Eosa ist derselbe Name.

S. 121. Colgrim und Baldwulf von Arthur im J. 516 am Flusse Douglas in Lancaster geschlagen. S. Nennius c. 64. Galfrid l. IX. c. 1.; aus Letzterem Matthaeus Westmonast. a. 516.

S. 122. Das Land der Wilsäten (Wilts) ist benannt vom Flusse Wily, Guilou. S. Asser vita Alfredi a. 871. 876.

S. 126. Burgen und Dörfer finden wir häufig in einem das Vorrecht des Ältesten nicht ausschliessenden Gesammtbesitze eines Geschlechtes, dessen Namen sie erhielten, wie Trowulfinga-Caestir, Baetlinga-Caestir; Gudmundinga-ham; Alchmundinga-Tun; Ircinga-Feld u. a., ein Verhältniß, welches sich in Deutschland bei manchen Burginhabern, Ganerben und niedersächsischen Junkergeschlechtern lange erhalten hat. Baetlinga-Caestir ist das alte Verulamium, jetzt St. Albans. Es verdankt also jenen Namen den Söhnen eines sächsischen Stammvaters, Baetl, dem in Sachsen wohlbekannten Namen Wedel. Die Söhne Wedels und ihre Burg mögen zum Schutze der Heerstraße verpflichtet gewesen sein, welche ihren Namen trug. Daher die Sage von König Weatlas Söhnen als Gründern dieser Straße bei Florenz z. J. 1013. Da wir bei H. v. Huntingdon Erningestreet lesen (so auch bei Robert von Glocester), so könnte dieser Name, so lange eine andere Deutung nicht erwiesen ist, nicht auch auf Irmin, so in ähnlicher Weise auf die Söhne des Erna, Arna zu deuten sein.

S. 135. Die Krönung Arthurs im J. 516 durch

Bischof Dubritius muß um so mehr bezweifelt werden, da Bischof Oidric erst im J. 612 starb. S. Annal. Cambr. h. a. Monast. Anglic. T. VI. p. 1220. Die Synode zu Carleon darf nicht, wie bisher geschehen, in das Jahr 519 gesetzt werden, da die Annales Cambriae dieselbe, so wie den Tod des Bischofs David, zum J. 601 angeben; wo auch eine neuere Handschrift die Synode zu Victoria in Wales zum Jahr 569, vermuthlich noch zu frühe, verzeichnet. Wenn man David, Daniel von Bangor († 584 s. Ann. Cambr.) und Dubritius zu Anfange des sechsten Jahrhunderts setzt, so hat man übersehen, daß Giraldus Cambrensis, welcher dafür den Hauptzeugen abgeben soll, hier nur dem Jeoffroy von Monmouth gefolgt ist.

S. 136. N. 1. Vgl. Gieseler Kirchengeschichte Th. I. Döllinger Kirchengeschichte Th. I. Abth. 2. von dem Standpuncte der Katholiken ausgehend, erläutert einzelne Puncte mit vieler Gründlichkeit; bemüht sich aber zu sehr die Spuren der bestandenen Verschiedenheiten zu verdunkeln und der altbritischen Kirche eine Anerkennung des päpstlichen Primates zuzuschreiben. Die von ihm angeführte Stelle aus der Epistel des Gildas beweiset nicht, daß Briten sich in Rom britische Kirchenämter verschafften, sondern nur, daß sie zuweilen jenseits des Meeres, in der Bretagne, in Irland, sich die Ordination erschlichen. Auch darf in dem Briefe des Abtes von Bangor Dynoth an Augustinus, in welchem der Primat des Papstes nicht anerkannt wird, die Erwähnung des Bischofes von Carleon, nach dem was oben (S. 135) vom Bischofe David gesagt ist, nicht länger kritische Zweifel erregen, sondern möchte eher für seine Aechtheit anzuführen sein.

S. 169. Die Königin Balthilde, Wittwe Chlodowigs II, soll eine Angelsachsin gewesen sein. Acta Sanctor. und Mabillon Saec. II. p. 777 sq.

S. 172. Der König von Sussex heißt Adilwalch bei Beda B. IV. C. 13. und 15. Ethelwalch bei Eddius C. 40. — Athelwald ist nur eine spätere Entstellung des Saxon Chronicle a. 661 und vielleicht des Abschreibers der Urkunden von Selsea (Monast. T. VI. p. 1163), wenn dort der subregulus Ethilwald in der Urkunde v. J. 673 nicht eine ganz andere Person sein sollte.

S. 179. Ecgfrids Krieg gegen Irland. Beda l. IV.
c. 26. Tigernach a. 685: Saxones campum (Bregiae) vastant
et ecclesias plurimas in mense Junii.

S. 180. Note. Der Name Albfrith wird auch bestä=
tigt durch Adamnani Vita S. Columbae l. II. c. 46. Auch Ti=
gernach z. J. 704 nennt ihn Altfrith Mac Ossu. O'Connor
führt ein handschriftliches Gedicht desselben in der Bibliotheca
MS. Stowensium an. Eine englische Übersetzung desselben fin=
det sich in dem sehr ausgezeichneten ersten Jahrgange des Du=
blin Penny Magazine. 1832 und 1833.

S. 197. Eine, jedoch nicht vollständige, angelsächsische
Übersetzung der Psalmen aus einer zu Paris vorhandenen
Handschrift hat Herr Benjamin Thorpe kürzlich herausgegeben
zu London 1835. 8.

S. 197. N. 5. Vercelli. In dem dortigen Manu=
scripte sind auch mehrere angelsächsische Gedichte enthalten: die
Legende vom St. Andreas, 3441 Verse; ein Fragment von
den Schicksalen der zwölf Apostel, 190 Verse; der verdamm=
ten und der erlösten Seele Anrede an den Körper, 250 und
80 Verse; das heilige Kreuz, ein Traum, 310 Verse; die Fin=
dung des Kreuzes, 2648 Verse u. a.

S. 206. Ein glänzender Sieg Berctfrids über die
Picten wurde zwischen Haefe und Caere (Caraw in Tindal
Hundred, Northumberland) erfochten. S. auch Tigernach b.
J. 711: Strages Pictorum in campo Manand a Saxonis, ubi
Findgaine mac Deleroith immatura morte iacuit.

S. 206. Cuthberge, die Tochter Ines: l. Cuthburg
die Schwester Ines.

S. 207. N. 1. Cuthvinis Söhne. Vgl. Beda l. V.
c. 23. 24. Appendix a. 731 et 737. Tigernach a. 731;
wornach die Annales Ulton. a. 730 zu berichtigen sind.

S. 219. Athelbald († 757) gelangte 716 oder 717
zur Regierung. Die angelsächsischen Nachrichten der irischen
Chroniken werden sehr verdächtig, wenn Tigernach z. J. 717
berichtet: Aethelbaldus filius Alweo obit. Die Jahrbücher von
Ulster z. J. 716 entstellen den Namen zu Etulb mac Ecuib.
O'Connors Kritik versteht bei solchen Gelegenheiten stets zu schwei=
gen und die irische Vaterlandsliebe zu schonen.

S. 221. N. 2. 757. Richtig sind hier die Annales Cam-
me, und ungeachtet der falschen Lesart Edabard und der ver-
jrten Erklärung O'Connors die Annalen Tigernachs, wie die
ergleichung mit den Jahrbüchern von Ulster z. J. 756 ergibt.

S. 231. Zu den Sagen über Offa ist zu rechnen: daß
pho, rex Angliae, der mütterliche Oheim des h. Willibald,
sten Bischofes zu Eichstedt, das Kloster Schüttern im Jahre
03 oder 717 erbauet habe. S. die Anhänge zu Mabers Aus-
tbe des Chronici Montis Sereni p. 282 und 289.

Zur dritten Abtheilung.

S. 278. Ecgberth. Zu den wichtigsten Folgen der
Eroberungen Ecgberths gehört die Verbreitung des westsäch-
ischen Dialektes über den größten Theil des übrigen Eng-
ands, oder die allgemeine Annahme derjenigen Sprache, welche
seitdem ausschließlich als die angelsächsische bezeichnet wird.
So wenige Spuren der germanischen Sprache in Britannien
)or dem Ende des neunten Jahrhunderts auch auf uns gelangt
ind, so können wir doch die Laut- und Formlehre der nächst
)orhergehenden Jahrhunderte aus den Namen in den ältesten
Handschriften Bedas, einigen Urkunden, dem ältesten Fragmente des Caedmon [1]) u. a. hinlänglich erkennen, um uns von
einer viel genaueren Übereinstimmung derselben mit den übrigen altgermanischen Dialekten, als das Angelsächsische sie be-
sitzet, zu überzeugen. Die bedeutendsten Abweichungen mußte
aber die germanische Sprache bei den Westsachsen erleiden,
welche mehr als andere ihrer Stammverwandten mit den Briten in die verschiedenartigsten Berührungen kamen, und durch

1) Es unterliegt für mich geringem Zweifel, daß das kleine Fragment des Caedmon in der Bibliothek zu Ely, welches noch Thorpe anglo-
dänisch nennt und für eine übersetzung der lateinischen Werke des Beda
hält, wirklich ein Stück des ächten Caedmon, das vorhandene große Gedicht aber, welches Junius und Thorpe herausgegeben haben, eine spätere
Umschmelzung des Originals in das moderne Angelsächsische ist. Die
weitere Ausführung meiner oben angegebenen Ansicht über die Geschichte
der angelsächsischen Sprache muß einer besonderen Abhandlung vorbehalten
bleiben.

Heirathen, Verkehr, Nachbarschaft, gemeinschaftliches Zusammenwohnen in Städten, die Benutzung der geschickteren und mäßigen Briten zum Feldbau und mancherlei Gewerben, so wie durch viele walisische Priester und Mönche in Wesser in manche auf die westsächsische Sprache einwirkende Beziehungen gebracht wurden. Durch diesen Einfluß der britischen Sprache erhielt die englische nicht nur viele britische Wörter, deren ein Kenner beider Sprachen, Whitaker, dreitausend wiederfinden will, sondern wurden auch die Aussprache und Formen so bedeutend verändert und abgeschliffen, daß von den deutschen Sprachen keine von ihren Schwestern so verschieden besteht, als die angelsächsische, seitdem der westsächsische Dialekt die Hof= und zugleich auch ein Jahrhundert nach König Alfred die Schriftsprache des ganzen angelsächsischen Staates wurde. Die übrigen in größerer Reinheit erhaltenen Dialekte, deren Spuren noch bis heute zuweilen in der Volkssprache zu erkennen sind, wurden seitdem zurückgedrängt und die am meisten getrübte und vermischte Abart wurde durch Ecgberth und seinen Enkel Alfred die Landessprache, wie später wiederum deren durch den Einfluß französischer Hofsprache am meisten entfremdete Gestaltung.

S. 324. Eine wunderliche aber lehrreiche Entstellung dieser Nachricht findet sich bei Jeffrey von Monmouth B. XI. C. 8. Es wird dort erzählt, daß am Ende des sechsten Jahrhunderts Isembard, ein Neffe des Königes Ludwig von Frankreich, den Gormund (Godmund), König der Afrikaner, bei der Belagerung von Cirencester (!) aufgesucht und mit diesem ein Bündniß gegen den König, seiner Mutter Bruder, welcher ihn mit Unrecht vertrieben, geschlossen und mit jenem ganz Britannien verheert habe und nach Irland gegangen sei. Wir finden also hier die historische Nachricht mit einer um zwei Jahrhunderte irrenden Zeitrechnung und die Einführung der Afrikaner. Hatte Jeffrey hier eine französische Quelle vor sich, so war es leicht, den Ausdruck barbari oder pagani für Saracenen mißzuverstehen; war sie eine walisische, so kann die Bezeichnung Dub Gale, schwarze Fremde, welche von den Walisern den Normannen gegeben ward, seine Deutung veranlasst haben.

S. 369. Reginold scheint bamals nach Frankreich gegangen, der Anführer der Nordmannen an der Loire geworden und bei Chailles gefallen zu sein. S. B. II. S. 14 fg. Hiemit würde auch Deppings Hypothese über Regnard (a. a. O. Th. II. S. 142 fg.) wegfallen.

S. 378. König Athelstans Schwester Elgive, Athelgifu ist wahrscheinlich die Abela, König Eduards Tochter, die nach französischen verworrenen Nachrichten, welche sogar diesen angelsächsischen König mit dem Nordmannen Rollo verwechseln, mit Ebalus, Grafen von Poitiers (902), hernach (928—932) Herzog von Guienne († 935), vermählt war. S. L'art de vérifier les dates. Bouquet T. IX. p. 21. Note.

S. 382. Brunanburg. Die genauere Bezeichnung der Lage ist unsicher. Vermuthlich ist es das im siebenten Jahrhunderte vorkommende Bronini, urbs regis sc. Ecgfridi, s. Eddii vita S. Wilfridi c. 35. Brunnemue erwähnt G. Gaimar V. 5169; Bruneswerch V. 3524. — Occa Scharlensis nennt einige Friesen, welche unter Athelstan bei Brunanburg fochten; eine Nachricht, welche nicht unglaublich erscheint, wenn wir erinnern, daß schon Älfred Friesen in seine Dienste gezogen hatte. S. oben Bd. 1. S. 332.

S. 394. Am Osterfeste des Jahres 949 wurden König Eadreds Gesandte am Hofe seines Schwagers, des Kaisers Otho, zu Aachen bemerkt (s. Frodoardi Chron. h. a.); der Zweck ihrer Abordnung ist unbekannt geblieben.

S. 430. Der dänische Jarl Pallig in Devonshire könnte der berühmte in diesen Gegenden ansässige Palna Toki (s. oben S. 420) gewesen sein, welcher um diese Zeit (nach Bebel Simonsen a. a. O. Cap. VII.) noch lebte. Mit mehr Wahrscheinlichkeit dürfen wir in Pallig oder Palne einen Sohn des Toki suchen, welcher gleich diesem den großväterlichen Namen trug.

Zur vierten Abtheilung.

S. 492. Rabulf war ein Sohn der Gytha, der Tochter Athelreds II., und ihres ersten Gemahls Drogo von Mantes (im Vexin), eines vornehmen Franken aus dem Stamme

der Karolingen. S. Histor. Ramsay. c. 116. Chron. Saxon.
Florent. a. 1051. Malmesb. l. II. c. 13. Jene Schriftsteller
geben dem Gemahle der Gytha oder Gobive irrig den Namen
ihres zweiten Sohnes Walter. Von Drogo f. oben Bd. II.
S. 46. Sein Sohn Walter heirathete Biote, die Tochter Her=
berts I., Grafen von Anjou, und ist uns durch seine Feind=
seligkeiten gegen Wilhelm den Eroberer interessant. Vgl. oben
Bd. II. S. 58.

Zur fünften Abtheilung.

S. 506. Rabulf. Manche der jüngeren ihn beglei=
tenden Ritter waren bestimmt, dereinst durch die hier erwor=
bene Kenntniß Englands eine wichtige Rolle in andern Ver=
hältnissen zu spielen. Zu diesen gehörte auch Robert, welcher
mit seinem Vater, Humphrey von Telleuil, dem Könige, der
ihn zum Ritter schlug, diente, bis er auf den Wunsch seines
sich heimsehnenden Vaters, beide mit reichen Geschenken begabt,
nach Frankreich zurückkehrte. Er führte später den Namen seiner
Burg Roelent oder Rubbhlan. S. Orderich Vitalis B. VIII.
S. 669 fg. Robert, der Wimarka Sohn, mißbrauchte des
Königs Schwäche so sehr, daß er Kirchengüter als Canonicus
sich ertheilen ließ, um dieselben einem Schwiegersohne zu über=
tragen. S. Domesday Shropshire fol. 252ᵇ.

S. 514. Zu den Franzosen, welche beim Könige Cab=
ward blieben, gehörte auch der spätere Bischof von Exeter,
Osbern, Bruder des normannischen Seneschal Wilhelm Fitz
Osbern, ein Verwandter Cadwards, so wie der einflußreiche
Günstling des Wilhelm Rufus, Ranulf Flambard. S. Ellis
a. a. O. Th. II. S. 193. Th. I. S. 460. Guil. Malmesbur.
de gestis pontificum l. II. p. 256. sagt von jenem: in Anglia
sub rege Edwardo liberaliter et domestice conversatus, quippe
qui cognationem regiam vicino attingeret gradu. Ein könig=
licher Capellan dieses Namens wird im J. 1065 genannt.
Wilkins Concil. T. I. p. 321. Ein anderer Franzose an Cab=
wards angelsächsischem Hofe war auch der von seinem Neffen
Gautier von Pontoise begünstigte Helinand, welcher ohne

weitere Berdienste durch Eadwards Empfehlungen an König
Henry von Frankreich und das aus dem reichen England mit-
gebrachte Gold das Bisthum zu Laon im J. 1053 erhielt.
S. Guibert de Novigento de vita sua. l. III. c. 2.

Zu den in England ansässigen Franzosen gehörte auch
Richard, der Sohn des Grafen Giselbert von Brienne, eines
Enkels Richards I. von der Normandie. S. Doomesday Essex
fol. 36.

Richard, Scrobs Sohn, so wie jenes Sohn Osbern
waren unter Eadward in Hereford, Shropshire, Worcester an-
gesessen. Vgl. Ellis a. a. O. Th. II. S. 193. 206. Th. I.
S. 406. 485, welcher indessen die Identität jenes Richard mit
dem im Texte gedachten nicht bemerkt. Wenn die Lage jener
Besitzungen uns berechtigt, anzunehmen, daß Scrobesbyrig
(Shrewsbury) dem Vater Richards seinen Namen verdankt,
so müssen wir Scrob für einen unter König Æthelred einge-
wanderten Franzosen halten, oder die anscheinend früheren Erwähnungen des Namens dieser Burg für spätere Erläuterungen ansehen.

S. 519. Harold kämpfte gegen die Südwalifer, deren
König Griffith der Sohn des Königes Ryderch, Jestins Sohnes,
war. Diese Abstammung ergibt sich aus den Ann. Cambriae
a. 1023, 1033. Brut y Tywys. a. 1043. Ælfgar aber schloß
sich an Griffith, Sohn des Lewelin, Seifels Sohn, den König von Gwynedh und seit der neulichen Ermordung des gleichbenannten Königes von Deomod Herrscher in ganz Wales.
S. Ann. Cambriae a. 1022. 39. 46. 55. Noch Lingard hat
beide Griffith für dieselbe Person gehalten.

S. 522. Norweger. Vgl. Tigernach a. 1058. Classis
cum rege Lochland (hier nicht Dänen, wie D'Connor meint,
sondern Nordländer) cum aliegenis insularum Orcnensium et
Ebudensium et Dubliniensium, ut subigerent sibi regnum Saxonum. Sed Deus contrarius fuit in re ista.

S. 527. N. 1. Gemmet. l. VII. c. 31. Über die angebliche Verlobung Harolds folgt zwei ganz verschiedenen Berichten Orderich Vitalis B. III. S. 492 und B. V. S. 573.

S. 527. N. 3. Die Tapete von Bayeux erschien zuerst
gestochen in verkleinertem Maßstabe in Montfaucon Monumens

de la Monarchie française T. I. et T. II. Ein ſehr kleiner Abriß findet ſich in Sprengels Geſchichte von Großbritannien. Dibdin biographical tour T. I. hat in der erſten Ausgabe den Harold beſſer gezeichnet. Die Abhandlungen der Herren Gurnay, Stothard und Thomas Amyot in der Archeologia T. XVIII. und XIX., mit welchen auch große und vollſtändig colorirte Zeichnungen der Tapeten in Folioblättern erſchienen ſind, erklären ſich gegen be la Rue für das höhere Alter des Teppichs. Über die auf demſelben vorkommenden Namen: Beadard, Turold und Vital, Lehnsleute des Biſchofs von Bayeux f. Ellis a. a. D. Th. II. S. 404.

S. 543. N. 3. Cisalpiner. Guido B. 259 führt ſie ſogar auf: „Apulus et Calaber, Siculus, quibus iacula ferret;" womit vielleicht einige aus dem ſüdlichen Italien heimgekehrte Normannen gemeint ſind.

S. 543. N. 4. Seinem Schwiegervater, ſo wie ſpäter deſſen Sohne, Grafen Balduin VI. von Flandern, zahlte Wilhelm, in Rückſicht auf die damals geleiſteten Dienſte, jährlich 300 Marken Silber. Malmesbur. l. V. p. 159.

S. 547. Die Legende von Waltham (Cotton MS. Julius F. VI. c. 20. worüber ausführliche Nachricht und Auszüge in Cochranes foreign Quarterly Review 1835. in der Recenſion über den erſten Band meiner Geſchichte von England nennt als ſolche, welche ſich vom Kampfe mit den Normannen fern hielten: Turstinus, Girth et Buddinus. Erſteren kennen wir als Than König Eadwards in Middleſſex aus dem Domesdaybook; der Zweite fehlte nicht in der Schlacht. Buddinus wird als regis Edwardi palatinus in einer Urkunde vom J. 1062 genannt; 1062 als Bondius minister. Monast. Ang. T. V. p. 62. T. I. p. 295. 297. Byndi stallere in Oxfordſhire. Ebend. Th. I. S. 304. Vgl. auch Domesday, unter Berks fol. 60ᵇ.

S. 548. Die gröbſte unter den vielen Lügen, mit welchen die Geſchichte dieſer Zeit entſtellt wurde, iſt wohl die des Biſchofes Guido B. 332:

„Anglorum genitor (sc. Wilhelmi) sub iuga colla dedit," wodurch alſo Robert der Teufel bereits zum Conquaestor Angliae geſchaffen wird.

S. 554. Die Stiftungsurkunde von Battle Abbey ist uns nicht in ihrer ächten Gestalt aufbewahrt. Rymer setzt sie irrig in das Jahr 1087. Doch die Namen der Zeugen wenigstens sind verfälscht. Wilhelm Fitz Osbern starb schon im J. 1070; dagegen konnte Mauritius erst seit 1085 als Bischof von London erscheinen. S. 557. Ein vierter Sohn Harolds, Ulf, welcher in normannische Gefangenschaft gerieth, könnte das Kind der Albgythe gewesen sein. Auch wird noch ein Sohn genannt, welcher, den Namen seines Vaters führend, in Norwegen gastfreundlich vom Könige Magnus aufgenommen wurde und einen der Nachfolger desselben auf einem Kriegszuge nach England begleitete. S. Florenz z. J. 1087. W. v. Malmesbury B. III. S. 106. B. IV. S. 125.

Zur sechsten Abtheilung.

S. 575. 3. 24. l. welche wite (Strafe) theowas hiessen. S. 578. Folcland. S. auch Caesar de bello Gallico l. IV. c. 1. l. VI. c. 22. Auf dem Hochwalde im Trierschen ist noch ein bedeutender District, wie der kundige Forscher über die Dorfverfassungen, Freiherr von Harthausen, mich belehrt hat, in welchem alles Land Eigenthum der Gemeinde ist und nach Ablauf einiger Jahre unter den Mitgliedern der Gemeinde neu vertheilt wird. Von ähnlichen Verfassungen in Wales und Irland s. Palgrave a. a. O. Th. I. S. 72.

Druck von F. A. Brockhaus in Leipzig.

Druckfehler und Zusätze.

9 Z. 8 kein l. ein
44 Z. 9 fehlt: Nicolaus
46 l. Z. segenreich l. sagenreich
54 Z. 19 demjenigen l. demjenigen
55 Z. 12 Mauritius l. Maurilius
81 über Brithric (Meaw) f. auch Chronicon de fundatoribus ecclesiae Theokesburiensis in Monastico Anglic. T. II. p. 60.
108 Z. 12 unwürdig l. unwerth
116 N. 4 Gaimar nennt Aifelin als den Mörder Herewards. Unter
   den Lehnsleuten Wilhelms findet sich im Doomesday Goisfred Aifelin, in Lincolnshire und den angrenzenden Grafschaften reich
   begütert
168 Z. 5 l. sei, um dadurch . .
178 Z. 5 l. bei Luccas heiligem Antlitz
191 Z. 4 v. u. l. erzeugten
200 Z. 8 verließ. S. Guil. Gemmetic. L. VII. c. 8.
204 N. 1 Malmesbury S. 124. N. 2 Orderic. l. X. p. 775.
207 Z. 2 l. geleugnet, daß jenes Gerücht wahr sei und zu beeidigen
   sich erboten, daß er sogar . .
245 Z. 21 l. einen Vertrauten und Verwandten Roberts.

Rognewald [1]),
Jarl von Möre.

Rollo [4]),
geb. 846, † 932, h. 1) Popa, Tochter Berengᵉ
2) 912 Gisela, Tochter König Karl des Einfälti[

1.
Wilhelm,
geb. zu Rouen, † 17. Dec. 942 [9]); h. 1) Sprota, danico morᵉ
2) Leutgardis, Tochter des Herbert, Grafen von Vermandois [11]

1.
Richard I.,
geb. 932, † 20. Nov. 996 (1002 [13]); h. 1) 960 Emma, Töch[
Hugo des Großen, † nach 968 [14]); 2) Gunnor, danico more, [
968 christiano, † 1031 [15. 22. 30]); 3) mehrere Concubinen.

3.	3.	3.	3.	2.
Godfrid, Graf von Eu.	Wilhelm, Graf von Hiesmes, hernach von Eu; h. Lasceline, Tochter Turchetils.	Mus riel [21]).	Tochter N. N.	Richard II., reg. 996, † 1026, h. 1) Judith von Bretagne, † 1018 [16. 22]) 2) Papia [16]).
Giselbert [19]), Graf von Brionne.	Robert, Graf von Eu.	Wilhelm genannt Busac, Graf von Soissons [26]).	Hugo, Abt von Luxeuil.	1. Adeliz [32]), h. Rainald, Grafen von Burgund. Er † 1057.
Richard von Bienfaite [17. 18]), h. Rothais, Tochter des Walter Giffard, † 1090.	Balduin von Meules [20]), Vicomte von Exeter.	Wilhelm. † 1087.	Guido.	Rich[† 1028 mit Ade König von F[
	Richard. Robert. Wilhelm. 3 Töchter. † 1135.		Papia [22]), h. Walter de S. Va lerico.	Ae[h. Ro[Vic[vo[Bay[
Giselbert von Clare und Tunbridge, h. die Tochter des Grafen von Clermont.	Roger von Bienfaite, † o. K.	Walter, † o. K.	Robbert, h. die Tochter des Waltheov, Grafen von Huntingdon, † 1135 [31]).	
Richard, † 1136 [28]), h. die Tochter des Ranulf, Vicegrafen von Bayeux.	Giselbert de Clare Strongbow, † 1148, h. Elisabeth, Tochter des Grafen von Meulan.	Walter, Rohais. Bald[† o. K.		
Giselbert.	Richard Strongbow.			

1) S. oben S. 7. R. 1.

2) Gemmet. l. VII. c. 3. 22. und

3) Gemmet. l. V. c. 10. S. oben

4) S. oben S. 16.

5) Praepotentis principis Berengarii Ähnlich Gemmet. l. II. c. 12. Einen den Berengar erst Orderich und Wace.

6) S. oben S. 14.

7) Dubo.

8) Roman de Rou.

9) S. oben S. 26.

10) S. oben S. 25. Ihr Name si mitges S. III. S. 2.

11) S. oben S. 27. R. 1.

12) Gemmet. l. III. c. 3.

13) S. oben S. 23 u. 33.

14) S. oben S. 31. 32.

15) S. oben S. 34.

16) S. oben S. 42.

17) Gemmet. l. IV. c. 18. l. VII

18) Stiftet das Kloster Bec. Mon

Robert,   Richard

) verlobt mit Margarethe, Tochter des Grafen Hugo von
Raine. 2) Concubinen 3) h. 1100 Sibylle, Tochter des
Grafen von Conversana, † 1102. Er † 1134 ꝰ. ¹²).

3.	2.	2.	2.	1.
Wilhelm Clito, h. 1101, Graf von Flandern, † 17. Juli 1128. verlobt mit Mathilde, hernach mit Sibylle, Töchtern des Grafen Fulco von Anjou ⁷). 2) h. 1127 Jan. Johanna, Tochter des Markgrafen Regnier von Montferrat.	Richard ³. ⁵), † 1100.	Wilhelm ⁴).	Tochter, h. Hellas von Saens ⁶).	Wilhelm Utheling, † 1120, h. 1119 Mathilde, Tochter des Fulco, Grafen von Anjou ¹⁵), † 1130.

1.	1.	
Henry II., geb. 1133, h. 1152 Cleonore, Gräfin von Poitiers und Guienne. Er † 1189.	Geoffroy, Graf von Nantes. † 1158.	Wil... † 1...

1) Florent. a. cit.

2) Gemmet. l. VII. c. 9. Malmesbur. l. III. p
deric. l. V. p. 573.

3) Florent. a. 1100.

4) S. oben S. 58. Gemmet. l. VIII. c. 2.

5) Orderic. Vital. l. X. p. 780 sq.

6) Orderic. l. VIII. p. 681. Oben S. 245.

7) Chron. Saxon. a. 1124. Vergl. oben S. 254—5
ric. l. XI. p. 838.

428

b³).	Wilhelm II., † 2. Aug. 1100.	n Schottland, stfrib von Lö= Dec. 1185.	Constanze⁹), h. Alain Fer= gant, Grafen von Bretagne.
1. Mathilde (Adel= heib), h. 1) 1114 Hein= rich V., König von Deutschland; 2) 1129 Geof= froy, Grafen von Anjou, † 1150. Sie † 1167 ¹²).	**2.** Robert (de ¹⁷), Graf von= cefter, h. Graf bylle, Xexche, † des Robert⁸⁵. Haimon Er † 31.pa ¹⁸). 1147	**2.** Mathilde, h. Conan III., Graf von Breta= gne, † 1148. Hoël VI.	**3.** Juliane ¹³), h. Eustache von Pacey. Wilhelm. H Bertha, h. Alain II., Gra= fen von Penthié= vre und Rich= mont ²¹).
1. helm. Hamelin, .164. h. die Gra= fin von Warenne.	N. N.¹⁶) † 1145.		

Robert, † vor dem Vater.	Mabilia, h. ben Grafi von Corcup=
	Amalrich, Graf von Gloce

15) S. oben S

16) Gemmet.

17) Gesta Step

18) Ibid. p. 96

19) Orderic.
et 1142.

20) Monast. An

21) S. oben S.

. 111. Or-

271. Orde-

Adele [9]), Graf Stephan Blois, f. unten Tafel III.	Caecilia [9]), Abtiffin zu Caen, † 1126 [12]).	Gunfrede [11]), h. Wilhelm von Warenne. Sie † 27. Mai 1085.		
3. [13]) ...elm t.	**3.** N. N. h. Roscelin, Bicomte von Beaumont.	**3.** Adeline [13]), h. Matthieu, Sohn des Burchard von Montmorency.	**3.** Hedwig [13]), Tochter von Elisabeth, Gräfin von Meulan.	**3.** N. N. [13]) h. Alexander, König der Schotten. Er † 1125 o. K.

l.

III. c. 29. S. oben S. 852.

p. 975.

III. p. 897. Robert de Monte a. 1184

. T. II. p. 60.

i.

Google

Druck:
Customized Business Services GmbH
im Auftrag der KNV-Gruppe
Ferdinand-Jühlke-Str. 7
99095 Erfurt